Iris Kammerer   Teil 2

DIE SCHWERTER DES TIBERIUS

Roman

Wilhelm Heyne Verlag
München

Umwelthinweis:
Dieses Buch wurde auf
chlor- und säurefreiem Papier gedruckt.

Redaktion: Tina Schreck

Originalausgabe 12/2004
Copyright © 2004 by Wilhelm Heyne Verlag, München,
in der Verlagsgruppe Random House GmbH
Printed in Germany 2004
Umschlagillustration und -gestaltung:
Eisele Grafik-Design, München
Satz: KompetenzCenter, Mönchengladbach
Gesetzt aus der Cheltenham
Druck und Bindung: GGP Media GmbH, Pößneck
http://www.heyne.de

ISBN: 3-453-87360-2

PARENTIBVS VTRISQVE

barbara me tellus orbisque novissima magni
sustinet et saevo cinctus ab hoste locus.
(P. Ovidius Naso, Trist.5,31 f.)

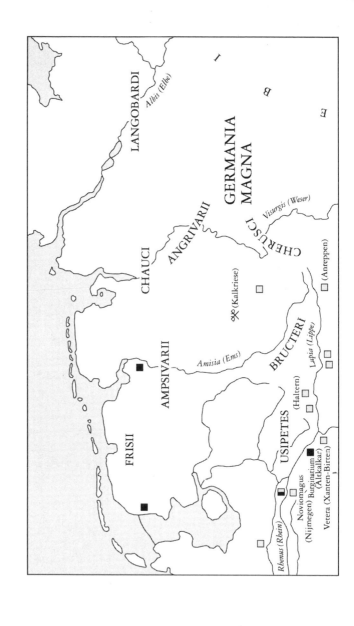

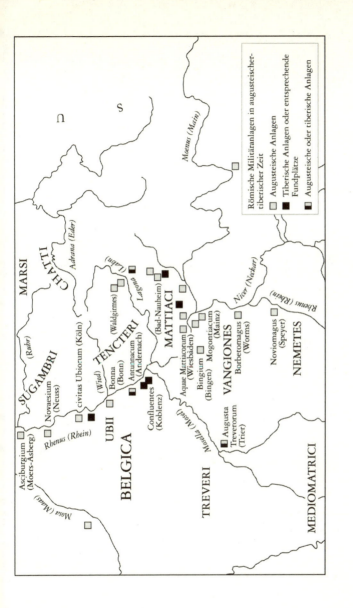

I

Das Licht der schräg stehenden Sonne funkelte und tanzte auf den Wellen des Rhenus, der sich träge durch die Ebene wälzte. Schnaubend wühlte der graue Hengst mit einem Vorderhuf das Wasser auf, als Hufschlag über den Ufersand dröhnte. Gaius Cornelius Cinna drehte sich im Sattel um; vier Turmen ubischer Reiterei ordneten sich zu Zügen hinter ihren Standartenträgern, setzten auf einen knappen Befehl hin fast gleichzeitig ihre Pferde in Bewegung. Ein zweiter Ruf, eine Drehung der Wimpel, und sie schwärmten zu vier Reihen aus. Wurfspieße pfiffen durch die Luft, während sie in gestrecktem Galopp an Cinna vorüberdonnerten. Als sie die mannshohen Strohpuppen erreichten, blitzten Schwertklingen, und Halme stoben auf, wo die Figuren zu Boden fielen.

Mit der Linken beschattete Cinna die Augen und strich mit der anderen Hand über den Mähnenkamm seines Pferdes. Er hörte Rufe, Gelächter, einige der Reiter trommelten mit den Schwertern auf die runden Schilden. Der Decurio, der die Übungsbahn auf seinem Falben querte, grinste breit.

»Die Männer sind bestens vorbereitet, Praefect Cinna!«, rief er herüber. »Der Feldzug kann beginnen!«

Cinna nickte zur Erwiderung, trieb den Grauen aus dem Wasser, in dem dieser seine Fesseln kühlte, und lenkte ihn über den Sand zur Böschung, wo einige Pferdeburschen die Köpfe zusammensteckten. Ein Pfiff genügte, sie auf ihn aufmerksam zu machen; einer der jungen Burschen ergriff die Zügel, als Cinna das Bein über den Hals des Pferdes schwang und zu Boden glitt. Erst jetzt bemerkte er den Centurio, der mit verschränkten Armen näher kam, den großen, knotigen Weinstock, Abzeichen seines Ranges, unter die rechte Achsel geklemmt. Die Miene des Mannes verhieß nichts Gutes. Nachdem er gegrüßt hatte, schob er die Füße ein wenig auseinander, der Stock glitt an seiner Seite herab, bis er fast den Boden berührte, und pendelte sacht gegen seine Wade.

»Praefect, ich bin immer noch unzufrieden mit der Kampfbereitschaft der Barbaren.«

Eggius' nachtschwarze Augen erschienen seltsam matt, als starre er durch Cinna hindurch.

»Außerdem mangelt es ihnen an Willigkeit«, fügte er hinzu und räusperte sich umständlich.

Cinna musterte den Centurio mit hochgezogenen Brauen. Marcus Eggius diente als zweithöchster Offizier in dieser Truppe, einer fünfhundert Mann starken Cohorte, bestehend aus Fußtruppen und einheimischer Reiterei; im Vorfrühling hatte Cinna bei der Siedlung der Ubier den Befehl über diese Einheit übernommen. Das schien Eggius nicht sonderlich gefallen zu haben, doch bislang hatte er seinem neuen Vorgesetzten den schuldigen Respekt gezollt.

»In diesen Gegenden ist es notwendig, Praefect, dass die Soldaten auch bei schlechtem Wetter kämpfen können, aber diese Männer haben keine Disziplin. Leider ist es zu spät, das noch zu ändern, bevor wir übermorgen aufbrechen.«

Eine Bewegung zog Cinnas Aufmerksamkeit auf sich; auf der Böschung stand eine Frau, eng in ein blaues Manteltuch gehüllt, das sie über den Kopf gezogen hatte. Seine Frau, Sunja. Er spürte, dass sich ein Lächeln in seine Mundwinkel schlich, und grub die Zähne in die Unterlippe, um es zu verbergen, weil auch Eggius seinem Blick gefolgt war.

»Wir reden später darüber«, beschwichtigte er den Centurio und machte sich auf den Weg die Böschung hinauf, deren Kamm er mit wenigen großen Schritten erreichte. Sunja blickte an ihm vorbei, und als sie die Schultern hochzog, wie um sich zu wappnen, drehte er sich um. Eggius war ihm gefolgt.

»Was gibt es denn noch? Verweigern die Männer etwa den Gehorsam?«

Die knotigen Finger des Centurios umkrampften den Weinstock. Der bittere Schatten, der sich in seine Mundwinkel grub, war leicht zu deuten; auch Cinna hatte Berichte über Varus' Niederlage gelesen, über den endlosen Regen, der das ohnehin schwierige Gelände in glitschigen Schlamm verwandelt hatte. Auch er konnte sich an den Regen erinnern, der unaufhörlich auf einem steilen Strohdach gerauscht hatte – das Dach, unter dem er gelegen hatte, verwundet und verschleppt, während sich

Varus' Heereswurm durch die Sümpfe gewühlt hatte, von Meuterern und Aufständischen angefallen wie von blutgierigen Wieseln.

Marcus Eggius' Bruder, hochdekorierter Lagerpraefect unter Publius Varus, war in jenen Tagen gefallen.

»Einige meiner Soldaten beschweren sich, dass die Barbaren bummeln, dass sie nicht nur Waffen und Rüstung verkommen lassen, sondern auch die Latrinen«, knurrte der Centurio.

»Ich nehme an, dass immer dieselben Männer zu dieser niedrigen Aufgabe abkommandiert werden.«

»Es ist völlig gleichgültig, welche von diesen Kerlen man dazu abkommandiert! Die Barbaren haben keine Disziplin, sie sind schlampig, schmutzig und verlogen, und sie kennen weder Treue noch Gehorsam. Sie unterscheiden sich in nichts von ihren Brüdern jenseits des Rhenus. Sie sind eine Bande von meineidigen Aufrührern, faul und blöde ohne jede Ausnahme. Meine Soldaten hungern nach diesem Krieg, Praefect! Wie jeder, der ein wahrhaft römischer Mann ist und in Treue zu Senat und römischem Volk steht! Wir werden aufräumen dort drüben – darauf kannst du dich verlassen.«

Cinna starrte ihn an, und das Blut pochte in seinen Schläfen. »Ich zweifle nicht an deiner Treue zu Senat und römischem Volk, wohl aber an deiner Achtung vor deinem befehlshabenden Offizier.«

Der Centurio stieß einen Finger in Cinnas Richtung, zuckte dann zurück. »An meiner Achtung muss kein Offizier zweifeln, der selbst ein wahrhaft römischer

Mann ist und in Treue zu Senat und römischem Volk steht.«

Er verharrte bewegungslos, einen Schritt von Cinna entfernt, der dank der Steigung auf ihn hinabsah.

»Dann sind wir uns ja einig«, presste Cinna hervor, ehe er ihn mit einem schroffen Wink des Handrückens entließ und mit wehendem Umhang herumfuhr.

Sunjas Züge schienen wie aus Marmor gemeißelt, während ein paar feine helle Strähnen um ihre Wangen schwebten. Den Korb presste sie fest an den Körper, und die Schultern hoben und senkten sich langsam. Aus dem blauen Manteltuch lugten kaum mehr als Gesicht und Hände hervor. Die beiden Posten, die ihr überallhin folgten, hatten sich in einigem Abstand aufgepflanzt und stierten ins Leere.

Cinna vermied es, ihre Miene zu deuten. Sie schaute ihn nicht an, und die Lippen bildeten eine schmale Linie. Er hob die Hand und berührte ihre Wange. In seinen Fingern bebte noch der Zorn über Eggius' ruppige Worte, die auch sie beleidigt haben mussten. Sie blieb unbewegt, schmiegte nicht, wie sonst, die Wange in seine Hand.

»Warst du auf dem Markt?«

Zögernd bewegte sie den Kopf von einer Seite zur anderen, zog mit zwei Fingern das Tuch, das zuoberst im Korb lag, beiseite, legte dicke, fest gewebte Lagen dunkelgrüner Wolle frei.

»Du bist fertig mit dem Mantel?«

Als sie seinen fragenden Blick mit einem auffordernden Nicken erwiderte, löste er die Fibel an der Schulter, dass der Umhang zu Boden glitt, nahm den Stoff aus dem Korb und schlug ihn auseinander, um ihn sich über die Schultern zu werfen. »Wie machst du das? Alle Welt glaubt, ich sei ein reicher Mann.«

Stirnrunzelnd setzte sie den Korb ab und musterte das Ergebnis, zupfte die Falten zurecht und befestigte sie mit der Fibel. Er umschloss ihre Hand mit seiner, führte sie an die Lippen, die flüchtig die warme Innenfläche streiften, und spürte die Fingerspitzen kalt an seiner Schläfe.

»Sie hassen uns«, flüsterte sie.

Verdutzt hob er den Kopf.

»Die Soldaten«, fügte sie hinzu.

»Das ist Unsinn. Niemand hasst euch.« Er wusste, dass sie nicht ihn meinte, sondern sich selbst und ihre kleine Schwester, die sich ebenso in seiner Obhut befand. »Ihr seid liebenswert, Saldir und du. Siehst du nicht, wie aufmerksam Vestrius darum bemüht ist, die wenige dienstfreie Zeit darauf zu verwenden, Saldir eine schöne Schrift beizubringen?«

»Hast du es nicht gehört? Für sie sind wir die Töchter und Schwestern von Meuterern und Verrätern.«

Sie hatte die Hand zurückgezogen, ihr Blick schien sich an seinen Augen festzuklammern. »Bitte sorge dafür, dass Saldir und ich nicht innerhalb der Lagermauern wohnen müssen, während du fort bist.«

Ihre Lippen zitterten, und die Worte passten nicht zu ihrer tonlosen Stimme, als hätte sie sich alles schon vor langer Zeit zurechtgelegt.

»Wenn ihr außerhalb der Mauern wohnt, kann euch niemand beschützen.«

Sie warf den Kopf zurück, so dass für einen Augenblick die beherrschte Maske fiel, ihre hellgrünen Augen blitzten. »In Sicherheit? Ist es das, was ich glauben soll, wenn ich in Begleitung zweier Soldaten auf den Markt oder zu den Wäscherinnen gehe und die Soldaten mich anstarren? Du hast doch gehört, was dieser Mann über jeden ... Barbaren denkt – also auch über mich!«

»Vergiss Eggius! Er ist verbittert, das ist alles. Ich werde ihm die passende Antwort geben, das verspreche ich dir.« Nochmals ergriff er ihre Hand, drückte sie leicht. »Du bist die Frau eines Offiziers, du kannst nicht irgendwo in den Dörfern wohnen.«

»Was soll mir denn da draußen zustoßen, das mir nicht ebenso gut im Lager zustoßen könnte?«

»Darum geht es nicht. Die Leute reden ...«

»Sie reden ohnehin, es macht keinen Unterschied.« Wieder glommen ihre Augen auf, diesmal grub sich sogar ein schwaches Lächeln in ihre Mundwinkel. »Als du fort warst, konnte ich das Lager nicht verlassen, ich konnte eigentlich nicht einmal aus dem Haus gehen. Ich war eine Gefangene. Und Saldir ebenso.«

Gedankenverloren streichelte er ihre Finger. Vielleicht war es tatsächlich besser für sie, nicht in der Männerwelt eines Heereslagers eingeschlossen zu sein. Sie brauchten einen Platz, an dem sie willkommen waren und beschützt wurden, eine Familie.

Wie jeden Tag besprach Cinna sich vor Dienstantritt mit dem Tribunen Aulus Corellius, dessen Gastfreundschaft er schon viel zu lange beanspruchte, selbst wenn dieser es sich nicht anmerken ließ. Die Verhältnisse in diesem Offiziershaus, das im vorletzten Jahr einen ritterlichen Tribun der Ersten Legion beherbergt hatte, waren beengt; überall stapelten sich die Besitztümer des eigentlichen Hausherrn, der einige Kammern hatte räumen müssen. Corellius' Entgegenkommen war bemerkenswert. Der Sohn eines reichen Händlers aus Aquileia gehörte zu den wenigen, die Cinna nicht argwöhnisch ansahen, weil dieser seine lange Gefangenschaft bei den Barbaren nicht nur überlebt, sondern sich obendrein ein hübsches Mädchen mitgebracht hatte, das er zu allem Überfluss in Ehren hielt. Als Cinna ihm nun ankündigte, er habe die Absicht, die beiden Geiseln auszuquartieren, richtete Corellius seine rehbraunen Augen auf ihn.

»Der Primipilus der Sechzehnten hat ein Haus im Dorf vor dem südlichen Lagertor«, sagte der Tribun. »Ein hübsches Haus mit Hof und Garten, keine baufällige Hütte. Sein Ältester leistete vor einem Jahr den Eid und rückte in die Erste ein, so dass das Haus leerer geworden ist. Ich werde ihn fragen, ob dort Platz für die beiden ist.«

Erleichtert nickte Cinna, griff die nächste Tafel vom Stapel und vertiefte sich in die Listen.

»Eigentlich schade«, murmelte Corellius, der Cinna noch immer anschaute. »Es gibt einem das Gefühl von Ordnung und Frieden, wenn eine Frau im Haus ist. Ich werde das vermissen – und du wirst es genießen können, sooft du zu ihr gehst.« Er schüttelte leicht den Kopf. »Wann wirst du morgen aufbrechen?«

*

Nachdem Cinna die Vorbereitungen zum Abmarsch ein letztes Mal überprüft hatte, machte er sich ohne die übliche Begleitung zweier Wachsoldaten auf den Weg zu dem Haus, das Corellius ihm genannt hatte. Vor dem Lager drängten sich Händler und Huren, die in dieser Zeit, zwischen Dienstschluss und Beginn der ersten Nachtwache, wenn die meisten Soldaten ihren Ausgang nahmen, Hochbetrieb hatten. Er bog in die Gasse ein, die Corellius ihm genannt hatte, zählte die Eingänge im Vorübergehen, und stand schließlich vor einem zweistöckigen Fachwerkbau. An der fensterlosen Hauswand drückten sich zwei rotznasige Jungen herum, die in ihrem Treiben innegehalten hatten, um ihn unverhohlen anzustarren, während er schnurstracks zur Tür schritt und den bronzenen Klopfer gegen das Holz schlagen ließ. Als ihm geöffnet wurde, blickte er in einen schmalen Gang, in den von einer rückwärtigen Tür Tageslicht fiel. Ein ältlicher Sklave krümmte sich vor ihm, murmelte eine unverständliche Begrüßung, die ihn veranlasste einzutreten. Dann ertönte ein fragender Ruf, wohl der Name dieses nutzlosen Wächters, der keinen entschlossenen Mann würde abwehren können; eine gedrungene Gestalt rauschte durch den Gang auf ihn zu.

Es half nichts, dass sie sich als Herrin des Hauses aufgeputzt hatte, sie war keine Dame, sondern eine einfache, dicke Frau, die sich tiefer vor ihm verneigte, als er erwartet hatte, seine Hand mit ihren weichen Pranken verschlang und ihn zum Garten zog. In dem von hölzernen Säulen getragenen Umgang stand ein Tischchen aus Kirschbaum, flankiert von zwei gepolsterten Korbsesseln. Der Duft von heißem Würzwein stieg in seine Nase, als sie ihm einen bronzenen Henkelbecher in die Finger drückte und ihm zutrank. Der Wein schmeckte harzig, duftete nach Honig, Lorbeer und Pfeffer, und eine wohlige Wärme breitete sich in ihm aus. Gehorsam ließ er sich in einem der beiden Sessel nieder, und während der Sklave die vorgewärmte Decke um ihn schlug, schweifte sein Blick über den kleinen Garten. Die Sträucher waren sorgfältig gestutzt, und aus der schwarzen Erde lugten in genau ausgerichteten Reihen die ersten zartgrünen Spitzen. Diese Frau, deren Namen er schon wieder vergessen hatte, verstand es offenbar, ein ordentliches Haus zu führen: Die Gänge waren sauber gefegt, nirgendwo trübte ein Staubfilm den Glanz der polierten Möbel, die Vorhänge hingen in weichen Falten; er erinnerte sich, dass ihm beim Betreten des Hauses nicht der Muff entgegengeschlagen war, den er aus Corellius' Haus kannte.

»Ich habe vier Kammern, die wir nicht benötigen«, sagte sie und ließ dabei zwei Reihen makelloser weißer Zähne aufblitzen. »Deine Frau kann ihren Webrahmen im Wohnraum aufstellen – der ist heller als die Kammern, und sie wäre nicht allein.«

Gedankenverloren nickte Cinna. Dieses Haus flößte ihm Frieden ein. Zwischen den kahlen Zweigen eines Haselnussstrauches blitzten ihm zwei Paar Kinderaugen entgegen, helles Kichern perlte auf und verklang, als die Kleinen davonstürmten, um sich im Hinterhaus zu verstecken.

Später führte ihn die Hausherrin, deren schimmerndes, kunstvoll aufgeflochtenes, kupferrotes Haar verriet, dass sie einmal eine Schönheit gewesen war, durch eben dieses Hinterhaus. Aus einer der Türen blickte ihm ein kleiner Junge entgegen, auf dem runden Gesicht ein Gemisch aus Furcht und Neugier, das Cinna lächeln machte. Er kauerte sich vor das Kind, das kaum zwei Jahre alt sein mochte, und strich ihm über die Wange, die weicher war als die pelzige Haut eines persischen Apfels, ehe der Junge auf unsicheren Beinen davontrabte.

»Ich werde sie hierher bringen, wann immer es dir recht ist«, sagte er, während er sich erhob.

»Wir haben noch gar nicht über die Miete gesprochen.«

Cinna winkte ab. Sie bot ihm etwas, das in Gold nicht aufzuwiegen war: Sunja und Saldir würden wieder in einer Familie leben, umgeben von Menschen, die ihnen freundlich gesinnt waren.

»Noch heute Abend, wenn du es wünschst, Praefect. Nur eins noch«, begann sie vorsichtig. »Deine Frau ...«

»Sie ist eine Barbarin, eine Cheruskerin.«

»Armes Ding! Titus – mein Mann – erzählte mir das

eine oder andere ... was man über dich redet. Ich weiß, wer du bist und was dir genommen wurde.«

Cinna zögerte, dem Bedürfnis nachzugeben, diesem einen oder anderen nachzuspüren.

»Unser Haus wird durch deine Anwesenheit geehrt sein, Praefect – so denkt mein Mann, und so denke auch ich. Du bist jederzeit willkommen, und ich werde für deine Frau und ihre Schwester sorgen, als wären sie meine Töchter.«

Schnell nahm er ihre Hand, bedankte sich, und es berührte ihn peinlich, dass er ihren Namen vergessen hatte.

»Vitalina«, erwiderte sie und zwinkerte mit einem ihrer beiden winzigen Augen, »Tochter des Gimro aus dem Volk der Rauracer, Frau des Titus Pontius.«

Cinna bewegte sich leise den Gang entlang und blieb neben der angelehnten Tür stehen, schob sie mit den Fingerspitzen auf. Ein Schwall Wärme überflutete ihn. Fast waagerecht fielen späte Sonnenstrahlen durch das hochliegende Fenster; das matte Licht schimmerte auf Sunjas hellem Haar, die in der Nähe des Kohlebeckens am Webrahmen saß, den Kopf leicht zur Seite geneigt und die Hände im Schoß, als träume sie.

Er trat in die Kammer und war mit wenigen Schritten bei ihr; seine Finger strichen über ihr Haar, ihre Schläfen hinab, über die Wangen. Früher – er erinnerte sich, es war kurz nach ihrem Einzug in dieses Haus gewesen, als sie, versehen mit einer Freilassungsurkunde und der Heiratserlaubnis des Publius Vinicius, ihres Patronus, ihm von Tiberius selbst als rechtmäßige Ehefrau übergeben worden war – früher hatte sie sich in einer einzigen, fließenden Bewegung aufgerichtet, an ihn geschmiegt und die Arme um ihn geschlungen. Wenn er jetzt den Kopf an ihre Schulter legen wollte, um den Duft ihrer Haare, ihrer Haut zu atmen, musste er niederknien, tat es jedes Mal, ohne zu zögern. Vielleicht war er nur voreilig, vielleicht ließ er ihr einfach nicht die Zeit, ihn zu umarmen. Sie war ja da, lehnte warm und schwer an seiner Brust, den Kopf gesenkt, und streichelte seine Unterarme.

»Ich habe eine Bleibe für euch.«

Ihr Kopf flog herum, und sie sah ihn aus großen Augen an.

»Ihr müsst nur noch packen.«

Jetzt sprang sie auf, drückte ihn einen Atemzug lang fest an sich, küsste ihn auf die Wange, auf den Mund – dann rannte sie ohne ein Wort aus der Tür.

Überraschend schnell waren Sunjas und Saldirs Habseligkeiten eingesammelt. Vestrius, der wegen einer letzten Anordnung kam, half Saldir, ihre Buchrollen zu verstauen, suchte mit ihr die verstreuten Tafeln und Griffel zusammen und schenkte ihr einen großen, feuerroten Lederbeutel, in den sie diese Kostbarkeiten stopfte. Zum Abschied zog er sie neckend an den Zöpfen, versprach, sie zu besuchen, und verpasste dem braven Maultier, auf das er sie gehoben hatte, einen Klaps, dass es erschrocken den Kopf hochwarf. Sunja trat auf die Via Praetoria hinaus, als wäre es ihr letzter Gang, den Kopf gesenkt, tief verschleiert von einem dunklen Manteltuch folgte sie Cinna, bis er sie behutsam an seine Seite zog.

»Es wird dir gefallen«, flüsterte er. »Sie hat einen Garten, die Kammern sind nicht allzu dunkel, und –«

Ein scharfer Pfiff ließ ihn herumfahren. Er erblickte einen Soldaten, der innehielt, die Finger noch an den Lippen. Mit wenigen raschen Schritten stand er vor dem Mann und schlug ihn, ohne zu zögern, ins Gesicht. Zweimal. Der Getroffene senkte den Kopf, und seine borstigen Wangen färbten sich dunkel. Cinnas Finger brannten, aber er achtete nicht darauf.

»Beim nächsten Mal wird es der Stock sein, Soldat«, zischte er. »Wage es nicht noch einmal, dich meiner Frau gegenüber ungebührlich zu betragen!«

Er machte auf dem Absatz kehrt und setzte ihren gemeinsamen Weg fort, im Augenwinkel das spitzbübische Grinsen, das Saldir sich zu verbeißen suchte.

Vitalina empfing sie schon beim Eingang, wo nun ein stämmiger Hüne Wache hielt, der kaum durch die Tür passte und weitaus abschreckender wirkte als sein Stellvertreter. Die Hausherrin verneigte sich vor ihren neuen Mietern, wies eine junge Sklavin an, ihnen die Mäntel abzunehmen und befahl dem Türsteher, das Gepäck in die Kammern der Gäste zu schaffen. Sie selbst hakte sich bei Sunja ein und schob sie den Gang hinunter durch den Garten ins Hinterhaus, wohin Cinna ihnen folgte.

Die Kammer, die er hinter Sunja betrat, war von zwei Kandelabern beleuchtet und erwärmt von einer bronzenen Kohlepfanne, die auf einem hohen Dreifuß in der Ecke stand. Das Fenster war verhängt, so dass keine Kälte eindringen konnte, und an den Wänden standen Truhen und ein heller Schrank; über das Bett waren bunte Decken und Kissen in gemütlicher Unordnung verteilt. Teppiche bedeckten den Estrich, die hellen Farben passend zu den Bildern, welche die Wände zierten, halbhohe Mauern darstellend, Säulen, die ein Dach trugen, und den Ausblick auf einen sommerlichen Garten, in dem Vögel in den Ästen sangen und Büsche von Blüten prangten.

Ein heller Schrei drang aus dem Nebenzimmer, dann schoss Saldir durch die Tür herein, ihr Gesicht leuchtete.

»Ich habe einen Garten!«, rief sie. »Einen Garten mitten in meinem –«

Sie erstarrte, hielt einen Atemzug lang inne, ehe sie begann, sich langsam um sich selbst zu drehen, während ihre Blicke über die Wände in Sunjas Kammer wanderten, als habe sie nie zuvor so etwas gesehen. Es gab Wandgemälde im Haus des Corellius, doch sie waren schlicht und eckig.

»Mein Ältester malt diese Bilder«, sagte Vitalina, und der Stolz glitzerte in ihren Augen. »Jedes Mal, wenn er Urlaub hat, muss er jemandem das Haus verschönern und verdient dabei gutes Geld.« Sie schob sie wieder hinaus. »Er dient in der Ersten Legion, in Vetera, seit einem Jahr. Ich bete jeden Morgen und jeden Abend zu den Müttern, damit er heil und gesund bleibt.«

Hinter einer der Türen, die in den Garten hinausführten, befand sich ein Speisezimmer. Der Tisch war bereits gedeckt, Schüsseln erwarteten sie mit eingelegten Gemüsen, Brotfladen und stark verdünntem Wein, und auf flachen Schalen lagen wachsweiche Eier mit Oliven besteckt wie riesige gelbe Augen. An der Tür wandte die Hausherrin sich Cinna zu. »Herr, auch wenn wir nicht nach deiner Sitte zu Tisch liegen, würdest du mir bitte die Ehre erweisen ...?«

Lächelnd nickte er und ließ sich auf dem Sofa nieder, das den Ehrenplatz am Kopfende des Tisches einnahm, Sunja auf einem hochlehnigen Stuhl an seiner Seite, neben ihr Saldir. Auf Vitalinas Ruf hin eilten die Kinder zu ihren Plätzen; den Kleinsten nahm sie auf den Schoß. Nacheinander stellte sie ihre vier Söhne und drei Töchter vor, ermahnte sie stillzusitzen, den Mund zu halten, sich zu benehmen. Nur das leise Scharren von Kinderfüßen auf dem Estrich war zu hören, als Vitalina Cinna den Brotkorb reichte, während eine Dienerin ihm Wein einschenkte. Er hielt den noch warmen Fladen kaum in der Hand, als die Kinder sich wie Verhungernde auf Schüsseln und Schalen stürzten. Vitalinas scharfer Ruf dämpfte den Eifer kaum; mit vollen Backen kauend saßen sie um den Tisch, beäugten die Neulinge und stopften mit Pinienkernpaste bestrichene Eihälften, süß eingelegte Gurkenstücke und anderes Gemüse in sich hinein.

Nach Schweinefleisch mit Apfelschnitzen und gefülltem Huhn, einer Eierspeise mit Nüssen und gedörrtem

Obst, honigsüßem Gebäck und vier Bechern leichtem Wein fiel es Cinna schwer, sich vom Sofa zu erheben. Die Kinder waren längst verschwunden, um sich wieder ihren eigenen Angelegenheiten zu widmen, und die Dienerin trug eilig die Reste ab, um sie unter den Sklaven zu verteilen. Er dankte der Hausherrin, die den Knaben an ihrer gewaltigen Brust mit Plätzchen fütterte, und erkannte an dem seligen Ausdruck auf ihrem Gesicht, wie sehr sie es genoss, einen zivilisierten Gast zu bewirten. Sunja betupfte die Lippen mit einem bereitliegenden Tuch und stand auf.

»Ich möchte mich zurückziehen«, murmelte sie fast unhöflich leise. »Ich bin müde und möchte niemandem zur Last fallen.«

»Täubchen! Du fällst doch niemandem zur Last!« Vitalina sprang behände auf, ließ das Kind zu Boden gleiten und streckte ihr beide Hände entgegen. »Wenn ihr allerdings noch etwas Zeit füreinander haben wollt ...«

Unter dem Zwinkern errötete Sunja, und ein erzwungenes Lächeln erschien auf ihren Lippen, während sie die Blicke fest auf den Boden heftete.

»Deine Schwester kann mir indessen mit der Wolle helfen.«

Der düstere Zug, der Saldirs Stirn zeichnete, vertiefte sich zu zwei senkrechten Falten.

»Ich kann nicht lange bleiben«, erwiderte Cinna vorsichtig. »Es sind Vorbereitungen zu treffen für den Abmarsch.«

»Dann wünsche ich meinen Gästen eine gute Nacht –

und dir, dass du deine Aufgabe ehrenvoll erfüllen und unversehrt zurückkehren mögest.« Mit einem kleinen Wink hieß sie die Dienerin, ein Licht zu nehmen und ihnen den Weg zu weisen.

*

Die Truppe überquerte den Fluss kurz nach Sonnenaufgang. Sie benutzten die Wege durch die Felder der Mattiacer, wo aus dunkelbrauner Erde die ersten grünen Spitzen sprossen. Vorhut und Kundschafter waren schon Stunden zuvor aufgebrochen, um den Lagerplatz für die kommende Nacht vorzubereiten.

Mehrmals ertappte Cinna sich dabei, dass er seinen Grauen zum Feldrain lenkte und sich im Sattel umdrehte, den Blick über die vorbeimarschierenden Soldaten schweifen ließ, dann in die Ferne, zurück zu dem Lager auf dem breiten Rücken des Hügels, zu den Häuschen, die wie hingewürfelt den Hang säumten, und dem hoch aufragenden Turm des Denkmals. Selbst als er sie nicht mehr erkennen konnte, als nur noch der matte Schemen ferner Bergzüge erahnen ließ, von wo sie aufgebrochen waren, flogen seine Gedanken immer wieder dorthin zurück. Sunja und Saldir hatten am Ufer gewartet, scheinbar zufällig, und aus ihren Körben lugten frühe Kräuter; Sunja hatte die Arme um ihre kleine Schwester gelegt, die zögernd winkte, und sie an sich gedrückt. Immerhin zog er aus in ein sehr unsicheres Gebiet, mit einem Auftrag, über den er kein Wort hatte verlieren dürfen.

Sunja war am Straßenrand zurückgeblieben, während Saldir den Soldaten nachrannte bis in die Nähe der Schiffe, die sie über den Fluss bringen sollten. Sooft Cinna zurückblickte, glaubte er zu sehen, wie der Wind an ihrem fest geflochtenen Haar zupfte und einige feine Strähnen über ihr Gesicht wehte, bis sie den Mantel wieder über den Kopf zog.

»Jeder von uns hat etwas zurückgelassen, zu dem er zurückkehren will, Praefect.«

Cinna fuhr herum und blickte in das kantige Gesicht seines Praepositus Domitius Firmus, des ranghöchsten Centurios der Einheit.

»Du solltest deinen Trennungsschmerz nicht so offen zur Schau stellen«, fügte der Mann hinzu, ohne den Blick abzuwenden. Er saß auf einem der grobknochigen thrakischen Soldatenpferde, denen man auf Anhieb nicht ansah, wie mutig und schnell sie waren, und hatte die Hände lässig auf die Oberschenkel gelegt. Sein Kettenhemd wirkte abgenutzt, der Waffenrock darunter verblichen; nur dem Mantel sah man den Rang seines Trägers an.

»Die Männer munkeln darüber, welche heimlichen Vorlieben ihren Praefecten dazu bewegen, sich anstelle der üblichen Weibergeschichten ein festes Mädchen zuzulegen.«

Cinna ließ den Atem mit einem kaum hörbaren Pfeifen zwischen den Zähnen entweichen. »Und was munkeln sie, Centurio?«

»Dass dieses Mädchen etwa genauso groß ist wie er und ziemlich kräftige Hände hat.«

Cinna wandte den Blick nicht von dem Centurio, dessen Mundwinkel zuckten. Er hatte einen kleinen, schmalen Mund, und scharf geschnittene Linien zogen sich von den Nasenflügeln herab. Darüber blitzte ein Paar eisgrauer Augen, wie sie Sunjas und Saldirs jüngster Bruder gehabt hatte – Cinna schüttelte die unerfreuliche Erinnerung ab, ohne sich etwas anmerken zu lassen. »Hast du Familie, Centurio?«

Ein neuerliches Zucken der Mundwinkel, wie ein Zögern. »Nein, Praefect, aber einer meiner Männer hat sich kurz nach unserem Eintreffen im Lagerdorf ein nettes Ding angelacht. Jetzt bekommt er ein Kind und redet von nichts anderem mehr – und alle lachen ihn aus.« Firmus schnäuzte sich geräuschvoll ins Gebüsch, dann rieb er sich die Nase. »Gut, dass du sie endlich woanders untergebracht hast. Solange sie sich im Lager befand, wurde gemurrt und getuschelt, und die Männer hatten Anlass zur Unruhe.«

»Schön, dass ich dienlich sein konnte«, entgegnete Cinna und lenkte seinen Grauschimmel an dem Braunen des Centurios vorbei, als er ein leises Prusten vernahm und sich umdrehte. Firmus grinste vielsagend.

»Du hast den guten Ton nicht verlernt in diesem Jahr, das du bei den Barbaren verbracht hast.«

Cinna schnalzte mit der Zunge, so dass der Graue die Ohren spitzte, dem Gewicht des Reiters auf seiner Hinterhand folgend ansprang und in gemächlichem Tölt die Reihen der Soldaten eine nach der andern überholte. Der junge Offizier wusste, dass Tiberius seine Kenntnisse gut gebrauchen konnte und sich den ehemaligen Sohn einer reichen Senatorenfamilie wie einen Hütehund hielt, der, beim Tod des aufsässigen Schäfers unnütz geworden, um seiner Wachsamkeit willen nicht erschlagen, sondern an die Kette gelegt worden war, um seinem Herrn anderweitig zu dienen. Centurio Firmus war ein wichtiges Glied dieser Kette, deren Rasseln Tiberius seiner Treue versicherte – oder verriet, dass er das Vertrauen nicht verdiente, welches der zukünftige Beherrscher des römischen Imperiums in ihn setzte.

Dabei gab es ein viel festeres, schmerzhafteres Glied in dieser Kette: einen Eid, den er Sunjas Mutter geschworen hatte, niemals zu dulden, dass irgendjemand Gewalt gegen sie übte, und sie mit seinem Leben zu schützen. Und da er durch den vorzeitigen Tod seines Vaters alle Reichtümer und Vorrechte seiner Familie verloren hatte, stellte die Erfüllung dieser Verpflichtung beinahe das Einzige dar, woran er sein mürb gewordenes Ehrgefühl aufrichten konnte. Fast ein Jahr hatte er in Geiselhaft unter den Barbaren verbracht, so dass er ihre Gepflogenheiten und Bräuche ebenso gut wie jeder andere römische Unterhändler kannte. Er hatte ihnen als Lehrer gedient, die jüngeren Söhne zu kämpfen gelehrt wie ein Gladiator einst ihn. Viele der Barbarenfürsten waren für ihn nicht nur Namen; er hatte ihre Gesichter gesehen, ihre Stimmen gehört, wusste, wie sie sich verständigten, wie sie dachten. Zahllose Kleinigkeiten, die einen Schreiber oder Übersetzer irreführen konnten, waren ihm vertraut. Obwohl Caesar Augustus mit dem Tod des alten Cinna den Namen einer republikanisch gesonnenen Familie aus den Bürgerlisten getilgt und sich deren Vermögen angeeignet hatte, wollte Tiberius nicht auf dieses Wissen verzichten und eröffnete dem entrechteten Sohn die Möglichkeit, seinen Eid zu halten, solange er sich den Regeln unterwarf, die dieser Krieg festschrieb.

Als Cinnas Pferd die Gruppe der Feldzeichenträger an der Spitze des Zuges überholte, nickte er gedankenverloren in Gesichter, aus denen das Lachen und Plaudern nur für eine rasche Begrüßung verschwand, und warf prüfende Blicke zurück auf den dunklen Wurm, der sich über die schlechte Straße wand. Hunderte genagelte Sandalen dröhnten auf dem harten Lehm. Das Schwemmland des Rhenus mit seinen noch schmutzigbraunen Wiesen bot nirgends Deckung.

Stirnrunzelnd ließ Cinna den Grauen antraben. Dem Befehl, den verhandlungsbereiten Chattenfürsten Actumerus als Fürsprecher für die römische Sache in der Versammlung der Räte und des Heeres zu gewinnen, zum Trotz – die Männer unversehrt wieder zurückzuführen, war seine vornehmste Aufgabe.

II

Fünf Tage marschierten die Soldaten durch sicheres Gebiet, begleitet von einem Trupp Mattiacer, der zu ihnen gestoßen war, als sie ihr erstes Nachtlager befestigt hatten. Die Krieger waren von einem hiesigen Fürsten als Geleitschutz abgestellt worden. Angesichts des ungeordneten Haufens dahintrottenden Reiter ließen sich einige der Soldaten zu spöttischen Bemerkungen hinreißen, obwohl sie selbst einheimische Söldner waren und ihr Volk erst vor zwei Generationen über den Rhenus gekommen war, um sich Iulius Caesar zu unterwerfen und im Gegenzug Land zu erhalten. Bei der geringsten Gefahr würden sich die Reiter augenblicklich zu einer schlagkräftigen Einheit formieren.

Cinna verzichtete auf jeglichen Luxus, auf das eigene Zelt und – was schwerer wog – die Möbel, welche ihm als Truppenführer zustanden; Soldaten ließen sich damit beeindrucken, dass ihr Befehlshaber dieselben Strapazen ertrug wie sie selbst. Von dem Beispiel, das Tiberius Caesar auf jedem Marsch seinen Männern bot, verleitet, war er überzeugt, er sei nach einem Jahr unter den Barbaren imstande, Annehmlichkeiten leicht entbehren zu können. Seinem Unteroffizier, dem Cornicularius Vestrius, hatte er vor der Abreise verkündet, dass nur leichtes Gepäck nötig sei, weil sie ein Zelt teilen würden. Längst wieder an ummauerte Kammern, Kohlebecken und anständige Betten gewöhnt, hatte er vergessen, dass die Nächte im Monat des Mars noch sehr frostig waren. Doch vor allem hatte er nicht damit gerechnet, dass Vestrius im Schlaf abwechselnd knurrende und pfeifende Geräusche von sich gab, die Cinna kaum Ruhe finden ließen.

Als sie am fünften Tag die Grenze zu den Gebieten der Chatten erreichten, verabschiedeten sich die barbarischen Krieger, eine Schutztruppe, die ihre Schützlinge verließ, sobald diese sich dem Rachen des Löwen näherten. Cinna argwöhnte, dass der großmütige Stammesfürst nichts anderes beabsichtigt hatte, als einige junge Krieger ungefährdet mit einer Einheit des mächtigen Nachbarn zusammenzubringen, um diese auszukundschaften – zu oft waren die Mattiacer in kleinen Gruppen innerhalb der Palisade des Marschlagers umherspaziert, zu oft hatten sie mit verschränkten Armen herumgestanden, zu oft hatte ihr Anführer die römischen Offiziere mit anzüglichen Bemerkungen bedacht, die Cinna nicht entgangen waren, da er ihren Dialekt, wenn auch mühsam, verstand.

Im Gebiet der Chatten waren sie auf sich gestellt. Zwar hatten Kundschafter sie aufgesucht und versichert, sie seien willkommen und man halte Vorräte für sie bereit, doch nicht erst seit dem Abrücken der Mattiacer misstraute Cinna den hier lebenden Barbaren.

Der Hauptteil der Cohorte traf am frühen Nachmittag auf dem vorbereiteten Platz ein, einer kahlen Kuppe, die sich über eine weite Talebene erhob, umgeben von frisch gepflügten Feldern. Die vorausgeschickten Fabri hatten die für den Graben ausgehobene Erde bereits zu Wällen aufgeschüttet, auf denen die Soldaten aus den mitgeführten Schanzpfählen eine Palisade errichteten. Kundschafter schwärmten aus, und eine achtköpfige Zelteinheit aus der Centuria des Marcus Eggius machte sich auf den Weg, in der Umgebung Proviant einzuholen. Der junge Mann, der das Lager mit einer kleinen Gefolgschaft herausgeputzter Krieger aufsuchte, sich in gebrochenem Latinisch als Gavila, Actumerus' Sohn, vorstellte und die Einladung seines Vaters überbrachte, weckte kein Vertrauen. Seine Männer, ehemalige Angehörige römischer Hilfstruppen, hatten die kurzen Schwerter wieder gegen die ihnen vertrauteren, längeren ausgetauscht, doch über ihren Hosen trugen sie die gleichen Kettenhemden wie die ubischen Soldaten, und von den Gürteln baumelten die gleichen Helme.

Es befanden sich mehrere Heeresverbände der Chatten in der Gegend, Einheiten, die ausgehoben worden waren, während nacheinander Vinicius, Ahenobarbus, Tiberius und Varus versucht hatten, im Land zwischen Rhenus und Albis eine Provinz einzurichten. Nach der Vernichtung der römischen Hauptstreitmacht hatten diese Männer ihre Lager verlassen, ein paar römische Offiziere gefangen genommen, einige getötet, andere gegen Lösegeldzahlungen freigelassen und sich dann wieder in ihre Dörfer begeben, ehe sie erneut eingezogen wurden – diesmal von ihren Stammesfürsten. Die Krieger waren gut ausgebildet, Waffen und Rüstungen hatten sie schon vor der Meuterei aus römischen Beständen erworben, und ihre neuen Anführer kannten die Stärken und Schwächen des römischen Heeres. Auf eine Auseinandersetzung durfte Cinna sich nicht einlassen.

Den Nachmittag verbrachte er damit, die Aufgaben zu verteilen, die der Lagerbau erforderte, Wacheinteilungen abzuzeichnen, sich die Sorgen des Quartiermeisters anzuhören und mit den Mannschaftsoffizieren einen Rundgang auf den Wällen zu machen, ob alles seine Richtigkeit hatte. Begleitet wurde er von Vestrius, der eifrig Aufzeichnungen für spätere Berichte anfertigte, und den beiden vierschrötigen Ubiern, die er zu seiner Leibwache ernannt hatte. Die Wachhabenden bemängelten, dass der schnell aufgeschüttete Wall glitschig war und der Gang hinter der Brustwehr zu schmal. Diejenigen, denen die Pflege der Pferde oblag, schimpften, dass die Weide zu klein und sumpfig sei. Einer der Trossposten klagte, dass der ranzige Käse nicht einmal mehr dazu tauge, Schweine zu füttern, als Cinna eines einzelnen Soldaten ansichtig wurde, der mit den Armen rudernd und unverständliche Schreie ausstoßend den Hügel heraufrannte.

Die Offiziere tauschten schnelle Blicke. Der Mann gehörte zur Gruppe der Proviantierer. Befehle gellten durch das Lager, die Soldaten mühten sich in ihre Kettenhemden, griffen nach Helmen und Waffen. Ein Teil strömte in der Mitte des Lagers zusammen, andere besetzten die Wälle. Als zwei Gefreite den erschöpften Mann in ihre Mitte nahmen, drängte er in Richtung des Praefecten, seine Hände wedelten in der Luft, während er hustend den Wall hinaufstolperte.

»Was ist passiert?«

Keuchend kam der Soldat vor dem Praefecten zum Stehen und musste aufgefangen werden, als er fast zusammenbrach; er war einer von denen, die ihre besten Jahre schon hinter sich hatten und sich mit ihrer Erfahrung und den Geschichten von Heldentaten die Achtung der Jüngeren verschafften. Einer, der schon vieles überlebt hatte. Jetzt schien es ihm die Sprache verschlagen zu haben, schwer atmend hielt er den Kopf gesenkt, blinzelte nur unruhig unter den buschigen Brauen hervor.

»Wir sind auf Barbaren getroffen«, stammelte er schließlich.

»Gibt es Kämpfe?«

Er schüttelte den Kopf. »Es sind nur ein paar Mädchen.«

Langsam drehte Firmus sich um. »Das bedeutet Ärger«, murmelte er.

Cinna spürte, dass seine Finger taub wurden, die Kälte die Arme hinaufkroch, sich in ihm ausbreitete. Hastig winkte er den Kundschafter und einen weiteren Offizier zu sich, den die Abzeichen am hellen Waffenrock als ranghöchsten Decurio auswiesen, und verlangte heiser nach Pferden.

Gefolgt von einer kleinen Eskorte hastete er zum

Haupttor hinunter, das bisher nur aus einer Lücke im Wall bestand und wo die Pferde schon bereitstanden. Der Decurio zog eine Grimasse, ehe er folgsam auf das übrig gebliebene Reittier sprang.

Alles dauerte viel zu lange. Nicht einmal einer der beiden Reitertrupps konnte sie begleiten; Firmus hatte Befehl gegeben, dass seine Centuria ihnen im Laufschritt folgen solle, doch selbst das würde zu spät sein für was immer es auch war, das den alten Soldaten ins Lager getrieben hatte. Sie folgten dem Weg, den unverkennbaren Spuren genagelter Sandalen durch die Felder bis zum lichten Wald, in den sie eintauchten. Der donnernde Hufschlag flog ihnen weit voraus als deutliche Warnung. Der Arm des Kundschafters fuhr nach links; sie wendeten die Pferde, trieben sie in den dichten Baumbestand, hinter dem eine Lichtung glänzte. Als die Pferde durch das Unterholz brachen, stoben vor ihnen ein paar Soldaten wie aufgeschreckte Vögel auseinander. Die Proviantierer. Cinna sprang aus dem Sattel, dann blieb er wie angewurzelt stehen.

Der Körper lag kaum zwei Schritte weit von ihm entfernt mit dem Gesicht im Dreck; ringsum waren modriges Laub und Erde aufgewühlt, Zeugnis verzweifelter Gegenwehr. Dunkle, nass glänzende Flecken tränkten die Fetzen, die von dem Kleid übrig geblieben waren, eine zertretene, weggeworfene Puppe, die Arme unnatürlich verdreht und gesprenkelt von Schmutz und dunklen Malen. Den Rücken übersäten Stichwunden, kleine, hässliche Krater mit aufgeworfenen Rändern. Die Beine bildeten einen Winkel, als hätte jemand versucht, sie aus den Gelenken zu reißen. Büschel von Haaren waren auf der Erde verstreut, während der süßliche Geruch von Blut die Luft schwängerte und ein anderer, der nicht hierher gehörte, nicht zu Blut und Mord. Cinna schluckte, um das Würgen zu unterdrücken. Dann drehte er sich zu den Soldaten um.

»Wer war das?«, stieß er hervor. Er wusste, dass ihm niemand Antwort geben würde. »Welcher schmutzige Feigling hat das getan?«

Der Decurio trat zu ihm; als er die geschändete Leiche musterte, zuckte sein hartes Gesicht. Er hatte eine Tochter, die gerade den Kinderschuhen entwachsen war, zwar illegitim, aber das tat seiner abgöttischen Liebe keinen Abbruch – sie war kaum jünger als dieses arme Ding.

»Verfluchte Schweinerei!«, knurrte er. »Die Chatten können sich denken, wem sie das zu verdanken haben.«

Ohne den Blick von den Verdächtigen zu wenden, nickte Cinna langsam.

»Wir sollten diese Schafsschwänze im nächsten Dorf abliefern«, zischte der Decurio. »Dann wäre das Problem gelöst.«

»Wir werden kaum eine andere Wahl haben, Fronto«, murmelte Cinna.

»Sollen die Barbaren doch kommen!«, rief einer der Soldaten, ein gedrungener Blonder. »Denen besorgen wir's genauso.«

Cinna fuhr herum, fixierte ihn scharf. »Dein Name, Soldat!«

Der Blonde fuhr zusammen, stutzte.

»Tribonius Paulus«, erwiderte Firmus an seiner Stelle. »Er dient unter Eggius.« Er schnaubte und beschrieb mit dem Arm einen Bogen, der die Männer umfasste. »Diese Köter dienen alle unter Eggius.«

Endlich trabten die Soldaten der ersten Centuria auf die Lichtung. Mit wenigen Befehlen hieß Firmus' Optio sie die Schwerter ziehen und ausschwärmen, was die ertappten Männer veranlasste zusammenzurücken. Zwei Soldaten traten vor und wickelten den verstümmelten Körper in die Reste eines Umhangs. Einen Atemzug lang hatte Cinna daran gedacht, seinen Mantel über sie zu werfen, doch es war Sunjas Mantel, die Wolle von ihrer Hand gesponnen, das Tuch von ihrer Hand gewebt und umsäumt – er war nicht imstande, sich davon zu trennen. Fronto führte seinen Apfelschimmel zu den beiden Soldaten, so dass sie die Leiche auf das Pferd binden konnten.

Und dann war Eggius auf der Lichtung. Den Weinstock an den Körper gepresst, marschierte er schnurstracks auf seine Männer zu.

»Zurück!«, schrie Fronto ihm nach, aber Eggius winkte nur ab, dass sein Umhang flog, stellte sich schützend vor seine Männer, die wie zusammengetriebene Schafe beieinander standen. Einer rieb sich den zerkratzten Oberarm, und Cinna wünschte sich, ein Daimon möge in diesen Unhold fahren und ihn zugrunde richten. Samt seinen Spießgesellen.

»Was soll das?«, schnappte Eggius. »Was haben sie

getan? Sich ein Barbarenweib geschnappt – Na und?« Er zuckte die Achseln.

»Wir befinden uns nicht im Krieg mit den Chatten«, entgegnete Firmus nüchtern.

Eggius starrte ihn an, die Augen verengt und die schmalen Lippen weiß, fast grau. »Na und?«, wiederholte er.

»Wenige Meilen von hier stehen fast tausend chattische Krieger, die diese Gegend sichern –«

»Sichern?« Eggius' Stimme kippte. »Wenn ich die Befehle des Imperators richtig verstanden habe, sind *wir* hier, um diese Gegend zu sichern.«

Cinna kämpfte gegen den Drang, das Gesicht in den Händen zu bergen, ballte sie zu Fäusten, um das Zittern zu unterdrücken, ehe er Eggius scharf ins Auge fasste. »Verlangt es dich danach, diesen Gegner zu stellen?«

Eggius verzog keine Miene. »Wenn es sein muss.«

»Wir haben keinen Befehl, einen Kampf aufzunehmen. Keine Rachetaten. Keine Scharmützel. Wir zeigen den Chatten, dass wir hier sind – auf ihrem Land. Und dass sie mit uns rechnen müssen.«

»Und genau das haben meine Männer getan.« Väterlich klopfte er den Kerl mit dem zerkratzten Arm auf die Schulter. »Wenn sie das kleine Dreckstück gefunden haben, werden sie es nicht mehr wagen, uns anzugreifen.«

»Das bezweifle ich.« Cinna ließ den Blick über die Männer aus Eggius' Centuria schweifen. »Wie lautete euer Auftrag?«

»Proviantieren«, schnarrte der Offizier.

»Du bist nicht gefragt, Centurio! Ich will die Antwort des Ältesten dieser Zelteinheit.«

Während Eggius die Stirn in scharfe Falten zog, boten seine Männer ein jämmerliches Bild: Sie kauten auf den Lippen, senkten die Blicke, manche sogar die Köpfe, die Arme hingen nutzlos an den Seiten, und sie schwiegen; nur einer von ihnen straffte sich, wenn auch angestrengt.

»Proviantieren, Praefect.«

»Und was heißt das – wie ist dein Name?«

»Numerius, Praefect. Quintus Numerius.« Er räusperte sich vernehmlich. »Wasser holen, Praefect. Bei den Barbaren Nahrungsmittel besorgen.«

»Auch Fleisch, Quintus Numerius?«

Das Gesicht des Mannes verdüsterte sich, während die übrigen erröteten. »Ja, Praefect, auch Fleisch, wenn wir es beschaffen können.«

»Wenn ich mich recht entsinne, ist das da«, er wies auf die verhüllte Leiche, die quer über den Sattel des Apfelschimmels hing, gehalten von den Hörnchen und einem Riemen, »eine Sorte Fleisch, die wir tunlichst vermeiden, um nicht den Zorn der Götter über uns zu bringen. Ist das richtig?«

Ein Raunen erhob sich. Auf den Gesichtern der Schuldigen leuchtete die Angst, aber auch auf den Gesichtern ihrer Bewacher.

»Ist das richtig?«, brüllte Cinna.

Er war selbst überrascht, wie laut seine Stimme über die Lichtung dröhnte, mehr noch über die darauf folgende Stille. Der Soldat schluckte sichtlich schwer. »Das ist richtig, Praefect«, stieß er heiser hervor.

Eine Hand berührte Cinnas Arm, als er den Mann anfahren wollte, gefälligst deutlich zu antworten, und er verstand den Wink.

»Nehmt die Männer in Haft!«, schnaubte er.

»Unter Arrest? In einem Marschlager?«, staunte Fronto.

»Nehmt sie in Haft! Gleichgültig, wie ihr das macht, aber haltet sie unter scharfer Bewachung! Keine Gespräche mit anderen Angehörigen ihrer Centuria!«

Er winkte Fronto mit dem bepackten Pferd zu sich und sprang auf seinen Grauschimmel. »Firmus, gib Fronto dein Pferd und bring die Männer ins Lager! Stellt euch auf Schwierigkeiten ein.«

»Was hast du vor?«

»Keine Fragen!«

Ohne weitere Einwände war Eggius von seinen Männern abgerückt, überließ sie Firmus' Soldaten, die sie umzingelten und entwaffneten, und seine Miene verfinsterte sich, während er der Verhaftung zusah. Cinna brachte den tänzelnden Hengst zur Ruhe und winkte den berittenen Kundschafter zu sich.

»Wenn ich bis morgen Mittag nicht im Lager bin, macht ihr euch auf den Rückweg – kein Widerspruch!« Er hob die Hand, dann blickte er zu Fronto zurück, der bereits auf dem zähen kleinen Thraker saß und die Leinen des Pferdes, das die Leiche trug, an den Sattel geknüpft hatte. Cinna wendete den Grauen und gab ihm die Fersen.

»Bringt mir mein Pferd zurück!«, rief Firmus ihnen nach. »Es hat mich ein kleines Vermögen gekostet.«

Der Kundschafter ritt voran durch lichten Wald, in dem Vieh weidete, Rinder, vereinzelt Schweine, ganz so, wie Cinna es von den Barbaren kannte. Sie folgten einem schmalen Pfad; die Hufe der Pferde warfen klebrige Brocken auf und tönten nur gedämpft. Sonnenstrahlen blitzten durch die kahlen Baumkronen, scharf wie der Glanz von Sunjas Haar. Er glaubte zu sehen, wie sie mit fliegenden Zöpfen vor ihm her rannte, über die Schulter zurückblickte, lachte, er glaubte, den Luftzug zu spüren und ihre Haut unter den Händen.

Cinna wischte sich mit dem Handrücken über das Gesicht und warf einen Blick auf Fronto, dessen Lippen sich schnell bewegten; der angespannten Miene nach murmelte er Gebete. Der Kundschafter sah aus, als würde er jeden Moment in Tränen ausbrechen, seine Augen suchten die seines Offiziers, schienen ihn anzuflehen, von seinem Vorhaben abzulassen. Es war ein gefährlicher Plan, aber der einzige, der ihm in den Sinn gekommen war. Wenn das getötete Mädchen die Tochter eines Freien war, würden die Barbaren sich zwar nicht mit Erklärungen abspeisen lassen, aber die Leiche zurückzulassen und sich im Lager zu verschanzen, das sähen die Chatten als feige an. Als Berechtigung, blutige Rache zu nehmen. So gut kannte Cinna die Barbaren nach einem Jahr in ihrer Mitte, und zwischen Cheruskern und Chatten sah er keinen großen Unterschied.

Grimmig biss er die Zähne zusammen, als der Wald sich vor ihnen teilte. Auf einem Bergrücken erstreckte sich eine Mauer mit brusthohem Palisadenkranz, überragt von einigen strohgedeckten Giebeln. Er verlagerte das Gewicht im Sattel, um den Grauschimmel zu versammeln. Ein weiteres Stoßgebet nahm seinen Weg gen Himmel, doch Iuppiter lachte nur gleichgültig zwischen grauen Wolkenballen über den Wald hinweg.

Sie hatten den Schutz der Bäume kaum hinter sich gelassen, als Schreie über die Mauer gellten und hinter der Brüstung Schatten hin und her huschten. Auf halbem Weg bemerkte Cinna, dass vier Reiter mit Schild und Speer ihnen entgegenpreschten. Er gab einen Wink, und seine Begleiter zügelten ihre Pferde; Fronto schloss neben ihm auf, warf spähend den Kopf herum mit den raschen Bewegungen eines Vogels. Auf den Schutzwällen bemerkte Cinna Bogenschützen, die zwar nicht auf sie zielten, aber Pfeile auf die Sehnen gelegt hatten.

»Was immer geschieht, schaut nur geradeaus und blickt ihnen nicht in die Augen – auf keinen Fall!«, warnte Cinna.

Als er beide Hände hob, um damit anzuzeigen, dass sie in friedlicher Absicht kämen, blieben die fremden Reiter stehen und bildeten eine Reihe. Es gab keine Begrüßung, doch Cinna bemerkte, dass er und seine Männer scharf ins Auge gefasst wurden, während die schwer bewaffneten Krieger neben ihnen schweigend einschwenkten und sie stumm durch das Tor geleiteten.

Obwohl der Hauptweg verlassen lag, entlarvte der aufgewühlte Boden die Stille als trügerisch. Zahllose frische Fußspuren wiesen die Richtung zum höchsten Punkt der Burg, zum Hof des Herrn dieses Dorfes, dessen Anblick Erinnerungen weckte an jenen Ort, wo Cinna zehn Monate seines Lebens in Gefangenschaft verbracht hatte: Beklommen spähte er über einzeln stehende Häuser, deren Dächer fast bis zum Boden heruntergezogen waren, umgeben von kleinen Gärten und Wiesen. Hunde sprangen kläffend an den Zäunen hoch, um die Fremden zu verjagen, hier und dort schrien Schweine, und Gänse stimmten schnatternd in den misstönenden Chor ein. Cinnas Grauer warf den Kopf hoch und schnaubte, wich dem Gebell tänzelnd aus, wobei er tiefe, zitternde Laute ausstieß, die fast wie ein Knurren klangen.

Ein hoher Stangenzaun umgab den Hof; hinter dem offen stehenden Tor erwartete sie eine wirre Ansammlung von Menschen, die ihnen zögernd den Weg frei machte. Ein Raunen lief über die Köpfe hinweg. Cinna würgte den Klumpen im Hals herunter und blickte starr auf den Schemen eines Mannes, der sie im Schatten der Haustüre erwartete, Actumerus, der Herr dieses Gaues. Langsam glitt Cinna aus dem Sattel, und als seine Füße den Boden berührten, war kein Laut mehr zu hören. Er nahm die Zügel des Pferdes, das die Leiche trug, aber ehe er sich dem bewegungslos verharrenden Mann zuwandte, straffte er, zwischen den Pferden ungesehen, Schultern und Rücken.

Actumerus trat unter der Gaube hervor, ein überraschend kleiner Mann, der die Arme vor einem gedrungenen Leib verschränkte. Hinter ihm schlüpften zwei Jungen aus der Tür und entflammten Fackeln. Cinna verharrte auf der Stelle und ließ die Blicke umherschweifen auf der Suche nach dem jungen Barbaren, Gavila, der ihn vor Stunden im Lager aufgesucht hatte, doch der war nirgends zu entdecken.

»Was bringst du uns, Römer?«, schnarrte der Herr der Burg.

Ein weiterer Mann trat in den Kreis, öffnete den Mund, doch als die Hand seines Herrn gebieterisch hochfuhr, zog er sich gesenkten Hauptes in die Menge zurück. Niemand würde für die Ankömmlinge übersetzen.

Cinna neigte den Kopf, um dem Fürsten die schuldige Ehre zu zollen. »Eine unglückliche Tochter deines Volkes, Ahtamers«, erwiderte Cinna in der Sprache der Barbaren.

Schweigend stand der Angesprochene zwischen den Fackeln und gab mit keiner Regung zu erkennen, wie er die Antwort aufnahm. Irgendwo schluchzte eine Frau, ein Laut, der Cinna in der Stille durch und durch ging. Hinter ihm sprangen nacheinander Fronto und der Kundschafter von ihren Pferden. Cinna trat an das vierte Pferd und knüpfte die Riemen los. Das Bündel, aus dem zwei schmutzige nackte Füße hingen, fühlte sich schlaff und kühl an. Die Erinnerung an einen toten Jungen drängte sich ihm auf, an ein fahles, beinahe graues Gesicht, das leere Starren der Augen, die Miene, die in ungläubigem Schrecken eingefroren war. Mit einem Ruck befreite er die Leiche des Mädchens aus dem Griff der Sattelhörnchen und nahm sie auf seine Arme.

Sie war schwer. Schwer und ohne Halt. Ohne Wärme. Wieder ertönte das Schluchzen, ging über in einen unterdrückten Klagelaut. Cinna setzte sich in Bewegung, näherte sich dem Herrn des Dorfes. Bei jedem Schritt pendelte ein Fuß der Toten sacht gegen seine Flanke, ihr Kopf lag an seiner Schulter, und langsam rutschte der Stoff von ihrem Gesicht, das er nicht sehen konnte. Nie gesehen hatte.

Vor dem Herrn blieb er stehen, leicht zurückgelehnt unter der Last, und wartete.

»Kennst du die Strafe für ein solches Verbrechen, Römer?«

»Ich bin Gaius Cornelius Cinna, Praefect der Zweiten germanischen Cohorte, die mit deiner Einwilligung auf deinem Land ihr Lager errichtet hat. Auch der Überbringer schlimmer Nachrichten steht unter dem Schutz der Götter, die über das Gastrecht wachen, Ahtamers.«

»Du bist vielleicht nicht der Täter, aber du bist derjenige, der die Verantwortung für diese Tat übernehmen muss, wenn die Täter nicht gefasst werden.«

»Die Täter sind gefasst und stehen unter Arrest. Ich werde für eine harte Strafe sorgen.«

Er ging in die Knie, ließ die Leiche zu Boden gleiten; dabei glitt der Zipfel des alten Mantels beiseite, entblößte ein Gesicht von auffallender Schönheit, schmal und ebenmäßig. Jemand hatte ihr die Augen geschlossen, und so lag sie da, als schliefe sie nur mit leicht geöffneten Lippen, blass und erschöpft. Cinna ertappte sich dabei, dass er eine hellbraune Strähne aus ihrer Stirn strich, und erhob sich rasch, fing dabei ein Funkeln in Ahtamers' verengten Augen ein.

»Welche Strafe?«

»Sie haben gegen die Disziplin verstoßen und das in einem schweren Fall, denn wir befinden uns nicht innerhalb der Grenzen des Imperiums.«

»Welche Strafe, Praefect?«

»Sie werden die Zeit bis zu unserer Rückkehr am Schandpfahl verbringen, angekettet wie Hunde. Weitere Maßnahmen unterliegen dem Urteil des Imperators.«

»Du wirst den Fall vor Tiberius Caesar bringen?«

Wortlos bekräftigte Cinna seine Absicht. Auf Ahtamers' Wink hin lösten sich zwei Männer aus den Reihen der Umstehenden, näherten sich Kopf und Füßen der Leiche. Als Cinna zurücktrat, fassten sie die Tote unter den Schultern und Kniekehlen und trugen sie behutsam davon. Eine Frau schob sich durch die Menge; das Gesicht vom Kopftuch verhüllt, stolperte sie schluchzend den Männern nach.

Ahtamers straffte sich, der untersetzte Mann schien ein gutes Stück zu wachsen. »Darauf können wir nicht warten, Praefect. Sie haben meinem Vetter das Licht seiner Augen geraubt, und sie müssen nach unserem Brauch sterben.«

»Ich habe weder das Recht noch die Absicht, dir diese Männer auszuliefern«, widersprach Cinna.

»Sie war die Tochter meines Vetters, der sie einem angesehenen Mann verlobt hatte. Diese Tat wird nicht nur meine Leute gegen euch aufbringen, sondern sogar euch wohlgesinnte Teile des Stammes zu euren Feinden machen. Ich werde Boten zu den Führern des in der Nähe lagernden Heeres entsenden.«

»Drohst du etwa damit, uns zu belagern oder zu vertreiben?«

»Ich drohe nicht, Praefect«, entgegnete Ahtamers. »Ich vertraue nicht auf eure Urteile, denn wir sind keine Verbündeten. Aber wir werden uns die Schuldigen holen, und wenn ihr sie uns nicht ausliefert, werden wir jeden von euch als Schuldigen ansehen.«

Cinna hasste den Gedanken, die Männer preiszugeben – immerhin waren sie seine Soldaten, war er für sie verantwortlich –, doch mehr noch hasste er die Männer selbst, die ihre Kameraden einer tödlichen Gefahr ausgesetzt hatten. Sie befanden sich auf dem Gebiet eines Stammes, dessen Führer bisher verhandlungsbereit gewesen waren, sich jedoch nicht dazu hatten durchringen können, ein Bündnis gegen Arminius einzugehen. Sie waren weder Freund noch Feind gewesen, jetzt würden sie zu Feinden werden.

Tiberius hatte ihn hierher geschickt, weil er annahm, dass er die barbarischen Gebräuche kannte, dass er einige der barbarischen Fürsten bewegen konnte, ihre Haltung zu überdenken und sich dem mächtigeren Nachbarn anzuschließen. Er erinnerte sich an die Worte, mit denen Tiberius ihn entlassen hatte. *Wenn einige der mächtigeren Fürsten dieses Stammes nachgeben, werden ihnen die übrigen folgen, wenn dieser Stamm nachgibt, werden andere ihm folgen, und Arminius wird nur mit seinen meuternden Einheiten dastehen, denen die Mittel ausgehen. Er wird der Verräter sein – für beide Seiten. Und schließlich werden andere das Problem für uns lösen.*

»Ich lasse die Schuldigen heute Nacht außerhalb des Lagers biwakieren. Niemand wird ihnen zu Hilfe kommen. Verfahrt mit ihnen nach euren Gebräuchen.«

Ahtamers nickte, und ein dünnes Lächeln grub sich in einen seiner Mundwinkel. »Das genügt mir, Praefect Gaius Cinna.«

Aus dem Haus näherte sich ein junges Mädchen mit einem glänzenden, silbergefassten Trinkhorn, das sie Cinna reichte. Er lächelte in ein schmales, spitzes Gesicht, nahm einen Schluck des faden Bieres und gab das Gefäß an den Herrn des Dorfes weiter.

»Du bist willkommen. Wir werden morgen eine Abordnung schicken, die euch mit den nötigen Vorräten versorgt. Jetzt kehre zu deinen Soldaten zurück und tu, was getan werden muss.«

Dieselben Männer, die vom Wall herab und in den Lagerstraßen gejubelt hatten, als sie ihre Offiziere unversehrt zurückkehren sahen, standen wenig später vom Ruf der Bucinen und Tuben zusammengerufen in Reih und Glied auf dem Hauptplatz des Lagers vor dem Zelt, welches als Bereitschaftsraum des Stabes diente, und schwiegen beklommen. Cinna wusste, dass seine finstere Miene sie beunruhigte, doch die Nachricht, die ihm bei seiner Rückkehr zugetragen wurde, erforderte umgehendes Handeln. Centurio Eggius, hatte Vestrius erleichtert mitgeteilt, habe fünf der Verhafteten einem peinlichen Verhör unterzogen und bereits verkündet, dass sie morgen zu Beginn der ersten Tageswache je fünfzig Stockschläge erleiden würden – zusätzlich zu dem Verfahren, das sie in Mogontiacum erwarte.

Als Cinna den Blick über die im nächtlichen Fackelschein vor ihm versammelten Soldaten schweifen ließ, mied er Eggius' trotzige Miene. Der Offizier mochte sein Vorrecht genutzt haben, um die Schande, welche mangelnde Disziplin nach sich zog, von seiner Centuria abzuwenden, dennoch würde er sich dem Willen seines Befehlshabers beugen müssen.

Zwei bärtige Soldaten, Angehörige einer der ubischen Einheiten, brachten die gefesselten Angeklagten vor das Tribunal. Cinna krampfte die Finger um den Gürtel und kaute auf der Unterlippe; er musste es schnell hinter sich bringen. Rasch streckte er die Hand aus, in die Vestrius die Wachstafeln legte. Der Cornicularius war noch immer aschfahl von dem Schrecken, den ihm Cinnas Diktat eingeflößt hatte.

Nachdem Cinna die Namen der Beschuldigten verlesen hatte, herrschte angespanntes Schweigen auf dem Platz; nur das Knistern und Rauschen der Fackeln war zu hören.

»Diese Männer haben gegen die Disziplin verstoßen, sie haben den Herren dieses Landes, die uns bislang weder Freund noch Feind waren, Schaden zugefügt und uns damit in Gefahr gebracht. Auf Vergehen gegen die Disziplin, die eine Einheit in Gefahr bringen, steht der Tod.« Seine Stimme verhallte mit einem unheimlichen Echo, das ihn frösteln ließ. »Uns ist bekannt, dass euer Centurio in unserer Abwesenheit bereits Züchtigung über euch verhängt hat und dass ihr im Standlager Mogontiacum vor dem Imperator Tiberius Caesar wegen gemeinschaftlichem Ungehorsam angeklagt werden sollt. Wir ändern diese Anordnung dahingehend, dass ihr, anstatt Stockschläge zu erleiden, für diese Nacht außerhalb des Lagers Quartier beziehen werdet.«

Er klappte die Täfelchen mit einem Knall zusammen, der die Stille wie eine losgelassene Bogensehne durchschnitt. Vereinzelt erhob sich Gemurmel, so dass Cinna sich beeilte hinzuzufügen: »Dieses Urteil geht mit einem Bericht noch heute Nacht zurück nach Mogontiacum. Das ist alles. Geht in eure Quartiere!«

Mit dem ersten scharfen Befehl aus dem Mund eines Centurios geriet die Menge in Bewegung, und das Stampfen genagelter Sandalen auf festgetretener Erde dröhnte über den Platz, als Eggius Cinnas Namen über den Platz gellen ließ. Er rannte zu ihm, hochrot und mit einer tiefen, steilen Falte über den verengten Augen, sein Kinn zitterte sichtlich.

»Reicht es nicht, wenn die Männer unehrenhaft entlassen oder sogar zum Tode verurteilt werden? Musst du sie diesen schmutzigen, blutgierigen, meineidigen Wilden überlassen?«

»Ich war dort, Marcus Eggius. Ich musste eine Entscheidung treffen, die uns vor einem Angriff rettet, dem wir nichts entgegensetzen könnten.«

Der Centurio schnaubte verächtlich. »Und wenn schon! Wir hätten sie aufgehalten, hätten uns tapfer geschlagen – zumindest Firmus' und meine Männer. Wir hätten uns im Kampf ausgezeichnet, und Tiberius Caesar hätte seinen längst versprochenen Rachefeldzug endlich beginnen müssen.«

Cinna fixierte den zornbebenden Mann streng. »Das ist nicht mein Befehl, Marcus Eggius. Wir sind hier, um Verbündete zu suchen und sichere Wege ins Innere des Landes zwischen Rhenus und Albis. Nicht um den Anlass zu einem Feldzug zu liefern.«

Eggius' Augen funkelten unter den buschigen Brauen. Unvermittelt fuhr er herum und spuckte auf den Boden, gerade so, dass es nicht wie eine Beleidigung aussehen musste. Die beiden abwartend auf ihre Pilen gestützten Ubier beschied Cinna mit einem knappen Nicken; sie wiesen den Verurteilten den Weg zum Tor und folgten ihnen, als sie mit hängenden Köpfen davontrotteten. Eggius murmelte eine Entschuldigung und eilte ihnen nach, um die Prozedur zu beaufsichtigen.

Cinna hielt sich auf dem Wall hinter der Brustwehr aus Schanzpfählen auf, als Firmus zu ihm trat. Er spähte nach dem Feuer, das eine halbe Meile entfernt zwischen den Feldern glomm, dem einzigen Schutz, den man den Verurteilten zugestanden hatte, der sie jedoch auch verraten würde. Der Wind rauschte in den umliegenden Wäldern und strich Cinna durchs Haar und unter den Mantel, dass er fröstelte, dennoch fühlte er sich nicht imstande, dem fernen Licht den Rücken zu kehren und sich schlafen zu legen; er würde sich nur ruhelos auf seinem Lager wälzen.

Cinna wusste, was den Verurteilten bevorstand. Die Erinnerung an seine Begegnungen mit dem cheruskischen Fürsten Arminius, den die eigenen Leute Ermanamers, Segimers' Sohn, nannten, ließ ihn frösteln. Er verschränkte die Arme und rieb sie, während er angestrengt nach dem dünnen Schein ausschaute. Arminius hatte den Verrat von langer Hand geplant und die einheimischen Hilfstruppen, die über das Land verstreut stationiert worden waren, heimlich in die Verschwörung eingeweiht. Auf seinen Rat hin war Varus mit drei Legionen durch das Land gezogen, um die Stärke des römischen Heeres zu demonstrieren, hatte sich in unwegsames Gelände lotsen lassen, wo meuternde Hilfstruppen aus dem Hinterhalt über die nahezu kampfunfähigen Legionäre hergefallen waren wie Wespenschwärme, immer wieder, bis auch der letzte Widerstand zusammengebrochen war. Cinna kannte die Berichte, und er kannte die Gebräuche der in jämmerlichen Verhältnissen lebenden Barbaren, ihre sprichwörtliche Grausamkeit, Ausgeburt eines unwirtlichen Landes und schrecklicher Götter. Nur wenige Soldaten waren dem Tod entgangen. Ihm selbst war das zweifelhafte Glück zuteil geworden, in Geiselhaft zu geraten, weil er nicht den drei dem Opfertod geweihten Legionen angehört hatte, sondern als Gesandter der Heeresleitung von Mogontiacum zu Varus unterwegs gewesen war; obwohl gefoltert, war er nicht geschlachtet worden, um irgendeinen Gott gewogen zu stimmen.

Ein schnarrendes Geräusch weckte ihn. Firmus stand breitbeinig neben ihm und zupfte an einem Büschel Grashalme.

»Das war sehr klug – aber mindestens ebenso kühn.« Der Centurio rieb einen der Halme platt, legte ihn zwischen seinen Händen an die Lippen und blies ein paar scheußlich quäkende Töne darauf.

»Wann werden sie kommen?«, fragte er, ohne Cinna anzusehen.

»Sie sind längst in der Nähe«, erwiderte Cinna düster. »Sie haben keine Eile, sie können bis zum Morgengrauen warten, wenn sie wollen.«

»Sie machen es spannend.« Firmus verzog die Lippen zu einem dünnen Grinsen, das nicht zu der gerunzelten Stirn und den scharfen Linien, die sich von den Nasenflügeln zu den Mundwinkeln zogen, passte. »Grausames Gesindel. In Iudaea gibt es ein Sprichwort: *Auge um Auge, Zahn um Zahn.*«

»*Leben um Leben*«, murmelte Cinna.

In Firmus' Augen funkelte etwas, das Cinna von diesem kühlen, beherrschten Mann nicht erwartet hätte. »Dieser Mistkerl Numerius und seine Spießgesellen mussten so enden«, knurrte der Centurio. »Es ist nicht schade um sie. Unruhestifter. Sie haben die halbe Truppe verrückt gemacht.« Er blies wieder auf dem Halm, diesmal brachte er einen schrillen Pfiff hervor, der von einem Wiehern beantwortet wurde. »Nimm dich vor Eggius in Acht, Praefect Cinna. Er zeichnet sich durch ungewöhnliche Tüchtigkeit aus – aber er ist waidwund.«

Der zerdrückte Halm schwebte davon. Grußlos wandte der Centurio sich ab und schritt davon, wobei er mit der Rechten die durch Seile verbundenen Pfähle abklatschte. Ein entfernter, erstickter Schrei verwehte im Wind. Über den Feldern lag undurchdringliche Finsternis. Stumm verfluchte Cinna seine Entscheidung, die nun unwiderruflich geworden war. Er hatte die Männer durch das Tor geschickt und sie damit ihrem Schicksal überantwortet.

III

Ein Sturm aus Farben, Tönen und Gerüchen wälzte sich durch die Straße. Eingezwängt von niedrigen, schäbigen Häuserzeilen liefen Menschen zusammen zu einer Masse aus bunten, staubigen Mänteln, die sich zwischen den Ständen der Händler drängte. Leder und Wolle, frisch gebackenes Brot und geröstetes Fleisch, Heu und Mist, Duftöl und Schweiß mischten sich in der Menge. Sunja zog den Mantel tiefer in die Stirn und folgte dem ungeduldigen Ruck am Ärmel ihrer Tunica. Der massige Leib ihrer Hausherrin bahnte mühelos einen Weg für sie und Saldir, deren Hand heiß und feucht ihre umklammerte.

»Kommt schon!«, schimpfte Vitalina. »Dass ihr auch jedes Mal gaffen müsst, als wärt ihr noch nie hier gewesen.«

Sie trieb zwei Küchenmädchen vor sich her wie Schafe, während sie die auf und vor den Ständen ausgebreiteten Waren beäugte, getrocknetes Obst, eingelegte Gemüse, ausgenommene Tiere, die umschwirrt von Fliegen an den Zeltstangen hingen. Die Stimmen von Menschen und Tieren verschmolzen zu ohrenbetäubendem Lärm und übertönten Sunjas trübselige Gedanken. Das Gewühl nötigte ihr alle Aufmerksamkeit ab.

Unvermittelt prallte Sunja gegen den weichen Körper ihrer Hausherrin. Vitalina war vor dem Tisch eines Gewürzhändlers stehen geblieben und musterte die gelben, roten und braunen Kegel feiner Pulver, nahm Proben zwischen die Finger, um daran zu riechen und sie mit der Zungenspitze zu testen. Das Mädchen hinter dem Stand, das flehend die Hände hob, verscheuchte sie mit einem Zischen.

Aus dem Stimmengewirr schälte sich der Klang einer Flöte. Saldir stieß einen leisen Schrei aus, ihre Finger entschlüpften Sunjas Hand. Sunja griff nach ihr, verfehlte sie, und kämpfte sich durch die Menge hinter ihr her. Im Gewühl rutschte der Mantel von ihrem Scheitel. Die Flöte trillerte und pfiff lauter. Mit einer gemurmelten Entschuldigung wollte Sunja sich an zwei Männern in tiefroten Soldatenumhängen vorbeistehlen, als sich eine Faust hart um ihren Oberarm schloss.

»Wohin so eilig, schönes Kind?«

Hastig zerrte Sunja den herabgeglittenen Mantel über das helle Haar, wobei sie jeden Blick mied und stumm blieb.

»Das wäre doch mal eine hübsche Abwechslung.« Der Mann zupfte an dem Umhang, den sie krampfhaft geschlossen zu halten versuchte.

»Schade. Du gehörst wohl schon einem?«

Er lockerte seinen Griff, als Vitalina sich schnaufend neben ihr aufbaute. »Vor euch Lumpen ist nicht einmal eine anständige Frau sicher. Schert euch zum Orcus und setzt die Nasen nach den Furien, wenn es euch juckt!«

Die beiden dunkelhaarigen Soldaten, Freigänger, zwinkerten einander zu und fassten die stämmige Frau ins Auge.

»Haben wir dein Schwiegertöchterchen beleidigt, Alte?«

»Hüte deine Zunge, Jungchen! Ihr habt die Gattin des Titus Pontius, des Primipilus der Sechzehnten Legion, vor euch und nicht irgendeine Schnepfe. Und sie ist die Frau des Praefecten der Zweiten germanischen Cohorte. Also benehmt euch!«

Die beiden tauschten einen weiteren Blick, verneigten sich dann mit übertriebener Hochachtung und mischten sich prustend unter das Volk. Sunja war mit zwei Schritten bei Saldir, die inmitten eines Rings von Zuschauern die Verrenkungen eines nackten Tänzers bewunderte, die Haut glänzend von Öl, ein Kind noch, kaum älter als sie selbst und dennoch eher ein zahmes Tier, das zu den wilden Melodien des einbeinigen Flötenspielers herumwirbelte. Mit einem scharfen Triller verstummte die Flöte, der Knabe erstarrte im Spagat, empfing den Applaus lachend und mit ausgebreiteten Armen, während ein paar Kupfermünzen in den aufgestellten Napf prasselten.

»Wir brauchen Gemüse, Täubchen«, rief Vitalina, kaum den Lärm übertönend. »Alles, was wir kriegen können, damit die Kinder satt werden. Und denkt an Oliven und Kräuter.« Damit zog sie Sunja und Saldir zurück in die Menschenmenge.

Die Küchenmägde wurden mit Vorräten beladen, bis

die Körbe ihre Arme zu Boden ziehen wollten; Vitalina kaufte eine Rupfenpuppe im dünnen Chiton für Saldir, die darüber die Nase rümpfte, und sechs Bündel ungesponnene Wolle, die noch am selben Tag geliefert werden sollten. Sunja war bei einem Schreiber stehen geblieben, um dessen dünne Wachstafeln zu betrachten, als Vitalina zu ihr trat.

»Was willst du mit diesem Kram? Dein Mann hat genügend davon«, brummte sie. »Mach dir ein hübsches Kleid – das wird ihm besser gefallen.«

Sunja gab dem Gehilfen des beschäftigten Schreibers einen Wink. »Verkauft ihr Bücher?«

Der Junge knickste. »Nicht viele, Herrin. Ein paar Sammlungen von Reden.« Er warf einen befremdeten Blick auf Saldir, die eine der Täfelchen aufgenommen hatte und den Daumen prüfend über das Wachs gleiten ließ. »Vielleicht ein paar Gedichte …?«

»Oden des Horatius Flaccus?«, fragte Sunja.

Die schmal gezupften Brauen des Jungen hüpften anerkennend, bevor er nickte. »Das zweite Buch.«

»Vergilius wäre mir lieber«, murmelte sie und sonnte sich in Vitalinas Gaffen. »Aber wenn nichts anderes da ist … Bis wann könnt ihr mir eine Rolle schicken?«

»Drei Tage, Herrin. Der Meister ist sehr beschäftigt, und er wird die Arbeit prüfen wollen.«

»Das hoffe ich.« Sunja wagte einen langsamen Augenaufschlag, ehe sie dem Jungen eine Münze zuwarf, ihm das Haus nannte, wohin er das Buch liefern sollte, und sich mit flüchtigem Gruß abwandte. Für einen Augenblick war sie kein einfaches Ding mehr, sondern eine Dame – dank der Erziehung, die sie im Hause des Publius Vinicius genossen hatte.

»Das wird ein Vermögen kosten, Täubchen!«, flüsterte Vitalina. »Dein Mann wird zornig werden, wenn er erfährt, wofür du sein Geld verschwendest.«

»Das wird er nicht. Ich ersetze ihm etwas, das er verloren hat.«

Kopfschüttelnd schob sich Vitalina vor Sunja, bis sie das engste Gedränge hinter sich ließen und in die Straße zum Osttor des Lagers einbogen. Vor der Herberge stand einer der großen, klobigen Reisewagen; das Gespann dampfte und schüttelte die Köpfe, dass die Schaumflocken flogen. Neugierige sammelten sich vor den Häusern, die Kinder klopften sich den Schmutz von den Kitteln, während sie sich den Pferden näherten. Die weichen Pferdenasen übten eine magische Anziehung auf Kinderhände aus; auch Saldir hatte es eilig, zu den Tieren zu gelangen, strich im Vorübergehen über einen warmen Pferdehals, über Flanke und Kruppe. Schließlich blieb sie stehen, um den Kutscher zu beobachten, der vom Bock gesprungen war und krummbeinig um den Wagen herumtappte, den breitkrempigen Strohhut vom Kopf nahm und sich mit dem Handgelenk den Schweiß von der Stirn wischte.

Er öffnete den Wagenschlag und streckte einen Arm hinein. Ein Mädchen hüpfte heraus, das ihm winkte sich zu entfernen. Aus dem Inneren tauchte eine Hand und ergriff die der Dienerin. Auf das Mädchen gestützt, trat eine Dame unsicher ans Tageslicht. Ihre kunstvoll gefältelten Gewänder waren zerdrückt und verrutscht, und ihre Miene spiegelte die überstandenen Strapazen so eindringlich, dass Sunja eine Welle von Mitgefühl empfand.

»Wenn die Herren Stabsoffiziere ihre zarten Gemahlinnen hierher bringen, wird es nichts mit dem großen Rachefeldzug«, murrte Vitalina neben ihr. »Mach dich darauf gefasst, dass dein Mann immer wieder hinüber muss, um die heißesten Kohlen einzeln aus dem Feuer zu holen, weil die hohen Herren den Brand nicht mehr austreten dürfen.«

Sie zog Sunja, welche die zarte Gemahlin auf das stattliche Alter von dreißig Jahren schätzte, in die enge Straße, die an dieser Stelle einmündete. Zwanzig Schritte noch, und sie waren zuhause. Die Küchenmädchen würden ein kleines Mittagessen zubereiten, während Sunja sich dem hauchdünnen, weißen Leinenstoff auf ihrem Webrahmen widmen konnte. Sie würde aufpassen müssen, dass ihr die feinen Fäden nicht unter den Fingern zerrissen, denn schon jetzt wartete sie ungeduldig auf das Eintreffen des Buches.

Als Sunja den Wohnraum betrat, strahlte das Licht der Nachmittagssonne durch die geschnitzten Fenstergitter und malte weiße Muster auf den Boden, weiß wie das feine Gewebe auf dem Webrahmen. Weiß wie die Tücher und Laken, die sich draußen im Wind blähten. Weiß wie die schmalen Binden, die dazwischen flatterten. Die sie in den vergangenen Tagen getragen hatte. Etwas kroch ihre Kehle hinauf, dass sie schlucken musste, und Tränen brannten in ihren Augen. Sie setzte sich auf den Schemel vor dem Webrahmen, doch ihr Blick haftete an den weißen Bahnen, bis sie ihn losriss und auf die Hände richtete, die untätig auf dem Schoß lagen.

Sie hatte versagt. Hatte wieder versagt. Als hätte ein böser Geist, ein Fluch ihren Leib dürr und unfruchtbar gemacht. Dabei hatte sie dankbar Kränze aus frühen Blüten zu den Altären der Drei Mütter getragen, als die Neumondsblutung drei Tage lang ausgeblieben war; sie war herumgesprungen wie ein Zicklein, hatte die Truhen nach feinster, weicher Wolle durchsucht und einen sehnsüchtigen Blick auf die Wiege geworfen, die in Vitalinas ehelicher Schlafkammer von einem Deckenbalken hing. Bis der Fluch sie vor Anbruch des vierten Tages mit Krämpfen und Kopfschmerzen überfiel und sie mit dumpfer Verzweiflung bis zum Abend ans Bett fesselte. Sie würde monatelang allein sein; Cinna hatte ihr nicht sagen können, wann er zurückkommen würde – ob er überhaupt zurückkehren würde.

Sunja nagte an der Oberlippe. Sie befanden sich im Krieg. Einem schleppenden, lähmenden Krieg. Cinna konnte bis zum Herbst, bis zum Winter aufgehalten werden, und ihre Hoffnung, sich endlich als nützlich zu erweisen, war wieder einmal zerschlagen.

Langsam erhob sie sich, kehrte in die verdunkelte Kammer zurück, aus der Vitalina sie zu diesem Gang auf den Markt geholt hatte, und ließ sich auf das säuberlich hergerichtete Bett sinken. Die Finger schob sie in den Spalt zwischen Matratze und Holz, wühlte sie in die Tunica, die Cinna bei seinem Abschied zurückgelassen und die sie versteckt hatte, damit keine Sklavin sie zum Waschtrog schleppte. Sie zog den Stoff hervor und vergrub das Gesicht darin, feine Wolle, die noch immer den Duft seiner Haut trug. Zumindest einen Hauch davon. Und den seiner Haare, dieses seidigen, widerspenstigen Schopfes, der sich sogar mit Öl kaum bändigen ließ.

Einen einzigen Abend hatte er hier bei ihr, mit ihr verbracht, nur wenige Stunden. Die Erinnerung an seine Hände wanderte sanft ihren Rücken hinab, wie damals, als er die Decke von ihr herabgeschoben, seine Finger um ihre Schulter gelegt hatte, um sie umzudrehen, obwohl sie sich schämte, nach einem halben Jahr noch immer schämte und sich halbherzig sträubte, im warmen Licht des Kandelabers zu liegen und betrachtet zu werden von diesen schwarzen Augen, die unter bebenden Lidern erloschen, als er sie küsste. Und wenn er sacht mit den Zähnen über ihre Haut fuhr, fröstelte sie und biss sich auf die Zunge, damit niemand hörte, was seine Berührungen in ihr auslösten.

Anders als sie hatte er nicht einen Hauch von Scheu vor ihr, hatte den ganzen Winter über Nacht für Nacht dicht bei ihr gelegen, während die Kohlepfanne erkaltete. Er sprach im Schlaf, murmelte Unverständliches, manchmal ihren Namen, und sooft seine Lippen ihre Haut streiften, küsste er sie, ohne aufzuwachen.

Er hatte sich ein einfaches Leben gewünscht, ein kleines Anwesen, ein paar Sklaven für die schwere Arbeit und Kinder, damit das alles einen Zweck hatte. Es war nicht so gekommen. Statt der Heimkehr nach Perusia, statt eines Lebens auf dem Landgut, wo er aufgewachsen war, war er in den Kriegsdienst gezwungen worden. Man hatte ihn nicht in den sicheren und bequemen Stabsdienst aufgenommen, sondern zum Befehlshaber einer bunt zusammengewürfelten Auxiliareinheit ernannt und ließ ihn ohne den Schutz einer großen Heeresmacht hinter den Linien operieren. Vitalina hatte Recht, er holte die Kohlen aus dem Feuer. Seine in der Gefangenschaft erworbenen Kenntnisse befähigten ihn zu diesen gefährlichen Aufgaben. Warum verweigerten ihm die Götter einen Sohn?

Oder galt der Unwille der Götter gar nicht ihm? Sondern ihr?

Sunja strich das Gewebe glatt, die blauen und weißen Fäden, die sich in einem zarten Muster abwechselten, Tuch für eine leichte Tunica. Der Sommer war nahe und ihre Truhe kaum zwei Handbreit tief gefüllt.

Das Hausmädchen schlüpfte in den Wohnraum, fiel neben Vitalina auf die Knie und flüsterte ihr etwas ins Ohr, das die Hausherrin stutzen ließ. »Die Herrin Cornelia? Wer soll das sein?«

Vitalina erhob sich umständlich, zupfte ihr Kleid zurecht und folgte der Dienerin auf den Gang. Beim Klang des Namens hatte Sunja innegehalten, als es neben ihr klapperte. Kaum war Vitalina hinaus, ließ Saldir Wollballen und Spinnwirtel fallen, kramte in ihrer Tunica nach den Wachstäfelchen, die sie dort verborgen hatte, und vertiefte sich stirnrunzelnd in irgendein geometrisches Rätsel. Wieder einmal fragte Sunja sich, wie Saldir an immer neue, immer schwierigere Aufgaben aus der Mathematik gelangte, obwohl Vitalina sie wie ihre eigenen Töchter streng von allen Dingen abschirmte, die ihrer Ansicht nach nicht in Mädchenhände gehörten: Buchrollen, Griffel und Schreibtäfelchen. Schließlich hatten nicht einmal ihre Söhne nur das Allernotwendigste gelernt. Titus Secundus, der kaum seinen Namen schreiben konnte, würde in einem Jahr seinem Bruder zur Legion folgen, während der kränkliche Geminus bereits bei einem Töpfer in die Lehre ging. Es genügte, wenn sie mit den Händen und dem Abacus rechnen konnten.

Sunjas spärliche Papyrusrollen übten kaum Reiz auf das Mädchen aus, aber die Schatten und Lichtbilder, welche die Fenstergitter auf den Boden warfen, die Bodenplatten in Hof und Garten fesselten ihre Aufmerksamkeit, und stundenlang starrte sie bewegungslos die Wandgemälde an. Vitalina drückte ihr dann Wolle und Spinnwirtel in die Hände und schüttelte den Kopf über so viel Jungmädchenträumerei.

Saldir schrak auf, stopfte rasch die Täfelchen in die kleinen Tasche, die sie am Gürtel trug, hob ihr Spinnzeug vom Boden auf und zupfte fahrig an dem Wollebausch herum. Das Hausmädchen, Iola, huschte herein, kauerte sich neben Sunja auf den Boden, und ergriff deren Hand.

»Herrin, danke den Müttern! Dein Mann hat eine Schwester. Und die ist aus Rom angereist. Sie wird dir beistehen, dann bist du nicht mehr allein.«

Lächelnd strich Sunja dem Mädchen über das Haar, als sie Vitalina näher kommen hörte. Den Ton, in dem sie sich mit der Besucherin unterhielt, hatte Sunja bisher nur in Cinnas Gegenwart bemerkt, ein gedämpfter, zuvorkommender Ton, ein Hauch von Unterwürfigkeit, der Vitalina eigentlich wesensfremd war. Zögernd blickte Sunja an sich herab und bemerkte, dass sie nur eine schlichte helle Tunica trug, lose gegürtet und nachlässig gefältelt. Überdies war sie barfuß wie die Sklavinnen; ihre Schuhe standen neben dem Eingang.

Ein einziges Pochen, und Iola öffnete die schweren Türflügel in den Wohnraum. Aus dem Gang trat ein Traum, eine der Unsterblichen, umhüllt von glänzendem, weich fließendem, faltenreichem Leinen in hellem und dunklem Blau. Sunja sprang auf. Sie stand vor der Fremden, die am Vortag bei der Herberge aus der Reisekutsche gestiegen war. Die Dame hob den Arm und schob mit schlanken Fingern den Mantel vom Kopf, enthüllte schwarze Locken, die lose zusammengerafft waren und wie flüssiges Pech schimmerten, während sich ein süßer Duft im Raum ausbreitete. Rose und Narde. Sunja erinnerte sich, dass solche kostbaren Düfte im Haus des Publius Vinicius verpönt gewesen waren.

In der Miene der Fremden lag nichts als vornehme Zurückhaltung; als sie sich Sunja zuwandte, zuckten ihre dünnen Brauen flüchtig. Langsam senkte sie die Lider, dann glitt ihr Blick über Sunja hinweg, von den Füßen aufwärts. Die Flügel der schmalen Nase blähten sich leicht. Die schwarzen Augen, mandelförmig und leicht schräg stehend, der Lidrand schwarz nachgezogen, umschattet von langen, gebogenen Wimpern, funkelten wachsam in dem ovalen Gesicht. In ihnen erkannte Sunja den herablassenden Stolz, den auch Cinna früher zur Schau gestellt und der sie anfangs angewidert und zugleich sonderbar angezogen hatte.

Die Dame spitzte die Lippen und wandte ihre Aufmerksamkeit dem Raum zu, den Möbeln, die ihr barbarisch erscheinen mussten. Dann drehte sie sich zu Vitalina um, neigte huldvoll den Kopf, so dass Sunja den kunstvollen, glänzenden griechischen Haarknoten in der ganzen Pracht seiner Flechten und Bänder bewundern konnte. Wie ungeschlacht wirkte die Hausherrin neben dieser Frau, die unter den vornehm gesenkten Lidern hervorblickte.

»Nachdem du die Gemächer gesehen hast, die dein Bruder gemietet hat ...«

»Zumindest sind sie wohnlicher als die Kammern in der Herberge.« Die Stimme der Fremden durchschnitt die Luft wie eine Klinge. »Ich teile mein Lager derzeit mit Ungeziefer, und was mir zu den Mahlzeiten vorgesetzt wird, verdient es nicht, als Speise bezeichnet zu werden. Du hast doch wohl ein Bad im Hause?«

Vitalina krümmte sich in sichtbarer Verlegenheit. »Es ist nur eine winzige Kammer, nichts, was deinen Ansprüchen genügen könnte. Wir benutzen das Badehaus an der Hauptstraße, das in den Morgenstunden für Frauen geöffnet ist.«

Leichthin warf die Dame den Zipfel ihres Mantels über die Schulter zurück. »Es muss fürs Erste genügen«, sagte sie leise. »Sorge dafür, dass die beiden Mädchen ihr Zeug in die kleine Kammer am Ende des Ganges schaffen und die Zimmer reinigen und lüften. Dann lass mein Gepäck hierher bringen.« Mit einem kleinen einladenden Wink für die Hausherrin drehte sie sich zum Gang – »Wir sollten alles Weitere bei einem Becher Würzwein besprechen« – und schwebte hinaus.

Vitalina schenkte Sunja ein hilfloses Achselzucken und wollte ihr nacheilen, als Sunja sie am Ärmel erwischte und zurückhielt. »Was hat sie gerade gesagt?«

»Sie möchte, dass ihr in die kleine Kammer umzieht.« Vitalina zwinkerte verschwörerisch. »Sei unbesorgt«, flüsterte sie. »Mir fällt schon etwas ein. Ich habe noch ein anderes Zimmer –«

»Das ist nicht dein Ernst!«, schnappte Sunja. »Ich bin die Frau ihres Bruders!«

»Sunja, Täubchen, sie sieht das anders. Für sie bist du eine … nun ja, ein Mädchen, das ihm das Bett wärmt. Sie beansprucht Saldirs Kammer für sich, und deine will sie ausschließlich ihrem Bruder vorbehalten.«

Als wäre das Blut in ihren Adern geronnen, stand Sunja reglos vor ihrem Schemel, ballte und öffnete die Fäuste und starrte Vitalina an, die nochmals die Schultern hob und fallen ließ, bevor sie davonwatschelte.

Iola schloss einen der beiden Türflügel. »Ich helfe. Ihr

müsst nicht putzen, das ist meine Arbeit.« Sie ging zu Saldir, die mit einer Miene völligen Unverständnisses auf ihrem Platz saß. »Armes Kindchen, sie schickt euch in die dunkle Kammer, die niemand haben will. Aber wenn der junge Herr kommt, wird alles wieder gut. Die Götter sind freundlich.«

Sunja schnappte nach Luft und stürmte hinaus, ihr Herz schlug wild, trieb sie den Gang hinunter, Vitalina und der vornehmen Dame nach. Die beiden drehten sich um, als Sunja sie erreichte und dicht vor der Fremden stehen blieb. »Was erlaubst du dir? Ich bin deines Bruders Frau! Du kannst mich nicht herumschubsen, wie es dir gefällt!«

Wortlos maß die Römerin sie, und erst jetzt bemerkte Sunja, wie zierlich die andere war, eine Handbreit kleiner als sie selbst. Dennoch glaubte Sunja, unter diesem Blick zu schrumpfen.

»Meines Bruders Frau?« Die Römerin machte eine Pause, während der Nachhall ihrer Stimme die Luft durchschnitt, dann spreizte sie Sunja ihre Finger entgegen, an denen goldglänzende Ringe schimmerten, darunter einer mit einem flachen Edelstein, in dessen Oberfläche ein Tier eingraviert war. Auf diesen Ring deutete sie. »Erkennst du das Siegel meiner Familie? Ich zeige dir gerne auch den Begleitbrief, unter dessen Schutz ich gereist bin und der beweist, dass ich Cornelia Lucilla, die Tochter des Gnaeus Cornelius Cinna Magnus bin – doch zunächst solltest du mir den Ehevertrag zeigen und die Urkunde, aus der hervorgeht, dass dein

Vater römischer Bürger ist oder wenigstens das Recht hat, seine Tochter an einen römischen Bürger zu verheiraten.«

Eine heimtückische Kälte kroch in Sunjas Glieder, dass sie geistesabwesend ihre Arme rieb. Die Dokumente bewahrte Cinna im Hause des Corellius auf, sie durften schließlich nicht in die Hände von Einbrechern gelangen. Doch Sunja konnte nicht ungehindert das Lager betreten, und die Vierzehnte Legion, in der Corellius diente, befand sich im Norden. Für jetzt musste Sunja den Beweis schuldig bleiben. Sie suchte Vitalinas Blick, doch diese knetete wortlos die Hände in den Falten ihres Überkleids; gegen gemeine Soldaten und niedere Ränge mochte sie eine Hilfe sein – vor dieser Frau beugte sie den Nacken.

»Ich kenne meinen Bruder. Er würde niemals eine Barbarin zu seiner rechtmäßigen Frau machen, schließlich weiß er, was sich für einen Mann aus senatorischer Familie ziemt.« Die Römerin musterte Sunja nochmals von Kopf bis Fuß, und ein feines Lächeln erschien auf ihren Lippen. »Gerade gewachsen, ein hübsches Gesicht – zumindest hat mein Bruder wieder einmal bewiesen, dass er es versteht, sich die Zeit zu vertreiben.«

*

Der Einzug der vornehmen Römerin brachte Veränderung in Vitalinas Haushalt; die Herrin wagte es nicht mehr wie früher, eine ungeschickte Sklavin anzuraunzen oder ihre Befehle durchs Haus zu schmettern, sondern versuchte es mit zähneknirschender Güte. Sooft die neue Bewohnerin sich im Wohnraum aufhielt, nutzte Saldir die Gelegenheit, dem ungeliebten Spinnen und Weben zu entwischen, und schlüpfte mit ihren Täfelchen in Iolas Kammer, die ihre Zuflucht geworden war, ein winziges, niedriges, aber helles Zimmerchen unter dem Dach. Sunja hingegen hüllte sich in eine weitere Tunica und einen Mantel und verlegte ihre Webarbeiten in den rückwärtigen Hof oder den hinteren Teil des schattigen Ganges, der den Garten umschloss. Dort vollendete sie zwei Bahnen feines Leinen und machte sich an einen leuchtend roten Sommermantel. Dieser stille Teil des Ganges, dessen Dach von gekalkten Rundbohlen getragen wurde, war der bevorzugte Ruheplatz des Hausherrn, wenn er länger als eine Nacht im Hause weilte. Titus Pontius, ein nicht allzu hochgewachsener Mann mittleren Alters mit fleischigen Muskeln und mürrischen Zügen, die zu zerfließen schienen, wenn sein Jüngster quäkend auf ihn zu rannte, brachte selten mehr als ein zustimmendes oder ablehnendes Brummen über die Lippen, es sei denn, er spielte mit dem Knaben, der mit einem winzigen Holzschwert gegen seinen Vater focht oder jauchzend seine aus hölzernen Nachziehpferden bestehende Reiterei im Gang patrouillieren ließ.

Da Cornelia Lucilla es vorzog, alleine zu speisen, und das zumeist im größeren der beiden Zimmer, an dessen lichte Weite sich Sunja nachts in der engen Kammer sehnsüchtig erinnerte, blieben die Abendessen im Kreise von Vitalina und ihren Kindern heiter und unbeschwert. Die Zofe, Secunda genannt, wurde bald zugänglich und erwies sich als ein schier unerschöpflicher Quell gruseliger Geschichten, von denen die Kinder gar nicht genug bekommen konnten.

Der Monat des Mars wechselte in den Aprilis; im Garten sprangen die ersten Knospen auf und überzogen die Zweige mit einem zartgrünen Schleier. Pontius kam seltener und wurde noch schweigsamer. Vitalina schimpfte über die Ansprüche Cornelia Lucillas, ihre ausgefallenen Bestellungen, um mit dem nächsten Atemzug ihre Webkünste und Stickereien in den höchsten Tönen zu preisen; obwohl die Römerin es nicht nötig haben mochte, ihre Gewänder selbst herzustellen, verbrachte sie viel Zeit am Webrahmen, und ihre Leinengewebe waren glatter und sauberer als selbst die von Sunjas Schwägerin, der Witwe ihres ältesten Bruders.

Manchmal erlaubte Sunja sich die stumme Frage, ob die junge Frau nach Liubagastis' Tod in ihr Elternhaus zurückgekehrt oder bei ihren Schwiegereltern geblieben war, ob ihr Kind geboren war und lebte, oder ob ihr von bösen Geistern gehetzter Bruder ins Reich der Toten übergegangen war, ohne eine lebendige Spur zu hinterlassen. Cinna hatte ihn getötet, um sie zu beschützen, und insgeheim fürchtete sie, ihre Eltern könnten ihn für den Mörder ihres Sohnes halten und sie selbst verstoßen haben, weil sie nun unter seinem Dach lebte, mit ihm das Bett teilte, und sie hätte sich nicht verteidigen können gegen den Vorwurf der Schande. Achtmal hatte der

Mond gewechselt, seit sie das letzte Mal mit Vater und Mutter gesprochen hatte, und was ihr zu Ohren gekommen war, erfüllte sie mit Sorge: Ihr Vater widersetzte sich noch immer dem Führungsanspruch des Arminius.

Vielleicht wäre es tatsächlich sicherer gewesen, innerhalb des Lagers zu bleiben, vielleicht hätte Cinnas Schwester dort nicht so leicht Unterschlupf gefunden wie im Hause des Titus Pontius, wo sie darauf pochen konnte, dass ihr Bruder schließlich verpflichtet sei, für sie zu sorgen. Solange Cinna nicht zurückkehrte, konnte Sunja der stolzen Römerin nicht beweisen, dass sie keine rechtlose Geliebte war, und ohne Vitalinas Beistand war sie schutzlos in dieser Siedlung, in der jeder jeden kannte, jeder jeden belauschte, jeder über jeden tratschte. Anständige Frauen, Ehefrauen zogen eine Schar Kinder hinter sich her, deren Vater sie hocherhobenen Hauptes nennen durften. Sunja aber hatte keine Kinder geboren.

Es musste ein Fluch sein, ein Fluch, mit dem der sterbende Liubagastis sie belegt hatte. Er hatte sie beschuldigt, Unheil über die Familie gebracht zu haben. Seine Hände hatte nach ihr gegriffen, als ihn Cinnas Schwert getroffen hatte, und sein letzter Blick hatte ihr gegolten. Er war fähig gewesen, Unheil über sie zu bringen.

Sunja nutzte den sonnigen Morgen für einen Gang zum Badehaus; an diesem Tag würde sie ohne Vitalina und die anderen Mädchen gehen müssen, da eine Göttin ihres Volkes gefeiert werden wollte. Saldir versteckte sich irgendwo, um ihren merkwürdigen Gedankengespinsten nachzuhängen, anstatt zu lernen, was einem Mädchen zukam, doch Sunja hatte längst aufgegeben, ihre Schwester zu erziehen.

In den frühen Morgenstunden befand sich im Umkleideraum gewöhnlich nur die Aufseherin, ein fettes altes Weib, das schrumplige Haselnüsse von einem Teller nahm und in den Mund schob, um sie langsam und gründlich zwischen ihren zahnlosen Kiefern zu zermahlen. Während Sunja aus ihren Kleidern schlüpfte, spürte sie den prüfenden Blick der Alten im Rücken und beeilte sich, das große, locker gewebte Leintuch um sich zu wickeln. Wenn die Leute von Mogontiacum glaubten, dass in der Germania die Barbaren beiderlei Geschlechts und jeden Alters ohne Scheu voreinander nackt in den Seen und Flüssen badeten, dann mochte das für die einfachen Bauern und die Unfreien gelten – sie als Tochter eines Fürsten war seit ihrer Kindheit nur von ihrer Mutter und ihrer Schwester unbekleidet gesehen worden. Und von Cinna. Ein leises Kribbeln überlief ihren Leib. Er war ihr Mann. Zumindest wünschte sie, dass es so bliebe und seine Schwester ihn nicht beeinflussen würde. Sorgfältig legte Sunja ihre Kleider zusammen und stapelte sie auf dem Bord zwischen den flatterbunten, dünnen Fähnchen einer Hure und grobem, kariertem Tuch, dessen strenger Stallgeruch die ländliche Herkunft seiner Besitzerin verriet.

Als sie den kleinen Flur zwischen dem Umkleideraum und den eigentlichen Baderäumen betrat, streifte sie ein kalter Hauch aus dem Frigidarium, dessen Tür nur angelehnt war. Rasch griff sie in den Türvorhang zum Tepidarium, eine warme Dampfwolke löste sich aus den Falten und hüllte ihr Gesicht ein. Eine schmächtige Badesklavin, ein Kind noch, winkte sie zu einem großen Zuber, der am Ende des Raumes stand. Neben dem Bogenfenster saßen drei junge Frauen nackt auf der Ruhebank; sie ließen die Würfel rollen, tuschelten und kicherten und schenkten der Eintretenden keine Beachtung. Die hartnäckigen Reste von Bleiweiß und Khol überzogen ihre Gesichter mit einem grauen Film, Kennzeichen einer eingeschworenen Gemeinschaft, die für die ehrbaren Frauen, von denen sie glühend verachtet wurden, ihrerseits nichts als Geringschätzung übrig hatte.

Sunja legte das Laken und ihre beiden Salbgefäße auf den bereitstehenden Schemel und ließ sich vorsichtig in das warme Wasser gleiten. Als die Dienerin sie mit einer hellen Vogelstimme fragte, ob sie mehr heißes Wasser wünsche, nickte sie stumm. Eine weitere junge Frau trat hinter dem Vorhang hervor, der das Warmbad vom Caldarium trennte. Ihre Haut war tiefrot, beinahe wund, und sie gesellte sich kichernd zu den anderen Huren, ohne Sunja und die Bäuerin, der die Badesklavin den Rücken schrubbte, zu beachten. Allein wagte sich Sunja nicht in die heiße Kammer; sie verspürte jedes Mal einen leichten Schwindel und wurde so unendlich müde, dass sie fürchtete, das Bewusstsein zu verlieren. Ohne Vitalinas munteres Schwatzen könnte ihre benebelte Seele darauf verfallen, die Schwäche zu nutzen und den Körper für eine Weile zu verlassen. Sunja wippte leicht und ergab sich dem sanften Streicheln der Strömung. Die Sohlen des Mädchens, das Eimer auf Eimer aus dem Heißbad schleppte, um damit die nächste Wanne zu befüllen, klatschten leise auf den nassen Steinplatten.

Ein Rauschen schreckte Sunja auf. Vor dem Vorhang zum Flur stand ausgerechnet Cornelia Lucilla, eingewickelt in ein weißes Badetuch, das schwarze Haar zu einem schlichten Knoten aufgesteckt. Mit leicht blasierter Miene musterte sie die anwesenden Frauen, die Bäuerin, die Huren, die über ihren Würfeln tuschelten, bis ihr Blick an Sunja hängen blieb – doch kein Gruß, nicht das winzigste Zeichen des Erkennens. Hinter Cornelia trat ihre junge Zofe ein, löste das Tuch unter den Achseln ihrer Herrin und enthüllte sie mit einer einzigen, flinken Bewegung.

Rasch wandte Sunja sich ab. Cornelia Lucilla stand im vierten Lebensjahrzehnt und war damit beinahe so alt wie Sunjas Mutter, doch ihr Körper war makellos, ihre Haut weiß wie der kostbare Marmor des Iuppiteraltars; ein schlanker Hals, der auf schmalen Schultern ruhte, straffe, vielleicht ein wenig kleine Brüste, zwischen denen ein dünner Schatten über den Bauch hinablief zum Nabel, die hohen Hüften gingen über in lange Beine. Und ebenso wie die Huren hatte sie kein einziges Haar an Rumpf und Schenkeln.

Sunjas Gesicht brannte vor Scham, als diese schöne Frau zu einem Zuber trat, fühlte den teilnahmslosen und dennoch wachen Blick, der sie streifte, bevor die Römerin ihr den Rücken zukehrte, einen viel zu jungen Rücken mit feiner Mittellinie, sanften Grübchen und einem vollendet gerundeten Hintern. Die Dame stieg in die dampfende Wanne und lehnte sich mit einem wohligen Seufzer an die weichen Tücher, die die Zofe über den Rand gelegt hatte, während Sunja ihre Unterlippe benagte und das Bild ihrer Mutter zu verscheuchen suchte, die schlaffen Brüste und den von narbigen Streifen entstellten Bauch. Cornelia Lucilla schien mit unzerstörbarer Jugend gesegnet – oder es war Hexenwerk. Die Zofe träufelte Öle in das Bad ihrer Herrin, und ein Gemisch von Düften breitete sich im Raum aus, Rose, Veilchen und etwas, das an Holz erinnerte. Vorsichtig, jedes Geräusch meidend, kletterte Sunja aus ihrem Zuber und bückte sich nach ihrem Badetuch.

»Mädchen?«

Sunja wusste, dass sie gemeint war; die Römerin hatte sie noch nie mit ihrem Namen angesprochen, immer nur als »Mädchen«. Sie erhob sich langsam, legte sich das Tuch um die Schultern und rieb ihre heißen Wangen, um Wut und Scham zu verbergen. Als sie sich umdrehte, trat die Zofe einen Schritt zurück. Cornelias Mund umspielte ein winziges Lächeln, doch es wirkte nicht freundlich, nur herablassend. Das Wasser, in dem sie lag, war so milchig von den Ölen, dass es sie verhüllte wie ein Schleier.

»Behandelt Gaius dich gut?«

»Er behandelt mich als seine Ehefrau«, platzte Sunja heraus.

Cornelias Blick war an ihr herabgewandert, hatte vermutlich den Preis geschätzt, den man für sie erzielen könnte – dazu musste Sunja nicht die Fähigkeit besitzen, Gedanken zu lesen. Die Dame schloss die Augen und ließ den Kopf zurücksinken. »Glaubst du wirklich, du darfst dich seine Frau nennen – Barbarin, die du bist?«

Die Huren waren aufmerksam geworden und lauerten wie hungrige Straßenköter; alles, was hier geschah, würde sich wie ein Lauffeuer in Mogontiacum verbreiten. Sunja verbiss sich eine zornige Erwiderung. Als sie einen Teil des Lakens über ihre Schulter warf, schrak die Römerin zusammen, dass das Wasser über den Rand des Zubers schwappte. Sunja wirbelte herum und stolzierte unter dem leisen Gekicher der Huren hinaus.

Fröstelnd traf sie im Haus des Titus Pontius ein, übergab dem Hausmädchen die nassen Sachen, ohne die besorgte Frage zu beantworten, warum sie ihr schönes goldenes Haar nicht gewaschen habe und ob sie, Iola, ihr diesen Dienst erweisen dürfe. Sie lief hinaus in den hohen Flur und riss die Tür zu ihrem Zimmer auf, als ihr der Anblick jäh klar machte, dass dies nicht länger ihr Zimmer war, dass sie nicht einmal in dem Raum wohnen durfte, den Saldir sich ausgesucht hatte, sondern die Schwester mit ihr eine winzige Kammer am Ende des Ganges teilte.

Eine Berührung riss Sunja aus dem Halbschlaf; es war fast dunkel im Zimmer, und eine Hand streichelte unbeholfen ihren Rücken. Die Riemen, die die Matratze trugen, knirschten unter ihrem Gewicht, als sie sich hochstemmte und in das verschattete Gesicht ihrer Schwester blickte. Auch im Dunkeln war der bekümmerte Ausdruck deutlich erkennbar. Sie fuhr Saldir durch das halb aufgelöste Haar, bemerkte das feine Glitzern auf ihren Wangen.

»Schläfst du heute nicht bei Iola?«

Saldir verneinte stumm, während sich ihre Finger in Sunjas Hand flochten, sich fest hineinkrampften. Unversehens blitzten ihre Augen auf. »Glaubst du, dass er zurückkommt?«

Sunja spürte, wie das Lächeln, das Zuversicht ausdrücken sollte, sich zu einer Grimasse verzog; sie neigte den Kopf, obwohl sie wusste, dass es Saldir nicht entgehen würde.

»Aber was wird sein, wenn er nicht mehr kommt?«

IV

Im Glanz der Nachmittagssonne ritt Cinna an der Spitze der Hauptstreitmacht seiner Cohorte im Lager Mogontiacum ein. Zur Linken der Via Praetoria rührte sich nichts außer einer stramm grüßenden Patrouille, während auf der anderen Seite die Standarten und Wimpel von den Feldzeichen flatterten, die der Sechzehnten Legion gehörten.

Cinna verschwendete keinen Gedanken an die Gründe für den Abmarsch der Vierzehnten, er hatte ohnehin andere Sorgen. Einige Tage, nachdem er die Nachricht über die Verurteilung der acht Soldaten aus Eggius' Centuria ins Hauptquartier hatte überbringen lassen, war eine Bestätigung eingegangen, der er nicht den geringsten Tadel entnehmen konnte. Dennoch rechnete er mit einem Nachspiel. Er hatte nicht das Recht gehabt, die Männer zum Tode zu verurteilen, schon gar nicht, sie den Barbaren zu überlassen, selbst wenn dies dazu geführt hatte, dass Actumerus sich der römischen Seite zugewandt und seine Entscheidung mit Säcken voller Geschenke bekräftigt hatte, die von zwei hoch beladenen Maultieren im Tross mitgeführt wurden.

Auf dem Weg zum Lager waren Cinnas Blicke suchend

über die Schaulustigen geirrt, die sich am Straßenrand angesammelt hatten; doch weder Sunja noch Saldir konnten wissen, dass er früher als erwartet zurückgekehrt war – und wenn sie es wussten, hatte die wohlanständige Vitalina ihnen sicherlich verboten, sich zu den Gaffern zu gesellen. Firmus hatte ihm grinsend empfohlen, die erste Wut bei einer der Huren zu lassen, doch Cinna erinnerte sich zu genau an die Klagen des Medicus, dass die barbarischen Söldner sich mit den billigen, schmuddeligen einheimischen Weibern abgaben, die in Berichten über blasige Geschwüre und winzige Krabbeltiere gipfelten.

Hinter Cinna marschierten die Soldaten der Cohorte über die Via Praetoria zum Forum, um sich vor dem Stabsgebäude nach ihren Einheiten geordnet aufzustellen. Eintönig dröhnten die Schritte von hunderten genagelter Sandalen über den Platz, verstummten nach und nach, ohne dass außer den Kommandos der Unteroffiziere Stimmen laut wurden; die Soldaten hatten sich auf den letzten Meilen bereits heiser gesungen.

Nachdem Cinna das verschnürte und versiegelte Bündel Wachstafeln, welche einen letzten kurzen Bericht enthielten, aus den Satteltaschen gekramt hatte, überließ er seinen Grauschimmel einem herbeieilenden Pferdeburschen und wandte sich dem Stabsgebäude zu, wo ein Tribun ihn und seinen Cornicularius erwartete. Verschwitzt und staubbedeckt fühlte er sich unwohl dabei, einem ranghöheren Offizierskollegen gegenüberzutreten, doch er hatte keine Wahl.

Schneidig erwiderte der Tribun den Gruß und nahm die Tafeln entgegen. »Ich richte dir die Grüße des Imperators Tiberius Caesar aus. Er lässt dir sagen, dass du hervorragende Arbeit geleistet hast und dass er dich morgen nach Beginn der ersten Tageswache erwartet. Bis dahin bist du beurlaubt und nicht gehalten, im Lager zu bleiben.«

Verdutzt schüttelte Cinna den Kopf. »Ich trage die Verantwortung für meine Männer.«

»Nun …«, ließ sich Firmus hinter ihm vernehmen, »ich vermute, der Imperator möchte, dass du heute Abend das Badehaus aufsuchst und dann deine Frau, damit er sich morgen in aller Ruhe mit dir unterhalten kann.« Er trat neben ihn und klopfte ihm auf die Schulter. »Zumal Fronto und ich schon dafür sorgen werden, dass alles seine Ordnung hat – oder misstraust du uns auf einmal?«

Sie tauschten ein schiefes Grinsen, dann band Cinna den Knoten auf, der seinen Helm am Gürtel befestigte, schnallte sich den Schwertriemen von der Schulter und reichte beides an Vestrius weiter. Der Tribun gesellte sich zu Firmus, Vestrius und dem Medicus, und zu viert bogen sie in die Via Principalis ein, um das Stabsgebäude zu umrunden, während Cinna sich in die Gegenrichtung aufmachte. Die Züge der Cohorte, die auf dem Forum aufgereiht worden waren, setzten sich auf Befehl einzeln in Bewegung und folgten ihrem kopflosen Stab. Zwischen zwei Einheiten kreuzte Cinna den Weg des lebendigen Eisenwurms, erwiderte die Zurufe der Soldaten durch Winke nach beiden Seiten und trabte dann zum Tor.

Kurz nach Einbruch der Dunkelheit stand er in Begleitung des massigen Türstehers und eines Bediensteten des Bades vor dem Haus, in dem er Sunja und Saldir einquartiert hatte. Er hatte sich keine Zeit gelassen im Bad, der Barbier hatte ihn zweimal geschnitten, und während der Massage waren ihm beinahe die Sinne vergangen, so glühte er diesem Wiedersehen entgegen. Den Mantel, den er tags getragen und unter dem er nachts geschlafen hatte, hatte er nur widerwillig der Wäscherin übergeben lassen und war hastig in frische Kleidung geschlüpft, um sich im Schutz des Türstehers unverzüglich zum Haus des Titus Pontius zu begeben. Unterwegs hatte er sich ein paar höfliche Floskeln abgerungen, mit denen er die Hausherrin so schnell wie möglich loszuwerden hoffte. Obwohl er fröstelte – die Haare unter der Kapuze waren noch nass –, klebten seine Hände schon wieder von Schweiß, als er der Sklavin durch den unbeleuchteten Flur folgte. Keine Spur von ihrer Herrin.

Im dunklen Garten empfing ihn ein schriller Aufschrei und ein Schatten flog ihm schwer an die Brust. Im ersten Moment glaubte er Sunja zu erkennen, doch es war ein anderer Duft, der ihn umwehte, ein Echo aus ferner Vergangenheit, Rose und Narde, das Duftöl seiner Mutter – und seiner Schwester. »Lucilla?«

Sie warf den Kopf zurück, ihre schwarzen Augen glitzerten, und er konnte die graubraunen Streifen erkennen, die Khol und Tusche auf ihre Wangen malten; das Tüchlein, das sie auf ihre Lippen presste, war dunkel davon. Plötzlich drückte sie ihn fest an sich und küsste ihn auf den Mund. Ihre Finger glitten fahrig über seine Wangen, in sein dichtes Haar, sie vergrub das Gesicht an seinem Hals, während ihre Tränen in sein Hemd sickerten.

»Mein armes Brüderchen!«, flüsterte sie. »Zuerst in der Gewalt der Barbaren, dann verbannt in diese abscheuliche Gegend! Ich fürchtete, dich niemals wiederzusehen.«

»Jetzt ist das arme Brüderchen ja wieder bei dir, Lucilla.« Begütigend tätschelte er ihre Schultern und drückte einen Kuss auf ihr atemberaubend duftendes Haar. »Was hat dich nur getrieben, hierher zu kommen?«

Wieder schaute sie auf, wieder der tränenumflorte Blick unter dichten, schwarzen Wimpern. »In Perusia konnte ich nicht bleiben, weil dieser Octavianus die Villa vollständig umbauen lässt. Er bildet sich etwas darauf ein, in diesem Städtchen geboren zu sein, und will es wohl von den Spuren derer säubern, die nicht vor ihm kriechen.« Sie hob die Hände zu einer beschwörenden Geste. »Nichts soll mehr an unseren Vater erinnern, jetzt, da er sich seines Erbes bemächtigt hat! Und in Rom begegnete ich überall nur mitleidigen Blicken. Meine Einladungen wurden höflich abgelehnt, nirgends wurde ich eingeladen, niemanden durfte ich unangemeldet besuchen.« Sie schluchzte in das Tüchlein, schnäuzte sich vernehmlich. »Terentius gab mir Geld, damit ich hierher reisen konnte – raus aus der Stadt, weg! So weit wie möglich!« Die Augen schimmerten hell. »Ich bin froh, dass ich bei dir bin...«

Cinna befreite sich sanft aus ihrer Umklammerung. »Du musst mir morgen alles erzählen, Lucilla. Aber jetzt entschuldige mich bitte, ich möchte meine Frau begrüßen.«

»Deine Frau?« Ihre entgeisterte Miene war wie ein Schlag in die Magengrube. »Das ist nicht dein Ernst! Seit wann nennst du dein Spielzeug so?«

Er lachte leise. »Seitdem es kein Spielzeug mehr ist. – Besser gesagt: Sunja war nie ein Spielzeug. Aber ihr kennt euch ja bereits.«

Sie spitzte den Mund und hob die Brauen. »Soll ich sie dir rufen lassen?«

»Lucilla, könntest du ein bisschen weniger... hochnäsig sein?«

»Hochnäsig?« Eine Stimme wie ein geschliffener Dolch, der ins Fleisch eintauchte wie in einen Pfirsich.

»Lass uns morgen reden. Ich bin müde.« Er küsste sie flüchtig auf die Schläfe und ging rasch davon, hielt sich aufrecht, obwohl er nicht sicher war, wohin er sich wenden musste. Die Dienerin hatte in einem Winkel auf ihn gewartet und wies ihm nun mit einer Lampe den Weg zu seiner Kammer. Im Eintreten umfing ihn die Wärme eines Kohlebeckens und das sanfte Flackern einiger Lichter an einem Lampenständer, ein süßer Duft von Myrrhe umschmeichelte seine Nase. Hinter ihm wurde die Tür geschlossen und der Riegel vorgeschoben. Sich umdrehend erkannte er Sunja, die an der Tür lehnte und ihn still ansah.

Tiberius Caesar saß auf seinem Sessel, hatte die Fingerspitzen beider Hände zusammengelegt und musterte Cinna, der vor ihm stand, bemüht, eine undurchdringliche Miene zur Schau zu tragen. An diesem Morgen hatten bereits Firmus und Fronto von seinem Gesichtsausdruck mühelos auf den Verlauf der vergangenen Nacht geschlossen und anzüglich gegrinst. Seine Haut brannte noch immer, der ganze Körper war auf eine höchst angenehme Weise wund, seitdem er in Sunjas Armen aufgewacht war.

Tiberius winkte ihn zu sich; der Imperator hatte die Brauen hochgezogen und wies einladend auf einen Stuhl. Da Cinna keine Begrüßung bemerkt hatte, verbeugte er sich knapp und setzte sich wortlos.

»Du hast diesen Actumerus davon überzeugt, sich bei der Heeresversammlung der Chatten für uns zu verwenden, unseren Vorschlägen zuzustimmen – aber wie du das bewerkstelligt hast, das war äußerst ungewöhnlich.«

Die auffallend großen Augen des Tiberius ruhten auf Cinna, während dieser sich an endlose Unterredungen im Haus des Chattenfürsten erinnerte, an den Regen, der auf dem Strohdach rauschte, an das kreisende Horn und die sanfte Benommenheit, die das süße Gebräu namens Met hervorrief. Ahtamers war kein Mann vieler Worte; er hatte eine uralte Frau rufen lassen, die von den Anwesenden ehrerbietig begrüßt worden war. Unter dumpfem

Getrommel hatte sie endlose Litaneien gemurmelt und sich dabei in den Hüften gewiegt, bis sie in jäher Verzückung einige unverständliche Sätze geschrien hatte. Vorzeichen waren beschworen, finstere Zeiten für die Stämme im Norden verkündet worden. Und so begab sich Ahtamers, einige Tage nachdem der Wille der Götter eingeholt worden war, in das Lager in der Ebene, um mitzuteilen, dass er in der Heeresversammlung für die Einhaltung des Friedens mit den Römern gestimmt habe, wie es auch die meisten anderen chattischen Fürsten gehalten hätten – außer einigen jungen Heißspornen. Cinna hatte sofort einen Boten nach Mogontiacum geschickt und war zwei Tage und ein feuchtfröhliches Fest später mit seinen gut gelaunten Soldaten gen Südwesten aufgebrochen.

Zwei Diener traten ein, Sklaven in feinwolligen Tunicen; einer trug ein Tablett mit einem Krug und drei Henkelbechern, der andere einen zusammengeklappten Dreifuß.

»Asprenas hat die Meuterer vom Rhenus fern halten können, und unsere Truppen sind inzwischen so stark, dass die Aufständischen es auch künftig nicht wagen werden, über den Fluss zu setzen«, fuhr Tiberius fort. »Aber sie lauern drüben in den Wäldern mit unseren Waffen, unseren Geschützen und unseren Feldzeichen, sie haben immer noch Gefangene, und sie singen immer noch Spottlieder auf Varus und dessen Legionen.«

Während Tiberius sprach, beobachtete er die Sklaven, die den Dreifuß neben ihm aufbauten und das Tablett darauf abstellten. Erst nachdem die Becher unter den Augen des Imperators säuberlich mit einem Leintuch ausgewischt worden waren, schenkte der jüngere der beiden Diener – den auffallend hellen Augen nach stammte er aus diesem Teil des Imperiums – hellgoldenen Würzwein aus dem Krug ein.

»Die Vierzehnte Legion ist bereits bei den Ubiern eingetroffen, morgen werde ich mit der Sechzehnten aufbrechen. Zum Schutz des Lagers werden zwei Einheiten zurückbleiben – deine Cohorte und die Ala unter dem Befehl des Iulius Flavus.« Tiberius nippte an seinem Becher. »Kennt ihr euch bereits?«

Cinna verneinte und trank von dem gesüßten, mit Pfeffer und Lorbeer versetzten Wein. Auf einen Wink des Tiberius hin entfernte sich der ältere Sklave.

»Wenn die Chatten sich in den Aufstand eingemischt hätten, gäbe es jetzt Krieg an zwei Fronten. Aber so werden wir einen Keil in das Gebiet der Bructerer und Marser schlagen. Germanicus liegt mir ohnehin seit seinem Eintreffen in den Ohren, dass er Rache nehmen will für seinen Vetter – seine Frau und Varus' Witwe sind wie Schwestern.« In einem Zug leerte er den Becher und ließ sich nachschenken.

»Wie geht es der edlen Cornelia Lucilla?«, fragte er unvermittelt.

»Gut, soweit ich das beurteilen kann. Wir haben uns nur kurz begrüßt.«

»Das kann ich mir vorstellen. Wenn auf mich so eine Perle warten würde ...«

Cinna zog es vor zu schweigen und dem prüfenden Blick standzuhalten, denn jede Antwort hätte ihn in Verlegenheit gebracht. Die Schwester konnte Tiberius nicht gemeint haben; wie ihr Vater war sie mit der Familie des Princeps so tief verfeindet, dass sie sich weigerte, den Herrscher über Senat und Volk von Rom mit seinen Ehrentiteln zu benennen.

Eine Bewegung am anderen Ende des Raumes erlöste ihn; ein Mann trat ein, bei dessen Anblick Cinna aufsprang. Das kurze, rotblonde Haar war in die Schläfen gekämmt, jede Spur eines Bartes von Kinn und Wangen getilgt, und in den hellen Augen lag ein harter Glanz.

»Du kennst seinen Bruder, nicht wahr?«

Tiberius zog eine Braue hoch und krümmte die Lippen zu einem winzigen Grinsen, während Cinna die Zähne zusammenbiss, dass seine Kiefer schmerzten. Iulius Flavus – wie hatte er es auch nur einen Atemzug vergessen können? –, der jüngere Bruder des Verräters Arminius, diente unter römischem Befehl, und während der Gefangenschaft hatte Cinna erfahren, dass dieser Mann nicht in Arminius' Pläne eingeweiht gewesen war. Der Cherusker war auffallend stattlich, ohne plump zu wirken, im Gegenteil, wie sein Bruder bewegte er sich mit der trägen Anmut großer Raubkatzen, entbot dem Imperator seinen Gruß, blieb jedoch neben dem Stuhl stehen, der für ihn herbeigeschafft worden war. Fieberhaft suchte Cinna einen Grund, sich sofort zu verabschieden, gab schließlich vor, sich nach zwei erkrankten Soldaten erkundigen zu müssen.

»Deine Verbundenheit mit den Männern ehrt dich«, entgegnete Tiberius, der ein boshaftes Vergnügen daran zu haben schien, Cinna dabei zu beobachten, wie dieser die Hände um den bronzebeschlagenen Gürtel krampfte. »Aber ich bin überzeugt, dass die Ärzte nichts dagegen haben, wenn du sie erst nach dieser Unterredung aufsuchst.«

»Ich denke, es ist alles Notwendige besprochen, Imperator.«

Tiberius fasste ihn scharf ins Auge; sein Blick strafte Cinnas Worte Lügen, zwang ihn, den Kopf zu senken und abzuwarten. Eine winzige, schroffe Handbewegung veranlasste Cinna zurückzutreten neben den Riesen, der einen scharfen Geruch von Leder und Eisen, Wolle und Schweiß verströmte. Die dünnen Narben, die seinen Rücken wie ein feines Netz überzogen, glommen spürbar; neben ihm stand der Bruder des Mannes, dem er diese Zeichnung verdankte. Angestrengt räusperte er sich in der Stille.

»Nun, Gaius Cinna?«

Er schluckte hart. »Es tut mir Leid, Imperator, ich habe nicht zugehört«, murmelte er, ehe er zu dem kleinen Tisch trat, auf dem er seinen Becher abgestellt hatte, was ihm Gelegenheit gab, mehrere Schritte Abstand zwischen sich und Flavus zu bringen.

»Brauchst du einen weiteren freien Abend, Praefect?« Tiberius' Augen funkelten über den Becher hinweg. »Deine Schwester wird es sicherlich schätzen, dich für ein paar Stunden wieder in ihrer Nähe zu wissen.«

»Danke, Herr. Ich werde sie früh genug wieder sehen. Es gibt Schwierigkeiten bei der Einquartierung, die meine Anwesenheit erforderlich machen.«

»Eggius' Männer wollen nichts mit den Barbaren zu tun haben, nicht wahr?«

Zögernd nickte Cinna.

»Das war zu erwarten. Sie wurden schließlich strafversetzt – wegen Übergriffen, wenn du es genau wissen willst.«

»Ich weiß es. Ich habe die Dokumente gelesen.«

»Dass man Eggius' Centuria in diese Cohorte abkommandiert hat, ist ein Fehler«, brummte Flavus ungefragt. »Es wäre besser gewesen, diese Leute nach Lugdunum oder zur Augusta Vindelicum zu versetzen.«

»Wir brauchen hier jeden verfügbaren Mann, während in Lugdunum alles friedlich ist.«

»Diese Männer sind unzuverlässig, Herr. Sie machen keinen Unterschied zwischen Verrätern und Getreuen, zwischen Marsern und Ubiern, Chatten und Cheruskern. Für sie sind wir alle feige, meineidige Barbaren.«

Erst als Cinna leicht benebelt den leeren Becher in seiner Hand sah, begriff er, dass er den Wein hinuntergestürzt hatte, kaum dass ihm nachgeschenkt worden war. Das dünne Grinsen im Gesicht des Sklaven verriet, dass man ihm die Verwirrung deutlich ansah.

»Sie werden es lernen«, erwiderte Tiberius ungerührt.

Über das Tuch hinweg, mit dem er sich die Lippen abtupfte, bemerkte Cinna Tiberius' Lächeln, den Ausdruck von Vertrautheit zwischen ihm und dem rothaarigen

Hünen, der sich inzwischen auf dem Stuhl niedergelassen hatte.

»Nein, Herr, sie haben meinen Kollegen in eine äußerst gefährliche Lage gebracht –«

»Die er gemeistert hat.« Mahnend hob Tiberius den Zeigefinger. »Die Barbaren und ihre Gebräuche sind ihm vertraut. So vertraut, dass er ihnen Menschen opferte.«

Cinna fuhr zusammen, doch bevor ein Laut über seine Lippen kam, brachte ihn ein Blick des Imperators zum Schweigen.

»Wenn er hätte wählen können, hätte er sicher eine andere Entscheidung getroffen«, wandte Flavus ein. »Der Ungehorsam einiger Männer hätte den Tod vieler Soldaten zur Folge haben können. Das ist zu viel der Gefahr. Schicke sie nach Lugdunum oder lass sie gegen die Marser kämpfen, die diesen Hass verdient haben.« Seine tellergroßen Hände ruhten auf den Oberschenkeln, und der Stuhl quietschte unter seinem Gewicht.

»Nein, diese Männer werden an unserem Feldzug nicht teilnehmen«, entgegnete Tiberius, während er seinen Becher in den Fingern drehte. »Sie müssen sich erst im Umgang mit unseren Verbündeten bewähren, danach lasse ich mit mir reden.« Er sah Cinna an. »Mit wem brachte Actumerus dich zusammen?«

Verwirrt schüttelte Cinna den Kopf. »Mit niemandem.«

Tiberius wechselte einen Blick mit Flavus, den dieser mit einem Achselzucken beantwortete. Der Imperator zog eine unzufriedene Miene und gab dem jungen Sklaven mit einem Wink zu verstehen, die Getränke wegzuräumen. Unter vielen kleinen Verbeugungen führten dieser fast lautlos den Befehl aus.

»Du wirst deinen Bericht im Lager von Bonna nochmals vortragen, Gaius Cinna«, fuhr Tiberius fort, nachdem er sich erhoben hatte. Sofort erschien von irgendwoher ein weiteres dienstbares Geschöpf, legte Tiberius den Mantel um und zupfte das prachtvolle Stück zurecht. »Ich erwarte dich dort in zwölf Tagen. In meiner Abwesenheit werdet ihr beiden gemeinsam mit dem Lagerpraefecten das Kommando führen – einvernehmlich!« Er bohrte einen dünnen Zeigefinger in die Luft, nahm zur Kenntnis, dass die beiden Offiziere ihn grüßten, und schritt hinaus, umweht von seinem Purpurmantel.

Cinna murmelte einen Gruß, als er an Flavus vorbei zur Tür strebte; obwohl ihm dieser stumm, aber deutlich zu verstehen gab, dass er ihn zu sprechen wünsche, zog Cinna es vor, diesem Anliegen nicht nachzukommen.

Draußen heftete Vestrius sich an seine Fersen. Wolken trübten den Himmel, hingen tief über den Dächern, schwache Böen wehten Dunstschwaden vom Innenhof her in den Säulengang, sprühten Cinna feine Tropfen ins Gesicht. Er zog den Umhang über den Kopf und nahm den Nebenausgang, um schnell zu den Quartieren seiner Cohorte zu gelangen.

Schon von weitem sah er Firmus, der sich unter seiner Tür mit Fronto unterhielt, dabei seine Worte mit kleinen, lebhaften Bewegungen der Hände und mit beredtem Mienenspiel begleitete, bis er seinen Praefecten erblickte. Die beiden Offiziere traten heraus, um ihm entgegenzukommen. Fronto machte seinem Namen Ehre, indem er die Stirn, von der das schüttere, graue Haar wich, in tiefe Falten legte, als Firmus ein Paar zierlicher Täfelchen umständlich unter dem Mantel hervorzog, um sie Cinna zu reichen, und brummte, ein Bote habe dies für ihn gebracht.

Geistesgegenwärtig verstaute Cinna den Brief in seinem Gürtel, ohne ihn weiter zu beachten. Das Siegel war das seiner Familie, und er kannte nur noch einen Menschen, der seine Nachrichten damit zeichnen würde. Während Fronto den Bericht des Opferdieners wiederholte, der im Auftrag eines Priesters die Ergebnisse der Eingeweideschau gemeldet hatte, bemerkte Cinna ein rasches Aufleuchten in Firmus' Augen, ein kaum merkliches Rucken des Kopfes. Ohne den Blick von Frontos Gesicht zu wenden, erwiderte Cinna diesen Wink mit einem Blinzeln. An der morgendlichen Zeremonie, die der Decurio vergeblich wiederaufleben zu lassen versuchte, hatte Cinna, wie er sich eingestehen musste, zwar ohne die nötige Aufmerksamkeit teilgenommen, doch jeder Handgriff, jede Bewegung, jedes Wort waren streng nach den Regeln vollzogen worden, und die Leber des jungen Stieres hatte sich als makellos erwiesen – Mars war zufrieden.

»Dies ist ein guter Zeitpunkt für eine Unterredung in einem weniger förmlichen Rahmen«, beendete Firmus den Vortrag seines Kollegen.

Keinen Atemzug lang überlegte Cinna. »Das Triclinium des Tribunen Corellius steht mir zur Verfügung, um heute Abend alle Centurionen, Vestrius und den Medicus zu bewirten.«

»Neun Gäste – wenn das kein Glück bringender Umstand ist.« Frontos Miene hatte sich aufgehellt; nur Firmus stemmte kopfschüttelnd die Fäuste in die Seiten.

»Schau ihn dir an! Schau ihn dir gut an, und dann sag mir ins Gesicht, dass er heute Abend nichts Besseres zu tun hat, als mit ein paar alten Kameraden um ein Kohlebecken zu hocken und sich die Füße zu wärmen.«

Nachdem Fronto sich leise prustend entfernt hatte, neigte Firmus sich zu Cinna. »Sag deiner Frau, dass sie dir keine Nachrichten ins Lager schicken soll.«

»Das ist keine Nachricht meiner Frau«, erwiderte Cinna. »Sie würde niemals das Siegel meiner Familie verwenden.«

Die Festlichkeit hatte Cinnas Erwartungen weit übertroffen; eine knappe Nachricht an Vitalina – zu mehr reichte die Zeit nicht –, und rechtzeitig vor Sonnenuntergang trottete ein kleiner Zug Bediensteter die Via Septimana entlang zum Haus des Corellius, in ihrer Mitte drei in helle Mäntel gehüllte, kichernde Mädchen, Musikerinnen, deren Schleiergewänder ein wenig Glanz in das Haus brachten, während sie den Innenhof mit Gesang, Flötenspiel und Tanz erfüllten und dem Duft nicht allzu teurer Öle. Vitalina hatte für feine Tücher und Kissen gesorgt, weißes Brot und dampfende Schüsseln mit den verschiedensten Speisen; sie hatte Schweinefleisch mit

Apfeltunke zubereiten lassen sowie eine gekochte Rinderzunge, die sich als erstaunlich zart erwies. Firmus ertrug geduldig die Vorträge des gelehrten Medicus, bis ihn dieser davon zu überzeugen suchte, sich des Genusses von Fleisch zu enthalten. Fronto fand Gefallen an einer der Tänzerinnen und verschwand für eine Weile mit ihr, während Eggius wortkarg blieb und den Becher nicht einmal dann aus der Hand gab, wenn einer der Sklaven ihm nachschenkte.

Als Cinna zu später Stunde die zumeist angeheiterten Offiziere verabschiedete, war er zu erschöpft, um sich noch auf den Heimweg zu machen. Übersättigt und angetrunken wälzte er sich im Bett, mit jedem Rundgang der Wache unter der Fensterluke verdüsterte sich seine Stimmung.

Gedämpfte Rufe verkündeten die Wachablösung, während er in der Dunkelheit ein schwach flackerndes, rötliches Licht auszumachen glaubte, fernes Lagerfeuer, das erstarb. Fast meinte er, einen ebenso fernen, erstickten Schrei zu hören, immer wieder, und wenn er die Augen schloss, erschien ihm das leere Mädchengesicht, der achtlos hingeworfene Körper im Schmutz.

Er hatte die falschen Männer abkommandiert, Proviant einzuholen.

*

Lucilla ruhte in einem Korbsessel im Säulengang, die Zofe saß auf einem Schemel zu ihren Füßen und las ihr leise vor. Als sie Cinna erblickte, streckte sie die Arme nach ihm aus, winkte ihn näher, und zu seiner eigenen Verwunderung gehorchte er.

»Hast du meine Nachricht nicht erhalten, Gaius?«

Die Täfelchen lagen versiegelt auf dem Tisch neben seinem Bett im Hause des Corellius; er atmete durch, zog eine hilflose Miene. »Es tut mir Leid.«

»Du hast sie erhalten und nicht gelesen?«

»Es tut mir Leid, Schwesterchen, ich bin nicht dazu gekommen –«

»Nicht dazu gekommen?« Rasch senkte sie die schwarz umrandeten Lider und umschloss seine Hand mit ihren warmen Fingern, während ein schwaches Lächeln ihre Lippen umspielte, als würde sie seine Entschuldigung huldvoll annehmen. »Es geht um deine ... dein Mädchen«, begann sie.

»Meine Frau – Sunja«, verbesserte er.

»Ihr Name ist unwichtig, Gaius, und sie kann überhaupt nicht deine Frau werden.«

»Sie ist es. Daran besteht nicht der geringste Zweifel. Wenn du die Dokumente sehen willst, zeige ich sie dir gerne.«

»Dokumente, die ein Sohn der Gemahlin dieses Octavianus gegengezeichnet hat?« Lucilla seufzte leise. »Wenn dieses Mädchen einer Römerin zumindest ähnlich wäre, würde sie sich mir gegenüber anders benehmen.«

»Anders?«

»Schau mich nicht so an!« Lucilla griff nach dem

Fächer und ließ ihn wirbeln, dass der kühle Lufthauch über Cinnas Arme strömte. »Ich habe einen Ballen Wolle gekauft und deiner ... dieser Sunja ausrichten lassen, sie solle mir feines Garn spinnen, weil sie das gar nicht dumm –«

»Du hast sie ... gebeten?«, unterbrach er ihren Redefluss.

»Natürlich nicht.« Ihr Blick verriet, wie sehr sie sich im Recht wähnte, offen, beinahe arglos sah sie ihm ins Gesicht. »Wie käme ich dazu? Dieses Mädchen ...«

Er hatte beide Hände erhoben, und sie verstummte, den Kopf leicht zurückgelegt, die Augen geweitet vor Verwunderung; sie vergaß sogar zu fächeln.

»Lucilla, ich möchte nicht mit dir streiten, aber du weißt, welche Achtung du deiner Schwägerin schuldig bist.«

Sie öffnete den Mund, doch er ließ sie gar nicht erst zu Wort kommen. »Wir werden darüber reden, das verspreche ich dir – aber nicht heute. Ich hatte einen anstrengenden Tag, und letzte Nacht habe ich kaum geschlafen – bitte!«

Er strich mit einem Finger über ihre Wange, drückte einen leichten Kuss auf ihre Stirn, in den Ansatz ihrer ölglänzenden, duftenden Haare, erhob sich schnell und eilte davon, bevor sie ihn festhalten konnte.

V

Als Sunja die dunkle Kammer betrat und die kleine Lampe hochhielt, sah sie Cinna auf dem Bett liegen, der Länge nach ausgestreckt, halb auf der Seite; er wandte ihr den Rücken zu, seine Füße ragten über den Rand der gesteppten Matratze, die dunkelrote Tunica bedeckte seine Oberschenkel kaum zur Hälfte. Lautlos schlüpfte Sunja hinein, verriegelte die Tür und hängte das Öllicht an den Kandelaber, ehe sie sich auf dem Rand des Bettes niederließ.

Von draußen klang Iolas dünne Stimme herein, ein trauriges Lied, unterbrochen vom Schleifen des Besens über den harten Lehm. Langsam hob und senkte sich Cinnas Schulter. In die geöffnete Hand hing ein Zipfel des dünnen, gebleichten Hemdes, das sie zur Nacht trug und in das er seine Wange geschmiegt hatte. Im gelben Licht der Öllampe warfen die Wimpern einen feinen, gebogenen Schatten auf die Nasenwurzel.

Als er an diesem Abend mit düsterer Miene heimgekehrt war, hatte sie es vorgezogen, nach einer flüchtigen Begrüßung an ihren Webrahmen zurückzukehren und Lucilla das Feld zu überlassen. Seine Schwester schien darauf versessen zu beweisen, dass ihr die Rolle der Dame des Hauses zustand. Kurze Zeit später gellte ihre Stimme durch das Haus und Türen schlugen zu, dann kehrte wieder Stille ein.

Das Lied verklang im Innenhof. Behutsam zog Sunja die Decken über ihn, und als sie sich hinunterbeugte, hörte sie, wie der Atemfluss zwischen den leicht geöffneten Lippen strömte. Deutlich entsann sie sich eines verregneten Nachmittages, den sie im Schutz eines Vordaches mit Brettchenweberei zugebracht hatte, eines Vordaches, das zu ihrem Vaterhaus gehörte. Sie war umringt gewesen von Mädchen aus dem Dorf um ihres Vaters Hof, die sich ihren Handarbeiten widmeten, dabei sangen und plauderten. Mit Scherzen hatten sie begonnen, dann war eine auf etwas Unheimliches verfallen; sie steckten die Köpfe zusammen, tuschelten, hielten den Atem an, sooft eine Pause entstand, doch als es sie allzu sehr gruselte, weil schon der kalte Wind Schauer über ihre Rücken jagte, verlegten sie sich wieder aufs Singen, und bald schallten ihre hellen Stimmen im Wettstreit über den Hof und das Dorf.

An jenem Morgen hatte die Dorfgemeinschaft ein Opfer zu Ehren des Thunaras gefeiert. Sunja trug ihr bestes Kleid und den Schmuck, der ein Teil ihrer Mitgift werden sollte. Kühl lag die Kette mit dem goldenen Anhänger, den sie nur selten tragen durfte, um ihren Nacken, die Ohrringe klingelten leise, und über die Ärmel des Kleides ringelten sich silberne Schlangen. Die unverhohlene Bewunderung auf den Gesichtern der Mädchen beflügelte sie, zwischen all den heimatlichen

Liedern immer wieder Weisen aus dem Land anzustimmen, in dem sie einige Jahre ihrer Kindheit verbracht hatte. Italia. Eine Villa am Fuße der Albaner Berge. Als Sunja zurückkehrte zu den Hügeln westlich des Flusses Visurgis, hatte sie Lieder und Geschichten mitgebracht, und die Mädchen aus dem Dorf wurden nicht müde, sie um die fremdartigen Weisen anzubetteln.

Sunja hatte gesungen und deshalb das Eintreffen der Reiter nicht bemerkt, bis Hufschlag und Schnauben sie aufhorchen ließen. Sie erkannte ihren ältesten Bruder auf seinem Rotschimmel, gefolgt von schwerbewaffneten Männern, die aus den umliegenden Dörfern stammten. Einer von ihnen saß fast auf der Kruppe seines Pferdes, hinter einem Körper, der quer über den Widerrist hing; kaum war der Reiter abgesprungen, warf er sich diesen wie einen Sack über die Schulter, wobei er unter dem Gewicht ein wenig in die Knie ging. Zum Schutz vor dem Regen zog Sunja den Mantel über den Kopf und folgte den anderen Mädchen auf den Hof. Als einzige durchbrach sie den Ring, den die herbeiströmenden Neugierigen bildeten. Hochaufgerichtet stand ihr Bruder, Liuba, vor seiner Mutter, die sich fast unwillig aus seiner ungestümen Umarmung befreit hatte und ihn verwundert fragte, was ihn herführe; da wies er auf den Gefährten, der den leblosen Körper trug, von dem kaum mehr zu sehen war als nackte Beine und Füße, die aus einem schmutzigen Kittel hingen. Die Augen der Mutter weiteten sich, weil auch sie das schmutzstarrende Kleidungsstück am breiten Purpurstreifen als den Waffenrock eines hohen römischen Offiziers erkannte.

Als Sunja, dem drängenden Winken ihrer Mutter folgend, Liubas Arme von ihren Schultern löste und neben ihm den Hauptraum ihres Vaterhauses betrat, lag der Verwundete auf einem Lager, das notdürftig neben dem Herd bereitet worden war. Die Mutter schickte die Männer hinaus, sogar ihren Ältesten, und ließ sich von Saldir die Beutel mit den Salben bringen, saubere Tücher und abgekochtes Wasser, ehe sie die Verletzungen reinigte und durch vorsichtiges Betasten untersuchte.

Die Verletzung an der Schulter war bereits verschorft, doch angesichts des schwarz umkrusteten, nass glänzenden Krater auf seinem Oberschenkel hatte die Mutter die Hände sinken lassen. Der Spieß war in der Wunde abgebrochen und roh herausgezerrt worden, wie die auf der geröteten und geschwollenen Haut klebenden Splitter verrieten.

Der Mann auf der Decke, der nun schlafend neben Sunja in einem weich gepolsterten Bett lag, hatte ihr damals nichts bedeutet, nicht mehr als jedes verletzte Geschöpf, das in den Schutz ihres Vaterhauses gelangt war. Damals hatte sie die heimliche Hoffnung gehegt, die Gemahlin eines Fürstensohnes zu werden. Es hatte ihr geschmeichelt, dass der Bruder ihrer zukünftigen Schwägerin sie umwarb, obwohl sie hätte wissen müssen, dass die Väter dem niemals zugestimmt hätten. Als sich der junge Krieger später in schwärmerischer Gefolgschaft für Arminius einem Kriegerbund anschloss, zerbarsten ihre Träume wie der stille Spiegel eines Sees im Hagel.

An jenem regnerischen Herbstnachmittag hatte sie den hilflosen Fremden in den Armen gehalten, ihm den bittersüßen Kräuteraufguss verabreicht, ihn auf ein hartes Strohlager gebettet und zugedeckt, als er das Bewusstsein wieder verlor.

Sie fuhr mit einer Fingerspitze über das weiße, faserige Mal in der Mulde zwischen Hals und Schlüsselbein, schob dann die Decke beiseite und tastete nach der Narbe auf seinem Oberschenkel. Er hob leicht die Brauen. Die Wunde war brandig verfärbt gewesen und hatte eitrig genässt an jenem Morgen, an dem sein Stöhnen und seine erstickten Schreie das ganze Haus hatten zusammenlaufen lassen; Mutter hatte beschlossen, die Wunde zu öffnen und noch einmal zu reinigen, selbst wenn es ihn töten würde. Ohne diese Behandlung wäre er am Wundbrand gestorben. Gnädige Götter hatten rechtzeitig Dunkelheit über seinen Geist gesenkt, die ihn nicht freigab, bis er mit frisch gelegten Verbänden wieder neben dem Herd lag, während Krämpfe seinen Körper schüttelten. Sunja war ratlos gewesen, was sie tun sollte, hatte eine Entschuldigung gemurmelt, ihn gestützt, ihm den Becher mit dem Heiltrank an die Lippen gehalten, die er sich blutig gebissen hatte. Mühsam hatte er geschluckt und sie angestarrt aus den schwarzen, glitzernden, weit aufgerissenen Augen eines waidwunden Tieres. Als seine Finger den Becher festzuhalten versuchten, berührten sie ihr Handgelenk, umklammerten es plötzlich mit aller verbliebenen Kraft, und sie flüsterte ihm zu, er müsse ruhig atmen, langsam und ruhig, der Schmerz habe keine Macht über ihn, wenn er ruhig atme.

Sie erinnerte sich an diese Worte, als habe sie sie eben erst ausgesprochen, daran, wie er dann stoßweise, aber langsamer geatmet hatte und ruhiger, wie das Keuchen nachließ, seine Lider flatterten, ehe sie sich über die schwarzen Augen schlossen, und die Finger um ihr Handgelenk erschlafften, so dass sie ihn niederlegen und zudecken konnte.

Wie sie ihn gerade eben zugedeckt hatte.

Ihr Mund berührte seine Schläfe, was er mit leisem Seufzen beantwortete; sie schmeckte den Hauch von Salz, als ihre Zungenspitze seine Haut berührte. Rasch drehte er sich um, umschlang sie und zog sie unter die Decke. Als sie einen Arm unter seiner Achsel hindurchschob und seinen Rücken hinauffuhr, strich sein Atem warm über ihren Hals.

Er blinzelte; sie spürte die Wimpern an ihrer Wange.

»Was ist das mit dir und Lucilla? Weswegen habt ihr Streit?«

»Wir haben keinen Streit.«

»Erzähl mir, was vorgefallen ist.«

Brüsk setzte Sunja sich auf. »Secunda kam gestern zu mir und sagte, ich solle einen Ballen roter Wolle für ihre Herrin zu feinem Garn spinnen.«

»Sie hat ihre Zofe zu dir geschickt, um dich darum zu bitten?«

Sunja warf ihm einen schnellen Blick zu. »Sie bat mich nicht darum – es war ein ... Befehl.«

Mit einem lang gezogenen Ton ließ Cinna sich in die Kissen zurücksinken, verschränkte die Arme hinter dem Kopf und starrte angestrengt an die Decke. »Ich habe schon befürchtet, dass es Schwierigkeiten geben wird.«

»Du wusstest, dass sie kommen würde?«

»Nein, so viel Mut hatte ich ihr nicht zugetraut. Sie muss eine schlimme Zeit durchgemacht haben, bevor sie den Entschluss fasste, allen Entbehrungen und Gefahren zum Trotz hierher zu reisen.«

Sunja legte die Hand auf seine Brust, um sie leicht darüber gleiten zu lassen, spürte dem Atem nach, der sie hob und senkte, dem leisen Spiel der Schatten, der Wärme seiner Haut, als er ihre Finger umschloss und sie dort festhielt, wo das Herz überraschend stark gegen ihre Finger pochte. Aufblickend bemerkte sie, dass er sie ansah, schon seit geraumer Zeit ansehen mochte. Er drehte sich zu ihr, schlang einen Arm um sie und zog sie an sich, ohne ihre Hand loszulassen.

»Streitet euch nicht«, flüsterte er an ihrem Hals, und es klang beinahe flehend. Seine Lippen berührten das kaum sichtbare Mal hinter ihrem Ohr, glitten ihre Halsbeuge hinab, am Schlüsselbein entlang. Seine Finger stahlen sich unter ihr Hemd, das er sanft, aber beharrlich aufrollte. Solange er sie in dieser Weise umarmte, solange er sie begehrte und ihn nicht eine andere fesselte, war sie geschützt.

Ein leiser Hauch kräuselte die Oberfläche des Quellteichs und wiegte die bunten Veilchenblüten, die Sunja darauf gestreut hatte. Sie verteilten sich auf dem zitternden Spiegel, wurden von einer Strömung erfasst und zum Abfluss getragen, wo das Wasser über die Einfassung schwappte und leise plätschernd den Weg zum Fluss nahm. Aus dem Teich blickte Sunja ein müdes und beunruhigtes Gesicht entgegen, während sie in der Rechten die dünnwandige Schale hielt, in die eine Gehilfin der Priesterin die von den Stängeln gezupften Blüten gefüllt hatte. Veilchen mussten es sein, früh blühende Veilchen, violette, gelbe, mehrfarbige, die Sunja auf dem Weg hierher eigenhändig unter Gebeten gepflückt hatte.

Runde, bunte Kiesel schimmerten am Grund des Teichs, Sonnenstrahlen tanzten auf dem Wellengekräusel, als sie die Drei Mütter anrief. Wie dieses Wasser Leben spendete und Felder und Wiesen fruchtbar machte, so mochten die unsterbliche Herrinnen dieser Quelle sie fruchtbar machen und ihr ein Leben schenken. Und während sie betete, breitete sich Wärme in ihr aus, spürte sie die Macht, die an diesem Ort wirkte, und empfing das offenkundige Wohlwollen wie ein unverhofftes Geschenk. Als ein Tropfen von ihrem Kinn in das Wasser fiel und sich dünne Ringe auf dem Spiegel ausbreiteten, erhob sie sich und wischte die Tränen von ihrem Gesicht. Die Sonne stand bereits hoch über den Bäumen, und auf dem Pfad wartete eine andere Bittstellerin, in der Rechten eine Schale, in der Linken die Hand eines kaum dreijährigen Knaben. Ihr zunickend, wandte Sunja sich um und eilte dem Ausgang zu, wo ihre Schwester und Apicula, Vitalinas älteste Tochter, sie mit Iola erwarteten.

Saldir saß auf dem Zaun und ließ die Beine baumeln, ihr Stirnrunzeln verriet Verdrossenheit. Tröstend hatte Apicula den Arm um ihre Mitte gelegt; alles wies darauf hin, dass Iola das Mädchen wieder einmal der Hexenkünste bezichtigt hatte. Wortlos hob Sunja den Korb auf, den sie neben dem Tor abgestellt hatte, und ging voran, den Weg zum Standlager zurück, dessen Mauern und Türme die Anhöhe über den Feldern krönten. Die Mädchen folgten in einigem Abstand, während Iola neben ihr herlief und ihre Klage darüber anstimmte, dass Saldir sich mit Zauberzeichen beschäftige, dass es gefährlich sei, solche Mächte zu beschwören, um Apiculas Webkünste zu verbessern. Vitalinas Älteste konnte feine, weiche Gewebe fertigen, aber Muster waren ihr nie gelungen; erst seitdem Saldir ihr eines Tages bei ihren vergeblichen Bemühungen, mit Brettchen einen gleichmäßig gemusterten Saum zu weben, geholfen hatte, arbeiteten die beiden immer häufiger gemeinsam und schufen Bänder und Teppiche mit Mäandern, Schlingen und Blattmustern, die eines adligen Hauses würdig waren. Für die einfältige Magd musste es wie Hexerei aussehen, dass in Apiculas geschickten Händen immer dann kleine Wunderwerke entstanden, wenn sie die Wachstäfelchen angefasst hatte, nachdem ausgerechnet Saldir, die keinerlei Begabung für schöne Handarbeiten zeigte, etwas darauf gekritzelt hatte.

Das Heiligtum lag etwas mehr als drei Meilen von Mogontiacum entfernt, und der Weg begleitete ein gutes Stück den Lauf eines Baches, der Felder und Weiden durcheilte. Weithin sichtbar überragte der Turm, der im Gedenken an Drusus, den Bruder des Tiberius, errichtet worden war, die Siedlung am Fuß des Lagers und wies den Frauen den Weg.

Nachdem sie die Hälfte der Strecke hinter sich gebracht hatten, gesellte Iola sich ungefragt zu Sunja. Erst jetzt bemerkte Sunja die beiden Reiter, die nur ein paar Schritte vor ihnen an einer Wegbiegung ihre Pferde gezügelt hatten. Den rotblonden Mann, der sie augenscheinlich musterte, wies der weite, dunkelrote Umhang als Offizier aus. Sunja spürte, wie sich ihr Puls beschleunigte; sie waren allein auf dem Weg.

Er schwang das Bein über den Hals seines Pferdes und sprang herunter. Neben dem Schimmel nahm er sich auffallend stattlich aus, breitschultrig und langbeinig. Feuchtkalte Finger stahlen sich in Sunjas Hand, Saldirs Finger. Steif drängte sich das Mädchen an sie, um ebenfalls den Fremden zu beäugen, der mit weit ausholenden Schritten auf sie zukam. Sunja schluckte den Schrecken hinunter, der beim Anblick der scharf geschnittenen Züge ihre Kehle zugeschnürt hatte; erst jetzt spürte sie, dass Saldirs Nägel sich in ihre Haut gruben.

»Es ist der Bruder«, flüsterte sie. »Keine Angst, es ist nur der Bruder.«

Zögernd lockerte sich Saldirs Griff. Als der Mann auf

zwei, drei Schritte herangetreten war, verneigte er sich vor Sunja. »Ich grüße dich, Sunja, schönwangige Tochter des Inguiotar, und bitte dich um Rat und Beistand.«

Er benutzte die Worte ihres Volkes und formte eine Schale aus seinen tellergroßen Händen, die er ihr lächelnd entgegenstreckte; sie zögerte, ihre hineinzulegen, als könnten diese Pranken ihre Finger zerquetschen, aber tatsächlich strich er nur einmal mit den Daumen über ihre Handrücken.

Sie räusperte sich unterdrückt. »Was kann ich für dich tun …«

Ehe sie seinen Namen, den Namen, den sein Vater ihm gegeben hatte, aussprechen konnte, gebot er ihr mit einem Kopfschütteln Einhalt, und warf dann rasche, viel sagende Blicke auf ihre Begleiterinnen. Sunja wandte sich zu Iola, deren Miene in unverhohlener Neugier glühte – vor wenigen Augenblicken war sie noch schreckensbleich gewesen.

»Geh mit den beiden voraus!«, wies sie die Magd an, und als sie sah, dass Saldir und Apicula die Brauen zusammenzogen, fügte sie hinzu: »Bis zu den Pferden.«

Die Gesichter der Mädchen hellten sich auf, fragend sahen sie den Fremden an, und kaum nickte dieser mit einem feinen Lächeln Zustimmung, stürmten sie jauchzend den Weg hinunter, während Iola sichtlich unwillig hinterherschlurfte.

»Was kann ich für dich tun, Iulius Flavus?«, wiederholte Sunja.

Er schulterte ihren Korb, schob seinen Arm unter

ihren und führte sie langsam, aber nachdrücklich mit sich. »Es geht um deinen Mann.«

Sunja verbiss sich die spitze Bemerkung, worum es denn auch sonst hätte gehen sollen. Flavus umwehte der Geruch seines Pferdes, ein warmer Geruch, der an die Koppel auf ihres Vaters Hof erinnerte und Vertrauen schuf. Als sie die Augen schloss, lag dieser Hof vor ihr, die dunkelgraue, in Schollen zersprungene Erde und dahinter der Weidezaun aus Birkenholz, links die beiden kleinen Schuppen, auf Stelzen gebaut; und wenn sie sich nur umdrehte, stünde das Haus vor ihr, ein tief heruntergezogenes Dach, eine niedrige Gaube über der breiten Tür, unter der jeden Augenblick ihre Mutter hervortreten würde.

Ihre Mutter.

Erst als sie Flavus' Griff um ihre Mitte spürte, bemerkte sie, dass sie zusammengesackt war.

»Fehlt dir etwas?«

»Nein, es geht mir gut.« Sie schluckte hart, zwang dann ein Lächeln auf ihr Gesicht, das sich anfühlte wie eine Grimasse. Ein Kind. Ein Kind würde sie retten.

»Dein Mann missachtet meine Briefe, wenn sie nicht als dienstliche Nachrichten erkennbar sind.«

Vorsichtig befreite sie sich von seinem Arm, brachte ein wenig Abstand zwischen sich und ihn. »Du bist Arminius' Bruder.«

Ein tiefes Schnaufen verriet seinen Unmut. »Mir wurde ausführlich berichtet, dass Arminius nichts unversucht ließ, deinen Mann in seine Gewalt zu bekommen.«

»Würdest *du* den Bruder deines ärgsten Feindes um Freundschaft angehen? Oder einer solchen Bitte entsprechen?«

Sie bemerkte, dass er eine zornige Erwiderung hinunterschluckte. An der Wegbiegung fasste sein Begleiter Saldir um die Mitte und setzte sie auf Flavus' Schimmel, dann Apicula auf den Falben, nahm die Zügel und ging den Pferden voran. Iola tappte nebenher und wies die Mädchen zurecht, die mit hochroten Gesichtern versuchten, in den Sätteln Halt zu finden, ohne sich rittlings zu setzen; denn das wäre nicht schicklich. Sie krallten ihre Finger in Mähnenbüschel, kicherten und kreischten, wenn die Tiere die Köpfe hochwarfen.

»Gaius Cinna ist zu beneiden, eine solche Frau um sich zu haben, wenn er in seinem Haus weilt.«

»Es ist nicht sein Haus«, wandte Sunja ein, obwohl die freundliche Schmeichelei ihren Stolz weckte; sie reckte das Kinn ein wenig und schob die Schultern zurück. Seitdem sie in Mogontiacum lebte, war sie nur selten aus dem Haus gegangen, und kaum einmal ohne Vitalinas Begleitung. Es ziemte sich nicht für sie, in den Straßen gesehen zu werden. Doch heute hatte sie nicht nur den Schutz der Mauern, sondern sogar die Siedlung verlassen und war mit den Mädchen und einer Dienerin zu einem abgelegenen Heiligtum gewandert.

Der Weg mündete in eine breit ausgebaute Straße, als sie die ersten Gräber in der Ebene unterhalb der Siedlung erreichten, und Menschen begegneten, die ihre toten Anverwandten besuchten oder an einem der

Weihesteine Opfergaben niederlegten. Einige grüßten mit einem langsamen Nicken, zwei alte Frauen zogen missbilligende Gesichter. In der Siedlung hatte es sich längst herumgesprochen, wer im Hause des Titus Pontius eingezogen war und was sich dort abspielte. Wie eine Fessel schnitt die Neugier der Nachbarn in Sunjas Fleisch.

»Willst du mich tatsächlich darum bitten, dass ich bei meinem Mann ein gutes Wort für dich einlege?«

Er nickte stumm.

»Was lässt dich glauben, ich könnte etwas ausrichten?«

»Du selbst. Es muss schließlich einen Grund geben, weshalb er alles darangesetzt hat, dich nicht nur in seine Hand zu bekommen, sondern sogar zu seiner rechtmäßigen Frau zu machen.«

»Ich weiß nicht, ob ich dir helfen kann – nach allem, was dein Bruder ihm angetan hat.«

Abrupt blieb er stehen. »Dieser verfluchte Mistkerl ist nicht mehr mein Bruder!«

Er starrte sie an, seine Augen sprühten, unvermittelt krampfte er die großen Hände zusammen, bis die Knöchel weiß wurden. Eine warme Welle des Mitgefühls ließ sie die Finger auf seine Fäuste legen.

»Versprechen kann ich dir nichts, aber ich will es versuchen.« Sie nickte in Richtung der Leute auf dem Gräberfeld. »Cinna wird ohnehin erfahren, dass du mich begleitet hast – dein Anliegen würde es erklären.«

Bald erhoben sich die ersten Häuserfronten zu beiden Seiten, schlossen sich enger um sie; Flavus' Begleiter führte die Pferde in die schmale Seitenstraße, an der das Haus des Pontius lag.

»Es ist mir eine Ehre, dich und die deinen auf eurem Weg beschützt zu haben«, verabschiedete Flavus sich, während Iola die Mädchen unbeholfen von den Pferden zog; zu ungehörig hätte es vor den Nachbarn ausgesehen, wenn der fremde Decurio sie nochmals angefasst hätte. Plappernd verschwanden die beiden im Haus.

»Werdet ihr die Vorführungen besuchen?«, fragte Flavus und nahm die Zügel seines Schimmels.

»Welche Vorführungen?«

Er stutzte, dann schlug er sich an die Stirn. »Ich hätte es wissen müssen – es tut mir Leid. Ich habe Gaius Cinna die Überraschung verdorben.« Eine letzte Verneigung, dann schwang er sich auf das Pferd, das sofort lostrabte. »Am Markttag. Auf dem Übungsplatz«, rief er über die Schulter zurück. »Thunaras behüte euch!«

*

Neben dem Webrahmen, den Vitalina Sunja überließ und auf dem in den vergangenen Tagen eine weiße Tuchbahn entstanden, aber nicht vollendet worden war, wartete wieder einmal ein großer Korb mit einem Ballen roter Wolle, gewaschen und gekämmt. Nachdem Sunja sich auf dem Klappstuhl niedergelassen hatte, schob sie den Korb mit der Fußspitze von sich, weit genug, um zu verdeutlichen, dass sie dies nicht als ihre Aufgabe ansah.

Von dem wackligen Schemel neben der Tür, dem schattigsten Platz im Raum, linste Iola verstohlen hinter ihrem Wollbausch hervor, aus dem sie Fasern zupfte und zu einem Faden verdrillte. Neben ihr auf einem Schemel lagen Saldirs Spindel und das Körbchen; zweifellos hatte das Mädchen in Iolas Kammer Zuflucht genommen, vor sich die neue große Wachstafel, die Cinna ihr auf dem Markt gekauft hatte, und grübelte stirnrunzelnd über irgendeiner geometrischen Figur.

Abwechselnd zog Sunja die beiden Schäfte, an denen jeweils die Hälfte der Kettfäden befestigt war, an ihre Brust, führte flink den Schuss hindurch und drückte den Faden an das Gewebe, hin und her. Ein rascher Blick auf Cornelias Webrahmen verriet ihr, dass sie schneller vorankam als die vornehme Römerin, zumal diese unter schmerzhaften Blasen litt, wie die dünnen Wollstreifen verrieten, mit denen sie ihre Finger umwickelte.

Die weiße Leinenbahn wuchs, die hellen Flecken, die das Sonnenlicht auf den Boden malte, überquerten den bunten Teppich zu ihren Füßen, während ihre Arme schwerer wurden, ohne in den gleichförmigen Bewegungen zu erlahmen. Dass jemand zu ihr trat, bemerkte sie erst, als ein Schatten über ihre Hände fiel. Iolas runde, fast violette Augen glänzten vor ihr; hastig wies das Mädchen auf den großen Korb, den Sunja von sich geschoben hatte. »Die Herrin will ihr Garn haben.«

Sunja blickte sich um. Die Herrin begab sich gemessenen Schrittes zu ihrem Webstuhl, ohne jemanden mit ihrer Aufmerksamkeit zu würdigen.

»Dann soll sie sich Garn kaufen und keine Ballen«, zischte Sunja. »Ich bin nicht ihre Dienerin.«

Zögernd wich Iola zurück, wobei ihr Blick zwischen den beiden Frauen hin und her sprang; sie griff nach dem Korb und trug ihn zu ihrem Schemel. Cornelia verzog keine Miene, als die Dienerin ein Büschel in die Hände nahm, mit den Fingern einige Fasern herauspflückte, die sie vorsichtig zwischen Daumen und Zeigefinger zwirbelte und es dann an der Spindel befestigte. Sie ließ die Spindel schwirren, so dass sich weitere Fasern zu einem Faden verdrehten, zupfte nach, bis die Spindel fast den Boden berührte, nahm sie dann auf und wickelte den Faden darum. Diese Bewegungen wiederholte sie in rascher Folge, und das Knäuel um den Spindelstab wurde bald dicker.

Eine Bewegung lenkte Sunja ab; in der Tür stand Saldir, zog eine Grimasse und deutete auf ihren Bauch.

»Hat dieses Kind heute schon irgendetwas getan, um sich sein Essen zu verdienen?«

Sunja, die aufgestanden war, verharrte mitten im Raum und musterte Cornelia ungläubig, die die Schäfte des Webrahmens klappern ließ und Faden um Faden gegen das bunte Gewebe schlug. Die Augen der Römerin blitzten sie an.

»Du hast ja einen Dienst, den du meinem Bruder leistest, wenn er hier schläft – aber sie?«

Langsam wandte Sunja sich wieder der Tür zu, während sie sich mit geballten Fäusten zur Ruhe zwang. Die

Hitze auf ihren Wangen verriet ihr, dass diese dunkelrot angelaufen waren.

»Jemand sollte deinem Bruder sagen, dass du seine Frau demütigst«, gellte Saldirs Stimme durch den Raum. »Du hast kein Recht dazu!«

Cornelia war erstarrt, ihre Lippen formten noch immer den dünnen Bogen eines Lächelns, das sich nicht deuten ließ. Rasch eilte Sunja in den halbdunklen Gang hinaus und zog Saldir mit sich, nahm den kürzesten Weg in die Küche, wo sie stehen blieb und geistesabwesend durch den Sonnenstrahl starrte, in dem funkelnder Staub schwebte. Kräutersträuße hingen von der Decke, Zöpfe aus Zwiebeln und Knoblauch, und der Geruch von Käse und Kümmel erfüllte die Luft.

»Warum lässt du dir das gefallen?«, blaffte Saldir.

Unachtsam griff Sunja in eine irdene Schüssel, wickelte einen kleinen Laib Brot aus einem Leintuch und legte diesen auf einen Teller; aus mehreren Töpfen nahm sie eingelegtes Gemüse, Gurken, Karotten, Oliven –

»Die mag ich nicht«, schnappte das Mädchen. »Das weißt du doch.«

Sunja ließ einige der harten grünen Früchte in ihre Hand rollen, wies wortlos auf den Teller. Sie würde nicht in den großen Raum zurückgehen, nicht ehe Cornelia ihren täglichen Einkaufsbummel angetreten hatte. Wenn diese Frau kein Vermögen mitgebracht hatte, würden ihre Ansprüche Cinnas Sold eines Tages auffressen. Sunja steckte eine Olive in den Mund und kaute, presste das feste, mehlige Fruchtfleisch an ihren Gaumen, dass der ölige Saft über ihre Zunge rann. Mit der Hand fuhr sie über Saldirs braunes Haar, lächelte dem Mädchen ins finstere Gesicht. Sie würde es ertragen, ruhig und beharrlich. Schritt für Schritt würde Cornelia nachgeben müssen, wie sie seit Cinnas Rückkehr dulden musste, dass Sunja wieder in der großen Kammer wohnte.

Saldir ruckte den Kopf in Richtung des Wohnraums. »Soll sie dahin zurückgehen, wo sie hergekommen ist, wenn sie uns nicht leiden mag.«

*

Cinna war enttäuscht, dass seine Einladung zu den Vorführungen der Soldaten für Sunja keine Überraschung mehr war; sie konnte es in seinen Augen lesen. Noch immer hatte sie ihm nicht erzählt, dass sein Kollege Iulius Flavus sie und die Mädchen vom Heiligtum nach Hause gebracht hatte – gerade Saldir fiel es sichtlich schwer, nicht mit ihrem Ritt auf dem strahlend weißen Streitross zu prahlen. Vitalina hatte ihn auf Sunjas Bitte hin mit dem unvermeidlichen Tratsch verschont, und da sämtliche Baracken und Häuserzüge ohnehin summten vor Aufregung, hatte er keine Veranlassung, irgendetwas zu argwöhnen.

Im Säulengang neben dem Garten ließ Sunja sich von Iola die neue, blassgelbe Stola umlegen, vorsichtig, damit sich ihre aufwendig mit Bändern geschmückten Flechten nicht lösten. Als Vitalina und Cornelia aus dem Hinterhaus traten, verharrte die prachtvoll herausgeputzte Römerin bei der Tür, während Vitalina zu Sunja eilte, ihre Kleidung begutachtete und hier und da zurechtzupfte. Der schüchtern beiseite getretenen Magd warf sie tadelnde Blicke zu, bis sie schließlich zufrieden nickend die Hände vor der Brust zusammenlegte.

»Wundervoll. Dein Mann wird entzückt sein, wenn er dich sieht.« Sie schob sich so nahe, dass ihr Kinn Sunjas Schulter berührte. »Und bitte halte dich an die gute Sitte, mein Kind. Lass die Dame einige Schritte vor dir und Saldir gehen, wie es sich gehört.«

Sunja stutzte. In Vitalinas winzigen Augen las sie nichts als die inständige Bitte, nicht zu widersprechen, doch alles in ihr sträubte sich, wie eine Dienerin der hohen Herrin nachtrotten zu müssen, womöglich noch gesenkten Hauptes.

»Die Dame kann so weit vor mir gehen, wie sie will«, entgegnete sie. »Meinetwegen kann sie gehen, wann, wo und wie es ihr beliebt, und ich werde es ebenso halten. Denn dass sie die Frau ihres Bruders unter die Mägde reiht, *das* gehört sich nicht!«

Vitalina war bei den ersten scharfen Worten zurückgeschreckt, hatte den Kopf geschüttelt, als könnte sie Sunja damit aufhalten, die mit einem raschen Blick erkannte, welch einen Treffer sie der feinen Dame versetzt hatte. Mit unschicklich schnellen Schritten rauschte Cornelia heran, baute sich vor ihr auf, den Kopf in den Nacken werfend, um den Anschein zu erwecken, sie würde auf die Barbarin herabsehen, denn zweifellos sah sie in Sunja nichts anderes.

»Ich befehle dir, dass du deinen Platz hinter mir einnimmst und dass du mir nicht zu nahe trittst – ich befehle es dir!«

Wie leicht es war, den Rücken ein wenig zu straffen, das Kinn ein wenig in die Höhe zu recken, um die stolze Römerin aussehen zu lassen wie ein trotziges Kind. Sunja fühlte das Lächeln, das sich in ihre Mundwinkel grub, ein kaltes, boshaftes Lächeln. »Wenn du noch die Macht hättest zu befehlen, dann wärst du jetzt nicht hier, sondern in Rom.«

VI

»Was hast du dir nur dabei gedacht?«

Cinna schob Sunja in die gemeinsame Kammer und schloss die Tür hinter sich. Während sie einige Schritte hineinging, dann stehen blieb und sich umdrehte, lehnte er am Türrahmen und sah sie an. Es drängte ihn zu sprechen, ohne dass er recht wusste, was er sagen sollte. Wie so oft beunruhigte ihn ihr Schweigen, das ihn Dinge sagen lassen ließ, die er schon im nächsten Augenblick bereute; er musste sich beherrschen, auf eine Antwort warten. Doch sie blickte ihm nur wortlos in die Augen, ruhig und keineswegs schuldbewusst oder gar unterwürfig. Nicht einmal erstaunt.

»Wie kannst du meine Schwester derart kränken?«, platzte er heraus. »Dieses Haus ist groß genug, dass ihr nebeneinander leben könnt, ohne euch ständig begegnen zu müssen. Ich weiß, dass es nicht einfach ist, mit ihr zurechtzukommen, schließlich bin ich mit ihr aufgewachsen.«

Ihre Mundwinkel bogen sich im Anflug eines Lächelns, so dass er sich ein Blinzeln erlaubte. »Erzähl mir, was vorgefallen ist«, bat er und versuchte, sanft und schmeichelnd zu klingen. Als sie die Augen niederschlug, meinte er, ein verräterisches Glänzen darin erkannt zu haben.

»Es geht nicht darum, was vorgefallen ist, sondern darum, dass kein Frieden ist zwischen uns, weil ... sie denkt, ich sei ihr Ehrerbietung schuldig, während sie ...«

Er löste sich von der Tür und machte einen Schritt auf sie zu, um sie in die Arme zu schließen, doch als sie zurückwich, hielt er inne. »Gib ihr Zeit, Sunja. Sie wird es lernen.«

Auf ihren Wangen erschienen rote Flecken. »Zeit? Du glaubst, wenn ich es ihr eine Weile nachsehe, dass sie beleidigend ist und hochnäsig und gemein, dann hört sie damit auf?«

»Denkst du, für mich ist es leicht? Ich habe mich darauf gefreut, bei euch zu sein, mit euch zu essen, Zeit mit dir zu verbringen – stattdessen erfahre ich, dass Lucilla sich den ganzen Tag in ihrer Kammer eingeschlossen hat, anstatt auf den Festplatz zu kommen. Weißt du, was sie mir erzählt hat?«

»Ich kann es mir vorstellen«, zischte sie.

Unwillig schüttelte er den Kopf. Lucilla war in ihrem Zimmer auf der anderen Seite einer dünnen Wand und konnte jedes Wort hören. Ein weiterer Grund, Streit zu vermeiden. Er hatte den Tag im Lager und auf dem Übungsplatz zugebracht und die Vorführungen der Soldaten überwacht. Das bedeutete, über Stunden hinweg in voller Rüstung auf dem Pferderücken zu sitzen, und den Hengst, für den dieses ungewohnte Stillstehen eine

Qual bedeutete, ruhig zu halten. Die Sonne hatte den Helm aufgeheizt, und so prachtvoll Cinna auch ausgesehen haben mochte, so erschöpfend hatte das Gewicht ihn niedergedrückt und den Schweiß aus allen Poren gepresst. Die Sehnsucht hatte ihn des Abends alle Einladungen ausschlagen lassen und nach Hause gezogen, der Wunsch, sich neben seiner Frau auszustrecken, in ihrer Wärme gebadet, in ihren Armen geborgen, umhüllt vom Duft ihrer Haut. Doch davon fühlte er sich jetzt unendlich weit entfernt.

Beschwörend streckte er die Hände aus und erschrak, als er sah, dass sie zurückfuhr, abwehrend, beinahe schützend die Arme hob. Er hatte ihr nie Veranlassung zu dieser Angst gegeben, so dass ein böser Verdacht in ihm erwachte. »Hat Lucilla es gewagt …«

Wild schüttelte Sunja den Kopf und knetete ihre Finger in den Falten des Rockes. »Bitte lass mich allein!«, stieß sie hervor. »Bitte geh!«

»Sunja, das darfst du nicht von mir verlangen! Was ist in dich gefahren?« Mit zwei schnellen Schritten stand er dicht vor ihr, seine Hände schlossen sich um ihre Oberarme. »Ich liebe dich, und ich ehre dich – das weißt du! Lucilla benimmt sich schrecklich, und ich werde ihr verbieten, dich herabwürdigend zu behandeln.« Gegen ihr stummes Verharren zog er sie an sich, doch sie drehte ihr Gesicht zur Seite. »Du musst sie nicht lieben, versuche nur, ihr die Achtung zu zollen, die ihr als meiner Schwester zusteht.«

Mit aller Kraft, die in ihren Armen lag, stemmte sie ihn

von sich, jäh flackerten ihre Augen. »So wie du meine Familie ehrtest, als du meinen Bruder erschlugst?«

Er fuhr zusammen, als wäre er gegen eine Wand geprallt. Seine Hände glitten von ihr ab, und er sah nichts mehr als ihren funkelnden Blick, während das Echo ihrer Worte in seinem Kopf dröhnte. Nie zuvor war ein Vorwurf über ihre Lippen gekommen, nie hatte sie ihn spüren lassen, dass Liubas Tod zwischen ihnen stand. Schwer atmend stand sie vor ihm, die Finger rieben die Arme, wo er sie gepackt hatte, wohl zu fest.

Cinna würgte an einem bitteren Kloß, öffnete und ballte die Fäuste. Ja, er hatte diesen Mann erschlagen. Um Sunja zu schützen, hatte er sich ihm entgegengestellt. Er hatte Grund genug gehabt, Liuba zu hassen, und keine Veranlassung, ihn zu schonen, als dieser seine Klinge nach ihm stieß. Schließlich war Sunjas ältester Bruder der Mann gewesen, der mit seinen Gefolgsleuten Cinnas Eskorte überfallen, ihn verwundet und als Gefangenen auf seines Vaters Burg verschleppt hatte. Und dennoch: Liuba war Sunjas Bruder gewesen, dasselbe Blut floss in ihren Adern. Wie hatte er so blind sein können nicht zu erkennen, dass seine Tat sie trennte wie eine Mauer.

Es gab nichts mehr zu sagen. Leise drehte er sich um, verließ das Zimmer und bewegte sich den Gang hinunter, ohne mehr wahrzunehmen als das Tappen seiner Stiefel auf den Dielen. Er verließ das Haus, und auf der dunklen Straße kühlte der Abendwind seine erhitzten Wangen. Den Weg zum Lagertor fanden seine Beine allein, auch den zum Haus des Corellius, zu der Kammer, die dort immer für ihn bereitstand.

Cinna kehrte nicht noch einmal in das Haus des Pontius zurück, bevor er im Morgengrauen des dritten Tages begleitet von seinen beiden Leibwächtern Richtung Bonna aufbrach. Der Schrecken war bald dem Zorn gewichen, der ihn bis zum Morgen nicht hatte schlafen lassen, dann einem schwelenden Groll. Der Schwur, den er ihrer Mutter einst geleistet hatte, ging ihm nicht mehr aus dem Kopf, dass er Sunja und ihre Kinder mit seinem Leben schützen würde – welche Macht hatte ihn so verblendet, dass er Thauris die Worte nachgesprochen hatte? Es musste eine andere Möglichkeit geben, ihn einzuhalten; denn als sie ihm den Eid abgenommen hatte, hatte sie nicht im Traum daran denken können, dass er ihre Tochter einmal zu seiner rechtmäßigen Ehefrau machen würde. Damals war er eine Geisel gewesen, ein Gefangener.

Wenn Firmus ihn in diesen Tagen wachsam beäugte – dem Mann entging einfach nichts und seine Neugier schien unersättlich –, ließ er sich nicht anmerken, was ihn bewegte, tat so, als ginge alles seinen üblichen Gang. Nachdem Cinna am Vorabend seiner Abreise dem Centurio die Befehlsgewalt über seine Einheit übergeben hatte, blieb Firmus noch eine Weile wortlos neben seinem Tisch stehen und sah ihn mit leicht schräg gelegtem Kopf an, als warte er auf etwas. Cinna zog in gespielter Verwunderung die Brauen hoch, während er den Centurio wieder einmal verwünschte. Dieser musste kein Wort sagen, zumal seine beredte Miene, dieses kaum merkliche Lächeln, deutlich verriet, dass er über die häuslichen Verhältnisse seines Vorgesetzten im Bilde war.

Die Straße war fest und trocken, so dass Cinna und seine beiden Begleiter, Verus und Nonnus, rasch vorankamen, vorbei an Straßenposten und Dörfern, die, umgeben von Feldern, auf den Bergen oberhalb des Flusses lagen, und durch lichte Wälder, deren junges Laub Schutz bot vor der Sonne. Sie rasteten an Bächen und übernachteten in einem Straßenposten, wo die Pferde versorgt werden konnten. Cinna warf einen prüfenden Blick auf die Olivenbrote, die ihm eingepackt worden waren, dann auf die beiden Soldaten, die sich mit doppelt gebackenen Fladen aus grobem Schrot begnügen mussten. Sie dauerten ihn; er nahm einen der goldbraunen Laibe, rief sie an und warf ihnen das duftende Brot in die ausgestreckten Hände. Obwohl die Männer stets wachsam in seiner Nähe blieben, hielten sie einen respektvollen Abstand, sogar als er am Morgen des zweiten Tages mit ihnen den Schrotbrei teilte.

In der Nacht hatten sich Wolken zusammengezogen, und einsetzender Sprühregen machte ihre Mäntel schwer. Ein Fährmann setzte sie über die Mosella, deren tief eingeschnittenes Tal im Dunst lag. Gegen Ende ihrer Reise am Nachmittag des dritten Tages führte die Straße durch lichten Wald einen sanften Hang hinunter und gab die Sicht frei auf eine weite Ebene. Neben ihnen schäumte der Rhenus noch zwischen den Bergen, um sich dann in zahllosen Armen über das Land zu wälzen, über dem feiner Nebel schwebte. Eine dünne Rauchwolke, die über den äußersten linken Arm des Flusses kroch, verriet die Gegenwart von Menschen; gedämpft klangen metallische Schläge aus der Ferne, Rufe und Pferdegewieher.

Mehrere unbefestigte Dörfer erhoben sich auf dem Hang, der linker Hand die Ebene flankierte. Die Giebel lang gestreckter Häuser mit tief heruntergezogenen Dächern überragten die Knüppelzäune und bezeugten die Herkunft ihrer Erbauer aus der Germania; Ubier hatten sich hier niedergelassen, seitdem Iulius Caesar vor vielen Jahren ihrem Wunsch entsprochen und ihnen fruchtbares Land auf dieser Seite des Rhenus zugestanden hatte.

Cinna wischte die Nässe vom Gesicht und verlagerte sein Gewicht, was den Grauen in einen schaukelnden Trab verfallen ließ; seine Leibwächter folgten ihm hörbar. Ein Bauer, dessen Gesinde einige jämmerliche Rinder in der Schwemme wusch, verneigte sich tief vor den Reitern und verharrte gekrümmt, bis sie vorübergezogen waren.

Endlich tauchte die Palisade vor ihnen auf, und aus dem Fluss ragten Pfähle, wiesen den Verlauf der Furt, welche der Grund für die Anwesenheit einer ganzen Legion war. Noch ehe das Jahr vergangen war, in dem Meuterer und Aufständische das Heer des glücklosen

Varus vernichtet hatten, hatte Asprenas große Verbände zu den Furten verlegt, so dass Arminius' Truppen nicht kampflos über den Fluss setzen konnten.

Bonna, ein Weiler, von Eburonen gegründet und nach deren Vernichtung vor vielen Jahren durch Ubier neu besiedelt, war innerhalb weniger Monate von einem Fischerdorf zu einem wichtigen Umschlagplatz militärischer Waren geworden. Zwar konnte man den schlammigen Flussarm, über dem sich das Dorf erhob, kaum einen Hafen nennen, doch der Einfallsreichtum der Bewohner, der Handwerker und Händler, die dem Heer gefolgt waren, hatten für die Errichtung notdürftiger Anlegestellen gesorgt; an einem roh gezimmerten Kai schaukelten dicht nebeneinander Kähne, mit denen die Ladung schwerer Schiffe in der Flussmitte gelöscht werden konnte.

Vor Cinnas Augen erstreckte sich der mauergekrönte Wall des Standlagers, hinter dem sich wie in jedem Heerlager Baracken und Zelte säuberlich um ein Verwaltungsgebäude reihten. Niedrige Bauten entlang der Ausfallstraßen beherbergten Werkstätten, Läden, Schänken und Bordelle. Als ihre Pferde die leicht ansteigende Straße zum Südtor hinauftrabten, wurden sie von allen Seiten aufmerksam beäugt, und einzelne leicht bekleidete Frauen schoben sich mit anzüglichem Gebaren aus dem Schatten der Häuserfronten. Abgesehen davon, dass alles kleiner und schmutziger erschien, fand sich kaum ein Unterschied zu Mogontiacum.

Der Empfang am Lagertor war nüchtern; während

Stallburschen die Pferde zu den Stallungen führten, wurden die beiden Leibwächter von dem jungen Stabsangehörigen, der den Ankömmlingen Quartiere zuweisen sollte, argwöhnisch gemustert.

»Ubier«, erklärte Cinna schnell und leise. »Sehr zuverlässige Männer.«

»Von dieser Seite des Rhenus also«, erwiderte der dunkle Offizier, der sich in reinstem Latinisch als Publius Sulpicius vorgestellt hatte. »Solange sie nicht von drüben sind«, sein Kopf zuckte in Richtung des Flusses, »können sie wohl als treu gelten.«

Cinna hatte den Abend zur eigenen Verfügung und nutzte ihn dazu, sich in seinem Quartier einzurichten und den fehlenden Schlaf der vergangenen Tage nachzuholen. Nonnus und Verus konnten sich gar nicht beruhigen über den Luxus, nur zu zweit einen Raum zu teilen, auf gepolsterten Pritschen zu liegen und mehr als die übliche Ration an Speck, Brot, Gemüse und vor allem Wein vertilgen zu dürfen. Sie waren im Nebenzimmer der leer stehenden Centurionenwohnung untergebracht, die Cinna zugeteilt worden war.

Während Cinna den Schmutz vom Mantel klopfte und seine Finger über die dunkelgrüne Wolle strichen, beschlich ihn ein Anflug von Heimweh, so dass er das gute Stück, das ihn auf der Reise gewärmt hatte, rasch in ein handliches Bündel verwandelte und verstaute. Die wenigen Dinge, die er bei sich trug, räumte er auf das Bord über dem Bett. Als er in seiner Tasche einen kleinen, weichen Lederbeutel erfühlte, war ihm, als griffe eine Faust nach seinem Magen. Er ließ sich auf dem Bettrand nieder, tastete ohne hinzusehen nach dem Becher mit verdünntem Wein und stürzte das süßsaure Getränk in einem Zug hinunter. Eine Zeit lang starrte er dumpf vor sich hin. Dann steckte er vorsichtig eine Hand in die bauchige Tasche und zog den Beutel hervor, der leicht in seine Hand passte. Rotes, fein gegerbtes Leder, ein Geschenk Saldirs aus den Tagen seiner Gefangenschaft. Er kümmerte sich zu wenig um sie. Sie war ohne Zweifel begabt – aber was sollte ein Mädchen mit Geometrie und Arithmetik anfangen hier draußen in der äußersten Provinz!

Vorsichtig öffnete er den dünnen Knoten und schüttelte den Inhalt des Beutels in die rechte Hand, ein Ohrgehänge, ein dicker Tropfen aus Gold. Sunja hatte es ihm mitgegeben, als er aufgebrochen war, um seine Cohorte von der Ubierstadt nach Mogontiacum zu überstellen. Sie hatte diesen Schmuck an jenem Tag getragen, als er verwundet in das Haus ihrer Eltern gebracht wurde, am Tag ihrer Hochzeit, von der er sie entführt hatte, und an dem Tag, da Tiberius sie ihm überlassen hatte. Rasch steckte er es zurück, zog die Schnüre des Beutelchens zu und schob es wieder in die Tasche, ratlos, wie es da hineingeraten war; vermutlich hatte es ihn sogar zu den Chatten begleitet wie ein schützendes Amulett.

Am folgenden Morgen, kurz nach Sonnenaufgang, wurde Cinna von einem wortkargen Gefreiten zum Stabsgebäude gerufen und dort bis zur Tür eines großen Raumes begleitet, aus dem angeregtes Stimmengewirr drang. Als er eintrat, drehten sich einige der Anwesenden um, Lippen formten unhörbar seinen Namen, und die Gespräche erstarben. Die Nachricht seines Urteils hatte sich also bereits in den höchsten militärischen Kreisen herumgesprochen; die hier versammelten Männer gehörten ihren prachtvollen Umhängen und Waffenröcken nach zu den führenden Offizieren des gewaltigsten Grenzheeres, das je aufgestellt worden war. Tiberius und Germanicus, sein Adoptivsohn, waren nicht zu sehen, stattdessen fiel Cinna ein anderes bekanntes Gesicht auf, jener Mann, der es sich vor zwei Jahren nicht hätte nehmen lassen, ihm ohne zu zögern entgegenzugehen, um ihm die Hand zu geben. Jetzt blieb Lucius Nonius Asprenas, Befehlshaber der in Vetera stationierten Legionen und Neffe des glücklosen Publius Quinctilius Varus, stehen und verengte die Augen ein wenig, während die Hände, die soeben noch lebhaft seine Rede unterstrichen hatten, sich fest um seine Oberarme legten. Als Cinna ihn mit einer leichten Neigung des Kopfes bedachte, zog Asprenas die Nasenwurzel in Falten.

Sulpicius trat zu Cinna und begrüßte ihn; doch bevor sie über den Austausch von Höflichkeiten hinausgekommen waren, ließen die schweren Schritte einer Leibwache sie aufmerken. Zwei breitschultrige, bärtige Hünen pflanzten sich zu beiden Seiten des Eingangs auf. Unter ihren dunklen Waffenröcken lugten Hosen aus speckigem Leder hervor, die bis über die Knie hinabreichten. Mochte Caesar Augustus seine germanische Leibwache entlassen haben, sobald die Nachricht von der Niederlage in den Sümpfen in Rom eingetroffen war – Tiberius schmückte sich mit einem Trupp Bataver, deren Verwegenheit sprichwörtlich war, und als er in diesem Augenblick zwischen den beiden Männern eintrat, bot ihr strammer Gruß eine beeindruckende Kulisse für den Auftritt des Feldherrn und seines Zöglings.

Während Tiberius sich betont schlicht gab – er begnügte sich mit dunklem Umhang und weißer Tunica, deren breite Purpurstreifen seinen senatorischen Rang bezeugten –, bewies Germanicus in seiner purpurgesäumten, fein gefältelten Toga und den sorgfältig gelegten dunklen Locken einen Hang zu städtischer Eleganz. Nacheinander ließen sie sich auf den beiden Sesseln an der Stirnseite des Raumes nieder, was die anwesenden Offiziere dazu veranlasste, sich unter allgemeinem Gescharre einen Platz im Stuhlkreis zu suchen, die Gefreiten und Offiziersanwärter, die als Schreiber und Sekretäre dienten, auf Schemeln hinter ihnen.

Cinna saß zwischen einem breitschultrigen Italiker und einem unruhigen, hageren Barbaren, deren Arme mit silbernen Ehrenringen dekoriert waren; er selbst konnte nichts dergleichen vorweisen. Der Dünne musterte ihn aus dem Augenwinkel und zwinkerte dabei unentwegt. Die Vorstellung, in diesem Rahmen einen Bericht über die Vorkommnisse bei den Chatten abliefern zu müssen, erfüllte Cinna mit Unbehagen.

Als Tiberius sich erhob, verstummte das Murmeln und

Scharren augenblicklich; ohne einen der Anwesenden besonders zu beachten, ließ der Imperator den Blick über die Runde schweifen, bevor er die Stimme hob.

»Unser Ziel«, begann er nach einer kurzen Begrüßung, »und vor allem das Ziel des Princeps ist es, die Toten dieser unseligen Schlacht ehrenvoll zu bestatten, geraubte Feldzeichen zurückzuholen, Verräter und Meuterer zu bestrafen, Aufständische zu unterwerfen und alle Stämme und Völker zwischen Rhenus und Albis zu befrieden – wenn nötig auch die jenseits des Albis. Aber was ist uns bislang gelungen?« Er hob die Hände, als fordere er die Offiziere zu einer Antwort auf, doch es blieb still, bis er fortfuhr.

»Wir haben dieses Heer zusammengeführt und ein Jahr lang aufgebaut. Wir haben Kundschafter in die aufständischen Gebiete geschickt und Gesandte zu den Stämmen, die uns die Treue halten. Wir haben in diesem Frühjahr erste erfolgreiche Vorstöße gegen die meineidigen Bructerer und Sugambrer geführt, ihre Äcker verwüstet, diejenigen, derer wir vor ihrer Flucht in die Wälder habhaft werden konnten, getötet oder versklavt. Unsere Schiffe bewachen die Küsten, und entlang der Lupia wurde eine tiefe Schneise geschlagen.« Er schritt langsam in den Ring, den die Offiziere gebildet hatten. »Diese Schneise werden wir jetzt nutzen und den Krieg zu den Marsern tragen.«

Seine Worte verhallten im Schweigen, während er einen nach dem anderen ansah, als suche er Widerspruch.

Es war Asprenas, der sich mit einem Räuspern auf seinem Stuhl aufrichtete. »Ein Heer von Gegnern, die den Tod nicht fürchten, ist ein schrecklicher Gegner.«

Tiberius erfasste ihn mit seinem Blick. »In der Tat. Ein Heer von Kämpfern, die den Tod nicht fürchten, ist ein schrecklicher Gegner – und um wie viel schrecklicher unter einem Anführer, der den Tod sehr wohl fürchtet.« Seine großen, lichtlosen Augen forschten in den Gesichtern, doch die Männer schwiegen. Nicht einmal Germanicus, bei dem er schließlich wieder anlangte, erhob seine Stimme, sondern erwiderte nur den Blick seines Adoptivvaters und Vorgesetzten.

Plötzlich drehte Tiberius sich um. »Dieser meineidige Feind hat nur eine einzige Schwäche: Seine Soldaten sind Barbaren, und Barbaren bringen es nicht fertig, über mehrere Jahre ein großes, schlagkräftiges Heer zusammenzuhalten. Sie können sich nicht gewaltsam Proviant verschaffen, denn sie stehen im eigenen Land. Und in jedem Dorf gibt es einen kleinen Fürsten, der sich von einem Arminius ebenso ungern befehlen lässt wie von Caesar Augustus oder von dessen Stellvertreter.«

Sowie er den Namen des feindlichen Anführers ausgesprochen hatte, war ein Zischen durch den Raum geflogen. Ein winziges Lächeln fraß sich in Tiberius' Mundwinkel, ließ die Falten, die von dort zu den Nasenflügeln aufstiegen, noch schärfer erscheinen. »Wenn wir Geduld wahren, wird eines Tages der Kopf dieses meineidigen Verräters wie ein reifer Apfel vor unsere Füße rollen, ohne dass viel vom Blut unserer Soldaten oder unserer Bundesgenossen vergossen wird.«

Er hatte eine Hand ausgestreckt, wie um diese widerwärtige Frucht in Empfang zu nehmen, und Cinna kam nicht umhin, sich auszumalen, wie Tiberius den abgetrennten, bluttriefenden Kopf des Arminius am Schopf emporhielte, eine Vorstellung, die ihn mit Genugtuung erfüllte. Er sah, wie Germanicus die Fäuste um die kostbar geschnitzten Armlehnen seines Sessels krampfte und tief durchatmete; ihn plagte sicher die Erinnerung an den Kopf des Varus, den der Marcomannenkönig Marboduus nach Rom geschickt hatte, damit ihm dort eine ehrenvolle Bestattung zuteil wurde. Sie hatten ein gemeinsames Verlangen – die ehemalige Geisel und der leibliche Sohn des Mannes, der als erster die Befriedung der Stämme zwischen Rhenus und Albis in Angriff genommen hatte und dessen Denkmal die Siedlung von Mogontiacum überragte.

Tiberius hob nochmals den Arm, um wieder die Aufmerksamkeit auf sich zu ziehen. »Wir haben das Heer des Verräters Arminius von den Ufern des Rhenus fern gehalten, so dass er damit nicht nach Gallien einfallen konnte, und das müssen wir weiterhin tun. Wir haben die Freundschaft der Stämme gesucht, die rings um die Aufständischen siedeln, und sie für uns gewonnen. Von nun an müssen wir dafür sorgen, dass es denen, die unsere Freunde sind, besser geht als den Verbündeten des Verräters Arminius. Und dass sie vor deren Angriffen sicher sind.«

»Was ist mit den Chatten?« Vorn bei den Sesseln der Imperatoren erhob sich ein Mann, dem Rang nach ein Legat, feist mit verwaschenen Gesichtszügen.

Cinna bemerkte den Wink, der ihn aufforderte, sich zu erheben; er folgte, verneigte sich ehrerbietig, aber viel zu steif, wie ihm schien. Tiberius deutete mit dem Finger auf ihn, ohne sich von dem dicken Legaten abzuwenden.

»Dieser junge Mann hier kennt die Barbaren besser als jeder von uns. Gaius Cinna war ein Jahr lang in der Gewalt der Cherusker und steht nun als Praefect der Zweiten germanischen Cohorte vor. In ihm brennt der Wille, die ihm angetane Schmach zu rächen. Ich habe ihn zu den Chatten geschickt, und er hat sie für uns gewonnen, wie man diese wankelmütigen Barbaren nur gewinnen kann.« Er hatte die Stimme erhoben, um das aufkommende Murmeln zu übertönen. »Wenn du hören willst, wie es ihm gelang, Aulus Favonius, dann frage ihn danach.«

Während Cinna dem dicken Legaten Rede und Antwort stand, beobachtete Tiberius ihn, die Hände in die Seiten gestemmt, inmitten seiner Offiziere. Mit knappen, dürren Sätzen berichtete Cinna von der Verurteilung der Männer aus der Centuria des Marcus Eggius, wiederholte, was er sich noch auf dem Weg eingeprägt hatte, dass er die unverantwortliche Gefährdung der gesamten Einheit in Reichweite eines möglichen Feindes geahndet hatte. Kein Wort über eine schmutzige, zerbrochene Puppe auf laubbedecktem Waldboden, der durchfurcht war von den Spuren verzweifelter Gegenwehr.

»Du hast also acht Männer dem Feind zum Fraß vorgeworfen, um deinen eigenen Hals zu retten?«, schnarrte Favonius.

»Nein, Legat Favonius, nicht um mich zu retten, sondern um nicht die Möglichkeit zunichte zu machen, dass die Chatten sich mit uns verbünden.«

»Sie werden niemals unsere ... Verbündeten.« Er spie das Wort förmlich aus. »Sie hausen in ihren schmutzigen Löchern inmitten der aufständischen Gebiete und wähnen sich berechtigt, Bedingungen zu stellen.«

Der Dicke lehnte sich vor, maß Cinna mit seinen kleinen, verengten Augen, öffnete den Mund, um etwas hinzuzusetzen, als sich neben Germanicus Asprenas erhob; er tat es sichtlich widerwillig.

»Ich gebe meinem ehrenwerten Kollegen zu bedenken, dass die beiden aus chattischen Aufgeboten bestehenden Hilfstruppen noch immer im Illyricum stehen und unseren Offizieren gehorchen. Die Chatten haben zu den Waffen gegriffen, als sie erkannten, dass ihre Feinde, die Sugambrer, sich gegen uns erhoben hatten. Aber weder wandten sie sich gegen uns, noch drohten sie damit, in der Gallia einzufallen. Stattdessen ließen sie die Flüchtlinge aus den neu gegründeten Siedlungen unbehelligt durchreisen und kamen diesen sogar zu Hilfe. Wir haben keinen Grund, die Chatten als unsere Feinde anzusehen.«

»Aber sie hätten Grund dazu, wenn ich die Männer aus Eggius' Centuria nicht bestraft hätte für etwas, was nach chattischem Recht ein todeswürdiges Verbrechen ist«, fügte Cinna hinzu.

»Wir richten nach unserem Recht, nicht nach dem der Barbaren, Praefect«, blaffte Favonius. »Die Männer haben einen Befehl missachtet und damit ihre Einheit in Gefahr gebracht – dafür hätte man sie nach deiner Rückkehr zum Tode durch Steinigung oder Stockschläge verurteilen können. Doch sie den Barbaren auszuliefern ist ein Verbrechen!«

»Wenn ich sie nur in Haft genommen hätte, hätte ich in den Augen der Chatten wie ein Feigling gehandelt, und sie hätten nicht gezögert, an uns Rache zu nehmen«, sagte Cinna leise. »Indem ich die Täter zur Strafe außerhalb des Lagers biwakieren ließ, zeigte ich Actumerus, dass Männer, die unseren Verbündeten Schaden zufügen, nicht zu uns gehören. Wenn das ein Verbrechen ist, dann klage mich an, Aulus Favonius.«

Ein Durcheinander von Stimmen erhob sich; einer schimpfte, eine solche Entscheidung verunsichere die Soldaten, lade ein zur Meuterei. Ein anderer verfluchte Cinna dafür, sich bei den blutrünstigen Barbaren anzubiedern. Mit unbewegtem Gesicht verharrte Tiberius inmitten des Tumults, winkte schließlich einen seiner Begleiter zu sich. Der unscheinbar gekleidete Mann verneigte sich tief, bevor er die große Ledertasche öffnete, die von seiner Schulter hing, und ein Bündel Wachstafeln herausnahm. In diesem Moment erhob sich Germanicus, griff nach einer Standarte und stieß sie auf den Boden, während er lauthals Ruhe einforderte. Erst als alle Offiziere verstummt waren, hob Tiberius den Blick von den Tafeln in seiner Hand.

»Es wäre durchaus angebracht, wenn unsere Soldaten sich mehr Gedanken darüber machen würden, welche Barbaren unsere Feinde und welche unsere Freunde sind. Dies hier«, er hielt das Bündel Wachstafeln in die Höhe, »sind Beschwerden der ubischen Bewohner von Bonna wegen zunehmender Übergriffe unserer Soldaten.« Er klappte das Schreiben auf, streckte es weit von sich und las mit zusammengekniffenen Augen, während er die Tafeln wendete: »Gekaufte Waren wurden nicht bezahlt, harmlose Reisende verprügelt, die Zeche geprellt, angesehene Frauen und Mädchen drangsaliert – und so weiter.«

Zwischen ihm und dem Schreiber wechselten weitere Wachstafeln, auf deren Siegel Tiberius prüfende Blicke warf, ehe er sie herumzeigte. »Dies ist ein Brief des chaucischen Fürsten Rugo; er beklagt Überfälle und Plünderungen durch Soldaten, die wir zu seinem Schutz und dem seines Stammes dort stationiert haben. Dies ein Schreiben des Praefecten Iulius Geminus, Kommandant einer Ala berittener Canninefaten – es geht um die Hinrichtung zweier seiner Männer, die wegen eines Verstoßes gegen die Disziplin verurteilt worden waren, obwohl sie nachweislich Opfer, nicht Anstifter der Schlägerei waren, um die es ging.«

Er ließ sich die Tasche geben und dehnte die Öffnung, so dass die Anwesenden zumindest eine Ahnung davon bekamen, wie viele Schreiben und Dokumente sich darin befanden. »Ich habe genug von solchen Nachrichten, in denen sich der Unmut unserer Verbündeten äußert. *Völker kraft Amtes zu lenken und Ordnung zu stiften dem Frieden, Unterworf'ne zu schonen und niederzukämpfen Empörer* – vielleicht erinnert sich einer der Anwesenden an diese Verse?«

Die Offiziere schienen den Atem anzuhalten, diejenigen, die empört aufgesprungen waren, nahmen zögernd ihre Plätze wieder ein; kaum einer schaute in die Runde, die meisten richteten ihre Aufmerksamkeit auf die eigenen Stiefelspitzen.

Tiberius trat zu seinen Leibwächtern und seine Hände umschlossen die Griffe der Schwerter der beiden. Er zückte die Waffen, hob die Klingen und kehrte in den Ringe seiner Offiziere zurück.

»Wir haben einen gemeinsamen Feind«, sagte er so leise, dass er alle Aufmerksamkeit auf sich zog. »Einen Feind, der den Tod fürchtet und der ihn erleiden soll, wie er es verdient – durch ein Schwert. Und ihr«, er beschrieb mit den Klingen einen weiten Kreis, der die Anwesenden einzuschließen schien, »werdet meine Schwerter sein.«

Mit gesenktem Kopf folgte Cinna den übrigen Offizieren in den Hof hinaus; sie mieden ihn und würden ihn wohl auch künftig meiden. Glücklos war er, seine alterwürdige Familie erloschen durch den unzeitigen Tod des Vaters, als er sich noch in der Gewalt der Barbaren befand und für tot galt. Aufgrund eines Gesetzes, das Augustus vor etlichen Jahren erlassen hatte, hatte er das Familienerbe und jeglichen Rang verloren, alles Vermögen und alle Vorrechte. Die Befehlsgewalt über eine Hilfstruppe stellte ihn einem Häuptlingssohn oder Stammesfürsten gleich, dem gnadenhalber das Bürgerrecht verliehen worden war. Und in den Augen vieler benahm er sich nicht anders als einer dieser Häuptlingssöhne oder Stammesfürsten, während sich die übrigen Offiziere mit der leichten Eleganz bewegten, die alter Adel oder väterlicher Reichtum verleihen – Cinna erinnerte sich deutlich daran. Neid biss ihn, ließ sein Gesicht glühen, sooft sich einer mit achtlos über die Schulter geworfenem Gruß entfernte.

Schritte näherten sich ihm von hinten, während er die Halle querte, jemand zupfte an seinem Mantel, damit er stehen blieb. Als er sich umwandte, verneigte sich ein junger Mensch vor ihm, einer der beiden Sklaven, die er schon in Mogontiacum zu Gesicht bekommen hatte.

»Mein Herr Tiberius wünscht deine Anwesenheit zum Essen«, verkündete er mit lauter, heller Stimme, so dass mehrere der sich verstreuenden Offiziere innehielten. Schon um weiteres Aufsehen zu vermeiden, beeilte Cinna sich, der Aufforderung Folge zu leisten.

Als er den Raum, zu dem der Sklave ihn geführt hatte, betrat, stand Tiberius neben einer Kline und studierte mit zusammengekniffenen Augen Dokumente, die er mit ausgestrecktem Arm festhielt. Sein Gruß war eine nachlässige Geste, ein Hinweis auf eine der beiden in die Zimmermitte gerückten Liegen, auf der Cinna sich zögernd niederließ.

»Haben sie es mitbekommen?«, fragte Tiberius, ohne aufzusehen.

»Das haben sie«, erwiderte der Sklave und zog sich mit einer tiefen Verbeugung zwischen den Falten eines Türvorhangs zurück.

Tiberius hatte einen Mundwinkel deutlich hochgezogen, machte jedoch keine Anstalten, sich seinem Gast zuzuwenden. Erst als die Holzrähmchen der Wachstafeln mit leisem Knall zusammenklappten, drehte er sich um. Das Geräusch ließ den Sklaven nochmals eintreten, um die Schriftstücke entgegenzunehmen und wieder zu verschwinden. Tiberius setzte sich auf die andere Kline, legte die Beine hoch und musterte sein Gegenüber mit unverhohlenem Interesse; er ließ sich auch nicht stören, als zwei Sklaven eintraten und Tabletts mit dampfenden Schüsseln und einem Krug auf hohen Dreifüßen abstellten. Sie füllten Würzwein in silberne Henkelbecher und zogen sich dann zurück.

Erst nach einer Pause griff Tiberius nach einem Becher auf dem Tischchen und bedeutete Cinna wortlos, sich zu bedienen.

»Für Vater Liber«, murmelte er, ehe er einen dünnen Strahl in eine goldene Schale goss, die für das Trankopfer bereitstand. »Mögen durch ihn unsere Sorgen dahinfließen, wie dieser Wein für ihn fließt.«

Seinem Beispiel folgend ließ Cinna etwas Wein in die Schale rinnen, dann nippte er an dem kostbaren Gefäß, während Tiberius seines langsam in den Händen drehte, als betrachte er eingehend die gepunzten Girlanden.

»Denkst du, dass Actumerus ein zuverlässiger Verbündeter sein wird?«

Cinna fing ein kurzes Aufflackern in Tiberius' Zügen auf, ließ sich jedoch nichts anmerken. »Ich wusste nichts über ihn, bis ich ihn traf, und hatte nur wenig Zeit, ihn kennen zu lernen.«

»Vertraust du seinen Worten?«

»Auf der Heeresversammlung hat er nicht nur für unsere Sache gestimmt, sondern auch andere Fürsten dafür gewonnen. Das ging weit über unsere Absprachen hinaus.«

»Es ist möglich, dass er uns täuscht, ein doppeltes Spiel betreibt, indem er uns in Sicherheit wiegt, so dass wir die Besatzung von Mogontiacum abziehen und ein germanisches Heer in Gallien eindringen kann, während wir bei den Marsern und Bructerern nach eben diesem Heer suchen.« Unverwandt heftete Tiberius seinen Blick auf den Becher, seine Finger glitten über die Verzierungen. Endlich kamen seine Hände zur Ruhe, er stellte den Becher ab und hob den Kopf, um einen langen, prüfenden Blick auf seine polierten Fingernägel zu werfen.

»Ich habe es versäumt, die Stellung von Geiseln zu verlangen«, sagte Cinna leise, nur um das Schweigen zu beenden.

Gelassen zupfte Tiberius Beeren von einer Traube und ließ sie von der Hand in den Mund rollen. »Ich denke nicht, dass Actumerus einer solchen Forderung entsprochen hätte, nachdem dein Besuch so unheilvoll begonnen hatte.«

Cinna leerte den Becher mit zwei großen Schlucken

– zu hastig, wie er meinte – und wartete darauf, dass sein Oberbefehlshaber endlich das Geheimnis lüftete, das sich hinter seinem dünnen Schmunzeln verbarg, als dieser in die Hände klatschte.

»Du wirst an der morgigen Beratung nicht teilnehmen.«

Der junge Sklave huschte herein, füllte die Becher und zog sich wieder zurück, so schnell, dass Cinna sich von seiner Bestürzung noch nicht erholt hatte, als er mit Tiberius wieder allein war.

»Dein ungewöhnliches Vorgehen hat Actumerus offenbar in Zugzwang gebracht«, setzte Tiberius hinzu. »Sein Sohn Gavila erwartet dich und deine Leibwache auf der anderen Seite des Flusses. Er wird dich zu dem Chatten Ucromerus begleiten.«

Cinnas Magen krampfte sich kalt zusammen, ein Klumpen stieg ihm in die Kehle, bitter und Brechreiz erregend. Er presste die Zunge an den Gaumen und schluckte hart.

»Es war Actumerus ausdrücklicher Wunsch, dass du und kein anderer kommst. Du kennst Ucromerus?«

»Seine Schwester ist die Mutter meiner Frau.« Ein wenig zu schnell führte Cinna den Becher zum Mund, das konnte dem Imperator nicht entgangen sein. »Was soll ich dort tun?«

Tiberius legte den Kopf schief, und lächelte. »Als unser Gesandter verhandeln?«

»Ihr solltet jemanden schicken, der in unseren Reihen Ansehen genießt.«

Obwohl Tiberius hatte merken müssen, dass Cinnas gepresstes Räuspern wie ein Würgen klang, zeigte er nur einladend auf die leise dampfenden Schalen. »Ich brauche jemanden, der das Vertrauen der Barbaren genießt – ob dieser Jemand unter meinen Offizieren Ansehen genießt, ist unwichtig.«

Cinna rang um eine Antwort, einen Einwand, und fand sich eingeschnürt in Verpflichtungen, aus denen er sich nicht herauswinden konnte. Vor kaum zwei Monaten war er mit einer fünfhundert Mann starken, gut ausgebildeten und schwer bewaffneten Hilfstruppe, deren Angehörige allen Grund hatten, die rechtsrheinischen Barbaren für eine Bedrohung zu halten, zu den Chatten gezogen. Nun sollte er allein, nur in Begleitung zweier Leibwächter, von einem Fürstensohn durch feindliche Wildnis geführt werden. Er kannte diese Wildnis und die Gefahren, die in ihr lauerten, er hatte sie am eigenen Leibe erfahren. Dummer jugendlicher Ehrgeiz hatte ihm den Auftrag eingebracht, Gerüchten über eine geplante Meuterei nachzugehen, als es dafür bereits zu spät war; das unübersichtliche Gelände hatte die heimtückischen Angreifer versteckt, die den Weg abgeschnitten, die Soldaten erschlagen und ihn in die Gefangenschaft verschleppt hatten.

Cinna griff nach einem Brot, doch der warme Fladen entglitt seiner Hand, rollte über den Teppich. Der Sklave schälte sich aus den Falten des Türvorhangs, um ihm diensteifrig ein frisches Brot zu reichen und das heruntergefallene hinauszuschaffen, während Tiberius Cinna mit seinen auffallend großen Augen betrachtete, bis diesem das Blut in die Wangen stieg.

»Ich hoffe, Cinna, du weißt auch mein Vertrauen zu würdigen.«

VII

Fünf Tage bewegten sich die Pferde in schwebendem Tölt hintereinander auf engen Pfaden unter den Bäumen dahin, ein schier endloser Ritt durch die Waldwildnis, Gavila und der Kundschafter vorneweg – ein Sugambrer, der wegen eines geringen Vergehens gebrandmarkt und verstoßen worden war und jetzt im Dienst des Chatten Wakramers stand, den die Römer Ucromerus nannten. Flankiert von Nonnus und Verus, deren Mienen das Misstrauen gegenüber den rechtsrheinischen Barbaren nicht deutlicher hätten zum Ausdruck bringen können, folgte ihnen Cinna; drei leichtbewaffnete Krieger, Gavilas Gefolge, bildeten den Schluss des Zuges. Auf Anraten des Kundschafters trugen sie die Kleidung der Barbaren und Cinna bedeckte den Kopf mit der Kapuze seines Mantels, da sein kurzes, rabenschwarzes Haar ihn verraten hätte.

Die Ermahnung erwies sich als unnötig, denn drei Tage lang durchnässte feiner Sprühregen ihre Kleidung, ehe scharfe Böen die Wolkendecke zerrissen und die Fetzen gen Osten trieben. Sie nächtigten unter Leinenplanen im Laub und wuschen sich in den kalten Bächen, während der Geruch der nassen Kleidung zunehmend aufdringlicher wurde. Ihre Nahrung bestand aus Schrotbrei, Speckstreifen und den ersten sauren Beeren, die Gavilas Begleiter und die beiden Ubier morgens und abends sammelten.

Am zweiten Tag, beim Anblick eines niedergebrannten Dorfes, hatte Gavila Cinna von den kriegerischen Unternehmungen der Sugambrer berichtet. Als Feinde der Chatten hatten sie fast alle ihre kampffähigen Männer dem Heer des Arminius zugeführt, während das einfache Volk in die Wälder geflüchtet war. Diese Bauerntölpel hausten ohne schlagkräftige Waffen irgendwo in den Bergen und konnten einem durchziehenden Trupp mit Schwertern und Spießen nicht gefährlich werden. Die rußgeschwärzten Überreste der Häuser hinter einer niedergeworfenen Palisade weckten in Cinna das Bild einer Burg auf einem Hügel, umringt von einer Mauer, die zwar gegen anrennende Horden Schutz bot, einer Belagerung jedoch nicht lange standhalten würde – und Arminius hatte unter Tiberius im Illyricum gelernt, wie man Siedlungen erfolgreich belagerte.

Mit den Schatten ihrer Angehörigen schlich sich auch Sunjas Bild in seine Gedanken, und die Sehnsucht zehrte an ihm, während er auf seinem grauen Hengst saß, fröstelnd, weil ihm der Nieselregen alle Wärme stahl. Ein zusammengeschnürtes Paar abgenutzter Wachstäfelchen befand sich in einer der beiden Satteltaschen; es trug das Siegel des Titus Pontius. Das Schreiben hatte ihn noch am Tag vor seiner Abreise in Bonna erreicht, doch die Vorbereitungen hatten ihm keine Zeit gelassen, es zu lesen – und er musste sich eingestehen, dass er von häuslichen Angelegenheiten nichts hatte wissen wollen. Er bedauerte, dass er im Unfrieden aufgebrochen war, und so sehr er sich auch einredete, dass es Sunja Gelegenheit zum Nachdenken gab, wurde ihm bei der Erinnerung die Kehle eng.

Kurz bevor die Sonne zwischen schwarzen Wolken hinter einem Bergkamm verschwand, erreichten sie hungrig und erschöpft ein Dorf auf einer Anhöhe, umfriedet von einem Graben und einer Mauer aus Holz und Grassoden, die von einer hölzernen Brustwehr gekrönt war. Der Kundschafter begrüßte das Ziel ihrer Reise mit einem Schrei, der von der Palisade her vielstimmig beantwortet wurde, ehe er die Anhäufung unordentlich zusammengewürfelter Dächer als Burg des Wakramers pries.

Das Anwesen des Burgherrn thronte auf dem höchsten Punkt des Hügels, von den Häusern seiner Leute getrennt durch einen übermannshohen Knüppelzaun. Es bestand aus mehreren lang gestreckten Gebäuden, Wohnhaus und Stallungen, ein paar Schuppen, die auf Stelzen gebaut waren, damit Ratten und Mäuse nicht zu den Vorräten gelangen konnten. Männer hatten sich auf dem Hof versammelt, Fackeln zuckten im Wind – der Herr der Burg war vorgewarnt.

Als Gavila von seinem Braunen glitt, trat ein Mann unter der Tür hervor, reckte das schmale Gesicht mit der scharf geschnittenen Nase in die Luft, während die Böen seine braunen Locken zausten. Cinna rutschte aus dem

Sattel, knickte fast ein, als seine Füße auf den festgetretenen Lehm trafen. Jemand griff nach den Zügeln seines Hengstes und führte ihn mit den anderen Pferden weg. Langsam ging Cinna hinter Gavila auf Wakramers zu, bemerkte ein dünnes Lächeln, als dieser die Hände ausstreckte.

»Willkommen in meinem Hause, Gaius Cinna.« Wakramers fasste seinen Gast an den Schultern und schüttelte ihn leicht. »Wie geht es meinen Nichten?«

»Danke der Nachfrage, sie fühlen sich wohl«, murmelte Cinna, als ihm jemand eine Schale in die Hand drückte, die er zum Gruß hob und in einem Zug leerte. Wakramers hatte die seine ebenfalls ausgetrunken, wischte sich mit einem Tuch den Mund und stieß einen behaglichen Seufzer aus. Dass die Barbaren Gefallen an diesem faden, säuerlichen Bräu hatten, verwunderte Cinna immer wieder; noch mehr aber, dass er selbst sich während seiner Gefangenschaft an dieses Getränk gewöhnt hatte.

Aus Verus' Hand nahm er eine Tasche entgegen, deren Inhalt er Wakramers reichte, zwei gegerbte, mit Wein gefüllte Ziegenhäute.

»Heller Wein von den Albaner Bergen und Falerner. Du solltest sie eine Weile ruhen lassen, bevor du sie öffnest.«

Wakramers riß die Augen auf, als er die glucksenden Behälter an sich drückte. »Woher wusstest du …? Die Händler wagen sich kaum noch hierher – und wenn sie kommen, dann führen sie nur das Nötigste mit sich, so sehr fürchten sie Überfälle von Ermanamers' Leuten.« Er legte den Arm um Cinnas Schulter und führte ihn über den Hof. »Ich habe dir im Gästehaus ein Bad bereiten lassen – es ist nicht so bequem, wie du es gewohnt bist, aber es wird dir sicher helfen, den Schmutz der langen Reise loszuwerden. Du wirst auch frische Kleidung vorfinden.«

Wakramers blieb vor der Tür eines der niedrigeren Häuser stehen, wo sie bereits von einer Magd erwartet wurden.

»Wenn du fertig bist, mein junger Freund, dann bringt Fritha dich zu Tisch – aber lass dir Zeit! Du wirst dich entspannen wollen.«

*

Eine Amsel lockte ihn aus dem Schlaf. Gaumen und Zunge waren pelzig, schmeckten schal, und der Schädel dröhnte unter dem Druck eines eisernen Ringes. Hinter ihm ließ sich ein gleichmäßiger Atem vernehmen, warme Haut schmiegte sich an seinen Rücken, dabei war er nicht zu Hause, er war bei Wakramers, lag in einem roh gezimmerten Bett in dessen Gästehaus –

Cinna fuhr hoch, prallte gegen eine Wand aus Schmerz, als bohre sich ein Nagel oberhalb der Nasenwurzel in die Stirn. Nackt kauerte er auf dem Rand eines zerwühlten Nachtlagers, keuchte gegen die Übelkeit an und vergrub das Gesicht in den Händen. Die vergangene Nacht schien aus seinem Gedächtnis getilgt.

Er bemerkte eine Bewegung hinter sich, eine Hand stahl sich seinen Rücken hinauf, eine Stimme murmelte Unverständliches, die Stimme der Magd. Fritha. Sie hatte das Häuschen nicht verlassen, während er gebadet hatte, hatte sich ihm mit Blicken und Gesten angeboten, kein unansehnliches Ding, aber er hatte sich zerschlagen gefühlt.

Jetzt strichen ihre Fingerspitzen über seinen Nacken. Obwohl ein Teil von ihm sich dieser Berührung gerne überlassen hätte, straffte er den Rücken, während seine Hände auf seine Oberschenkel sanken. Das matte Licht in diesem Winkel des kleinen Hauses tat nicht weh, doch den Gang über den Hof fürchtete er, als er den funkelnden Sonnenstrahl in der Giebelluke bemerkte.

Eine Hand glitt seine Flanke hinab, stahl sich um seine Mitte, und obwohl sie sich nicht ungeschickt anstellte, schob er sie von sich, langte nach der vor dem Bett liegenden Kleidung und zog das Hemd über den Kopf. Wakramers hatte seine Gäste großzügig bewirtet, hatte auftragen lassen, was die Vorratsschuppen hergaben. Bier, Wein und Met waren in unheilvoller Menge geflossen, Cinna erinnerte sich an Gesprächsfetzen, doch auch die versiegten im Nebel. Er schlüpfte in die ledernen Hosenbeine, als das Mädchen ihn hinterrücks zu Fall brachte.

»Bist du noch immer zu betrunken?«, kicherte sie dicht über seinem Gesicht, und ihr Geruch veranlasste ihn, sich abzuwenden. Zu betrunken – er spürte sich aufatmen, richtete sich auf und hörte sie murrend in den

Decken rascheln, als er sich auf den Weg zum Brunnen machte.

Die Gesandten sollten gegen Mittag eintreffen, bis dahin blieb Cinna ausreichend Zeit, sich zu erholen. Die beiden jüngsten Söhne des Chatten folgten ihm überallhin; Wakramers hatte sich schon vor einigen Jahren eine Nebenfrau zugelegt, die, seitdem seine rechtmäßige Gattin im vergangenen Jahr unerwartet verstorben war, mit harter Hand und lauter Stimme das Haus beherrschte – ganz anders als seine Schwester Thauris, Sunjas Mutter, den Hof ihres Mannes führte. Wakramers nahm achselzuckend jeden spitzen Tadel hin; sie sei schließlich eine Gallierin aus dem Süden, von einem Stamm mit unaussprechlichem Namen, Schwächlinge, die sich von ihren Weibern befehlen ließen.

»Was ist mit der Kleinen?«, fragte Wakramers nach dem Essen mit anzüglichem Zungenschnalzen, und als Cinna die Augen verdrehte und abwinkte, zog er eine Braue hoch. »Habt ihr Streit, du und Sunja?«

»Wie kommst du darauf?«

»Solange Frieden zwischen Mann und Frau ist und Frija zu ihrem Recht kommt, kann man sich von Zeit zu Zeit ein anderes nettes Ding gönnen – du weißt doch selbst, wie oft die Weiber unpässlich sind. Aber eine zornige Frau fesselt den Geist ihres Mannes an sich.«

Er langte über den Tisch nach dem Krug, um seinen Becher zu füllen, einen Bronzebecher mit einem sorgfältig gepunzten Muster, sicherlich aus Italia eingeführt. Das

Grinsen unter seinem buschigen Schnurrbart wirkte verlegen. »Wenn sie nur halb so eigensinnig ist wie ihre Mutter, dann solltest du sie ein wenig zurechtstutzen«, setzte er hinzu.

»Sie ist viel zu fügsam, Wakramers«, erwiderte Cinna zögernd. »Ich wünschte, sie wäre wieder sie selbst, wieder das Mädchen, das ich mit nach Perusia nehmen wollte.«

Der Chatte zerrte ein Tuch aus seinem Hosenbund, schnäuzte sich gründlich und faltete es sorgfältig. »Habt ihr Kinder?«

Cinna starrte stumm in seinen Becher und schüttelte langsam den Kopf.

»Wollt ihr Kinder?«

»Ich weiß es nicht«, murmelte Cinna. Sein Blick flog in Wakramers' graue Augen, die das Glimmen des Herdfeuers widerspiegelten. Thauris' Augen. Saldirs Augen. Cinnas Wangen wurden heiß. Er trank hastig und stellte den Becher ab, was sein Gesicht noch mehr erhitzte, starrte seine Hände an, die vor ihm auf dem Tisch lagen, ballte sie zu Fäusten, um die abgenagten Fingernägel zu verbergen.

»Du weißt es nicht?«, fragte Wakramers leise. »Das heißt, du willst es nicht. Und genau das ist es, was den Frieden stört.«

»Es ist anders. Sie setzt alles daran ...«

Wakramers stopfte das Tuch zurück und beugte sich vor, um grinsend Cinnas Hand zu tätscheln. »Das ist schon richtig so. Versprich mir, dass du dich mit ihr versöhnst, sobald du nach Hause kommst. Ich kenne Sunja gut, sie ist ein wundervolles Mädchen.«

Stimmen erhoben sich, einer der kleinen Jungen stürmte ins Haus, kündigte den Fürsten Ahtamers an, mit ihm sei Fürst Thiudawili samt seinem Gefolge gekommen, seinen Söhnen, wie Wakramers verbesserte.

»Sie werden euch scheuchen!«, rief er fröhlich und schickte das Kind mit einem Klaps hinaus, ehe er ihm folgte.

Die Verhandlungen kamen nur schleppend voran. Sanfter Nieselregen trieb die Herren unter das Dach des Dorfpriesters, der die Gespräche mit seiner Litanei einleitete. Doch schon nach kurzer Zeit ergingen sich die Männer lieber darin, ihr Zusammentreffen mit kreisenden Schalen voller Bier zu feiern und die ruhmreichen Tage der Vergangenheit heraufzubeschwören, ohne dem römischen Gesandten allzu viel Aufmerksamkeit zu schenken. Nicht einmal für den bevorstehenden Feldzug schienen sie sich zu interessieren.

Doch Cinna wusste nur zu gut, dass ihr gelangweiltes Gebaren ihn täuschen sollte; die alten Füchse spielten mit ihm. Also hüllte er sich in Schweigen, bis Thiudawili, der grobschlächtige alte Krieger, Wakramers mitteilte, seine Schwester sei erkrankt, Thauris, die Gattin des Inguiotar. Cinna horchte auf.

»Woran leidet sie?« Wakramers' Gesicht war zu einer Maske erstarrt.

»An einem Fieber, und sie hustet schwer«, erwiderte

Thiudawili. »Hraban berichtete, sie habe schon seit vielen Tagen das Bett nicht verlassen, fast einen Mondlauf lang.«

Hraban. Cinna unterdrückte den Wunsch, nach dem jungen Cherusker zu fragen, Sunjas einzigem verbliebenem Bruder.

»Und warum erfahre ich das erst jetzt?«, blaffte Wakramers.

»Ich habe es selbst erst vor wenigen Tagen erfahren, und ich dachte, Hraban sei auf dem Weg zu dir.«

»Das war er nicht, dieser Sohn eines räudigen Hundes!«

»Lass den Jungen in Ruhe! Er hat genug Schererein am Hals. Außerdem ist er mein Schwiegersohn.«

Als Thiudawili dann über die Vorteile witzelte, die ein festes Bündnis, die Freundschaft des römischen Volkes bringen würde, platzten die beiden Knaben in die Versammlung, der größere flüsterte seinem Vater etwas ins Ohr, das dieser mit einem Nicken beantwortete, bevor er Cinna zu sich winkte; als Nonnus und Verus folgen wollten, schüttelte er nachdrücklich den Kopf. Cinna stutzte.

»Du wirst mir vertrauen müssen, Praefect. Deine Männer bleiben hier!«

Ohne zu überlegen hieß Cinna die beiden Leibwächter warten und verließ das Haus mit Wakramers, trottete hinter ihm durch das Tor seines Anwesens und über den glänzenden Lehm des Hofes, wo sich ein Knecht um zwei unruhige Pferde bemühte. Wakramers hielt ihm die

Türe seines Hauses auf und ließ ihn vorangehen. Der Rauch, getränkt mit dem Geruch nach Schweiß und Pferden, biss in seine Augen. Im trüben Dunkel – das Herdfeuer war bis auf die Glut niedergebrannt – war kaum etwas zu erkennen.

Der Mann hockte halb mit dem Rücken zur Tür auf einem Schemel beim Feuer. Er trug einen schäbigen Kittel über der Hose, schwere Stiefel, Reisekleidung. Die Farbe seiner verfilzten, schmutzstarrenden Haare war kaum zu erraten, an Stirn und Schläfen fielen halblange Locken über die Hände, in denen er das Gesicht barg. Langsam hob er den Kopf, während Cinna ihn umrundete, innehielt, erstarrte.

Cinnas Hand langte nach Wakramers' Arm, griff jedoch ins Leere, denn der alte Fuchs hatte sich wieder hinausgeschlichen; was immer hier geschähe, ging ihn offenbar nichts an. Flavus' Bruder Ermanamers, Arminius, der meineidige Verräter, der mit Schande beladene Meuterer, der nach dem Willen des Princeps Augustus wie ein wilder Eber aus dem Dickicht der Urwälder gescheucht werden sollte, damit Tiberius Caesar ihn erlegen und die Trophäe seinem Vater zu Füßen legen konnte, dieser Mann blickte Cinna entgegen.

Auf dem Dach flüsterte der Regen, und der Wind heulte in der Giebelluke. Eine Schlange schien sich über Cinnas Rücken hinabzuringeln, als er sich fast schmerzhaft reckte, um nicht zu dem verhassten Gesicht aufschauen zu müssen, wenn Arminius sich erhöbe.

Doch Arminius erhob sich nicht. In seine Mundwinkel

grub sich etwas wie ein dünnes Lächeln, ein Zug von Bitterkeit. »Du hast einem meiner Männer eine schlimme Schmach zugefügt, Gaius Cinna.«

Ein Rascheln ließ Cinna herumfahren. Kaum zwei Schritte entfernt von ihm stand der Mann, dem er auf der Hochzeit die Braut entrissen hatte, der Cherusker Daguvalda, dessen verkniffene Miene im Zwielicht fahl schimmerte. Cinna tastete nach dem Dolch an seinem Gürtel.

»Wir sind nicht hier, um dir wehzutun, mein Freund«, verkündete Arminius, und seine Bemerkung ließ eine Welle von Übelkeit in Cinnas Magen aufschwappen, als hätte er gerade einen schweren Treffer hinnehmen müssen. Wieder züngelte es heiß über seinen Rücken.

»Und welche Absicht steckt dann hinter deinem Wunsch, mich zu sehen?«, stieß er heiser hervor und schluckte, um sich nicht räuspern zu müssen.

»Eigentlich dieselbe wie bei unserem ersten Treffen.« Arminius langte über den Tisch, neben dem er saß, und griff nach einer flachen Schale. Bedächtig zerkrümelte er einen Brotfladen und riss mit den Zähnen dünne Streifen von einem Stück Speck. Er wies auf einen anderen Schemel, und als Cinna sich, wenn auch zögernd, niederließ, schob er einen Korb mit Brot über den Tisch und das Brett mit dem Dörrfleisch, in dem ein Messer steckte. Dann hob er einen Krug und einen weiteren Becher vom Boden, schenkte hell schäumendes Bier ein und hielt es Cinna hin, als wäre er hier der Hausherr, der einen Gast begrüßte.

»Ich weiß, dass du nicht reden wirst«, fuhr er leutselig fort. »Das gute Kind ist diesmal zwar nicht zur Stelle, um dein Leben zu retten, aber das wird gar nicht nötig sein. – Da wir gerade dabei sind …« Er blickte Cinna scharf an. »Wie geht es ihr? Ich hoffe gut. Oder hast du sie verkauft?«

»Sie ist meine Frau«, zischte Cinna.

»Kinder?« Arminius' Augen flackerten. »Du hast Recht, es geht mich einen Dreck an, und ich vermute, du sehnst dich nicht danach, mit mir zu plaudern.«

»Warum ist *er* hier?« Cinnas Daumen wies in Daguvaldas Richtung.

Arminius zuckte die Achseln. »Ich schätze seine Treue und Verschwiegenheit.« Er hob seinen Becher, warf aufmunternd den Kopf hoch, und ehe Cinna sich versah, erwiderte er das Zutrinken, nagte an der Unterlippe, während Arminius sich Bart und Mund mit dem Ärmel abwischte.

»Tiberius Caesar ist eine Schlange«, fügte Arminius hinzu. »Er ringelt sich am Ufer des Rhenus ein und zischt giftig, wenn wir unsere Nasen aus dem Wald schieben. Keine Feldzüge, keine nennenswerten Truppenbewegungen. Nichts als diese kleinen Trupps, die mal hier, mal dort bei verbündeten Fürsten auftauchen und wieder verschwinden. Wie Treiber auf einer Jagd wechseln sie die Stellung, wenn der Keiler nicht aus dem Gebüsch bricht. Und schon hat er die Flüsse wieder in seiner Hand, während ich mein Heer mit Versprechungen zusammenhalten muss.« Er widmete Cinna einen langen, aufmerksamen Blick. »Ich erzähle dir nichts Neues, nicht wahr? Soldaten füttert man mit Blut. Das hast du schließlich selbst festgestellt, als du deine Männer in das Gebiet der Chatten führtest.«

Hart traf der Becher auf die Tischplatte; Cinna presste die Kiefer aufeinander. »Du bist gut unterrichtet, Ermanamers, Segimers' Sohn.«

»Da wir gerade dabei sind: Richte meinem Bruder aus, dass unser Vater tot ist. Er starb allein, in seinem Bett. Dass ich in jener Nacht nicht bei ihm war, weil ich das Heerlager nicht verlassen konnte, wird er mir verziehen haben.«

»Das gilt für deinen Bruder ebenso. Er ist durch Eid gebunden.«

»Durch den Eid an einen Herrscher, der sein Wort niemals hält – ein solcher Eid hat keine bindende Kraft.«

»Und wer ist jetzt dein Herr?«

Ein fahles Licht irrte über Arminius' Züge. »Niemand, Gaius Cinna, ich habe keinen Herrn mehr. Ich selbst bin der Herr. Und das wird so bleiben.« Er sprach leise und beherrscht, und gerade das ließ keinen Zweifel zu, dass dies sein fester Wille war.

»Du hattest nie das Wohl deines Volkes im Sinn oder gar das anderer Stämme. Dir geht es um Macht. Und als du im römischen Heer nicht mehr davon erlangen konntest, hast du Mittel und Wege gefunden, ein eigenes Heer aufzubauen. Um den Preis, dass dein Volk nun ein Leben ohne Frieden führen muss.«

»Frieden?« Arminius grinste schief. »Frieden ist für

Weiber. Mein Name und der meines Volkes werden die Ewigkeit überdauern als die Namen derer, die dem römischen Heer die schwerste Niederlage zugefügt haben, die es je hinnehmen musste. Blut und Schande werden über euch kommen in so gewaltigem Ausmaß, dass die Vernichtung der Legionen des Varus sich daneben wie ein bedeutungsloses Scharmützel ausnehmen wird.«

Er griff nach dem Speck, um sich eine Scheibe abzuschneiden.

»Du willst eine Schlacht.«

Als Cinnas kurzer Satz verklungen war, blieb es still. Es war eine Feststellung, keine Frage, und Arminius zögerte lange, Brot und Speck auf seinen Teller zu legen, ehe er die Finger gewissenhaft an einem Tuch reinigte.

»Du verstehst mich«, murmelte er, trank ihm zu und wischte mit dem Handrücken den Schaum aus dem Schnurrbart, bevor er ein Stück Brot abbiss. Doch diesmal ließ er die Augen nicht mehr von seinem Gegenüber. Die Müdigkeit schien wie weggeblasen. Zwei scharfe Linien, die von den Nasenflügeln herabliefen, und die fast unsichtbar schmalen Lippen zeugten von Entschlossenheit.

»Du bist ein bemerkenswerter Mann, Gaius Cinna«, brachte er undeutlich hervor, während seine Zähne Brot und Fleisch zermalmten. »Aber man wird dich in den Annalen und Historien mit keinem Wort erwähnen. Sie haben deine Familie ausgelöscht und werden das nicht rückgängig machen. Sie werden es nicht einmal ansatzweise wiedergutmachen.« Er spülte sein Essen mit Bier hinunter. »Du solltest wissen, dass diese Art von Treue sich nicht auszahlt.«

Mit einem raschen Wink veranlasste er Daguvalda, zu ihm zu treten, so dass das Licht auf dessen verdrossene Miene fiel. Die Schmach seines Feindes schien ihm nur ein schwacher Trost zu sein. Als Arminius ihm etwas zuflüsterte, nickte er knapp und verließ das Haus. Mit vollen Backen kauend blickte Arminius ihm nach und schluckte gemächlich.

»Aber diese Treue ist der Grund, weshalb ich dich treffen wollte und nicht einen dieser wichtigen Herren aus edlem Hause.« Er dämpfte die Stimme, als wäre dies etwas, das er nicht einmal einem Mann anvertrauen könne, dessen Verschwiegenheit ihm gewiss war. Dann fasste er Cinna wieder ins Auge. »Was soll ich tun?«

Cinna stutzte; nichts in Arminius' Zügen verriet Unsicherheit. »Ich gehöre nicht zu deinen Ratgebern, Ermanamers, Segimers' Sohn.«

Ein schiefes Grinsen grub Falten in die Züge des schmutzigen Wanderers. »Ich habe keine Ratgeber. Ich habe Männer in meiner Umgebung, die mir ihre Meinung darlegen dürfen.« Bedächtig rollte er den Rest des Brotes zwischen seinen Fingern zu einer Kugel. »Aber meist höre ich nicht auf sie.«

»Vermutlich hast du Gründe für dein Misstrauen.«

»Mehr als genug, Gaius Cinna, mehr als genug«, murmelte Arminius zerstreut. »Du hast kein Interesse an meiner Macht – aber wenn ich besiegt werde, was wird dann aus dir? An welchen Kriegsschauplatz werden sie dich versetzen? Und was wird aus dem guten Kind, das du Daguvalda geraubt hast? Sie wird ihr Leben damit zubringen, auf ihren Mann zu warten, wird ihn nur selten in den Armen halten können und alt und hässlich geworden sein, ehe du dich versiehst. Und solltet ihr eines Tages Kinder bekommen, wirst du ihnen nur ein ferner Schatten sein.«

»Willst du mich bestechen?«

Sie tauschten einen schnellen Blick.

»Wenn ich dich für bestechlich hielte, wäre ich nicht hier.« Arminius schnäuzte sich. »Ich habe Fragen, Gaius Cinna, viele Fragen. Ich frage mich, was Tiberius Caesar mit diesen vier Legionen vorhat, die vorgestern bei Novaesium zusammentrafen. Er hat sämtliche Fährschiffe und Flöße enteignen lassen – außerdem befinden sich seit geraumer Zeit etliche Kriegsschiffe dort. Er wird doch nicht etwa ostwärts marschieren wollen? Die Felder der Brukterer hat er schließlich schon im Frühjahr verwüstet und die Bewohner in die Wälder getrieben. Will er den Krieg zu den Marsern tragen?«

Cinna verbiss sich eine scharfe Erwiderung.

»Dieses Jahr sind es die Brukterer und Marser, nächstes Jahr wird er mit einem Teil des Heeres dorthin zurückkehren und eine Flotte den Albis hinaufschicken. Gilt es doch die Cherusker zu unterwerfen und die nördlichen Suebenstämme – es ist das alte Spiel.« Arminius seufzte leise. »Du musst mir nichts erzählen, ich kann mir denken, was Tiberius plant. Er plant es nicht zum ersten Mal.«

Ein kalter Blick traf Cinna, wollte ihn durchbohren. »Sag ihm, dass ich seinen Plan kenne, dass ich jeden seiner Schritte voraussehe. Sag ihm, dass ich ihn erwarte – dort, wo er mich nicht erwarten wird.«

Unversehens erhob sich der Cherusker, warf sich den Mantel um; als er sich auf Cinna zu bewegte, erstarrte dieser, unfähig zurückzuweichen, als der große, rothaarige Barbar ihn an der Schulter berührte. »Ich wollte dich sehen, Gaius Cinna. Es tut gut zu wissen, dass du die Verhandlungen führst.«

Ohne ein weiteres Wort schob er sich an Cinna vorbei zur Tür hinaus, ließ einen Napf mit einem halben Brotfladen und einen nicht völlig geleerten Becher zurück. Und einen Mann, der mit langen, krampfhaften Atemzügen gegen das Zittern ankämpfte, das ihn bei der Berührung befallen hatte.

Benommen starrte Cinna in die Asche, die wie Mehl die glimmenden Scheite überpuderte. Arminius bewegte sich frei und unbehelligt in diesem Dorf, er genoss Wakramers' Schutz, warb hier um Verbündete. Er durchkreuzte Cinnas Bemühungen. Er sprach ihre Sprache, dachte wie sie, fühlte wie sie. Er würde sie überzeugen. Und Cinna klebte ein weiteres Mal wie eine Fliege im Netz der Spinne.

Er sprang auf, als die Schlange wieder seinen Rücken hinabglitt. Er musste den Verräter aufhalten. In der Tür prallte er gegen einen Posten. Wütend stieß er den Mann zur Seite, doch dann stand ein weiterer Krieger vor ihm, der ihn packte und ins Haus drängte. Er hörte

Eisen über Leder schrammen – ein Schwert wurde gezückt.

»Geh zurück ins Haus!«, zischte Gavilas Stimme aus dem Dunkel des nächtlichen Hofes. »Es ist zu deinem eigenen Schutz.«

Eine Klinge funkelte im Fackellicht. Cinna sah sich verraten. Er war schon einmal verraten worden, wenige Tage, bevor die drei Legionen des Varus in die tödliche Falle liefen. Nur um zu verhindern, dass er Segestes' Burg erreichte oder Varus die Warnungen übermittelte, die der Statthalter ohnehin in den Wind geschlagen hätte. Nicht noch einmal. Cinna ballte die Fäuste. Nicht noch einmal! Mit einem Schrei stieß er dem Bewacher die Faust gegen die Brust, hörte ihn japsen und wegsacken und warf sich auf den Zweiten. Ein Schatten flog auf sein Gesicht zu. Er riss den Arm hoch, als ein dumpfer Schlag seine Schläfe traf.

Ein kaltes, nasses Tuch lag auf seiner Stirn. Wakramers' Frau fauchte in seiner Nähe. Schritte schleiften über den Lehmboden. Der Geruch verbrannten Talgs kroch in seine Nase. Cinna blinzelte, und sogleich bereute er das Aufwachen. Der Puls, den er eben noch an seiner Kehle gefühlt hatte, dröhnte jetzt in seinem Kopf. Es bestand kein Zweifel daran, dass er aufs Unangenehmste lebendig war.

Das Tuch verschwand von seiner Stirn; dicht neben seinem Kopf plätscherte Wasser, rieselten Tropfen, dann wurde es wieder dort ausgebreitet, wo man wohl den

Schmerz vermutete, und sickerte in dünnen Rinnsalen in sein Haar.

»Er ist wach«, beantwortete eine Frauenstimme mürrisch das unverständliche Flüstern. »Aber an seiner Stelle hätte ich nicht das geringste Verlangen danach, dich zu sehen, nachdem du das Gastrecht derart mit Füßen getreten hast.«

Cinna öffnete die Augen. Im warmen Dämmerlicht von Talglichtern beugte sich Wakramers' Frau über ihn, die Stirn in missbilligende Falten gelegt.

»Das ist dumm von dir«, raunte sie.

»Thunaras sei gepriesen!«, rief ihr Mann, als Cinna langsam die Hand hob und nach dem nassen Lappen tastete, ihn beiseite zog – die Frau fing ihn geschickt auf – und die Finger um die wunde Schläfe spannte; oberhalb des Ohres prangte eine beachtliche Beule. Die Frau stand auf und entfernte sich. Mit einem raschen Blick vergewisserte Cinna sich, dass er in Wakramers' Wohnhaus lag, offenbar im Bett des Hausherrn, der keinen Schritt entfernt auf einem Schemel hockte, zu seinen Füßen die kleinen Söhne. Cinnas Leibwächter befanden sich hinter ihm, Gavila hingegen war nirgends zu sehen. Die Dunkelheit, die unter dem Giebel hing, zeigte, dass es Nacht geworden war. Benommen rappelte Cinna sich auf und hievte die Beine über den Bettrand, wobei er sich auf beide Arme stützen musste.

»Thunaras sei gepriesen, dass dir nichts Ernstes zugestoßen ist«, wiederholte Wakramers.

Einer der beiden Knaben bot Cinna einen Becher an,

in dem eine klare rote Flüssigkeit schwappte. Doch Cinna schüttelte nur stumm den Kopf, was er prompt bereute, denn der angeschlagene Schädel zahlte es ihm mit einem zuckenden Schmerz heim.

»Warum hast du Gavila angegriffen?«

Cinna warf ihm einen unwilligen Blick zu, schnaubte. »Als Ermanamers das Haus verließ und ich ihm folgte, setzten mich deine Leute und Gavila fest – was, sage mir, sollte ich davon halten?«

»Denk nach, Junge!« Beschwörend hob Wakramers die Hände. »Denk nach, bevor du zuschlägst! Warum sollte ich dich gefangen nehmen? Mein Schwager hat dir seine Töchter anvertraut, und du bist der Mann meines Schwesterkindes. Hast du das vergessen?«

Cinna hatte es vergessen. Der Daimon böser Erinnerungen hatte Besitz ergriffen von ihm, seine Vernunft verwirrt. Er war nicht nur ein Freund, er war auch ein Gesandter, ein Unterhändler, unantastbar. Den Männern war befohlen worden, ihn zu beschützen.

»Was wollte Ermanamers von dir?«, fragte Wakramers.

»Das frage ich dich!«, blaffte Cinna.

»Kaum dass er erfahren hatte, mit wem wir verhandeln würden, ließ er mich wissen, dass er dich treffen wolle – allein. Ich lehnte es zunächst ab, drang darauf, dass er mir schon einen Grund nennen müsse, was er verweigerte. Aber er ließ nicht locker, und ich konnte ihm diesen Wunsch nicht einfach abschlagen. Ich musste darauf vertrauen, dass er sich ans Gastrecht hält.« Wakramers zog zischend den Atem zwischen den Zähnen ein. »Dennoch traf ich Vorkehrungen, damit dir nichts geschieht. Ich gestattete ihm einen einzigen Begleiter, und ich postierte Gavila, vier meiner Männer und deine beiden Ubier in der Nähe des Hauses. Mehr konnte ich nicht tun.«

»Ihr habt mit ihm verhandelt«, knurrte Cinna. »Was hat er euch angeboten?«

Wakramers zuckte mit den Brauen, dann nickte er langsam. »Selbstverständlich hat er versucht, uns für seine Sache zu gewinnen. Aber der bloßen Aussicht halber, an seiner Tafel speisen zu dürfen, breche ich das Gastrecht nicht. Außerdem hat er die Sugambrer in seinem Heer, deren Banden immer wieder unsere Äcker niederbrennen, unser Vieh stehlen, unsere Dörfer plündern und Leute töten und verschleppen.«

»Das ist gut zu wissen.«

»Dass die Feindschaft zwischen uns und unseren Nachbarn Ermanamers schwächt? Glaubt Tiberius, dass der Feind seines Feindes sein Freund ist?«

»Nein, das glaubt er nicht.« Langsam erhob Cinna sich, stellte erleichtert fest, dass ihm nicht schwindlig wurde. »Aber die Nachricht, dass zwischen einem von Ermanamers' wichtigsten Verbündeten und den Chatten nahezu Krieg herrscht, passt freilich in seine Pläne.«

Ein dünnes Grinsen grub sich in Wakramers' Mundwinkel. »Das bedeutet, dass er keine großen Feldzüge gegen die Sugambrer unternehmen wird, um sie nicht zu sehr zu schwächen. Sonst würden die Chatten am Ende die Gelegenheit nutzen – und sich vielleicht doch mit dem meineidigen Verräter verbünden.«

»Ja, das bedeutet es.« Im Vorbeigehen klopfte Cinna ihm auf die Schulter. »Es ist spät. Ich gehe schlafen.«

Bevor er die Tür erreichte, blieb er stehen. »Was denkst du, Wakramers, ist es möglich, sich zu Inguiotars Burg durchzuschlagen?«

Der Chatte starrte ihn an. »Welcher Geist ist in dich gefahren? Du kannst nicht dorthin! Oder willst du, dass irgendein umherstreunender Trupp dich schnappt und zu dem Mann schleift, vor dessen Klauen Gavila dich heute gerettet hat?« Kopfschüttelnd griff er nach dem Becher, den sein Sohn noch immer in der Hand hielt, und trank. »Thiudawili wird deine Fragen morgen beantworten. Schließlich ist auch er mit Inguiotar verschwägert.«

Das Schreiben des Titus Pontius, das Cinna mitgenommen hatte und in dieser Nacht endlich öffnete, enthielt die schlichte Nachricht, dass eines der Nachbarhäuser in Mogontiacum nach einem Todesfall zum Verkauf stehe. Cinna stopfte die Wachstafeln in seine Tasche, löschte das Talglicht und lehnte sich zurück, die Hände im Nacken verschränkt. Insgeheim hatte er gehofft, irgendeine Nachricht von Sunja zu erhalten, einen Hinweis, einen einzigen, winzigen Hinweis. Pontius hätte es erwähnt; schließlich schien es manchmal, als sähe der alte Kämpe in ihr eine Tochter.

Morgen würde Cinna erfahren, wie es um Sunjas Familie stand, und er hoffte, dass Thiudawili gute Nachrichten bringen würde. Thauris hatte ihm das Leben gerettet, jede Wunde behandelt, die ihm während der Gefangenschaft geschlagen worden war; gegen nahezu jedes kleine und große Leid wusste sie ein Mittel. Er lächelte, als er sich an ihr Allheilmittel erinnerte, einen bitteren Aufguss aus Weidenrinde und Kräutern, den sie stets bereithielt und bei den geringsten Anzeichen einer Erkrankung mit Honig gemischt verabreichte. Cinna fragte sich, ob Hrabans Frau, Thiudawilis Tochter, ihr wohl eine Hilfe sei, wie Sunja es gewesen war. Sunja, die nicht heimisch wurde in Mogontiacum, die unter der Gegenwart seiner Schwester und dem Tod ihrer Brüder litt. In der Finsternis der Nacht schwand die Hoffnung, bei seiner Rückkehr könne sich alles zum Besten gewendet haben. Er langte nach den Satteltaschen, die er neben dem Bett wusste, ertastete das kleine Lederbeutelchen mit dem kugeligen Inhalt, schloss behutsam die Finger darum, ohne es hervorzuziehen. Vielleicht gab es eine Möglichkeit für ihre Rückkehr ins Elternhaus.

Fröstelnd ließ er sich in die Kissen sinken und zog die Decken enger um sich; unter ihm raschelte das Stroh, das nach getrockneten Wiesenblumen duftete. Er war allein, und der Wunsch heimzukehren stach in seine Brust. Aber wohin sollte er heimkehren, wenn Sunja fort wäre?

VIII

Mit frischen Laken und Decken über dem Arm betrat Sunja die Kammer unter dem Dach, die Saldir bezogen hatte. Durch die Türöffnung und die niedrige Luke unter der Schräge beleuchtete die Vormittagssonne einen bunten Bettüberwurf, auf dem Wachstafelbündel und Holzstifte verstreut waren. Unter dem schmalen Bett lugte ein flacher Kasten hervor, dessen Boden mit Sand bedeckt war – wofür dieses Instrument taugen mochte, das war Sunja ein Rätsel. Nur auf dem kleinen Bord über dem Bett, wo das Mädchen seine Schätze aufbewahrte, herrschte Ordnung: Neben einem glänzenden Griffel lagen dünne, flache Brettchen mit feinen Kerben in fingerbreiten Abständen und ein pinzettenartig geformtes Ding aus Bronze, das Saldir verwendete, um Kreise zu zeichnen. Wozu all diese Spielereien gut sein sollten, blieb ihr Geheimnis, und wenn sich nicht ein unübersehbarer Nutzen daraus ergeben hätte, dass Saldir und Apicula in gemeinsamer Arbeit wundervoll gemusterte Teppiche, Gürtel und Bänder herstellten, die Vitalina weit über ihren Bekanntenkreis hinaus teuer verkaufte, dann hätte die Hausherrin ihre ganze Strenge darauf verwandt, diese Verrücktheiten zu unterbinden.

Sunja räumte Überwurf, Decken und Laken von dem schmalen Bett und häufte alles neben der Tür; Iola würde das später zu den Wäscherinnen bringen. Gewissenhaft legte sie ein neues Laken über die dünne Matratze und strich es glatt, wobei ihre Fingerspitzen über das kühle Leinen glitten wie über Haut.

Sie zuckte zurück. Zwei Tage waren seit Cinnas Rückkehr nach Mogontiacum vergangen, und er hatte das Haus noch nicht betreten, nicht einmal sein Eintreffen angekündigt. Sie breitete ein weiteres Laken über das Bett und eine dicht gewebte Wolldecke. Schließlich entfaltete sie den neuen Überwurf, den sie heimlich in ihrer Kammer gefertigt hatte, der Kammer, die sie seit Cinnas Abreise kaum verlassen hatte, ganz so, wie es Cornelia Lucilla sicherlich vorgeschwebt hatte. Schlimm genug, dass Saldir in dem engen, finsteren Loch hätte bleiben müssen, wenn Iola ihr nicht bereitwillig ihr Stübchen überlassen hätte, wo das Mädchen seinen sonderbaren Liebhabereien unbeobachtet nachgehen konnte.

Cornelias scharfe Zunge hatte sich abgeschliffen; dass sie Sunja kaum eines Blickes würdigte, störte diese nicht, weil aller Hochmut der edel geborenen Römerin nichts half – war sie doch nur eine Verbannte, Namenlose, die in der äußersten Provinz ihr Dasein fristete. Nichts hatte sie, um ihre Würde zu wahren, als einen Namen und eine Vergangenheit, die ihr von Rechts wegen nicht mehr zustanden. Doch seit einiger Zeit kehrte Cornelia regelmäßig mit geröteten Wangen und leuchtenden Augen vom Markt und vom Gang ins Badehaus zurück, was deutlich zeigte, dass sie sich bereits damit zufrieden gab, die Achtung der Provincialen zu genießen.

Schnelle, ein wenig unbeholfene Schritte hasteten in den Garten, eine dünne Stimme rief Sunjas Namen, überschlug sich beinahe – Iola. Ihr Ruf verhallte im hinteren Teil des Hauses. Dann ertönte ein Jauchzen; Sunja musste nicht auf die Galerie hinausgehen, um zu wissen, dass es Saldir war, die zum Eingangsflur rannte. Sicherlich war es ein Irrtum, sicherlich würde Saldir gleich mit gesenktem Kopf wieder zu Apicula und ihrem Spinnzeug zurücktappen.

Gedämpft drangen Laute an Sunjas Ohr, die keineswegs Enttäuschung verrieten und die sie in das helle Rechteck der Tür lockten, wo sie lauschend die Schläfe an den Rahmen lehnte. Saldir kicherte, sie sprang aus dem Vorderhaus, drehte sich und tänzelte, streckte die Hände aus nach jemandem, der ihr zum Garten folgte. Als Sunja Cinna erkannte, wich sie schnell in das schützende Zwielicht der Kammer zurück.

»Warum hast du uns so lange warten lassen?«, hallte Saldirs Stimme herauf.

»Weil es sehr viel zu tun gab.«

»Was denn? Was ist wichtiger als wir?«

Er lachte auf, doch es klang gekünstelt. »Meine Soldaten haben nun einmal Vorrang, Liebes. Außerdem musste ich Berichte diktieren, Berichte lesen, mir von meinem Stellvertreter anhören, was während meiner Abwesenheit alles vorgefallen ist.«

»Und? War es wenigstens spannend?«

Ihre Sohlen trappelten auf dem festgestampften Boden, sie war kaum zu halten, während er wieder dieses falsche Lachen ausstieß.

»Sterbenslangweilig«, versicherte er ihr.

Vorsichtig trat Sunja auf die Galerie, lugte hinunter in den Innenhof, wo Saldir Cinnas Hand hielt und auf ihn einplapperte. Die Bohlen knarrten verräterisch, und zwei Augenpaare schnellten zu ihr herauf, noch ehe sie das obere Ende der steilen Treppe erreicht hatte. Sunja stieg langsam hinunter und traute ihren Sinnen nicht, denn sie glaubte, etwas wie Angst aus seiner Miene zu lesen. Sie heftete den Blick auf ihre Schuhe. Weiße Schuhe. Cinna hatte sie ihr gekauft. Vor einem halben Jahr, einer Ewigkeit.

Unten angekommen hob sie ihm ihre Arme entgegen, murmelte ein Willkommen, das ihr so zerstreut und tonlos geriet, dass sie nicht wagte, ihn anzuschauen, als sich klamme Hände um ihre Finger schlossen, sie sanft drückten und zu ihm zogen. Sie versank in der Umarmung, umhüllt von Wärme und einem vertrauten Geruch. »Willkommen zuhause, Gaius.«

Er vergrub das Gesicht in ihrer Halsbeuge, blies seinen Atem in die winzige Kuhle über dem Schlüsselbein. Hinter ihm stand Saldir, ernst und aufmerksam. Um sie nicht sehen zu müssen, schloss Sunja die Augen.

»Bitte, verzeih mir. Ich habe Dinge gesagt, die nicht gesagt werden dürfen, Dinge, die nicht wahr sind.«

Der heiße Luftzug an ihrem Hals versiegte; seine Hände tasteten nach ihren, lösten sie voneinander, führten sie an seine Brust.

»Es war mein Fehler«, murmelte er. »Ich hätte wissen müssen, dass es Schwierigkeiten geben würde – *welche* Schwierigkeiten es geben würde.« Er drückte ihre Finger an seine Lippen. »Aber ich verspreche dir, dass alles gut werden wird.«

»Was hast du vor?«

»Ich kann noch nicht darüber sprechen – trotzdem bitte ich dich, mir zu vertrauen.« Sein Blick schien etwas in ihrem Gesicht zu suchen, seine Fingerspitzen glitten wie prüfend über ihre Rippen. »Warst du krank?«

»Nein, mir geht es gut.« Sie zwang ein Lächeln auf ihre Lippen und löste sich von ihm.

Im Schein der Öllichter saß Sunja im Garten – Verschwendung, verantwortungslose Verschwendung, doch sie genoss es, in dieses warme Licht getaucht, in den Duft der Rosen gehüllt, in warme Decken gewickelt dazusitzen und die Spindel auf dem Schoß ruhen zu lassen. Das Lächeln wich nicht aus ihrem Gesicht. Es war so einfach gewesen, nur ein paar Worte, ein Willkommensgruß, eine Umarmung, eine Bitte um Verzeihung. Beim Abendessen hatte er kaum ihre Hand losgelassen, kaum den Blick von ihr abgewendet, unentwegt gelächelt. Es war ihr nicht schwer gefallen, ihn danach eine Weile seiner Schwester zu überlassen; sie wartete im Garten, denn die Ungeduld würde ihn bald zu ihr führen. Eine Ungeduld, die sie nicht erwidern durfte. Sie hatte es geschworen.

Hastig rieb sie ihre Oberarme, bis die Haut sich rötete, zog dann den Umhang fester um die Schultern. Die Spindel schlug klappernd auf dem festgestampften Lehm auf. Als Sunja sich danach bückte, näherte sich jemand auf weichen Ledersohlen. Noch während sie sich aufrichtete, zupfte sie Wolle aus dem Büschel, ließ die Spindel schwirrend aus der Hand gleiten und langsam zu Boden sinken, leitete den Faden, fing die Spindel auf, um das neue Garn aufzuwickeln, und ließ sie wieder los. Ein Schatten glitt über sie, eine Hand wölbte sich warm um ihre Schulter, stahl sich in ihren Haaransatz.

»Es ist spät, Sunja.«

Sie nickte stumm, mühte sich, den Eindruck zu erwecken, sie müsse diese Arbeit noch beenden, dabei wusste er ebenso gut wie sie, dass man das Spinnen jederzeit unterbrechen und fortsetzen kann.

»Vitalina erzählte mir, dass du wieder zur Priesterin der Matronen gegangen bist.«

Die Spindel schwang sich aus – das durfte sie nicht, das verdarb den Faden, er würde reißen. Sunja haschte nach dem Ding, griff in Cinnas Hand, der sie schon gefangen hatte. Ihr Blick fiel in seine Augen, in denen das Licht der Lampen funkelte.

»Ich muss fasten, Gaius, ich muss den Geist meines Bruders besänftigen. Er hat mich verflucht.«

»Glaubst du das?«

Sunja nagte an der Unterlippe und senkte den Kopf. Die Worte der alten Priesterin klangen in ihren Gedanken wieder. Unter ihren Lidern sammelten sich Tränen, sie schloss die Augen, spürte, wie sich seine Finger warm um ihre schmiegten.

»Er hätte mich verflucht, Sunja. Schließlich war ich es, der seine Schwester verführte.«

Sie kniff kurz die Lider zusammen, bevor sie den Kopf zurückwarf. »Du bist stark, Gaius, stark und tapfer. Du hast das Jahr in der Gewalt meines Vaters heil überstanden. Ich dagegen bin schwach, denn ich habe etwas zugelassen, das nicht erlaubt ist, habe mich darein ergeben und damit mich und meine Familie verwundbar gemacht.«

Das Lächeln auf seinem Gesicht erlosch, in seinen Mundwinkeln zuckte es. »Glaubst du, ich würde mir eine schwache Frau aussuchen, eine, die mutlos ist und feige, eine, die ihre Familie im Stich lässt – nur weil sie hübsch ist?«

»Bitte …« Wieder biss sie sich die Lippen und heftete sie den Blick auf ihren Schoß, wo seine Hände ihre streichelten.

»Und wie lange dauert diese … Fastenzeit noch?«

»Drei Monde müssen wachsen und schwinden.«

»Bis zum Herbst? Du wirst verhungern!« Er entzog sich ihr, sah sie missbilligend an.

»Liuba war sehr stark, sein Geist ist noch immer sehr stark«, beschwor sie ihn mit den Worten, mit denen die Priesterin sie überzeugt hatte.

»Ich bitte dich – er ist tot!«

Sie las den Schrecken, die Reue in seinen Augen, als er tief durchatmete, neben ihr auf die Knie sank, sie kaum hörbar um Verzeihung bat, und sie wunderte sich, dass seine Worte sie nicht empört hatten. Alles war so klar, dass sogar er es erkennen musste.

»Um seinen Zorn zu besänftigen, habe ich ein Gelöbnis getan –«

»Sunja!« Seine Stimme schien an ihrem Namen zu ersticken. Vor ihr kniend, sie mit geweiteten Augen anstarrend – einen Atemzug lang –, sah er aus, als wollte er sie anflehen; doch als ihre Hand nach ihm tastete, sprang er auf die Füße.

»Das ist widersinnig, Sunja, vollkommen widersinnig! Du willst ein Kind, das ist dein innigster Wunsch – aber um es zu bekommen ...«

Sie streckte den Arm aus, doch er wich zurück, trat aus dem Lichtkreis, als könne der Schatten ihn vor ihr schützen. Er wühlte die Finger in die Tunica, die Hände an den Oberschenkeln wie ein gemaßregelter Soldat.

»Du hast die Absicht, dieses Gelöbnis zu erfüllen«, sagte er rau. Obwohl sie unsicher war, ob es überhaupt eine Frage war, nickte sie. Er schluckte hart, blinzelte und atmete mehrmals hörbar durch. Die Muskelstränge an seinem Hals traten scharf hervor, als er sich straffte. Das alles nahm sie wahr wie ein Kind, das einen Kiesel ins Wasser geworfen hat – die Wellen breiteten sich kreisförmig aus, unaufhaltsam.

Er trat noch ein Stück ins Dunkel zurück, während ihre Finger erkalteten, dann die Füße, Stirn und Wangen, sie fühlte, wie das Blut aus ihrem Gesicht wich. Er schloss die Augen und schüttelte den Kopf, erst zögernd, dann in einer entschlossenen Bewegung.

Als sie den Mund öffnete, um sich zu erklären, hob er beinahe beschwörend die Hände. »Sag jetzt bitte nichts.«

Unverwandt sah er sie an, er schien zu warten, bis er sich schließlich umdrehte.

*

Das Markttreiben umbrauste Sunja. Hastig drehte sie sich um, vergewisserte sich, dass Iola dicht bei ihr blieb. Vitalina war bereits heimgekehrt, an der Hand den großen Korb, in dem sie ihre Errungenschaft nach Hause trug – ein neuer Mäusevertilger. Es hatte die Hausherrin keine Überwindung gekostet, zehn blanke Münzen auf den Tisch des Händlers zu zählen für das braungestreifte, schlanke Tier mit dreieckigem Kopf, dreieckigen Ohren und peitschendünnem Schwanz, dessen Augen grün aus dem Käfig geleuchtet hatten. Denn dieses Tier umgab sich, im Gegensatz zu den scheuen, bissigen Frettchen, nicht mit einer Wolke aus fauligem Gestank. Sogar Cornelias Begeisterung war unübersehbar, ein Tier im Hause zu haben – Katze nannte sie es –, das sie aus ihrer südlichen Heimat kannte. Jetzt eilte Vitalina heimwärts, um das Tier an seine neue Umgebung zu gewöhnen und dem Türsteher die Beseitigung der Frettchen zu befehlen, und überließ Sunja die Besorgung der Lebensmittel.

Sunja fühlte sich tagelang wie in einem Albtraum gefangen. Anders als erwartet, war Cinna nicht hinter den

Mauern des Lagers verschwunden, sondern im Hause geblieben, wo er viel Zeit mit Saldir verbrachte. Zweimal hatte er bereits seinen schönen grauen Hengst geholt, hatte sie rufen lassen und vor sich auf das Pferd gehoben. Gemächlich war er mit ihr davongeritten, auf einen Ausflug, von dem Saldir aufgeregt zurückkehrte, von nichts anderem plappernd als von dem grauen Hengst – Fulgor hier, Fulgot dort – und den weiten Hügeln im Hinterland, den blumengesprenkelten Wiesen, wo Kühe weideten, wollige Schafe und schlanke Pferde, und wo sich ein hellblauer Himmel über grünbrauner Erde spannte.

Eine Frau stieß Sunja an, eine Wolke von süßem Öl und Wein überflutete sie, dünne, braune Haarsträhnen schwebten um ihre Nase. Die Fremde zog den Umhang fester und drehte Sunja im Vorbeigehen das Gesicht zu, leere, dunkle Augen, die weiterschweiften; als sie auf die scharf geschnittenen Züge eines jungen Soldaten fielen, entrang sich ihrer Brust ein Seufzer und der Umhang rutschte von den Schultern. Der Soldat errötete angesichts dessen, was sich ihm ungefragt darbot.

Sunja fühlte, wie das Blut in den Schläfen pochte, ihre Wangen erhitzte, und hüllte sich in ihren Mantel. Ob Cinna solche Frauen benutzte, fragte sie sich, ob er die angepriesene Pracht begaffte, berührte, prüfte wie ein Maultiergebiss, ob er ihr nur einen Wink gab oder sie mit sich zog, um eine der schmutzigen Absteigen aufzusuchen.

Den Korb fallen lassend, presste sie beide Hände auf den Mund, als das bisschen Wasser, das sie getrunken hatte, ihr gallig aufstieß. Sie drängte die Umherstehenden beiseite, kämpfte sich hinaus, ins Freie. Auf einer Kreuzung blieb sie stehen, würgte, schluckte und schnappte nach Luft. Mit beiden Händen umklammerte sie den Pfosten, zu dem sie gewankt war. Sie zitterte, und ihre Kiefer schlugen wild aufeinander.

Warm legte sich eine Hand auf ihre Schulter. Als sie die Augen öffnete, fiel ihr Blick auf einen Schatten, den Schatten eines Mannes. Sie fuhr herum und erkannte Flavus.

»Du solltest in diesem Zustand nicht auf den Markt gehen, Tochter des Inguiotar.«

»Ich bin in keinem Zustand!«, herrschte sie ihn an.

»Du musst krank sein, so abgemagert, wie du bist.«

Sunja bemerkte die Magd, die ihr nachgelaufen und in respektvollem Abstand stehen geblieben war. »Mir geht es gut. Ich habe zu tun.«

»Darf ich dich begleiten?«

»Damit jeder behaupten kann, die Frau des Praefecten Cinna treibe sich mit dessen Kollegen herum? Mit dem Bruder des Verräters? Sie, die selbst eine Cheruskerin ist?« Sie ließ ihre Augen blitzen, reckte das Kinn, und ein paar lose Strähnen flogen um ihr Gesicht. Der Mann mit den Zügen des Todfeindes zuckte die Achseln und lächelte kaum sichtbar, als wäre sie ein trotziges Kind.

»Das hatten wir schon einmal, Sunja.«

Wütend gab sie sich einen Ruck und schritt über die Straße, wo Iola auf sie wartete, und mit ihr zurück zu den Marktständen; den funkelnden Schleier, der sie umhüllte, versuchte sie zu ignorieren. Sie kaufte Wein aus Apulien und frische Beeren, Birnen und Pfirsiche – jetzt war die Zeit dafür. Der Schwindel schien vergangen, doch als sie sich dem Stand des Schlachters zuwandte, überfielen sie mit dem Blutgeruch und dem Summen der Fliegen kalte Schauer, und die Galle kroch wieder ihren Hals hinauf. Sie drehte sich um und prallte beinahe gegen Flavus.

Ein Viertel feines Brot und einen hölzernen Napf hielt er ihr hin, gefüllt mit brauner Soße, in der dicke Fleischbrocken glänzten; es roch nach Lammfleisch, nach Wein, Koriander, Kümmel und Pfeffer, der Duft der besten Garküche des Ortes. Tränen traten ihr in die Augen, ihr Magen krampfte sich zusammen. Flavus machte eine einladende Bewegung – »komm, du musst etwas essen« – und nickte in Richtung der alten Linde am Ende des Marktes, um deren gewaltigen Stamm eine Bank lief. Sunja deutete ein Kopfschütteln an, indem sie das Schaudern einen Augenblick lang zuließ. Mit einem unwirschen Schnauben griff Flavus nach ihrem Mantel und zerrte sie aus der Menge, die sich vor dem Stand des Schlachters drängte. Doch sie widersetzte sich, fuhr herum und blickte in das Mondgesicht der molligen Metzgerfrau, bestellte Lende vom Schwein, dazu eine Kalbsbrust, Speck und geräucherte Würstchen, kaum brachte sie die Worte hervor. Bevor sie einen prüfenden Blick auf einen der blutigen Klumpen werfen konnte, spürte sie, wie sie davongezogen wurde. Flavus drückte Iola einen Beutel in die Hand. »Hier, Kleines, bring mir den Rest zur Linde. Und mach keine Dummheiten – die Münzen sind abgezählt.«

Damit schob er Sunja vor sich her durch die Gasse zwischen den Ständen und Buden, ungeachtet ihres stummen Widerstrebens. Er führte sie bis zu der Bank, auf die er sie drückte, und hielt den Napf wieder vor ihr Gesicht, dass ihr der Geruch direkt in die Nase stieg, warm und Ekel erregend. Sie warf den Kopf zurück, um ihm ihren Zorn entgegenzuschleudern, in ein Gesicht, dessen Härte jeden Widerstand erstickte. »Iss!«

Ihre Kraft sank in sich zusammen wie ausgebranntes Feuer; ihr rebellierender Magen hüpfte, kaum gelang es ihr, sich zur Seite zu werfen, eine Hand fest auf den Mund gepresst. Mühsam zwang sie ihre Eingeweide zur Ruhe, einer kalten, starren Ruhe. Tränen rannen über ihre Wangen, Schweiß über Schläfen und Hals, und sie barg das Gesicht in den Händen.

Die Bank bebte unter seinem Gewicht, als er sich darauf niederließ, sanft knetete seine Hand ihre Schulter.

»Du brauchst einen Arzt, Sunja, einen guten Arzt.«

Langsam bewegte sie den Kopf seitwärts, ein stummes zögerliches Nein, und richtete sich auf. »Es ist bald vorbei.«

»Was ist vorbei?« Schon biss er sich auf die Unterlippe, er hatte wohl nicht die Absicht, sie in Verlegenheit zu bringen.

»Ich faste, Flavus, das ist alles. Ich habe den Matronen gelobt, bis zum Ende des letzten Sommermondes enthaltsam zu sein.«

»Den Matronen ...?« Auf seiner Stirne zuckten feine Schatten, er blinzelte, dann glättete sich seine Miene. »Tochter des Inguiotar ... es tut mir leid. Wie achtlos von mir. Gaius Cinna ist zu beneiden – er hat eine wunderschöne Frau, die ihre Schönheit und Gesundheit opfert, damit er einen Sohn bekommt. Weiß er das auch zu schätzen?«

Sunja senkte den Kopf und horchte in sich hinein. Der Anfall schien vorüber, und solange dieser Napf nicht in ihre Nähe kam, konnte sie es aushalten. Fröstelnd verkroch sie sich in ihren Mantel.

»Weiß er es überhaupt?«, fragte Flavus neben ihr.

Sie wollte nicht antworten, sie wollte nur fort von ihm, zurück zu der Sklavin, die sich gerade mit einer Freundin aus dem Gewühl der Marktbesucher löste, plappernd, kichernd, lebendig und unbeschwert trotz der prall gefüllten Korbtaschen an ihren Armen. Sie war unsicher, ob sie es bis zu Iola schaffen würde, doch das Mädchen würde sie stützen und ihr nach Hause helfen. Langsam wandte sie sich ihm zu. Unter dem forschenden Blick wurden ihre Wangen heiß, und sie musste schlucken.

»Er weiß es also nicht?«

»Ich muss jetzt gehen«, murmelte sie und rappelte sich auf, mühsamer, als sie erwartet hatte.

»Ich werde dich begleiten.«

Sie fuhr herum und geriet ins Wanken; ein scherzhaft drohender Zeigefinger streckte sich ihr entgegen. »Keine Widerrede, Tochter des Inguiotar!«

Er schob seinen Arm unter ihren und führte sie zu den

gaffenden Mägden, wo Iola ihm seinen Geldbeutel zurückgab. Mit einem knappen Wink hieß Sunja die Magd vorausgehen, was diese, nach einem angedeuteten Knicks, schließlich tat. Sunja schwieg unbehaglich, nachdem sie Flavus die beiden Münzen ausgehändigt hatte, die seiner flüchtigen Schätzung nach in dem Beutel fehlten; deutlich spürte sie seinen Arm und versuchte, jede weitere Berührung zu vermeiden. Den Umhang zog sie über das Haar und hielt den Kopf gesenkt, obwohl man sie dennoch erkennen würde als die Frau des Praefecten Cinna, die da am Arm seines Kollegen Flavus, des Bruders des meineidigen Meuterers und Verräters, dahinschritt.

Die Menge der Marktbesucher geriet in Bewegung, ein Mann brach durch die Reihen, der junge Soldat, dem sich die Hure angepriesen hatte; ihm folgte mit raschen Schritten ein grauhaariger Centurio. Sein knorriger Stab sauste auf den Rücken des Soldaten nieder, der stürzte, sich auf alle viere stemmte, einen Arm vors Gesicht hob. Der Centurio verlor kein Wort, stieß den Soldaten hart zu Boden, bevor sein Blick auf die Magd fiel, dann auf Sunja und ihren Begleiter. Seine Miene versteinerte. Flavus warf gebieterisch den Kopf zur Seite. Der Centurio schlug grüßend mit dem Stab gegen seine Wade und schubste den Soldaten vor sich her, die Straße hinauf zum Lagertor.

»Marcus Eggius, einer von Cinnas Offizieren«, murmelte Flavus; seine verengten Augen verhießen nichts Gutes. »Ein schwieriger Mann.«

Er führte sie in die Seitenstraße, wohin Iola, die den Vorfall geflissentlich missachtet hatte, ihnen vorausgegangen war.

»Warum quälst du dich eigentlich mit diesem Gelöbnis?«, unterbrach Flavus neben ihr die neuerliche Stille. »Woher willst du wissen, dass es an dir liegt?«

Sunja grub die Zähne in die Unterlippe. Wie konnte er es wagen, mit ihr über diese Dinge zu sprechen?

»Mein Onkel hat viermal geheiratet«, fuhr er heiter fort, »und alle vier Frauen verstoßen, weil keine von ihnen jemals schwanger wurde. Ebenso wenig wie die Mägde, die er sich nahm.«

Das Blut glühte in ihren Wangen, pochte in Hals und Schläfen, und sie kaute, kaute, kaute; er holte Luft, setzte spürbar zum Reden an.

»Flavus, bitte ...«, flüsterte sie. »Mein Bruder hat mich verflucht.«

»Liuba? Dieser übereifrige Gefolgsmann meines verräterischen Bruders?«

Sie nickte langsam. »Cinna hat ihn ...«

»Getötet, ich weiß, ich kenne die Geschichte. Es gibt eine Menge Berichte aus den Verhören, denen dein Mann nach seiner Rückkehr unterzogen wurde.« Seine Stimme war weich, verriet Mitgefühl.

»Ich habe das Gelöbnis geleistet, jetzt muss ich es halten, wenn ich die Göttinnen nicht gegen mich aufbringen will.«

»Du kannst es aufheben, Sunja. Es ist widersinnig, dass du auch deinen Mann zwingst, ein Gelöbnis einzuhalten, das er nie geleistet hat – damit bringst du ihn gegen dich auf.« Er blieb stehen, fasste sie an den Schultern und drehte sie zu sich um. »Sei ihm einfach eine gute Frau und schenke ihm Freude. Alles Weitere wird sich ergeben.«

»Aber die größte Freude, die eine Frau einem Mann schenken kann, ist ein Sohn. Und dafür tue ich das.«

Sie spürte den Seufzer mehr, als dass sie ihn hörte. »Wenn du es tatsächlich einhältst, Sunja, dann erfüllst du den Fluch deines Bruders.«

Brüsk warf sie den Kopf in den Nacken. »Was schert es dich? Was bildest du dir ein, mit mir über Dinge sprechen zu dürfen, die dich nichts angehen? Du bist weder mein Freund noch Cinnas – im Gegenteil: Er hasst dich! Lass mich in Ruhe!«

Sie wirbelte herum, so schnell, dass es sie selbst überraschte, und stob davon, ließ den Mann einfach stehen und eilte Iola nach in die Gasse, an der das Haus des Pontius stand.

Sunja war immer noch übel, als ihr im Flur eine Wolke von gekochtem Kohl und Lauch entgegenwehte. Wenn es einen dieser Alltagseintöpfe gab, dann kostete es keine Mühe, das Gelübde einzuhalten. Sie hielt den Atem an, um den faden Geruch von sich fernzuhalten, als ein leiser Ton sie innehalten ließ. Aus dem hellen Wohnraum, wo die Frauen ihre Arbeiten verrichteten, drang ein feines Summen, eine Weise, die Sunja vertraut war, die Erinnerungen weckte an die grünen Hänge von Tusculum, an einen Garten, wo sie im Schatten eines Rankgitters saß, vor ihr der Hauslehrer und eine junge Frau, welche die Lieder der Sulpicia vortrug, begleitet von den Klängen der Lyra. Nichts als ein paar kleine Gedichte, die von der unstatthaften Liebe eines vornehmen Mädchens zu einem Mann niedrigen Standes handelten, von der Sorge der Angehörigen um ihren Ruf.

Sunja stutzte. Sollte es einen anderen Grund für Cornelias Zurückhaltung geben? Sollte die stolze Römerin ihre Gunst einem Mann geschenkt haben, der ihrer nicht würdig war? Sunja nagte an ihrer Unterlippe. Sie hatte sich selbst verloren an den Mann, dessen Frau sie jetzt war, damals ein Gefangener, eine Geisel. Hätte ihre Familie es erfahren, wäre sie in einem der morastigen Tümpel in der Umgebung versenkt und mit Spießen in den Schlamm geheftet worden, damit sie nicht wiedergekommen wäre, um ihre Peiniger heimzusuchen, obwohl diese doch nur die gerechte Strafe an ihr vollzogen hätten.

Ein leiser Aufschrei schreckte Sunja aus ihren Gedanken. Sie betrat den Raum, sah Cornelia, die am Webrahmen saß, den Finger zwischen den Lippen. Sie hatte sich geschnitten. Ihre schwarzen Augen schimmerten fiebrig. Flink sammelte Sunja Wollkörbchen und Spindel ein, ehe sie wieder hinauseilte.

IX

Der enge Flur klaffte wie eine Wunde in der Rückwand des vorderen Gebäudeteils. Bis hierher waren die Handwerker noch nicht vorgedrungen in ihren Bemühungen, die baufälligen Schuppen in einen bewohnbaren Zustand zu versetzen. Cinna stellte zum wiederholten Male fest, dass der tödliche Unfall der früheren Bewohnerin niemanden verwundern konnte und ihr Sohn gut daran getan hatte, diese Ansammlung windschiefer Hütten schleunigst zu verkaufen. Allzu voreilig hatte er sich auf die scheinbar günstige Gelegenheit gestürzt, nachdem Pontius zugesichert hatte, sich um geeignete Handwerker zu bemühen. Nun plagte dieser sich mit nörgelnden Arbeitssklaven und neunmalklugen Fabri, Soldaten mit handwerklicher Ausbildung, während Cinna im Hintergrund blieb. Wer dieses Haus gekauft hatte und für wen der Primipilus der Vierzehnten Legion es instand setzen ließ, wusste niemand außer ihm, Pontius und Vestrius, den Cinna notgedrungen eingeweiht hatte.

Feinster Schutt und Staub knirschten unter Cinnas Stiefelsohlen, als er aus dem vorderen Innenhof, der kaum mehr als ein enger Lichtschacht war, in den kühlen Schatten des Flures trat. Die Wände waren frisch verputzt, und in der Luft hing der Geruch von Kalk und Farbe. Ein Blick in die gähnenden Türlöcher zeigte ihm, dass es sich gelohnt hatte, Pontius' Ältesten die Arbeiten ausführen zu lassen. Mit der Ausgestaltung der Rückwand dieses Raumes hatte sich der junge Mann selbst übertroffen: Am Ufer eines Flusses schaukelten Kähne zwischen steil aufragenden Felsen, überragt von zusammengewürfelten Dörfern und umrahmt von Weiden, die ihre Zweige in die Wellen tauchten; hinter einem Busch belauerte Pan einen Flöte spielenden Hirtenknaben, dessen Herde im Gras lagerte. Nichts erinnerte mehr an die beiden Wände, die herausgebrochen worden waren. Licht fiel aus drei hoch liegenden Fenstern in der Mauer, die an den Garten des Nachbarhauses grenzte. Auf der gegenüberliegenden Seite des Ganges reihten sich einige Kammern und die Küche. Die Schlafzimmer gruppierten sich um den zweiten, den größeren Innenhof, der sich eines Tages in einen blühenden Garten verwandeln würde, vielleicht schon im kommenden Frühling, falls Sunja sich rechtzeitig um die Anlage der Beete und Pfade kümmern konnte.

Sorgen bereitete Cinna der Hinterhof; Ställe und Schuppen hatte er abreißen lassen, und bis die rückwärtige Mauer wieder hochgezogen sein würde, grenzte nur eine Wand aus Balken an die nächste Gasse, kein wirksamer Schutz gegen Einbrecher. Doch um dieses Problem vor dem frühest möglichen Einzug zu lösen, würde er genötigt sein, Lucilla um einen Teil des Geldes zu bitten, das sie – allen Gefahren trotzend – aus der alten Heimat mitgebracht hatte, jenen Schatz, den er auf keinen Fall hatte anrühren wollen; es beunruhigte ihn zusehends, wie leichtfertig Lucilla damit umging.

Er verließ das Anwesen durch die hintere Pforte, nachdem Vestrius, der in der Gasse Ausschau hielt, Zeichen gegeben hatte, dass niemand zu sehen sei. Gemeinsam umrundeten sie den Häuserblock, dann machte sich der Schreiber auf den Weg zum Lager, und Cinna steuerte auf das Haus des Pontius zu. Es wurde Zeit, Saldir das Geheimnis anzuvertrauen. Das Mädchen argwöhnte ohnehin bereits, dass er etwas im Schilde führte, was ihrer aller Leben grundlegend verändern würde. Seit Beginn des achten Monats dieses Jahres, der zu Ehren des Princeps Augustus umbenannt worden war, hatte Cinna Saldir häufig mit zu den Weiden und Stallungen genommen, damit sie ihre Zeit nicht nur mit Zirkel und Lineal zubrachte.

Pferde waren das Einzige, was sie wirklich ablenkte. Mit ihnen beschäftigte sie sich ausgiebig, striegelte Felle und bürstete Hufe aus, kämmte und flocht Mähnen und Schweife, sie fachsimpelte und plauderte mit den Burschen, als gehörte sie zu ihnen. Heimlich hatte sie sich von einem der Soldaten halbverschlissene lederne Reithosen erbettelt, die sie unter ihrem Kleid trug, um rittlings auf ihrem Liebling, Cinnas hübscher schwarzer Stute Coronis, sitzen zu können, wenn sie mit ihr über die Weiden stürmte.

Es war unschicklich und musste ein Geheimnis bleiben, Vitalina würde zetern und Lucillas Miene deutlich machen, dass sie das alles ohnehin schon immer gewusst habe. Doch Cinna wollte das Mädchen nicht wieder auf das Haus beschränken – schlimm genug, dass Sunja kaum zu bewegen war, ins Freie zu gehen, obwohl die Umgebung des Lagers sicherer war als die Wälder rings um ihres Vaters Burg, die sie ebenso gut gekannt hatte wie Saldir das Land um Mogontiacum und die Ebene, die sie gemeinsam mit Cinna zu Pferd erkundete.

Das Mädchen hatte die beiden Pferde in die Schwemme geführt und wusch sie. Aus dem Schatten einer Weide beobachtete Cinna, wie sie mit den Händen Wasser aus dem knietiefen Flussarm schöpfte und die verschwitzten Tiere abrieb. Die Pferde scharrten mit den Hufen in der sanften Strömung und warfen die Köpfe, ihr Schnauben und die tiefen, zitternden Laute waren bis ans Ufer zu hören.

In ihrer Gesellschaft musste er nicht reden, das übernahm Saldir; sie erwartete nur einzelne Worte der Zustimmung oder Ermunterung, wenig mehr als Gesten oder Blicke. Ihre Fröhlichkeit und ihr Übermut waren ansteckend und vertrieben jeden Anflug von schlechter Laune; so konnte er, sooft es möglich war, sein vorübergehendes Zuhause aufsuchen, konnte Sunja begegnen, die ihm gegenüber scheu war, obwohl sie gelernt hatte, Lucilla in die Schranken zu weisen. Es machte die Bitterkeit ihres Gelöbnisses erträglich, dessen Folgen so offenkundig an Sunjas Körper zehrten, dass sogar einige seiner Centurionen sich nach ihrem Befinden erkundigten und Genesungswünsche aussprachen. Saldirs Gegenwart half ihm. Es hätte natürlich alles vereinfacht, wenn sie ein Junge gewesen wäre; dann würden die Soldaten, die Bewohner der Lagerdörfer und die Bauern und ihr Gesinde nicht gaffen, wenn sie gemeinsam vorüberritten.

Ein kalter Hauch fuhr ihm in den Nacken. Sich umwendend bemerkte er die dunkelgrauen Wolken, die sich über den Hügeln zusammenballten. Auf seinen knappen Ruf hin hielt Saldir inne, auch sie musterte den Himmel, dann lief sie zum Ufer, gefolgt von den beiden Pferden. Wenn sie trocken heimkommen wollten, mussten sie sich sputen.

Als sie im schnellen Trab die Stallungen bei den Weiden erreichten, hatte sich der Himmel bereits verdunkelt, der Wind zauste sie, und mit dem noch in der Ferne zuckenden Wetterleuchten rollte der Donner heran. Saldir ließ es sich nicht nehmen, Coronis selbst von Zaumzeug und Sattel zu befreien und an der Raufe festzubinden, selbst als Cinna zur Eile drängte.

Weißes Licht schoss durch den Stall, augenblicklich beantwortet von Donnerschlag. Die Pferde schrien. Cinna hastete zu dem Verschlag der Stute, prallte gegen Saldir, die sich vor den wirbelnden Hufen in Sicherheit gebracht hatte. Sie keuchte vor Schreck, doch ihre Augen leuchteten, dann raste der nächste Blitz über das Land hinweg, dicht gefolgt von anschwellendem Dröhnen.

»Thunaras! Thunaras vertreibt die bösen Geister von der Erde! Er wird die Sonne zurückbringen.«

Obwohl Blitz und Donner sie zusammenschrecken ließen, sprang sie im engen Gang des Stalles herum, umso wilder, als ein sattes Rauschen den Beginn des Regens verkündete. Sie reckte den Hals unter dem Vordach hinaus und versuchte, das Wasser, das sich aus dem verfinsterten Himmel ergoss, mit dem Mund aufzufangen, dass es ihr über Gesicht und Hals in den Ausschnitt des Kleides rann.

Sie zogen sich eine Bank zur Tür, legten sich eine große Pferdedecke um die Schultern und starrten schweigend in den Regen hinaus, der die Koppeln und die Häuser dahinter mit einem grauen, rauschenden Schleier verhüllte. Die Risse zwischen den Erdschollen, zu denen während der trockenen Tage der Lehm zerborsten war, füllten sich schnell, und der Weg verwandelte sich in glitschigen Morast. Hin und wieder huschte ein vereinzelter Blitz durch die Wolken, gefolgt von träge rollendem Donner. Saldir schmiegte sich an ihn und fragte unvermittelt: »Warum habt ihr eigentlich noch immer kein Kind?«

Cinna stutzte, dann fuhren die Hände, auf die er eben noch sein Kinn gestützt hatte, über sein Gesicht, und er stieß heftig den Atem zwischen den Zähnen aus.

»Habt ihr überhaupt keine anderen Sorgen?«, brachte er zwischen den Fingern hervor.

Saldir schlug die Augen nieder, als er sich ihr zuwandte, rückte leicht von ihm ab und murmelte eine Entschuldigung, die ihn hellhörig machte.

»*Was* sagt Vitalina?«

»Sie ist sehr besorgt. Sie glaubt, es sei der Grund, weshalb zwischen euch Unfrieden herrscht.«

»Kannst du mir erklären, wie zwischen Sunja und mir Frieden sein soll, wenn alle sich unentwegt darüber auslassen, dass zwischen uns Unfrieden herrscht, weil wir kein Kind haben, und dass wir kein Kind haben, weil zwischen uns Unfrieden herrscht?«

Verwirrt schaute Saldir auf.

»Und jetzt dieses verrückte Gelöbnis!« Er schnaubte kopfschüttelnd, sah den Anflug eines schelmischen Grinsens auf ihren Zügen und runzelte fragend die Stirn. »Findest du es nicht ... verrückt?«

»Nein – doch«, stammelte sie, grub die Zähne in die Unterlippe und senkte den Kopf.

»Was ist daran lustig?«

»Nichts, es ist nur ... wenn Fulgor aufgebracht ist, dann schnaubt er und wirft den Kopf herum – genau wie du.« Sie schlug die Hand vor den Mund und beugte sich vornüber, um in den nachlassenden Regen zu blicken.

Cinna lächelte und tätschelte leicht ihre Schulter, dann zog er sie an sich und fand sich sogleich fest umarmt. Ihr strähniges Haar duftete nach dem Spätsommerregen, nach Stroh und Pferden. Sie war jetzt elf Jahre alt, sie wuchs viel zu rasch heran, ein Sommer noch, vielleicht zwei, dann würde er nicht mehr unbeschwert mit ihr umgehen können, Mädchenträume und Schwärmereien würden sie ihm entfremden. Eines Tages würde er vielleicht einen geeigneten Mann für sie finden, mit dem sie einverstanden wäre; er würde sie niemals gegen ihren Willen verheiraten, nicht einmal, wenn ihr Vater das von ihm verlangte.

»Ihr müsst euch wieder vertragen – du und Sunja.«

Ihre großen hellen Augen waren fest auf ihn gerichtet. Sollte er ihr gestehen, dass er darüber nachgedacht hatte, ob es für Sunja einen Weg zurück in ihr Vaterhaus gab? Er strich ihr übers nasse Haar. Draußen herrschte die dampfige, graue Stille, die sich nach schwerer Schauer ausbreitet, ehe der erste Sonnenstrahl die Wolken zerreißt; nur vom Dach klatschten die Tropfen noch in regelmäßigen Abständen.

»Es wird bald nicht mehr so wichtig sein, was Vitalina glaubt und was sie redet. Ich möchte dir etwas zeigen.«

*

Lucius Nonius Asprenas, der nach dem Verlust der drei Legionen unter Varus in einem beherzten Marsch die ungeschützten Ufer des Rhenus gesichert und in klugen Verhandlungen einige Stämme wie die Chatten davon abgehalten hatte, sich den Aufständischen anzuschließen, wurde endlich für seine Verdienste belohnt. Als angehender Statthalter der reichen Provinz Africa stattete er Mogontiacum auf der Durchreise Richtung Heimat einen mehrtägigen Besuch ab, um seine Angelegenheiten zu regeln und einige Anordnungen des Tiberius durchzuführen. Am Morgen nach seiner Ankunft ließ er Flavus zu sich rufen, der als dienstälterer Offizier Bericht erstattete. Inzwischen verbrachte Cinna den Vormittag damit, die Listen über neue Aushebungen unter den

Ubiern und benachbarten Stämmen durchzugehen, in der Hoffnung, für seine Cohorte den einen oder anderen Spezialisten anfordern zu können. Eine Begegnung mit Asprenas wollte er tunlichst vermeiden.

Der Raum hallte wider, als jemand energisch draußen an der Tür pochte, sie dann ohne Aufforderung öffnete. Cinna hatte gehört, wie sich die Schritte auf dem Gang näherten und innehielten, deshalb erschrak er nicht, sondern legte die Tafeln beiseite und richtete sich auf. Marcus Eggius trat ein und salutierte, ihm folgte Asprenas. Der Legat hatte die Arme fest vor der Brust verschränkt. Ihre Begrüßung blieb nüchtern, sie tauschten Höflichkeiten aus, Asprenas ließ sich über die Verfassung der Zweiten germanischen Cohorte informieren, dann bat er um die letzten Berichte und schickte Eggius nach einem Schreiber, um diese siegeln zu lassen. Das war eine unübliche Verfahrensweise; der Centurio widersprach zwar nicht, runzelte jedoch die Stirn, als er sich auf den Weg machte.

In der darauf folgenden Stille versuchte Cinna, Asprenas' Blick standzuhalten, während seine Finger nicht aufhören wollten, auf seinen Oberschenkeln zu trommeln. Bis Asprenas sich abwandte und den Raum langsam durchmaß.

»Ich begreife nicht, warum du es getan hast«, sagte er heiser. »Du – ein junger Mann aus bestem Hause, Alleinerbe, gebildet, weit gereist, an der Schwelle zu einer glänzenden Karriere. Jede gute Familie hätte sich darum gerissen, dir eine ihrer Töchter zu verheiraten.« Er verschränkte die Hände im Rücken und starrte Cinna an. »Wir haben uns versöhnt, Calpurnia und ich, bevor ich sie zurück nach Italien schickte. Doch dich habe ich verflucht, Gaius Cinna, von dem Augenblick an, wo mir klar wurde, was du getan hattest, habe ich dich verflucht. Und meine Flüche wurden erhört.«

Obwohl Cinna unter dem harten Blick fröstelte, schwieg er. Asprenas war sein vorgesetzter Offizier gewesen, und dennoch hatte er dessen Frau verführt, hatte alles darangesetzt, die Nichte der Witwe des Iulius Caesar für sich zu gewinnen, als gälte es, ein Rennen zu entscheiden.

»Der Mann, der meine Ehre besudelte, ist vernichtet«, fuhr Asprenas fort. »Und du, dienstbarer Untergebener des Tiberius Caesar, wirst dich jeden Tag daran erinnern, was du verloren hast. Eine bessere Rache kann es nicht geben.«

»Und warum hast du dich in Bonna für mich verwendet?«

Asprenas kniff die Lippen zu einem dünnen Lächeln zusammen. »Keineswegs um deinen Hals zu retten, mein Junge«, schnarrte er, während durch den Flur die genagelten Stiefel des Centurios herandröhnten. »Du bist fähig – daran hat sich nichts geändert. Du hast bemerkenswerte Kenntnisse über die Barbaren gesammelt, die dich fast zu einem der Ihren machen. Und du dürstest danach, deinen Peiniger zu vernichten.«

Kaum war er verstummt, stieß Eggius die Tür auf, in den Händen die versiegelten Dokumente, für die Asprenas sich mit einem knappen Nicken bedankte, bevor er mit einem ebenso knappen Nicken in Cinnas Richtung hinausging – kein Händedruck, kein Lebewohl, aber das hatte Cinna nach den deutlichen Worten auch nicht erwartet.

Er drehte sich zu Eggius um. »Du kannst gehen, Centurio.«

Der Offizier schien ihn nicht gehört zu haben, sondern blieb wie angewurzelt stehen, unverwandt den Blick auf ihn gerichtet. Cinna zog die Brauen hoch. »Was ist denn noch?«

»Der Tagesbefehl für morgen, Praefect.«

Er glaubte, aus Eggius' Stimme Genugtuung herausgehört zu haben, als er wieder zum Tisch trat und nach den Tafeln griff. Asprenas' Verachtung hallte in ihm wieder, übertönte die Erinnerung an den Befehl, er brauchte den Wortlaut, die Buchstaben. Er hielt die Tafel in der Hand, starrte auf das gelbe Wachs, die schrägen Linien darin, die keine Bedeutung zu haben schienen, ein niedergedrückter Zaun, ein Weizenfeld im Sommerwind. Sunja.

Knallend schlugen die Holzrähmchen gegeneinander.

»Die erste und zweite Centuria unterstützen die Fabri beim Bau neuer Quartiere im nordöstlichen Teil des Lagers. Die vierte und fünfte haben Wachdienst, die dritte ist heute und morgen vom Dienst befreit.«

Cinna wedelte mit der Rechten eine Entlassung und ließ sich auf dem Sessel nieder, deutliches Zeichen, dass er die Besprechung für beendet hielt; doch der Offizier rührte sich nicht von der Stelle.

»Was ist denn noch?«, wiederholte Cinna verärgert.

Es war ein kalter Blick, der unter den dichten Brauen hervorschoss. »Es wird Zeit, dass du diese dürre barbarische Fessel abschüttelst.«

Cinna hielt inne; zögernd lehnte er sich vor und stützte die Hände auf die Oberschenkel.

»Ich spreche vom Feind, Praefect, von einem Feind, der in deinem Herzen und in deinen Gedanken Aufnahme fand.«

Eggius' Miene war anzusehen, dass er sich diese Sätze schon vor langer Zeit zurechtgelegt hatte, dass sich dahinter mehr verbarg als Gehässigkeit. Als wüsste er etwas, was sein vorgesetzter Offizier nicht wusste.

»Dieses Weib bringt Schande über dich. Inzwischen geht sie in ihrer Dreistigkeit so weit, sich mit einem anderen Mann in aller Öffentlichkeit zu zeigen. Und dieser Mann ist niemand anderer als der dir zu Recht verhasste Praefect Iulius Flavus.«

Cinna spürte, wie ihm das Blut aus dem Gesicht wich; er sprang auf, doch seine Knie drohten nachzugeben, und die Fäuste ballten und öffneten sich ohne sein Zutun, krallten sich in den Stoff seines Waffenrocks. Er räusperte sich vergeblich, um den Hals von einem rauen Kloß zu befreien.

»Weißt du, was du da sagst?«

»Ich habe sie selbst gesehen. Sie haben sich auf dem Markt getroffen, bei der großen Linde gesessen und

Heimlichkeiten ausgetauscht, als wäre gar nichts dabei. Als das Weib mich bemerkte, war ihr die Schuld ins Gesicht gemeißelt.«

Aus Eggius' Augen traf ihn ein eisiger Funke, entfachte den Wunsch, die Faust in dieses finstere Gesicht zu schlagen. Stirnrunzelnd streckte Cinna die Finger, in seinem Hals pochte das Blut, schoss ihm in die Schläfen. Er musste den Mann loswerden, um einen klaren Gedanken fassen zu können, ahnte, welch eine miserable Figur er abgab.

»Angesichts deiner Verdienste will ich überhört haben, was du gesagt hast.« Seine Hand stieß empor, als Eggius die Augen verengte, fast entlud sich der Zorn in einem Hieb. »Du bist entlassen, Centurio.«

Ein, zwei Atemzüge lang herrschte Stille, dann scharrten die schweren Stiefel, krachten einige Male über den Boden, hielten inne, während der Centurio die Tür öffnete, sich entfernte und mit ihm das scharfe Echo seiner Schritte.

Das Mädchen stand auf der unteren Stange des Koppelzaunes und beugte sich weit über die obere, um die nächststehenden Pferde mit Möhren anzulocken, doch die Tiere zierten sich, scharrten und murrten und warfen die Köpfe herum, unentschlossen, ob sie das verführerische Angebot annehmen sollten.

Ein dünnes Lächeln grub sich in Cinnas Gesicht, als er sich neben ihr auf das Gatter lehnte und Saldir ihn anstrahlte. Das Kind war ohne jeden Falsch, sie würde ihn sicherlich nicht anlügen; wenn sie etwas wusste, würde er es erfahren.

»Bist du schon lange hier?«

Sie schüttelte den Kopf. »Ich wollte nur kurz nach Coronis sehen.«

Wieder streckte sie die Hand mit der Möhre aus, schnalzte leise mit der Zunge. Ein großer Schimmel drängte sich vor, tänzelte schnaubend zum Gatter und schnappte nach dem dargebotenen Leckerbissen. Während er ihn krachend zerbiss, ließ er sich die Nase streicheln, den Hals tätscheln.

»Das ist eines von den Pferden des Iulius Flavus, nicht wahr?«

»Ich weiß.« Die dicke Mähne dämpfte Saldirs Stimme. »Tachypus ist sein Lieblingspferd – er kommt aus der Lusitania, woher die besten Pferde stammen.«

»Und woher weißt du das?«

Als ihre Hände erlahmten, wusste er, dass seine blindlings hingeworfene Frage ihr Ziel nicht verfehlt hatte. »Wann hast du Iulius Flavus getroffen?«, setzte er nach und bemühte sich, seine Stimme unverfänglich klingen zu lassen. Aus den Augenwinkeln beobachtete er, wie Saldir eine Strähne des Mähnenhaars um ihre Finger wickelte.

»Das darf ich dir nicht sagen.«

»Es ist ein Geheimnis, nicht wahr? Ein ebensolches Geheimnis wie das, das durch Lager und Dorf schwirrt?«

Sie löste sich von dem Schimmel, drehte den Kopf langsam ein wenig zur Seite, und er sah, dass sie an der

Oberlippe nagte und sich zwei steile Falten in ihre Stirn schnitten.

»Sunja hat Flavus getroffen – mehrmals! Und ich bin der Letzte, der es erfährt.«

Erst der Schmerz verriet ihm, wie tief seine Nägel in die Haut seiner Oberarme bissen; rasch stieß er sich vom Holz ab. Der Schatten einer jungen Frau schob sich vor die grasenden Pferde, ihrem zierlichen, fast puppenhaften Wuchs sah man die Geburt dreier Kinder nicht an. Sie hatte sich tödlich gelangweilt in der Einsamkeit dieser äußersten Provinz, mit einem Mann, der sein ganzes Augenmerk auf die Verwaltung der Truppen gerichtet hatte, während Cinna erkannt hatte, welche Verdrossenheit in den schwarzen Augen stand. Wann hatte Asprenas es erfahren? Wann war der Schatten des Verdachts über seine Frau und seinen Stellvertreter gefallen?

»Wir begegneten ihm auf dem Heimweg vom Matronenhain«, murmelte Saldir neben ihm. »Aber es ist nichts Unziemliches geschehen. Apicula und ich durften auf den Pferden reiten, und Iola war auch dabei.«

»Das erklärt zumindest, warum das Geheimnis sich verbreitet hat.«

Umständlich kletterte Saldir vom Gatter und heftete den Blick auf ihre staubigen Schuhe. »Sie haben miteinander gesprochen – das ist alles.«

Als das Mädchen die Nachfrage, ob sie wisse, worüber sich Sunja und Flavus unterhalten hätten, verneinte, seufzte er. »Nehmen wir an, das ist richtig – woher weiß ich, dass du die Wahrheit sagst?«

Saldir warf den Kopf zurück und starrte ihn aus aufgerissenen Augen an. »Ich würde dich niemals anlügen.« Empörung zitterte in ihrer Stimme.

»Aber ebenso wenig würdest du deine Schwester verraten, auch wenn du es besser wüsstest.«

Sie senkte schnell wieder den Blick, und die Spitzen ihrer Schuhe kratzten im Staub.

»Wie soll ich sie verteidigen, wie soll ich sie freisprechen, wenn ich euch nicht vertrauen kann?«

»Ich schwöre es«, flüsterte sie, und ihre rechte Hand flog hoch. »Ich schwöre es bei ... bei meinem Leben! Beim Leben meiner Mutter!«

»Und was ist auf dem Markt geschehen?«

»Auf dem Markt?«

»Ich habe erfahren, dass Flavus sie auf dem Markt getroffen hat. Sie sind dort zusammen gesehen worden.«

»Das weiß ich nicht. Aber es kann keine Bedeutung haben. Bitte, du musst mir glauben, ich würde es bemerken. Ich bin doch ständig mit ihr zusammen. Ihr müsst euch versöhnen!«

Er versuchte, ihrem drängenden Blick standzuhalten, seine Mundwinkel zuckten in der Andeutung eines Lächelns. Schon einmal hatte er gehofft, geglaubt, ein paar liebevolle Worte und eine Umarmung reichten aus, die Eintracht wieder herzustellen.

»Das ist nicht so einfach, wie du glaubst ...« Er betrachtete seine verschränkten Unterarme, mit denen er sich auf das Gatter stützte, den feinen Flaum, der die

Haut überzog, die blasse Narbe oberhalb des linken Handgelenks.

»Weil sie sich vor dir verschlossen hat?« Saldirs Finger schoben sich über seine Hand, strichen leicht darüber. »Sie hat Angst, Gaius, wir beide haben Angst. Sie werden dich wieder und wieder mit gefährlichen Aufträgen hinüberschicken, und wenn du eines Tages nicht zurückkehren würdest – was geschieht dann mit uns?«

*

Die Sonne versank als gleißender Streif hinter der Mauerkrone, als Cinna die Baracke erreichte, in der Firmus' Centuria einquartiert war. Zur Hauptstraße hin lag die Wohnung des Offiziers, drei Räume, von denen jeder so groß war wie eine der Stuben, die sich jeweils acht Soldaten teilten. Die Türen standen offen, und es duftete nach gebratenem Speck und gedünsteten Zwiebeln, grobem Schrotbrei und Knoblauch. Firmus stand mit zwei seiner Soldaten unter dem Vordach, er hatte wohl gerade eine der Stuben verlassen und war noch ins Gespräch vertieft. Einer der Soldaten berührte seinen Arm und deutete auf Cinna, der vor den Stufen zur Wohnung des Centurios stehen geblieben war, und Firmus löste sich aus der Gruppe, um seinen vorgesetzten Offizier zu begrüßen.

»Hast du heute Nacht Bereitschaft?«

»Nein, Fronto übernimmt für mich. Ich habe mir freigenommen.« Firmus öffnete die Tür und ließ Cinna eintreten. Der als Windfang dienende winzige, finstere Flur roch nach Leder und Öl, nach den Stiefeln und genagelten Sandalen, die unter einer Bank aufgereiht hervorlugten. Und nach dem Essen, das in der vorderen Stube zubereitet wurde. Als sie eintraten, sprang ein junger Soldat auf und salutierte.

Cinna vermisste die vertraute Knoblauchnote; witternd drehte er sich zu Firmus um. »Hast du dir ein Mädchen angelacht?«

Firmus gab ein Brummen von sich, das wie eine Bestätigung klang, dann wies er einladend auf die einzige Liege im Raum und ließ sich auf den grob gezimmerten Stuhl auf der anderen Seite des Tisches nieder, dessen blanke Oberfläche ein Körbchen mit kleinen duftenden Brotfladen schmückte.

»Schade.« Cinna ließ die Wachstafeln in der mitgebrachten Tasche klappern und deutete auf den verpichten Weinschlauch, der sich außerdem darin befand. »Ich hatte gehofft, wir könnten die anstehenden Aufgaben besprechen und danach ein bisschen plaudern«, sagte er und setzte sich auf den Rand der Liege.

Ein scharfer Blick forschte in Cinnas Zügen. Schließlich hatte er Firmus noch nie besucht, ihn noch nie auf einen Becher Wein eingeladen, und ihre Plaudereien hatten sich bisher auf wenige Sätze beschränkt. Cinna vermied es, an der Unterlippe zu nagen, es hätte verraten, dass er eine Zuflucht für diesen Abend suchte, einen Grund, nicht zum Haus des Pontius gehen zu müssen, nicht solange dieser Groll in seiner Brust schwelte.

Firmus wölbte die Brauen, zuckte die Achseln und streckte in einer Geste der Ratlosigkeit beide Hände aus. »Ich muss bald aufbrechen. Ich will noch ins Badehaus gehen.«

Der junge Soldat schöpfte Eintopf in einen Napf und bedachte den Praefecten mit einem fragenden Blick; als dieser abwinkte, stellte er die Schüssel vor den Centurio und schlüpfte hinaus.

»Ist es etwas Richtiges mit ihr?«

»Ich denke schon ...« Bedächtig tauchte Firmus den Löffel in sein Essen, rührte um, nahm einen Fladen, brach ihn in zwei dampfende Hälften, die er aufmerksam betrachtete anstatt hineinzubeißen.

»Dann solltest du dich an ihren Vater wenden«, brach Cinna das Schweigen.

»Das ist leider nicht möglich – ihr Vater lebt nicht mehr.« Ohne aufzublicken schaufelte Firmus Suppe in sich hinein, kaute auf dem Brot, schluckte, ließ den Löffel wieder im Napf kreisen, als hätte er keinen rechten Appetit.

»Armes Mädchen. Aber sie wird doch einen Onkel haben. Oder einen Bruder.«

»Ich glaube nicht, dass es klug von mir wäre, mit ihrem Bruder darüber zu sprechen.« Firmus' helle Augen flammten kurz auf. »Es ist auch nicht nötig. Sie war bereits einmal verheiratet und hat auch ein Kind geboren.«

Cinna lehnte sich vor, stemmte beide Ellbogen auf den Tisch und legte das Kinn auf die Fäuste. »Gnaeus

Domitius Firmus, der Witwentröster und Retter hilfloser Waisen?«

»Nein, sie ist geschieden, und der Junge lebt selbstverständlich bei seinem Vater.«

Leise lachend schüttelte Cinna den Kopf. »Das könnte ja fast meine Schwester sein.« Er schmunzelte über den abwegigen Gedanken. Niemals würde Lucilla sich mit einem Mann einlassen, nicht solange sie hier leben musste; schließlich war ihr nichts von der Würde geblieben, die alter Adel und Einfluss im Senat und den Volksversammlungen verschaffte, so dass sie nur noch den Schein wahren konnte. Cinna erhob sich und berührte Firmus' Schulter. »Ich will dich nicht aufhalten.«

»Hast du vor, die Nacht im Lager zu verbringen?«, fragte Firmus, als Cinna die Tür erreicht hatte.

Cinna hob die Schultern, ließ sie wieder fallen. »Das weiß ich noch nicht. Warum fragst du?«

»Wenn ich nicht lange ausbleibe, könnten wir die Besprechung nach meiner Rückkehr erledigen.« Wieder brach er Brot entzwei, schnupperte an den Stücken, ehe er hineinbiss. Es war gutes Brot, das verriet schon der Duft.

»Du musst dich nicht nach mir richten«, erwiderte Cinna grinsend. »Mach dir mit deinem Mädchen einen schönen Abend, und wenn du vor dem zweiten Wachwechsel ins Lager zurückkommen solltest, dann sieh einfach nach, ob ich noch in meinem Arbeitsraum bin.«

Als Firmus zustimmend brummte, drückte Cinna die Tür zum Vorraum auf, tastete sich im Dunklen zum Ausgang und trat in den kühlen Abend hinaus. Am Himmel streckten die Wolken rosige Finger aus. Der Centurio war zu beneiden; er genoss offenbar eine aufblühende Liebe, die nicht abgewiesen und vielleicht sogar erwidert wurde – ein unverschämtes Glück. Schwierigkeiten würden sich früh genug einstellen und die Freude verderben.

Eine Brise ließ Cinna frösteln, und er rieb seine Oberarme, während er zum Haus des Corellius zurückkehrte.

X

Die Papyrosrolle lag in einem gebleichten Lederköcher auf dem Tisch, die rote Kordelschlaufe, die als Tragegriff diente, mit Troddeln verziert. Saldir war in der Mitte des Raumes stehen geblieben und wies mit dem Finger auf das längliche Ding. »Was ist das?«

»Das ist für dich.« Cinna nahm den dünnen Köcher, wiegte ihn in den Händen, bevor er ihn dem Mädchen hinstreckte.

»Was ist da drin?«

»Mach 's auf, dann weißt du es.«

Sie empfing das Geschenk wie eine Kostbarkeit, und eine solche war es auch. Cinna war sich nicht sicher, ob sie überhaupt eine Ahnung hatte, was er ihr da gab, während sie die Schleife aufzog und vorsichtig den Papyros ans Licht zog. Ohne sich mit dem Fähnchen, das Verfasser und Titel verriet, aufzuhalten, entrollte sie fachmännisch die erste Spalte. Und blinzelte erstaunt.

»Vermagst du mir zu sagen, Sokrates, ob man die Tugend … lernen kann? Oder nicht lernen, sondern … einüben? Oder weder einüben noch … verstehen, sondern ob sie … sich von Natur aus … einstellt bei den

Menschen oder auf irgendeine andere Weise?« Sie schaute auf. »Das ist von Platon.«

Erleichtert bemerkte Cinna, dass Sunja ihr weniges Griechisch mit der Schwester übte. »Es ist eine gute Abschrift, soweit ich das beurteilen kann.«

»Warum gibst du mir das?«

»Ich dachte, du solltest den Schritt von der Mathematik zur Philosophie tun.«

»Ich bin nur ein Mädchen – hast du das vergessen?«

Mit dem Handrücken strich er über ihre Wange und lächelte. Es war ein wenig sinnvoller Gedanke gewesen. »Dieses Buch kann dir erklären, warum du verstehst, was du verstehst.«

»Ich spiele doch nur. Eines Tages werde ich heiraten und Kinder bekommen und keine Zeit mehr für solche Dinge haben.« Der bittere Ton war unüberhörbar; schnalzend rollte sich der Papyros ein, als Saldir ihn wieder auf das Tischchen legte.

»Saldir, ich möchte dir doch nur eine Freude machen.«

»Ist ja gut, ich danke dir«, murmelte sie. »Aber alle sagen mir, dass ein Mädchen sich nicht mit Büchern und Pferden abgeben sollte, sondern mit Spinnkörbchen und Webkamm.«

»Wer sagt das?«

Sie nahm die Rolle nochmals in die Hände, strich sie glatt und schob sie in den Köcher. »Vitalina. Apicula. Iola. Und auch die Soldaten schauen mich scheel an – ein Mädchen bei den Pferden. Ein Mädchen, das von Zahlen und Dreiecken faselt.«

Sorgsam legte sie das Geschenk zurück auf den Tisch, wobei sie seinen Blick mied. »Ich werde mir mehr Mühe geben.«

Mit gesenktem Kopf wandte sie sich zur Tür.

»Warte!«

Gehorsam blieb das Mädchen stehen, ihre Hand rutschte langsam am Türholz hinab.

»Ich möchte, dass du das Buch an dich nimmst und dass du es liest.«

Lahm kehrte sie zum Tisch zurück und nahm die Lederrolle, wischte eine verirrte Haarsträhne aus ihrer Stirn. »Wirst du mich abfragen?«

Er fühlte das Lächeln, während er anstelle einer Antwort nur langsam den Kopf schüttelte. »Wie geht es Sunja?«

»Du hast sie doch gesehen«, entgegnete Saldir verwundert. »Wie soll es ihr schon gehen? Sie wartet auf den Herbst.« Sie drehte das Geschenk in den Fingern und nagte an der Oberlippe. »Wann werden wir umziehen?«

»Das weiß ich nicht. Die Wände sind noch nicht trocken, und das Dach muss an einigen Stellen abgedichtet werden. Kannst du unser kleines Geheimnis für dich behalten?«

Sie schmunzelte, ihre Augen blitzten hell unter dem braunen Flechtenkranz, als sie heftig nickte, ihm eine gute Nacht wünschte und hinausrannte.

Er wäre gerne mit der Hand durch ihr braunes Haar gefahren, hätte gerne ihre Wange gestreichelt, ihr einen leichten Klaps gegeben, doch für derartigen Unfug erschien sie ihm schon zu alt. Der Vater seiner ersten Frau kam ihm in den Sinn, ein strenger Senator und Mitglied wichtiger Priesterkollegien, der wachsam seine Tochter behütet und dessen Stimme in ihrer Gegenwart weich und zärtlich geklungen hatte, wann immer von ihr gesprochen wurde. Saldir wies keinerlei Ähnlichkeit auf mit Marcia, jenem blassen Mädchen mit winzigen Händen und Füßen und schwarzer Lockenpracht, das man ihm nur wenige Tage vor seiner Abreise nach Rhodos zugeführt hatte. Er ahnte, was der wortkarge Mann bei ihrem Anblick empfunden hatte – und wie bitter es ihn getroffen hatte, als Cinna widerspruchslos dem Wunsch seines Vaters nachgekommen war, ihr den Scheidebrief überstellen zu lassen, weil das Bündnis nicht die erhofften Vorteile gebracht hatte.

Cinna war nicht Saldirs Vater, aber er hatte ihrem Bruder versprochen, für sie zu sorgen, ihr Vater und Bruder zu ersetzen. Im Körper dieses Mädchens regte sich ein männlicher Geist; noch mochte sie sich mit kindlichem Spielzeug abspeisen lassen, doch das würde sich ändern, sobald dieser Geist seine Kraft zu entfalten begann. Cinna war ratlos, was er tun sollte, wenn dieser Geist die Grenzen seiner Kenntnisse überstieg. Und wie er sie bewahren konnte vor dem gedankenlosen Zugriff wohlmeinender Erzieherinnen, die nichts als den Körper eines heranwachsenden Mädchens sahen.

*

Als Cinna nach den morgendlichen Schwertkampfübungen zu seiner Amtsstube zurückkehrte, querte ein kleiner Trupp das Forum; vier ungewappnete Soldaten führten einen hochgewachsenen Mann in ihrer Mitte. Das hellbraune, über dem rechten Ohr zu einem straffen Knoten aufgedrehte Haar und der federnde Gang verrieten seine Jugend. Cinna verlangsamte seine Schritte, um genauer hinschauen zu können. Der Fremde war gekleidet wie ein vornehmer Cherusker, die helle Hose und der Umhang gesprenkelt von Schmutz und Nässe; offenbar war er erst gerade eingetroffen. An seinem Gürtel hing eine lange weiße Schwertscheide, deren Silberbeschläge im Sonnenlicht aufblitzten.

Cinna begann zu laufen; er konnte nicht glauben, was er sah. Kurz bevor er die Gruppe erreichte, blieben die Soldaten stehen und grüßten ihn. Ein Blick in das Gesicht des Barbaren, auf die beiden senkrechten Stirnfalten, die sich sogleich glätteten, verschaffte Cinna Gewissheit: Inguhraban, Inguiotars Sohn, Sunjas und Saldirs Bruder. Sein Freund Hraban.

Einen Atemzug lang standen sie wortlos voreinander, dann packte der junge Mann Cinnas Arme; doch anstatt ihn an sich zu ziehen, schüttelte er ihn nur stumm, hielt ihn dann von sich, um ihn eingehend zu mustern, bis sein Gesicht in einem Grinsen zerfloss.

»Prächtig siehst du aus«, sagte er. »Du hast zugenommen.«

Cinna spürte, wie seine Mundwinkel in seine Wangen schnitten, schluckte, und es erschien ihm unglaublich, dass dieser junge Mann breit grinsend vor ihm stand, seine Schultern beklopfte, dann den Kopf leicht schräg legte, um ihn wie ein Hund fragend anzusehen, ein Hund, der Cinna um einen halben Kopf überragte.

»Seit wann bist du hier?«

»Wir haben gestern Abend unser Lager am anderen Ufer aufgeschlagen. Kurz nach Sonnenaufgang habe ich mich über den Fluss setzen lassen, um beim befehlshabenden Offizier vorzusprechen. Ich hoffte, du würdest es sein.«

»Heute hat Flavus Dienst. Wir wechseln uns täglich ab.« Cinna zuckte die Achseln. »Was führt dich hierher?«

Langsam neigte Hraban den Kopf, sein Blick flog über die kleine Wachmannschaft, die ihn scheinbar teilnahmslos umringt hatte.

»Schaff mir bitte diese … Leibwache vom Hals!«, murmelte er in seiner rauen Muttersprache.

»Sie können dich verstehen, Hraban.«

»Ich weiß, dass es Cherusker sind. Umso schlimmer! Außerhalb des Lagers darf ich mich frei bewegen – nur innerhalb der Wälle habe ich ständig diese Kindermädchen um mich, die wohl verhindern sollen, dass ich meine Nase in Stuben, Ställe und Speicher stecke.«

Streng musterte Cinna die vier Soldaten, die bewegungslos in ihren kurzen roten Tunicen und braunledernen Hosen dastanden, die Hände an den Oberschenkeln. Die Bewaffnung beschränkte sich auf die Dolche an ihren Gürteln, doch ihnen war sicherlich befohlen worden, keinesfalls Gebrauch davon zu machen. Ihre Mienen blieben regungslos, nur einer konnte sich ein dünnes Lächeln nicht verkneifen.

»Flavus legt die Anweisungen des Tiberius Caesar sehr streng aus«, brummte Hraban.

»Das muss er, wenn er dessen Vertrauen nicht verscherzen will.« Cinna wandte sich an die Soldaten. »Kehrt zu eurer Einheit zurück! Ich übernehme ihn.«

Einer der beiden vorn stehenden Bewacher trat einen halben Schritt vor. »Uns wurde ausdrücklich –«

Beschwichtigend hob Cinna die Hände. »Das ist mir bekannt. Teilt dem Praefecten Flavus mit, dass ich mich für diesen Mann verbürge.«

Ohne weiteren Einspruch salutierten die vier und marschierten davon. Hraban blickte ihnen nach, und als sie verschwanden, rollte er aufatmend die Augen. »Danke. Ich fürchte, diese Entscheidung wird für dich Folgen haben.«

»Lass das meine Sorge sein. Sag mir lieber, was dich hierher führt?«

»Nachrichten über Arminius' Absichten – nichts, was ich dir hier und jetzt erzählen werde.« Hraban feixte. »Ich möchte dich heute Abend besuchen, auch um meine Schwestern zu sehen. Wie geht es ihnen?«

»Gut – zumindest nicht schlecht.« Insgeheim hätte Cinna sich ohrfeigen mögen, als er die beiden feinen dunklen Linien sah, die von Hrabans Nasenwurzel aus steil aufwärts liefen.

»Sind sie krank?«

»Nein, nicht krank«, murmelte Cinna. »Saldir geht es sehr gut, und sie wünscht sich nicht mehr zurück – nur manchmal.«

»Und Sunja?«

Cinna schwieg, und wohl deshalb vertieften sich die Falten auf Hrabans Stirn. »Also hatte Wakramers doch Recht. Er erzählte, dass ihr noch keine Kinder –«

»Jetzt fang du nicht auch noch damit an! Schlimm genug, dass Sunja nichts anderes mehr im Sinn hat und alles, aber auch alles dafür tut, ganz gleich, welche Folgen –«

»Was fehlt ihr?«

Vorsichtig berührte Cinna Hrabans Arm, wollte ihn über den Platz führen. »Lass uns das heute Abend ...«

Unwirsch schüttelte Hraban Cinnas Hand ab. Seine Miene forderte eine Antwort.

»Bitte, Hraban! Nicht hier!«

Erst als Hraban hörbar tief durchatmete, sich seine Stirn glättete, gestattete Cinna sich ein müdes Lächeln.

»Ich werde dem Badehaus einen Besuch abstatten, bevor ich meine Geschenke in unserem Nachtlager abhole«, brummte der junge Mann.

»Mach dich zu Beginn der ersten Nachtwache auf den Weg und frag nach dem Haus des Titus Pontius, Primipilus der Vierzehnten.« Zögernd straffte Cinna seinen Rücken. »Ich begleite dich zum Tor.«

Kaum verhallte das Signal zur ersten Nachtwache in der dämmrigen Straße, als der bullige Türsteher Cinna höflich in den schwach erleuchteten Flur winkte. Der Duft von frisch gebackenem Brot und geröstetem Fleisch wehte ihm entgegen, begleitet von einer Kümmelnote und frischem Koriander. Er tauschte die schweren Stiefel gegen weiche Bundschuhe, in denen er lautlos den Eingangsflur durchmaß, während Saldirs unterdrücktes Kichern und das Patschen bloßer Füße auf dem Estrich aus dem Innenhof hallten. Argwöhnisch runzelte er die Stirn, beschleunigte seine Schritte und fand sich bestätigt, als er den Umgang betrat und Hraban in Vitalinas Gesellschaft erblickte. Die Mädchen waren im Hinterhaus verschwunden, wo ihre Stimmen verklangen. Die Hausherrin strahlte Cinna entgegen, ihre Hände in denen des Gastes, der offenkundig bereits ihre besondere Wertschätzung genoss.

Die Lippen zu einem Lächeln bemühend, näherte Cinna sich ihnen, überhörte geflissentlich die Schwärmereien, die Vitalina an ihre Begrüßung knüpfte. Ohne zu zögern, schob Hraban seinen Arm um Cinnas Schulter und zog ihn in das Speisezimmer, wo bereits aufgetischt war. Wie Hütehunde scheuchten Saldir und Apicula die kleineren Kinder herein – der Jüngste warf sich plärrend in die Rockfalten seiner Mutter – und wiesen den beiden Männern die Ehrenplätze zu.

Das Rascheln schwerer Stoffe ließ Cinna zur Tür schauen; Lucilla war erschienen, um die Tischgesellschaft mit ihrer Gegenwart zu adeln. Sie lächelte vornehm, trat etwas schneller als schicklich zu ihrem Bruder und schmiegte leicht ihre Wange an seine, so dass ihn eine Wolke von Rose und Narde umschwebte. Ihr Kommen war ein untrügliches Zeichen dafür, dass Sunja sich für den Rest des Abends zurückgezogen hatte.

Nichts war zu hören, außer dem Scharren der Teller und Schalen, dem Kratzen der Löffel und vereinzeltem Schlürfen. Während die Erwachsenen unbehaglich schwiegen, bröckelten die Kinder unter gesenkten Köpfen Brot in ihre Teller. Lucilla schielte häufig zu dem Gast hinüber, als versetzten sie dessen angenehm zurückhaltende Tischsitten in Erstaunen. Und das obwohl Cinna ihr schon vor Monaten erzählt hatte, dass Sunja und ihr Bruder einige Jahre auf einem Landgut südlich von Rom gelebt hatten, Geiseln aus einer führenden Sippe, Garanten dafür, dass Väter und Brüder keinen Aufstand wagen würden.

»Wer, sagtest du, sei euer Gastherr in Tusculum gewesen?«, fragte Lucilla in die Stille.

Hraban hob den Kopf, um den Blick ihrer großen schwarzen Katzenaugen zu erwidern. »Publius Vinicius, Sohn des Marcus. Sein Bruder war vor etwa zehn Jahren Statthalter hier. Das hat dir meine Schwester sicher schon alles erzählt.«

Lucilla tupfte sich mit dem bereitliegenden Tuch die Lippen ab, stützte die Ellbogen auf den Tisch, dass die weiten Ärmel ihrer Tunica von den Unterarmen herabrutschten, und legte die Fingerspitzen aneinander. »Wir hatten noch nicht ausreichend Gelegenheit, miteinander zu plaudern.«

Cinna fuhr hoch, doch ein leiser Tritt gegen seinen

Fuß ließ ihn den Mund wieder schließen. Vitalina duldete keinen Streit bei Tisch.

»Obwohl nur eine Wand euch trennt, sprecht ihr nicht miteinander?«, ließ sich Hraban vernehmen. »Das ist bedauerlich.«

Auch er benutzte das kleine, weiße Tuch, das neben seinem Platz lag, um sich den Mund zu säubern, bevor er die Hände in das kleine Bronzebecken tauchte, das Iola ihm scheu lächelnd anbot. Lucilla beobachtete ihn aufmerksam.

»Ich werde mit meiner Schwester reden, wenn du das wünschst, Cornelia.«

»Lucilla«, verbesserte sie ihn.

Cinna stutzte erneut. Nicht jedem erlaubte seine Schwester diese vertraute Ansprache. Stirnrunzelnd bemerkte er, dass sie einander zunickten und dass Lucilla dabei blinzelte und lächelte.

»Ich danke dir für dein Anerbieten, aber das wird nicht nötig sein, Ravanus.«

Cinna ertappte sich dabei, dass er an der Unterlippe nagte. Dass seine unbeirrt an ihrer verlorenen Herkunft festhaltende Schwester diesen Fremdling wertschätzte, der in ihren Augen nur ein Barbar, wilder und unwürdiger als ein italischer Bauer, sein konnte, überraschte ihn.

Sie erhob sich, strich ihr Überkleid glatt und legte das Mundtuch auf den Tisch.

»Warte, Lucilla! Ich will noch etwas mit deinem Bruder besprechen und würde gerne deinen Rat dazu hören.«

Sie musterte ihn eingehend. »Um was geht es?«

Ehe Hraban antworten konnte, sprang die Hausherrin auf, klatschte in die Hände und rief die Kinderschar zusammen; gemeinsam mit Iola und den Mädchen räumte sie den Tisch ab, und bald darauf waren sie schnatternd und kichernd verschwunden. Cinna ahnte, was es Vitalina gekostet hatte, den Schauplatz zu verlassen, und konnte sich eines Lächelns nicht erwehren, als Lucilla ihre Frage wiederholte.

»Es geht um eine Magd, ein braves Mädchen, wohl etwas mehr als zwanzig Jahre alt, fleißig und folgsam. Kein Kleinod, aber eine, die überall anpacken kann.«

»Willst du uns eine Sklavin verkaufen?«, fragte Lucilla, und Hraban nickte.

»Es ist kein Platz für eine weitere Sklavin, Hraban, das müsstest du eigentlich selbst erkennen«, warf Cinna ein.

»Mag sein, aber es wird Zeit, dass du deinen eigenen Hausstand gründest. Schließlich könnt ihr nicht ewig im Haus eines Fremden wohnen.« Hraban zwinkerte unauffällig; also hatte Saldir ihn bereits eingeweiht und verraten, dass im Herbst ein Umzug bevorstand.

»Da hat er wohl recht, Gaius. Selbst wenn wir vielleicht nicht auf ewig in diese hinterste Provinz verbannt sind, wäre es sehr unklug, in diesem Haus zu bleiben. Nicht nur, dass wir unserer Hauswirtin inzwischen zur Last fallen – es ist äußerst unbehaglich, mit so wenig Raum auskommen zu müssen und keine eigenen Bediensteten zu haben.«

»Lucilla, ich bin kein reicher Mann –«

»Aber *ich* habe Geld, und das weißt du!«

Missmutig winkte Cinna ab, als sein Blick auf Hraban fiel, der von der Kline her, wo er es sich bequem gemacht hatte, die beiden Geschwister beobachtete.

»Das Geld gehört deinem früheren Ehemann, und ich nehme nichts von ihm an.«

In einer heftigen Bewegung verschränkte Lucilla die Arme vor der Brust. »Und du glaubst, dass mich das interessiert? Du glaubst, dass ich den Rest meines Lebens in einer gemieteten Kammer zubringen will? Dann heirate ich lieber einen braven Soldaten, um ein eigenes Heim zu bekommen!«

Sie schnaufte hörbar, und ihre Augen sprühten ein dunkles Feuer, doch plötzlich wandte sie sich ab, als wollte sie ihren Zorn vor dem Bruder verbergen. Was eigentlich gar nicht ihre Art war. Und so fragte Cinna sich insgeheim, ob sie ihn belogen hatte, als sie behauptete, Terentius habe ihr diese stattliche Summe geradezu aufgedrängt.

»Sunja wird es ohnehin nicht dulden. Wir haben einfach keinen Platz.«

»Ich habe schon mit ihr gesprochen«, sagte Hraban. »Als sie erfuhr, dass dieses Mädchen ein Kind hat, willigte sie sofort ein.«

»Ein Kind?«

»Ja, es wurde gegen Ende des Winters geboren. Ein Mädchen. Mit schwarzem Haar und schwarzen Augen.«

Wie durch einen Vorhang bohrte sich Hrabans Blick in Cinnas Augen, der fühlte, wie seine Wangen erkalteten, seine Finger sich unwillkürlich in den Stoff der Tunica krallten. Lucilla zog die Brauen hoch, den Kopf leicht schräg gelegt, und dann lachte sie hellauf. Lachte, sank neben Hraban auf das Sofa und schien nicht darauf zu achten, dass Cinna sie verstört anstarrte.

»Wunderbar eingefädelt, Ravanus!«, rief sie, all ihre Vornehmheit vergessend. »Aus dir wird einmal ein Gesandter für besonders schwierige Verhandlungen.« Vorsichtig tupfte sie die Tränen aus ihren Augenwinkeln. »Eine schlaue Finte, um dem Mädchen und seinem Bastard ein neues Heim bei dem zu verschaffen, der den Missstand verursacht hat. Und du«, ihr Blick flog zu Cinna, »weißt jetzt, dass deine Frau gut daran tut, ihr Gelöbnis zu erfüllen. An dir liegt es zumindest nicht, dass sich ihr Kleid noch nicht spannt.« Sie zwinkerte vertraulich. »Ich bin mit dem Erwerb dieser Sklavin einverstanden.«

»Was verlangst du für sie?«, fuhr Cinna dazwischen und hoffte, dass man ihm seine Verlegenheit nicht ansah.

Hraban verzog das Gesicht zu einem schelmischen Grinsen. »Lass den üblichen Vertrag aufsetzen. Den Preis überlasse ich dir – was immer es dir wert ist, Reika zu retten und meiner Familie über den Winter zu helfen.«

Aus dem großen Hauptraum, wo die Frauen am Tage dem Spinnen und Weben nachgingen, drang das unterdrückte Flüstern der Mädchen. Sie beugten sich über den Schlafkorb, der von einem Deckenbalken hing, und ließen ihn sanft schwingen. Hinter ihnen saß eine Frau, das rotbraune Haar zu einem festen Knoten aufgeflochten, leicht zurückgelehnt in einem Korbstuhl und ließ die Spindel schwirren.

Rasch wandte Cinna sich von der Tür ab und setzte seinen Weg fort, als er einen leisen Schrei hörte. Bloße Füße peitschten den Estrich, etwas Großes, Schweres prallte hinter ihm auf den Boden, und ein unverständlicher Schwall gestammelter Worte erstickte in dem abgewetzten Teppich. Alles, was er begriff, war ein sich ständig wiederholender Dank, sie nicht vergessen zu haben.

Zögernd drehte Cinna sich um. Die Frau lag ausgestreckt auf dem Bauch vor ihm wie der Untertan eines parthischen Königs vor seinem Herrn, die Hände neben dem Gesicht, was ihre Stimme bis zur Unkenntlichkeit dämpfte.

»Steh auf, Reika!«

Einen Atemzug lang lag sie still. Dann stemmte sie sich langsam hoch, zog die Beine an, um sich hinzukauern; den Kopf hielt sie gesenkt.

»Steh auf und sieh mich an!«

Sie hatte sich kaum verändert: helle Augen in einem blassen Gesicht, umrahmt von glanzlosem Haar, das straff aus der Stirn gekämmt war. Ihre Lippen erschienen ihm schmaler, und der bittere Schatten in den Mundwinkeln war kaum zu übersehen.

»Wo ist Sunja?«

»Hraban begleitet sie zum Heiligtum der Matronen«, ließ sich Saldir vernehmen, die mit Apicula hinter Reika stand. »Ich weiß nicht, was sie dort wollen.«

Sie drückte ein leise schmatzendes Bündel an sich, von dem auch Apicula offenbar die Hände nicht lassen konnte. Cinna schluckte, als das Tuch von dem Köpfchen rutschte und rabenschwarzes Haar freilegte.

»Geh wieder an deine Arbeit«, stieß er hervor, und es klang auffällig rau in seinen Ohren. »Wenn Sunja zurückkommt, sag ihr, dass ich sie sehen möchte.«

Reika nickte zögernd, bevor sie sich umdrehte und Saldir das Kind aus den Armen nahm, das eine Faust in den Mund gesteckt hatte. Sie hielt es über ihre Schulter, aus dem runden Gesicht blickten ihn zwei dunkle Augen an. Rasch machte Cinna sich auf den Weg in seine Kammer.

*

Der Dampf geriet in wirbelnde Bewegung; eine Hand teilte den Vorhang, ein weiterer Badegast schob sich hinein, dessen Anblick Cinna aus der angenehmen Benommenheit riss. Iulius Flavus nickte ihm zu und ließ sich auf der gegenüberliegenden Bank nieder, ein milchiger Schemen im weißen Dunst. Angespannt beobachtete Cinna ihn. Der Mann, von dem Eggius behauptete, er habe Sunja verführt, saß breitbeinig und mit zurückgelegtem Kopf da, in einer Haltung, die es leicht machen würde, an ihm die Rache zu vollstrecken, die dem betrogenen Ehemann zustand – wenn er den Täter auf frischer Tat ertappt hatte.

»Dein Verdacht ist falsch, Gaius Cinna«, sagte Flavus unvermittelt in der Sprache der Cherusker, dann hob er den Kopf. »Wirst du anhören, was ich dir zu sagen habe?«

Cinna verharrte regungslos. Er vernahm einen resignierten Seufzer, ein tiefes Durchatmen, und sah, wie Flavus sich aufrichtete, sich mit den Händen auf die Oberschenkel stützte.

»Ich begegnete ihr zum ersten Mal, als sie im Frühjahr bei den Matronen war«, berichtete Flavus. »Sie war nicht allein, zwei Mädchen und eine Sklavin waren bei ihr. Damals begleitete ich sie nach Hause und bat sie, bei dir ein gutes Wort für mich einzulegen, doch sie versprach mir nichts.«

Er machte eine lange Pause.

»Kürzlich traf ich sie zum zweiten Male. Pontius' Frau hatte sie auf den Markt geschickt. Sie sah erbarmungswürdig aus, krank und abgemagert. Ich wollte sie nochmals darum bitten, zwischen uns zu vermitteln. Und als ich erfuhr, dass ihr kläglicher Zustand die Folge eines Gelöbnisses ist, versuchte ich, ihr das auszureden – leider ohne Erfolg.«

Als Cinna ein verächtliches Zischen entfuhr, hob Flavus beschwichtigend die Hände, jene Hände, von denen Cinna gefürchtet hatte, dass sie Sunja berührt hätten. »Was Marcus Eggius gesehen hat, weiß ich, und was er gesehen haben will, kann ich mir denken«, fuhr Flavus fort und lehnte sich vor. »Ahtamers' Tochter ist meine Verlobte, und ich habe kein Verlangen nach einer anderen Frau.«

Beim Klang dieses Namens wurde Cinna hellhörig, doch Flavus war nicht aufzuhalten. »Ich würde es nicht wagen, deine Frau anzurühren, Gaius Cinna – ich schwöre es!«

»Warte! Ahtamers' Tochter ist deine Verlobte?« Cinna begriff langsam, dass Tiberius sie nicht ohne Hintergedanken zusammengebracht hatte. Er hatte ihn auch nicht ohne Hintergedanken zu Ahtamers geschickt.

»Warum hat Tiberius ausgerechnet mich damit beauftragt, deinen zukünftigen Schwiegervater aufzusuchen? Befürchtet er, du würdest bei erstbester Gelegenheit mit deinen Männern die Seiten wechseln?«

Durch den Dunstschleier erkannte er, wie verdutzt Flavus ihn anstarrte, bevor er einen missmutigen Ton von sich gab, was Cinna ein verkniffenes Grinsen entlockte. Er richtete sich auf, tat zwei, drei Schritte zum Eingang, griff in den schweren Vorhang, hielt dann jedoch inne. »Gibt es Nachrichten, wann Tiberius zurückzukehren gedenkt?«

Ein leichtes Kopfschütteln war die Antwort. »Nur die Berichte über den Vormarsch, die du auch kennst. Dass die Barbaren sich in die Wälder zurückziehen und Arminius' Heer nirgends aufzuspüren ist.«

»Warum auch? Dein Bruder ist nicht dumm – die Gegenwart der römischen Truppen verbreitet Angst und Hass unter den Marsern. Arminius tut gut daran, sein

Heer im Hinterland durch den Zustrom aufgebrachter Flüchtlinge zu stärken, um so die mit uns verbündeten Stämme in Bedrängnis zu bringen.«

Flavus wischte sich Wasser und Schweiß ab, die über seine Haut perlten. »Wir sollten morgen darüber reden, zur dritten Stunde, nach den Übungseinheiten.«

»Einverstanden. Ich werde dich erwarten.« Unter einem feinen Luftzug fröstelnd, schüttelte Cinna sich und verließ das Caldarium. Hinter ihm dröhnte Flavus' Stimme: »Das hätten wir schon vor langer Zeit tun sollen.«

Ein Schatten löste sich aus der Schwärze des Flurs. Im matten Widerschein des Mondlichts, das schräg in den Innenhof fiel, ahnte er, dass es Sunja war, die vor ihm stand.

»Du wolltest mich sehen – aber als ich nach Hause kam, warst du im Badehaus.«

Die Macht der Venus tauchte sie in ein blasses Licht und bauschte die dünnen Stoffe, die sie umhüllten.

»Ich habe heute im Hain der Matronen ein Zicklein opfern lassen.«

»Und was bedeutet das?« Eine schwache Hoffnung verengte seine Kehle.

»Dass ich nicht länger an das Gelöbnis gebunden bin«, erwiderte sie, ehe sie einen vorsichtigen Schritt auf ihn zu tat, der die feine Stola schweben ließ.

Schnell schloss er seine Hand um ihre Finger, schmale, kühle Finger. »Komm.«

Er setzte sich in Bewegung und zog sie mit sich hinaus in den silbrig schimmernden Hof, am Garten entlang, wo die Blätter im Nachtwind flüsterten, durch den Eingangsflur, wo er dem Nachtwächter winkte zu öffnen, während er seinen schweren Mantel um ihre Schultern legte.

»Wohin willst du?«

Er hauchte einen Kuss neben ihr Ohr. »Lass dich überraschen.«

Der Sklave leuchtete ihnen den Weg bis zum Nebenhaus, wo er Cinna den großen Hausschlüssel reichte. Im Licht der Laterne entriegelte Cinna das Schloss und öffnete die Tür mit einem Stoß.

Schräg fiel ein blasser Schein in den finstern Flur, als Cinna die Laterne übernahm und den Türsteher des Pontius mit leisem Dank entließ. Dann umfasste er Sunjas Ellbogen und schob sie hinein. Kalkstaub hing in der Luft, die nach Farbe und frischem Holz roch. Einige Atemzüge lang zitterte die Flamme in der Laterne, ließ goldenes Licht über die Wände zucken, ehe sie sich beruhigte.

»Was tun wir hier?«

Cinna legte einen Finger auf seine Lippen, griff wieder nach ihrem Arm und führte sie weiter. Ringsum erschienen feine Linien auf dem Weiß der Wände – obwohl die Maler längst nicht fertig waren mit ihrem Werk, waren die Girlanden und Vögel schon erkennbar, die den Eingangsflur zieren würden. Dann ergoss sich der flackernde Schein in den Innenhof, leckte an den Mauern, ließ die hölzernen Säulen lebendige Schatten werfen. Der

Boden lag brach, in trockene Schollen zerborsten, vor ihnen.

»Was tun wir hier, Gaius?«, wiederholte sie.

Cinna hängte die Laterne an einen Haken und streckte einladend die Arme aus. »Ich habe es gekauft. Es ist unser Haus.«

Ihre Augen weiteten sich, und sie rang sichtlich nach Atem.

»Ich wollte dich damit überraschen, wenn es fertig ist.«

»Unser Haus?«

Er nickte. »Es wird vor allem dein Haus sein, deine Aufgabe.«

Langsam drehte sie sich um, tat einen Schritt in den Gang, der den Innenhof umlief, während ihr Blick über die nackten Wände flog und ihre Fingerspitzen über den mehligen Verputz glitten. Schließlich blieb sie stehen, wandte nur den Kopf ein wenig zur Zeite. »Zeig es mir!«

»Jetzt? Im Dunkeln?«

Schatten wanderten über ihr Gesicht, als sie langsam nickte, und sie streckte den Arm nach ihm aus. Er nahm die Laterne vom Haken, und ihre Hände schmiegten sich ineinander, während er sie sanft weiterführte.

Cinnas Fingerspitzen strichen ihren Körper hinauf, vom Oberschenkel an den Flanken entlang über die spürbaren Rippen, glitten dann über ihren Arm bis zu den hinter dem Kopf verschränkten Händen. Viel zu straff spannte sich die Haut, wie bei einem Knaben. Sie wischte sich über die Stirn und rieb prüfend die Fingerspitzen aneinander; das hatte sie schon mehrfach getan – drüben, in ihrem Haus, und nach ihrer Rückkehr. Sacht schob er ihre Hand zur Seite.

»Da ist nichts«, murmelte er. »Was suchst du eigentlich?«

»Das Blut. Das Blut des Zickleins.«

Sie setzte sich auf und zog das Laken um ihre Brust. »Die Priesterin hat mich mit seinem Blut bestrichen, ehe ich ging. Sie sagte, es sei ein Segen.« Sie zog die Knie an, um sie mit den Armen zu umschlingen. »Auf dem Rückweg habe ich es im Bach abgewaschen. Hraban war zuerst erschrocken, dann lachte er mich aus.«

Stumm beobachtete Cinna, wie sie ihr Haar in drei dicke Strähnen teilte, um es zu flechten, diese weizengelben Locken, die eben noch über seine Schulter geflossen waren wie warmes, nach Mandeln und Rosen duftendes Wasser.

»Das arme Tierchen musste sterben, weil ich dumm und stur war«, fuhr sie fort. »Ich konnte sein Blut nicht auf meiner Haut ertragen – es brannte wie Feuer und erinnerte mich an meine Schuld.«

»Wenn es nicht für ein Opfer geschlachtet worden wäre, dann für ein Festmahl.«

»Oder jemand hätte es aufgezogen und seine Herde darum bereichert.«

»Ein Böckchen?« Cinna legte seine Hand auf die Decke, wo sich ihre Hüfte abzeichnete, knetete sie sanft.

»Früher oder später wäre es unters Messer gekommen.«

»Trotzdem konnte ich den Gedanken nicht ertragen, und noch weniger diese Blutkruste.« Geschickt wand sie ein dünnes Band um das untere Ende des Zopfes und verknotete es. »Als wir den Bach erreichten, habe ich mir gleich das Gesicht gewaschen, obwohl ich fürchtete, dass ich die Göttinnen verärgern könnte.« Ihr Gesicht hellte sich auf. »Aber dann näherte sich ein Taubenschwarm über das Feld und zog einen Kreis über unseren Köpfen, ehe er davonflog. Als ich dieses Zeichen sah, wusste ich, dass die Göttinnen mir nicht zürnen, sondern wohlwollend auf mich schauen.«

Sie hatte die Hände sinken lassen und schaute versonnen vor sich hin, rührte sich auch nicht, als Cinna sich auf die Seite wälzte und zärtlich ihren Arm streichelte.

»Woher der Sinneswandel?«, fragte er leise. »Hat dein Bruder dich überredet?«

»Ich hatte die ganze Nacht wach gelegen und geweint, ich dummes Ding.« Sie lächelte schwach, ohne ihn anzusehen. »Und als Hraban heute Mittag zurückkam und mir sagte, was für eine glückliche Frau ich sei, weil du Reika niemals gegen meinen Willen ins Haus gelassen hättest, weinte ich immer noch. Er zog mich einfach auf die Straße hinaus, wo Saldir mit dem Zicklein wartete, und sagte, dass jetzt Schluss sein müsse mit dem Fasten und all dem anderen Unsinn. Und dann führte er mich und das arme Tierchen zum Hain der Matronen.« Mit beiden Händen fuhr sie sich über das Haar. »Als es vorbei war, war es, als sei ein Fluch von mir abgefallen. Ich hatte ja längst aufhören wollen, aber nie die Kraft dazu aufgebracht. Teiwas schickte mir Hraban, um den Bann zu brechen.«

Sie drückte seine Hand, dann schwang sie die Beine über den Rand des Bettes, schlüpfte in die feine Tunica, die sie zur Nacht trug, und griff nach dem auf dem Schemel liegenden Wolltuch.

»Wo willst du hin?«

»Ich habe Hunger«, erwiderte sie mit einem schelmischen Lächeln, »und du sagtest, ich solle zusehen, dass ich wieder zu Kräften komme.«

»Warte! Ich hole dir etwas aus der Küche.«

Er sprang auf die Füße, aber sie war bereits aufgestanden. »Nicht nötig, ich weiß doch noch gar nicht, was ich möchte.«

»Dann begleite ich dich«, brummte er durch den Stoff des zerknüllten Hemdes, das er sich ebenso hastig wie umständlich überstreifte. Als er nach dem Gürtel suchen wollte, war sie bereits auf dem Gang. Also ließ er selbigen, wo immer er sein mochte, nahm stattdessen die Öllampe vom Haken und tappte barfüßig hinter ihr hinaus.

Im matten Licht tasteten sie sich durchs Haus, folgten dem Gang bis kurz vor dem Ausgang zum Hinterhof, wo sie die schwere Küchentür erwartete. Nachdem Sunja den Eisenriegel beiseite geschoben hatte, schwang die Tür unter dem Druck ihrer Hand knirschend auf, und der Geruch von kalter Asche und Kräutern, Zwiebeln und Sauerteig quoll ihnen entgegen. Ein fahler Mondstrahl erstarb, als der Schein der Lampe in den Raum fiel. Sunja holte einen Holznapf vom Bord und eilte durch die Küche, sie hob Deckel von Vorratstöpfen und Schalen, ließ allerlei in das kleine Gefäß in ihrer Hand fallen und steckte immer wieder die Finger in den Mund. Dann langte sie nach der Kette kleiner Würste, zog aber die Hand wieder zurück, noch bevor Cinna sie warnen musste, dass das fette, geräucherte Fleisch ihr Übelkeit verursachen würde. Stattdessen fingerte sie Oliven und Gemüsestücke aus dem Napf und brach Kanten aus dem Brotfladen, den sie aus einem Korb entwendet hatte.

Cinna lehnte neben ihr am Herd und schaute zu, wie sie sich beides abwechselnd in den Mund steckte, unentwegt kaute und leise genießerische Laute ausstieß. Als sie ihm eine Olive anbot, zögerte er nicht, ließ sich die kleine Frucht in den Mund schieben. Bevor sie ihre Finger zurückziehen konnte, schloss er die Lippen darum, fuhr mit der Zunge darüber und schmeckte den öligen Saft und das Brot, das sie angefasst hatte. Ihre Hand strich feucht über seine Wange, mit der anderen setzte sie den Napf ab, während er nach ihren Schultern griff und sie langsam an sich zog. Seine Fingerspitzen glitten über ihr Gesicht, fuhren an den Schläfen in ihr lose geflochtenes Haar, und seine Lippen berührten ihre, seine Zunge stahl sich zwischen die harten, glatten Reihen ihrer Zähne.

Sie raffte sein Hemd hoch, ein kühler Luftzug streifte

ihn, als sie sich von ihm löste, um es ihm über den Kopf zu zerren und ihn wieder zu umschlingen. Stoßweise flog ihr Atem an seinem Hals entlang. Er tastete sich an ihren Flanken hinab bis zu den Oberschenkeln, wo seine Hände hastig den dünnen Stoff ihres Hemdes hochschoben. Die Berührung ihrer Haut war, als tauche er die Finger in Sahne, wie er es als Junge heimlich getan hatte auf dem Landgut des Vaters, wenn er sich in die kühle, dunkle Kammer schlich, wo die Milch der Kühe in Krügen lagerte. Die Hände um ihre Oberschenkel gelegt, zog er sie an sich, drängte die Knie zwischen ihre Beine.

»Störe ich?«

Cinna hielt inne, er spürte wie Sunja erstarrte, seine Lippen streiften ihre Schläfe, als er über ihre Schulter hinweg Lucilla im Türrahmen erblickte, der ein schwerer dunkelblauer Umhang lässig von den Schultern hing. Sunja rührte sich nicht in seinen Armen.

»Ja, du störst«, sagte er rau. Die Lust war in sich zusammengefallen, als hätte jemand einen Kübel Wasser über einem Feuer ausgeschüttet.

»Ihr hättet in deiner Kammer bleiben und nicht einen solchen Krach veranstalten sollen – stell dir vor, die Mädchen wären heruntergekommen.« Lucillas tadelnder Blick richtete sich auf seine Tunica, die neben ihm auf dem Boden lag, wanderte dann an ihm hoch, und obwohl Sunjas vollständig bekleideter Körper ihn vor ihrer verächtlichen Neugier verdeckte, schluckte er schwer.

»Und wo kommst du her?«, entgegnete er scharf; er

fröstelte und kämpfte wütend um einen klaren Gedanken.

Sie presste die Lippen so fest aufeinander, dass kaum mehr als eine dünne Linie sichtbar blieb. Zögernd wandte Sunja den Kopf zur Seite.

»Für den Gang zur Latrine braucht es diesen Mantel nicht«, setzte er nach.

Warm spürte er Sunjas Wange an seinem Hals, als sie sich an ihn schmiegte.

»Cornelia, es muss dir nicht peinlich sein, dass du dich so viel bei der Katze aufhältst, um sie mit Leckerbissen zu füttern«, sagte sie. »Auch wenn dieser Aufzug etwas albern ist für einen derart belanglosen Anlass. Oder bist du vom Badehaus gleich zu dem lieben Tierchen geeilt?«

Lucilla schien den Mund nicht mehr schließen zu können, und die Augen wirkten riesig in den kreidebleichen Zügen, auf die sich grenzenloses Erstaunen malte. Sie schnappte nach Luft.

»Ich ... ich hatte nichts anderes zur Hand.« Hastig raffte sie den Umhang vor der Brust zusammen, drehte sich um und hastete davon.

XI

Die Sonne legte einen goldenen Schein über die Hügel, deren Wälder sich verfärbten, und auf die dunkle Erde der untergepflügten Äcker. Die Blätter der Eichen kräuselten sich, und ihr trockenes Rascheln mischte sich mit dem Gluckern und Flüstern des Baches. Zwischen den Bäumen hatten die Mädchen nach Schwarzem Senf und Pastinaken gesucht, während Reika in der Aue weiße und braune Pilze sammelte. In ihrem Korb befanden sich bereits Tücher gefüllt mit Steinpilzen, Birkenpilzen und Maronen, und sie wurde nicht müde zu betonen, dass die späte Ausbeute alles übertreffe, was sie bisher erlebt habe, und beweise, wie sehr die Götter diesen Landstrich segneten, ohne dass die Mädchen auf ihre Worte achteten. Saldir hüpfte kichernd um Apicula herum, die mit hochrotem Gesicht leise schimpfte und jammerte und mit Gesten ihre Freundin schweigen hieß; doch das bewirkte nur, dass Saldirs Lippen stumm, aber deutlich immer wieder dasselbe Wort formten, drei Silben, deren Erwähnung Apicula in helle Aufregung versetzten, den Namen des jungen Gefreiten, den Cinna in den vergangenen Tagen mehrmals mit Nachrichten zum Haus des Pontius geschickt hatte.

Belustigt schüttelte Sunja den Kopf. Eine kalte Böe ließ sie frösteln, dass sie die Stola enger um die Schultern zog und ihre Oberarme rieb. Sie blickte neben sich auf das kleine schwarzhaarige Kind, das auf einer Decke saß und in die Richtung starrte, aus welcher der Wind kam, bis er abflaute. Als nur noch die vertrauten Stimmen der Mädchen herüberwehten, wandte es unvermittelt wie ein Vogel seine Aufmerksamkeit wieder der bunten Rupfenpuppe zu, die aus Apiculas Jungmädchenschatz stammte.

Obwohl Sunjas Magen sich zusammenkrampfte, schmerzte es nicht so sehr, wie sie befürchtet hatte, zu sehen, wie das Kind seine winzigen Fäuste um den prallen Puppenleib legte und ihn knetete, während es sich vergnügt brabbelnd vor und zurück wiegte. Wenn dieses kleine Ding, das vor Gesundheit strotzte, den Winter überlebte, dann würde es im Frühjahr auf wackligen, unsicheren Beinen seiner Mutter überallhin nachlaufen.

Grund zur Eifersucht bot Reika nicht; sie war nur eine weitere Dienerin, die gehorsam ihre Aufgaben erfüllte und den Blick gesenkt hielt. Nichts deutete daraufhin, dass sie Cinnas Aufmerksamkeit erregen wollte, im Gegenteil, sie mied ihn offenkundig ebenso wie sie ihrer Herrin nicht nahe kam, wenn es ihr nicht befohlen war. Dass die beiden großen Mädchen Reika um des Kindes willen mit ihrer Neugier verfolgten, war nur natürlich. Sie hätten sich nur schwer davon abbringen lassen, die Magd auf der Suche nach Pilzen und Kräutern zu begleiten.

Hufschlag ließ sie aufschauen; auf der Straße näherte sich ein Reiter auf einem schwarzen Pferd. Saldir jauchzte hinter ihr; auch sie erkannte Hraban, sie erkannte sogar das Pferd. Der Korb fiel von ihrem Arm, und grüne Stängel regneten zu Boden, als sie winkend zur Straße rannte.

Zögernd erhob Sunja sich. Die Eile des Reiters konnte nichts Gutes bedeuten. Reika fiel auf die Knie und schloss ihr Kind in die Arme, als Sunja sich – die Schuhe in der Hand – zur Straße aufmachte. Das späte, trockene Gras schnitt die Haut zwischen ihren Zehen und strich kühl um ihre Waden. Sie schlüpfte in die Schuhe, während Hraban vom Pferd sprang, sah, dass Saldir die Zügel nahm und den Kopf der Stute beruhigend streichelte, sah, wie Hraban ihren braunen Schopf zauste und mit sonderbar verkniffenem Mund lachte. Mit wenigen Schritten eilte er Sunja entgegen, fasste ihre Schultern und drückte sie an sich, doch er schien ihr hölzern, als müsse er sich zwingen, liebevoll zu sein. Sie schob ihn von sich.

»Was führt dich hierher?«

Seine Mundwinkel zuckten zu einem halbherzigen Lächeln. Unverwandt blickte sie in sein unruhiges Gesicht, bis er tief durchatmete und zu Boden schaute.

»Cinnas Einheit wird in Marsch gesetzt«, stieß er angestrengt hervor. »Er soll wieder einmal zu einer Versammlung chattischer Fürsten reisen. Ich werde mich ihm anschließen.«

Sunja stockte der Atem, sie würgte an einem Klumpen, der ihre Kehle verstopfte. Als Hraban sie an sich zog, tauchte er sie in den Geruch des Lagers ein – Leder, Pferdemist, Eisen und säuerlicher Schweiß –, ein Geruch, der ihr ebenso vertraut wie zuwider war.

Heiseres Geschrei erhob sich. Krähen segelten in einem breit aufgefächerten Schwarm aus der Richtung des Lagers, stiegen vor dem Wäldchen auf der anderen Seite der Straße empor, um sich in den Zweigen niederzulassen, wo ihr misstönender Chor zu gespenstischem Kreischen anschwoll. Hraban hatte sich umgedreht, und so standen Sunja und er Seite an Seite auf dem Feldrain, starrten wie Saldir, Reika und Apicula auf die schwarz bevölkerten Baumkronen, die zu lärmender Lebendigkeit erwacht waren. Während Saldir versuchte, die tänzelnde Rappstute zu beruhigen, spreizten sich ihre Finger in abwehrenden Gesten.

Sunja fröstelte, als die Stimme ihrer Mutter in ihr widerhallte, vor den hässlichen schwarzen Vögeln warnte. Unheilsbringer hatte sie sie genannt. Und dies waren nicht nur ein paar Krähen, es waren Hunderte, Tausende – genug Unheil für ein ganzes Heer! Sie umklammerte Hrabans Arm. »Bring die Kinder nach Hause!«, flüsterte sie und drehte sich um.

»Was hast du vor?«

»Bring die Kinder nach Hause – bitte!«

Wie von einer Bogensehne geschnellt, stürzte sie die Straße hinauf; sie raffte das Kleid bis zu den Knien, ihre Füße hämmerten auf den harten Lehm. In der Ferne, auf dem weit ausladenden Hügel thronte die Palisade auf dem Mauerwall des Lagers, überragt von wehrhaften Wachtürmen.

Sunja rannte vorbei an den Grabmälern, vorbei an Menschen, die ihre Toten besuchten, an Ochsenfuhrwerken, die gemächlich ihren Weg zu den Lagerdörfern nahmen. Schritt um Schritt kämpfte sie sich an diese gewaltige Burg heran, die ihr keinen Fingerbreit entgegenzukommen schien, während ihr die Beine schwer wurden. Sie hätte Hraban bitten sollen, zum Lager zu reiten, um Cinna zu warnen, anstatt ihn mit den Kindern nach Hause zu schicken. Aber sie musste sichergehen, dass Cinna die Botschaft verstand, das Zeichen ernst nahm. Mit stechenden Flanken erreichte sie den äußeren Graben, passierte die Häuserfronten, bis sie in die Straße zum südlichen Lagertor einbog.

Den Zuruf ignorierte sie, prallte gegen die gekreuzten Pilen und wurde von harten Händen aufgefangen.

»Halt, nicht so eilig, meine Hübsche! Wohin soll's denn gehen?«

Sunja tastete nach dem Umhang, aber sie hatte ihn unterwegs verloren. Nur in Tunica und Überkleid stand sie vor den beiden Posten, zerzauste Strähnen flogen um ihr Gesicht, und ihre Wangen brannten vor Scham.

»Ich muss zu meinem Mann«, stieß sie hervor und machte einen vorsichtigen Schritt.

»Langsam, langsam. Wer ist denn dein Mann?« Der anzügliche Unterton war kaum zu überhören.

»Der Praefect. Gaius Cinna, der Praefect.«

Augenblicklich wich der Soldat zurück, seine Züge

verdüsterten sich, und er musterte sie von oben bis unten. Sein Kamerad pfiff leise durch die Zähne.

»Richtig, du bist die Frau des Praefecten Cinna, ich erinnere mich«, bemerkte der andere Soldat. »Aber du kannst hier nicht herein.«

»Es ist wichtig ...« Sie machte eine Pause, legte alle Eindringlichkeit, deren sie fähig war, in ihren Blick, den der Soldat standhaft erwiderte. »Frauen ist der Zutritt zum Lager verwehrt.«

»Bitte. Es geht um ein Vorzeichen.«

»Damit musst du zu einem der örtlichen Priester gehen, der es aufnimmt und den Auguren zustellt«, entgegnete der erste Posten.

Sunja machte keine Anstalten sich zu entfernen, sondern reckte das Kinn noch ein bisschen höher, bis einer der beiden die Schultern fallen ließ und sich ins Lager trollte. Unruhig trat sie von einem Fuß auf den anderen, als er kurz darauf mit einem hochgewachsenen Centurio zurückkehrte, an dessen hageres Gesicht sie sich unschwer erinnerte.

»Gnaeus Firmus, die Götter schicken dich«, platzte sie heraus.

Firmus verbeugte sich leicht und hob zugleich abwehrend beide Hände. »Sei gegrüßt, Sunja, Inguiotars Tochter. Verzeih mir, aber ich darf dich nicht zu deinem Mann lassen – du kennst den Grund.«

»Es sind Krähen über den Felder, gewaltige Schwärme. Sie verkünden Tod und Verderben. Cinna darf nicht aufbrechen!«

Als Firmus einen schnellen Blick auf die beiden Posten warf, grub sie die Zähne in die Unterlippe. Soldaten waren abergläubisch, warum konnte sie bloß den Mund nicht halten?

»Komm mit!«, schnarrte Firmus und zog sie durch das Tor.

»Wohin bringst du mich? Zu den Auguren?«

Er brummte etwas vor sich hin und beschleunigte seine Schritte. Nur wenige Soldaten befanden sich auf den Wegen, holten Wasser von den Brunnen, schleppten Vorräte in ihre Stuben, putzten Rüstung oder Waffen vor ihren Quartieren. Alle hoben sie den Kopf, als Sunja vorüberging, und verrenkten sich die Hälse nach ihr. Fröstelnd umklammerte sie ihre Arme und stolperte mit wehen Füßen vorwärts. Sie war lange nicht mehr hier gewesen, und nun in diesem Aufzug, ohne schützenden Schleier.

Abrupt blieb Firmus stehen, stirnrunzelnd zog er den Mantel von seinen Schultern und legte ihn Sunja um. Scharfer Schweiß stieg ihr in die Nase, dass sie sich straffte und angewidert den Kopf zur Seite drehte, so weit sie nur konnte, während Firmus sie am Stabsgebäude vorbei führte. Aber da war noch etwas anderes, eine Ahnung von Narde. Rose. Wie ein dünner Rauchfaden über der Asche. Ein leiser Verdacht regte sich in ihr – aber das war völlig abwegig. Undenkbar. Sie schüttelte den Kopf und hastete hinter dem Centurio her.

Cinna stand mit zwei Offizieren zwischen den Mannschaftsbaracken und studierte die Wachstafeln in seinen Händen. Sunja bemühte sich, den Kopf gesenkt zu halten, lauschte ängstlich, während Firmus den Grund ihres dringenden Erscheinens wiederholte. Dann klapperten die Täfelchen, und Cinna wandte sich ihr zu. Als sie aufschaute, trug er die undurchdringliche Miene eines Offiziers.

»Was für ein Vorzeichen?«

»Krähen. Ganze Völker. Sie ließen sich in den Wäldern südlich des Lagers nieder.« Die Angst griff nach ihrer Kehle, schnürte ihr die Luft ab. Sie tastete nach seinem Handgelenk.

»Ich habe ihr bereits gesagt, dass diese Dinge Sache der Priester und Vogelschauer sind«, meldete sich Firmus neben ihr.

Ihre Finger glitten von seinem Arm, als er sich die Stirn rieb. Nervös befeuchtete sie ihre Lippen, ohne den Blick von seinen Augen zu wenden, diesen schwarzen Augen, in die sie zu stürzen glaubte, in die sie sich fallen lassen konnte ohne Furcht. Doch jetzt fürchtete sie, diese Augen niemals wiederzusehen, wenn er sie morgen verließe.

»Ich schicke dir einen der Auguren, damit du ihm berichten kannst, und heute Abend werde ich bei dir sein.«

Sie sollte also nach Hause gehen und warten. Warten. Auf einen Auguren, damit deren Collegium über das Zeichen beraten und den befehlshabenden Offizieren die Deutung mitteilen konnte. Warten. Auf ihn, damit er sich von ihr verabschieden konnte. Zum letzten Mal, wenn die Vögel den Willen der Götter verkündet hatten. In den Falten ihrer Tunica knetete sie die klammen Finger, die nicht ihr zu gehören schienen.

Cinna reichte ihr seinen dunkelgrünen Mantel, den sie gegen den des Centurios vertauschte. Der vertraute Duft erlöste sie von der Übelkeit, die Firmus' schweißiger Umhang erregt hatte, und sie nickte mühsam.

»Ich werde deine Frau nach Hause begleiten«, sagte Firmus.

»Du solltest dir danach deinen Feierabend nehmen und dich von deiner Liebsten verabschieden«, erwiderte Cinna halblaut.

Ein unverständliches Brummen war die Antwort, dann führte der Centurio Sunja zurück zur Lagerstraße. Sie schlang den Mantel enger um sich, zog ihn über den Kopf, bis sie sich in der engen Umhüllung sicher fühlte, eine Larve in ihrem Gespinst. Als könnte ihr so niemand etwas anhaben. Neben ihr schritt Firmus etwas verhaltener aus als auf dem Hinweg. Ihre Füße schmerzten, deutlich spürte sie die Schnürung der Schuhe, und in ihrem Inneren blähte sich kalt die Angst. Lange würde sie die Tränen nicht mehr zurückhalten können, und sie wünschte sich keinen Zeugen ihres Leids, keine hilflose Geste des Mitgefühls, die nur neuen Klatsch hervorrufen würde. Kurz vor dem Tor blieb sie stehen.

»Centurio Firmus, ich kenne den Weg. Wenn du lieber gleich zu deinem Quartier gehen willst ...«

Auf seinem scharf geschnittenen Gesicht erschien ein feines Lächeln. »Ich entspreche nur der Bitte des Praefecten.«

»Das ist nicht nötig. Ich danke dir, aber ich möchte allein sein.«

Das Nass staute sich in ihren Augen, und sie schob sich flink an ihm vorbei, passierte die Posten und eilte hinaus auf die lehmige Straße.

Vor dem Doppelgraben tummelten sich die ersten Mädchen, neckten die Soldaten am Tor und auf der Mauer. Dünnes Wolltuch rutschte von einer vollkommen weißen Schulter, als Sunja sich durch die betäubende Wolke schlängelte und die verächtlichen Blicke einfing, die leichte Mädchen für Matronen übrig haben. Am Mantel haftete bleiweißer Puder; Sunja blieb am Straßenrand stehen und schälte sich aus dem Umhang, um das klebrige Zeug aus dem Gewebe zu klopfen.

Ein dunkelblauer Schemen bewegte sich den Weg zum Tor herauf, dicht an den Häuserfronten entlang, eine Frau, von Kopf bis Fuß in einen dunkelblauen Mantel gehüllt, wie Sunja es im Lager getan hatte, um sich vor den Blicken der Soldaten zu verbergen. Obwohl sie den Blick vor sich auf den Boden heftete, schritt sie hochaufgerichtet voran. Der Gang war Sunja bekannt. Hastig zog sie die Kapuze tief in die Stirn, verbarg ihr verräterisches Haar, als die Frau an einer Straßenecke stehen blieb, zwei Türen vom Eingang eines billigen Lupanars entfernt.

Was mochte Cornelia in dieser anrüchigen Gegend verloren haben, was trieb sie zu diesen bevorzugten Jagdgebieten einsamer Soldaten und Handwerker? Besessen von der Frage, ob sie ihrer Schwägerin nicht allzu voreilig mit einer Lüge Zuflucht geboten hatte, spähte Sunja nach dem dunkelblauen Schemen. Cornelia rührte sich nicht, sie schien zu warten. Es gab in Rom Damen aus vornehmen Familien, die sich gebärdeten wie billige Huren, glaubwürdigen Gerüchten zufolge verdingten sich einige sogar in den Tabernen am Tiber und in der Subura.

Nicht Cornelia! Die war so durchdrungen von ihrer Vornehmheit, dass allein der Gedanke absurd erschien, sie könne einen Mann niederen Standes erhört haben. Einen wie den Centurio Firmus. Wenn da nicht dieser Hauch von Rose und Narde an seinem Umhang haften würde ...

Ein Mädchen in verwaschenem Gelb scheuchte Cornelia aus dem Schatten des Hauses, schrie ihr Schmähworte nach, als sie über die Straße eilte, geradewegs auf Sunja zu. Flink reihte Sunja sich zwischen zwei dicken Landfrauen in die Schlange ein, die sich vor einer Garküche gebildet hatte. Sie wagte nicht, sich umzudrehen.

»Und was wünscht die junge Herrin?«, gurrte der Schmerbauch hinter der Theke und wischte die fettglänzenden Hände am Schurz ab, dem einzigen Fetzen, den er am Leibe trug.

Hastig deutete Sunja auf den Krug in den Händen eines Knaben. Das Kind füllte einen Becher, den es ihr reichte, und nahm einen Viertelas dafür in Empfang. Erst als Sunja das Gefäß an die Lippen hielt, erkannte sie, was sie gekauft hatte: Würzwein, heiß und süß. Nicht gerade das, was für eine Frau ziemlich war. Hastig leerte sie den Becher und gab ihn zurück, ehe sie ein wenig benebelt wieder nach Cornelias dunkelblauem Umhang Ausschau hielt. Köpfe wogten um sie, Haarschöpfe in allen

Farben, braune und rötliche Schleier. Unter lautem Geschrei bildete sich eine Gasse, durch die der stinkende Karren eines Gerbers, beladen mit Kübeln voller Urin, gezogen wurde. Sunja trat aus dem Winkel, in den sie sich vor den überschwappenden Eimern geflüchtet hatte, und warf noch einmal einen Blick über die Menge, doch Cornelia blieb verschwunden.

*

Der Wind raufte Sunjas Haar, als sie anderntags zum Fluss hinunterrannte. Mit kalten, lahmen Händen hatte sie am Webrahmen gesessen und auf den Stoff gestarrt, während alle anderen Hausbewohner am Ufer des Rhenus zuschauten, wie die Soldaten in Schiffen und Flößen übergesetzt wurden.

Lange vor dem ersten Hahnenschrei hatte Reika an die Tür geklopft, um ihren Herrn wie befohlen zu wecken nach einer furchtbaren Nacht, vergiftet von Angst. Obwohl die Auguren das Zeichen als Besorgnis erregend gedeutet hatten, war der Befehl zum Abmarsch nicht widerrufen worden. Kaum hatten Sunja und Cinna sich in ihre Kammer zurückgezogen, hatte sie ihn angefleht, nach einem Ausweg zu suchen, machtlos gegen die Tränen, gegen die Flut der Vorwürfe, als er sie zu beschwichtigen versuchte. Schließlich war sie verstummt, eingesponnen in den Kokon ihres Schmerzes wie eine Larve, und kein sanftes Wort, keine zärtliche Berührung hatte sie darin erreichen können.

Schlaflos hatte sie die Nacht verbracht, neben sich Cinnas gleichmäßigen Atem, bis das vorsichtige Pochen an der Tür erklang und Reika schüchtern, aber nachdrücklich nach ihrem Herrn rief. Er war leise aufgestanden neben ihr, die sich schlafend stellte und durch nichts hatte erkennen lassen, dass sie den flüchtigen Kuss auf ihr Haar bemerkt hatte. Dann hatte er sich davongestohlen.

Der sanfte Hang zum Fluss hin beschleunigte ihre Schritte, sie raffte das Kleid, und ihre Füße flogen durch das Gras am Rand der Straße. Sie rannte, als ginge es um ihr Leben, dem Schall scharfer Befehle nach und dem Aufklatschen zahlloser Ruder auf dem Wasser.

Das Schiff legte sich in die Strömung, um den Fluss zu queren, sein Kiel durchschnitt das Wasser, das sich in Wellen am Rumpf entlangschlängelte, dicht unter den Riemen, die im Takt der Kommandos eintauchten, sich durch die dunkle Flut wühlten, um wieder aufzusteigen. Es lag tief im Wasser, dieses erste von fünf Schiffen, welche die Soldaten, ihre Pferde und den sparsamen Tross über den Rhenus tragen sollten.

Stola und Tunica umwehten Sunja, blasses Braun und Blau, mit dem der Wind sein Spiel trieb, während sie die Augen mit der Hand beschattete und nach Cinnas grünem Umhang spähte, dem silbrigen Glanz seines Helms, der roten Rosshaarbürste. Sie wusste, dass er sich auf dem Schiffsbau am Heck befand. Doch zu viele Offiziere standen dort, während sich zahllose Soldaten auf Deck drängten. Sie verharrte reglos, versuchte Gesichter zu erkennen, verzweifelt und wie benommen nach dem schnellen Lauf hierher, der Anstrengung, die hart in ihrer Brust pochte.

Einer der Offiziere hob den Arm und winkte zum Ufer, eine Bewegung, die sie sogar aus dieser Entfernung unter tausenden erkannt hätte, dunkles Grün hing von seinen Schultern. Dort unten am Kai, zwischen all den Neugierigen, stand Cornelia Lucilla. In ihrer Nähe stemmte Vitalina inmitten ihrer wuselnden Kinder die Hände in die Seiten; dort entdeckte Sunja auch Saldir, die ihre Arme langsam über dem Kopf schwenkte.

Sunja wollte die Böschung hinunterlaufen, als sie erkannte, dass er sich abgewandt hatte. Ihre Beine versagten den Dienst, sie sank auf die Knie, die Hände vor der Brust verschränkt. Ihr Herz krampfte sich zusammen wie eine Faust, schien die Tränen in ihre Augen zu pressen, die zuerst einzeln über ihre Wangen perlten, dann in einem unaufhaltsamen Strom. Das erste Schiff landete am jenseitigen Ufer, bald darauf quollen die Soldaten wie Ameisen von Deck, sammelten sich zu säuberlichen quadratischen Gruppen. Die übrigen Schiffe reihten sich geduldig dahinter, warteten, bis das jeweils vorherige ablegte und den mühsameren Rückweg stromaufwärts nahm, wie der langsame Ruderschlag verriet.

Sunja kauerte noch immer im Gras, mit schmerzenden Knien, und beobachtete angespannt, wie sich die Einheiten am anderen Ufer formierten, sich eingliederten in eine Schlange, gepanzert mit Erz und Holz, starrend von den eisernen Spitzen der Pilen, dahinter die ubischen Reiter.

Als die Soldaten in der Ferne mit dem Braun der umgepflügten Äcker verschmolzen, richtete sie sich auf und wischte sich die klebrigen Tränenspuren aus dem Gesicht. Sie musste alleine heimgehen, denn die Menschen unten am Ufer hatten sich bereits zerstreut; Saldir war längst wieder zuhause und verdrängte Angst und Traurigkeit mit neuen Entwürfen für Teppiche, die Apicula weben und Vitalina, voller Stolz über ihre begabte Tochter, zum Markt tragen würde.

Sunja traf Cornelia im Hauptraum des Hauses an; tief über ihre Webarbeit gebeugt, beschäftigte sie sich mit der Herstellung feinster Wolle. Als sie sich wie üblich wortlos und abweisend begrüßten, bemerkte Sunja die grauen Streifen, die Cornelias Wangen zeichneten, Khol, das sich mit weißem und rotem Puder vermischte. Sie verspürte den Wunsch, diese hochnäsige Schwester zu umarmen, sich gemeinsam dem Kummer zu ergeben. Doch die Frage, was Cornelia gestern bis zum Abend getrieben haben mochte, als sie verstimmt nach Hause gekommen war, hielt sie zurück.

*

Iola begleitete Sunja auf ihrem Weg zum Tempelbereich, bestand allerdings darauf, draußen zu warten. Seit Tagen hatte der Gedanke, sie nicht mehr losgelassen, ein Opfer könnte die Mächte versöhnen, deren Wirken Gefahr heraufbeschworen hatte. Sie hatte Vitalina gefragt, an welche Götter sie sich wenden sollte, die sie den Müttern anempfahl und von Hercules abriet, weil dies schließlich ein weitgehend den Männern vorbehaltener Kult war, auch wenn Sunja in ihm die derben Züge des heimatlichen Thunaras erkannte. Schließlich hatte Saldir sie an Minerva erinnert, die ihre Hand schützend über den irrfahrenden Odysseus gehalten hatte. Noch am selben Tag machte sie sich auf den Weg zum örtlichen Heiligtum der capitolinischen Trias, Iuppiter, Iuno und Minerva, ein heiliger Ort, wo sich außerdem ein Altar der Göttin Roma und des Augustus befanden. Scheu gingen die Menschen an der kaum schulterhohen Mauer vorüber, obwohl es sich um nicht mehr als einige Weihesteine und Wohnhäuser für die Priester und ihre Bediensteten sowie einen beinahe quadratischen Säulengang handelte.

Ein Tempeldiener empfing sie unter dem hölzernen Säulengang und geleitete sie zum Haus der Priester, wo eine junge Frau sie begrüßte, die sich als Claudia Ansella, Dienerin der Minerva, vorstellte.

»Die Vorzeichen sind auch uns zu Ohren gekommen«, begann sie. »Deshalb nimmt es mich nicht wunder, dass du zu diesem heiligen Ort gekommen bist, um den Beistand der Götter für eine gesunde Rückkehr deines Gemahls zu erflehen. Gestern wurden zwei Stierkälber gelobt und ein Lamm, damit die Unsterblichen sich den Soldaten gewogen zeigen. Einige Frauen brachten Opferbrote und versprachen Kränze, eine sogar kostbare Salben. Welche Gabe weihst du den Göttern?«

Wortlos zog Sunja die Nadeln aus ihrem aufgeflochtenen Haar, dass Zöpfe und lose Locken auf ihre Schultern sanken, entwirrte die weizengelben Flechten und schüttelte sie, bis sie einen Mantel bildeten, der über ihren Gürtel hinabfiel.

Die Priesterin starrte sie an. »Du bist eine Barbarin – mit deinem Haar gibst du mehr als nur deine Schönheit preis.«

»Ich habe andere Sorgen als zukünftige Kinder«, erwiderte Sunja. »Sag mir lieber, was ich tun muss, um die Götter meinem Wunsch gewogen zu stimmen.«

»Die Vorzeichen waren sehr düster.«

»Und Minerva trägt gesponnenes Stroh auf ihrem unsterblichen Haupt.«

Die Augen der Frau funkelten, als sie prüfend in Sunjas Haar griff, dichtes, weizengelbes Haar, aus dem sich ein prächtiger Kopfputz knüpfen ließe für die schäbige hölzerne Statue der Minerva, die hinter dem nächsten Altar aufragte. Sunja trat vor den Weihestein, sank auf die Knie und berührte den Stein. »Ich bitte die Göttin Minerva, meinen Mann auf seinen Wegen zu schützen und ihm bei jeder Entscheidung zur Seite zu stehen. Wenn er heimkehrt, soll ihr von meinem Haar so viel gehören, wie nötig ist, um ihr Haupt zu schmücken.«

»Die Göttin wird sich erkenntlich zeigen ...«

Als ein Gefreiter Sunja die Nachricht überbrachte, die Fabri hätte ihre Arbeit beendet, warf sie sich einen Mantel um und eilte zum Nachbarhaus, das nun das ihre werden würde. Die abweisende, dunkle Front verhieß Sicherheit, die massive Tür würde es Einbrechern schwer machen. In den vorderen Innenhof war das vollkommene Rechteck eines Wasserbeckens eingelassen, umgeben von einem Mäuerchen, das zum Verweilen einlud. Die Räume waren leer, schienen nach Sesseln, Tischen, Betten, Truhen und Schränken zu hungern. Unter Sunjas Vorfreude auf den Gang zu den Schreinern und Tuchhändlern mischte sich eine Prise Angst, wie sie das alles bewerkstelligen sollte und was es kosten würde, ihr Heim wohnlich einzurichten. Sie würde Hilfe benötigen.

Als sie zum Haus des Pontius zurückeilte, begegnete ihr Cornelia im Eingangsflur, offenkundig auf dem Weg ins Badehaus. Secunda trug schwer an der großen Tasche, in der sich neben Kleidung und Tüchern die zahllosen Fläschchen und Tiegel befanden, mit denen die Römerin ihre Schönheit balsamierte. Ohne zu überlegen, fasste Sunja Cornelias Handgelenk und zog sie trotz ihres Widerstrebens und ihrer lautstarken Einsprüche hinter sich her in das erneuerte Haus.

Im dämmrigen Flur schüttelte Cornelia Sunjas Hand ab und blieb stehen. »Was soll das? Wozu bringst du mich hierher?«

Sunja warf ihr einen scharfen Blick zu, dann ging sie weiter, trat in den Innenhof hinaus und atmete die kalte Brise, die sich hier fing. Als Cornelia hinter ihr fast lautlos aus dem Vorhaus trat, drehte sie sich um und breitete die Arme aus.

»Dies ist Gaius' Haus – *unser* Haus. Du kannst hier als unser Gast wohnen – oder deine Ankündigung wahr machen, den braven Soldaten heiraten und euer bescheidenes Heim beziehen.«

»Woher ...?«

»Ich hörte, du würdest lieber irgendeinen braven Soldaten heiraten als den Rest deines Lebens in einer gemieteten Kammer zuzubringen.«

Kreidebleich starrte die Römerin Sunja an, die ein Gefühl des Triumphes verspürte, bis Cornelia einen Blick aufflammen ließ, der Sunja zu versengen drohte.

»Und was wirst du tun, wenn Gaius nicht mehr zurückkehrt?«

Sunja stockte der Atem, die Zuversicht, welche sie seit dem Gang zum Heiligtum, seit ihrem Gelöbnis gestützt hatte, drohte wie baufälliges Zimmerwerk zusammenzustürzen.

»Er wird zurückkehren«, stieß sie rau hervor. »Das weiß ich.«

»Niemand weiß das – nicht einmal die Götter können das Schicksal aufhalten. Schon gar nicht, wenn der Feind nicht nur von außen droht, sondern einer der eigenen Leute ihn vernichten will.«

»Woher willst du das wissen?«

»Ich weiß vieles, was du nicht weißt, meine Liebe.«

Sunja stutzte. Die dunkelblaue Gestalt im Hauseingang, in der Nähe des Tores. Cornelias Augen funkelten.

»Denkst du tatsächlich, ich würde dir den Namen dessen preisgeben, der mich gewarnt hat, dass jemand meinem Bruder ans Leben will – jemand aus seiner engeren Umgebung? Dass ich meinen Widerwillen gegen Octavianus und seine Sippschaft überwinden müsse, um ihm zu helfen? Und dass Gaius sich um einer Horde Barbaren willen in tödliche Gefahr stürzt?« Sie schnaubte erbittert. »Was wirst du tun, meine Liebe, wenn ihm bestimmt ist, nicht mehr zu dir zurückzukehren.«

Mühsam schluckte Sunja die Angst hinunter, die ihre Kehle verengte. »Dieses Haus gehört ihm, und ich bin seine Frau. Es wird mir und meiner Schwester ein Heim sein, solange wir leben.«

Ein ganz klein wenig hob Cornelia die linke Augenbraue, während ihre scharf geschnittenen Lippen sich zu einem Lächeln bogen.

»Glaubst du, er hat dieses Haus und die Arbeiten daran aus eigener Tasche zahlen können? Nein, meine Liebe, das Geld ist geliehen. Hätte er es von mir geliehen, würde mir das Haus gehören, und ich ließe vielleicht mit mir reden. So aber wirst du es verkaufen müssen, um nicht unter dem Schuldenberg zu ersticken.« Ihre Augen wurden schmal, blitzten gefährlich unter den Wimpern hervor. »Du hast nichts, wovon du leben könntest, und du ahnst nicht, wie viel Geld du brauchen wirst, um euch durchzubringen. Du kannst Vitalina nicht um Aufnahme bitten, weil du das nicht bezahlen kannst. Also werdet ihr eine der elenden Buden am Hafen beziehen, und zuerst wirst du deine Sklavin verkaufen und dann dich selbst.«

XII

Die Kundschafter führten bei ihrer Rückkehr einen Reiter in der Mitte, bei dessen Anblick Hraban erbleichte und seinem Fuchs die Sporen in die Flanken drückte, dass dieser vorwärts sprengte. Cinna folgte ihm, wobei er beobachtete, wie der Fremde mit lahmen Armen gestikulierte, um seinen hastig hervorgestoßenen Worten Dringlichkeit zu verleihen.

»… haben uns umzingelt und schon mehrere Häuser in Brand gesteckt, damit wir ausbrechen. Aber die Mauer hält, wir konnten sie fürs Erste zurückschlagen.«

»Meines Vaters Burg belagert? Woher nimmt Daguvalda das Recht dazu?«

»Ermanamers fordert eure Gefolgschaft ein. Daguvalda versuchte zunächst, deinen Vater mit Gefangenen zu bestechen, ein paar ehemaligen römischen Legionären und Galliern aus den Hilfstruppen des Varus, die er bei –«

»Was sagst du?«, fuhr Cinna dazwischen, so dass sich der Bote verdutzt ihm zuwandte.

Hraban tastete nach Cinnas Arm. »Die Krähen – erinnerst du dich?«, murmelte er. »Ich muss sofort nach Hause! Daguvalda belagert unsere Burg mit fünfhundert Mann aus Arminius' Heer.«

Auf der Suche nach seinen Männern hetzte sein Blick über den Heereswurm, dessen erste Kolonne stampfend an ihnen vorbeimarschierte. Cinna winkte Firmus zu sich und schickte einen Soldaten nach den übrigen Centurionen.

Sie legten eine Rast ein, was die Soldaten sichtlich begrüßten, und nachdem der Bote den Offizieren einen ausführlichen Bericht geliefert hatte, entließen sie ihn zum Proviantmeister. Hraban kauerte auf einem Felsbrocken und krallte die Hände um die Oberarme.

»Ich muss nach Hause«, murmelte er zu Cinna, der neben ihm saß.

»Das ist keine gute Idee. Dein Vater hat nichts davon, wenn du mit zwanzig völlig erschöpften Männern im Rücken des Feindes auftauchst und ihr von Daguvaldas Leuten niedergemacht werdet.«

»Dann sag mir, was ich tun soll! Ich gehöre an die Seite meines Vaters!«

Cinna bemerkte Firmus' gewölbte Brauen und Eggius' Stirnrunzeln; zum ersten Mal seit langer Zeit glaubte er, genau zu wissen, was er zu tun hatte. Er würde einige nahezu heilige Bestimmungen brechen, würde Befehlen zuwiderhandeln, und alles, was er sich fragte, war, ob Sunja ihm von dieser Entscheidung abraten würde. Sie würde ihm zustimmen. Hraban war ihm ein Bruder geworden.

»Wie weit ist es von hier bis zu den Burgen von Wakramers und Thiudawili, wenn man schnelle Pferde hat?«, fragte Cinna.

»Etwa eine halbe Tagesreise – gen Sonnenaufgang zu Wakramers, zu Thiudawili muss man sich nördlich halten«, erwiderte Hraban erstaunt. »Worauf willst du hinaus?«

»Firmus wird die Fußsoldaten zum vereinbarten Ort führen, ein Lager aufschlagen und dort warten. Vestrius übernimmt die Verhandlungen bis zu meiner Rückkehr und hält die Fürsten hin. Ich werde mit der Reiterei zu Wakramers aufbrechen, und du machst dich auf den Weg zu deinem Schwiegervater. Wir brauchen zweihundert Reiter, um Daguvaldas Truppe stellen zu können, und wir müssen schnell sein. Und noch etwas: Die Männer müssen auf meine Befehle hören, und die Gefangenen werden ausnahmslos mir überstellt – sag das Thiudawili!«

»Bist du sicher, die richtige Entscheidung getroffen zu haben?«

Firmus' Stimme klang belegt, als wäre er erkältet. Langsam löste Cinna die Hände vom Sattel des Grauschimmels und drehte sich um. »In diesem Fall gibt es keine richtige Entscheidung, Gnaeus Firmus.«

»Wir haben ausdrücklichen Befehl, keine Soldaten in Gefahr zu bringen, niemals eigenmächtig vorzugehen und die Waffen nur dann zu gebrauchen, wenn wir angegriffen werden – und jetzt mischst du dich in eine Fehde im Inneren des Landes ein?«

»Sie führen Gefangene mit sich – unsere Leute! Was, glaubst du, wird Tiberius sagen, wenn wir berichten, wir hätten Nachricht erhalten, dass sich einige der Unsrigen in den Händen des Feindes befinden, hätten aber nichts unternommen, um sie zu befreien, obwohl wir die Möglichkeit dazu hatten?«

»Er wird sagen, das hätten wir richtig gemacht«, entgegnete Firmus. »Du musst rasend sein, dich mit hundertundzwanzig ubischen Reitern und ein paar schnell angeworbenen Trupps so weit hinauszuwagen. Woher willst du wissen, dass du dich auf die Barbaren verlassen kannst?«

»Ich kenne die beiden, es sind Verwandte und Verbündete von Hrabans Vater. Ich würde ihnen mein eigenes Leben anvertrauen.«

»Das tust du – einschließlich hundertundzwanzig weiterer Leben. Und was ist mit deiner Familie? Es wird nicht ohne Folgen bleiben, wenn du dich mit diesen Reitern aufmachst, um gemeinsam mit deinem Freund dessen Familie freizukämpfen. Das ist eine Fehde unter Barbaren, die uns nichts –«

»Schweig!« zischte Cinna. »Du hast kein Recht –«

»Ich habe jedes Recht!«, schnaubte Firmus. »Ich habe schwören müssen, dein Leben zu schützen – unter allen Umständen. Und wie soll ich diesen Schwur jetzt halten?«

Aufmerksam musterte Cinna den Centurio, der mit hängenden Schultern vor ihm stand. »Wem hast du das schwören müssen?«

»Ahnst du eigentlich, was du gerade lostrittst?«, stieß Firmus hervor.

»Wem hast du das schwören müssen?«, wiederholte Cinna.

Schief grinsend fuhr Firmus sich durchs Haar. »Tiberius Caesar braucht dich, denn du hast hervorragende Beziehungen zu mächtigen Männern in den Landstrichen, die er zurückgewinnen will. Und er befürchtet, dass Arminius aus diesem Grund Leute auf dich angesetzt hat.« Er machte einen Schritt auf Cinna zu, und seine Augen wurden schmal. »Es könnte eine Falle sein.«

»Eine Falle? Wie kommst du darauf? Arminius hat Grund genug, Hrabans und Sunjas Vater als Feind anzusehen.«

»Hast du diesem Daguvalda nicht die Frau weggeschnappt?«

»Was hat das eine mit dem anderen zu tun? Hörst du mir nicht zu? Inguiotar hat sich ebenso wie Segestes gegen Arminius gestellt. Außerdem hat er Daguvaldas Vater das Wergeld für die entgangene Verbindung und den Brautpreis verweigert.«

»Den du gestohlen hast – siehst du in all dem einen Grund, von unserer Seite aus einzugreifen?«

Cinna stutzte. Dann griff er nach dem Arm des Centurio, hielt ihn fest. »Firmus, ich muss das tun! Sie haben mir das Leben gerettet, wieder und wieder. Sie haben sich Arminius widersetzt –«

»Glaubst du wirklich, dass der Feind unseres Feindes unser Freund ist?«

Achselzuckend wandte Cinna sich ab und ging zu Hraban, der ihn bereits bei den Pferden erwartete.

»Tiberius glaubt das auch nicht, Praefect«, tönte Firmus hinter ihm her. »Ganz gleich wie die Sache ausgeht – wenn du nicht getötet wirst, wird er dich kreuzigen lassen. Eggius diktiert bereits seine Beschwerde, mit der er noch heute einen Boten nach Mogontiacum schicken wird.«

»Dann soll er das tun. Ich werde ihn nicht davon abhalten.« Cinna legte die Zügel des Grauschimmels auf dessen Widerrist und sprang mit der Hilfe des Pferdeburschen auf den Rücken des Hengstes.

»Wir werden in spätestens sechs Tagen wieder zurückkehren, Centurio«, rief er Firmus zu. »Wenn nicht, weißt du, was du zu tun hast.«

Ohne eine Antwort abzuwarten, wendete Cinna den Grauen und trieb ihn mit energischem Schenkeldruck an die Spitze der versammelten Reiterei.

Die Ebene unterhalb von Wakramers' Burg erreichten sie nach Einbruch der Nacht. In Cinnas Augen brannte der Qualm der Lagerfeuer, lange bevor er sie unter den schwarzgrauen Wolken glimmen sah. Außerhalb der Mauern war ein Zeltlager errichtet, Pferde wieherten gepresst und schnaubten, Hundegebell begrüßte sie, und während Cinna sich an der Spitze seiner rasselnden, klirrenden Reiterschar der Umfriedung näherte, traten Wachtposten aus dem gestaltlosen Dunkel, wie Schatten, die der Unterwelt entstiegen. Unterdrückte Rufe pflanzten sich zu den Mauern fort, Torzapfen knirschten, Fackelträger, über deren Gesichter das Licht der Flammen zuckte, wiesen den Weg durchs Tor hinein zu Wakramers' Anwesen. Bevor Cinna aufbrach, gab er Befehl, vor den Mauern ein Nachtlager aufzuschlagen, und rief Fronto und Ansmerus, einen Decurio ubischer Herkunft, als Begleitung zu sich.

Wakramers empfing seine Gäste auf dem Hof. Er trug Dolch und Schwert am Gürtel und wurde flankiert von seinen kleinen Söhnen, von denen der ältere stolz Vaters Lanze hielt.

»Ich habe deine Nachricht erhalten«, fügte Wakramers der förmlichen Begrüßung hinzu. »Die Männer, die vor den Mauern lagern, werden uns morgen begleiten, wenn wir meine Schwester und meinen Schwager aus der Umklammerung des Feindes befreien.«

Als Cinna stutzte, hob Wakramers abwehrend die Hände. »Du wirst mich nicht davon abhalten, ihnen selbst zu Hilfe zu eilen. Sei froh, dass ich auf dich gewartet habe und du nicht mit deinen Ubiern hinterhertraben musst.«

Cinna überließ seinen Grauschimmel dem jüngeren Sohn, der auch Frontos und Ansmerus' Pferde am Zügel nahm und wegführte.

»Wo ist Hraban?«

»Ich habe ihn zu Thiudawili geschickt, er wird ihn um Unterstützung bitten. Meine Cohorte ist wegen der Fußsoldaten zu langsam und ich verfüge nicht über genügend Reiterei.«

»Und da hast du dich an Thiuda und mich erinnert.« Lachend klopfte Wakramers Cinna auf die Schulter. »Kluger Junge! Heute Nacht werdet ihr auf meinem Anwesen ausruhen und eure Männer werden gut versorgt werden – wir haben einen langen Ritt vor uns.«

Die auf fast dreihundert Reiter angewachsene Schar beeilte sich, zu Hraban aufzuschließen, der ihnen einige Stunden voraus war. Doch erst bei Sonnenuntergang stießen sie auf Späher, die sich ihnen als Krieger des Thiudawili zu erkennen gaben und sie zu einem eilig aufgeschlagenen Nachtlager führten. Glut knisterte in den Feuerstellen, verbreitete mattes Licht; nur flüsternd unterhielten sich die Männer, Befehle waren kaum mehr als Handzeichen, die Hufe der Pferde wurden mit Lumpen umwickelt, und ihre Schnauzen steckten in Futtersäcken. Cinna begrüßte den älteren Sohn des Thiudawili, Thiudareiks, der seinem ungeschlachten Vater ähnelte und dem Kampf mit grimmiger Heiterkeit entgegensah. Im Gegensatz zu Thiudawili erwies er sich jedoch als wortkarg; gleich nachdem er Cinna seiner Gefolgschaft versichert hatte, gesellte er sich wieder zu seinen Männern.

Hraban ließ sich neben Cinna am Ufer des nahen Flüsschens nieder; er brachte ein paar kleine Fladen, Käse und Wurst, alles trocken und hart, und einen Wasserbeutel mit sich. Während sie schweigend das karge Mahl teilten, beobachteten sie das in den Wellen tanzende Sternenlicht.

»Du wirst großen Ärger bekommen, fürchte ich«, sagte Hraban leise. »Ich habe mit Fronto gesprochen. Er macht sich Sorgen, weil einer deiner Centurionen eine Beschwerde nach Mogontiacum geschickt hat.«

»Lass das meine Sorge sein.«

»Wenn du dir schon um dich selbst keine Gedanken machst ... was wird mit Sunja und Saldir geschehen, wenn man dir etwas anhängt?«

»Firmus wird auf sie aufpassen. Vermutlich werden sie eurem Patron schreiben. Sie haben keine Schuld an dieser Sache – also wird man ihnen auch nichts tun.«

»Weißt du das oder hoffst du das?«

Cinna legte das Gesicht in die Hände und grub die Zähne schmerzhaft in die Unterlippe. Der Eid. Er hatte Sunjas Mutter Thauris einen Eid geleistet, dass er Sunja und ihre Kinder mit seinem eigenen Leben schützen würde, und um ihrer Eltern willen setzte er sie nun einer unbekannten Gefahr aus. Wenn er nicht zurückkehrte, waren sie und Saldir ebenso wie Lucilla auf sich selbst gestellt. Ob dieser Handstreich glückte oder scheiterte, er würde nicht ohne Folgen bleiben, und Verbannung war das Geringste, was Cinna erwartete.

Kraftlos hob er den Kopf und erwiderte Hrabans Blick. »Was soll ich tun? Ich kann deine Eltern nicht im Stich lassen. Deine Mutter hat mir das Leben gerettet. Dein Vater und du, ihr habt mich mehrmals davor bewahrt, in Arminius' Hände zu fallen, was ebenso mein sicherer Tod gewesen wäre. Außerdem bin ich mit einer deiner Schwestern verheiratet und die andere lebt wie eine Tochter unter meinem Dach. – Wie kann ich da untätig zusehen, wenn eure Burg belagert wird?«

Hraban hielt seinem Blick nicht lange stand. Er wandte sich ab und schleuderte den Rest seines harten Fladens in das gurgelnde Wasser.

»Und was, glaubst du, würde Sunja mir entgegnen, wenn ich zurückkehrte, um ihr mitzuteilen, dass ich ihren Eltern in Not und Gefahr nicht zu Hilfe gekommen sei? Glaubst du, es gäbe auch nur eine einzige Rechtfertigung, die sie gelten ließe?«

Hraban berührte ihn an der Schulter und erhob sich. »Ich stehe tief in deiner Schuld, mein Freund. Wenn du mich nicht zurückgehalten hättest, wäre ich wie ein Narr mit meinen Leuten in diese Falle gerannt, die Arminius mir mit Daguvaldas Hilfe gestellt hat.«

»Ich weiß«, murmelte Cinna über die Schulter hinweg. Firmus' Verdacht, die beiden könnten es auch auf ihn abgesehen haben, kam ihm in den Sinn, doch er entschied, ihn nicht zu erwähnen. »Geh schlafen! Du wirst deine Kräfte morgen brauchen.«

*

Schmutziggraue Rauchschwaden in der Ferne verrieten, dass sie sich der belagerten Burg näherten. Cinna entdeckte immer mehr Vertrautes in der Umgebung, eine weit ausladende Eiche, den kleinen Fluss, der den See unterhalb des Dorfes speiste, den Pfad, der zum Quellheiligtum führte; hier befahl er anzuhalten. Von hier aus kannte er das Gelände nur zu gut. Die Kundschafter hatten die Feinde bereits ausfindig gemacht und berichteten, dass drei Lager errichtet worden waren und der Tross sich im Wehrdorf östlich der Burg häuslich eingerichtet hatte. Einer der Späher hatte sich bis an den Waldrand unterhalb des Hauptores gepirscht, wo sie Daguvalda vermuteten.

»Sie haben einige Köpfe auf Stangen vor den Mauern aufgepflanzt.«

Hraban fluchte leise und spuckte auf den Boden. »Warum habt ihr keinen von ihren Spähern gefangen genommen? Wir hätten einiges erfahren können.«

»Weil sie zu zahlreich sind«, erwiderte der Krieger. »In der Nähe der Straße und südlich der Burg wimmelt der Wald von Daguvaldas Leuten. Es war schwierig genug, unbemerkt durch ihre Reihen zu gelangen.«

»Es ist ein Hinterhalt«, sagte Cinna. »Sie durchkämmen den Wald, weil sie dich erwarten – vielleicht sogar mich. Und wenn einer der Späher nicht zurückkehrt, weiß Daguvalda, dass wir hier sind.«

Er brach einen dünnen Zweig von einem Holunderstrauch, glitt von seinem Grauschimmel und wischte damit den aufgewühlten Boden des breiten Weges glatt, ehe er die Blätter von der biegsamen Rute streifte. Mit schnellen Strichen zeichnete er den See und den Bach, der diesen speiste, in den Sand, markierte dann die Burg abseits der Straße als kleinen Kreis, deutete die Wälder als Flächen an und kennzeichnete dicht vor Hrabans Füßen das Wehrdorf mit einem Kreuz, auf das er deutete.

»Wenn Daguvalda hier seinen Tross untergebracht hat, wo sind dann seine Schanzanlagen?«

Der Kundschafter ging in die Hocke, zog mit den Fingern eine Linie für den Weg von der Straße zum Haupttor und bohrte dann zwei winzige Mulden zwischen Straße und Burg – er hatte die dürftige Zeichnung sofort begriffen.

»Sie wurden außerhalb der Schussweite errichtet«, erklärte er. »Es gibt keinen Graben, nur eine notdürftige Palisade auf einem schnell aufgeworfenen Wall.«

»Das muss nichts heißen«, entgegnete Cinna finster. »Auch Quinctilius Varus hat solche jämmerlich erscheinenden Befestigungen für ungefährlich gehalten. Die Frage ist, womit Daguvalda rechnet.«

Stumm umringten sie die Zeichnung, Cinna, Hraban und sein Schwager Thiudareiks, Fronto, der sich inzwischen zu ihnen gesellt hatte, und die Kundschafter, deren einer noch immer am Boden kauerte, das bärtige Kinn mit der Hand reibend, bis er abrupt den Kopf hochwarf. »Die Späher sind auf Rufweite postiert, mit Kampfbögen oder Speeren bewaffnet. Sie sind schnell und beweglich. Wenn sie eine kleine Schar Reiter überraschend angreifen, machen sie sie mühelos nieder. Und einer größeren Einheit können sie zumindest bittere Verluste zufügen.«

Anerkennend wölbte Cinna die Brauen und nickte. »Und da sie sich auf die Umgebung der Straße und den lichten Buchenwald im Süden konzentrieren, rechnen sie offenbar mit einer sich schnell nähernden Schar«, fügte er hinzu. »Die Befestigungsanlagen reichen aus, um die Reste der Entsatztruppe, die das Netz der Bogenschützen und Speerwerfer durchbrochen hat, unter den Augen der Belagerten abzuschlachten. Der Tod seines letzten Sohnes dürfte genügen, um Inguiotars Widerstand endgültig zu brechen.«

Er berührte den Kundschafter an der Schulter, winkte ihm aufzustehen. »Gute Arbeit. Wie heißt du und wem folgst du?«

»Baltha ist einer unserer fähigsten Männer«, erwiderte Thiudareiks anstelle des bärtigen Kriegers.

»Sage mir noch, Baltha, ob du meinst, dass Daguvaldas Plan hier endet? Was würde geschehen, wenn eine fünfhundert Mann starke Cohorte einen oder zwei Tage später nach der Einnahme der Burg hier eintreffen würde?«

»Die Spinne würde ihr Netz ein weiteres Mal nutzen. Er würde seine Truppe in kleine, bewegliche Mannschaften aufteilen und zu beiden Seiten der Straße in auseinander gezogenen Linien anordnen, um die in Marschordnung anrückende Einheit durch zahlreiche begrenzte Angriffe zu schwächen und schließlich aufzureiben. Aber darauf ist er jetzt noch nicht eingerichtet.«

»Weil er überzeugt ist, dass Hraban vorauseilt und ich ihm folge«, beendete Cinna Balthas Folgerungen. »Bis jetzt wissen sie offenbar nicht, dass wir schon hier sind, und Schnelligkeit ist die beste Waffe, um seinen Plan zu durchkreuzen. Wir müssen heute handeln, wenn wir siegen wollen.«

Nachdenklich starrte Cinna auf die Linien und Kreise; Saldir würde ein spöttisches Grinsen aufsetzen angesichts dieses Bildes – er verscheuchte die Vorstellung. Drei Ziele waren zu erobern. Sein Blick flog von Thiudareiks zu Hraban und Fronto.

»Die Palisade des Wehrdorfes wurde bei der Einnahme schwer beschädigt«, berichtete Baltha. »Eine schlagkräftige Reitertruppe könnte das Dorf im Handstreich nehmen, und die Befestigungen der beiden Schanzanlagen würden danach kein ernstzunehmendes Hindernis mehr darstellen.«

»Dazu reicht die Zeit nicht, Baltha. Die Sonne steht schon hoch über den Wäldern, und wir müssen alle drei Stützpunkte vor Einbruch der Nacht erobert haben.«

»Wir sollten die Truppe in drei Einheiten aufteilen«, brummte Fronto mühsam im Dialekt der Ubier, »den See und die Wälder weit umgehen und dann beide Lager und dieses Dorf gleichzeitig angreifen. Dass dürfte für ausreichend Verwirrung sorgen.«

Cinna musterte den Centurio. »Dieser Plan gefällt mir. Hraban greift mit seinen und Wakramers' Reitern das Wehrdorf an, um den Tross in seine Gewalt zu bringen, und Thiudareiks' Ziel ist das Lager in der Nähe des Sees.« Er wies auf Baltha. »Du solltest ihn an deiner Seite haben und darauf hören, was er sagt – Fronto, unsere Männer nehmen sich die Befestigung unterhalb des Burgtores vor.«

»Dieses Ziel gehört mir!«, protestierte Hraban. »Es ist meine Aufgabe, unter den Augen meines Vaters zu kämpfen.«

»Du bist zu aufgeregt, Hraban. Der geringste Fehler,

die kleinste Unachtsamkeit könnte unsere Niederlage bedeuten. Und noch eins.« Obwohl Hraban widerspenstig den Kopf in den Nacken warf, wandte Cinna sich ab und blickte in die Runde. »Es könnte nötig werden, dass die Eingeschlossenen uns frühzeitig unterstützen.«

»Ich werde gehen«, trotzte Hraban.

»Das ehrt dich, aber wir benötigen deine Kenntnisse, um das Wehrdorf einzunehmen. Der Mann, der uns die Nachricht von der Belagerung brachte, wird sicherlich bereit sein, deinem Vater unser Kommen zu melden.«

»Das sollte allerdings sofort geschehen«, sagte Fronto. »Wir müssen gleichzeitig zuschlagen und sehr schnell sein, damit die Entscheidung vor Sonnenuntergang gefallen ist.«

Im Schutz des Waldes hatten sie sich dem Hang unterhalb der Burg genähert, hatten die Straße in weitem Bogen umgangen, um den Spähern auszuweichen. Die Pferde bewegten sich im Schritt, die Hufe mit Leder umwickelt, so dass die Reiter unbemerkt geblieben waren, als ihnen hundert Schritt vor dem Waldrand einer der eigenen Kundschafter in den Weg trat. Hier würden sie auf die vereinbarten Zeichen warten, die Feuerpfeile. Zwei Männer kletterten in die Wipfel, um Ausschau zu halten. Einer der beiden trug einen Bogen auf dem Rücken, im Köcher steckte ein Pfeil, an dessen Spitze ein Klumpen Werg befestigt war; der andere hielt ein Glutgefäß bereit.

Cinna krampfte die Linke um die Zügel, um die Lanze fester zu fassen; er schätzte diese Waffe nicht, weil seine Treffsicherheit zu wünschen übrig ließ. Seine Hände waren kalt. Fulgor trat auf der Stelle.

Sie befanden sich auf halber Strecke zwischen der Burg und dem Gräberfeld. Wo sich der Wald öffnete, zog sich ein ausgetretener Pfad am Fuß einer sanften Böschung entlang. Cinna kannte diesen Pfad; er endete am grasbewachsenen Hang unterhalb des Tores und würde sie geradewegs zu dem Hügel führen, auf dem die Burg errichtet war, und von dort aus zu den feindlichen Befestigungen.

Am vergangenen Abend hatte Cinna sich zu seinen Soldaten gesellt und ihnen zugehört. Sie hassten die Cherusker, verabscheuten Arminius für seinen Verrat, für die Meuterei und den zehntausendfachen Mord an ihren Kameraden. Unter den Toten, die in den Wäldern von Tiutoburgs lagen, befanden sich Ubier, Freunde und Verwandte. Die Totengeister waren an die unbestatteten Leichen gefesselt und schrien nach Rache. Cinnas Männer schienen den Preis vergessen zu haben, den sie für ihren Ungehorsam würden zahlen müssen. Tiberius hatte sie in den vergangenen Monaten immer wieder auf Vergeltung eingeschworen, und Cinna bot ihnen nun Gelegenheit dazu.

Zweihundert Reiter hatten sich im lichten Wald hinter ihm und seinen beiden Leibwächtern aufgestellt, die Offiziere in vorderster Linie. Sie folgten ihm in eine Schlacht mit ungewissem Ausgang, in einen Kampf, der sie nichts anging, und zum ersten Mal nagte Zweifel an ihm, ob er das Recht hatte zu tun, was er tat.

Fulgor zitterte und schnaubte unter ihm, warf den Kopf hoch und spielte unruhig mit den Ohren. Cinna strich ihm über den Mähnenkamm, während er den Blick langsam am Saum des Waldrandes entlang wandern ließ, von einem hellen Flecken zum nächsten. Er fröstelte, als er den grauen Schatten bemerkte. Er hatte ihn erwartet.

Dort, wo der Hengst auf die Lichtung stürmen würde, zwischen den dunkel belaubten Holunderbüschen, die voll schwarzer Beerendolden hingen, erschien lautlos ein Wolf. Verus stieß einen unterdrückten Ruf aus, schwang den Speer, dass sein Pferd scheute. Cinna fuhr ihm in den Arm.

Unter den Reitern erhoben sich einzelne Stimmen, Pferde stampften und tänzelten. Wärme sammelte sich hinter Cinnas Brustbein, wo die Rippen zusammenliefen, mit jedem Atemzug strömte mehr davon zusammen an diesem Ort, dem Sitz des Mutes, füllte ihn bis zum Bersten, jede Faser eine gespannte Bogensehne.

Der Wolf hatte eine Pfote erhoben und verharrte zwischen den Büschen, sein Kopf pendelte sacht, und Cinna glaubte, die hellgrauen, schwarz umrandeten Augen zu erkennen und die kühle, feuchte Schnauze in seiner Hand zu spüren. Die messerscharfen Zähne, die seine Finger streiften. Die dünne Zunge, die über seine Haut glitt. Fulgor stand jetzt reglos, nur die Ohren zuckten vor und zurück, und er kaute knirschend auf der Trense.

Der Wolf machte einen Satz, flog herum und sprang belfernd auf die Lichtung hinaus. Wie von einer Bogensehne geschnellt, stieß Cinna den Arm mit dem Speer nach vorn und schrie auf. Was sich in seiner Brust gesammelt hatte, schoss in seine Glieder, bis in die Fingerspitzen, warf ihn vorwärts, dass sein Gewicht den Hengst in Bewegung setzte. Fulgor preschte zum Waldrand, dem Wolf nach, neben ihm die Pferde der Leibwächter, dahinter die Reiter mit donnerndem Hufschlag. Sie warteten nicht auf die brennenden Pfeile.

Sie erreichten den Weg, stürmten den Hang entlang, immer näher kam der Kamm, hinter dem die Mauern auftauchten, darüber das verblichene Holz der Brustwehr. Immer lauter dröhnte ihr Schlachtruf, übertönte das Donnern der Hufe. Pfeile sausten gegen die Reiter, einzelne nur – die Belagerten waren nicht benachrichtigt, der Bote nicht durchgekommen.

Unter ihnen lagen die Befestigungen der Belagerer, Wall und Palisade, vielleicht zwanzig Zelte. Die Reiter stürmten den Hang hinunter. Nonnus und Verus hatten zu Cinna aufgeschlossen. Am Fuß des Hanges fiel der Graue in Galoppsprünge, setzte über den flachen Graben, erklomm mit zwei weiten Sätzen den Wall und warf sich in die Palisade. Dürre Äste barsten unter seinem Gewicht, als er wiehernd über den Kamm des Walls rutschte, die Hufe in den Boden stemmte, sich fing. Neben ihm flogen die Pferde der beiden Leibwächter durch die Brustwehr. Sie stürzten in eine Schlachtreihe. Das Erste, was Cinna wahrnahm, war der Kopf des Boten, eine Fratze auf eine Stange gespießt, über der Schildmauer, gegen die Fulgor prallte. Der Hengst drängte die Gegner mit kleinen Sprüngen zurück, während die Lanze in die Lücken stieß, die sich boten, wenn die Deckung in Bewegung geriet. Unter dem Ansturm der nachdrängenden Reiter wankte die Schlachtreihe. Und dann warf sich ein Schatten vor Cinna. Die Lanze zerbrach.

Nonnus, der die Cinna zugedachte Waffe abgefangen hatte, knickte auf seinem Pferd ein, drohte zu Boden zu gleiten. Cinna schleuderte den geborstenen Schaft in die feindliche Schildmauer, schrie einen Befehl über die Köpfe seiner Männer hinweg und krallte die Finger in das Schulterteil von Nonnus' Kettenhemd, ehe er mit dem Verletzten vom Pferd glitt. Ein Klaps auf die Kruppe ließ den Grauen zurückweichen.

Andere Hände nahmen sich Nonnus' an. Der kleine Rundschild bot Cinna wenig Schutz vor den Klingen, die nach ihm stachen, doch mehr hatte er nicht. Ziellos stieß er mit einem Spieß aus Nonnus' Sattelköcher nach den Angreifern, bevor er am Arm gepackt und aus dem Getümmel gezerrt wurde. Es waren Fronto und Verus, die ihn auf die Füße zogen. Neben ihm stampfte Fulgor und rollte die Augen. Cinna sprang auf den Grauen. Sie befanden sich noch am Rand des Lagers, gleich hinter dem Wall, doch die Reiter drängten die Verteidiger bereits zurück und sprengten deren Kampflinie.

Er schlang die Zügel ums Handgelenk, zückte das Schwert und schlug Fulgor die flache Seite der Klinge auf die Kruppe, dass der Hengst in die Menge drängte. Der

Lärm war ohrenbetäubend, Pferde wieherten im Krachen von Holz und Stahl, Hufe trommelten den Boden, ein Verletzter heulte seinen Schmerz hinaus und verstummte jäh. Die Schlachtreihe löste sich auf. Gruppen von Kriegern hängten sich in Trauben an einzelne Reiter, versuchten, sie von den Pferden zu zerren. Cinna stieß hinter die Schilde, mit denen sich die Gegner deckten, trieb Fulgor tiefer in das Gedränge. An seiner Seite hielt sich Verus, dessen Brauner nach den Angreifern ausschlug und mit drohend gebleckten Zähnen den mächtigen Schädel herumwarf, dass Schaumflocken aufspritzten.

Die Reiter schlossen sich wieder zusammen und trieben die Krieger auseinander, stachen mit Schwertern und Spießen nach den Kämpfern. Neue Reiter setzten über den Wall und galoppierten durch das inzwischen erbrochene Tor. Schreie gellten, Verwundete wälzten sich im Staub, Zelte waren in Brand geraten. Menschen flüchteten ziellos durch das Lager, verfolgt von Reitern mit blutverschmierten Schwertern.

Ein Schatten pfiff an Cinnas Kopf vorbei. Herumfahrend sah er eine hagere Gestalt, in deren Faust eine Steinschleuder pendelte. Cinna riss seinen Hengst herum, trieb ihn auf den Angreifer zu, der davonrannte, verfolgte ihn. Der Flüchtende warf sich ihm in den Weg, dass Fulgor sich aufbäumte, fiel ihm die Zügel. Er hielt sich dicht an die Brust des Tieres, weg von der spitzen Klinge. Wieder stieg Fulgor auf der Hinterhand, und diesmal erfehlten die Hufe ihr Ziel nicht.

Cinna wendete den Grauen und zielte auf die Brust

des Kriegers, der am Boden kauerte. Eisgraue Augen leuchteten ihm aus blutig entstellten Zügen entgegen, die Augen eines Kindes. Ein Junge, kaum älter als Inguiomers gewesen war. Cinna rutschte zu Boden und bändigte den Hengst. Der Junge schnellte vorwärts, seine Finger krallten sich um Cinnas Gürtel, dass dieser unter dem Gewicht strauchelte, den Angreifer von sich schleuderte.

Er schob das Schwert zurück in die Scheide und riss den Jungen auf die Füße. Zwölf, vielleicht dreizehn Jahre. Als er ihn vor sich her schob, schlug der Junge mit dem Schleuderriemen ziellos um sich und stieß dabei hohe, tonlose Laute aus. Verus drehte ihm den Arm auf den Rücken und hielt ihn fest.

»Tu ihm nichts – das ist ein Kind«, rief Cinna, um den Kampflärm zu übertönen. »Schaff ihn weg von hier!«

Mitten auf dem Platz stand Cinna und blickte seinem Leibwächter nach, der den widerstrebenden Jungen zum Tor zerrte. Er tastete nach seinem Hengst und griff ins Leere.

Ein Stoß warf ihn herum. Presste die Luft aus den Lungen, er taumelte, ruderte mit den Armen, um nicht zu fallen, doch das Gewicht seines Kettenhemdes zog ihn zu Boden. Zwischen den Rippen tobte ein Schmerz, schnürte ihm den Atem ab. Breitete sich warm über seine Flanke aus.

Er hob den Kopf. Wenige Schritte entfernt stand ein stämmiger Krieger mit einer Lanze und hielt Fulgor am Zügel, Daguvalda, der Anführer der Belagerer.

»Das ist mein Pferd!«, schnarrte der Cherusker, ruckte an den Zügeln, bis der Hengst bockte.

Cinnas Hand fuhr nach dem Griff des Schwertes, Eisen fauchte am Leder entlang. Daguvalda schnitt eine Grimasse, die wohl ein Grinsen sein sollte. Als er mit der Lanze nach Fulgors Brust hieb, stieg der Graue, setzte schnaubend davon. Daguvalda schleuderte die Waffe nach dem Tier, um es zu vertreiben.

»Du hast es vergiftet mit Süßzeug und Schmeicheleien, wie du meine Braut vergiftet hast – beide hast du gestohlen.« Er zückte die lange, weiße Klinge. »Und dafür wirst du bezahlen.«

Hinter Daguvalda tauchte Verus auf, rannte mit dem blanken Schwert in der Hand über den Platz. Er stieß einen Schrei aus, wollte sich auf den Feind stürzen, als dieser herumwirbelte und Verus mit einem einzigen Hieb fällte. Nach einem prüfenden Blick auf den Getroffenen schüttelte Daguvalda triumphierend die blutverschmierte Waffe in der Faust.

Die Klingen rasten kreischend gegeneinander, als Cinna mit seiner Waffe Daguvaldas Stoß ablenkte. Er stemmte sich gegen den runden Schild, dessen Buckel sich in seine Flanke bohrte. Mit letzter Kraft wich er zur Seite aus, und Daguvalda stolperte an ihm vorbei.

Sein eigener Schild lag noch immer dort, wo er den Jungen vom Boden aufgehoben hatte. Cinna rannte los, ein Krampf durchzuckte ihn, dass er strauchelte. Der Schmerz hüllte ihn in einen funkelnden schwarzen Schleier. Mit der Fußspitze warf er den Schild hoch, bekam das Holz zu fassen, ehe Daguvaldas Tritt ihn wegschleudern konnte. Er fuhr herum, sein Gegner prallte gegen den Schild. Cinna riss den Kopf zur Seite, die Klinge sauste knapp an seinem Gesicht vorbei, und eine winzige Drehung ließ Daguvalda zum zweiten Mal ins Leere stolpern. Diesmal stieß Cinna mit dem Schwert nach, die Waffe traf auf Widerstand. Daguvalda schrie heiser auf.

Cinna drückte den Schildarm an die pochenden Rippen, er konnte den schweren Schutz kaum hoch genug halten, der Griff schlüpfrig vom Schweiß. Er sah Daguvalda wanken, die Falten des Schals, der seinen Hals schützte, färbten sich dunkel.

Und dann ließ ein dumpfes Dröhnen die Kämpfenden innehalten; hinter ihnen stimmten Krieger ihren Schlachtruf an, ein tiefes, langsam anschwellendes Gebrüll, das lähmend in die Glieder fuhr. Zahllose Füße hämmerten den Boden, Waffen klapperten, das Getöse brach durch das Tor. Männer mit Mistgabeln, mit Keulen, Spießen, einzelnen Schwertern und Schilden erschienen über der kümmerlichen Palisade. In einem schnellen Ausfall stürmten die Belagerten das Lager.

Noch immer starrte Daguvalda auf diese Flut, die sich über die berstende Palisade ergoss, als Cinna den Schild fallen ließ und sich auf ihn warf. Die Spitze des Schwertes traf Daguvaldas vom Kettenhemd geschützte Flanke, entrang ihm ein Ächzen. Cinna wich der langen Klinge aus, drehte sich, rammte den Kamm seines Helms dem Gegner ins Gesicht.

Knochen knirschte. Aufheulend warf Daguvalda den

Kopf zurück, und als er mit beiden Händen das Gesicht bedeckte, entblößte er die Kehle. Seine Waffe flog durch die Luft, schlug klirrend auf den Steinen auf, während seine Füße rückwärts Halt suchten. Mit einem Tritt warf Cinna ihn zu Boden, stellte sich über den Unterlegenen und bohrte die Spitze der Klinge zwischen die Lagen des Schals. Daguvalda ließ die Arme zur Seite sinken, versuchte zu blinzeln. Seine Nase war zertrümmert, Blut quoll unter dem Bart hervor. Mühsam würgte er ein paar rot verschmierte Klümpchen hervor, Zähne.

Liuba zu töten war einfach gewesen: Er hatte nach Sunja gegriffen. Es hatte keiner Überlegung bedurft, kein Zögern hatte Cinnas Hand gehemmt wie jetzt. Benommen trat Cinna zur Seite. Zwischen den brennenden Zelten lagen Gefallene. Männer rannten umher, Spieße, Schwerter und Dolche in den Fäusten, wendeten reglose Körper um, durchschnitten Kehlen, zerrten Wehrgehänge, Helme und Kettenhemden von den Leichen. Er sah Frauen, die auf die Toten spuckten, sie schmähten und nach ihnen traten. Noch immer bettelten einige zusammengetriebene Feinde kläglich um Gnade, ihre dünnen, sich überschlagenden Stimmen erregten indes nur Gelächter.

Cinna tastete nach seinen Rippen, das Kettenhemd klebte von Blut, und der Waffenrock scheuerte auf der wunden Haut. Kalter Schweiß brach ihm aus, ihm wurde übel, Schwindel erfasste ihn.

Ein Schrei ließ ihn aufblicken, als ein junger Krieger auf ihn zu rannte. Cinna folgte dem Winken, drehte sich um und sah Daguvalda heranstürmen, das Schwert in der Faust, die Augen glühende Kohlen in einer blutigen Masse.

Von hinten wurde Cinna zu Boden gestoßen, ein Körper warf sich über ihn, dass ihm die Luft wegblieb. Er hörte Eisen sirren, einen dumpfen Aufschlag, ein Stöhnen und Gurgeln. Der Körper über ihm stemmte sich hoch und ließ ihn Atem holen. Er blinzelte und erkannte neben sich blutbesudeltes Haargestrüpp. Die hellen Kohlen waren erloschen. Unter den Schlingen des Schals ragte der Griff eines Dolches hervor.

Mühsam rappelte Cinna sich auf. Der Arm, der ihn stützte, gehörte zu dem jungen Krieger, der sich auf ihn geworfen hatte, der Daguvalda erstochen hatte. Er blickte in ein blasses Gesicht, hellblaue Augen unter rotblonden Brauen, ganz Besorgnis.

»Ahtala?«

Der junge Krieger lächelte. »Kannst du gehen?«

Als Cinna nickte, schob er seinen Arm unter dessen Achseln. »Ich bringe dich zu Thauris. Sie wird dir helfen.«

XIII

Cinna wandte sich ab vom Heulen und Stöhnen, von den harschen Befehlen, den schrillen Schreien. Betäubt ließ er sich von Ahtala führen und versuchte, so flach wie möglich zu atmen. Mit jedem Schritt schienen sich die einzelnen Ringe des Kettenhemdes tiefer in seine Seite zu bohren, und die schmierige Wärme, die sich dort ausbreitete, wo Ahtala ihm den Ellbogen gegen die Rippen presste, beunruhigte ihn. Ahtala, der Sohn des Priesters auf Inguiotars Burg, den er aus den Tagen seiner Gefangenschaft kannte.

Frontos Stimme ließ Cinna innehalten; der Decurio näherte sich im Laufschritt. Er musterte seinen Praefecten, pfiff gellend und gab den Männern ein Handzeichen für den Medicus.

»Schon gut«, flüsterte Cinna gepresst. »Er hat genug zu tun. Was ist mit Verus?«

Fronto räusperte sich. »Er stirbt. Niemand kann ihn noch retten.«

Cinna biss sich auf die Unterlippe. »Bring mich zu ihm.«

Der Verwundete lag auf dem Rücken, man hatte ihn fest in einige Mäntel und Decken gewickelt; in der Nähe lagen Kettenhemd und Waffenrock, und Nonnus kniete bei ihm. Verus' Gesicht war grau, sein Haar hatte den kupfernen Glanz verloren, stumpfe Strähnen klebten an seiner Stirn, und die bläulich verfärbten Lider zuckten. Gewarnt vor dem schneidenden Schmerz in seiner Seite ließ Cinna sich vorsichtig neben ihm nieder und streckte die Beine aus. Der Verletzte schlug die Augen auf, öffnete den Mund.

»Scht. Nicht sprechen.« Zögernd tätschelte Cinna Verus' Arm, schlaffes Fleisch unter klammer Haut.

»Er wusste, dass es irgendwann geschehen würde«, murmelte Nonnus, »aber nicht, dass es so bald geschehen würde.«

Verus starrte Cinna an, rang nach Luft, seine Nasenflügel bebten, die Lippen zuckten in dem Versuch, Worte zu formen. Cinna beugte sich über ihn.

»… fürchte mich«, flüsterte der Sterbende.

Behutsam strich Cinna ihm die feuchten Strähnen aus der Stirn. »Schlaf. Es wird alles gut.«

»Bring mich nach Hause … zu meiner Mutter …«

Cinna legte ihm die Hand auf die Brust und nickte. Ein Lächeln zitterte über Verus' aschfahle Zügen, als er die Augen schloss.

Neben der zugedeckten Leiche untersuchte der Medicus Cinnas Verletzungen, stellte zwei gebrochene Rippen fest, eine oberflächliche Platzwunde und Quetschungen, die er zunächst notdürftig versorgte. Cinnas Magen krampfte sich zusammen, während ein Gefreiter die Verluste berichtete; sein Trupp hatte einen einzigen Toten zu beklagen – Verus –, die meisten Verletzungen waren nicht der Rede wert, aber sie hatten fünf Pferde verloren. Die Gegner hingegen waren nach der zweiten Angriffswelle durch die Belagerten nahezu vollständig aufgerieben worden.

Ein Bote meldete die Einnahme des zweiten Lagers, während über den Hügeln eine dicke Qualmwolke den Angriff auf das Wehrdorf verriet. Hraban.

Und keine Nachricht von ihm.

Als Cinna die Fäuste auf den Boden stemmte, um sich aufzurichten, half Ahtala ihm unaufgefordert, trat dann beiseite, um einem Soldaten Platz zu machen, der Cinnas Waffenrock über dem Arm hielt und ihm ein Tuch reichte, damit er sich den Schweiß von Stirn und Schläfen wischen konnte.

Hinter dem Soldaten näherten sich einige Männer. Einer überragte sie alle, ein großer, stämmiger Krieger, ein Bär von einem Mann, den Cinna unter Tausenden erkannt hätte: Inguiotar, Sunjas und Hrabans Vater. Er hinkte, und seine Stirn zerschnitten zwei tiefe senkrechte Falten. Cinna schob den Soldaten beiseite, der ihm seinen Schwertgurt umlegen wollte, und erst dicht vor ihm blieb Inguiotar stehen. Reglos verharrte er, blickte Cinna unverwandt ins Gesicht, die Lippen eine dünne Linie unter dem Bartgestrüpp.

»Mit Thiudawili habe ich gerechnet«, knurrte er schließlich, »mit Wakramers, damit, dass mein Sohn Entsatz bringt – aber nicht mit dir!«

Zwei Pranken schlossen sich hart um Cinnas Schultern, dass er vor Schmerz zusammenfuhr.

»Kommst du auf Befehl des Tiberius?«

Als Cinna langsam den Kopf schüttelte, ließ Inguiotar ihn sofort los, verengte die Augen, und die Linien auf seiner Stirn vertieften sich noch mehr, doch er schwieg. Feine Falten gruben sich in seine Mundwinkel, kaum sichtbar unter dem Bart. Nahezu ein Jahr lang hatte Cinna Zeit gehabt, dieses Gesicht zu studieren, die kleinste Regung zu verstehen, denn Inguiotar redete nicht viel.

»Es wird Ermanamers nicht gefallen, dass römische Einheiten so tief in die Gebiete eindringen, die er für befreit erklärt hat«, ließ sich Ahtala vernehmen

»Befreit!« Inguiotar spie das Wort aus, als hätte er auf eine bittere Nuss gebissen. Er löste die Spange, die sein Haar über dem rechten Ohr in einem Knoten hielt, und kämmte die verschwitzten Locken mit den Fingern, bevor er den Bart glättete. Suchend schweifte sein Blick über den Platz, wo seine und Cinnas Männer die erschlagenen und ausgeplünderten Leichen der Feinde auf einen Haufen schleiften.

»Wo ist Hraban?«

Ehe Cinna antworten konnte, trat ein Mann vor, der eben erst zu ihnen gestoßen war. »Dein Sohn hat das Wehrdorf eingenommen. Er ließ die Häuser in Brand stecken, in denen sich die Feinde verschanzten. Viele wurden getötet.«

»Was ist mit den Gefangenen, die Daguvalda dort untergebracht hatte?«, platzte Cinna heraus.

»In einem Grubenhaus lagen sechsundzwanzig Männer, aneinander gefesselt. Sie sind in schlechter Verfassung, aber sie leben. Hraban wird sie zur Burg bringen.«

Erleichtert stieß Cinna den Atem zwischen den Zähnen hervor, während Inguiotar die Brauen hochzog und seine hellen Augen funkelten. »Warum hast du Hraban geheißen, das Wehrdorf zurückzuerobern? Es wäre seine Aufgabe gewesen, uns Entsatz zu bringen.«

»Ich war mir nicht sicher, ob wir Daguvaldas Männer tatsächlich überrumpeln würden, und ich wollte nicht, dass dessen Plan aufgeht und Hraban vor deinen Augen fällt.«

»Um ihn zu schützen hast du ihn dorthin geschickt? Das ist die Tat eines Bruders.« Wieder legte sich Inguiotars Hand um seine Schulter, und als er Cinna leicht schüttelte, zuckte dieser zusammen. »Du bist verletzt?«

»Nichts Schlimmes.« Cinna zwang sich zu einem Grinsen.

»Thauris wird sich das ansehen – sei unser Gast!« Inguiotar breitete die Arme aus. »Alle diese Männer sind unsere Gäste, und es soll ihnen an nichts fehlen.«

Cinna wandte sich Fronto zu, befahl den vollständigen Abriss des zerstörten Lagers und die Beseitigung der Leichen, bevor sie die Burg betreten würden. »Habt ihr Gefangene gemacht?«

»Nur wenige. Vielen ist die Flucht gelungen. Acht Krieger konnten wir jedoch ergreifen und einen Pferdeknecht, aber der ist fast noch ein Kind.«

»Im Wehrdorf hat sich uns ein Ratgeber Daguvaldas ergeben«, warf der Mann aus Hrabans Trupp ein. »Und ein Priester des Teiwas, der ihn begleitete.«

»Gute Arbeit«, brummte Inguiotar, schob Cinna auf den Hang hinaus und ging mit ihm zu seiner Burg hinauf.

Beim Tor warteten einige Frauen, eine stand vor den übrigen, hochaufgerichtet, lächelte ihnen entgegen und hielt etwas in den Händen, das Cinna näher kommend als Inguiotars kostbares Trinkhorn erkannte, das Horn eines Ochsen, ausgehöhlt bis auf eine dünne Wand, so dass es ein wenig durchscheinend war, der Rand mit silbernen Beschlägen eingefasst.

Thauris jemals wieder zu sehen, war bis zu diesem Augenblick nahezu unmöglich erschienen. Sie hatte Cinnas Leben gerettet, hatte ihn gesund gepflegt; später hatte sie ihm Saldir anvertraut und ihm die würdelose Aufgabe eines Elementarlehrers auferlegt, aber gerade das Kind hatte dafür gesorgt, dass alle aufhörten, ihn achtlos zu behandeln. Alle außer Inguiotars ältestem Sohn Liuba.

Wortlos reichte Thauris Cinna das Horn, aus dem ein warmer Duft stieg. Met. Er nahm einen großen Schluck des süßen, ein wenig öligen Getränks und senkte wie Thauris grüßend den Kopf, ehe er das Gefäß an Inguiotar weitergab.

Plötzlich schlang sie die Arme um ihn, drückte ihn an sich, so dass er unter dem scharfen Schmerz ächzte.

»Die Götter haben meine Gebete erhört!«, stieß sie hervor. »Hraban hat Hilfe gebracht, und auch du bist gekommen. Dein Kommen ist gesegnet. Mit deiner Hilfe wurde der feige Angriff abgewehrt und –«

»Sachte«, ließ sich Inguiotar vernehmen. »Er ist verwundet.«

Sie löste sich von Cinna und blickte ihn suchend an, ohne seine Hände loszulassen. »Wenn du meine Hilfe benötigst ...«

Die Hand auf die Wunde pressend dachte Cinna an den Medicus, der sicherlich grollen würde, wenn der Praefect, dessen Wohl ihm ganz besonders anvertraut war, sich von einer Barbarin mit allerlei Hexenkünsten behandeln lassen würde. Er zwang ein Lächeln auf sein Gesicht und nickte.

Als leiser Hufschlag aus dem Tal herauf tönte, drehte Inguiotar sich um und beschattete die Augen mit der Hand. Ein Reiter jagte sein Pferd den Weg entlang, schwenkte jubelnd eine Standarte über dem Kopf. Er lenkte das Tier vor den zerstörten Wall der Belagerer, wo ihn andere Krieger und Soldaten erwarteten.

Inguiotar zog Cinna durch das Tor hinein. »Überlassen wir sie ihrer Freude. Ich brauche ein Bad«, brummte er. »Und du sicherlich auch, mein Sohn.«

Cinna stutzte – umso mehr, als Thauris' Hand über seinen Arm strich, den er noch immer an die Rippen presste. Während er in der Burg gefangen gehalten worden war, hatte er gelegentlich gesehen, dass sie ihre Kinder auf diese Weise berührte. Verwirrt ließ Cinna sich den breiten, ihm vertrauten Weg hinauf führen, vorbei am Gehöft des Fischers, in dessen Garten die Netze zwischen den herbstkahlen Bäumen hingen, vorbei am Haus des Priesters, wo er mehr als einmal Zuflucht gefunden hatte, vorbei an Menschen, meist alten Leuten und Kindern, die ringsum zusammenliefen, vor ihm zu Boden sanken, den Saum seines Mantels küssten, Dankesworte stammelten und die Götter priesen. Ohne zu überlegen, was er tat, berührte er Scheitel, nickte, lächelte, während er Inguiotar und Thauris zum Tor ihres Anwesens folgte.

»Was machen Sunja und Saldir?«, fragte Thauris, als sie sich dem Haus näherten. »Ich vermisse sie …«

»Es ging ihnen gut, als ich in Mogontiacum aufbrach.« Cinna räusperte sich. Ihre Worte hatten in seiner Erinnerung Sunjas hellgrüne Augen aufleuchten lassen, einen Augenblick fühlte er die Wärme ihrer Haut in seinen Händen.

Ein Mädchen rannte ihnen vom Haus her entgegen, um ihren Kopf wand sich ein Kranz fast weißer Zöpfe. Thauris ergriff beruhigend ihre Hände.

»Hraban geht es gut, Catufleda. Er hat das Wehrdorf eingenommen und wird bald hier sein.«

Das Mädchen umarmte Thauris seufzend und schloss die Augen, ließ sie aber sogleich aufflammen. »Du bist mein römischer Schwager?«

Ein schelmisches Lächeln umspielte die geschwungenen Lippen, ohne dass eine Spur von dem Leid der vergangenen Tage, das aus den Zügen der übrigen Menschen sprach, ihr Gesicht verdunkelte, als ob sie all dem wie eine Göttin oder ein Daimon entrückt sei. Ihr Blick flog an ihm vorbei über den Hof, und plötzlich strahlte sie über das ganze Gesicht und riss sich los. An der Spitze seiner Krieger ritt Hraban auf den Hof, hochaufgerichtet auf seinem tänzelnden Fuchs. Catufleda warf sich ihm an den Hals, als er vom Pferd gesprungen war, und ließ sich von ihm herumwirbeln.

Hrabans Krieger umringten eine Gruppe zerlumpter Männer, die mit Ketten aneinander gefesselt durch das Tor kamen. Mühsam schleppten sie sich über den Hof, reckten suchend die Köpfe nach allen Seiten. Cinna sah, dass einige der Männer auf ihn zeigten, sich ihren Kameraden zuwandten, heisere Rufe ausstießen. Sie begannen zu laufen, strauchelten, zerrten die Langsameren einfach mit. Zahllose Augenpaare glitzerten über struppigen Bärten. Die misstönenden Schreie ordneten sich wie von allein zu einer Stimme, die ihn begrüßte, als die Ersten sich vor ihm in den Staub warfen. Ohne Ausnahme beugten sie vor ihm die Knie, ihre Stirnen berührten den Boden, und manche lagen flach auf dem Bauch wie Parther vor ihrem König. Sie stanken widerwärtig, als hätten sie seit Monaten aneinander gekettet in einem Loch gelegen, in dem es nicht einmal einen Kübel für die Notdurft gab.

»Wer spricht für euch?«

Der Mann, der ihm am nächsten kniete, rappelte sich auf. »Ich, Praefect Cinna ... Ich wurde ausgewählt«, stammelte er hastig, »Quintus Antidius, Sohn des Quintus ... Tribus Oufentina ... Tesserarius unter Centurio Marcus

Caelius ... erste Cohorte der Achtzehnten Legion ... Ich –«

»Ist schon gut, Quintus Antidius. Ihr werdet Wasser und Nahrung brauchen.«

Inguiotar beantwortete Cinnas fragenden Blick mit einem Nicken, und auf seinen Wink hin kam Bewegung in die Umstehenden. Zwei Mägde füllten große Schalen am Brunnen, andere brachten Schöpflöffel und Becher. Sie schöpften Wasser für die Gefangenen, und die Männer schluckten gierig, als hätten sie lange nichts zu trinken bekommen. Der Schmied und sein Gehilfe erlösten die Männer von der Kette. Einige taumelten zum Brunnen und spritzten sich Wasser ins Gesicht. Andere rissen sich die schmutzstarrenden Kleider vom Leib, um sich zu waschen. Einige sanken einfach wieder zu Boden und begannen, wie verlassene Kinder zu weinen. Währenddessen wurden Brotfladen verteilt und Näpfe mit dampfender Grütze gefüllt.

Warm legte sich eine Hand auf Cinnas Schulter. »Sie werden dich retten«, sagte Hraban neben ihm. »Daguvalda hatte diese Männer nicht zufällig bei sich. Sein Berater wird wissen, wohin er sie bringen sollte.«

Über dem Zaun und den Dächern spannte sich der schwarze Himmel, gesprenkelt mit zahllosen Sternen, die Cinna mit weit zurückgelegtem Kopf betrachtete, um sich vom Lärm abzulenken. Auf dem ganzen Anwesen waren Zelte und Unterstände errichtet worden, und der Hof wimmelte von Menschen, deren Stimmen überall widerhallten. Bei der Linde war ein großes Feuer entzündet worden, an dem die befreiten Cherusker, die ubischen Soldaten und ihre Offiziere einträchtig den Sieg feierten, während Cinna sich auf der kleinen Bank vor Thauris' Garten niedergelassen hatte. Zu seinen Füßen stand der Napf, den Fronto ihm gebracht hatte, gefüllt mit ausgesuchten Leckerbissen, Spanferkelbraten und Gänsefleisch, deren Reste ein großer schwarzgrauer Hund schmatzend vertilgte, während Cinna sich damit begnügte, auf einem der kleinen harten Fladenbrote zu kauen.

Er kannte den Hof, festgetrampelter dunkler Lehm, durchsetzt von Grasflecken, den nach Regenfällen glitschiger Morast überzog, den Garten mit seinen Gemüsen und Kräutern und Beerenhecken, die Wiese hinterm Haus, auf der die Gänse wohnten und wo die Frauen die Wäsche trockneten. Vom Haus zur Linde reihten sich einige Schuppen und ein niedriger Stall. Hinter dem Zeltdorf dehnte sich die Koppel aus, auf der nun auch viele Soldatenpferde weideten. Jeder Winkel des Anwesens war Cinna vertraut, und Erinnerungen stellten sich ein wie ungebetene Gäste, bildeten eine lärmende Versammlung, wie die Menschen, die um das Feuer hockten.

Vereinzelt stahlen sich Paare zwischen den Zelten davon. Cinna hatte seinen Offizieren eingeschärft, gegen jede Form von Übergriffen vorzugehen; doch angesichts der Not konnte niemand von den Frauen verlangen wegzuschauen, wenn die Soldaten mit ihren Münzen klimperten.

Thauris näherte sich vom Feuer her und bot ihm das gefüllte Horn an. Es duftete nach Honig. Süß lag der Met auf der Zunge, als sie sich neben ihm niederließ und ihre Hand auf seine Schulter legte. »Du solltest bei uns sein.«

»Es tut mir Leid, mir ist nicht zum Feiern zumute.«

»Hast du Schmerzen?«

Er schüttelte den Kopf, verschränkte die Hände und presste sie gegen die Stirn. So durften ihn seine Soldaten auf keinen Fall sehen. Er straffte sich, ignorierte das Zerren in den Rippen. »Ich gehöre nicht zu euch – ich habe euren Sohn getötet.«

»Du hast einen Mann getötet, den ich geboren habe.« Ihre Mundwinkel bogen sich zu einem dünnen Lächeln. »Dieser Mann hatte meine Familie betrogen und verraten, meine Tochter verkauft, einen meiner Söhne erschlagen und den anderen mit dem Tode bedroht. Er hatte uns vor langer Zeit den Rücken gekehrt, einen anderen Herrn erwählt und weilte als Fremder unter uns. Er war nicht mehr unser Sohn.« Ohne den Blick von ihm zu wenden, ließ sie ihre Hand über seinen Arm gleiten. »Wir hatten ihn verloren, lange bevor er dich zu uns brachte.«

Das klägliche Plärren eines Säuglings tönte herüber; eine Frau näherte sich mit einem Bündel, das sie Thauris übergab. Aus dem Tuch streckten sich kleine Fäuste, winzige Finger griffen nach Thauris' Haar. Ihre Augen leuchteten, während sie sich über das jetzt vergnügt glucksende Kind auf ihrem Schoß beugte. Die Magd verneigte sich und hieß Cinna artig willkommen; er schmunzelte. Sie hatte zugenommen, ihr freundliches Gesicht war noch weicher geworden, Schultern und Brüste runder, und das Kleid spannte sich über Hüften und Bauch.

»Das ist ein Andenken an den Heumond«, erklärte Thauris ungefragt.

Als Cinna sich räusperte, drehte das Kind den Kopf in seine Richtung und musterte ihn mit der ungeteilten Aufmerksamkeit, die Kindern eigen ist. Neugier blitzte in seinen hellgrauen Augen, Augen wie Thauris sie hatte und Saldir. Und Inguiomers.

»Du siehst es also auch«, sagte Thauris.

»Was sehe ich?«

»Dass er es nicht abwarten konnte, wieder bei uns zu sein.«

»Von wem sprichst du?«

»Inguiomers. Er ist zu uns zurückgekehrt.«

Cinnas Blick wanderte von Thauris zu dem Kind und zurück. In der Akademeia von Athen wurde mit aller gebotenen Zurückhaltung die Wanderung der Seelen gelehrt; die Vorstellung, dass die Seele eines Verstorbenen nach ihrer Läuterung wieder in einen Leib eintauchte, war ihm geläufig, doch dass eine Seele gleich nach dem Tode kehrt gemacht haben sollte, erschien ihm widersinnig.

»Als Ahtala damals mit den beiden Toten heimkehrte und berichtete, dass Liuba Inguiomers getötet hatte, bevor er durch deine Hand starb, konnten wir seine Frau nur mit Gewalt davon abhalten, sich zu töten. Sie verlor allen Mut, beinahe auch das Kind und verblutete bei der Geburt. Aber wir haben *ihn*.« Sie hob den Knaben in ihren Armen hoch, dass er vergnügt gluckste. »Und Reikas Tochter? Wirst du die beiden behalten?«

Unbehaglich verlagerte Cinna sein Gewicht und nickte.

»Du solltest schlafen. Deine Verletzung macht mir Sorgen.« Sie lächelte, als er sie verwundert ansah. »Ich habe schon so viele Verletzte behandelt, dass ich am Gang und an der Haltung erkennen kann, was dir fehlt. Außerdem hat Ahtala mir berichtet, was dein Heiler sagte. Nun geh schon! Die Magd wird dir zeigen, wo du untergebracht bist.«

Cinna wickelte sich fest in die Decken und starrte in den finsteren Winkel, den die Dachschräge bildete. Sooft er die Augen schloss, raste ein bulliger Krieger mit blutigem Schwert auf ihn zu, dass er aufschreckte; dann durchzuckte der Schmerz seine Rippen, er schnappte nach Luft und konnte ein Stöhnen nur mit Mühe unterdrücken. Oder er sah Verus in diese Klinge rennen. Gedämpft drangen Gelächter und Trinklieder an sein Ohr, Catufleda wisperte silberhell über dem raschelnden Stroh und Hrabans schwerem Atem; ihre Küsse waren nicht zu überhören.

Sunja hatte in diesem Bett geschlafen, und selbst wenn die strohgefüllte Matratze ausgetauscht worden war, selbst wenn andere Laken und Decken darüber gebreitet waren, schien ein Teil von ihr hier zurückgeblieben zu sein wie ein unauslöschliches Mal, ein Schatten, der über ihn glitt, ihn umhüllte mit der Erinnerung an ihre Hände, ihre Lippen. Er warf die Decken von sich und im selben Augenblick überflutete ihn die Kälte. Er durfte sich und seinen Männern keine Rast gönnen; der Winter nahte, morgen würden sie aufbrechen.

Eine Bewegung riss ihn aus dem Halbschlaf. Der Vorhang vor dem Bett war beiseite geworfen, und im weichen Licht einer Öllampe erkannte Cinna Hraban, der, nur mit dem Hemd bekleidet, sich zögernd auf dem Rand des Lagers niederließ.

»Vater wird die Gefangenen morgen früh befragen«, sagte er leise. »Wenn wir die Erkenntnisse mit dir teilen, wirst du dann bei Tiberius dein Wort für uns einlegen?«

»Ich werde tun, was ich kann, das weißt du. Aber du weißt auch, dass ich ohne Befehl gehandelt habe.«

»Du bringst ihm sechsundzwanzig Männer, Überlebende der Schlacht bei den Wäldern von Tiutoburgs. Sie werden für dich sprechen und für uns.«

Cinna stemmte sich hoch, schrak zusammen, als der Schmerz wie ein Dolch durch seine Rippen fuhr, und fasste nach der Wunde. Einige Atemzüge lang biss er sich auf die Lippen, ehe er den Kopf hob.

»Ungehorsam, Hraban – weißt du, was das bedeutet? Den Tod, im besten Falle lebenslange Verbannung auf einer unwirtlichen Insel.«

»Du wusstest das und bist dennoch …?«

»Das alles ist Teil eines Plans, um meine Bemühungen

des vergangenen Sommers zunichte zu machen. Wir haben Ahtamers und Wakramers für uns gewinnen können. Aber wenn ich euch jetzt im Stich gelassen hätte, wären wir als treulose Verbündete entlarvt worden, nicht wahr? Arminius hätte sich durch Daguvalda eines Widersachers entledigt, und die Chatten wären jubelnd zu ihm übergelaufen.«

»Wenn das wahr ist, dann hast du immerhin verhindert, dass sich vor Mogontiacum eine zweite Front bildet, die Gallien bedroht. Dann darf er dich gar nicht verurteilen!«

»Wie soll ich das beweisen? Willst du dem designierten Nachfolger des Princeps vorschreiben, was richtig ist und was falsch?«

Hrabans Stirn wurde von den steilen Linien durchschnitten, seine Augen waren schmal, und die Zunge glitt über seine Lippen. »Wenn du verurteilt wirst, was geschieht dann mit Sunja und Saldir? Was geschieht mit deiner Schwester?«

»Ich habe sie Firmus anvertraut – er ist mein bester Mann. Er wird dafür sorgen, dass ihnen nichts geschieht. Deine Schwestern sind ohnehin wertvolle Geiseln und haben in Publius Vinicius einen einflussreichen Fürsprecher.«

»Weiß Vinicius davon?«

»Firmus wird ihn benachrichtigen. Er weiß, was zu tun ist.« Cinna lehnte sich in das strohgefüllte Kissen zurück, langsam und sehr vorsichtig, während er eine Hand auf die Wunde presste, was den Schmerz dämpfte.

»Ich werde Mutter rufen, damit sie nach deiner Verletzung sieht«, murmelte Hraban.

»Schon gut.« Cinna tätschelte Hrabans Arm. »Es genügt, wenn sie morgen noch mal ein Auge darauf wirft, nachdem der Medicus sich darum gekümmert hat. Du hast ja bemerkt, wie er dazu steht.«

»Barbarische Hexenkünste«, erwiderte Hraban schmunzelnd, und Cinna nickte.

»Ich werde versuchen zu schlafen. Wir müssen so bald als möglich nach Mogontiacum zurückkehren. Ehe uns schlechtes Wetter überrascht. Oder Arminius' Leute.«

*

Inguiotar hatte angeordnet, dass die Befragung auf dem Richtplatz stattfinden sollte, der unterhalb des Dorfes im Schatten einer gewaltigen Esche lag. Der Baum reckte seine nackten Zweige in die Luft, unter ihm breiteten sich dunkle Brandflecken und die Reste verwehter Asche aus; Laub und dürre Reiser waren zu Haufen zusammengefegt und entzündet, der Zaun und die Hecken niedergetrampelt worden. Zu Beginn der Belagerung hatte Daguvalda seinen Kriegern offenbar befohlen, den Ort zu entweihen, aber sie hatten es nicht gewagt, den Baum zu fällen, sondern ihre Raserei gegen den ringsum angelegten Platz gerichtet. Seit dem Morgengrauen waren die Gefangenen damit beschäftigt, den Unrat zu beseitigen, den ihre Kameraden hinterlassen hatten, und die Schäden notdürftig zu beseitigen. Anstelle des Zaunes waren Stecken in den Boden gerammt worden, die ein roter Riemen verband.

Inguiotars kostbarer Sessel und zwei weitere Stühle standen bereits im Schatten der Esche; Ahtala, der seit seiner Rückkehr ins Dorf nicht mehr von Cinnas Seite gewichen war, wies auf den Platz rechts neben dem Sessel, Hraban setzte sich ohne zu zögern auf den anderen Stuhl.

Vor ihnen versammelten sich die Männer mit ihren Waffen, als acht Krieger im dröhnenden Gleichschritt in das Rund traten, in ihrer Mitte zwei Männer, von denen einer das lange Gewand und die weiße Haarbinde der Priester trug, den Stab hatte man ihm genommen. Der andere zog ein Bein nach, reckte den Kopf starr aufwärts und würdigte niemanden eines Blickes.

Cinna spreizte die Hände auf den Oberschenkeln. Er fröstelte in der kalten Morgenluft. Vor wenig mehr als zwei Jahren hatte er dort gestanden, wohin die Wachen die beiden Männer führten; damals hatte er erfahren müssen, dass der Legat Quinctilius Varus mit drei Legionen durch Meuterei und Verrat vernichtet worden war, und sein eigenes Schicksal besiegelt.

Es wurde Zeit, dass er seine Soldaten zurückführte nach Mogontiacum. An diesem Morgen hatte Raureif das Gras mit weißen Zähnchen bestückt, und solange es nicht regnete, würden sie rasch vorankommen. Doch der Himmel war in diesem Teil der Welt weitaus launischer als im Süden.

Eine Bewegung riss Cinna aus seinem Grübeln, als

Inguiotar neben ihm die Hände auf die Knie stützte und sich vorbeugte. »Wrahja ...«

Der Mann mit dem lahmen Bein straffte sich, als Inguiotar seinen Namen nannte.

»Wrahja, dein Ruf hat dir das Leben gerettet. Du bist nicht von hoher Geburt, aber du hast dich durch Mut und Kampfkraft bewährt, und deine Schläue verschaffte dir einen Platz neben Daguvaldas Sitz.«

»Spar dir deine Worte, Inguiotar. Du willst Daguvaldas Absichten von mir erfahren, um damit deine tüchtigen Verbündeten für ihre Dienste zu bezahlen.« Wrahja spuckte vor sich in den Staub.

Inguiotar verzog keine Miene angesichts dieser Beleidigung, sondern erwiderte das Funkeln in Wrahjas Augen mit einem feinen Lächeln. Cinna bemerkte, dass Ahtala sich an den Männern vorbeischob, verfolgte den Weg des jungen Mannes, bis er dessen Vater, Ahtareths, den Priester des Dorfes, entdeckte, der einen offenbar schweren, in Tuch eingeschlagenen Gegenstand trug. Ihm folgten Thauris und Catufleda. Ahtala führte den Alten zum Ratsplatz, wo dieser das Bündel behutsam zu Boden legte und öffnete.

Ein Stein kam zum Vorschein, ein dunkelgrauer Quader, übersät mit Einschlägen, eine Ecke war abgebrochen. Wrahja rang sichtlich darum, eine verächtliche Miene zur Schau zu stellen, während der fremde Priester die Schultern einzog, was ihn geradezu schrumpfen ließ.

»Du solltest wissen, Wrahja«, begann Inguiotar bedächtig, »dass alles, was man nicht selbst getan hat, nicht gut getan ist. Weil ihr Teiwas' Zorn fürchtetet, befahlt ihr den Gefangenen, den Schwurstein zu zerstören und im See zu versenken. Aber da die Gefangenen den Zorn der Götter ebenso fürchten wie ihr, haben sie den Stein nicht zerstört, sondern an einer seichten Stelle versenkt. Ihr habt meinen Ratsplatz geschändet, den Hain des Thunaras und des Teiwas entweiht – doch Teiwas' Schwurstein habt ihr nicht zerstören können.«

Als Ahtareths sich erhob, wurde der fremde Priester nach vorn geschoben, und Ahtareths' Hand schloss sich um dessen Arm. Wrahja war kreidebleich, sein Mund nur noch eine dünne Linie unter dem hübsch gestutzten Schnauzbart.

»Lege deine Hand auf den Stein!«, befahl Inguiotar dem Priester, der nur widerstrebend nachgab.

»Als Schwurpriester darf er nicht lügen«, flüsterte Ahtala Cinna zu, »schon gar nicht, wenn er den Schwurstein berührt, sonst fällt der Zorn des Gottes auf ihn, und alles, was seine verfluchte Hand berührt, verdorrt.«

»Haben Daguvaldas Männer mit deiner Hilfe geschworen, Stillschweigen zu bewahren über all ihre Beschlüsse und Absichten?«, dröhnte Inguiotars Stimme über den Platz.

Zögernd nickte der gefangene Priester.

»Kennst du ihre Beschlüsse und Absichten?«

Vergeblich versuchte der Mann, seine Hand von dem Schwurstein zu reißen, Ahtareths presste sie auf den grauen Fels, und der Mann senkte langsam den Kopf.

»Die mitgeführten Gefangenen sollten zu Arminius gebracht werden. Um die Fürsten der Chatten auf seine Seite zu ziehen, hätte er ihnen diese Männer zum Geschenk machen können – als Vorgeschmack auf die Erfüllung seines Versprechens reicher Beute an Gold und Sklaven. Ist das richtig?«

Der Priester zog den Kopf zwischen die Schultern, während Wrahjas Miene erstarrte.

»Ist das richtig?«, donnerte Inguiotar, und Cinna stemmte die Fäuste auf die Oberschenkel, um sich aufrecht zu halten.

Ein eingeschüchterter Blick unter gesenkten Lidern war die Antwort. Wrahja stieß pfeifend die Luft zwischen den Zähnen aus.

»Du siehst, Wrahja, wir brauchen deine Zunge nicht, wir hätten sie dir schon längst herausreißen können. Wir haben allerdings eine bessere Verwendung für dich. Wir haben beschlossen, dich dem römischen Heerführer Tiberius zu überstellen.«

Cinna blieb regungslos, sie sollten seine Überraschung nicht bemerken. In den Reihen der Zuschauer entdeckte er Fronto, dessen Grimassen Bände sprachen. Er hatte dem Decurio durch Hraban die Vorbereitungen für den Marsch übertragen, nun drängte Fronto zum Aufbruch. Inguiotar machte eine Handbewegung, zwei Krieger traten vor, ergriffen Wrahja und schleppten ihn davon.

»Sie bringen ihn zu deinen Leuten«, erklärte Inguiotar. »Den Priester behalten wir – ihr habt ohnehin keine Verwendung für ihn, aber uns wird er von Nutzen sein. Außerdem gebe ich euch die erbeuteten Pferde mit, damit ihr so schnell wie möglich zu Wakramers' Burg gelangt.«

»Warum tust du das?«

»Du bist der Mann meiner Tochter, und du hast bewiesen, dass dir dieser Bund etwas bedeutet. Hraban war kaum davon abzubringen, dich auf dem Rückweg zu begleiten. Aber es wird Ahtalas Aufgabe sein, euch auf dem schnellsten Weg in sicheres Gebiet zu führen.«

Cinna wollte widersprechen, doch Inguiotar beschied ihn mit einem unmissverständlichen Kopfschütteln und erhob sich. Auf dem Hang ordneten sich bereits die ersten Turmen zum Abmarsch. Mühsam richtete Cinna sich auf, bemerkte Hrabans stützenden Arm mit Erleichterung, als sich Inguiotars warme Pranken um seine Hände schlossen und sie drückten. Unter den buschigen Brauen leuchtete Zuneigung.

»Meine Tochter hat den besten Mann gewählt, den ich mir denken kann.«

»Hätte sie sich deinem Wunsch gefügt, Daguvaldas Frau zu werden, wärt ihr nicht angegriffen worden.«

»Hätte sie sich meinem Wunsch gefügt, wären wir heute in einer weitaus schlimmeren Lage – und du wärst tot, mein Sohn.«

Hraban hielt den grauen Hengst am Zügel und strich über dessen Hals, während Cinna letzte Befehle erteilte, dann zu ihm trat und die Leinen übernahm.

»Sie werden nicht noch einmal kommen, Hraban, nicht vor Ende des Winters. Arminius wird seine Pläne ändern müssen – und ihr werdet auch dann treue Verbündete haben.« Er wies auf Thiudareiks und dessen Krieger, auf Wakramers' Männer, die Hraban selbst hierher geführt hatte. »Sie werden hier bleiben und euch beschützen, solange es nötig ist.«

»Das ist es nicht, weswegen ich mir Sorgen mache«, murmelte Hraban. »Du hast alles riskiert, um uns zu helfen, und alles, was wir dir geben können, sind eine Hand voll befreiter Gefangener, ein paar Pferde und der Berater eines unwichtigen Unterführers.«

Thauris schob ihren Sohn beiseite, legte ihre Hände um Cinnas Kopf und zog ihn zu sich, um ihn auf die Stirn zu küssen und auf beide Wangen.

»Die Götter mögen dich beschützen auf deinen Wegen, mein Sohn, und auf dem schweren Gang, der vor dir liegt.« Ihre Hände glitten über seine Schultern und Arme hinab. »Ich lasse dich nur ungern fort, weil deine Wunden wieder aufbrechen können, wenn du dich zu sehr anstrengst.«

»Und ich darf nicht bleiben, wenn ich nicht wie ein Verräter aussehen will.« Er hob den Blick zu Inguiotar, der sich mit verschränkten Armen hinter ihr aufgebaut hatte. »Dass ihr mir Wrahja und die befreiten Gefangenen überlasst, wird mir helfen, mich gegen den Vorwurf des Verrats zu verteidigen. Ob es mich rettet, wissen die Götter.«

Als Inguiotar knapp nickte, wandte er sich ab und griff nach den Sattelhörnern. Ein kurzer Blick zu Hraban, und dieser trat zu ihm, beugte sich leicht vor und verschränkte wie ein Reitbursche die Finger. Cinna setzte den Fuß in die Hände und schwang sich vorsichtig auf den Grauen; der Schmerz war erträglich, selbst als Fulgor den Kopf hochwarf und tänzelte. Irgendwie würde er diesen langen Ritt durchstehen.

Noch einmal trat Thauris zu ihm, nahm seinen Arm und drückte ihm etwas in die Hand. Er fühlte einen dünnen Lederriemen und ein Ding von der Größe einer Bohne zwischen den Fingern.

»Ein Blutstein – er hat mich immer beschützt«, flüsterte sie. »Ich möchte, dass du ihn meiner Tochter übergibst.«

Er betrachtete den dunklen Edelstein. Vor langer Zeit hatte er sein Amulett in eine Kloake von Athenai geworfen, einen silbernen Doppelphallus, den ihm sein Vater feierlich um den Hals gelegt hatte, als er die reinweiße Männertoga empfangen hatte. In der Fremde auf sich selbst gestellt, verraten von seinem engsten, einzigen Freund, hatte sich das Ding als trügerischer Schutz erwiesen.

Thauris strich dem Pferd über die Nase und murmelte in dessen aufmerksam gespitzte Ohren, und während Inguiotar wie aufgepflanzt dastand, zog Hraban den Kopf ein und machte ein unglückliches Gesicht. Erst als Catufleda sich an seine Seite schmiegte, erhellte ein Lächeln seine Züge. Der Abschied beschränkte sich auf ein bedächtiges Kopfnicken; nur Thauris formte Worte mit den Lippen und tippte solange nachdrücklich mit den Fingerspitzen auf die kleine Mulde unterhalb ihrer Kehle, bis Cinna sich den Riemen um den Hals legte.

XIV

Sie hatte es geschafft.

Zufrieden zupfte Sunja die Polster und Kissen zurecht, die über die Klinen im Speisesaal gebreitet waren. Dieser Raum war ihr der zweitliebste, hier würden sie an Feiertagen tafeln, hier würde Cinna seine Gäste empfangen, und sie glaubte bereits das Klappern der Zimbeln und die warmen Töne der Aulen durch den Innenhof hallen zu hören. Ihre Finger glitten über das Holz der beiden Türflügel, die dann weit offen stünden, damit die Gäste zwischen den einzelnen Gängen die Darbietungen der Musiker und Tänzer im Innenhof genießen konnten. Sie drehte sich lächelnd um die eigene Achse. Von einem solchen Haus hatte sie geträumt, seitdem sie aus der Italia in ihr Elternhaus zurückgekehrt war. Sie hatte es sich größer gewünscht, geräumiger, die Wandbilder und Vorhänge prachtvoller, aber es war ein Anfang – und es war *ihr* Heim.

Sie lehnte sich an die Tür, um hinter den geschlossenen Lidern Cinnas Bild heraufzubeschwören, sein Lächeln, seine schwarzen Augen, und als sie die Wange an das Holz schmiegte, stieg in ihrem Leib eine warme Woge auf wie ein Schmetterlingsschwarm. Er würde bald zurückkehren. Die Nachricht, die er ihr geschickt hatte, war kurz gewesen, die Besorgnis, jemand könnte sie abfangen, hatte sie deutlich herausgelesen; aber das Siegel war unberührt, als sie die dünnen Täfelchen erhielt.

Seit dem Umzug hatte Cornelia sich im hinteren Teil des Hauses eingenistet, krank vor Sorge, wie ihre Miene verriet. Noch am Tag von Cinnas Abmarsch hatte sie sich in ihrer Kammer eingeschlossen und fortan kaum noch sehen lassen Manchmal war sie mit verquollenem Gesicht durch den Flur geschlichen, und selbst die überraschende Übersiedlung ins Nachbarhaus hatte sie wortlos hingenommen. Vitalina hingegen hatte Sunja mit Geschenken überhäuft, Träger gemietet und das neue Haus mit den wenigen Möbeln einrichten lassen, die Sunja bei einem Tischler in Auftrag gegeben hatte. Dazu überließ sie ihr leihweise einige andere Stücke, die sie kurzerhand für entbehrlich erklärt hatte. Nur ein Machtwort des Pontius, der mit seiner Legion unter dem Befehl des Tiberius just nach Mogontiacum zurückgekehrt war, konnte sie davon abhalten, täglich im neuen Haus nach dem Rechten zu sehen.

Tiberius' Ankunft war mit großem Pomp vonstatten gegangen. Den Opferfeiern blieb Sunja fern; Cinna hatte sich über Befehle hinweggesetzt, als er mit Hraban und einem Teil seiner Cohorte ins Ungewisse aufgebrochen war. Die drängende Bitte, von dem Dokument, das die Vormundschaft des Publius Vinicius über sie und ihre Schwester bezeugte, eine beglaubigte Abschrift anfertigen zu lassen und diese stets bei sich zu tragen, hatte verraten, dass er fürchtete, auch sie und Saldir in Gefahr gebracht zu haben. Doch seitdem Sunja wusste, wohin Cinna unterwegs war, seitdem das, was ihr Angst gemacht hatte, kein formloser Schemen mehr war und sie wusste, worum sie beten sollte, wuchs ihre Zuversicht. Um ihr Gelübde zu bekräftigen, hatte sie eine einzelne Locke zum Heiligtum der Minerva getragen; sie vertraute der fremden Göttin, deren Bild sie zu den beiden Laren in den Hausaltar gestellt hatte. Jeden Abend ließ sie dort ein Körnchen Weihrauch in einem Schälchen verglimmen, während sie ein stilles Gebet verrichtete.

In der großen Kammer verbreitete ein Kohlebecken behagliche Wärme, und die Öllampen am Kandelaber tauchten alles in goldenes Licht. Sunja glättete den fertigen Stoff und schnitt sorgsam die Kettfäden zu; vernähen würde sie die Bahn später. Die blassgrüne Wolle war für einen Chiton gedacht, der Saldir durch den Winter bringen sollte, fester, weicher Stoff, der die Kälte abhielt.

Schritte hallten durch den Flur. Sunja erkannte Reika an ihrem Gang, noch bevor die Dienerin in der Tür erschien, artig knickste und sich mit gesenktem Kopf ihrer Herrin näherte. Sie kniete vor ihr nieder, blieb jedoch stumm. Sie hatte gelernt, dass es sich in einem römischen Haushalt nicht ziemte, wenn Sklaven unaufgefordert die Stimme erhoben – Vitalina war eine strenge Zuchtmeisterin gewesen.

»Nun sag schon, was dich zu mir treibt«, ermunterte Sunja sie.

Reika hob den Kopf, ihre Augen schwammen in Tränen. Sunja erriet den Grund ihres Kommens, ohne dass die Dienerin auch nur ein Wort sagen musste.

»Du wolltest dein Töchterchen holen, aber Cornelia hat dich wieder weggeschickt mit den Worten, sie würde dir das Kind bringen lassen, wenn sie seiner überdrüssig werde, nicht wahr?«

Während Reika nickte, rollten Tränen über ihre Wangen. »Sie entfremdet sie mir«, jammerte sie. »Sie füttert sie, kleidet sie, spielt mit ihr wie mit einer Puppe und singt sie in den Schlaf – sie hat ihr sogar einen anderen Namen gegeben! Bald werde ich kein Kind mehr haben.«

»Was erwartest du von mir? Soll ich etwa hingehen und dein Kind holen?« Kopfschüttelnd faltete Sunja den ungesäumten Stoff auf ihrem Schoß zusammen, strich ihn glatt. »Reika, denk nach! Die Kleine hat es gut bei ihr, sie tröstet Cornelia über ihre Sorgen hinweg, und dafür lässt Cornelia ihr eine sorgfältige Erziehung angedeihen. Du könntest deiner Tochter niemals etwas Ähnliches bieten – und du darfst nicht nur daran denken, dass du das süße Ding immer um dich haben willst. Was wird sein, wenn sie älter wird? Wenn Cornelia sie zu einer Zofe heranbildet, wird es ihr besser gehen als einer Küchenmagd.«

»Du begreifst es nicht!«, platzte Reika heraus, »Du hast ihn, hattest ihn schon immer, selbst als du ihn nicht wolltest – ich habe nur das Kind!«

Ihre Stimme dröhnte Sunja in den Ohren. Mit steifen Fingern strich sie über die blassgrüne Wolle, wieder und wieder. Reika war hastig zurückgewichen, kauerte in einiger Entfernung auf dem verrutschten Teppich und verbarg das Gesicht in den Händen, als sei sie vor ihren eigenen Worten erschrocken.

Nur das Kind. Vor nicht allzu langer Zeit hätte Sunja noch ihr Leben geopfert, um ihrem Leib ein Kind abzuringen. Ja, sie hatte ihn, aber um welchen Preis? Allnächtlich lag sie wach in ihrem Bett, bangte und betete. Sie drückte den Stoff fest an sich und würgte den Kloß hinunter, während Reika auf Händen und Knien näher kroch, bis ihre Stirn den Boden vor Sunjas Füßen berührte. Ihre straffen Zöpfe glitten über ihre Schultern, entblößten den Nacken, wo ein dünner, bräunlicher Schatten im Licht der Öllampen zitterte.

»Verzeih mir, Herrin«, flüsterte die Magd mit erstickter Stimme. »Ich habe mich ungebührlich betragen.«

Müde erhob Sunja sich, den Stoff auf ihren Armen. »Es ist dein Kind. Ich werde mit Cinna darüber sprechen, und er wird eine Entscheidung treffen, an die wir alle uns halten müssen. Vergiss nicht, er ist der Vater. Er wird das Richtige tun.«

Sie ging langsam zur Tür, ließ Reika dort zurück, wo sie noch immer kniete, die Stirn auf den Boden gedrückt; erst im Türrahmen drehte sie sich nochmals um. Die Magd hatte inzwischen den Kopf gehoben und blickte scheu über die Schulter.

»Eine Herrin mit düsterem Gemüt ist eine Plage«, sagte Sunja leise. »Und auch ich war eine Herrin mit düsterem Gemüt.«

Ein Hund schlug an. Als gleich darauf eine helle, atemlose Männerstimme im Lichthof zu hören war, trat Sunja hinaus; der wachhabende Sklave knurrte dem unsichtbaren Ankömmling im Eingangsflur Warnungen zu, unterbrochen vom Blaffen der großen, braunen Hündin. Die Sonne war längst untergegangen, und bei Nacht war es nicht ratsam, Fremde hereinzulassen. Sunja schnappte Wortfetzen auf, der Mann versuchte die Dringlichkeit seiner Nachricht zu bekräftigen, drang aber wohl nicht durch. Sie drückte Reika den Stoff in die Arme, raffte ihre Tunica zusammen und hastete zum Eingang.

Mit seiner massigen Gestalt versperrte der Türwächter einem Mann, von dem Sunja nicht mehr sah als einen dunkelroten Umhang aus grober Wolle, den Weg ins Haus. Die Laterne, die er auf der Schwelle abgestellt hatte, beleuchtete haarige Waden in schlammbespritzten Soldatenschuhen, und ein scharfer Geruch nach Pferden, Schweiß und Leder machte sich in dem engen Flur breit.

»Du kannst so nicht eintreten!«, beharrte der Sklave, dessen Aufgabe es war, das Haus zu bewachen.

»Ich sagte bereits, dass mir ausdrücklich befohlen wurde, Gaius Cinnas Frau diese Nachricht unverzüglich nach meinem Eintreffen auszuhändigen – nur ihr.«

Sunja schob sich aus dem Schatten des Flurs neben den Türsteher. »Ich bin Sunja, Gaius Cinnas Frau. Sei gegrüßt in seinem Haus.«

Der Soldat stutzte, dann kramte er hastig in den Falten seines fleckigen Waffenrocks und förderte ein schmales

Bündel zutage, aus dem er zwei dünne, verschnürte Täfelchen wickelte, die er ihr reichte.

»Verzeih meinen Auftritt, Herrin«, murmelte er. »Mein Name ist Marcus Laenas, ich diene unter deinem Mann, der mich zu dir schickt, um dir dies zu bringen. Ich musste nach meinem Eintreffen zunächst im Lager Bericht erstatten. Erst als sie mich für das Bad entließen, konnte ich kommen, um meinen Auftrag zu erfüllen. Ich hoffe, mir ist niemand heimlich gefolgt.«

»Ist Gaius Cinna gesund und unversehrt?«

Der Soldat knetete seine Fäuste, als wäre ihm kalt. »Darüber darf ich nicht sprechen.«

Argwöhnisch musterte Sunja ihn, die muffig riechenden Tafeln in den Händen wendend.

»Ich darf nicht«, fuhr er fort. »Alles was ich dir sagen kann, ist, dass er mit den Soldaten vor zwei Tagen von Ucromerus' Siedlung aufgebrochen ist und in drei Tagen hier eintreffen wird. Glaube mir, Herrin, er hat es eilig, hierher zu kommen und Rede und Antwort zu stehen.«

»Rede und Antwort zu stehen?«

»Er hat sich über Befehle hinweggesetzt, als er mit den ubischen Reitern gen Norden aufbrach. Aber die Ubier sind ihm gerne gefolgt, und die Verhandlungen, die während seiner Abwesenheit ausgesetzt worden waren, sind zu unser aller Zufriedenheit abgeschlossen worden.« Er rieb sich mit hochgezogenen Schultern die Arme. »Hab Geduld, Herrin, und bitte, dringe nicht in mich! Ich kann und darf nichts sagen.«

»Reika, bring ihm gewärmte Tücher!«, hieß Sunja ihre

Magd, deren unruhigen Atem sie hinter sich vernommen hatte.

»Nein, Herrin, das könnte auffallen. Ich darf gar nicht hier sein.«

»Tiberius Caesar ist nicht dumm, Marcus Laenas, er weiß, dass du hier bist.«

Reika kam mit einem Bündel, auf dem ein Bimsstein und ein Salbfläschchen lagen; als sie dem Soldaten den Stapel reichte, lächelte er scheu und senkte den Kopf zum Dank, dann verschwand er in der nächtlichen Straße.

Später lag Sunja rücklings auf dem Bett, drückte die Täfelchen an ihre Brust und starrte die Deckenbalken an. Lautlos formten ihre Lippen die wenigen Worte, die Cinna in das Wachs geritzt hatte, und sie glaubte, die Wärme seiner Hände auf dem Holz zu spüren. Drei Tage. Zwei einsame Nächte. Der dunkle Stein ruhte in der Mulde unter ihrer Kehle. Er hatte ihr das Amulett ihrer Mutter geschickt.

Sie wandte sich zur Seite, der Blutstein perlte auf das Kissen, und die beiden Lämpchen tauchten die Bilder, die Pontius' Ältester gemalt hatte, in ein warmes Licht, ein Mädchen, das sich seinem begehrlichen Liebhaber zuwendet, ein Paar amüsiert sich in einem Garten – Sunja stieg das Blut in die Wangen, als sie sich vorstellte, Cinna mit der gleichen Freimütigkeit auf den Schoß zu klettern, wie dieses hübsche Ding es tat.

Die Täfelchen lagen in ihren Händen, glatt geschliffen. Leicht waren die Buchstaben hineingeschrieben, kaum das Wachs ritzend, leicht wie seine Finger, wenn er sie über ihr Gesicht gleiten ließ, von der Stirn bis zu den Lippen, auf denen sie liegen blieben, leicht, als wollten sie ihren Atem ertasten, bevor er mit der Hand sanft ihr Kinn umfasste, ihren Kopf hob, seinen Mund auf ihren legte. Seine Zunge über ihre Lippen fahren ließ. Leicht. So leicht. Bis er sie zwischen ihre Zähne schob, als wollte er nicht nur in ihren Mund, sondern zugleich in ihre Seele eindringen. Sehnsucht raste durch ihre Gedanken wie der Sturm von den Bergen herab in die Bäume.

»Bring ihn mir zurück!«, wisperte sie erstickt. »Bring ihn mir zurück!«

*

Der Heereszug kroch vom Hafen herauf, nahm fast die gesamte Breite der Straße zum Haupttor ein, an der Spitze die Offiziere und Feldzeichenträger zu Pferd. Sunja zog den Umhang enger um die Schultern und nickte Saldir zu, die auf den Sohlen wippte wie ein Kleinkind. Sie war selbst kaum zu halten; was immer der Bote ihr verschwiegen hatte, die Sorge hatte ihr den Schlaf geraubt. Als ein Sklavenjunge aus der Nachbarschaft die Nachricht brachte, dass die zurückkehrende Cohorte sich dem jenseitigen Ufer des Rhenus nähere, um überzusetzen, hatte sie ihre Arbeit fallen gelassen, sich einen Mantel um die Schultern geworfen und war hinausgestürzt auf die Straße, wo sie Saldir traf, die von Reika aus dem

Haus des Pontius gerufen worden war. Cornelia war ihnen nicht gefolgt.

Menschen säumten die Straßen, die Angehörigen der Soldaten reckten die Hälse nach den Näherkommenden, Männer in Waffenröcken, an deren Gürtel Dolche hingen, erwarteten ihre zurückkehrenden Kameraden mit verschränkten Armen. Ein Mann rannte die Straße hinauf, ruderte mit den Armen und stieß heisere Schreie aus.

»… befreite Geiseln! Sechsundzwanzig!«

Durch die Menge ging ein Raunen, und die Menschen drängten auf den festgestampften Lehm der Straße, verstellten die Sicht auf die ersten Reiter, den Praefecten mit seiner Leibwache.

Sunja mochte nicht glauben, dass der Mann, der sich kaum auf dem Grauschimmel halten konnte, Cinna war, eingezwängt zwischen zwei Leibwächtern; einen der beiden kannte Sunja flüchtig, der andere jagte ihr einen Schrecken ein, als er ihr grüßend zunickte. Er war ihr von Kindesbeinen vertraut – Ahtala, Sohn des Priesters auf ihres Vaters Burg. Er hielt Cinnas Arm, stützte ihn. Saldir umklammerte ihre Hand.

Sunja sah, wie Cinna sich umschaute, wie sein Blick auf ihr Gesicht fiel, wie sich seine Züge aufhellten, als er sie erkannte. Er brachte das Pferd zum Stehen. Während er sich mühte, aus dem Sattel zu gleiten, war Ahtala abgesprungen und half ihm, bis Cinna ihn zur Seite schob. Allein näherte er sich Sunja mit tastenden, langsamen Schritten. Als er sie erreichte, sie umschlang, schien sein ganzes Gewicht auf ihr zu lasten; sein Atem flatterte an ihrem Hals, seine Finger griffen in ihren Umhang, als wolle er sich darin festhalten. Zögernd legte sie ihre Arme um ihn. Er hob den Kopf ein wenig, genug, dass seine spröden, trockenen Lippen ihre fanden, und da ließ er sie liegen.

Schließlich richtete er sich wieder auf, langsam, als bereite ihm jede Bewegung unendlich Mühe. Sie bemerkte die beiden Schwerbewaffneten mit den versteinerten Gesichtern, die hinter ihm standen, keine Leibwächter, sondern Bewacher; sie hatten Ahtala und Nonnus beiseite gedrängt.

»Dir und Saldir wird nichts geschehen, dafür habe ich gesorgt. Alles andere kommt, wie es kommen muss.«

»Wann wirst du zuhause sein?«

Leicht glitten seine Finger über ihr Gesicht, streichelten ihre Lippen. Vergeblich versuchte sie sein dünnes Lächeln zu erwidern, und die Worte, die seine Lippen formten. Nachdem er Saldirs Schulter berührt hatte, ließ er sie stehen, um den Bewachern die Straße zum Haupttor hinauf zu folgen.

Minerva hatte ihren Teil des Handels erfüllt – er war zurückgekehrt, wenn auch verletzt, jetzt war es an Sunja, ihr Gelöbnis einzuhalten, dann würde die Göttin ihr weiterhin helfen.

Sunja entzündete das letzte bereitliegende Weihrauchkörnchen und beobachtete, wie der dünne graue Rauchfaden sich aufwärts schlängelte, als ein Schatten über ihre Hände glitt. Sie fuhr herum und blickte in Cornelias funkelnde Augen. Die Römerin hatte versucht, mit Khol die Schatten auf ihren Lidern zu übertünchen.

»Du hast mich nicht rufen lassen«, fauchte Cornelia.

Sunja verschränkte die Arme vor der Brust und starrte ihre Schwägerin an.

»Du blöde Barbarin hast nicht die geringste Ahnung, was du meinem Bruder antust. Der Arme ist von deinen mageren Reizen völlig gefesselt und setzt alles aufs Spiel, um dir zu Gefallen zu sein – seine Soldaten, sein Leben, einfach alles!«

Sunja hatte dem sprühenden Hass nichts entgegenzusetzen – nichts als ihr Vertrauen – und schwieg. Unvermittelt drehte Cornelia sich um und stolzierte davon. Versonnen wischte Sunja über den Boden der kleinen Altarnische. Cornelias Feindseligkeit schmerzte sie, zumal sie bemerkte, dass die Römerin ihre schroffe Maske immer nur für kurze Zeit aufrechterhalten konnte, bevor sie flüchtete. Vor einiger Zeit hatte Sunja heimlich ein Tonfläschchen neben Cornelias Webrahmen gelegt, eine Salbe, um die von den dünnen Fäden wunden Hände zu behandeln; doch erst nach drei Tagen war das Gefäß verschwunden, und kein Wort des Dankes kam über Cornelias Lippen. Die Angst um Cinnas Leben verband sie – was immer ihm zustieße, würde schlimme Folgen für beide haben.

Den Weg zum Tempelbereich brachte Sunja nur mühsam hinter sich. Stechender Kopfschmerz kündigte die dünne Blutung an, die sie wieder heimsuchte. Sie würde eine Heilerin brauchen. Die fahlen Schatten in den Augenwinkeln hielt sie schon lange nicht mehr für boshafte Daimonen, obwohl es ihr das Erdulden dieser Pein erleichtern würde. Die Unpässlichkeit verdross sie umso mehr, als sie unnötig war; ihr Körper war ein dürrer Acker, auf dem nichts gedieh. Vergebens hatte ihre Mutter sich von dem Blutstein getrennt, den seit Alters her Mütter an ihre Töchter weitergereicht hatten, damit er ihnen Kraft verlieh, Schwangerschaften und Geburten zu überstehen. Was Sunja blieb, waren die Aufgaben einer Hausherrin – und die einer aufmerksamen und treuen Geliebten.

Cinna befand sich im Valetudinarium; nach dem anstrengenden Ritt brauchten seine Verletzungen sorgfältige Pflege. Sie durfte nicht zu ihm; eine Nachricht des Centurio Firmus hatte sie erreicht, in der er ihr mitteilen ließ, sie müsse sich gedulden. Dass Firmus nicht selbst gekommen war, verwunderte sie, aber vielleicht scheute der Centurio sich, das Haus seines Praefecten zu betreten, wenn dessen Frau und Schwester dort allein waren.

Am Tor zum Heiligtum blieb Reika zurück; sie war nicht zu bewegen, einen geweihten Bezirk zu betreten, den die ihr unbekannte, für Handwerk und Wissenschaften zuständige Göttin mit dem Gott des Krieges teilte. Die Priesterin der Minerva empfing Sunja mit offenen Armen, segnete sie zum Gruß, und führte sie dann selbst in ihre Gemächer, die geschmückt waren mit Bildern und Statuen der Göttin. Das wenigste davon konnte auch nur annähernd als schön bezeichnet werden; unbeholfene Hände hatten ihre Dankbarkeit in diesen Gegenständen zum Ausdruck gebracht, und die Hüterin des Heiligtums war verpflichtet, die frommen Gaben in Ehren zu halten.

Eine barfüßige Sklavin wartete mit einer Schere hinter einem gepolsterten Stuhl. Der Boden war sorgsam mit schneeweißen Tüchern ausgelegt, damit kein Haar verloren ginge, und ein Hauch von Weihrauch und Lorbeer tanzte mit den funkelnden Staubkörnchen im Sonnenlicht, als die Sklavin behutsam die Nadeln und Bänder aus Sunjas Haar löste und die herabfallenden Locken über ihre Schultern breitete. Sanft fuhr das Mädchen mit einem grobzinkigen Kamm durch die schimmernde Pracht, dann griff sie eine erste Strähne hinter Sunjas linkem Ohr. Das feine Knirschen, mit dem die scharf geschliffenen Klingen durch das Haar fuhren, schnürte Sunja die Brust zu. Bis zu den Hüften hatten sich ihre Locken geringelt, dicht und glänzend wie flüssiges Gold. Jetzt sammelten Claudia Ansellas Hände sie vom Boden auf und glätteten sie sorgsam. In den Augen der Frau leuchtete kindliche Freude. Zweifellos war die Sklavin, die diese prachtvolle Ernte für Minerva einfuhr, eine Perückenmacherin, und sie würde der Göttin und ihrer Priesterin daraus einen würdigen Kopfputz knüpfen.

Ein feiner Sprühregen trübte die Sicht, als Sunja das Heiligtum verließ, und Reika, die beim Tor gewartet hatte, empfing sie mit einem verstohlenen Blick. Schweigend kehrten die beiden Frauen nach Hause zurück, wo Reika in der großen Kammer ihrer Herrin den Umhang abnahm. Sunja bedeckte den Nacken mit beiden Händen, sie hatte unter der Kapuze des Mantels gefroren, denn das Haar reichte ihr kaum noch bis zu den Schultern. Sie hatte die Locken geopfert, die ihr Leibreiz verliehen, einen Teil ihres Selbst. Kein einziges Mal hatte sie darüber nachgedacht, wie oft Cinna ihr Haar geflochten und Strähnen um seine Finger gewickelt hatte, und in der Heimlichkeit ihrer Kammer hatte er es manchmal gekämmt. Er würde sie hassen dafür, dass sie es verkauft hatte.

Um sein Leben.

Sie hatte es nicht verkauft, sie hatte es hingegeben für den Schutz einer mächtigen Verbündeten, einen Schutz, der bitter nötig gewesen war. Die ägyptische Königin Berenike hatte für das Heil ihres Mannes eine einzige Locke geopfert, die sich in ein Sternbild am Himmelszelt verwandelt hatte – Sunjas Geschenk würde die Priesterin der Minerva bei jeder Feierlichkeit tragen.

»Herrin, ich kenne mich aus mit kurzem Haar. Meine Mutter und ich mussten uns einige Male der Läuse auf diese Weise erwehren«, sagte Reika leise. »Wenn du erlaubst, werde ich es dir flechten und mit Bändern schmücken, dann sieht man es kaum. Nur wenn du den Kopf entblößt, wird der Knoten nicht so prächtig sein wie vorher.«

Sunja nickte und ließ sich auf den Schemel vor ihrem Webrahmen drücken. Unwillkürlich griffen ihre Hände nach dem Gewebe, prüften die Festigkeit, suchten die Schäfte und den Schuss, während Reika sich mit flinken Fingern an ihrem Haar zu schaffen machte. Sie hatte einen Korb voller Bänder herangezogen, legte zwei um Sunjas Kopf, wand gesponnene Wolle zu einem Knäuel, um das sie geschickt die Locken flocht, wie Sunja tastend feststellte. Es schien, als fehlte nicht viel. Die beiden bronzenen Spiegel schmeichelten ihr, dennoch fingerte Sunja einen Schleier aus dem Korb und knotete ihn um den Kopf. Sie würde ihn nur zum Schlafen ablegen.

Wolken und Nebel hüllten das Land an der Biegung des Rhenus in klamme Schleier, gelegentlich fiel sanfter, kalter Regen aus dem Dunst. Die Straßen und Wege hatten sich längst in Morast verwandelt, und am Rande der Siedlung klumpte fauliges Laub unter Bäumen und Hecken. Saldir und Apicula hielten sich abwechselnd in den beiden benachbarten Häusern auf, Apicula webte Stoffe und Bänder nach Saldirs Mustern, während Saldir bei den Spinnarbeiten ihren Gedanken nachhing. Ihre Freundschaft schien abgekühlt, doch die gemeinsame Arbeit verband sie, und jetzt, da auch Saldir ungeduldig auf Cinnas Rückkehr wartete, war Apiculas Gegenwart ihr ein Trost.

Als die Tür aufgestoßen wurde, schrak Sunja auf; Cornelia stand in der Tür, ihre Augen funkelten, und die Stola umflatterte sie. »Wo ist das Mädchen?«

»Reika ist in der Küche.«

»Schick sie zu mir!« Sie machte kehrt, doch bevor sie

entschwinden konnte, rief Sunja ihr nach: »Das werde ich nicht tun. Sie kümmert sich um das Abendessen.«

Cornelia drehte sich um, zog die dünn gezupften Brauen zusammen. »Das kannst du ebenso gut selbst tun.«

Apicula hielt inne und starrte die vornehme Dame mit offenem Mund an.

»Was erlaubst du dir?«, schrie Saldir. »Meine Schwester und ich sind die Töchter eines Fürsten und keine Mägde! Du bist nichts, du hast nichts, du spielst dich nur auf! Warum gehst du nicht dahin zurück, wo du herkamst?«

Wie das Mädchen vor ihr stand, die geballten Fäusten an die Oberschenkel presste und sie anfunkelte, ließ Cornelia sichtlich stutzen. Einen Atemzug lang verharrte sie bewegungslos, verengte die Augen und schob das Kinn vor. »Sorg dafür, dass dieses ... Kind sich angemessen benimmt!«

Saldir machte einen Satz, aber Sunja konnte sie gerade noch festhalten.

»Das reicht jetzt, Cornelia!«, stieß Sunja hervor.

»Das reicht, sagst du?« Die Römerin warf den Kopf zurück. »Du, deren Schuld es ist, dass mein Bruder sich auf ein dummes und gefährliches Abenteuer einließ, bei dem er schwer verletzt wurde. Du, deren Schuld es ist, dass man ihn eingesperrt hat, und niemand weiß, was wird!«

Erschrocken schlug Sunja die Hand vor den Mund. In der Stille konnte sie deutlich ihrer aller Atemzüge hören.

»Was hast du gesagt?«, flüsterte sie.

»Es ist deine Schuld!«

»Cinna ist … eingesperrt? Wer sagt das?«

Cornelia stieß einen Ton aus, der unschwer ihre Entrüstung erkennen ließ. »Was weißt du schon? Gar nichts! Hörst nichts und erfährst nichts – dir sagen sie nichts, dich schonen sie. Du bist auch nicht auf dem Markt gewesen, wo sie über den tapferen Praefecten tratschen und die sechsundzwanzig Mann aus den unglückseligen Legionen des Varus, die er aus der Sklaverei befreite. Aber Tiberius hat veranlasst, dass er das Valetudinarium nicht verlassen darf, und niemand weiß, wie lange er dort bleiben –«

»Wer behauptet das?« Sunja starrte sie an; sie hatte von Firmus Nachrichten erhalten, Cinna sei auf dem Wege der Besserung. Nachrichten, die sie vielleicht nur hatten beruhigen sollen.

»Das möchtest du wohl gerne wissen, nicht wahr?«, schnappte Cornelia. »Und dich an weiterem Unheil weiden, das du und deinesgleichen über meinen Bruder und mich gebracht haben.« Sie ballte die Fäuste. »Ein Jahr habt ihr ihn versklavt und gedemütigt – lange genug, um ihm für alle Zeit seiner Würde und seines Stolzes zu berauben! Wie überaus günstig das Schicksal es fügte, dass unser Vater starb, bevor ihm die Flucht gelang. Und wie überaus schlau von dir, ihn so in diese ungehörige Leidenschaft zu verstricken, dass er keine andere mehr heiraten will und dieses Elend niemals ein Ende haben wird.«

Sunja hob die Brauen. »*Du* sprichst von ungehöriger Leidenschaft? *Du*, die sich nachts ins Haus schleicht, aufgeputzt wie ein Opferschaf? Die sich am helllichten Tag bei den Lupanaren herumtreibt? Ich sollte dich aus dem Haus jagen – doch was tue ich? Ich bewahre dich vor der Strafe, die du verdient hast!«

Schon bevor sie geendet hatte, war Cornelia kreidebleich geworden, hatte nach der Lehne eines Sessels gegriffen und starrte Sunja an, als wäre diese eine tödliche Bedrohung. Die eingetretene Stille schien sie niederzudrücken, bis sie langsam auf dem Sitz zusammensank.

Ein Geräusch ließ Sunja herumfahren. Apicula bückte sich nach der Webarbeit, die ihr aus den Händen geglitten war, Saldir schlug die Augen nieder. Als Sunja zur Tür wies, huschten die beiden leise hinaus. Mit bebenden Schultern kauerte Cornelia auf dem Sessel, das Gesicht in den Händen. Sunja zog einen Schemel heran und ließ sich vor ihr darauf nieder. Für einen Moment kostete sie den Anblick aus, den das stumme Leid ihr bot, bevor sie sich überwand und ihre Hand auf Cornelias Arm legte. Ein klägliches Jammern beantwortete die Berührung, Cornelia hob den Kopf, über ihr Gesicht malten Tränen dunkelgraue Spuren, verklebten die Wimpern.

»Es ist vorbei«, schluchzte sie. »Ich habe alles verdorben. Und es ist besser so.«

»Warum? Was ist geschehen?«

»Ich habe ihm das Versprechen abgenommen, Gaius zu beschützen. Und gleich nach seiner Rückkehr habe ich ihm vorgeworfen, dieses Versprechen sei ihm wohl gleichgültig gewesen. Und als er heute sagte, dass Tiberius meinen Bruder im Valetudinarium festhalte, schrie ich ihn an, er wolle ihm überhaupt nicht beistehen, er habe ihn und mich nur benutzt, um den Befehl über diese Cohorte zu bekommen. Und dann habe ich ihn geohrfeigt und bin weggelaufen.«

Sie zupfte ein Tuch aus dem Beutel an ihrem Gürtel, feines, weißes Leinen, bunt umsäumt wie es sich nur vornehme Damen leisten konnten. Sunja tätschelte Cornelias Arm.

»Mein Vater hatte mich bereits einem anderen versprochen, als ich mich in deinen Bruder verliebte. Ich wusste mir nicht mehr zu helfen und sagte schließlich zu Gaius, ich dürfe ihn nie wieder sehen. Auf der Hochzeit verplapperte sich der andere jedoch, prahlte damit, dass er meinen Vater zu einem Bündnis mit Arminius zwingen wolle, damit der Gefangene diesem endlich ausgeliefert werden könne. Noch während der Feierlichkeiten verhalf mein Bruder Gaius zur Flucht.« Sunja senkte den Kopf. »Und dann hat Gaius mich entführt.«

Cornelia riss die schwarz umrandeten Augen auf. »Er hat dich deinem Bräutigam bei der Hochzeit entrissen? O dieser verwegene Lump!«, platzte sie heraus. »Das sieht ihm ähnlich!«

Sunja konnte sich das Lachen nicht verkneifen, presste die Hände auf die Lippen, als Cornelia in ihr Kichern einfiel wie ein junges Mädchen. Schließlich verstummten sie, schauten sich wortlos an, lächelten befangen.

»Liebst du ihn?«, flüsterte Cornelia.

Als Sunja nickte, schlang Cornelia ihre Arme um sie und zog sie in eine Wolke aus süßem Duft, Rose und Narde.

»Du siehst blass aus«, murmelte Cornelia an ihrer Schulter. »Ich werde in Zukunft mehr auf dich achten – keine Widerrede!«, rief sie, als Sunja zurückzuckte. »Du musst gesund sein, wenn Gaius nach Hause kommt.«

*

Sunja hatte lange warten müssen, bevor ein Soldat sie schweigend in einen hohen Raum führte, den sie augenblicklich wiedererkannte. Ihre Hände wurden schweißfeucht; hier hatte Tiberius sie Cinna übergeben. Die Wandmalereien täuschten hohe Sockel aus ägyptischem Porphyr vor und Pfeiler, die unter der Decke in Kapitellen endeten, dazwischen Ausblicke in Gärten mit blühenden Hecken, in denen bunt schillernde Vögel saßen. Den Boden bedeckten farbenfrohe Teppiche.

Ein Räuspern ließ sie herumfahren. Hinter dem Tisch stand ein Mann, der ihr halb den Rücken zuwandte; in den Händen hielt er ein Dokument, das er aufmerksam zu lesen schien. An ihrer Kehle pochte das Blut.

Knallend schlug Tiberius die Wachstafeln zu, dass sie zusammenzuckte.

»Es tut mir Leid, dass ich dich warten ließ«, begann er, ohne sich umzudrehen. »Auch während der Winterruhe beansprucht dieser Krieg meine ganze Aufmerksamkeit.«

Sunja senkte den Kopf in einer Geste der Demut. »Herr, ich bin hier, um für meinen Mann zu bitten.«

Jetzt wandte er sich ihr zu, musterte sie, ohne dass irgendetwas in seiner Miene erahnen ließ, was er dachte. »Ich habe mich schon gefragt, wann du kommen würdest, du oder Gaius Cinnas stolze Schwester.«

Sunjas Hände krampften sich ineinander, während sie unter seinem Blick mit dem Wunsch rang, niederzuknien und den Nacken zu beugen.

»Vielleicht ist es dir entgangen, dass dein Mann Anordnungen missachtet hat. Das ist Ungehorsam, und der wird mit dem Tode bestraft.«

»Wie kannst du es wagen?«, schrie Sunja auf. »Auf dem Marktplatz preisen sie seine Tapferkeit, weil er dem Arminius sechsundzwanzig Gefangene entriss. Du wirst als grausamer Tyrann gelten, wenn du –«

»Gaius Cinna war ungehorsam, und er befahl einem Teil seiner Soldaten, ungehorsam zu sein.« Obwohl er leise sprach, war seine Stimme schneidend scharf. »Und wenn ich in diesem Krieg etwas nicht gebrauchen kann, dann ist das ein Hilfstruppenführer, der das Missachten von Befehlen zu einer Heldentat macht.«

»Er konnte die Gefangenen nur befreien, indem er sich über deine Anordnungen hinwegsetzte.«

»Glaubst du wirklich, dass dein Mann losgezogen ist, um Arminius ein paar versklavte Legionäre zu entreißen? Ist es nicht vielmehr so, dass er *deinem* Vater helfen wollte, *deiner* Familie, die durch dich wohl auch seine geworden ist?«

Sowie er seine ungewöhnlich großen Augen unter der breiten Stirn auf sie richtete, hatte Sunja das Gefühl, jemand risse den Teppich unter ihren Füßen weg; sie wankte, unfähig, einen klaren Gedanken zu fassen, unfähig zu sprechen, unfähig, sich zu rühren unter seinem lauernden Blick. Sie zwang sich gleichmäßig zu atmen, als er langsam auf sie zukam. Seine Hand fuhr über ihre Schläfe und schlüpfte unter den weißen Schleier auf ihrem Haar. Sie schauderte, als er einige Locken aus dem Geflecht löste und durch seine Finger gleiten ließ.

»Was kannst du mir dafür anbieten, dass ich ihn nicht verurteile, Sunja, Inguiotars Tochter vom Stamm der Cherusker? Welchen Preis bist du bereit zu zahlen?«

Sunjas Wangen wurden kalt. Sie war ihm schon einmal ausgeliefert gewesen; gleich nach ihrem Eintreffen in Mogontiacum hatte man sie von Cinna getrennt, sie herausgeputzt wie ein teures Freudenmädchen und in das Haus des Imperators gebracht. Die ganze Nacht lang hatte sie stumm und reglos mitten in der Kammer gestanden, während Tiberius versucht hatte, mit ihr zu plaudern, ihr etwas von seinem Abendessen anzubieten, und nach langem Schweigen hinausgegangen war.

Damals hatte er sie nicht angerührt. Jetzt brannten seine Fingerspitzen auf ihrer Wange, seine Augen funkelten sie an, bis sie blinzelte und den Blick senkte. Mit dem Handrücken strich er ihren Hals hinunter, am Schlüsselbein entlang.

»Kannst du dich für ihn verbürgen?«

Sie sah auf, schluckte, befeuchtete die Lippen, die ausgedörrt schienen. Tiberius entfernte sich ein paar Schritte, dann wandte er sich ihr wieder zu. Sie unterdrückte den Widerspruch und nickte langsam.

»Ich höre«, sagte er kalt.

»Ich verbürge mich für ihn«, flüsterte sie heiser, »und für seinen Gehorsam.«

Wortlos fuhr Tiberius fort, sie zu mustern, als suche er etwas in ihren Zügen, ohne dass seine Miene verriet, was er denken mochte. Sein Blick bohrte sich in ihre Augen, nichts schien ihm zu entgehen, so dass sie sich erschrocken fragte, ob er die Gedanken hören könne, die in ihr umeinander stoben wie ein aufgescheuchter Vogelschwarm. Wie hatte sie diese Bürgschaft leisten können? Sie durfte nicht in seine Hände fallen – was immer geschah, sie durfte nicht in seine Hände fallen.

Ein Funke leuchtete in seinen Augen auf, ein winziges Lächeln grub sich in seine Mundwinkel. »Geh nach Hause, Sunja, Inguiotars Tochter. Vielleicht werde ich meine Entscheidung noch einmal überdenken.«

XV

Als Cinna den Gang zu seinem Bereitschaftsraum betrat, erblickte er Eggius, der sofort sein Gespräch unterbrach und ihm zunickte. Cinnas Argwohn, der Centurio habe ihn erwartet, wuchs, als Eggius dem Gefreiten noch einige rasche Anweisungen gab, um sich dann seinem vorgesetzten Offizier zuzuwenden.

Die Tür des Raumes war nur angelehnt, ein Mann schrak von der Schreibarbeit auf und grüßte stramm, als Cinna eintrat. Die Tafeln, die sich auf dem Tisch türmten und von denen Cinna inzwischen viele allein aufgrund ihrer Größe und ihres Umfangs einordnen konnte, entschuldigten den Gefreiten, der sich wieder in seine Arbeit vertieft hatte.

Eggius' schwere Schritte waren Cinna gefolgt, sein dünn pfeifender Atem unüberhörbar, bis er sich hart räusperte. Cinna drehte sich um, langsam, denn die noch immer nicht ausgeheilte Verletzung schränkte seine Bewegungsfreiheit ebenso ein wie die gehärteten Verbände, die ihm angelegt worden waren.

»Du hast darum gebeten, dass meine Centuria einer anderen Einheit zugeteilt wird.« Eggius' Tonfall ließ offen, ob dies eine Frage war oder eine Feststellung.

»Das ist richtig«, erwiderte Cinna. »Ich habe allerdings noch keine Antwort erhalten.«

Er bemerkte, dass der Schreiber sich aufrichtete und hastig die Stapel durchsuchte.

»Darf ich fragen, was dich zu dieser Eingabe bewegt hat, Praefect?«

»Nachdem du wegen meiner Handlungen eine Beschwerde eingereicht hattest, erschien es mir besser, dass sich unsere Wege trennen.«

»Es geht das Gerücht, ich hätte mich ungebührlich verhalten, deine Befehlsgewalt angezweifelt.«

Einen Augenblick lang verspürte Cinna den Wunsch, dieses Gerücht zu bestätigen, doch er zog nur die Brauen hoch. »Dazu gab es keine Veranlassung. Ich schlug vor, deine Einheit wieder in eine der Legionen einzugliedern.«

Da Eggius' Mund offen stehen blieb, hatte Cinna Mühe, sich das triumphierende Grinsen zu verkneifen; er wandte sich ab und nahm die versiegelte Doppeltafel auf, die der Schreiber über den Tisch geschoben hatte.

»Das, Praefect, wurde heute Morgen hier abgeliefert«, sagte der Soldat leise. »Es ist vom Imperator an dich persönlich gerichtet.«

Cinna sprengte das Siegel, indem er die Schnüre auseinander riss, klappte die Tafeln auf und lehnte sich unauffällig an den schweren Tisch, während er las. Es war die Ablehnung, die er erwartet hatte. In dürren Worten ließ Tiberius ihm mitteilen, er halte die Bewährungszeit nicht für beendet und sehe daher keinen Grund, der

Bitte nachzukommen. Cinnas Wunsch, den Cherusker Iulius Actala seiner persönlichen Leibwache zuzuweisen, werde er hingegen entsprechen.

»Das Ersuchen wurde ohnehin abgelehnt«, murmelte Cinna und reichte dem Centurio die Tafeln.

Als Eggius wieder aufsah, ähnelten seine Augen den schwarzen Steinen, die Cinna als Kind am Fuß des Vesuvius gesammelt hatte, Steine wie kostbares Glas, die abends im Licht des Feuers geisterhaft gefunkelt hatten.

»Es wäre mir eine Ehre, zwei meiner besten Männer zu deinem Schutz abzustellen«, schnarrte der Centurio.

»Dieser Befehl wäre absurd gewesen, wenn ich zur selben Zeit darum bitte, die Versetzung deiner Centuria rückgängig zu machen.«

»Es ist nicht gut, dass deine Leibwache ausschließlich aus Barbaren besteht, Praefect. Und dieser Iulius Actala gehört obendrein zu dem Stamm, der die Meuterei angeführt hat.«

»Du kennst meine Berichte – also weißt du auch, warum ich ihn angefordert habe.«

»Die Tatsache, dass er dein Leben rettete, beweist nicht seine Eignung zum Soldaten. Er mag ganz andere Gründe gehabt haben.«

»Du darfst davon ausgehen, dass er Gründe hat, auf unserer Seite zu kämpfen und den Verrat zu rächen. Sehr gute Gründe – auch wenn es seine eigenen sind.«

»Gründe, die niemand außer dir kennt, Praefect. Vermutlich nicht einmal der Imperator.«

Cinnas Wangen wurden heiß, und er runzelte unwillentlich die Stirn. »Ich muss feststellen, dass der Imperator Recht hat«, entgegnete er scharf, ehe er den Centurio entließ.

Eggius' Augen blitzten auf, als er sich so forsch umdrehte, dass die genagelten Sohlen auf dem Estrich knirschten. Zögerlich hob der Gefreite den Kopf von seiner Arbeit und schielte zu Cinna herüber, der eine Hand auf seine Rippen presste, um sich hinzusetzen. Das Schreiben des Tiberius legte er neben sich auf das Polster der Kline. Im Raum wurde es dämmrig; der Schreiber rückte einen Kandelaber neben seinen Tisch und entzündete drei Lämpchen. Erstaunlich genug, dass er noch Dienst tat, da soeben die Signale zur ersten Nachtwache durch das Lager tönten.

Im Türrahmen erschienen Nonnus und Ahtala und grüßten. Als Cinna den jungen Cherusker sah, gekleidet in einen kurzen roten Umhang über dem Waffenrock, aus dem die Beine in knielangen, braunledernen Hosen lugten, schüttelte er lächelnd den Kopf. Ahtala trug den dunkelgrünen Mantel, entfaltete das schwere Tuch und legte es sorgfältig um Cinnas Schultern, nachdem dieser sich vorsichtig erhoben hatte. Sie würden ihn nach Hause begleiten.

Die Front des Gebäudes wirkte düster und abweisend. Cinna presste den Arm an seine Rippen und blickte Ahtala auffordernd an; der junge Cherusker trat vor und pochte an die dunkle Tür, die sich gleich darauf knirschend öffnete. Ein bulliger Mann füllte den Rahmen, leuchtete ihnen ins Gesicht, verbeugte sich dann ehrerbietig, um die Ankömmlinge eintreten zu lassen.

Ahtala und Nonnus folgten Cinna, der sich im Vestibulum neugierig umschaute. Im Schein mehrerer Öllampen sah alles genauso aus, wie er es sich vorgestellt hatte, die Wände täuschten Pfeilerkolonnen vor, geschmückt mit blühenden Girlanden, und ein kurzer, enger Flur öffnete sich zu einem säulenumstandenen Innenhof, in den die kleinen, sanft erleuchteten Fenster des Obergeschosses herabblickten. Der Duft von gebratenem Fleisch und Gewürzen lockte Cinna in die nächste Raumflucht.

Mit einer brennenden Kerze in der linken und einem Becher verdünnten Weines in der anderen Hand schob Cinna die Tür zur Schlafkammer auf, als mit ihm die Katze ins dunkle Zimmer schlüpfte und schnurstracks auf Bett sprang. Er schimpfte leise, doch das Tier blinzelte ihn nur desinteressiert aus goldenen Augen an, bevor es sich wieder seiner Körperpflege zuwandte. Seufzend ließ Cinna sich auf der Matratze nieder, um den Becher abzusetzen und die honigduftende Kerze in den kleinen Ständer zu drücken. Sich hinzulegen erforderte ein bisschen Überwindung, die gebrochenen Rippen schienen sich noch immer wie Dolche ins Fleisch zu bohren.

Sunja lag unter den Decken, sie hatte ihm den Rücken zugewandt, und ihre Schultern hoben und senkten sich gleichmäßig. Wie müde sie gewesen sein musste, da sie vergessen hatte, den straffen Haarknoten zu lösen. Sacht strich er über die Mulde, die ihre Halsbeuge bildete, ihre Schulter schmiegte sich in seine Hand, warm unter der dünnen Wolle.

Stürmisch hatte sie ihn umarmt, geküsst und zum Bett gezogen, kaum dass sie die Kammer betreten hatten. Sie hatte sich aus ihren Kleidern gewunden, während er noch fragte, wie sie mit Lucilla ausgekommen sei, hatte seine Lippen mit Küssen verschlossen und ihn überrumpelt mit Waffen, gegen die er sich nicht verteidigen konnte – sich gar nicht verteidigen wollte.

Er schmiegte sich an sie, löste eine der Strähnen aus dem straffen Geflecht, spielte damit, wickelte sie sich um die Finger, sie war kurz. Er zupfte eine zweite Locke aus dem Haarnetz und stutzte – auch diese reichte Sunja gerade bis auf die Schultern. Eine dritte. Er stemmte sich auf einen Unterarm, nestelte die Schleife auf, die das Netz hielt, und die goldglänzende Pracht ringelte sich über das Kissen, ein Bündel aufgewickelter Wolle rollte über die Decken, als er nach Sunjas Schulter griff und sie schüttelte.

»Was ist geschehen?«

Sie seufzte verschlafen, murmelte Unverständliches.

»Was ist geschehen?«, wiederholte er.

Anstelle einer Antwort lag sie still, und dennoch wusste er, dass er sie aus dem Schlaf gerissen hatte.

»Wer hat dir das angetan?«, flüsterte er nach einer Weile.

»Niemand«, erwiderte sie erstickt, ohne sich umzudrehen. »Ich ...«

Er verschränkte die Arme im Nacken, starrte schweigend zur Decke und wartete. Nach einer Weile rollte sie sich auf den Rücken.

»Ich habe mein Haar geweiht, damit du heil zurückkehrst. Die Priesterin der Minerva wird vom nächsten feierlichen Umzug an einen prächtigen Kopfputz zu Ehren der Göttin tragen.«

»Hattest du nicht versprochen, keine dummen Gelöbnisse mehr abzulegen? Warum hast du nicht ein Opfer versprochen? Oder Geld für das Heiligtum?«

»Es musste etwas von mir sein!« Sie drehte sich ihm zu.

Das Bild eines Weihesteins in einem düsteren Hain schwebte vor seinen Augen, die spiegelglatte Oberfläche eines Sees, dahinter bewaldete Hügel und eine matte Sonne am trüben Himmel. Er hatte seine Bitte, befreit zu werden, mit seinem Blut besiegelt, mit ein paar Tropfen, die aus einer Schnittwunde an seinem Unterarm auf den mit Mulch überkrusteten Felsen gefallen waren. Eingelöst hatte er das Gelöbnis mit einem schäbigen Altarstein, den ihm ein Steinmetz kaum einen Monat nach seiner Rückkehr aus der Gefangenschaft übertreuert verkauft hatte. Sooft er den Stein in der Nähe der Straße nach Bingium von ferne stehen sah, beschlich ihn der Gedanke, gemogelt, sich um die Erfüllung des Gelöbnisses gedrückt zu haben.

Er wandte sich ihr zu. Um wie viel reiner war dagegen ihr Geschenk an die Göttin, der sie ihre Not anvertraut hatte.

»Die Göttin der Klugheit und des planvollen Handelns«, murmelte er. »Genau diese Hilfe benötigten wir, als wir gegen Daguvaldas Trupp zogen. Du hättest mich zu dieser Zeit keiner besseren Macht anvertrauen können als Minerva.«

*

Am folgenden Nachmittag saß er in einer warmen Kammer, eingewickelt in eine Decke, und hielt eine Buchrolle auf dem Schoß, während er den Stimmen lauschte, die gedämpft zu ihm drangen. Reika stand offenbar an der Tür zum Innenhof und sprach zu ihrem Kind, heller und noch leiser als gewöhnlich, unmöglich, sie zu verstehen. Das Kind gluckste und brabbelte, dann entfernten sich die Stimmen, verstummten. Sunja und Lucilla hatten gemeinsam das Haus verlassen. Die Vertrautheit, mit der sie nun Blicke wechselten, war ihm ungewohnt. Die farbenfrohen Gartenbilder, mit denen die Wände bedeckt waren, schienen ebenso wenig hierher zu gehören wie der fein geglättete, geschmeidige Papyros, den er in den Händen hielt, das erste Buch der Odyssee Homers.

Cinnas Fingerspitzen strichen über die Zeilen. Eine derart makellose Abschrift war auf den Märkten an den äußersten Grenzen des Imperiums nicht erhältlich. Sunjas Augen hatten gestrahlt, als sie in der vergangenen Nacht die Lederröhre unter dem Bett hervorgezogen und ihm überreicht hatte, doch um die Herkunft des Geschenks hatte sie ein Geheimnis gemacht. Nur ein reicher und gebildeter Mann konnte sich eine solche Kostbarkeit leisten, jemand wie Publius Vinicius, Sunjas Patron, von dessen umfangreicher Bibliothek sie ihm bereits erzählt hatte. Gelegentlich schrieb sie dem alten Mann, in dessen Villa an den Hängen der Albaner Berge sie einen Teil ihrer Kindheit verbracht hatte, obwohl seine seltenen Antworten kaum mehr als einige Höflichkeiten enthielten.

Jemand rannte durch den Flur, wo noch kein Teppich lag, klatschten die bloßen Sohlen auf den Boden. Reika hastete in den Raum, fiel auf die Knie, schreckensbleich, und stammelte etwas. Mit gemächlichen Schritten näherten sich zwei Männer, eine dunkle Stimme hallte gedämpft herüber, lachte kurz auf. Cinna umklammerte die Armlehnen, und die Decke glitt zu Boden, als er sich auf die Beine stemmte, raschelnd rollte der Papyros über den Teppich. Der Mann, der den Raum betrat, wölbte die Brauen über den großen dunklen Augen und hob wie zum Gruß die Hände.

»Mein lieber Gaius Cinna, ich hatte noch nicht die Gelegenheit, dein Haus zu bewundern«, tönte Tiberius aufgeräumt. »Deine Frau hat eine bemerkenswerte Leistung vollbracht, als sie den Einzug übernahm. Meine Iulia hätte sich aufs Land zurückgezogen und alles ihrer Dienerschaft überlassen.«

Nichts in seiner Miene ließ erkennen, was er davon hielt, dass seine Iulia, das einzige leibliche Kind des Caesar Augustus, seit Jahren in einsamer Verbannung lebte, nachdem sie sich gegen Mann und Vater verschworen hatte. Unbehaglich umklammerte Cinna sein linkes Handgelenk, als sich die Erinnerung daran meldete, wie oft sein Vater im Schutz seines Hauses darüber gemurrt hatte, sich den Verschwörern nicht angeschlossen zu haben, um den erhabenen Usurpator zu stürzen; der alte Mann war überzeugt gewesen, dass dies mit seiner Hilfe gelungen wäre.

Als Cinna dem Blick kaum noch standhalten konnte, zuckte unversehens ein Anflug von Bitterkeit in Tiberius' Mundwinkel

»Ich darf mich doch setzen?« Der Imperator wies auf die Kline und ließ sich, ohne eine Antwort abzuwarten, darauf nieder. »Du erinnerst dich sicher an meinen treuen Polygnetus«, fügte er mit einer weiteren lässigen Geste hinzu, die seinen Begleiter vorstellen sollte.

»Ich bin geehrt, dich in meinem Haus begrüßen zu dürfen.« Langsam sank Cinna in seinen Sessel und zog die Decke wieder auf den Schoß, als Tiberius mit einem Blick zu seinem Begleiter auf die Buchrolle deutete. Der ältliche Mann in der Kleidung eines Freigelassenen bückte sich mühsam, hob den Papyros auf und reichte ihn Cinna, der wortlos dankte und die Rolle in der Ledertrommel verstaute.

»Reika, bring uns Wein und Wasser und bereite eine Kleinigkeit zum Essen vor«, stieß Cinna heiser in ihrer Sprache hervor.

Die Magd war zusammengezuckt, sprang auf die Füße und schlüpfte gebückt hinaus, sichtlich froh, der Gegenwart des Imperators entkommen zu sein, der ihr mit einem winzigen Lächeln nachschaute.

»Hübsch«, murmelte Tiberius beiläufig. »Etwas bäurisch, aber durchaus hübsch. Und wenn ihr kleines Mädchen in der Obhut deiner liebreizenden Schwester aufwächst, musst du ja auch nicht befürchten, dass es nach der Mutter gerät.«

Cinna biss sich auf die Lippen, um die Verärgerung darüber, dass Tiberius kein Hehl aus seinen Kenntnissen über Cinnas häusliche Verhältnisse machte, nicht zu zeigen.

»Was führt dich zu mir?«, fragte er.

»Nichts Besonderes. Eigentlich nur die Neugier«, erwiderte Tiberius, als Reika wieder im Türrahmen erschien, vor sich ein großes rundes Tablett mit Schälchen und Bechern, das sie auf einem Dreifuß abstellte. Sie wand sich an Polygnetus vorbei hinaus, um kurz darauf mit einem Mischkrug zurückzukehren. Während sie die Becher füllte und schüchtern ihrem Herrn und den Gästen reichte, kam auch Polygnetus in seiner umständlichen Art zu einem Schemel.

»Natürlich habe ich Gründe, die mich hierher geführt haben«, begann Tiberius schließlich. »Erstens habe ich seit deiner Rückkehr nicht mit dir persönlich gesprochen, zweitens gibt es diese leidige Beschwerde des Marcus Eggius, und drittens«, er betrachtete den Becher in seinen Händen, hielt ihn dabei so weit von sich weg, wie er den Arm strecken konnte, »benötigt dein schönes Haus dringend besseres Geschirr.«

»Du hättest mich nur zu dir befehlen müssen, Tiberius Caesar.«

»Geschirr sollte deine Frau kaufen«, entgegnete Tiberius blinzelnd.

Verärgert sah Cinna den Freigelassenen feixen; er blieb stumm und widerstand dem Wunsch, sich abzuwenden, während Tiberius prüfend an seinem Becher nippte.

»Zumindest ist der Inhalt erfreulich«, schmunzelte er. »Das ist das Wichtigste.« Er heftete seine schwarzen Augen auf Cinna. »Ich habe dir diesen kleinen Germanen geschenkt, diesen ... diesen Iulius ...«

»Actala«, vervollständigte der Freigelassene tonlos.

»Danke, Polygnetus. Was täte ich ohne dein Gedächtnis?« Das Lächeln wirkte gezwungen. »Du hast den Brief bei dir?«

Polygnetus nahm aus der mitgebrachten Tasche Wachstafeln, von denen Siegelschnüre herabhingen, und reichte sie seinem Herrn.

»Dieses Schreiben kommt aus dem Hause des Caesar Augustus und es enthält unerfreuliche Nachrichten. Der Princeps fragt sich, ob die Milde, die er in deinem Falle walten ließ, unangemessen gewesen sein könnte.«

»Milde?«, platzte Cinna heraus und hätte sich im nächsten Augenblick am liebsten die Zunge abgebissen.

»Princeps Caesar Augustus, welcher nicht nur mein Vater, sondern auch der des Vaterlandes ist, sieht es so. Immerhin gebärdete sich dein Vater, der Enkel des Pompeius Magnus, lange Zeit als arger Widersacher, bis ihn die Milde des Princeps bewegte, seinen Trotz zumindest nicht mehr allzu offen zu zeigen.«

Cinna senkte die Lider, um seinen Abscheu zu verbergen. Sein Vater war vor vielen Jahren in den zweifelhaften Genuss eines Angebots zur Versöhnung gekommen, das Tiberius' Mutter Livia eingefädelt hatte, und mit dieser großmütigen Geste hatte Caesar Augustus dem Widerstand gegen sein segensreiches Werk die Hände gebunden.

Klappernd fielen die Tafeln neben Tiberius auf die Kline. »Lassen wir das. Wir wissen beide, wie dein Vater zu Caesar Augustus stand und in welchem Geiste er seine Kinder erzog – die Haltung deiner Schwester legt beredtes Zeugnis darüber ab. Ich will offen sprechen: Es ist mir vollkommen gleichgültig, was du über mich oder den Princeps denkst – es würde mir genügen zu wissen, dass wir gegen den gemeinsamen Feind auch gemeinsam kämpfen.«

Den Becher in den Händen drehend, versuchte Cinna dem Blick des Imperators standzuhalten; seine Wangen brannten. Seitdem dieser Besucher es sich auf der Kline bequem gemacht hatte, war er nicht länger Herr im eigenen Haus.

»Ich werde dich nicht danach fragen, seit wann du wusstest, dass diese für uns an sich bedeutungslose Belagerung Teil eines schlauen Plans war, die Chatten uns abspenstig zu machen – deine Vermutung wurde bestätigt, und das genügt mir. Aber es war dein erster und letzter Alleingang.«

Mit warnend abgespreiztem Zeigefinger setzte er den Becher an die Lippen – nur um ihn, ohne davon getrunken zu haben, wieder auf das Tischchen zu stellen. »Als ich zugleich mit Eggius' Beschwerde den Bericht erhielt, den du kurz vor dem Abmarsch in Feindesgebiet schicktest, war ich entschlossen, dich nicht lebend wieder über den Fluss setzen zu lassen. Es war Polygnetus, der mir diesen Entschluss ausredete und davon abriet, dich für dein Handeln zur Rechenschaft zu ziehen.«

Cinna schluckte unterdrückt. »Darf ich fragen, was dich dazu bewog, diesem Rat zu folgen?«

»Mein Vertrauen in Polygnetus' Klugheit«, erwiderte Tiberius. »Du solltest wissen, dass die Geschicke des römischen Volkes längst nicht mehr von weisen Senatoren und uneigennützigen Magistraten gelenkt werden, sondern von griechischen Freigelassenen, welche dem Princeps Beschlüsse einflüstern, die dieser dem Senat vorträgt, oder Gesetze, die in den Comitien vom Volke freudig verabschiedet werden.« Er musterte Cinna scharf. »Nicht nur dem Princeps.«

Cinna, der den spöttischen Ton geflissentlich überhört hatte, erwiderte den Blick schweigend.

»Polygnetus riet mir auch, deinem Ersuchen nachzugeben, und um nochmals auf diesen Iulius ... Actala zurückzukommen: Dir war bekannt, dass er in einer der abtrünnigen cheruskischen Hilfstruppen unter Arminius' Befehl gedient hatte.« Sein Tonfall ließ offen, ob es sich um eine Frage oder um eine bloße Feststellung handelte.

Cinna richtete sich im Sessel auf und nickte knapp.

»Ich gehe davon aus, dass du gute Gründe hast, diesen Mann zu deinem Leibwächter zu machen. Sei es, dass er bereits als Leibwächter gedient hat, sei es, dass er sich durch Treue ausgezeichnet hat.«

»Ich habe gute Gründe.«

»Auch ich habe gute Gründe, diesen Mann in deiner Nähe zu wissen. Freilich könnte ich ihn verhören lassen, um alles von ihm zu erfahren, was ich hören will, aber ob das, was einer unter der Folter gesteht, wahr ist, muss bezweifelt werden. Wie viel wahrscheinlicher ist es dagegen, dass ich erfahre, was dieser Mann weiß, wenn ich ihn dir überlasse.«

»Erwartest du, dass ich Iulius Actala bespitzele?«

»Wie du es nennst, bleibt dir überlassen«, erwiderte Tiberius mit schief gelegtem Kopf. »Ich für meinen Teil möchte erfahren, wie es Arminius gelang, Varus' Vertrauen zu gewinnen und zu missbrauchen. Und ganz besonders erpicht bin ich darauf, den Mann zu fassen, der Varus in den gut vorbereiteten Hinterhalt lockte. Diesen Halunken langsam zu Tode martern zu lassen wird mir ein besonderes Vergnügen bereiten.«

Mühsam würgte Cinna an dem Kloß in seinem Hals; seine Wangen waren kalt.

»Ich sehe, wir verstehen uns.« Tiberius erhob sich, was den Freigelassenen veranlasste, hastig aufzuspringen und ihm vorauszueilen.

»Bemühe dich nicht.« Beschwichtigend hob Tiberius die Hand, als Cinna sich aus dem Sessel stemmen wollte. »Die Ärzte haben mir mitgeteilt, dass du noch einige

Tage der Erholung benötigst, und für diese Zeit wollen wir dir die schuldigen Ehrenbezeugungen erlassen.« Er leerte den Becher und stellte ihn auf dem Tischchen ab. »Noch etwas: Anders als Germanicus werde ich, wie du weißt, den Winter hier und in Lugdunum verbringen, da mich kein ehrenvolles Amt im Herzen des Imperiums erwartet. Meine Bestimmung ist die Sicherung der gallischen Grenzen, und die Zahl der Männer, mit denen man ein angeregtes Gespräch führen kann, schrumpft in dieser Jahreszeit auf ein unerträgliches Maß. Jemanden, der auf Rhodos und in Athen studiert hat, gelegentlich in meinem bescheidenen Quartier empfangen zu dürfen, wäre mir ein echtes Vergnügen.«

*

Die Tage wurden kürzer und dunkler, im Hinterhof stapelte sich das zurechtgehauene Holz, bewacht von der Hündin, die nur am Tage angekettet war, ihr raues Belfern eine deutliche Warnung an jeden, der in der Nacht vorüberging.

Cinna hatte seinen Dienst wieder aufgenommen, langweilte sich mit Berichten und verbrachte die Vormittage damit, sich abwechselnd mit seinen beiden Leibwächtern im Zweikampf zu messen. Während Nonnus ein grimmiger Streiter war, der seine Gegner mit roher Kraft zu Boden zu ringen suchte, erwies sich Ahtala an allen Waffen als geschickter Fechter. Cinna bedauerte es, dass er seine Beweglichkeit nur langsam wiedergewann.

Mitte December brachten die Saturnalien fröhliche Festtage. Das Haus wurde festlich geschmückt, Lucillas Zofe Secunda, Reika und Corax, der Sklave für die schweren Arbeiten, der auch den Eingang bewachte, ließen sich verlegen von ihren Herren bedienen, kleine Geschenke wurden ausgetauscht. Den Abend verbrachte man bei Kerzenlicht, umhüllt vom Honigduft, wie Gleichgestellte.

Am zweiten Tag begaben sich alle gemeinsam zum Haupttor des Lagers, wo der Festzug zu den Heiligtümern beginnen sollte. Die hohen Offiziere und Abordnungen der in der Umgebung siedelnden Stämme – Vangionen und Treverer – sammelten sich mit den Opferdienern und Priestern an der Spitze, ihnen folgten die Menschen in einem bunten Zug. Soldaten schritten in ihren besten Waffenröcken und Umhängen dahin, viele begleitet von ihren Familien. Kinder trugen Masken, ahmten Hunde, Katzen, Pferde nach, andere rannten halbnackt mit bemalten Gesichtern und mit Ruten und Knüppeln bewaffnet als Barbaren nebenher. Gaukler jonglierten Bälle und Stecken, schluckten Feuer und lange Klingen, umtänzelt von jungen Frauen, die nur in schwebend leichte Tuchbahnen gehüllt waren, und Musiker beiderlei Geschlechts veranstalteten einen wilden Lärm, indem sie sich gegenseitig zu übertönen versuchten. Ringsum begrüßten sich die Menschen mit dem fröhlichen Gruß: »Io Saturnalia!«

In dem engen heiligen Bezirk verliefen die Opfer nicht ohne Störungen: Einer der beiden prächtig geschmückten Ochsen scheute trotz der Betäubung vor dem Priester, und dem Mann war die Erleichterung anzusehen, als das massige Tier unter dem ersten Streich des Beiles in die Knie brach. Neben Cinna schnaufte Flavus befriedigt, als ein feiner Sprühregen hellen Blutes über ihm niederging. Die Menge, die sich in dem Heiligtum drängte, raunte Stoßgebete, Frauen hoben plärrende Säuglinge dem Altar entgegen, wo der Priester die Finger in eine Schale mit Opferblut tauchte, um die Menschen unter Segenssprüchen damit zu besprengen.

Im Hain waren Tische und Bänke für ein Bankett aufgestellt, aber längst nicht alle Festbesucher fanden Platz. Die Ärmsten drängten sich in der Nähe der Fleischtöpfe und ließen sich die Näpfe füllen. Viele von ihnen priesen Tiberius Caesar, der das Fest aus seinem Geldbeutel bestritt, obwohl er die Tage bis zum Jahreswechsel in der Stadt der Ubier verbrachte, wo vor Jahren ein Altar der Roma und des Augustus errichtet worden war – denselben Tiberius Caesar, den sie bei nächstbester Gelegenheit verfluchen würden, weil sie in seinem Namen aus den Dörfern getrieben wurden, wenn sie dort bettelten.

Cinna wurde mit einigen hohen Offizieren zu einem offenen Zelt im Garten des Tempelbezirks gebeten; während Cinna Flavus gegenüber auf der Bank Platz fand – der massige Lagerpraefect Strigo beherrschte das Kopfende des Tisches mit aufgestützten Armen –, geleiteten zwei Tempeldiener Sunja und Lucilla herein, die sich sittsam auf bereitstehenden Sesseln in seiner Nähe niederließen. An der zurückgeschlagenen Zeltwand stand die Priesterin der Minerva, unter deren Schleier eine reiche goldblonde Lockenpracht hervorlugte, und überwachte würdevoll die Vorbereitungen der Dienerschaft.

Ein junges Mädchen und ein Knabe von vielleicht zehn Jahren traten vor ihn, über denen Frontos Gesicht strahlte. Der Centurio drückte beide an sich. Das Mädchen starrte auf seine Fußspitzen, während der Knabe mit großen Augen zu Cinna aufsah. Voller Stolz stellte Fronto Cinna seine Kinder vor und legte den Arm um die Schultern seiner Tochter, die unbehaglich von einem Bein aufs andere trat. Der Kleine hingegen reckte grinsend das Kinn in die Höhe und stand stramm, als befände er sich bei einer Musterung.

»Er schlägt nach seinem Vater«, sagte Cinna amüsiert.

»Das hat noch Zeit«, erwiderte Fronto. »Inzwischen rauft er wie ein zweiter Pollux, reitet wie ein zweiter Castor, und das Holzschwert führt er wie ein Großer.«

Nickend betrachtete Cinna den Jungen, tätschelte ihm die Schulter, ehe Fronto die beiden mit einem Klaps bedachte und sie davonstoben.

»Gib gut Acht auf sie«, murmelte Cinna, als Fronto sich seufzend neben ihm niederließ und seinen Kindern nachblickte.

Sklaven trugen die ersten Speisen auf, und als sie das Zelt wieder verließen, war die Priesterin mit ihnen verschwunden. Es versetzte Cinna einen Stich bei dem Gedanken, dass sie sich zu den hohen Herren im Triclinium des Tempelbezirks begab, wo die Priester mit den Legaten, Tribunen und einer Abordnung der ansässigen Stämme feierten. Strigo lachte dröhnend über die eigenen Witze, die Cinna kaum mehr als ein Schnauben entlocken konnten. Flavus, der anfangs in Strigos Heiterkeit eingefallen war, feixte ein wenig hilflos über den Tisch hinweg und schlug die Zähne in ein triefendes Bratenstück. Die Centurionen, die hier speisten, tranken einander tüchtig zu, und die wenigen Frauen, die hinter ihnen saßen, Klapptischchen mit Speisen und Getränken neben sich, schwatzten lebhaft miteinander. Vitalina winkte Cinna vom anderen Ende des Zeltes zu, wechselte dann stumme Grüße mit Sunja.

»Ich würde zu gerne erfahren, von welcher Schönen aus Tamphilas Lupanar der gute Pontius träumt, während er seiner Alten das nächste Kind macht«, schnarrte Strigo, der sich näher geschoben hatte. »Er verdient ja gut genug, sich jedes teure Mädchen leisten zu können.«

Cinna widmete sich seinem Becher, um dem Blick der schwerlidrigen Augen zu entkommen. Flavus rettete ihn, indem er dem Lagerpraefecten ein Anliegen vortrug, das dessen Gesicht in eine unwillige Grimasse verwandelte. Sunjas Sessel war leer; als Lucilla unauffällig nach draußen deutete, erhob Cinna sich und verließ die Tafel.

Fackellicht und Feuerschein verbannten die Dunkelheit aus dem heiligen Bezirk. Neben dem Eingang des Tempelgebäudes saß Sunja in ihrem hellen Umhang bei der Priesterin der Minerva. Claudia Ansella nickte ihm zu und machte Sunja auf ihn aufmerksam, die ihm lächelnd beide Hände entgegenstreckte.

»Geht es dir gut?« Er umschloss ihre kühlen Finger mit seinen und ließ sich neben ihr nieder, nachdem die Priesterin sich entfernt hatte.

Sie senkte den Kopf. »Entschuldige, dass ich gegangen bin, ohne dir etwas zu sagen. Claudia Ansella bat mich zu sich ...«

»Ich habe dich ja gefunden«, murmelte er und drückte beruhigend ihre Finger.

Sie schrak leicht zusammen, entzog ihm ihre Hände, um sie auf ihren Leib zu pressen, und schien zu lauschen.

»Was fehlt dir? Hast du Schmerzen?«

Kaum sichtbar schüttelte sie den Kopf. Sie tastete nach seinen Händen, fand eine, die sie an sich zog und unter dem Umhang auf ihren Bauch legte. Er spürte die Wärme, die durch mehrere Lagen Wolle drang, dachte einen Atemzug lang daran, dass sie ein wenig füllig wurde, als er einen sachten Stoß wahrnahm, der seine Finger traf. Als er stutzte, hielt sie seine Hand fest, sah ihn an, stumm, atmete stoßweise durch den leicht geöffneten Mund, während ihre Nasenflügel leicht flatterten. Das Dröhnen der Tympani näherte sich, mit ihm die dunklen Töne der Aulen. Die Musiker tanzten an ihnen vorüber. Er blinzelte, sah den bangen Zug um Sunjas Augen, die unter den geschwärzten Wimpern leuchteten. »Ich bekomme ein Kind.«

Seine Hände waren schweißnass, als sie sich um ihre schlossen, sie drückten, beinahe zu fest. Sein Daumen strich sanft über die Haut, dann verschränkten sich ihre Finger wie im Gebet.

»Ehe der Sommer beginnt, wirst du einen Sohn haben«, flüsterte sie.

»So bald schon? Warum hast du nichts gesagt?«

Sie blickte mit hochgezogenen Schultern auf ihren Schoß. »Ich konnte es einfach nicht glauben.«

Er zog sie in seine Arme; ihm war gleichgültig, ob jemand sie sah, was man von ihnen dachte. Ihr Kopf lag an seiner Schulter, die Stola war herabgeglitten, so dass ihr Haar seine Nase kitzelte. Vom anderen Ende des Gartens tönte Musik herüber, Tympani und wilde Flötenklänge, anfeuernde Rufe; er erhaschte den Schemen einer umherwirbelnden Tänzerin im Fackelschein, lächelte und hauchte einen Kuss auf Sunjas Stirn.

»Komm.« Er half ihr aufzustehen, doch als er den Arm unter ihre Achsel schob, schüttelte sie ihn ab.

»Was tust du? Ich bin nicht krank, ich bin schwanger.«

Langsam ging sie voraus, und er beobachtete ihren Gang, das sanfte Schwingen ihrer Hüften unter dem weichen Tuch. Sie bog den Rücken nicht durch, watschelte nicht mit herausgedrücktem Bauch vor ihm her wie andere Frauen, denen man ihren Zustand anmerken konnte, lange bevor man ihn sah. Ihre schlanke, hochgewachsene Gestalt hob sich dunkel vor dem erleuchteten Garten ab, als sie sich umdrehte und einen Arm nach ihm ausstreckte.

»Lass uns nach Hause gehen.«

XVI

Cinna knetete seinen schmerzenden rechten Oberarm, auf dem bereits ein dunkles Mal die Stelle zeichnete, wo Ahtala den Treffer gelandet hatte. Obwohl es ihn drängte, das Grinsen aus dessen Gesicht zu wischen, drehte er sich nicht einmal nach dem Leibwächter um. Er wurde lahm, die Kälte behagte ihm nicht, er machte sich Sorgen um die Kampfbereitschaft seiner Truppe, während Tiberius die harten Wintertage in Lugdunum verbrachte. Zornig schleuderte er die hölzerne Waffe zu Boden. Zwei Monate blieben ihm und seinen Offizieren, die Soldaten wieder in Form zu bringen, und er bezweifelte, dass ihm das gelänge, solange er selbst nicht als Vorbild taugte.

Am Gatter, wo sein Umhang über der obersten Stange hing, wartete ein hochgewachsener Mann, eng in einen dicken, roten Umhang gewickelt; das rötlich blonde Haar verriet Flavus. Cinna schnaubte unwirsch. Ihm war nicht nach einem Plausch mit dem Kollegen, doch er würde ihm nicht entkommen.

»Dein Leibwächter ist ein tüchtiger Schwertkämpfer«, rief Flavus ihm zu. »Einen solchen Mann könnte ich gut gebrauchen.«

Ein rascher Blick verriet Cinna den Stolz, der aus Ahtalas Augen leuchtete. Unwillig bedeutete er ihm zu gehen, und das Funkeln erlosch, als der junge Mann sich umdrehte und mit den Übungswaffen davontrottete.

»Ich denke, es ist Zeit, dir und Sunja Glück zu wünschen und den Segen der Götter«, sagte Flavus leutselig, als Cinna das Gatter erreichte.

»Wie meinst du das?«

»So fürsorglich, wie du Sunja behandelst, behandelt ein Mann seine Frau nur dann, wenn sie ein Kind erwartet.«

Am vergangenen Tag hatte Cinna Sunja zum Markt begleitet, hatte ihr den Arm gereicht und sich von Stand zu Stand ziehen lassen, hatte Stoffe bewundern müssen und duftende Öle und war schließlich von ihr überredet worden, eine zwar mittelmäßige, nichtsdestotrotz teure Abschrift der Liebesgedichte des Ovidius Maro zu erwerben. Mochte der Dichter auch nach Pontus verbannt sein und seine Werke geächtet, auf den Märkten an den äußersten Grenzen des Reiches fanden sich noch immer einzelne Abschriften. Ausgerechnet bei diesem Handel, als Sunja ihre Neuerwerbung fest an die Brust drückte, war Flavus zwischen den Buden aufgetaucht.

Cinna runzelte die Stirn. »Danke, aber du bist sicherlich nicht gekommen, um mir das zu sagen.«

»Das ist richtig, ich habe ein Anliegen, eine Bitte, von der ich hoffe, dass du ihr entsprechen wirst.«

»Lass die langen Vorreden.«

»Ich beabsichtige, im Herbst zu heiraten.« Flavus

bohrte zögerlich eine Stiefelspitze in die Erde, was sein Unbehagen verriet. Missmutig warf Cinna sich den Umhang um.

»Gratuliere – und was hat das mit mir zu tun?«

»Du weißt, dass meine Braut Ahtamers' Tochter ist?«

Cinna musterte Flavus vorsichtig, weil der Cherusker in seine Muttersprache gewechselt hatte. »Das hast du mir schon vor langer Zeit berichtet. Aber was hat das mit mir zu tun?«

»Ahtamers ist ein Fürst mit einer großen und mächtigen Sippe – ich hingegen habe keine Familie mehr, keinen Vater und keinen Bruder, die mich begleiten würden, wenn ich meine Braut zu mir hole.« Flavus senkte den Kopf und räusperte sich angestrengt. »Deshalb wäre es mir eine große Ehre, wenn du zu diesem Anlass ihre Stelle einnähmst.«

Mit beiden Händen wischte Cinna sich den Schweiß und die winzigen Schneeflocken aus der Stirn, die dünn herabrieselten.

»Mir gefällt dieser Plan nicht«, ließ sich Ahtalas Stimme hinter Cinna vernehmen; nachdem er die Geräte verstaut hatte, war er mit den schweren Taschen zu ihnen getreten.

»Ahtamers' Land ist sicheres Gebiet«, entgegnete Flavus.

»Ich weiß, wo Ahtamers' Leute leben: an den Hängen des Berges, dessen Gipfel eine heilige Eiche trägt. Seine Männer hüten diesen Hain, in seiner Burg leben die Priester, die die Opfer besorgen, in seinen Wäldern weiden die Pferde, die das Walten der Götter verkünden.«

»Ich war schon dort«, brummte Cinna. »Wenn dein zukünftiger Schwiegervater ein so wichtiger Mann ist, wie kommt es dann, dass du dir einen unwichtigen Auxiliarpraefecten als Ehrengarde wählst?«

»Du magst unter deinesgleichen als unwichtiger Auxiliarpraefect gelten, unter den Gegnern des Ermanamers genießt du hohes Ansehen, da du immer wieder seine Pläne durchkreuzt.«

»Und seine Anhänger hassen mich«, fügte Cinna mit einem schiefen Grinsen hinzu. »Bleibt noch die Frage, was Tiberius Caesar von alledem denkt.«

»Ich habe seine Einwilligung bereits – der Imperator schlug selbst vor, dich zu fragen.«

»Und was wird Ahtamers davon halten?«

»Vor beinahe zwei Jahren wurde er auf einer Heeresversammlung Zeuge, wie ein gefangener römischer Offizier, der bereits dem Opfertod bestimmt war, eine ziemlich jämmerliche, zerlumpte Erscheinung, mit überraschendem Mut eine Rede hielt, in der er den Ermanamers so schlau lobte, dass den Fürsten klar wurde, welche Absichten ihr Befreier insgeheim hegte. Damals wandte sich eine nicht unerhebliche Gruppe von Fürsten gegen Ermanamers, und in das Bündnis, das Gallien hätte gefährlich werden können, war ein tiefer Keil getrieben.« Flavus musterte Cinna aufmerksam. »Ahtamers hat eine hohe Meinung von dir.«

Cinna hatte sich umgedreht, um zu verbergen, dass

seine Wangen glühten; aus der Erinnerung an das Elend und den Schmutz, in dem er damals hatte hausen müssen, leuchtete dieser Auftritt wie ein gleißender Sonnenstrahl hervor, ein kleiner Triumph, der ihm letztendlich das Leben gerettet hatte.

»Ahtamers verließ damals die Versammlung, ohne sich Ermanamers anzuschließen – das hatte er sich vorher bereits erhofft. Denn wenn die Fürsten der Stämme sich unter diesem Mann zusammengetan hätten, wäre ihm keine andere Wahl geblieben, als zumindest dem Anschein nach seine Eide gegenüber Drusus und Tiberius zu brechen.«

»Meint Ahtamers etwa, ich hätte mit dieser Rede eine Vereinigung der mächtigsten Stämme verhindert?«

»Zumindest ist er davon überzeugt, dass dein Auftritt ihm half, seine Ehre zu wahren.«

»Unsinn!«, schnappte Cinna. »Ich wollte meine Haut retten, das ist alles.« Schroff wandte er sich ab und machte sich auf den Weg zu seinem Quartier.

»Warum hast du dir diese lange Bedenkzeit ausgebeten?«

Sunjas Finger führten die winzige Knochennadel flink durch das Tuch, während sie den bunten Saum an eine blaue Tunica nähte. Cinna widerstand dem Wunsch, diese schlanken Hände mit seinen zu umschließen; Sunja schätzte es nicht, wenn sie bei der Arbeit unterbrochen wurde. Sie biss den Faden durch, legte die Nadel beiseite und hielt das Ergebnis von sich, um es stirnrunzelnd zu begutachten. Der Stoff ihres Kleides legte sich unter dem kunstvoll geschlungenen Gürtel in feine Falten. Ihre Brüste waren runder geworden, ihre Züge weicher, sie veränderte sich, allerdings keineswegs zu ihrem Nachteil.

Sie lächelte ihm zu, offenbar hatte sie seinen Blick bemerkt. Er hatte gehört, dass schwangere Frauen sich selbst genügen, jede Berührung scheuen, als ob sie das in ihnen wachsende Kind schonen müssten. Doch das galt wohl nicht für Sunja, die zwar gelegentlich in sich gekehrt dasaß und, ihre Umgebung vollkommen vergessend, über ihren Bauch strich, aber es war Cinna, den die spürbare Lebendigkeit ihres Kindes verunsicherte, sooft sie sich in seine Arme schmiegte, was sie keineswegs seltener tat als früher.

Ihre Finger glitten über seinen Arm. »Nun sag schon, warum?«

»Willst du mich wegschicken?«

Leise lachend strich sie über den Rücken der Katze, die um ihre Beine schlich. »Du weißt, dass ich dich ungern fortgehen sehe, aber der Weg durch dieses Gebiet ist sicher, und es könnte sich als nützlich erweisen, dass du mit all diesen Fürsten sprichst. Abgesehen davon ...« Sie neigte sich zu ihm, um ihn auf die Wange zu küssen. »Ich bin stolz auf dich – viel stolzer als ich je hätte sein können, wenn wir auf deines Vaters Villa in Perusia lebten.«

Ihre Lippen berührten seine, öffneten sich, und ihre Hände trafen sich in seinem Nacken, wühlten sich in sein Haar, als er das Belfern der Hündin, die den Hinterhof bewachte, vernahm. Sunja hielt inne, sanft schob Cinna sie von sich, und sie lauschten. Die Katze machte einen Buckel und schob sich rückwärts unter Sunjas Schemel, der Lärm erstarb, dann bellte die Hündin erneut.

»Ich werde nachsehen«, sagte er. »Bleib hier und mach dir keine Sorgen.«

Die Finger um den Griff des Dolches legend, tastete er sich im Dunkeln den Gang zum Hinterhof entlang, hörte die Hündin knurren, dann einen spitzen Befehl mit unterdrückter Stimme, unverkennbar Lucillas Stimme, beantwortet von einem Winseln.

Erleichtert schob Cinna die Klinge wieder in die Scheide und wollte sich umdrehen, als leises Flüstern ihn aufhorchen ließ, eine zweite Stimme, tief und kehlig und so vertraut, dass er innehielt, einen vorsichtigen Blick durch die offen stehende Hintertür warf. Bitis, die Hündin, kauerte angekettet vor ihrem Verschlag, hatte die Ohren zurückgelegt und fletschte lautlos das Gebiss.

Das Paar stand im silbernen Licht des Mondes dicht vor der Hinterpforte; Lucilla schien völlig in den Armen des Mannes vergraben, das Kleid verrutscht und zerknittert, das Haar im Nacken lose zusammengebunden, hielt sie ihn fest umschlungen, eingehüllt in seinen dunkelroten Umhang.

Leise setzte Cinna einen Fuß auf den Steinboden des Hofes, dann den zweiten. Bitis ließ die Lefzen fallen, setzte sich kerzengerade auf und spitzte die Ohren. Die Kälte kroch Cinna unter die Ärmel, als der Mann sich hölzern aufrichtete. Lucilla drehte sich um und fuhr zusammen. Es war hell genug, um den Schrecken in ihren Augen zu erkennen und die versteinerte Miene des Centurio Firmus, dessen Arme an ihr herabglitten. Cinna ließ den Gürtel los, um den sich seine Finger geklammert hatten.

»Ich erwarte, dass du deine Versetzung beantragst, Gnaeus Firmus, und werde meinerseits ebenfalls einen entsprechenden Antrag einreichen«, presste er langsam hervor. »Und wenn mir außerhalb dieser Mauern ein einziges Wort über diesen Vorfall zu Ohren kommt, kostet dich das deinen Kopf.«

Er sah, dass Lucilla vorschnellen wollte, aber von Firmus zurückgehalten wurde. Bellend sprang die Hündin hoch, wurde von der Kette zurückgerissen und blaffte wild, bis Cinna sie mit einem Zischen zum Schweigen brachte.

»Ob ich diesen Antrag stelle, hängt von Lucilla ab«, erwiderte Firmus ruhig. »Wenn sie mich begleiten will, werde ich es tun.«

Trotzig verschränkte sie die Arme vor der Brust und nickte.

»Wenn du glaubst, dass du Bedingungen stellen kannst, so irrst du. Ich allein verfüge über meine Schwester.«

»Du verfügst über mich?«, schnappte sie. »Mit welchem Recht? Als Vater starb, warst du längst für tot erklärt! Dein Bürgerrecht mag wiederhergestellt sein, aber wir sind weit weg von Rom und den Praetoren – warum sollte sich jemand die Mühe machen, die häuslichen Verhältnisse eines Auxiliarpraefecten zu untersuchen, zumal ihn der Princeps ohnehin lieber tot sähe.«

»Halt den Mund und geh ins Haus!«

Sie zögerte. Firmus beugte sich über sie und küsste sie auf die Wange. Cinna wollte vorstürzen, doch Lucilla hob abwehrend die Hände. Als sie an ihm vorbeischlüpfte, packte er ihren Arm.

»Du verlässt das Haus nicht mehr, es sei denn, ich habe es dir ausdrücklich gestattet«, zischte er.

»Was erlaubst du dir?« Ihre Augen funkelten, sie riss sich los und eilte in den Flur.

Allein mit Firmus, spürte Cinna, dass seine Hände zitterten, und verbarg sie hinter dem Rücken. Der Centurio räusperte sich.

»Schweig!«, blaffte Cinna. »Du erscheinst morgen früh vor mir – bis dahin kannst du dir überlegen, wie du möglichst schnell aus unserem Leben verschwindest. Wenn du keinen Vorschlag machst, werde ich die Sache in die Hand nehmen, und das wird sicherlich nicht die angenehmste Lösung sein.«

Sunja trat ihm im Türrahmen entgegen; die Lampe in ihrer Hand warf von unten einen warmen Schein auf ihr Gesicht. Er zuckte zusammen, als sich ihre Finger um sein Handgelenk schlossen.

»Was ist geschehen?«

»Jemand hat sich am Tor zu schaffen gemacht«, erwiderte er. »Ich habe Bitis losgebunden.«

»Lucilla ist durchs Haus gelaufen, und dann hörte ich deine Stimme. Sag mir, was geschehen ist!«

»Nichts, was dich beunruhigen müsste.« Er legte den Arm um ihre Schultern und führte sie sanft, aber bestimmt den Gang entlang bis zur Tür ihrer Schlafkammer. »Hast du mit Lucilla gesprochen?«

»Nein, ich hörte nur, wie sie durchs Haus rannte. Ich kenne ihre Schritte. Und sie schluchzte.«

»Es ist wohl etwas mit der Katze«, murmelte er hilflos.

»Gaius ... die Katze war bei mir. Was ist geschehen?«

Wie angewurzelt stand sie mitten in ihrer Schlafkammer und blickte ihn so eindringlich an, dass ihre Augen dunkelgrün erschienen. Er wandte sich ab, schloss die Tür und lehnte die Stirn an das kühle Holz. »Ich möchte jetzt nicht darüber reden.«

»Ist es wegen Lucillas ... Freund?«

Er schrak herum. »Du weißt es?«

»Ich ahnte es«, flüsterte sie und senkte den Kopf.

»Du hättest es mir sagen müssen, Sunja.«

»Sie verraten?« Ihre Augen richteten sich auf ihn. »Ihr Leben nochmals durcheinander bringen, nachdem ihr gerade erst gelungen ist, es wieder zu ordnen?« Sie machte einige Schritte auf ihn zu, ergriff seine Rechte, um sie in einer fast flehentlichen Geste zu streicheln. »Ich bin mitschuldig an dem, was ihr zugestoßen ist. Vielleicht wäre dein Vater nicht gestorben, wenn meine

Familie dich nicht gefangen gehalten hätte. Dann wäre ihr Leben nicht durch den Verlust von Vater, Bruder und Erbe zerstört worden. Dann hätte sie nicht ihre Heimat verloren, um wenigstens bei ihrem wiedergefundenen Bruder leben zu können. Ich habe nicht das Recht, ihr etwas zu nehmen.«

Unwirsch stieß er sich von der Tür ab und durchquerte das Zimmer bis zum Bett, löste den Gürtel und zerrte sich die Tunica vom Leib, ehe er sich auf der Matratze niederließ. Sie war stehen geblieben, hatte sich nur umgedreht, um ihn mit den Augen zu verfolgen.

»Was ist, wenn die Leute reden – über den doch arg jungen Praefecten, der Befehle nach seinem Gutdünken auslegt, mit einer Barbarin verheiratet ist und die eigene Schwester nicht im Zaum halten kann?«

»Ich höre sie nicht reden, Cinna – und ich müsste sie reden hören, denn ich wäre schließlich diejenige, der sie den tiefsten Schmerz zufügen könnten.«

Zerstreut musterte er sie, dieses Kind der germanischen Wälder, Tochter eines cheruskischen Gaufürsten. Was hatte eine Jugend als Geisel auf einem Landgut in den Albaner Bergen aus ihr gemacht, dass sie gegen jedes Gesetz ihres Volkes einem Mann gefolgt war, den ihr kriegerischer Bruder überfallen und verschleppt hatte? Mit wenigen Schritten war er bei ihr, zog sie in seine Arme, legte seine Stirn an ihre, während ihre Hände sein Gesicht umschlossen. Dies war keine der mythischen Leidenschaften – jäh, stürmisch und verhängnisvoll –, die Parcen hatten ihren Lebensfaden mit seinem zu einem einzigen verzwirnt, und entrisse man sie ihm, würde seiner zu einem unentwirrbaren, nutzlosen Knoten verfilzen.

In der Nacht war Schnee gefallen, hatte eine dicke weiße Decke über alles gebreitet, durch die sich ein Netz von freigeschaufelten Wegen und niedergetrampelten Pfaden zog. Cinna lehnte an den Pfosten, die das Vordach des Tribunenhauses trugen. Firmus war weder erschienen noch hatte er einen Boten geschickt; alles, was Cinna in Erfahrung hatte bringen können, war, dass Firmus' Centuria in aller Frühe, noch vor dem Ende der letzten Nachtwache, auf dringlichen Befehl des Imperators Tiberius Caesar ausgerückt war, um diesem auf seinem Weg von Argentorate aus Geleitschutz zu geben. Mühsam beherrschte Cinna sich, bis der Soldat weggetreten war, der die Meldung gebracht hatte, um dann den bronzenen Griffel an die gegenüberliegende Wand zu schleudern. Es konnte kein Zufall sein, dass Tiberius an diesem Morgen ausgerechnet Firmus' Centuria zu sich beorderte – Firmus hatte auf Befehl von höchster Stelle Cinnas Treue gewährleisten sollen, er war Tiberius' Mann, und es war zweifelhaft, ob er je etwas tat, ohne es den Imperator wissen zu lassen. Cinna wurde übel bei dem Verdacht, Tiberius habe den Centurio zu dieser Liebschaft ermuntert.

Cinnas Faust prallte schmerzhaft auf die Tischplatte. Einen einzigen Vorteil konnte er darin erkennen, dass Firmus in den nächsten drei Tagen außerhalb Mogontiacums weilte: Lucilla würde keine Möglichkeit haben, ihn heimlich zu treffen oder ihm Nachrichten zukommen zu lassen.

*

Schon am zweiten Abend trafen Meldungen ein, dass das frostige Winterwetter die erwartete Ankunft des Tiberius um zwei weitere Tage verzögern würde. Cinna hatte sich verschärfte Übungseinheiten mit Ahtala und dem verwegensten Kampflehrer der berittenen Einheiten verordnet, die ihn übersät mit blauen Flecken und völlig erschöpft, aber in dem satten Gefühl, etwas geleistet zu haben, entließen, so dass er den Rest des Tages entspannt zuhause verbrachte.

Lucilla hatte seit dem Abend ihres Streits ihre Kammer kaum noch verlassen; das Essen ließ sie sich von ihrer Zofe bringen. Als Cinna vorsichtig an ihre Tür klopfte, beschied sie ihn erbost, dass sie ihn nicht sehen wolle und erst recht nicht anhören, was er zu sagen habe.

Flavus, der ihn anderntags aufsuchte, fand ihn über einem Stapel Dokumente; dem üblichen Gruß folgte ein stummer, fragender Blick. Einen Atemzug lang bedeckte Cinna die Stirn mit der Linken, ehe er aufschaute.

»Es tut mir Leid, ich habe mich noch nicht entschieden.«

Schief grinsend hob Flavus die Schultern und ließ sie wieder fallen; er hielt eine einzelne Wachstafel in den

Händen. »Es hat keine Eile. Ich wollte die anstehende Beratung mit dir durchgehen. Du kennst den Alten – er nimmt es ziemlich genau.«

»Den Alten? Darfst du dir solche Vertraulichkeiten herausnehmen?« Mit dem leicht verbogenen Griffel zielte Cinna auf Flavus. »Was glaubst du, was ich hier tue?«

Gemeinsam kämpften sie sich durch Listen und Berichte. Cinna ließ Most bringen und mittags eine Kleinigkeit zum Essen. Flavus' aufgeräumte Art verdrängte die trübseligen Gedanken, die Cinna beschäftigten, und die Vorbereitungen für die Beratung mit dem Oberbefehlshaber gingen leicht von der Hand. Schließlich kehrte Flavus' Bursche mit einem kleinen Krug zurück und füllte zwei Becher. Als Cinna seine Nase in den süßen Duft tauchte, überkam ihn eine Erinnerung, als säße er wieder mit Hraban im Halbschatten am See unterhalb der Burg. Obgleich Flavus seinem Bruder aus dem Gesicht geschnitten war und ihn an Größe noch ein gutes Stück zu überragen schien, erinnerte sein offenes, entgegenkommendes Wesen an Hraban.

Sie tranken einander zu, und Cinna bemerkte erleichtert, dass er in Flavus' Gegenwart unbeschwert lachen konnte. Während sich sein Groll gegen Lucilla und Firmus beruhigte, fragte er sich, wie Flavus mit Offizieren umging, die sich Dinge herausnahmen, welche ihnen nicht zustanden.

»Als dich die Nachricht von Arminius' Meuterei ereilte ...«

Flavus' Lachen erstarb schlagartig. Ein Schleier schien

vor seine Augen zu fallen, zu spät, um den Aufruhr zu verhüllen, der darin aufflammte.

»Ich stand mit der Ala in Argentorate. Die Männer waren unruhig, viele wollten desertieren, sich ... dem Verräter anschließen. Damals führte noch ein anderer den Titel des Praefecten – ich war nur Decurio. Ich musste mich durchsetzen, wenn ich nicht selbst zum Verräter werden wollte.« Er leerte den Becher mit harten Schlucken, ehe er ihn ohne das übliche behagliche Seufzen absetzte. »Wir haben die Männer in Gewaltmärschen nach Mogontiacum gehetzt, um zumindest zu versuchen, Asprenas' Legionen zu ersetzen, die nach Vetera aufgebrochen waren. Wir mussten Gallien schützen.« Flavus barg das Gesicht in den Händen, bevor er fortfuhr. »Er hatte es uns oft genug gesagt, mir, Asprenas, Varus – er hatte wieder und wieder darauf hingewiesen, wie ein Aufstand abliefe: mit einer Empörung im Gebiet der Lupia, unzufriedenen Hilfstruppen, die sich auf die Seite der Rebellen schlagen würden, einem schnellen Angriff auf die kleineren Stützpunkte am Rhenus. Wenn eine Bresche in diese Linie geschlagen wäre, stünde ihnen das reiche Gallien offen.« Schwerfällig hob er den Kopf. »Was er nicht sagte, war, dass es sein eigener Plan war – und dass er den Argwohn, den er schürte, dazu nutzen würde, die Hauptstreitmacht des Varus in eine tödliche Falle zu locken.«

»Er hat uns vor seinen eigenen Plänen gewarnt?«

»Auf diese Weise lenkte er jeden Verdacht von sich ab, und da seine Männer bedingungslos zu ihm standen, schienen seine Sorgen völlig übertrieben – obwohl bekannt war, dass die Verzögerungen bei den versprochenen Zahlungen unter den einheimischen Soldaten Unzufriedenheit verursacht hatten.«

»Aber als sein Bruder hättest du doch bemerken müssen, dass alles nur Schwindel war!«

»Du ahnst nicht, wie oft ich mir diese Frage stelle«, murmelte Flavus. »Ich hatte ihn vor seinem Aufbruch ins Illyricum zum letzten Mal gesehen, da meine Einheit zunächst im Gebiet der Marcomannen blieb, um den Friedensschluss mit Marboduus zu sichern. Er schickte mir Briefe, in denen er von seinen Taten berichtete, von den Reichtümern, die er sich erwarb – Beute und der Lohn für besondere Einsätze, um die er sich riss wie kein anderer.«

»Und so kam es, dass er zuerst in den Ritterstand erhoben und dann zum Tribun befördert wurde, richtig?«

Verdrossen nickte Flavus. »Es war eine glanzvolle Rückkehr. Vater verkündete, dass Arminius nun an seiner Seite stünde. Es schien, als ob er sogar die murrenden Stämme zwischen Lupia und Amisia mit der römischen Herrschaft versöhnen könnte. Niemand argwöhnte, dass seine Verhandlungen mit diesen Fürsten keineswegs den Interessen des römischen Volkes dienten – nicht einmal ich! Dabei hätte ich es wissen müssen. Ich hätte es wissen müssen.«

Ruhelos drehten Flavus' Finger den Becher, während er Kopf und Schultern hängen ließ. Schweigend musterte Cinna ihn und wartete, bis Flavus schließlich aufblickte.

»Nachdem er zum Tribun befördert worden war, schickte er mir einen Brief. Er lobte das Geschick des Marboduus, das dieser beim Zusammenschluss der Sueben und anderer Stämme bewiesen habe, nannte ihn einen wahren König. Dann aber zählte er Marboduus' Schwächen auf: dass er die Heere nicht insgeheim zusammengeschlossen habe, um das unvorbereitete römische Heer in einem schnellen Vorstoß zurückzudrängen und zum Rückzug zu zwingen. Er schrieb, um meinetwillen sei er erleichtert, dass Marboduus nicht zuschlug, während die römische Hauptstreitmacht nach Pannonien vordrang, aber besonders klug sei dieses Stillhalten nicht.«

Rasch leerte Flavus seinen Becher, stellte ihn wieder auf den Tisch und widmete sich dann fahrig seinen Fingernägeln.

»Als wir Kinder waren, sprach unser Vater unentwegt davon, dass wir es wie die Römer halten und die Stämme dem Befehl *eines* Mannes unterstellen sollten. Dieser Mann müsse ein Cherusker sein, denn die Cherusker seien die tapfersten und kühnsten unter allen Stämmen zwischen dem Rhenus und den weiten Steppen der Skythen und Sarmaten. Er schickte uns in die Obhut der Legaten des Augustus, auf dass wir eines Tages zurückkehrten, um Könige zu werden – zumindest einer von uns. Im Lauf der Jahre trennten sich unsere Wege, und inzwischen glaube ich, dass das gut war.«

»Du hast dich nie gegen uns gestellt, obwohl Arminius dein Bruder ist ...«

»Er *war* mein Bruder«, entgegnete Flavus hart. »Durch ihn habe ich meinen Namen, meine Ahnen und meine Heimat verloren.«

»Deine Offiziere sind allesamt Cherusker – hat sich damals niemand gegen dich gestellt?«

»Kein einziger.« Flavus schüttelte den Kopf. »Unter den Soldaten wurde gelegentlich gemurrt, doch die Offiziere wussten, wem sie Treue geschworen hatten und welche Götter über diesen Eid wachten.«

»Beneidenswert …«, murmelte Cinna.

»Hast du Schwierigkeiten?« Ein ernster, wachsamer Blick musterte Cinna. »Tiberius hat dir eine schwere Aufgabe erteilt, als er dir den Befehl über diesen bunt zusammengewürfelten Haufen gab. Dass er dich mit dieser Truppe schon nach kurzer Zeit über den Rhenus schickte, war ein waghalsiges Unterfangen. Er muss dir sehr viel zutrauen. Man hat ja gesehen, in welch gefährliche Lage dich einige der Männer brachten. Ausgerechnet römische Soldaten – wo doch die beiden Legionscenturien die Treue der Cohorte sichern sollten.«

Ein Räuspern ließ Cinna aufhorchen. Im Türrahmen stand Eggius mit steinerner Miene, die nicht erkennen ließ, wie lange er schon Zeuge des Gespräches war. Er war in einen dicken Umhang gehüllt, und statt der üblichen genagelten Sandalen trug er Winterstiefel mit weichen Sohlen, die sein Kommen nicht verraten hatten. Nach einer wortkargen Begrüßung meldete er sich für seine freien Tage ab. Als er ging, schloss Cinna eigenhändig hinter ihm die Tür.

Am Abend vor der Rückkehr des Tiberius betrat Cinna den Flur zu Lucillas Räumen im hinteren Teil des Hauses; er wollte seiner Schwester nochmals einschärfen, dass er eine Verbindung zwischen ihr und dem Centurio keinesfalls dulden würde. Gedämpfte Stimmen ließen ihn innehalten und lauschen. Ein dünner Streifen aus gelbem Licht fiel schräg über den Boden des Ganges. Lautlos schob Cinna sich an der Wand entlang, bis er die Tür zu Lucillas Kammer erreichte, die nur angelehnt war.

»Wie konntest du dich nur soweit mit ihm einlassen?«, fragte Sunja, und in ihren Worten schwang unüberhörbar der Vorwurf.

»Was für eine Frage!«, entgegnete Lucilla klagend. »Ich habe doch längst alles getan, was man von mir verlangen konnte: den Mann geheiratet, der für mich bestimmt war, diesem Mann einen Sohn geboren – jetzt bin ich geschieden, verwaist, ohne Anspruch auf mein rechtmäßiges Erbteil. Gezwungen, in der Fremde zu leben. Ich denke, ich darf selbst entscheiden, wie und mit wem ich mein Leben verbringen will.«

»Du bist zu deinem Bruder gekommen, Lucilla, das bedeutet, du hast dein Leben in seine Hände gelegt, und er muss sich darum kümmern. Du weißt, was die Leute von ihm erwarten – und du weißt auch, was sie von dir erwarten.«

»Ich weiß es«, fauchte Lucilla. »Die sittsame alte Tante – das ist die Rolle, die mir in dieser Posse zugeteilt ist.« Ein dünnes Schluchzen drang durch den Türspalt.

»Diese Rolle hast du bislang allerdings wirklich gut gespielt.«

Wieder vernahm Cinna Lucillas Schluchzen, ein ärgerliches Schluchzen, das in ein Seufzen überging. Cinna lehnte sich mit dem Rücken an die kalte Wand.

»Weißt du eigentlich, wie überzeugend du die sittsame alte Tante gespielt hast? Weißt du, dass ich sicher war, du hättest diese Zimmer bezogen, weil du nichts mit mir zu tun haben wolltest?«

»Lüg doch nicht!«, rief Lucilla in gespielter Entrüstung. »Du kennst die Geschichte doch schon seit dem Abend, als ich … als ich euch …«

Stille, dann ersticktes Prusten und Kichern. Cinnas Wangen wurden heiß, als er begriff, dass Sunja lange vor ihm im Bilde gewesen war über das Treiben seiner Schwester. Ein schleifendes Geräusch zog seine Aufmerksamkeit auf sich; am Ende des Ganges, im Türrahmen zum Innenhof stand ein Schatten mit hängenden Armen im ungegürteten, bodenlangen Hemd. Saldir.

Er legte einen Finger auf die Lippen, löste sich von der Wand und schlich lautlos in ihre Richtung, während hinter ihm das Geflüster verklang.

»Wo ist Sunja?«, fragte das Mädchen leise.

Anstelle einer Antwort wies er mit dem Daumen hinter sich, und ihre Augen rundeten sich. »Du lauschst?«

Wieder stieg ihm das Blut ins Gesicht. Er hatte die beiden Frauen zur Rede stellen wollen, stattdessen lauerte er reglos neben der Tür, um jedes Wort zu erhaschen. Und Saldir hatte ihn ertappt.

»Ich habe Hunger«, sagte sie, und er legte seine Hand auf ihre Schulter und schob sie in die Küche.

Der Raum war ihm noch immer fremd; erst in den letzten Tagen, seitdem Reika in ihrer Kammer unter einem Stapel Decken ein Fieber ausschwitzte, das die halbe Siedlung peinigte, hatte er versucht, sich in dem Durcheinander von Töpfen und Geschirr zurechtzufinden. Er warf Saldir ein Brot zu, das sie geschickt auffing, hob den Deckel von einem kleinen Topf, als sie abwehrend die freie Hand hob. »Keine Oliven!«

»Wer redet denn von dir?«, entgegnete er grinsend, ließ einige der mattgrünen Früchte in seine Hand rollen und griff nach einem Kanten Brot.

»Was machen die Geschäfte?«, frotzelte er und wies mit dem Daumen auf die Wand zum Nebenhaus.

»Apicula hat keine Zeit mehr für solche Sachen«, erwiderte Saldir kauend. »Sie soll im Sommer heiraten.«

»Im Sommer? Sie ist doch erst dreizehn?«

»Ihre Mutter meint, es sei höchste Zeit, dass sie aus dem Haus kommt. Dabei hat sie mich ganz seltsam angeschaut und gefragt, wer denn mein Verlobter sei.«

Saldir sah ihn mit gesenktem Kopf an, ängstlich, argwöhnisch.

»Welch ein Unsinn!«

»Das ist kein Unsinn! Die Mädchen lachen mich aus, weil ich noch nicht weiß, wessen Frau ich werden soll, nicht einmal ein kleiner Soldat wolle eine Barbarin wie mich haben. Sonst hättest du schon längst einen gefunden.«

»Das glaubst du?«

»Wenn der Vater nicht mehr da ist, muss der Bruder die Schwester verheiraten!«

Er zögerte einen Atemzug lang, bevor er zu ihr trat, um sie zu umarmen. Er hatte gelegentlich darüber nachgedacht, dass diese Aufgabe ihm zugefallen war, als Hraban ihm seine kleine Schwester überantwortet hatte. Doch wie sie sich an ihn schmiegte, erschien sie ihm viel zu jung, um sich darüber schon Gedanken zu machen.

»Was kümmert 's dich, was diese Gänse schnattern? Du bist ein Kind, Saldir, ein kluges Kind, das noch viel zu lernen hat.«

»Das ist alles falsch. Was hilft es mir denn, all diese Bücher gelesen zu haben, wenn ich doch nur ein Mädchen bin. Niemand wird mich später fragen, was ich über Platon denke.«

Er lachte leise und ließ sie los. »Das fragt mich auch niemand, aber darauf kommt es auch gar nicht an.«

»Doch, darauf kommt es an! Ich kann nichts, was ich können muss, um eine gute Frau zu werden. Sunja gibt sich alle Mühe, aber ich bin zu dumm und ungeschickt.«

Ihre Augen glänzten tränenfeucht, und sie knetete ihre Finger in den Falten der Tunica. Langsam zog er einen Schemel heran und setzte sich. Er trug die Schuld an diesen Tränen. Er hatte die Saat gesät, hatte das Mädchen schon während seiner Gefangenschaft im Hause ihres Vaters Dinge gelehrt, die für ein Mädchen überflüssig waren, vielleicht sogar schädlich. Schädlich, weil sie mit keinem anderen Mädchen teilen konnte, was sie lernte – das eine oder andere mit Sunja, die sich von ihr vorlesen ließ, wenn sie spann oder webte, die *Aeneis* des Vergilius, die sie inzwischen vollständig besaßen, Gedichte des Horatius und einzelne Bücher aus den Epen des Homeros. Doch was sollte sie mit diesen Dichtern in diesem Teil der Welt, wo kaum jemand deren Namen buchstabieren konnte? Hier würde er niemals einen Mann finden, dem er das Mädchen unbesorgt überantworten konnte.

»Du hast Recht«, sagte er leise. »Es war falsch von mir, dass ich nie einen Gedanken darauf verwendet habe, was aus dir wird. Du wirst eines Tages erwachsen sein, einen Mann haben und Kinder, und tatsächlich wird es wohl meine Aufgabe sein, jemanden zu finden, der zu dir passt.«

Als er sah, dass ihre Mundwinkel sich zaghaft aufwärts bogen, lächelte er und streichelte ihre zusammengekrampften Hände. Sie würde einen Lehrer brauchen, damit sie ihre Begabungen nicht darauf verschwendete, den dummen Schnattergänsen zu gefallen, und in diesem Winkel des Imperiums zu einem der Weiber heranwuchs, die einander nicht den geringsten Tropfen Öl gönnten.

Polygnetus blickte Cinna stirnrunzelnd entgegen.

»Was immer es ist – ich würde ihn damit jetzt nicht behelligen«, murmelte der Freigelassene anstelle einer Begrüßung und tippte an seinen Fuß, ehe er sich wieder über seine Arbeit beugte.

Der Raum, den Cinna betrat, war überheizt von den Kohlebecken, die in allen vier Ecken und neben der breiten Kline aufgestellt waren. Der Imperator hatte sich auf Decken und Kissen bäuchlings ausgestreckt und studierte mit zusammengekniffenen Lippen den Inhalt seines Bechers. Mit einer knappen Handbewegung wies er den Sklaven hinaus, der mit einer Buchrolle zu seinen Füßen gesessen hatte, ehe er sich Cinna zuwandte, dessen Gruß er unerwidert ließ. Als Cinna Tiberius' bloßen Fuß erblickte, die aufgedunsene, tiefrote Zehe, begriff er die Warnung des Freigelassenen: Den Oberbefehlshaber peinigte die Gicht.

Cinna ertappte sich dabei, dass er die Zähne in die Unterlippe grub, doch er war entschlossen, sein Vorhaben jetzt vorzutragen, genau so, wie er es in seiner Nachricht diktiert hatte: Im Sinne der Ordnung der Streitkräfte solle diese gemischte Cohorte aufgelöst, die schwerbewaffneten Einheiten entweder wieder in Legionen eingegliedert oder ihren früheren Kampfesweisen angepasst und weitere berittene Soldaten herangezogen werden, um daraus eine schlagkräftige Ala zu bilden. Eine solche Truppe könne bei dem anstehenden Feldzug dem Heer in Gefechten Flankenschutz bieten und sei für kleine, schnelle Operationen geeignet. Als er endete, musterte ihn Tiberius, die Brauen zusammengezogen und die Stirn von einer senkrechten Falte zerschnitten. Der Imperator schloss die Augen und seine Nasenflügel blähten sich, als er den Atem langsam, aber deutlich hörbar entweichen ließ.

»Wenn ich jemals glaube, meine militärischen Vorhaben nicht ohne den Rat eines Praefecten durchführen zu können, werde ich dich rufen lassen«, sagte er leise. »Und jetzt geh!«

Cinna öffnete den Mund, versuchte, dem Blick seines Befehlshabers standzuhalten, schluckte an einem Kloß, der ihm in die Kehle gestiegen war. Als Tiberius eine Hand hob und eine Geste machte, als ob er eine Mücke vertreiben wollte, grüßte Cinna und verließ hastig den Raum.

Den Weg durch den großen Innenhof legte er zurück, ohne auf seine Füße zu achten, so dass er über die Stufen zum Brunnen stolperte. Es war ein Fehler gewesen zu denken, er könne seine Situation mit einem solchen Vorschlag verbessern – zu durchschaubar waren seine Absichten, zu offenkundig seine Abneigung gegen Eggius, und Tiberius hatte vermutlich längst von dem Zerwürfnis mit Firmus erfahren. Missmutig trat Cinna einen Kiesel über den Weg, ehe er die Halle betrat.

In seinem Bereitschaftsraum erwartete ihn Firmus; er war bei Cinnas Eintreten zusammengeschreckt und blickte ihm nun mit leicht gesenktem Kopf entgegen. Als Firmus ihn grüßte, fiel ihm unangenehm auf, dass der Centurio ihn um fast eine Handbreit überragte. Cinna winkte ab, ein wenig zu schnell, wie ihm schien, durchquerte den Raum, griff fahrig nach einer der Wachstafeln, die sich auf dem Tisch türmten; im nächsten Augenblick geriet der Stapel ins Rutschen und fiel klappernd zu Boden. Mühsam unterdrückte Cinna den Fluch – er würde in Gegenwart des Centurios nicht die Beherrschung verlieren.

»Was willst du?«, blaffte er, ohne sich umzudrehen.

»Ich melde mich verspätet zur Stelle«, begann Firmus. »Ein dringender Befehl –«

»Ich habe keine Zeit. Wir reden ein andermal darüber.«

Eine Zeitlang herrschte Stille; dann knirschten die genagelten Sohlen auf dem Boden, und die Tür quietschte leise in den Zapfen, ehe sie zufiel.

XVII

Die Körbchen des Löwenzahns malten gelbe Tupfer ins Grün der Wiesen. Während der alte Schimmel Sunja sanft heimwärts schaukelte, ließ Saldir die schwarze Stute über die Wiesen zum sandigen Ufer des Flusses galoppieren. Ihr Kleid flog mit dem Wind, entblößte die Beine, die in alten Reithosen steckten, und als die Hufe des Pferdes das seichte Wasser peitschten, stieß sie helle Jauchzer aus. Erst als Sunja sie rief, aus Angst, das Mädchen könne sich außer Sichtweite entfernen, wendete sie die Stute und kehrte zurück.

Sunja tätschelte den Hals des Schimmels; obwohl das Tier seine besten Jahre längst hinter sich hatte, hatte sie ihn ausgesucht, keinen der hübschen jungen Renner, sondern diesen alten Herrn, der in ihren Händen nach Leckerbissen suchte, sooft sie sich seinem Unterstand näherte. Cinna hatte sich den Hengst einige Tage von dem Händler ausbedungen und seine sanfte Zuverlässigkeit ebenso zu schätzen gelernt wie Sunja. Schließlich handelte er einen guten Preis aus, der es ihm erlaubte, im Hinterhof einen Stall bauen zu lassen, in dem auch die schwarze Stute Coronis eine neue Heimat fand. Saldir war kein Kind mehr, schon ihre Freude am Ausreiten erregte so viel Aufsehen, dass sie sich nicht obendrein bei den Koppeln der Soldatenpferde aufhalten sollte.

Seit Ende des Winters bevölkerten den Hinterhof einige Hühner und Gänse, die nachts, wenn das dunkle Viereck der wachsamen Hündin gehörte, in einem Schuppen schliefen. Drei Ziegen und ein kleiner Junge, kaum sechs oder sieben Jahre alt, zählten nun zum Hausstand; der Junge fütterte die Tiere und trieb sie mit den anderen Hütebuben auf die Weide. Er schien genau zu verstehen, was man von ihm erwartete, solange man nur langsam und deutlich zu ihm sprach, dennoch schwieg er beharrlich. Saldir, die von Sunja gerade mit den Hirtengedichten des Vergilius geplagt wurde, rief ihn Tityrus, wovon nach kurzer Zeit nicht mehr als Titus übrig blieb. Dem Kleinen schien es gleichgültig.

Obwohl Sunja zunehmend Gründe fand, das Ende der Schwangerschaft herbeizusehnen, fühlte sie sich wohl. Allen Vorhersagen zum Trotz hatte sie keinen einzigen Tag lang unter Übelkeit gelitten und nie absonderliche Essgelüste verspürt. Damit die Tage nicht zu lang wurden, unternahm sie Ausflüge in die nähere Umgebung; schließlich mussten Kräuter und Blumen gesammelt werden, um das Haus behaglich und das Essen schmackhaft zu machen. Auf all diesen Wegen begleitete Saldir sie und gab ein sonderbares Bild ab, wenn sie in wilder Jagd dahinraste wie eine sarmatische Amazone oder in ein paar Wachstäfelchen vertieft auf dem Rücken der schwarzen Stute saß, die den Kopf hängen ließ vor Langeweile, während Sunjas Schimmel neben ihr stolz den Hals bog.

Die Frauen in den Lagerdörfern wetteiferten in Mutmaßungen darüber, ob das würdelose Treiben der Gattin und Schwägerin des jungen Praefecten bei ihrem Barbarenvolk üblich sei. Diese Gerüchte überbrachte Vitalina ebenso entrüstet wie besorgt und nutzte ihre Besuche dazu, Sunja vor den Folgen ihrer Unarten zu warnen – auch jetzt erwartete sie die beiden Reiterinnen und ihr kleines Gefolge, bestehend aus Titus und den Ziegen, bei der Hinterpforte. Noch ehe Sunja den Schimmel zum Stehen gebracht hatte, begrüßte die Nachbarin sie bereits mit einem Schwall gut gemeinter Vorschläge. Zugleich trat Lucilla auf die Gasse hinaus, um Sunja, die vorsichtig aus dem Sattel rutschte, aufzufangen. Angesichts dieser zärtlichen Geste verstummte Vitalina mitten im Satz.

»Ich muss im Haus bleiben, um als tugendhafte Ehefrau zu gelten? Was ist das für ein Unfug?«

»Doch nicht im Hause bleiben – nein, aber zu Pferd sitzen, liebes Kind, zu Pferd, das ist nicht nur gefährlich, das ist ... abscheulich!«

»Ist es weniger abscheulich, wenn sie sich zu Fuß nach Hause schleppen muss?«, mischte sich Lucilla ein. »Kaum wird eine Weile nicht gekämpft, fechten diese Weiber ihre hässlichen kleinen Geplänkel aus, als ob sie anstelle ihrer Männer die Klingen führen müssten. Soll doch eine jede erst einmal zusehen, dass sie ihr eigenes Haus sauber hält!«

Sunja drückte beschwichtigend Lucillas Arm. Dass diese Frau, die sie bis in den Winter hinein noch mit ihrer Eifersucht und ihrem Hass heimgesucht hatte, sich nun vor sie stellte wie eine Löwin vor ihr Junges, erheiterte sie ebenso sehr wie Vitalinas froschartige Miene, die Lucillas Antwort hervorgerufen hatte.

»Was die sich einbilden«, murrte Lucilla, als sie Sunja durch den langen Flur begleitete. »Bäuerinnen und Krämerinnen – alle miteinander! Nicht eine von denen kann dir auch nur annähernd das Wasser reichen.«

»Lass es gut sein. Sie reden ja nur.«

Sunja setzte sich auf den gepolsterten Sessel vor dem Tischchen, auf dem ihre Salbtiegel lagen, Kämme und der runde Silberspiegel, den Cinna ihr aus der Stadt der Ubier mitgebracht hatte, eine kreisrunde Scheibe mit dünnem Griff, die Vorderseite blank poliert; auf der Rückseite waren drei leicht bekleidete, tanzende Mädchen eingeritzt, die Göttinnen der Anmut. Mit den Fingerspitzen fuhr Sunja die Linien nach, ehe sie das wertvolle Stück wieder auf das Tischchen legte. Sie zog die Nadeln aus dem hochgesteckten Haar und spürte mit Befriedigung, wie die Locken über ihre Schultern fielen. Dicht und schwer war ihr Haar, dichter und schwerer als früher. Während sie mit den Fingern der Linken hindurchfuhr, tastete sie mit der Rechten nach dem grobzinkigen Kamm. Sie hörte, dass Reika hinter ihr leise die Kleider, die sie abgelegt hatte, zusammenraffte und hinaustrug, um sie im Innenhof zu lüften. Leise patschten die bloßen Füße der Dienerin auf dem Boden, dann näherten andere, schwerere Schritte sich. Sunja lächelte und fuhr fort, ihr Haar zu kämmen.

Eine Hand schob sich warm um ihren Nacken. Sie legte den Kopf zurück und ließ sich von Cinna mit einem Kuss begrüßen. Mit geschlossenen Augen genoss sie das fast allabendliche Ritual, als er neben ihr niederkniete, die Arme um sie schlang, den Kopf auf ihre Schulter legte und sie fragte, ob es ihr gut gehe und wie sie den Tag verbracht habe.

Sie lachte leise. »Wie soll ich den Tag verbracht haben – wie immer. Erzähl mir lieber, was *du* gemacht hast.«

Er ließ sich auf dem Teppich nieder und lehnte sich seufzend zurück. »Zugeschaut habe ich. Zugeschaut, während fast zweihundert Mann einen Seitenarm des Rhenus durchschwammen, über eine sumpfige Insel krochen und wieder zum Ufer zurückkehrten. Welch ein Schauspiel!«

Lächelnd drehte sie sich wieder dem Tischchen zu und flocht ihr Haar zu einem Zopf. »Hast du mit Flavus gesprochen?«

Hinter ihr atmete Cinna vernehmlich durch, schwieg jedoch, sogar als sie sich nach einer Weile erhob und an ihm vorbei zum Bett ging, um sich darauf zu setzen. Ihre Füße waren geschwollen und schmerzten, doch als sie sich vorbeugte, um sie zu massieren, langte sie mit den Händen kaum bis zu den Knöcheln. Mit einem Seufzer sank sie in die Kissen zurück und starrte an die Decke.

Cinna war ihr gefolgt und saß am unteren Ende des Bettes, legte die Hände um ihre Fesselgelenke und strich sanft über ihre Füße, knetete behutsam das geschwollene Fleisch. Während das Blut warm unter der Haut zu strömen begann, schloss sie die Augen und überließ sich dieser wohltuenden Liebkosung.

»Hast du mit Flavus gesprochen?«, wiederholte sie.

Er hielt inne, ließ die Finger auf ihrer Haut liegen, blieb jedoch stumm. Sie blinzelte vorsichtig. Seine Augen waren dunkel.

»Warum lässt du ihn warten?«, fuhr sie fort. »Wir wissen beide, wie deine Antwort lauten wird – warum zögerst du sie hinaus?«

Seine Hände glitten von ihren Füßen, und er ließ sich auf das Bett fallen, lag einige tiefe Atemzüge lang still neben ihr, bevor er ihre Beine umschlang. Sie strich durch sein Haar und wartete, bis er schließlich den Kopf hob. Seine Augen funkelten hell. »Ich habe mit Ahtala gefochten und ihn zweimal zur Aufgabe gezwungen.«

Mit einem unwilligen Laut gab sie ihm einen leichten Schubs, vor dem er sich zu spät duckte. »Du sollst mir antworten!«

»Und wenn ich nicht will?«

»Benimm dich nicht wie ein Kind. Du musst dich entscheiden.«

Er rollte sich auf den Rücken, verschränkte die Hände hinter dem Kopf und starrte eine Weile reglos zur Decke, während Sunja ihn verstohlen betrachtete.

»Ich habe ihn eingeladen«, sagte er leise, »ihn und

einige andere. Ein kleines Gastmahl gegen Ende der Floralia – was hältst du davon?«

»Lucilla wird schimpfen, weil du uns Arbeit machst, aber sie wird es genießen.«

»Vielleicht wird es sie ablenken.«

Der Raum war in warmes, goldenes Licht getaucht, die beiden Kandelaber mit Girlanden und Kränzen geschmückt, deren Duft Sunja leicht betäubte. Seitdem Vitalina eingetroffen war, hallte unermüdliches Geschnatter durch die Gänge; die dicke Nachbarin tauschte mit Frontos Gattin Acilia freudig den neuesten Klatsch und Tratsch. Die beiden schienen nicht zu bemerken, dass die zahllosen guten Ratschläge, die Sunja sich angesichts ihres Zustands zunächst hatte anhören müssen, keineswegs dazu angetan waren, der Hausherrin den Abend angenehm zu gestalten. Lucilla schmollte in ihrer Kammer, weil Cinna entschieden hatte, das eigentliche Gastmahl nur unter Männern abzuhalten; angesichts der Nachricht hatte sie sich wortlos umgedreht, war hinausgestürmt und hatte hinter sich die Türen knallen lassen. Nun graute Sunja vor einem Abend mit zwei schwatzhaften Offiziersgattinnen und drei jungen Mädchen, die nicht recht wussten, was sie miteinander bereden könnten.

Als Reika den Kopf zur Tür hereinsteckte, nutzte Sunja die Gelegenheit und schlüpfte hinaus. Die Mietsklaven fanden sich nicht zurecht, Sunja wies jeden in seine Aufgaben ein und machte sich dann auf den Weg zum vorderen Innenhof. Ein kühler Luftzug fuhr durch die fein aufgedrehten Locken, die sich von ihren Schläfen ringelten, dass sie die Stola fester um ihre Schultern zog. Im tanzenden Licht zweier Fackeln wartete Cinna in der Nähe des Eingangsflurs, Fronto stand bei ihm, und obwohl sie miteinander sprachen, erschien Cinna ihr abwesend. Corax meldete Firmus, der erst den Hausherrn, dann Fronto begrüßte und sich sichtlich bemühte, besonders ehrerbietig zu sein, was seine Gesten hölzern machte.

Als Flavus den Innenhof betrat, hoffte Sunja inständig, er möge seine Bitte wiederholen und Cinna dieser endlich entsprechen, obwohl es bedeuten würde, dass sie eine Weile wieder bangen müsste. Zögernd näherte sie sich den beiden, schnappte Fetzen ihres leisen Gespräches auf.

»Deine Abreise trifft uns hart«, sagte Cinna.

»Ich für meinen Teil bin froh, dass die Warterei ein Ende hat. Die Männer werden allmählich unruhig.«

Als Sunja sie erreichte, verstummte Flavus mit einem viel sagenden Blick. Lächelnd schob sie ihre Hand unter Cinnas Arm hindurch.

»Du wirst uns verlassen?«

»Tiberius befiehlt mich zu sich, und ich hoffe, dass er mir die Ehre gewähren wird, gegen den Feind kämpfen zu dürfen.«

»Zumindest hockst du nicht länger tatenlos herum«, murmelte Cinna.

Sunja fuhr herum. »Du willst auch gehen?«

»Es liegt nicht in meiner Hand, trotzdem würde ich

mich Tiberius' Heer lieber heute als morgen anschließen.«

Cinna wandte sich mit ihr um und führte sie bis zum Ende des kurzen Gangs. Dass er Sehnsucht nach einem Feldzug verspürte, hatte sie nicht erwartet – schon gar nicht, nachdem er im vergangenen Herbst wieder in Lebensgefahr gewesen war. Unauffällig winkte sie den Mietsklaven, Würzwein und Vorspeisen aufzutragen, und wünschte Cinna einen angenehmen Abend, ohne ihm dabei in die Augen zu sehen.

Vitalina und Acilia hatten es sich auf der mittleren der drei hufeisenförmig angeordneten Klinen bequem gemacht und plauderten angeregt, während sie ihre Spindeln schwirren ließen. Die Mädchen saßen zu dritt auf der anderen, Apicula hatte die Kettfäden einer Bortenweberei um ihre Zehen geschlungen und drehte die Brettchen, dass es eine Freude war, dabei zuzuschauen, wie das bunte Band länger wurde. Reika trug auf großen Tabletts ihren Anteil am Festmahl herein, und als Sunja sich auf dem dritten Sofa niederließ, huschte Saldir zu ihr, damit sie nicht alleine saß.

Die Frauen sprachen den Leckereien – weiche Eier in Soße, Oliven, Würstchen, gedörrte Pflaumen und geräucherter Fisch – tüchtig zu und lobten das Mulsum. Süßer Wein von Chios wurde zur Gänseleber mit Feigen gereicht, zum gebratenen Wildschwein ein Falerner; weil ihnen als anständigen Frauen beides ohnehin nur in kleinen Mengen und stark verdünnt zustand, hielten sie sich an gereinigtes Wasser. Sunja aß wenig und blieb wortkarg, aber das störte Vitalina und Acilia nicht weiter, sie hatten reichlich Gesprächsstoff. Obwohl die beiden sich vor diesem Abend nur flüchtig gekannt hatten, amüsierten sie sich prächtig. Die Ubierin, die ihrem Mann nur Mädchen gebar, der Soldat, der seinen Sold in den Lupanaren durchbrachte, die Wäscherin, die das ihr anvertraute Tuch schmutziger ablieferte, als es ihr gebracht worden war – nicht die geringste Verfehlung wurde ausgelassen, so dass Sunja sich Sorgen machte, welcher Versäumnisse sie selbst bezichtigt würde, sobald diese beiden Leitbilder weiblicher Vollkommenheit das Haus verlassen hätten.

Das Essen wurde mit Äpfeln und Honigkuchen beschlossen, die Tabletts fortgeschafft, und Sunja konnte endlich einem dringenden Bedürfnis nachgehen, ohne eine der Grundregeln der Höflichkeit zu verletzen. Sie gestattete sich einen Gang zum Gartenhof, wo das Plaudern und Lachen der Männer zu hören war, und bemerkte schon nach wenigen Wortfetzen, dass deren Gespräche noch weitaus unbemäntelter waren.

Sie wollte wieder umkehren, doch die beiden im Gang stehenden Männer weckten ihre Neugier. Cinna lehnte an einer der Säulen, ein welker Kranz hing um ein Handgelenk, und er hielt einen Becher. Leutselig hatte Flavus den Arm um seine Schultern gelegt, als stehe er auf unsicheren Beinen; er beendete gerade eine längere Anekdote. »Und vielleicht befördert der Alte dich zum Legaten der Einundzwanzigsten.«

»Hat es Tote gegeben?«, fragte Cinna.

»Nur ein paar Hirsche und Wildschweine«, witzelte Flavus. »Favonius hat einen seiner Freigelassenen in den Wäldern jenseits des Rhenus auf die Jagd geschickt. Er wollte wohl bei einem Festmahl etwas Besonderes auftischen. Dummerweise gab er dem Diener einen Zug Reiter zum Schutz mit, und das hat dem Alten gar nicht geschmeckt.«

»Hat Tiberius ihn ...?«

»Seines Postens enthoben und in Schande entlassen«, vervollständigte Flavus überdeutlich. »Seither ist Favonius verschwunden. Vermutlich schleicht er heimlich nach Hause, um sich nicht dem Spott des gesamten Heeres auszusetzen. Es ist nicht schade um diesen Fettsack.«

»Legionslegat ist ein schöner Posten«, murmelte Cinna über den Rand seines Bechers hinweg.

»Mach dir keine Hoffnungen! Sie werden dir keine Runde erlassen in diesem Rennen.«

»Sie müssten mir keine Runde erlassen.«

»Du meinst, du hättest schließlich schon einmal als senatorischer Tribun gedient? Du vergisst, dass das in einem anderen Leben war. Und dass dich kein Adelsgeschlecht mit einer langen Reihe berühmter Vorfahren mehr stützt.«

Als Cinna eine Antwort schuldig blieb, löste Sunja sich von der Wand und trat hinter ihn, legte die Arme um ihn und schmiegte den Kopf an seine Schulter. Sie spürte ein leichtes Aufatmen, dann strichen seine Finger über ihren Arm, verursachten eine feine Gänsehaut.

»Du wirst dir eine weitere Beförderung hart verdienen

müssen«, murmelte Flavus. »Erst recht wenn Tiberius nach Rom zurückkehrt, um die Nachfolge des Princeps anzutreten – wer immer dann hier den Oberbefehl übernimmt, er wird dir keine Vorzugsbehandlung angedeihen lassen.«

»Ich kann nicht behaupten, eine Vorzugsbehandlung genossen zu haben, und was den nächsten Oberbefehlshaber anbelangt, werden wir wohl einen bekommen, dem weit mehr der Sinn danach steht, Arminius zu vernichten.«

»Germanicus?« Flavus grinste schief. »In der Tat – ich kann mir keinen Mann vorstellen, der geeigneter wäre.«

*

Die Webarbeit tat Sunja weh, als würde ihre Haut empfindlicher werden, je näher die Geburt rückte. Die Schäfte flogen klappernd vor und zurück, es gab noch so viel zu tun, und sie hatte keine Ahnung gehabt, dass Cinna sich nach Kampfgetümmel und Totschlag sehnte, sich langweilte in diesem Haus, das sie mit so viel Sorgfalt eingerichtet hatte. Unwirsch wischte sie sich das Nass von den Wangen, ließ die Hände auf die Oberschenkel sinken. Welche Gedanken spann sie da?

Während sie auf ihre wunden Finger starrte, rutschte der Webkamm von ihren Knien und schlug klappernd auf dem Boden auf. Reika huschte herbei, ehe sie sich bücken konnte, und reichte ihr das hölzerne Ding. Sie hielt Melantho im Arm. Sunja konnte sich nicht mehr entsinnen, wann sie die Kleine zum letzten Mal bei dem Namen genannt hatte, den Reika ihr gegeben hatte; Melantho – schwarze Blüte – war Lucillas Einfall gewesen, und wenn man in die großen dunklen Augen sah, die von dichten Wimpern umstrahlt wurden, schien dieser Name tatsächlich der einzig richtige zu sein.

Aus dem Gang rief Lucilla nach der Dienerin, Reika rappelte sich halb auf, setzte das Kind wie eine Puppe auf seine Decke und knüpfte einen Riemen, der an ihrem Webrahmen befestigt war, an das weiche Geschirr, das sie Melantho stets anlegte; erst dann lief sie hinaus. Melantho saß einige Atemzüge lang still, dann klatschte sie die Händchen mehrmals auf die Oberschenkel und gab glucksende Laute von sich. Plötzlich warf sie sich vorwärts und krabbelte zur Tür, bis der Riemen sich spannte und sie zurückriss. Augenblicklich begann sie zu weinen.

Sunja umklammerte die Armlehnen ihres Sessels, sie wollte hinlaufen, wollte das Kind vom Boden aufnehmen, es trösten, streicheln, aber ein bleischweres Gewicht schien ihre Schultern zu Boden zu drücken. Sie hatte sich erst halb aus dem Sitz gequält, als Lucilla hereineilte, das Kind auf den Arm nahm und begütigend auf es einredete. Ihre Blicke trafen sich.

»Ist dir nicht gut?«, fragte Lucilla.

»Mir fehlt nichts.« Sunja hob die Spindel vom Boden auf und versuchte, den halbgesponnen Faden zu entwirren, ohne Lucilla anzusehen, zerrte so heftig daran, dass er zerriss. Sie zitterte.

»Du bist kalkweiß.« Mit dem Kind im Arm trat Lucilla näher, sie strich Sunja eine verirrte Locke aus der Stirn. »Du brauchst frische Luft. In den letzten Tagen hast du viel zu viel Zeit im Haus verbracht – dabei wird es schon Sommer.«

Sie ließ einen Finger über Sunjas Wange gleiten und legte ihn unter ihr Kinn, hob ihr Gesicht. Das Kind hatte ein rundliches Fäustchen in den Mund gesteckt und musterte Sunja neugierig. Insgeheim fragte Sunja sich manchmal, warum Cinna sich von der Kleinen fern hielt. Wohin man sie auch mitnahm, löste sie reines Entzücken aus. Die Marktweiber drückten Süßigkeiten in die ausgestreckten Händchen, Mädchen bettelten darum, sie anstelle ihrer Puppen herumtragen zu dürfen, und sogar viele der streng dreinblickenden Soldaten erwiderten den strahlenden Blick mit einem Lächeln. Es war kein Wunder, dass Lucilla völlig vernarrt war in das niedliche Ding. Würde er sich von ihrem Kind auch fern halten, wenn es erst geboren war?

Wenn es erst geboren war.

»Ich werde mit dir zum Hain der Matronen gehen.« Lucillas Ton duldete keinen Widerspruch. »Schau hinaus – die Sonne scheint, es ist warm, ein Spaziergang wird dir gut tun. Und damit du dich nicht überanstrengst, nehmen wir den guten, alten Candidus mit.«

Bald darauf schritt sie an Lucillas Arm die schmale Straße entlang, gefolgt von Saldir, die brav seitwärts auf Coronis saß und den Schimmel am Zügel mitführte.

»Wenn Rica meine Sprache sprechen würde, könnte ich sie dir ganz abnehmen und dir dafür meine gute Secunda überlassen«, sagte Lucilla, nachdem sie die letzten Häuser hinter sich gelassen hatten. »Manchmal kann man dir ansehen, dass dir ihre Gegenwart zuwider ist – und auch die des Kindes.«

»Sag mir bitte nicht, du würdest dich meinetwegen um das Mädchen kümmern.«

Lucilla war lachend den Kopf zurück. »Nein, sicherlich nicht. Melantho ist ein so süßes Kind, Gaius wie aus dem Gesicht geschnitten. Ich kann mich noch gut daran erinnern, wie er in diesem Alter war.« Sie strich Sunja über den Arm. »Ich weiß, was in dir vorgeht. Terentius hatte eine Lieblingssklavin, von der er die Finger nicht lassen konnte, ein freches Ding, das mir gerne das Leben schwer gemacht hätte. Rica hingegen ist ein fügsames Mädchen. Alles, was sie sich wünscht, ist ein sicherer, warmer Platz für sich und ihr Kind. Und den kann ich ihr ebenso bieten.«

»Warum willst du das tun?«

»Weil ihr euch unwohl fühlt in ihrer und Melanthos Gegenwart – mir macht sie nichts aus, im Gegenteil.«

Sunja blieb stehen und hielt ihre Schwägerin am Arm fest. »Es ist nicht nötig, Lucilla. Es geht mir gut, ich habe alles, was ich mir wünsche – mehr als das!«

Lucillas Augen blitzten. »Sag doch gleich, dass du die Kleine für dich behalten willst.« Wie um ihr Lächeln zu ersticken, schloss sie Sunja fest in ihre Arme. »Ich werde euch im Heiligtum allein lassen«, flüsterte sie. »Bitte verrate mich nicht!«

»Wir können nicht länger warten – es ist schon spät«, maulte Saldir, nachdem sie außerhalb des Hains die Zügel der Pferde von einem Sklaven übernommen hatte. »Wenn Lucilla nicht rechtzeitig hier ist, muss sie eben allein nach Hause gehen!«

Halbherzig widersprach Sunja. Im Westen ballten sich dunkle Wolken zusammen, und scharfe Böen zausten Bäume und Sträucher. Sie spähte den Weg entlang, doch von Lucilla war nichts zu sehen.

»Falls ihr etwas zugestoßen ist, können wir ihr ohnehin nicht helfen«, stellte Saldir nüchtern fest. »Lass uns nach Hause reiten. Wenn Cinna glaubt, nach ihr suchen zu müssen, kann ich ihm ja dabei helfen, aber du musst heim.«

Sunja rollte die Augen. »Ich bin nicht krank –«

»Du bist schwanger, ich weiß. Trotzdem!«

Unentschlossen ließ Sunja zu, dass Saldir sie zu dem Schimmel schob und ihr beim Aufsteigen half. Der Sattel war unbequem, weil sie seitwärts auf dem Pferd saß, doch er bot ausreichend Halt. Als sie leise schnalzend ihr Gewicht nach hinten verlagerte, setzte sich der Schimmel in Bewegung; er würde sie heimwärts schaukeln wie eine Sänfte. Saldirs Stute trottete vorneweg; das Mädchen blickte stur die Straße hinunter, während Sunja sich unablässig umschaute in der Hoffnung, Lucilla zu entdecken.

An der Biegung standen drei Männer in Kapuzenumhängen, die Köpfe zusammengesteckt, als wären sie ins Gespräch vertieft. Als Sunja und Saldir an ihnen vorbeireiten wollten, sprang ihnen einer mit ausgebreiteten Armen in den Weg. Coronis scheute, der Schimmel trat auf der Stelle, drehte sich. Die Männer waren plötzlich sehr nahe, die Gesichter von Schals verhüllt, die Hände tastend vorgestreckt.

»Mach, dass du heimkommst!«, stieß Sunja hervor. »Ganz gleich, was geschieht – reite heim!«

Saldir zögerte. Die Stute, mutiger als ihre Reiterin, stieg, schlug nach den Fremden, während der Schimmel nur schnaubend und dumpf wiehernd zurückwich, so sehr Sunja auch die Ferse in seine Flanke drückte. Er ließ sich nicht vorwärtstreiben. Zwei der Männer näherten sich ihr. Sie hörte ihre Stimmen, ohne die Worte zu verstehen, Schmähungen, Häme. Kälte kroch lähmend in ihre Glieder. Hastig zerrte sie einen Bronzereif von ihrem Handgelenk.

»Hol Hilfe!«, schrie sie, schleuderte den Reif auf die Kruppe der Stute, dass diese mit einem Schrei lossprengte.

Die Männer fluchten und starrten dem davonsetzenden Pferd nach. Hastig riss Sunja den Schimmel herum, trat ihn in die Flanke, dass er zusammenzuckte, zur Seite sprang, ihre Hand traf die Kruppe, der Sprung warf sie beinahe aus dem Sattel. Hände packten ihren Umhang, ihr Kleid, ihre Fesselgelenke, sie verlor einen ihrer Schuhe, klammerte sich an das scheuende, bockende Pferd, an die Mähne, die Zügel, den Hals. Unbarmherzig wurde sie hinuntergezogen, taumelte gegen einen Körper, umhüllt von einer Wolke aus Schweiß, säuerlich, heiß und feucht. Wieder umklammerten Finger ihre Arme, tiefe Stimmen, Worte, die sie nicht verstand, erstickt vom Tuch. Sie musste das Kind beschützen.

Eine Faust traf sie, warf sie auf einen weiteren Körper, ein weiterer Geruch, der Übelkeit erregte, Schweiß, Wollfett, Leder, Eisen. Der Magen krampfte sich zu einem kalten Klumpen, die Kehle schien wie zugeschnürt. Sie hörte sich aufschreien, atmen, keuchen, das Lachen der Männer, ihr Spotten, Lästern, sie nahm die Stöße hin, unfähig, sich zu wehren, kalt rann es über ihre Schläfen, zwischen ihren Brüsten. Sie musste das Kind beschützen.

Dornen ritzten ihre Arme. Der Mantel war fort, ihr Haar löste sich, flog um ihr Gesicht, klebte an ihren Wangen, am Hals. Sie schubsten sie vor sich her, ohne sich anzustrengen, weg vom Weg, in den Schatten des Waldes, lachten. Lachten lauter, als sie losrannte, blindlings. Die Stimmen entfernten sich nicht, umringten sie, jemand riss sie zurück, ließ sie los, dass sie auf Knie und Hände fiel.

Mühsam rappelte sie sich auf. Sie war umzingelt. Drei Männer in Hosen und Kitteln, Dolche am Gürtel. Die Umhänge hatten sie abgeworfen. Ihre Gesichter vermummt. Ein Rothaariger, die Stirn von Sommersprossen übersät, und zwei dunkelbraune Schöpfe. Der Mann hinter ihr atmete schnell. Ihr Blick sprang zwischen den

Augenpaaren hin und her, dunkle Augen, haselnussbraune Augen, schmal. Glitzernd. Sie fühlte die Zähne klappern, presste die zitternden Hände auf ihren Leib. Das Kind. Sie musste das Kind beschützen – koste es, was es wolle.

Vom Weg her dröhnte Hufschlag, dass der Rothaarige herumfuhr, dann ein Krachen von Holz. Ein weiter Mantel umwehte den Reiter, eine blitzende Klinge ragte aus seiner Faust, und er brüllte. Die Männer stoben auseinander wie ein Spuk, der Braune rannte dicht an ihr vorbei, setzte ihnen nach. Noch immer presste Sunja die Hände auf den Bauch, die Erde schien zu wanken, sich aufzutun. Sie machte einen Schritt, die Baumkronen über ihr drehten sich, drehten sich, bis sie schmerzhaft aufschlug auf dem federnden Boden, Reisig zerbrach, Laub aufwirbelte, in Dunkelheit tauchte.

XVIII

Mit beiden Fäusten trommelte Cinna an die Hinterpforte seines Hauses. Die Ziegen meckerten im Hof, Hühner gackerten, Gänse schnatterten, Pferde wieherten, und die Wachhündin fiel belfernd in das misstönende Konzert ein, ließ sich nicht zur Ruhe bringen, bis hastige Schritte sich näherten und Lucillas Stimme über die Mauer gellte. Ein letztes Kreischen des aufgescheuchten Federviehs, dann wurde die Pforte entriegelt, und Cinna stand vor seiner Schwester, umklammerte ihre Arme. Das schwarze Haar fiel ihr in wirren Strähnen über die Schultern, und in den geweiteten Augen glitzerte Angst.

»Was ist geschehen? Was ist mit Sunja?«

Lucilla schob ihn von sich. »Komm erst einmal herein.«

Hastig tastete er hinter sich, bekam die hängenden Zügel des Grauen zu fassen und führte ihn in den Hof. Der Schimmel streckte den Kopf aus seinem Stall und bleckte die Zähne; sein Hals war dunkel von Schweiß.

»Wir sind überfallen worden«, flüsterte Lucilla hinter ihm.

Er fuhr herum, der Zügelriemen entglitt seinen Fingern, während ihm das Blut aus dem Gesicht wich, als er das Nass sah, das auf Lucillas Wangen glänzte.

»Das weiß ich, das hat der Bote berichtet. – Wo ist sie?«

»Im Bett. Die Hebamme war bei ihr und hat ihr etwas gegeben, damit sie schläft.«

»Kein Arzt?«

»Sie ist nicht verletzt – nur ein paar Schrammen.«

Schroff wandte er sich ab und hastete ins Haus, durch den Gang, überhörte ihren schrillen Ruf, und blieb nicht eher stehen, bis er vor seiner Schlafkammer stand. Er wagte kaum Luft zu holen. Lucilla war ihm nicht gefolgt. Vorsichtig schob er die Türe auf, um ja keinen Laut zu machen, und schlüpfte in den verdunkelten Raum. Den Weg zum Bett fand er blind, lauschte, bis sich seine Augen an das schwache Zwielicht gewöhnt hatten. Sunjas Atemzüge waren stockend, unruhig, sie keuchte erstickt, warf sich herum, schluchzte. Langsam ließ er sich auf dem Rand des Bettes nieder, legte seine Hände um ihre Schultern, da schrak sie mit einem Schrei auf, in seine Arme. Sie stieß ihn von sich, doch er hielt sie fest, und erst als er ihren Namen flüsterte, erlahmte sie.

Was immer geschehen war, er wollte es nicht wissen, jetzt, da sie sich an ihn klammerte und lautlos in seine verschwitzte Tunica weinte, während er über ihr Haar strich und ihren Rücken. Erst nach einer Weile drückte er sie sanft in die Kissen, blieb bei ihr liegen, bis ihr warmer Atem ruhig an seinem Hals entlangglitt. Er strich ihr das Haar aus dem Gesicht und küsste sie, bevor er leise hinausging.

Im großen Wohnraum, den die Öllämpchen zweier

Kandelaber in goldenes Licht tauchten, erwarteten ihn Lucilla und Saldir. Und Firmus. Cinna straffte sich und wies auf den Centurio. »Was tut *er* hier?«

»Er hat die Kerle vertrieben«, entgegnete Lucilla scharf, »und beinahe hätte er einen von ihnen erwischt. Wenn er nicht in der Nähe gewesen wäre ...«

Firmus hatte beschwichtigend die Hände erhoben, doch Lucillas Augen funkelten ärgerlich, sie würde sich nicht beirren lassen. Mühsam dämpfte Cinna den Zorn; sie musste sich gar nicht beirren lassen, sie würde bald freie Bahn haben, denn an diesem Morgen hatte er den Befehl erhalten, in zwei Tagen mit zwei Turmen Reiterei gen Norden aufzubrechen, um irgendwo am Ufer der Lupia mit Tiberius' Heer zusammenzutreffen. Der Hauptteil der Cohorte würde in Mogontiacum bleiben, und wenn Cinna dem ranghöchstem Centurio das stellvertretende Kommando verweigerte, musste er eine überzeugende Begründung vorbringen.

»Was ist geschehen, Lucilla?«

Das Funkeln erlosch, und sie wandte sich ab, durchquerte den Raum, als wolle sie vermeiden, ihren Bruder ansehen zu müssen. »Es ging alles so schnell ...«

»Ich war in der Nähe des Haines der Matronen, als ich Schreie hörte, Hilferufe, aus dem Wald«, begann Firmus. »Ich bin mit meinem Braunen los und stieß auf drei vermummte Männer, die eine Frau umzingelten – *deine* Frau. Als ich auf sie zuhielt, ergriffen sie die Flucht, trennten sich – ich verfolgte erst einen, verletzte ihn am Arm, wollte dann die anderen stellen, doch die waren bereits verschwunden. Den Verwundeten fand ich auch nicht mehr. Ich habe ihn allerdings auch nicht lange gesucht. Es erschien mir wichtiger, dass deine Frau nach Hause gebracht wird.«

Während er sprach, biss Cinna die Zähne aufeinander und starrte ihn an, bemüht, keine Regung zu zeigen. Lucilla schaute durch das hochgelegene Fenster in den Nachthimmel, Saldir kauerte auf einem Schemel und knetete die Hände im Schoß, den Blick zu Boden richtend.

»Ich bin schuld«, flüsterte das Mädchen. »Ich wollte nach Hause. Ich wollte nicht warten.«

»Warten?«

»Wir waren im Hain der Matronen«, sagte Lucilla, ohne sich vom Anblick des Himmels abzuwenden. »Sunja wollte dort –«

»*Du* wolltest dorthin!«, rief Saldir schrill. »Und dann bist du nicht zurückgekommen. Wenn wir noch länger gewartet hätten, wäre es dunkel geworden.«

Verwirrt ließ Cinna den Blick wandern; Saldirs Wangen waren fleckig und die Augen schmal vor Zorn, Lucillas Hände krampften sich in den Stoff ihres Oberkleides. Firmus, der ihn mit leicht geneigtem Kopf ansah, verriet als einziger nicht, was er dachte. Wenn Firmus sich ebenfalls in der Nähe aufgehalten hatte, dann war es vermutlich keine fromme Bitte gewesen, die Lucilla dorthin gelockt hatte.

»Ich habe dich gewarnt«, stieß Cinna hervor. »Ich habe dir verboten, dich mit ihm einzulassen. Du siehst doch –«

»Sei still!«, fauchte Lucilla, und mit wenigen Schritten stand sie neben Firmus, hakte sich bei ihm unter. »Wäre er nicht dort gewesen –«

»Hättest du nicht einen Vorwand gebraucht, um ihn zu treffen, wäre das alles überhaupt nicht geschehen!«

»Und warum brauchte ich einen Vorwand? Weil mein Bruder glaubt, ich müsse in dieser Posse die Rolle der sittsamen alten Tante spielen.«

»Das reicht jetzt!«, fuhr Firmus dazwischen.

Wütend fuhr Cinna herum. »Willst du mir in meinem eigenen Haus das Wort verbieten? Du, der sich eingeschlichen hat wie ein Wiesel, indem er meiner Schwester den Verstand raubt? Ein Bauernsohn aus der Cisalpina, ohne –«

»Sei still!«, schrie Lucilla, »Sei still, sei still, sei …« Ihre Stimme erstarb. Noch immer presste sie die Fingerspitzen an ihre Schläfen und atmete schwer. »Ich bitte euch …«

»Die Sache muss den zuständigen Beamten gemeldet werden«, begann Firmus, »dem Lagerpraefecten und dem Vorsteher der Siedlung. Die Täter müssen gefasst und bestraft werden, ehe sie weiteres Unheil anrichten können. Solange Tiberius nicht hier ist, ist das Strigos Aufgabe.«

Cinna nickte. »Ich werde zu ihm gehen, schließlich bin ich der Geschädigte.«

»Ist das alles, woran du denkst?«, schnappte Lucilla. »Dass du der Geschädigte bist? Ist dir klar, was Sunja durchmacht?«

Die wütende Erwiderung blieb ihm im Halse stecken.

Wie ein kalter Guss löschte der Gedanke an Sunja seinen Zorn.

»Lasst uns allein«, sagte er leise und gab Saldir einen Wink, mit Lucilla zu gehen.

Nachdem die beiden den Raum verlassen hatten, musterte Cinna den Centurio, der hochaufgerichtet mitten im Raum stand, als warte er auf etwas oder jemanden. Vielleicht auf eine Entscheidung. Cinna hatte seine Freundschaft gesucht, ihn zu seinem Vertrauten gemacht, bis er dahinter kam, dass Firmus sich an Lucilla heranmachte. Dieser Offizier, der vor wenigen Stunden Sunjas Leben gerettet hatte.

Cinna wusste nicht, was er ihm sagen sollte. Er befahl ihm wegzutreten.

Lagerpraefect Strigo nahm die Meldung entgegen und schickte einen Trupp seiner Häscher zum Hafen hinunter, wo er die Übeltäter vermutete, hergelaufenes Gesindel, das sich für ein paar Asse verdingte und den Lohn mit Lumpereien aufbesserte. Mit festem Händedruck sicherte er Cinna eine rasche Erledigung der Angelegenheit zu.

Im Innenhof des Stabsgebäudes erblickte Cinna Eggius, der auf ihn zuhielt, gefolgt von einem Gefreiten.

»Einer meiner Soldaten, Pedanius Rufus ist gestern von seinem Ausgang nicht zurückgekehrt«, berichtete der Centurio nach einer knappen Begrüßung stirnrunzelnd. »Es geht das Gerücht, dass deine Frau und ihre Schwester gestern überfallen worden seien.«

Cinna nickte wortlos, er zweifelte, dass Eggius das geringste Mitgefühl mit Sunja oder Saldir empfand; dass er seinem Praefecten nur aus Pflichtgefühl gehorchte, war ein offenes Geheimnis.

»Ich werde Strigo Meldung machen«, knurrte Eggius.

»Er wird begeistert sein über die Aussicht, obendrein nach einem Ausreißer suchen zu müssen.«

»Rufus ist nicht ausgerissen – er steht kurz davor, eine Laufbahn als Unteroffizier einzuschlagen. Jung, tüchtig und mutig, einer, der eines Tages einen hervorragenden Centurio abgeben wird.«

Dunkel entsann Cinna sich, den Namen vor einiger Zeit selbst mit einer Empfehlung weitergeleitet zu haben, erinnerte sich an einen Rothaarigen, dessen schmallippiges Gesicht übersät war mit Sommersprossen. »Vielleicht hat er einfach zu viel getrunken.«

»Er würde sich niemals bis zur Besinnungslosigkeit betrinken – schon gar nicht, nachdem ich ihm bereits zugesagt habe, dass er bald die Stelle meines Optio übernehmen wird.«

Cinna wischte sich zerstreut einige Strähnen aus der Stirn; wenn dieser junge Offiziersanwärter tatsächlich verschwunden war, erwarteten ihn in den nächsten Tagen zusätzliche Befragungen. »Du wirst nach ihm fahnden lassen müssen.«

»Das habe ich schon angeordnet«, erwiderte Eggius. »Zwei Suchtrupps durchkämmen die umliegende Siedlung und das Hafengelände. Sollte man ihn unversehrt finden, werde ich selbst für strenge Bestrafung sorgen.«

Nachdenklich legte Cinna den Weg zu seinem Arbeitsplatz zurück, wo er eine Nachricht von Lucilla vorfand; sie bat ihn, in den nächsten Tagen im Lager zu nächtigen, Sunja fühle sich nicht wohl, und die Hebamme habe dringend zur Ruhe geraten, Aussichten, die Cinnas Sorgen keineswegs linderten. Da es ihm nicht gelang, sich auf Berichte zu konzentrieren, übertrug er Vestrius diese Aufgaben und befahl Ahtala zum Übungsplatz, wo er sich einige schmerzhafte Blessuren zuzog, bevor er auch diese Bemühungen aufgab.

Die abendliche Besprechung verlief ruhig, es gab keine besonderen Vorkommnisse, abgesehen von den täglichen Übungseinheiten langweilten sich die Soldaten bei der Pflege der Ausrüstung. Cinna drehte den Becher in den Händen, bis Firmus' Stimme ihn aus seinen Grübeleien riss.

»Mir gefällt die Sache nicht, Eggius. Erst dieser Überfall auf die Frau des Praefecten, und am selben Tag verschwindet einer deiner Soldaten.«

Cinna ließ die Hände auf den Tisch sinken. »Strigo verdächtigt umherziehende Tagelöhner.«

»Vermutlich hat er Recht«, entgegnete Eggius. »Diese Kreise sind schnell durchkämmt, ohne dass Rücksicht genommen werden muss auf irgendwelche Gesetze.«

Fronto schlug seufzend die Beine übereinander. »Dann wird er wohl die üblichen Verdächtigen verhaften lassen und der Folter unterziehen.«

»Wenn es dienlich ist.«

»Es ist niemals dienlich, Eggius«, entgegnete Cinna.

»Wir wissen alle, dass Aussagen, die durch Folter erzwungen werden, nichts taugen und bei Gericht angezweifelt werden können. Wenn man einen Mann lange genug quält, sagt er alles, was man hören will, gleichgültig ob es die Wahrheit ist oder nicht.«

Er löste die Versammlung mit einigen knappen Worten auf, erhob sich und brachte rasch ein paar Schritte zwischen sich und die Offiziere, die nacheinander den Raum verließen. In seinen Ohren dröhnte das Klatschen von Riemen auf schweißnasser Haut, seine eigenen Schreie. Etwas rieselte kalt seinen Rücken hinab.

»Würde es dir etwas ausmachen, wenn die Falschen bestraft würden?«, fragte Firmus; der Centurio war als Einziger zurückgeblieben. »Wichtig ist doch nur, dass überhaupt jemand bestraft wird –«

»Wenn Unschuldige bestraft werden, laufen die Schuldigen weiterhin frei herum.«

»Unschuldige? Denkst du, dass Strigo brave Waisenknaben aufknüpfen lässt? Wenn die Schuldigen sehen, dass hart durchgegriffen wird, werden sie sich aus dem Staub machen.«

Cinna durchmaß den Raum wie ein eingesperrtes Tier, blieb stehen und ballte die Fäuste, wachsam darauf bedacht, sie nicht um den Stoff seines Waffenrocks zu krampfen. »Ich will die Kerle bestraft wissen, die meine Frau überfallen haben – niemand sonst!«

»Das dauert zu lange. Wenn wir schnell vorgehen, wird uns einer von den Streunern erzählen, wen wir suchen müssen.« Er verzog die Lippen zu einem dünnen

Lächeln. »Im Übrigen bietest du selbst das beste Beispiel gegen deinen Einwand.«

»Falsch. Ich hatte Glück. Als die ... die ...«, Cinna schluckte, »Befragung unterbrochen wurde, war ich drauf und dran, den Verstand zu verlieren.« Er fuhr herum, starrte Firmus an. »Ich hätte gesagt, was immer sie hören wollten, oder was immer ich geglaubt hätte, sie hätten hören wollen. Nur damit sie aufhören.« Seine Fäuste schlugen auf die Tischplatte. »Obwohl ich wusste, dass sie mich töten würden – nur damit sie aufhören, verstehst du?«

Firmus verharrte mit verschränkten Armen neben der Tür, offenbar unbeirrt davon, dass Cinna Mühe hatte, das Zittern seiner Hände zu verbergen.

»Es ist schon ein sonderbares Zusammentreffen«, murmelte er. »Deine Frau wird überfallen, und am selben Abend kehrt einer von Eggius' Männern vom Ausgang nicht zurück.« Er schüttelte den Kopf. »Aber vermutlich ist Eggius' Schätzchen nach einer Keilerei im Hafen ersäuft worden – die übliche Tragödie.«

*

Einige Tage vergingen im eintönigen Ablauf des Lagerlebens, der kaum geeignet war, Cinna von seinen Sorgen abzulenken. Jeder schien darauf versessen, ihm auf die Schultern zu klopfen – sogar Ahtala konnte sich offensichtlich kaum zurückhalten. Morgens und abends schickte Lucilla ihm Nachrichten, die wohl beruhigend klingen sollten, aber in ihrer knappen Art eher das Gegenteil bewirkten.

Im Morgengrauen hatte Cinna seinen Grauschimmel bringen lassen; er wollte vor seinen Soldaten im Stützpunkt südlich von Mogontiacum eintreffen, um die Ausbesserungen zu überwachen. Nach dem Abzug der beiden iberischen Alen war es Zeit, die Stallungen und Unterkünfte des kleinen Lagers wiederherzustellen. Die ständige Überbelegung hatte an den Gebäuden Spuren hinterlassen, die beseitigt werden mussten, bevor im Herbst neue Einheiten hier Einzug halten würden.

Während die Sonne gleißend über dem Tal aufstieg, schritt er mit Fronto und zwei wortkargen Unteroffizieren die Wehrgänge ab, ließ seine Ubier in Zügen auf die Arbeiten verteilen und kämpfte gegen die Erschöpfung. Er hatte diese Nacht wie die vorigen über Berichten verbracht, auf der Kline seines Arbeitsraumes im Stabsgebäude, jetzt brannten seine Augen, und die Arme hingen schwer von den Schultern.

Vom Haupttor klang Hufschlag herüber und Rufe, die Cinna veranlassten, die Unterredung abzubrechen. Ein junger Bursche glitt vom Rücken eines Maultiers, Wachstafeln in der Luft schwenkend, rannte am Wall entlang und hastete die steile Böschung hinauf. Erst dicht vor Cinna blieb er stehen, grüßte und reichte ihm mit gesenktem Kopf die verschnürten und versiegelten Tafeln, während er berichtete, die Nachricht sei von einem Sklaven namens Corax überbracht worden und nur für die Augen des Praefecten Gaius Cinna bestimmt. Cinna erkannte das Siegel. Fröstelnd wandte er sich ab, riss die Schnüre los, dass die Bruchstücke des Wachses nur so herumflogen, und klappte die Tafel mit zitternden Fingern auseinander.

Lucillas Schrift, hastig hingekritzelt. Es sei ein Junge, gesund, Sunja habe es gut überstanden. Er ließ die Tafel sinken und fuhr sich mit der Hand über Gesicht und Haar. »Komm, sobald du kannst.«

»Ist es das, was ich vermute?«, fragte Fronto hinter ihm.

Cinna nickte langsam. Er bemerkte, dass er schwer atmete, die Müdigkeit war wie weggeblasen, obwohl er noch immer zitterte und Mühe hatte, nicht laut zu lachen. Man würde es ihm ansehen.

Man sah es ihm an – Fronto grinste von einem Ohr zum anderen. Entschlossen schlug Cinna die Tafeln in die Hand.

»Ich werde nachmittags wieder im Lager sein und erwarte, über alles unterrichtet zu werden.«

Außer Atem erreichte er sein Zuhause, klopfte ungeduldig an die Tür, bis ihm geöffnet wurde, und stand vor Vitalina. Die dicke Nachbarin lächelte, doch ihre Begrüßung fiel kühl aus. Schlagartig begriff er, dass er ein Eindringling war, Gast in einer Welt, zu der ihm nur höchst widerwillig Zutritt gewährt wurde. Indem sie mit leicht ausgebreiteten Armen vor ihm her watschelte, versperrte sie ihm den Weg, führte ihn in den kalten, unbenutzten Raum, der als Empfangsraum diente.

»Warte hier«, sagte sie und verschwand.

Aus dem Gang drangen gedämpfte Stimmen, Lucilla, Vitalina und eine fremde Frau, leise Schritte, die sich entfernten, bis eine Tür zuklappte. Cinna ertappte sich dabei, dass er auf den Nägeln kaute; eine Nachbarin hatte ihn in seinem eigenen Haus herumgeführt wie einen Ochsen am Nasenring, und er hatte sich dieser Anmaßung gefügt. Zerstreut starrte er das Wandbild an, die Kähne, die im Schilf schaukelten, den bocksbeinigen Pan, der schelmisch durchs Blattwerk grinste.

Rasch eilte er hinaus, den Flur entlang bis zur Schlafkammer und schob vorsichtig die Tür auf. Eine Wolke von scharfen Kräutern und Schwefel schwebte ihm mit der Dunkelheit entgegen, dass er die Hände vors Gesicht schlug und einen Satz machte. Hier war Sunja sicherlich nicht.

Im Gang bemerkte er Saldir, die sich in einen Winkel schmiegte. Sie trug ein dünnes Hemd, und ihr Haar war zerwühlt, als käme sie gerade aus dem Bett. »Dich lassen sie nicht zu ihr, während ich die ganze Zeit dabeibleiben musste«, murrte sie.

Cinna strich mit der Hand zärtlich über die beiden dünnen senkrechten Falten auf ihrer Stirn. »Wo ist sie?«

»Lucilla hat eine Kammer frei geräumt. Ich bringe dich zu ihr – sie wollen dich von ihr fern halten.«

Das Mädchen zog ihn den Gang hinunter zum Hinterhaus, durchquerte Lucillas ungenutzten Speiseraum und deutete auf die Tür am anderen Ende.

»Warum tun sie das?«

»Weiberkram«, flüsterte Saldir. »Sie denken, das müsse so sein. Sie behaupten, du dürfest sie nicht sehen. Weder sie noch den Kleinen. Auf keinen Fall!«

»Das verstehe ich nicht. Lucilla schrieb mir, ich solle so schnell wie möglich kommen.«

Saldirs Augen weiteten sich, dann schüttelte sie den Kopf, als könnte sie sich damit von einem Gedanken befreien, tätschelte sacht seinen Rücken und schlüpfte zurück in den Gang. Verwirrt blickte er ihr nach, hörte Vitalinas kräftige Stimme schimpfen. Er griff nach der Tür und trat in das warme Zwielicht.

Auf dem Bett am anderen Ende der Kammer saß Sunja inmitten eines Gebirges von Kissen; blass, das strähnige Haar im Nacken lose zusammengebunden, blickte sie ihm aus großen, strahlenden Augen entgegen. Sie hielt ein Bündel an ihrer Brust. Wie schlafwandelnd näherte er sich ihr, ließ sich am Rand der Matratze nieder, einer weichen Matratze, von der er fast abrutschte. Sie schlang ihren freien Arm um seinen Hals, zog ihn zu sich und küsste ihn über das Bündel hinweg. Benommen legte er die Hände um ihre Wangen, spürte, dass sie ihre Wange hineinschmiegte, er erwiderte ihr Lächeln, berührte ihre Lippen mit seinen, und ließ seine Fingerspitzen über ihr Gesicht gleiten. Sie senkte den Kopf und hob ein wenig das Tuch, entblößte einen winzigen Kopf, bedeckt mit dunklem Flaum, die Augen fest geschlossen, als das Kind leise nach Luft schnappte.

»Er muss das Atmen erst lernen«, flüsterte sie.

Behutsam streichelte Cinna dem Kleinen über die Wange, und kaum dass er dessen winzige Hand berührte, schloss sich eine Faust um seinen Finger. Fest und warm. Er lächelte.

*

Am Nachmittag des siebenten Tages erreichte Cinnas Schar das Feldlager, in dem Tiberius Quartier bezogen hatte. An einem Straßenposten waren sie aufgehalten worden, und während die Reiter unter Fronto ihren Weg zum Lager fortsetzten, musste Cinna bei der Besatzung des engen hölzernen Turms zurückbleiben, ohne dass ihm jemand einen Grund für diese Maßnahme nannte. Erst nach Einbruch der Dunkelheit begleiteten ihn zwei Legionsreiter zu der Befestigung.

Während seiner Dienstzeit als Tribun, vor dem Untergang der drei Legionen, war Cinna auch nach Aliso gelangt, kannte somit diesen bedeutenden Mittelpunkt militärischer Macht in der Germania. Nachdem das Gebiet zwischen Rhenus und Albis in jenem Winter, den er in Gefangenschaft verbracht hatte, vorübergehend aufgegeben worden war, hatten die Barbaren die verlassenen Standlager überrannt, zerstört und geplündert. An den ausgedehnten Überresten von Doppelgraben, Wall und Palisade entlang säumten geschwärzte Trümmer den Weg, stummes Zeugnis blinder Zerstörungswut. Ihr Weg führte sie dann über verwüstete Äcker und Wiesen bis zu einer weiteren flachen Anhöhe, die ebenfalls von einem Wall mit Palisade gekrönt wurde, einer unbeschädigten Reihe von Schanzpfählen. Es gab weder Türme noch Torbauten, der Zugang war nichts als eine Lücke in den Befestigungen, bewacht von einem Trupp Legionäre, die die Ankömmlinge anstandslos passieren ließen. Vor den Zelten, die sich an den Lagergassen aufreihten, unterhielten sich Soldaten im Fackelschein bei Würfelspiel und Wein, hinter einem Zaun dösten Gefangene, und der Duft von Weizenschrot und Speck erinnerte Cinna deutlich daran, dass er seit den frühen Morgenstunden nichts gegessen hatte.

In der Mitte des Lagers, wo sich die beiden Hauptstraßen trafen, waren große Zelte errichtet worden, rings um eine bronzene Statue des Princeps, die von einem hölzernen Sockel mit ausgestrecktem Arm Weisungen zu erteilen schien. Die Figur wirkte mitgenommen, die Nasenspitze war zerdrückt, und narbenähnliche Wülste am Mantelsaum verrieten, dass der ausgestreckte Arm einmal abgebrochen und von einem der Schmiede nur notdürftig wieder befestigt worden war.

Das Zelt, das Cinna auf Weisung seiner Begleiter betrat, lag im nächtlichen Zwielicht; Stille umfing ihn, sogleich unterbrochen von gedämpften Stimmen. Gelächter. Unter einem nachlässig drapierten Vorhang leuchtete ein heller Streifen. Cinna schob den Stoff beiseite, und das Gespräch im Nebenraum erstarb. Die Männer wandten sich ihm gleichzeitig zu. Als er Tiberius erkannte, verbeugte er sich knapp und verharrte auf der Stelle, bis der Imperator ihn hereinwinkte. Sein Blick flog über die Gesichter, einige kannte er, hohe Offiziere, die an jener Beratung im Standlager bei der Ubierstadt teilgenommen hatten. Neben Tiberius' Kline stand Polygnetus, die Hände hinter dem Rücken verschränkt.

»Ich denke, ihr erinnert euch an Gaius Cinna, den Praefecten der Zweiten Germanischen Cohorte«, sagte Tiberius.

Während die Offiziere Cinna musterten, entdeckte er unter ihnen einen auffallend dunkelhäutigen jungen Mann, Publius Sulpicius, dem er bereits in Bonna begegnet war. Ein Diener brachte ihm einen Becher mit verdünntem Wein, einen silbernen Becher, bei dessen Anblick Cinna hoffte, es würde keine Anspielung auf seinen bescheidenen Haushalt fallen.

»Befand sich deine Frau wohl, als du sie verließt?« Die großen lichtlosen Augen bohrten sich in seine. »Hast du einen Sohn oder eine Tochter?«

»Einen Sohn. Lucius. Nach meinem Bruder.« Zögerlich erwiderte Cinna das Zutrinken; nur am Rande bemerkte er, dass ihm ein ausgezeichneter Falerner serviert worden war.

»Und nach deinem Großvater – und nach der gesamten Reihe deiner Vorväter.« Tiberius legte den Kopf ein wenig schief. »Einen Sohn also. Eigentlich schade. Meines Vaters alter Verbündeter Herodes pflegte zu sagen, ein Sohn mache einen Vater stolz, eine Tochter hingegen mache ihn glücklich.« Tiberius drehte sich zu seinem Freigelassenen um. »Polygnetus, bringe unseren jungen Freund zu einem Quartier und lasse ihm ein Bad richten.

Morgen früh soll er sich zu Beginn der ersten Wache hier einfinden.«

»Das ist nicht nötig, Tiberius Imperator.« Sulpicius schwang die Beine über den Rand seiner Kline und erhob sich. Ein herbeieilender Sklave strich die weiße Tunica glatt, die ein breiter, senkrechter Purpurstreifen zierte. »Ich werde Gaius Cinna in meinem Quartier unterbringen«, fuhr er fort. »Die Gesandten werden keinen Verdacht schöpfen, wenn sie seine Anwesenheit gar nicht erst bemerken können.«

Cinnas Blick flog von Tiberius zu Sulpicius, während dieser sich den Umhang umlegen ließ. Er bemerkte, dass der Imperator kaum merklich nickte, und entschied, dass es besser sei, jetzt und hier keine Fragen zu stellen. Nach kurzem Gruß begleitete Sulpicius Cinna hinaus, lenkte ihn ebenso wortlos wie unauffällig über den in nächtlicher Dunkelheit liegenden Platz zu drei dicht beieinander stehenden, annähernd hausförmigen Zelten. Drinnen befanden sich die üblichen zusammenklappbaren Möbel und einige Truhen.

»Mehr steht nicht zur Verfügung«, sagte Sulpicius. »Du wirst Wasser vorfinden, ein anständiges Essen und ein warmes Bett, aber bevor du dich schlafen legst, werde ich dich über den Stand der Dinge unterrichten – sofern du das wünschst.«

»Kein schlechter Vorschlag«, murmelte Cinna und fing einen Blick aus den schwarzen Augen des Tribuns auf. »Warum bin ich hier?«

Anstelle einer Antwort trat Sulpicius zurück in den

Zelteingang und erteilte dem Posten Befehle, die wohl die angekündigten Annehmlichkeiten betrafen. Dann warf er den Vorhang beiseite, der das Zelt teilte; auf dem Boden war aus Matten und Decken ein Lager bereitet, das verriet, was Tiberius von Offizieren erwartete, die seine Anerkennung suchten.

»Der Imperator hat deine Berichte sehr genau gelesen, und obgleich es gelegentlich nicht den Anschein erweckt, ist sein Gedächtnis hervorragend – insbesondere was Namen betrifft.«

»Welche Berichte?«

»Die über deine Gefangenschaft.«

Sulpicius' Wink folgend nahm Cinna den Umhang ab und ließ sich auf einem der Sessel nieder. »Wie sollte das den Befehl begründen, mich hier einzustellen?«

»Er ist sich nicht sicher.«

Am anderen Morgen weckte das Scharren genagelter Sandalen Cinna aus dem Schlaf, blinzelnd entdeckte er Kleidung und Ausrüstung eines Leibwächters auf einem Klappstuhl, während der Weckruf der Bucinen durch das Lager dröhnte. Noch immer erschöpft vom langen Ritt setzte er sich auf, rieb sich das Gesicht und den schmerzenden Nacken und nickte Sulpicius zu, der behände aufgesprungen war und in seinen weißen Waffenrock schlüpfte. Ein Soldat brachte frisches Wasser und ging schweigend wieder hinaus. Der Tribun ließ Cinna den Vortritt bei der morgendlichen Wäsche.

»Es wird dich vielleicht wundern, aber diese Kleidung

ist für dich bestimmt«, waren die ersten Worte, die Sulpicius an ihn richtete, während Cinna sich das Gemisch aus Öl und Bimsmehl vom Körper rieb. »Und wir haben nicht viel Zeit. Wir müssen so schnell wie möglich im Quartier des Imperators sein.«

Cinna schlüpfte in den muffig riechenden Rock und die Soldatenstiefel, legte Gürtel und Schwertgurt um, ehe er dem Tribun zunickte. Am Eingang erwarteten sie drei weitere Leibwächter, mit denen sie gemeinsam den Platz querten – Cinna mit den Soldaten hinter dem Offizier. Sie gingen an dem Zelt vorüber, das als Stabsgebäude diente, als Cinna klar wurde, dass sie sich Tiberius privatem Quartier näherten: Dies war der übliche morgendliche Wachwechsel, und er fand sich in der Rolle eines Leibwächters wieder. Während zwei der Soldaten sich vor dem Zelteingang postierten, betraten er und der dritte, ein vierschrötiger Mann mit heller Haut, hinter Sulpicius das Zelt.

Der dumpfe Geruch einer Schlafkammer schlug ihm entgegen, und die schlichte Erkenntnis, dass sogar Feldherren nachts schwitzen, erheiterte ihn insgeheim. Tiberius stand im dünnen, ungegürteten Hemd mitten im Raum, in den Händen einen dampfenden Becher und einen kleinen, harten Brotfladen; ein Mann rollte die Matte ein, die ihm als Lager gedient hatte, und schichtete zwei grobe Wolldecken darauf, nicht mehr und nicht weniger als das, worauf Cinna geschlafen hatte. Der Imperator teilte tatsächlich die Unbequemlichkeiten seiner Männer; von schmalem Wuchs, aber mit harter Miene, wirkte er entschlossen und tatkräftig, während sein Schreiber mit verquollenen Augen im Hintergrund seiner Pflichten harrte.

Cinna entschied, die Dinge auf sich zukommen zu lassen, und baute sich wie der andere Leibwächter neben dem Eingang auf. Nachdem Sulpicius das Zelt verlassen hatte, trat Tiberius zu ihm, sah ihm wortlos ins Gesicht, wobei Cinna wieder einmal auffiel, dass er den Imperator zwar um ein gutes Stück überragte, seinem Blick aber nur mühsam standhielt.

»Ich erwarte einen Gast, der aus nachvollziehbaren Gründen darauf besteht, dass unsere Besprechung im Geheimen stattfindet«, begann Tiberius. »Er hat sich uns vor einiger Zeit anvertraut, und dies ist nicht unser erstes Treffen. Wir verdanken ihm eine Fülle von Kenntnissen über Stärke, Bewegungen und Pläne des Gegners, und trotzdem wird mir wohler sein, wenn jemand mir die Hintergründe dessen, was er uns offenbart, bestätigen kann. Er ist Mitglied des Fürstenrates der Brukterer, offenbar ein enger Vertrauter des Arminius. Solange er hier ist, schweig und achte auf jedes Wort, das er sagt! Wenn er gegangen ist, werde ich viele Fragen an dich haben. Aber bis dahin bist du einer meiner Leibwächter, du schweigst und rührst dich nicht.« Tiberius lächelte dünn und wandte sich ab.

Der stämmige Mann, der kurz darauf das Zelt betrat, trug einen dicken, bunt karierten Umhang mit Fransen, ein Prachtstück, an dem eine fleißige Weberin manchen Monat gearbeitet hatte; das schmutzig graue Haar war über dem rechten Ohr zu einem Knoten aufgedreht und der Bart sorgsam gestutzt. Eine dicke Fibel prangte an seiner Schulter. Cinna stockte der Atem. Der Mann, der mit raschem Schritt auf Tiberius zuhielt, dann stehen blieb und sich tief verneigte, um dem römischen Imperator seine Hochachtung zu erweisen, war niemand anderer als Daguvaldas Vater, der brukterische Fürst Dagumers.

»Sparen wir uns die langen Vorreden, Radamerus«, sagte Tiberius anstelle einer Begrüßung. »Ich habe nicht viel Zeit vor der heutigen Beratung.«

»Doch vielleicht wirst du bald Grund für einen weiteren Triumph haben«, erwiderte der Gast mit einer Stimme, die Cinna in die Glieder fuhr, ölig und ein wenig belegt, wie damals, als er mit Sunjas Vater Inguiotar um deren Brautpreis für seinen Sohn gefeilscht hatte. Inständig hoffte Cinna, der Mann, den Tiberius mit gewölbten Brauen musterte, möge sich nicht umdrehen, obwohl er sicher nicht das Bild eines vor sich hin starrenden Soldaten im Gedächtnis hatte, sondern das eines Knechtes, unrasiert, mit wirrem Haar und in schäbigen, schmuddeligen Lumpen. Eines Sklaven, der die Braut seines Sohnes auf ein Pferd zerrte und mit ihr flüchtete.

Cinna heftete den Blick auf den Boden. Verschwommen sah er einen Krieger, der gebückt heranstürmte, das Schwert in der Faust, die Augen glühende Kohlen in einer blutigen Masse. Er erschrak vor dem zischenden Laut, mit dem er Luft geholt hatte. Der Leibwächter auf der anderen Seite des Eingangs schielte zu ihm herüber, doch Tiberius war mit Dagumers ins Gespräch vertieft, Dagumers, den er Radamerus nannte.

Angestrengt lauschte Cinna ihren gedämpften Stimmen. Immerhin bestand die Möglichkeit, dass dieser Radamerus Dagumers' Bruder war – auch Arminius und Flavus waren Brüder, sahen sich ähnlich und kämpften an gegnerischen Fronten. Er vernahm höfliches Geplauder, das übliche Vorspiel zu Beratungen unter Verbündeten, nichts Auffälliges, Ungewöhnliches. Tiberius' Spione waren für ihre Zuverlässigkeit berühmt; wenn der Imperator nicht misstrauisch war, gab es keine Veranlassung zum Argwohn. Vielleicht hatte Dagumers die Fronten gewechselt, vielleicht verriet er nun Arminius, weil er ihm die Schuld am Tod seines Sohnes zuschrieb.

»Du wolltest mir berichten, wie weit deine Bemühungen gediehen sind, dem Heer des Arminius Kräfte abzuziehen«, beendete Tiberius die Höflichkeiten, nachdem sich beide auf bereitstehenden Sesseln niedergelassen hatten. Er lehnte sich entspannt zurück und schlug die Beine übereinander, während Dagumers sich aufrecht hielt und die Arme vor der Brust verschränkte.

»Die Krieger der Brukterer sind vor drei Tagen abgerückt«, berichtete er. »Es wäre uns ein Leichtes, dein Heer durch unser Gebiet ziehen zu lassen.«

»Dein Anerbieten ehrt dich und dein Volk, Radamerus«, erwiderte Tiberius. »Doch für ein solches Unterfangen ist es zu spät im Jahr.«

»Eine solche Gelegenheit wird sich so bald nicht mehr bieten. Arminius' Heer befindet sich zwischen den

Äckern der Brukterer und der Angrivarier, diesseits des Visurgis. Unterwegs werden unsere Männer zu deinen Truppen stoßen, und wir werden den Feind gemeinsam besiegen.«

Obwohl Tiberius' Miene nichts als freundliche Zurückhaltung zeigte, flackerte der rasche Blick, den er Cinna zuschoss.

Dagumers beugte sich weit vor. »Er kann nicht entkommen«, flüsterte er. »Zwischen den Äckern der Brukterer und denen der Angrivarier liegen ein bewaldeter Gebirgszug und ausgedehnte Sümpfe. Ich werde selbst dafür sorgen, dass er sich an der für ihn ungünstigsten Stelle befindet, wenn wir aufeinandertreffen, ein offenes Feld, dahinter die Sümpfe, in die deine Soldaten die Meuterer hetzen werden.« Beschwörend schob er sich näher an den Imperator heran, der ihm aufmerksam lauschte. »Ich werde ihn dir bringen – tot oder lebendig.«

»So wie du Arminius Inguiotar und dessen zweihundert Krieger bringen wolltest?«

Als es still wurde und sich alle Augen auf ihn richteten, wurde Cinna klar, dass er den bitteren Gedanken laut und deutlich ausgesprochen hatte. Er hatte dem Befehl aus höchstem Munde zuwidergehandelt. Der Brukterer stierte ihn an, schnaufte vernehmlich, ballte und öffnete die Fäuste, während Tiberius sich mit eisiger Miene auf seinen Unterarm stützte.

Cinna streckte den Arm aus, wies auf den Mann, der vor Tiberius saß. »Der da heißt nicht Radamerus, sondern Dagumers. Als ich ihn zum letzten Mal sah, raubte ich seinem Sohn die Braut, um sie zu meiner Frau zu machen.«

Dagumers Umhang flog, als er darunter griff. Eisen blitzte auf. Ein Dolch. Er sprang auf. Wie von einer Bogensehne geschnellt stürzte Cinna sich auf ihn, warf ihn zu Boden. Dumpf prallte der Dolch auf dem Boden auf. Der massige Körper erschlaffte mit einem Ächzen. Kein Widerstand. Langsam rappelte Cinna sich auf, zog das Schwert aus dem Gürtel und richtete die Spitze der Klinge auf Dagumers' Kehle. Aus den Augenwinkeln bemerkte er den anderen Leibwächter neben sich, und eine Bewegung des Türvorhangs verriet, dass die übrigen Posten bereits aufmerksam geworden waren.

Als die Soldaten Dagumers packten und auf die Beine zerrten, trat Cinna zurück, atmete tief durch, um das Zittern zu unterdrücken. Noch immer deckte er mit seinem Körper den Imperator. Dagumers starrte ihn wild an. Plötzlich riß der Barbar den Mund auf, ohne mehr hervorzubringen als ein dünnes Winseln, bevor er im harten Griff der beiden Posten zusammenbrach.

Schweratmend ließ Cinna die Klinge sinken. Er wankte. Neben ihm stand der zweite Leibwächter, der seine Hand erhoben hatte. Sie fiel zwei-, dreimal auf Cinnas Schulter.

»Schafft ihn hinaus!«, schnarrte Tiberius hinter ihnen.

XIX

Noch am Morgen des Anschlags wurde Cinna einer Befragung unterzogen, die auf Befehl des Imperators allerdings abgebrochen wurde. Drei Tage Erholung waren Cinna gegönnt, bevor er nach Mogontiacum zurückkehren sollte. Offenbar war seine Cohorte die einzige Einheit, die man auf diesem begrenzten Feldzug entbehren konnte.

Er konnte es Tiberius nicht verübeln; nicht zum ersten Mal hatte Cinna seine Befugnisse überschritten. Diesmal hatte er sogar einen ausdrücklichen Befehl missachtet, und obwohl er den Attentäter überwältigt hatte, war es durchaus möglich, dass erst sein eigenes Handeln die Gefahr für den Imperator heraufbeschworen hatte. Wenn Tiberius den Vorfall in seinen Berichten verschwieg, war das mehr als Cinna erwarten durfte.

Da er sich ungehindert bewegen konnte, vertrieb er sich die Zeit damit, durch das Lager zu schlendern, den Truppenübungen zuzusehen, vom Wehrgang übers Land zu schauen und die nächsten Straßenposten abzureiten, als ihm am Nachmittag des zweiten Tages die Vorhut einer zurückkehrenden Einheit entgegentrabte, deren Standarte er Flavus' Ala zuordnen konnte. Die Männer sahen mitgenommen aus, stellte Cinna fest, als sie vor ihm ihre Pferde zügelten.

»Wo ist Flavus? Es wäre gut, ihn zu sehen«, schloss er die Begrüßung.

»Der Hauptteil hält sich nicht weit hinter uns«, erwiderte der ranghöchste Soldat. »Praefect Flavus ist allerdings verletzt – er kann reiten, aber er benötigt dringend die Hilfe der Ärzte.«

Ohne weitere Fragen gab Cinna seinem Hengst die Sporen, um Flavus entgegenzueilen. Er traf ihn an der Spitze der Truppe – die Vorhut hatte inzwischen sicherlich schon das Lager erreicht –, flankiert von zwei schwerbewaffneten Reitern, seinen Leibwächtern. Flavus konnte sich kaum aufrecht halten; ein frischer Verband war um seinen Kopf gewickelt und bedeckte das linke Auge, der linke Arm hing in einer Schlinge. Obwohl er Cinna angrinste, waren ihm Schmerz und Anstrengung ins Gesicht gemeißelt.

»Welch eine Freude, dich zu sehen, Gaius Cinna!«, rief er. »Willst du allein gegen den Feind ziehen?«

»Wie ich sehe, kommst du gerade von einem geselligen Beisammensein mit einem Barbarenhaufen.«

»Marser! Angeschlichen haben sie sich wie die Wiesel, uns aus dem Hinterhalt angesprungen und sich an uns festgebissen.«

»Und deine Späher hatten nichts bemerkt?«

Flavus zuckte die Achseln. »Mein Fehler. Ich wähnte uns sicher. Aber wir schlugen sie. Und wir haben ein paar hübsche Burschen erbeutet.« Er wies hinter sich, drehte sich dabei im Sattel um, da fuhr seine Hand an seine Rippen, und es entstand leichte Aufregung, weil er aus dem Sattel zu rutschen drohte; offenbar hatte er weit ärgere Blessuren davongetragen, als Cinna zunächst vermutet hatte.

Cinna begleitete Flavus zurück ins Feldlager, sogar zum Zelt der Stabsärzte, wohin der Verwundete gleich nach seiner Ankunft geschickt wurde. Die hübschen Burschen, die gefangen genommen worden waren, sechzehn marsische Krieger, ließen sich mit trotzig hochgerecktem Kinn abführen.

Seitdem ein Gefreiter den notdürftigen Verband abgenommen hatte, hielt Flavus den Kopf gesenkt; ein paar schmutzige Strähnen hingen ihm in die Stirn und verwehrten den Blick auf die Verletzung.

»Was hast du angestellt, dass du alle Blicke auf dich ziehst?«, fragte er bemüht heiter.

Cinna zuckte die Achseln. »Vor zwei Tagen gab es einen Zwischenfall.«

»Erzähl schon! Warum bist du hier?«

»Tiberius ließ mich aus Mogontiacum kommen – er wollte sich durch mich Gewissheit verschaffen, ob ein vorgeblicher Überläufer die Wahrheit sagte. Vielleicht misstraute er ihm auch bereits. Ich weiß es nicht.«

»Beim Alten weiß man nie.« Schief grinsend hob Flavus den Kopf. Eine schmutzige und verkrustete Platzwunde, die sich von der linken Braue über das angeschwollene Lid bis zum Augenwinkel zog, entstellte sein Gesicht. »Und da haben wir auch schon einen der Knochenbrecher«, knurrte er. »Sei gegrüßt und tu deine Arbeit, Medicus!«

Der schlanke, dunkelhäutige Grieche in der dunklen Tunica, der soeben eingetreten war, neigte lächelnd den Kopf und bedeutete dem Gefreiten, den Tisch mit dem Arztbesteck neben den Verletzten zu rücken, ehe er sich auf einem mitgebrachten Klappschemel vor Flavus niederließ. Während der Gefreite ihm sorgfältig die Hände wusch und abtrocknete, musterte er die Platzwunde; dann begann er, sorgfältig die Stirn und das verkrustete und bläulich verquollene Augenlid zu betasten. Obwohl er ungewöhnlich jung war für einen hochrangigen Medicus – er zählte sicherlich keine dreißig Jahre –, machte er den Eindruck, über umfangreiche Kenntnisse und Erfahrungen zu verfügen. Doch kaum berührte er die Nähe der Verletzung, zuckte Flavus zurück und riss schützend die Hände hoch. »Was soll das?«

Der Medicus lehnte sich zurück, um ihn zu betrachten. »Der Wundbrand nagt an deinem Fleisch –«

»Das weiß ich!«, blaffte Flavus. »Ich will, dass du das behandelst, damit ich endlich wieder aus beiden Augen schauen kann.«

Er erhielt keine Antwort, und während der Arzt ihn schweigend ansah, spiegelten sich die widersprüchlichsten Gefühle auf seinen Zügen, bis er schließlich kalkweiß, mit zitternden Lippen und hängenden Schultern das unversehrte Auge einen Atemzug lang schloss. »Was willst du mir damit sagen …?«

»Ich weiß es nicht, Praefect Flavus. Das Auge ist von

der Verletzung betroffen – ein Schlag mit einem stumpfen Gegenstand ...«

»Die verfluchte Keule eines verfluchten Marsers!«

»Er hat dich an der Schläfe getroffen, die Wangenklappe des Helms beschädigt, dabei wurde das Scharnier zertrümmert, und Splitter von Bronze drangen in die Wunde ein. Und ins Auge.«

»Und was wirst du jetzt tun?«

»Wir müssen die Splitter entfernen, wenn wir deine Sehkraft retten wollen. Aber versprechen kann ich dir nichts.«

Flavus sprang auf, packte den Medicus beim Halskragen seiner Tunica und riss ihn von den Füßen. »Dreimal verfluchte Missgeburt einer thessalischen Giftmischerin – was willst du damit sagen? Rede!«

»Wie soll er denn?« Ohne zu überlegen, war Cinna hinzugestürzt, zerrte an Flavus zitternden Armen. Der Cherusker war ohnehin zu geschwächt, um sein Opfer noch länger festzuhalten. »Anstatt ihn umzubringen, solltest du ihm Gelegenheit geben, dir zu erklären, was er damit meint.«

Zögerlich lockerte Flavus seinen Griff. Der junge Medicus fasste sich röchelnd an die Kehle und hustete.

»Wenn wir nichts unternehmen, wirst du das Auge verlieren«, krächzte er. »Wenn wir eingreifen, wirst du das Auge möglicherweise dennoch verlieren, aber vielleicht heilt es auch.« Er zerrte an seinem Halssaum. »Und wenn du mich noch einmal so anpackst, steche ich dir das andere Auge auch noch aus!«

»Und mein hübsches Gesicht?«

Der Medicus zog den Kopf zwischen die Schultern. »Ich sagte es bereits: Wir müssen die Splitter entfernen und den Wundbrand behandeln, erst dann können wir die Wunde schließen und verbinden. Eine Narbe wirst du allerdings in jedem Fall behalten.«

Schnaufend sank Flavus auf dem Stuhl zusammen, die Arme hingen kraftlos von den Schultern.

»Wir beginnen die Behandlung hier, Praefect Flavus, und wenn du halbwegs wiederhergestellt bist, lassen wir dich zum nächsten großen Standlager bringen.«

Der Türvorhang des Zeltes rauschte, und der Imperator trat ein, der sich mit abwehrenden Handbewegungen jegliche Ehrenbezeugungen verbat. Er war allein – die Leibwache, die draußen nicht mehr von seiner Seite wich, wartete vor dem Eingang.

»Nun, mein lieber Myron, wie macht sich der Kranke? Kannst du ihm helfen?«

Der junge Medicus hob die Schultern und ließ sie wieder fallen. »Ich werde tun, was in meinen Kräften steht.«

»Denk daran, Myron, ich brauche diesen Mann. Er gehört zu den Tapfersten und Treuesten meiner Offiziere – und ich möchte ihn nicht in den Stand eines Veteranen versetzten müssen.« Tiberius wandte sich Cinna zu. »Wenn du morgen früh aufbrichst, wirst du im Schutz einer asturischen Ala reiten. Die Männer bringen einige Gefangene über den Rhenus, darunter den Kerl, den wir dank deiner Hilfe entlarven konnten.«

»Hast du mich wegen dieses Mannes rufen lassen?«

Tiberius' Augen flackerten, und ein dünnes Lächeln kräuselte seine Lippen. »Dieser Mann hatte unseren Unterhändlern versichert, dass es unter den Cheruskern Fürsten gebe, die gegen Arminius murrten, und dass er auch zu einigen chattischen Edlen Verbindungen habe. Du verstehst sicher, dass mir sofort dein Name in den Sinn kam.«

Cinna senkte langsam den Kopf; in Tiberius' Gegenwart war ihm mulmig, nicht zuletzt weil jede ihrer Begegnungen heikel gewesen war.

»Du hast mich verärgert wie kaum ein anderer Offizier – wenn wir mal von dem unsäglichen Favonius absehen«, sagte er, »und dennoch ... wenn sich dir eine Gelegenheit bietet, Mut und Zuverlässigkeit zu beweisen, weißt du sie zu nutzen wie kein anderer. Ich bedaure sehr, dich hier zurückzulassen.« Ruckartig stieß seine Hand vor, in die Cinna unwillentlich einschlug. »Zu gegebener Stunde werde ich mich deiner erinnern. Bis dahin sei deinen Kindern ein guter Vater, deiner Frau ein guter Mann und mir ... ein guter Soldat.«

Ohne sich mit weiteren Abschiedsworten aufzuhalten, verließ Tiberius das Zelt, ließ Cinna mit offenem Mund stehen. Es war das höchste Maß an Dank, das der Imperator jemandem, dessen Leben völlig von seinem Gutdünken abhing, zukommen lassen konnte. Cinna begriff, dass er sich in diesem Augenblick aus der Willkür des Tiberius befreit hatte.

Ein unterdrückter Schmerzenslaut riss Cinna aus seiner Betäubung; der Medicus hatte sich wohl als Erster wieder gefasst und seinerseits die Gelegenheit genutzt, Flavus' Wunde nochmals in Augenschein zu nehmen, offenkundig ein höchst peinigendes Verfahren, dem sich Flavus nun demütig unterzog.

»Was ist mit diesem Gefangenen?«, fragte er gepresst.

»Du wirst es nicht glauben, aber dein Bruder hat ausgerechnet den alten Dagumers, Daguvaldas Vater, geschickt – mit einem Dolch im Ärmel.«

Pfeifend ließ Flavus die Luft zwischen den Zähnen entweichen, als Myron von ihm abließ. »Das ist ganz Ermanamers«, brummte er in seiner Muttersprache und verfolgte argwöhnisch jede Bewegung des Medicus, dem ein Gefreiter eine flache Schale mit verschiedenen feinen Instrumenten anbot. »Einen gescheiterten Mitstreiter loswerden, indem er ihm die Gelegenheit bietet, seine Ehre wie ein Strohfeuer aufflammen zu lassen.«

»Was meinst du damit?«

»Wenn jemand mit einer Aufgabe, einem Befehl oder einem Versprechen scheitert, dann bestraft mein lieber Bruder denjenigen nicht, sondern gibt ihm die Gelegenheit, nicht nur den Fehler zu berichtigen, sondern sich im Falle eines erneuten Scheiterns als wahrhaft mutiger Mann zu erweisen.«

Als Myron ein Skalpell hochhielt, um es genauer in Augenschein zu nehmen, biss Flavus sich auf die Unterlippe und zog die Schultern hoch.

»Ein kluger Gedanke«, erwiderte Cinna in dem Versuch, Flavus abzulenken. »Einer, der an seiner Aufgabe gescheitert ist, gilt leicht als Versager, und das könnte

Unzufriedenheit unter den Gefolgsleuten schüren – wenn es ihm aber gelingt, den Versager beim Versuch, Großtaten zu vollbringen, untergehen zu lassen …«

»… werden aus Versagern Helden im Kampf gegen die römischen Eroberer. Vorbilder, die es zu übertreffen gilt.«

Der Medicus wies auf einen dampfenden Becher, den ein Gefreiter soeben gebracht hatte. »Praefect Flavus, du wirst das jetzt trinken und dich auf die Kline –«

»Willst du mich vergiften?« Flavus war aufgesprungen und baute sich drohend vor Myron auf. »Erst fummelst du an meinem Auge herum, und dann soll ich mich selig eingelullt deinen Klingen überlassen?«

»Flavus, tu was er sagt!«, ging Cinna dazwischen. »Wenn Tiberius einen seiner eigenen Ärzte dazu abstellt, dich zu behandeln, dann solltest du Aesculapius dafür einen Altar errichten. Und vergiss nicht, was der Arzt zu dir gesagt hast.«

Er hatte seine Hand beruhigend auf Flavus' Arm gelegt, spürte die Anspannung in dessen Muskeln. Erst nach einigen schweren Atemzügen setzte Flavus sich wieder und hieb mit beiden Fäusten auf die Armlehnen.

»Keine Bange«, flüsterte Cinna. »Du bist in den besten Händen.«

»Ich habe keine Angst!«, schnaubte Flavus. »Ich war mein Lebtag auf mich selbst gestellt. Ich hasse es …« Er senkte den Kopf und krampfte die Hände ineinander, bis die Knöchel weiß hervortraten.

»… auf die Hilfe anderer angewiesen zu sein?«, vervollständigte Cinna.

»Praefect Cinna, du solltest jetzt gehen«, sagte Myron leise, während Flavus den Becher leerte und mit einem angewiderten Laut zurückgab. »Morgen früh ist er wieder ansprechbar.«

»Morgen früh bin ich auf dem Weg nach Mogontiacum.« Cinna drückte Flavus' Hand. »Kopf hoch, mein Freund, und sieh zu, dass du wieder auf die Beine kommst!«

*

Auf dem Rückweg hatte Cinna die Gefangenen und damit auch Dagumers nicht zu Gesicht bekommen; seine Gedanken kreisten unentwegt um Flavus, um dessen Verletzung, das entstellte Gesicht. Doch schon nach zwei Tagen verblasste die Erinnerung, das Vertrauen in die ärztliche Kunst des jungen Myron wurde genährt von einer Sehnsucht, die sich warm bis in die Fingerspitzen ausdehnte. Er hielt sich bei der Vorhut, das ersparte ihm die Verpflichtung, mit dem griesgrämigen Praefecten eine Unterhaltung zu führen, und wiegte ihn in der Illusion, schneller voranzukommen. Ein Jahr zuvor war er verletzt nach Mogontiacum zurückgekehrt nach einem schweren Kampf, den er eigenmächtig aufgenommen hatte, um Sunjas Eltern und ihren Bruder zu retten. Er wusste, dass ihm die Befreiung der Gefangenen nur als Vorwand gedient hatte, trotzdem hatte er den Köder geschluckt. Wie leicht hätte dieses Unterfangen misslingen können, hätte er nicht unter dem Schutz der Minerva gestanden.

Sunjas Haar war nachgewachsen, fiel inzwischen weit über ihre Schultern, fast bis zur Mitte des Rückens, wenn sie abends den festen Knoten löste. Er glaubte zu spüren, wie die seidigen Locken durch seine Hand glitten, den metallischen Schimmer zu sehen, den der Schein der Öllämpchen darauf entfachte, wenn sie den Kopf hob, ihn ansah aus funkelnden hellgrünen Augen, ein winziges Lächeln auf den Lippen. Seit der Geburt des Kindes hatte sie sich verwandelt, als wären alle Ängste, alle Unsicherheit von ihr abgefallen, und in der Mutter seines Sohnes erkannte er endlich das Mädchen wieder, das es gewagt hatte, gegen Arminius die Stimme zu erheben.

Von Novaesium brach er nur in Begleitung seiner Leibwächter auf, ohne Dagumers noch einmal gesehen zu haben, und als er nach sechstägigem Ritt bei Einbruch der Nacht im Lager von Mogontiacum eintraf, durchnässt und erschöpft vom kalten Herbstregen, entließ ihn Lagerpraefect Strigo, der befehlshabende Offizier, sofort nach Hause.

Sein Eintreffen verursachte helle Aufregung; im Eingangsflur eilte ihm Reika entgegen, warf sich stumm vor ihm auf die Knie und bot ihm ein angewärmtes Tuch, damit er die Hände, die er gerade in die bereitstehende Schüssel mit warmem Wasser getaucht hatte, abtrocknen konnte. Ohne ihn anzublicken, stammelte sie einen kaum verständlichen Willkommensgruß, bevor sie ihn mit der Nachricht erfreute, dass sofort ein Bad für ihn bereitet werde.

Im vorderen Innenhof erwartete ihn Sunja und reichte

ihm mit beiden Händen eine dampfende Schale, um ihn nach Art ihres Volkes zu begrüßen. Als er das Gefäß in Empfang nahm, streifte er wie zufällig ihre Finger. Sie durchschaute ihn, senkte kurz die Lider, was die Augen nur umso heller aufblitzen ließ.

»Wo ist Lucius?«

»Was denkst du? Er schläft, wie es sich für einen kleinen Jungen gehört. Und du nimmst zuerst einmal ein ausgiebiges Bad.«

»Allein?«

Anstelle einer Antwort legte sie eine Hand um seinen Hals und küsste ihn, um ihm gleich darauf einen sanften Klaps zu geben. »Geh schon! So lass ich dich nicht zu mir.«

*

Sunja saß im hellen Wohnraum auf einer Kline, unweit eines der beiden Kohlebecken, hielt das Kind aufrecht an ihrer Schulter und tätschelte sanft seinen Rücken. Warum sie nach Monaten immer noch die Aufgabe einer Amme erfüllen wollte, war Cinna schleierhaft.

Sie hob den Kopf, und ein Lächeln leuchtete auf ihrem Gesicht, wie er es schon lange nicht mehr an ihr gesehen hatte. Der düstere Herbsttag schien aufzuklaren, die trockene Wärme der Holzkohlen verwandelte sich in ein Versprechen von Sommer, als sie sacht neben sich auf das Polster klopfte. Er setzte sich, legte die Hand auf ihren Nacken und drehte ihr Gesicht zu sich, um sie zu küssen, atmete ihren Duft und zugleich einen anderen Geruch, süß, ein Hauch von Milch. Sich aufrichtend bemerkte er, dass die schwarzen Augen des Kleinen, den sie auf dem Schoß hielt, fest auf ihn gerichtet waren. Lucius. Nach seinem Bruder, einem hageren jungen Mann, an den Cinna sich kaum erinnern konnte. Nur an rasche, flüchtige Bewegungen, eine Hand, die Cinna durchs Haar fuhr, und ein leises Lachen. Das Kind, das ihn musterte, während es zahnlos auf seiner Faust nagte, hatte keinerlei Ähnlichkeit mit seinem ältesten Bruder.

»Warum bist du nicht mit den Legionen zurückgekehrt?«, fragte Sunja unvermittelt. »Es wäre sicherer gewesen.«

»Ich wollte so schnell wie möglich wieder hier sein.«

Sie löste ihre Hand vom Rücken des Kindes und strich damit über seine. »Bitte denke nicht falsch von mir. Ich bin froh, dass du wieder hier bist – ich habe mir Sorgen um dich gemacht.«

»Das weiß ich.« Behutsam ließ er seine Fingerspitzen über ihre Hand gleiten, spürte ihr Gewicht, als sie sich an ihn lehnte.

»Wird Tiberius im Winter hier bleiben?«

»Er kehrt nach Rom zurück. Wie ich hörte, geht es dem Princeps schlecht, und da er sehr alt ist, muss man ständig mit seinem Tod rechnen. Im nächsten Jahr wird Germanicus hier den Oberbefehl führen ...«

Sunja sah ihn an. »Und das macht dir Sorgen?«

»Ich kenne ihn nicht. Ich habe ihn nur einmal gesehen.« Cinna seufzte. »Tiberius ist ein misstrauischer

Mann, dennoch glaube ich zu wissen, woran ich bei ihm bin. Zumindest muss ich ihn nicht fürchten.«

»Germanicus ist der Sohn des Drusus, gegen den seinerzeit mein Vater und mein Onkel kämpften und vor dem sie große Hochachtung hatten. Warum solltest du ihn fürchten müssen?«

Ein Geräusch ließ Cinna aufblicken; Reika steckte den Kopf durch den Türspalt und sah ihre Herrin fragend an, bis sie auf deren leichtes Kopfschütteln hin wieder verschwand. Ihre Schritte waren noch hörbar, als Sunja auffuhr, das Kind Cinna in die Hände drückte und hinauseilte.

Vorsichtig setzte er den Kleinen auf seine Knie und lehnte sich zurück, hielt ihn mit fast ausgestreckten Armen fest. Das Kind wirkte genauso überrascht wie er, reckte den Hals nach der Tür, machte eine einzige energische Bewegung, dann flog das pausbackige Gesicht herum und blickte ihn an. Sunja hatte ihm noch zugeflüstert, sie werde gleich zurücksein. Gleich. Was immer das heißen mochte, er saß hier mit dem Kind und hatte nicht den blassesten Schimmer einer Ahnung, was er tun sollte, wenn es zu schreien anfangen würde, was die Götter verhüten mochten.

Das Kind richtete seine Aufmerksamkeit auf den Stoff von Cinnas Tunica, griff beidhändig hinein und knetete die schwere, dunkelrote Wolle in den Fingern; dass es dabei ins Wanken kam, schien es nicht zu stören. Cinna musste es enger an sich ziehen, damit es nicht hinunterrutschte, als ihm bei der Berührung des lebendigen kleinen Körpers warm wurde. Er legte seine Hand um das Köpfchen, strich über das seidig feine, schwarze Haar, während die Wimpern wie Schmetterlingsflügel die Haut seines Unterarms berührten.

Als Sunja wieder ins Zimmer trat, warf sie ihm ein Lächeln zu, ließ sich dann vor ihrem Webstuhl nieder, ohne Anstalten zu machen, ihm den Kleinen abzunehmen. Insgeheim war es ihm recht, obwohl Lucius seine Finger schon beinahe schmerzhaft verbog.

»Wenn er unruhig wird, leg ihn zu seinen Spielsachen«, sagte sie über die Schulter hinweg und wies auf eine Decke, auf der sich einige Kissen, bunte Ringe und Kugeln aus Holz befanden. Cinna befolge ihren Rat, ließ sich neben dem Kleinen nieder, ohne recht zu wissen, was er mit dem fröhlich gurrenden Kind anstellen sollte, das selbstvergessen mit den Zehen spielte.

Leise wurde die Tür geöffnet, und Reikas Kopf schob sich durch den Spalt. Sie winkte Cinna stumm hinaus, um ihm ein versiegeltes Doppeltäfelchen zu reichen, das er sofort öffnete. Mit hastig hingeworfenen Buchstaben ließ Firmus ihm mitteilen, die Überreste des vermissten Soldaten seien gefunden worden, er möge sich so bald wie möglich im Stabsgebäude einfinden.

Firmus und seine beiden Begleiter wirkten mitgenommen, wie sie neben dem Brunnen im Innenhof standen; das Gesicht des Centurio war grau, sein blasser Gefreiter hielt sich die Hand vor den Mund und kämpfte wohl mit einem wiederkehrenden Würgereiz.

»Was habt ihr ermittelt?«

»Dass die Leiche Eggius' Mann ist, den wir seit dem Maius vermissen. An den Gebeinen haben wir Verletzungen feststellen können – einen Schwertstreich gegen den linken Arm, Verletzungen der Wirbelsäule in Höhe des Bauches und im Genick. Es besteht kein Zweifel daran, dass er im Kampf getötet wurde.«

»Und wo wurde er gefunden?«

»In der Abfallgrube eines der Dörfer in den sumpfigen Auen, in einem aufgegebenen Brunnenloch.«

»Und die Leute haben das nie bemerkt?«

»Gaius Cinna, wenn du gesehen hättest, wie diese Leute hausen, würdest du diese Frage nicht stellen. Da unten wohnen nur Bettler und Diebe, die Ärmsten der Armen, und wer nicht Blut hustet, der leidet am Fieber. Der Fäulnisgestank aus den Sümpfen verpestet die Luft und gebiert Schwärme von Mücken und Fliegen.«

»Ein sicheres Versteck für eine Leiche«, warf Cinna ein.

Der Unteroffizier räusperte sich und schluckte. »Keineswegs! Seitdem ich dieses Nest betreten habe, weiß ich, warum unsere Vorväter sich darauf verlegten, ihre Toten zu verbrennen. Ich habe schon einiges zu Gesicht bekommen, aber mir ist in meinem ganzen Leben noch nichts derartiges in die Nase gestiegen.«

»Gibt es Hinweise darauf, dass die Dorfbewohner den Mann getötet haben könnten?«, fuhr Cinna fort und verkniff sich das Grinsen.

»Wir haben alle in Haft genommen«, erwiderte Flavus. »Eggius hat bereits mit den Verhören begonnen.«

Cinna stutzte. »Eggius?«

»Du warst nicht da, und wir mussten die Aufgaben verteilen. Da lag es nahe, dass Eggius die Verhöre übernimmt. Schließlich war es sein Mann, dessen Leiche in den Brunnen geworfen wurde.«

»Spricht da der Advocatus aus dir? Wir sind beim Heer, das Opfer ist ein Unteroffizier aus dem Mannschaftsstand, die Zeugen sind nicht einmal Bürger, sondern Rechtlose.«

Firmus zuckte die Achseln. »Eggius mag ein schwieriger Mann sein, aber in diesem Falle hat er jedes Recht, die Schuldigen zu finden und zu bestrafen.«

»Das ist richtig, die Frage ist, ob das, was er tut, geeignet ist, um die Schuldigen zu finden und zu bestrafen.«

»Die Bewohner dieses Dorfes wussten von der Leiche im Loch, aber erst als der Gestank sogar für sie unerträglich wurde, flog die Sache auf. Mindestens einer von denen steckt mit den Mördern unter einer Decke, und sie werden reden, wenn man ihnen die Instrumente zeigt.«

»Firmus, ich habe dir schon einmal gesagt, dass Aussagen, die durch Folter erzwungen wurden, nichts wert sind. Du kannst einem Mann jede beliebige Aussage abzwingen, wenn du ihn nur lange genug schindest –«

»Bitte nicht diese Rede«, unterbrach ihn Firmus.

»Was haben uns denn die Verhöre im Frühjahr gebracht? Gar nichts! Ihr habt die Verdächtigen so lange nach einer Schlägerei am Hafen gefragt, bis sie genau das erzählt haben.«

»Es waren in dieser Sache die falschen Verdächtigen –

das ist alles. Aber die Kerle, die Strigo verhaften ließ, hatten ohnehin schon einiges ausgefressen, wofür sie ans Schandholz gehörten.«

Kopfschüttelnd wandte Cinna sich ab. »Du begreifst es nicht, Firmus. Es ist die falsche Maßnahme.«

Firmus rollte die Augen. »Sollen wir es vielleicht mit höflichen Bitten versuchen?«

»Centurio, ich verbitte mir derartige Sprüche!« Cinna schnappte sich den Umhang, ließ Firmus stehen und eilte hinaus, um sich nicht zu Äußerungen hinreißen zu lassen, die er bereut hätte – oder auch nicht. Zornig stapfte er die Lagerstraße hinunter, schlug den Weg zum Zellenbau ein.

Schon vor dem Eingang empfing ihn dünnes Geheul, von den Wänden gedämpft. Tief durchatmend wappnete er sich und trat durch die von zwei Posten bewachte Tür. Im halbdunklen Gang roch es scharf und muffig zugleich, die Luft schien mit Kot, Schweiß und Urin durchtränkt wie ein Schwamm, und es gab nur die Schreie und das Stöhnen, denen er sich entschlossen näherte. An beiden Wänden reihten sich schwere Holztüren, verriegelt bis auf eine. Er blieb stehen, und als er die Tür aufschob, schlug ihm der Gestank eines Raubtierkäfigs entgegen.

Ein Soldat stand da, an dessen Hand eine lederne Peitsche pendelte, beleuchtet von einem schrägen Sonnenstrahl, in dem Strohfetzchen und Staub tanzten; die Miene des Mannes blieb teilnahmslos, als er Cinna grüßte. In der Ecke neben dem Eingang kauerte ein Gefangener, nackt und schmutzig, barg den Kopf in den Armen und zitterte, während ein anderer, ebenso nackt und schmutzig, mitten im Raum auf einer Kiste stand; man hatte ihm einen Sack über den Kopf gestülpt, und um den Hals wand sich ein Seil, das über einen Deckenbalken geschlungen und so straff gespannt war, dass er sich recken musst, um nicht gewürgt zu werden. Was Cinna von diesem Körper sah, wirkte sehr jung, seine Schenkel waren gezeichnet von dünnen Linien, an deren Rändern die Haut barst. Mühsam bezwang Cinna den Ekel, der ihm den Rücken hinabrieselte und wie eine kalte Faust nach seinem Magen griff, als Eggius aus dem Hintergrund der Zelle trat.

»Gib mir bis zum Ende der Wache, Praefect, und du hast ein Geständnis«, schnarrte er.

»Was für ein Geständnis? Worte, mit denen ein Mann sich ein Ende der Folter und ein paar Stunden Leben erkauft hat?«

»Es reicht, um ihn noch heute hinzurichten – und wenn er es nicht war, dann wissen die Täter zumindest, was ihnen blüht, wenn sie erwischt werden.«

»Das habe ich schon öfters gehört – doch ich habe kein Vertrauen in diese Art von Abschreckung.«

»Praefect, wir haben es nicht mit römischen Bürgern zu tun, sondern mit rechtlosem Volk. Barbaren, Tagelöhnern, Dieben, Messerstechern. Man muss ihnen gelegentlich zeigen, wer hier der Herr ist, sonst werden sie übermütig.«

»Wozu dann überhaupt ein Geständnis? Es reicht doch, den Strolch aufzuhängen?«

Aus schmalen Augen funkelte Eggius Cinna an und

presste die Lippen aufeinander. In der Stille hörte Cinna das erstickte Wimmern des Gepeinigten, dessen Knie bedenklich schlotterten; bald, sehr bald würde der Mann die Besinnung verlieren, von der Kiste rutschen und sich erwürgen.

»Bindet ihn los!«, befahl Cinna.

Der Gefangene war zusammengezuckt, schluchzte, sonst rührte sich niemand.

»Das ist ein Befehl!«, wiederholte Cinna scharf. »Ich will die beiden sofort sauber und bekleidet in meinem Raum sehen.« Er machte einen Schritt auf Eggius zu. »Ist das klar?«

Gefolgt von zwei Posten taumelten die beiden Gefangenen durch die Tür, den einen brachte ein achtloser Tritt zu Fall, dass er aufstöhnte.

»Das reicht jetzt!« Einen der beiden Posten schickte Cinna mit einem Nicken hinaus, der andere baute sich grimmig neben der Tür auf.

An den Striemen, die seine Beine bedeckten, erkannte Cinna den Gefolterten wieder, der das Gesicht in den zusammengebundenen Händen vergrub und dabei am ganzen Leib zitterte.

»Ihr stammt aus dem Dorf in den Sümpfen?«

»Das haben wir den anderen doch schon gesagt«, stieß der zweite Gefangene hervor, ein Junge mit verschreckten Zügen, dessen Stimme sich noch überschlug, dreizehn, vielleicht vierzehn Jahre alt. So alt, wie Sunjas jüngster Bruder gewesen war …

»Wir wussten von der Leiche.« Der Junge ließ die Hände sinken und entblößte ein blutig geschlagenes Gesicht mit leuchtend blauen Augen, umrahmt von langen dunklen Wimpern. »Bitte, Herr, tut, was ihr wollt.«

Cinna erwiderte stumm den Blick des Jungen, bis dieser die Lider senkte. Dann schickte er mit einem schnellen Wink auch den zweiten Posten hinaus.

»Ihr wusstet also von der Leiche wie alle anderen, die da unten hausen, und ihr habt den Mund gehalten, weil ihr fürchten musstet, dass man euch sonst auf die Schliche kommt.«

Die beiden Jungen knickten schier zusammen unter seinen Worten.

»Ihr seid entlaufene Sklaven – aus irgendeinem verfluchten Lupanar, nicht wahr?« Cinna dehnte die Pause bedrohlich lange aus, die Jungen mussten wissen, was ihnen blühte, wenn sie diesen Raum verließen. »Aber das will ich gar nicht wissen. Ich interessiere mich nur für den toten Mann im Brunnen. Er war Offizier, Unteroffizier des Centurios, den ihr bereits kennen gelernt habt.«

Der Ältere zog den Kopf zwischen die Schultern. »Er tauchte vor ein paar Monaten auf. Die alte Giftmischerin brachte ihn mit. Sie ist ständig betrunken, deshalb hatte sie es am nächsten Morgen schon wieder vergessen. Mir fiel auf, dass er sich dauernd den Arm festhielt. Als … als mein Freund und ich in der Nacht heimkehrten, sahen wir ihn und einen anderen Mann im Auwald, ganz in der Nähe. Sie redeten von einer Frau, irgendeine Weibergeschichte, und der andere war ziemlich wütend. Dann haben sie irgendwas bemerkt, und wir haben uns so schnell es ging verdrückt. Am nächsten Tage waren beide verschwunden, wir haben nie mehr etwas von ihm gesehen oder gehört – bis das Abfallloch zu stinken anfing.« Er nagte an der Unterlippe, zögerte fortzufahren. »Nun ... auf einmal stank es anders als sonst, und wir haben nachgeschaut. Dann haben wir nicht gewusst, was wir machen sollen ... Bei uns wird jeder wegen irgendwas gesucht. Die alte Giftmischerin fürchtete sich am meisten und warf irgendwelche Kräuter in das Loch. Wir haben Sand hineingeschüttet, aber irgendwann hat sich irgendwer verplappert. Und dann kamen die Soldaten.«

Mit hängendem Kopf stand er mitten im Raum, nichts am Leib als ein zerlumptes, dreckiges Hemd, aus dem zitternde Beine lugten. Eine Weibergeschichte. Cinna schüttelte resigniert den Kopf und schnaufte leise. Viele Soldaten stolperten während ihrer Dienstzeit über so etwas, ließen sich auf Huren ein, die sie ausnahmen wie frisch geschlachtete Hühner, verführten Mädchen aus dem Dorf, deren männliche Verwandte dann Entschädigung verlangten – oder zur Waffe griffen.

»Das ist alles?«

Die beiden Jungen nickten, gaben beflissen Laute der Bestätigung von sich, wagten jedoch nicht, den Blick zu heben.

»Was mache ich jetzt mit euch?«

Wie bei einem Lustknaben zu erwarten, flammte ein Blick aus den blauen Augen auf, klappten die Wimpern wie Schmetterlingsflügel, ohne dass der Junge den Kopf hob. Cinna konnte sich das Grinsen nicht verkneifen.

»Anstatt zu stehlen, solltet ihr in einem der größeren Standlager nach Arbeit fragen. Vielleicht als Stallburschen. Der Lohn ist gering, aber ihr müsstet keine Angst haben, dass euch jemand erwischt und ihr dann ausgepeitscht und davongejagt werdet.«

»Wer nimmt denn schon zwei flüchtige Sklaven«, murmelte der Blauäugige dumpf.

»Seid ihr gezeichnet?«

Hastig schüttelten sie die Köpfe, während er um sie herumging, zwei schmutzige Flegel, übersät mit Schürfungen, blauen Flecken und Striemen. Als er den Beutel von seinem Gürtel löste, dass die Münzen darin leise klingelten, wurden sie sichtlich hellhörig. Er schüttete den Inhalt in die hohle Hand, nahm zwei silberne und etliche bronzene Geldstücke, grob gerechnet fünfundzwanzig Asse, die er in den Beutel zurückfallen ließ, und warf ihn dem Älteren zu.

»Ich werde jedem von euch eine Tunica geben lassen, dann macht ihr, dass ihr wegkommt von hier.«

Die beiden waren wie vom Donner gerührt. »Warum …?«

»Ihr mögt Taschenspieler und Hühnerdiebe sein, aber diese Behandlung hattet ihr nicht verdient – außerdem habt ihr mir geholfen. Und jetzt verschwindet!«

XX

»Du hast sie laufen lassen?«

Sunja stand an der Uferböschung und drückte Lucius an sich, während Umhang und Überkleid sie umflatterten. Die Ankunft der beiden Legionen hatte sie ebenso wenig verpassen wollen wie die meisten anderen Bewohner von Mogontiacum. Da Iuppiter vom Himmel lachte, erweckten die funkelnden Helme und Schildbuckel der Vorhut, die noch etwa zweihundert Doppelschritt entfernt sein mochte, den Anschein eines vielfüßigen, schuppigen Kriechtiers. Cinna würde nicht mehr lange bleiben können, denn seine Aufgabe war es, die eintreffenden Offiziere zu begrüßen. Wieder einmal war sie stolz auf ihn, wie er gewappnet und gerüstet vor ihr stand, den Helm am Gürtel, halb verborgen von seinem schweren grünen Mantel.

»Eggius ließ sie foltern, um herauszufinden, was mit diesem Rufus passiert ist. Er hatte die beiden dummen Jungen im Verdacht, einen hervorragend ausgebildeten Soldaten im Kampf getötet zu haben – völliger Unsinn!«

»Vielleicht haben sie ihn hinterrücks erschlagen?«

»Mindestens eine der Wunden ist ihm von vorn zugefügt worden, ein Stich in den Bauch. Die Wucht der

Hiebe hat sogar die Knochen verletzt, das bedeutet, der Täter muss ein Schwert verwendet haben.« Cinna zuckte die Achseln und überschattete die Augen, um nach den Reitern Ausschau zu halten. »Und diese kleinen Diebe sind einfach nicht imstande, ein Schwert zu führen.«

»Denkst du wirklich, sie werden sich eine anständige Arbeit suchen?«

Seufzend wandte Cinna sich ihr zu, tastete nach ihren Oberarmen unter dem Mantel, strich mit den Daumen über die weiche Wolle. »Hauptsache, sie verschwinden erst einmal. Sie haben mit der Sache nichts zu tun. Aber ich weiß nicht, was in Eggius vorgeht. Er ist ... blindwütig.« Er zog sie an sich, umarmte sie und das Kind, drückte sie an das harte, kalte Kettenhemd, bis Lucius leise quengelte.

Sanft schob Sunja ihn von sich. »Nun geh schon! Lucilla bleibt ja bei uns, und Vitalina ist auch in der Nähe. Du musst dir keine Sorgen machen.«

»Ich mache mir keine Sorgen, Sunja.« Er küsste sie flüchtig und strich Lucius über die Wange. »Vielleicht werde ich über Nacht im Lager bleiben – es wird einiges zu besprechen geben.«

Sunja sah ihm nach, während er zu seinem Pferd schritt; für diesen Tag hatte er die schwarze Coronis ausgesucht, deren Fell nach ausgiebigem Striegeln schimmerte. Stolz bog die Stute den Hals, über den ein Netz dünner Zöpfchen hinabfiel, scharrte mit dem Vorderhuf, und wenn sie den Kopf schüttelte, blitzten die Bronzebeschläge des Zaumzeugs im Sonnenlicht. Mit der Hilfe eines Pferdeburschen schwang er sich auf Coronis' Rücken und ritt die Straße zum Lager hinauf, die von Menschentrauben gesäumt war.

In einiger Entfernung entdeckte Sunja die Frau des Fronto, Acilia, mit ihren Kindern, die grimmig lächelnd zu Vitalina stapfte. Sie schrak zusammen, als sich eine Hand auf ihre Schulter legte. Lucilla begrüßte sie mit einer flüchtigen Umarmung, bevor sie Lucius lächelnd die Wange streichelte, bis er freudig gluckste.

»Hoffentlich verfallen sie nicht auf den Gedanken, sich zu uns zu gesellen«, sagte Lucilla. »Früher habe ich Fronto verabscheut, weil er sich in den Lupanaren herumtreibt und den Flötenspielerinnen nachsteigt. Doch seit ich Acilia kenne, verstehe ich ihn.«

Sunja kicherte, sagte aber gleich darauf beschwichtigend: »Sie ist eine gute Frau, und auf seine Weise liebt er sie von Herzen, obwohl sie Haare auf den Zähnen hat.«

»Weißt du, dass sie wieder schwanger ist?«

»Es gibt nichts, was in diesem Nest geheim bleibt.«

»Nicht einmal das Rätsel um die Leiche im Loch.« Lucilla zog die Schultern hoch, als fröstelte sie. »Firmus ist beunruhigt über den Vorfall, sagt mir aber nicht, was ihm Sorgen macht.«

»Seid bitte vorsichtig, du weißt, dass Gaius immer noch schlecht auf Firmus zu sprechen ist.«

»Dieser Narr! Glaubt er etwa, er könnte mich mein Leben lang einsperren? Sobald Firmus seine Beförderung hat, werden wir fortgehen.«

»Bitte.« Sunja legte ihre Hand auf Lucillas Arm. Sie musste die Stimme heben, weil das Rasseln und Klirren der heranreitenden Vorhut sie zu übertönen drohte. »Ich möchte nicht, dass ihr in Unfrieden auseinandergeht. Ich werde versuchen, mit ihm darüber zu reden.«

Als Cinna am späten Abend des folgenden Tages nach Hause kam, erkannte Sunja an seinem schweren Schritt, dass er missgelaunt war. Sie schwang die Beine über den Bettrand, wickelte sich in die Überdecke und eilte auf den Gang hinaus, wo sie leise nach ihm rief.
»Du bist schon im Bett?«
»Es war ein anstrengender Tag«, erwiderte sie. »Lucius ist erkältet und weint seit dem Morgen. Keine Sorge, es ist nichts Schlimmes. Kein Fieber.«
»Pass bitte gut auf ihn auf.«
»Was denkst denn du?«, lachte sie. »Saldir hat ihn jetzt bei sich. Ich hatte nicht erwartet, dass du noch kommst.«
»Ich, offen gestanden, auch nicht.« Er legte die Hände auf ihre Schultern und zog sie an sich. »Sie werden eine dritte Legion über den Winter hierher verlegen, deshalb müssen Flavus' Ala und meine Cohorte ein paar Meilen südlich in das kleinere Lager umziehen.«
»Das muss für deine Soldaten wie eine Strafe sein!«
»Genauso werden sie es sehen: eine Strafe dafür, dass wir nicht mitgekämpft haben, obwohl wir gekämpft hätten, wenn man es uns nur befohlen hätte.«
Sie schlang die Arme um ihn, drückte die Lippen auf

die Mulde, die sein Schlüsselbein bildete und schmeckte Salz und Staub.

»Es tut mir Leid, ich hatte keine Zeit mehr...«, murmelte er. »Ist heißes Wasser da?«

»In der Küche, ich bringe es dir.«

Er schob sie sanft zurück. »Nicht nötig. Leg dich wieder hin. Ich werde mich beeilen.«

Sie hatte den Kopf auf seine Brust gelegt und strich mit der Hand über die Haut. Kein Mann ihres Volkes würde sich dazu herablassen, sich die Körperbehaarung mit Bimsstein zu entfernen, wie es für einen Römer selbstverständlich war – zumindest für einen Römer vornehmer Abkunft. Es gab einige Angewohnheiten, von denen er nicht lassen wollte, aber diese war eine der angenehmeren. Seine Finger schlossen sich um ihre, drückten sie leicht.

»Ich hoffe, dass diese Versetzung nur für den Winter gilt. Es gibt dort nichts, nur ein paar Handwerker und eine billige Absteige. Es muss den Männern wie eine Verbannung vorkommen.«

Sunja rollte sich auf den Bauch und stützte sich auf die Unterarme. »Wie geht es Flavus? Ist er schon eingetroffen?«

Gedankenverloren schüttelte er den Kopf. »Es heißt, er werde morgen mit anderen Verwundeten und einem weiteren Teil des Trosses eintreffen. Das bedeutet, dass er noch immer nicht auf den Beinen ist? Kaum auszudenken, was es für ihn bedeutet, ein Auge zu verlieren.«

»Wirst du ihm beistehen?«

Er sah sie an, fuhr durch ihre Locken, nickte, und ein dünnes Lächeln umspielte seine Lippen.

»Ich habe noch eine Bitte«, sagte sie leise und machte eine Pause, ehe sie fortfuhr: »Du musst dich mit Lucilla aussöhnen ... du darfst ihr und Firmus nicht länger im Wege stehen.«

Ruckartig setzte er sich auf, zog die Beine an den Körper und schlang die Arme um die Knie. Dann war Stille, bis auf das leise Heulen des Windes, der unter der Tür hindurchzog.

Schließlich wandte er sich wieder ihr zu. »Warum sollte ich das tun? Firmus ist ein Offizier, der unter mir dient, und es gibt schon genug Klatsch und Tratsch. Wie soll ich ihm glaubhaft Befehle erteilen können, wenn ich dulde, dass er mit meiner Schwester ein Verhältnis hat?«

Sunjas Wangen wurden heiß; darüber hatte sie nicht nachgedacht, und nun fühlte sie sich wie ein gemaßregeltes Kind. Sie rollte sich auf die Seite, einige Strähnen fielen über ihr Gesicht und verbargen die Zeichen der Verlegenheit, als ein kalter Luftzug über ihren Rücken fuhr, der sie frösteln ließ. Seine Hand glitt über ihren Arm hinauf, zog die Decken über sie. Er schob sich dicht neben sie, hüllte sie ein mit seiner Wärme, seinem Duft, und streichelte ihre Wangen.

»Jetzt nicht, mein Herz«, flüsterte er und küsste sie, als wollte er sie damit zum Schweigen bringen.

*

Aus der Menschenmenge, die sich durch den Markt schob, ragte der kupferblonde Haarschopf wie ein auf den Wellen tanzendes Schiff. Der Mann trug eine Binde, die das linke Auge bedeckte, und reckte sich nach allen Seiten, als suchte er jemanden. Mit vielen Entschuldigungen kämpfte Sunja sich durch das Gewühl, bis ihre Hand ihn schließlich berührte, und sie schubste ihn, bis er sich umwandte.

»Sunja, Inguiotars Tochter – welch eine Freude!«, rief er. Er nahm ihren Arm und geleitete sie an den Rand der Straße, wo sich weniger Menschen drängten. »Wirst du dir morgen die Reiterspiele ansehen?«

Sie nickte; obwohl es sie drängte, ihm etwas Freundliches zu sagen, etwas Tröstliches, wagte sie nicht, nach seinem Befinden zu fragen.

»Immer treffen wir uns hier«, brummte er.

»O nein, die Straße zum Heiligtum der Mütter hat uns auch schon einmal zusammengeführt.«

»Das ist lange her. Inzwischen hast du einen Sohn.«

»Komm mit, ich zeige ihn dir.« Sie führte ihn zu der Stelle, wo sie Saldir mit Lucius zurückgelassen hatte. Saldir hatte die Augenbrauen zusammengezogen, auch Lucius machte ein unglückliches Gesicht und stopfte die Finger in den Mund, während an seinen Wimpern Tränen glänzten. Doch als Sunja ihrer Schwester den Kleinen aus dem Arm nahm, krähte er leise und wühlte die speichelnassen Hände in ihr mühsam aufgestecktes Haar.

»Thunaras möge mich ... das ist ja ein Prachtkerlchen!«, entfuhr es Flavus. »Ganz der Vater – nur die hier«, er berührte die beiden winzigen senkrechten Falten über der Nase des Kindes, »sind dein Erbe.«

»Werden sie dich ausmustern?«, fragte Saldir.

Sunja fuhr herum, Flavus hingegen grinste schief. »Nein, ich werde weiterhin meinen Dienst tun und im nächsten Jahr unter Germanicus Caesar Krieg gegen die Aufständischen führen. Um mich davon abzuhalten, braucht es mehr als ein verlorenes Auge.«

Flavus kaufte ihnen heißen Beerensud und Eintopf, und sie begaben sich zu den Bänken unter der Linde, wo sie sich, eingewickelt in ihre dicken Umhänge, niederließen, an dampfenden Bechern nippten und aus den Näpfen löffelten. Gelegentlich tippte Sunja einen Finger in das Essen und ließ das Kind kosten. Indessen hielt Flavus seinen Napf auf den Knien und rührte auffallend lange darin herum, ehe er sich wieder aufsetzte.

»Sunja, ich habe Bedenken, meiner Braut gegenüberzutreten«, begann er leise. »Du bist eine Frau ... glaubst du, ein Mädchen kann darüber hinwegsehen ...?«

»Worüber hinwegsehen?«

Als er hörbar die Luft durch die Nase blies, fuhr ihre Hand an die Lippen. »Verzeih mir, ich war unachtsam.«

Rasch schob sie Saldir die Näpfe und Becher zu und hieß sie diese zur Garküche zurückzubringen.

»Das beantwortet meine Frage nicht«, sagte Flavus.

»Ich kann sie dir nicht beantworten. Ich kann dir nur sagen, dass, sooft Gaius da draußen unterwegs war, ich entsetzliche Angst hatte, man würde ihn mir verletzt oder entstellt zurückbringen ... oder er würde gar nicht mehr zurückkehren.«

»Ahtamers' Tochter kennt mich nicht. Wir sind uns nie begegnet. Im Frühling nach dem Beginn des Aufstandes setzte Ahtamers Tiberius Caesar in Kenntnis über die Weissagung, die das Mädchen betrifft, und darauf schlug Tiberius ihm vor, sie mir zu verheiraten, damit sie nicht in die Hände meines Bruder fiele.«

»Die meisten Ehen kommen so zustande, Flavus. Warum machst du dir Sorgen? Du magst eine Narbe im Gesicht tragen, aber die stammt aus einem Kampf. Vielleicht wird es sie zuerst erschrecken, aber sobald sie dich kennen lernt, wird sie dir eine gute Frau sein und dich lieben.«

Saldir hatte es nicht eilig, zu ihnen zurückzukehren, sondern hüpfte und tänzelte über den freien Platz, und an ihren Lippen konnte Sunja erkennen, dass sie leise sang.

»Das glaubst du?«, fragte Flavus.

»Das glaube ich. Sie wird froh sein, in dir einen guten Mann zu haben und nicht als Spielzeug der Mächtigen herumgestoßen zu werden.«

Langsam erhob sie sich, verabschiedete sich und winkte Saldir, ihr zu folgen. Sie hatte die Färber aufsuchen wollen, um neue Wolle zu bestellen, aber inzwischen fror sie, und auch Lucius' Wangen und Hände fühlten sich kalt an. Der Heimweg führte sie durch das Markttreiben, in das sich jetzt auch einige Soldaten mischten. Als Mutter war sie uninteressant für die Männer, von denen der eine oder andere Lucius angrinste oder im Vorbeigehen mit der Zunge schnalzte; trotzdem achtete sie darauf, dass der Umhang ihr Haar bedeckte, und hielt den Kopf gesenkt. Einzelne dicke Tropfen klatschten auf ihren Schleier.

Die Menge geriet in Bewegung, Marktweiber zankten ihre Sklavenjungen, die Waren zusammenzuraffen, und die Menschen drängten sich unter den Planen der Stände. Ein Stoß ließ Sunja zurücktaumeln in die Menge. Lucius schrie auf und verfiel in ein langgezogenes Heulen. Dicht vor ihr stand ein Mann, der sie aus schmalen, nachtschwarzen Augen anstarrte. Grob umklammerte er ihren Oberarm, zerrte sie näher. Sie erkannte ihn, er war einer von Cinnas Centurionen. Eggius, Marcus Eggius. Ihr Herz schlug bis zum Hals, als sie seine Hand abschüttelte. Sie bedankte sich flüsternd und versuchte sich an ihm vorbeizustehlen, da warf er den Kopf zurück und trat beiseite. Saldir ergriff ihre Hand, zog sie weiter, während der Regen über ihnen niederging. Erst in der Nebenstraße, die zu ihrem Haus führte, wurde Saldir langsamer und ließ Sunja wieder Atem schöpfen.

Unter dem Beifall der Zuschauer ging das Spektakel der Possenreißer zu Ende, und sie verließen den Platz mit ihren Eseln und Hunden unter vielen drolligen Verbeugungen, während Gehilfen den Boden wieder auflockerten. Gedämpftes Wiehern verriet, dass sich hinter dem Denkmalturm die Reiter für ihre Vorführung sammelten.

Die ersten sprengten in versammeltem Galopp auf den Platz, Feldzeichenträger mit blitzenden Bronzehelmen, die Gesichter hinter Masken verborgen. An ihren Helmen flatterten gelbe Rossschweife, von den Schultern wehten leichte farbenprächtige Mäntel, und in den Händen hielten sie Feldzeichen mit schlauchartigen Wimpeln, die sich im Luftzug blähten und fauchten. Ihnen folgten die übrigen Reiter in Zweierreihen, vollzogen kleine Wenden, die den Aufzug spielerisch erscheinen ließen, um sich schließlich in engen Reihen vor der Tribüne aufzustellen. Zwei Reiter drehten eine gegenläufige Runde auf dem quadratischen Platz, ließen ihre herausgeputzten Tiere alle Gangarten vorführen. Fußwechsel folgte auf Fußwechsel, wie in einem Tanz, während die Einheiten in der Mitte eine Gasse bildeten. Auf der gegenüberliegenden Bahn stürmten die Pferde in vollem Galopp aufeinander zu, schwenkten abrupt zur Mitte und trabten bis zur Tribüne, wo sie unter dem Beifall des Publikums zur Begrüßung auf die Hinterhand stiegen.

Saldir lehnte sich weit vor und spähte über den Platz; ihr würde nichts entgehen, und sie würde am nächsten Tag mit Coronis das eine oder andere Kunststückchen versuchen. Wieder einmal bedauerte Sunja, dass Saldir ein Mädchen war. Um ihretwillen, denn sie quälte sich mit den weiblichen Fertigkeiten, von denen ihr keine gelingen wollte. Stattdessen verkroch sie sich mit Buchrollen und Wachstafeln in ihrem Zimmer, wenn Cinna sie nicht auf einen der seltener werdenden gemeinsamen

Ausritte mitnahm; oft begleitete sie Titus, brachte die Tiere auf die Weide und gestattete sich in Gegenwart des stummen Sklaven all die Spiele, die ihr als Mädchen längst verwehrt waren.

Die Reiter hatten zwei Linien gebildet, die sich an den kurzen Seiten der Kampfbahn aufstellten; einzelne Reiter lösten sich aus beiden Reihen, stürmten aufeinander zu, schleuderten ihre Speere, deren Wurfbahnen sich kreuzten und die krachend die Schilde trafen, ehe sie im Halbkreis zu ihrer Gruppe zurückkehrten. Saldir hatte sich zurückgelehnt und flüsterte ihr Erklärungen ins Ohr, mit denen Sunja nichts anfangen konnte. »Woher weißt du denn das?«

»Ich war auf dem Übungsplatz und habe zugeschaut. Ahtala hat mir alles gezeigt. Sieh dir an, wie sie die Speere werfen, ohne die Deckung aufzugeben.«

Inzwischen hatten sich beide Turmen an einer Seite des Platzes aufgereiht.

»Der Mann, der jetzt antritt – er ist der Beste!«, rief Saldir.

Ein Reiter stürmte auf einem Falben an der Tribüne vorüber, Spieß um Spieß auf bereitgestellte Strohballen schleudernd, und einer nach dem anderen folgten die Kameraden seinem Beispiel.

Als sie am späten Nachmittag zuhause eintrafen, war der Eingangsflur versperrt von zwei großen Kisten, über die sie im Halbdunkel klettern mussten, dunkles Holz mit eisernen Beschlägen. Kleinlaut entschuldigte Corax sich, dass Soldaten diese Kisten für den Herrn gebracht hätten, doch da er nicht gewusst habe, wohin damit und die Männer es eilig gehabten hätten, hätten sie alles einfach im Flur abgestellt. Kopfschüttelnd musterte Sunja das Durcheinander, die schweren Kisten standen nahezu unverrückbar in dem engen Gang; sie würde um Hilfe bitten müssen. Dann drückte Corax Sunja versiegelte Wachstafeln in die Hand, die ihm einer der Männer gegeben habe.

»Das sind Bücher!«, rief Saldir; sie hatte eine der Truhen geöffnet, den Deckel mühsam hochgehoben. »Das ...«, sie wuchtete den nächsten Deckel hoch, »... das muss eine ganze Bibliothek sein!«

In den Kisten fanden sich Körbe, dicht an dicht, deren Knebelverschlüsse leicht zu öffnen waren; darin wiederum steckten lederne Röhren, mit beschrifteten Streifen versehen. Sunja warf einen Blick auf das Siegelkästchen und erschrak so sehr, dass ihr die Tafeln beinahe aus der Hand gefallen wären; das Siegel trug das Kürzel des Tiberius. Sie fröstelte ein wenig, und ihr Herz schlug schneller, doch es war ein gutes Gefühl.

»Das ist ... von Ennius«, las Saldir, während ihre Finger über die Hüllen flogen. »Vergilius – sieh mal!« Sie zog eine der Röhren hervor, reichte sie Sunja.

»Warte!«, entgegnete diese lächelnd. »Ehe wir alles in Unordnung bringen, sollten die Kisten zunächst an einen Ort gebracht werden, wo wir den Inhalt besser prüfen können.«

Hastig schob Saldir die Hülle zurück und setzte ungeachtet der Worte ihrer Schwester ihre Untersuchung fort, studierte die Fähnchen mit Namen und Titeln, kicherte, jauchzte. Schließlich stieß sie einen erstickten Schrei aus und hielt triumphierend eine der Röhren in die Höhe.

»Das muss ich ... Darf ich, Sunja?« Ihre Augen bettelten, und weil Sunja zögerte, schob sie ein drängendes »Bitte!« nach. Sunja ließ die Schultern fallen, lächelte und nickte, als das Mädchen schon jubelnd davonstob, die Rolle fest an die Brust gepresst.

Bereitwillig hatte Pontius noch am selben Abend zwei seiner Söhne rufen lassen und mit diesen und Corax die Kisten in den Raum getragen, der Cinna als Arbeitszimmer diente, für den Inhalt hatten sie jedoch nur verständnisloses Kopfschütteln übrig. Saldir blieb verschwunden mit der Hülle, die sie erbeutet hatte, und auch Lucilla schien Besseres zu tun zu haben; sie hatte nach einem kurzen Blick wortlos den Rückzug in den Wohnraum angetreten, von wo die Schäfte ihres Webrahmens wie ein fortwährender Vorwurf klapperten.

Das Haus war still geworden, nachdem der kleine Lucius seinen allabendlichen lautstarken Widerstand gegen den Schlaf aufgegeben hatte. Aus dem Wohnraum und aus Saldirs Kammer fiel der warme Schein der Öllampen, als Sunja endlich Cinnas Schritt im Gang hörte. Sie griff nach der Nachricht des Tiberius und rannte aus dem Zimmer und prallte gegen ihn, fand sich umarmt, umhüllt von dem Duft des Öls, das er im Bad benutzte, legte den Kopf zurück und küsste ihn.

»Das nenne ich eine Begrüßung«, flüsterte er und strich mit den Fingerspitzen über ihre Schläfen und Wangen. »Hat es dir so gut gefallen?«

Sie nickte. »Es gibt eine Überraschung für dich. Sie wartet in deinem Arbeitszimmer.«

»Eine Überraschung?«

»Er wird es nicht annehmen!«, tönte Lucillas Stimme spitz aus dem Wohnraum.

Mit einem hilflosen Achselzucken löste Sunja sich aus seiner Umarmung und wies dann den Gang zurück, eine Geste, der er folgte – nicht ohne ihre Hand zu nehmen, damit sie ihn begleitete. Die beiden Kisten standen geöffnet an der Rückwand des Raumes. Cinna hielt inne und drehte sich zu Sunja um, die ihm die Wachstafeln hinhielt. Zögernd nahm er die Nachricht, öffnete die Verschnürung und klappte die Tafeln auseinander, hob sie in den fahlen Schein einer Lampe und las. Dann sanken seine Arme herab, er schloss eine der Kisten, ließ sich darauf nieder, die Nachricht neben sich ablegend, und blickte Sunja verständnislos an.

Als er ihren fragenden Blick mit einem Achselzucken beantwortete, hob sie die Tafeln auf. Mit einigen kargen Worten ließ Tiberius ihn wissen, dass der Zustand des Princeps zur Eile mahne und er deshalb sein Gepäck reduziert habe; seine Reisebibliothek stelle er dem Empfänger hiermit als Lohn für treue Dienste zur Verfügung.

»Freust du dich?«, fragte sie leise.

Cinna, der die Titelfahnen der Rollen in der zweiten Kiste durch die Finger hatte gleiten lassen, hob die Arme in einer Geste der Ratlosigkeit, bevor er zu ihr aufschaute. »Was ist da drin?«

»Alles mögliche. Saldir hat Bücher des Vergilius gefunden und mit einem aus der anderen Kiste ist sie in ihre Kammer gerannt.«

»Die geometrischen Lehrbücher des Eukleides«, murmelte er, »da gehe ich jede Wette ein.«

Leise lachend schlang er die Arme um sie und drückte sein Gesicht an ihren Leib, dass sein Atem warm durch ihre Tunica drang. Erst nach einer Weile richtete er sich auf, ohne sie loszulassen.

»Es erspart uns zumindest eine Menge Geld«, fügte er hinzu. »Ich vermute, der heutige Tag ist ein ganz besonderer Tag für Saldir.«

Sunja nickte.

»Das trifft sich gut. Ich werde ohnehin eine Entscheidung fällen müssen, was sie betrifft.«

Erschrocken fuhr sie zurück. »Willst du sie ... verheiraten?«

»Was du wieder denkst! Das Mädchen macht mir ganz andere Sorgen – aber das hier«, er wies auf den Inhalt der beiden Kisten, »kann mir vielleicht helfen.«

»Wovon sprichst du?«

Er umschloss ihre Hände mit seinen und strich mit den Daumen über ihre Handrücken, während er stumm vor sich hinstarrte; erst nach einer Weile sah er sie wieder an.

»Als ich damals auf deines Vaters Burg aus lauter Langeweile anfing, Saldir ein bisschen Mathematik beizubringen, ahnte ich nicht, auf welch fruchtbaren Boden diese Saat fiel. Sieh sie dir an – kannst du dir vorstellen, dass sie eines Tages in einer Stube sitzt, spinnt und webt und Kinder hütet?«

Kopfschüttelnd tat Sunja einen Schritt zurück, ratlos, was er jetzt wieder vorhatte.

»Ich kann ihr das nicht nehmen, Sunja. Ebenso gut könnte ich ihr das Gehen verbieten oder das Sprechen.«

»Was willst du denn tun?«

»Das weiß ich nicht.«

Er wandte sich ab, starrte an die Decke, während Sunja ihre Arme rieb. Dies war einer der wenigen Tage, an denen sie sich nicht von früh bis spät mit der vornehmsten Aufgabe einer römischen Hausfrau beschäftigt hatte, dem Spinnen und Weben, unterbrochen von der Sorge um seinen Sohn.

»Manchmal glaube ich, Saldir würde dir in einigen Jahren eine bessere Frau sein, als ich es je sein kann«, flüsterte sie erstickt.

Er fuhr herum, stand mit kaum drei Schritten dicht vor ihr, umklammerte ihre Oberarme. »Was redest du denn da?« Seine Hände glitten über ihre Schultern, den Hals, umschlossen ihre Wangen, wo sie liegen blieben. Sie blickte in seine schwarzen Augen und fragte sich, ob sie nochmals mit ihm gehen, nochmals die Burg des Vaters nicht in Begleitung eines betrügerischen Bräutigams verlassen würde, sondern mit einem flüchtigen Knecht und Pferdedieb, als er die Finger in ihr Haar grub und sie küsste.

Bald darauf saßen sie beieinander auf einer der beiden Kisten, stöberten in den Körben, die Cinna hervorgezogen hatte, bis sie das erste Buch der Odyssea in Händen hielt und die Zeilen überflog. Dreimal selig der Vater, dreimal selig die Mutter, dreimal selig die Brüder. Endlich fand sie, was sie suchte, formte die Worte mit den Lippen, tief über die Rolle gebeugt, flüsterte sie vor sich hin, und bemerkte plötzlich, dass Cinna sie leise mitsprach. Sie blickte auf und sah in ein Lächeln. Ein warmer Sommerabend auf dem Hang vor der Burg ihres Vaters.

»Du weißt es noch?«

Anstelle eines Nickens blinzelte er. »Und so wie dieser zerlumpte Schiffbrüchige kam ich mir unentwegt vor.«

»Du warst tapferer als alle, die ich je kennen lernte.«

»Unsinn!«

»Denkst du, ich wäre sonst mit dir gegangen?«

Sie gab ihm einen sachten Rippenstoß, bei dem ihr beinahe die Buchrolle zu Boden gefallen wäre, als ein Geräusch sie aufblicken ließ. Reika stand in der Tür, sie hielt Lucius im Arm, der verweint aussah und mit den Fäusten das Gesicht rieb. Die Dienerin musste nichts sagen, Sunja sprang auf, streckte die Arme nach dem Kleinen aus, um ihn an ihre Brust zu drücken. »Geh schlafen, Reika. Ich kümmere mich um ihn.«

Kaum war die Dienerin verschwunden, berührte sie Cinnas Arm. »Wenn du nichts dagegen hast, nehme ich ihn mit.«

Sie wartete ab, während er die Rollen und Körbe verstaute, was Lucius bei aller Müdigkeit neugierig beobachtete, doch als der Kleine ungeduldig an ihrer Tunica zupfte, machte sie sich allein auf den Weg in die Schlafkammer, wo sie sich ihrer Tageskleider entledigte, ehe sie das Kind an die Brust legte.

»Ich werde in den nächsten Tagen sehr viel zu tun haben«, sagte Cinna, der bald darauf nachkam. »Flavus braucht ein bisschen Übung im Umgang mit dem Schwert.«

»Du wirst dir wehtun«, neckte sie ihn.

»Keine Bange!« Er ließ sich auf der Bettkante nieder und küsste sie flüchtig auf die Wange. »Ahtala wird mir beistehen und ihm kräftig zusetzen. Was das angeht, haben wir einen Plan entwickelt, um den traurigen Bären wieder in einen stattlichen Mann zu verwandeln. Auch wenn uns leider nicht viel Zeit bleibt.«

Hellhörig musterte Sunja ihn von der Seite, wie er auf dem Rücken lag, die Arme im Nacken verschränkt, und zur Decke schaute. Es gab also eine Neuigkeit, die er ihr bislang noch nicht mitgeteilt hatte.

»Und warum bleibt euch nicht viel Zeit?«

»Weil wir in einigen Tagen aufbrechen werden. Flavus wird seine Braut zu sich holen, und ich habe eingewilligt, ihn zu begleiten.«

Sie spürte das Saugen des Kindes schmerzhaft in ihrer Brust, zog die Decke fester um sich, um die Kälte abzuwehren, die ihr in die Glieder kroch. Wie Nebel lag die Stille in der Kammer, und sie hoffte inständig, ja sie betete darum, der Kleine möge endlich satt und schläfrig werden.

»Du brauchst keine Angst zu haben, mein Herz. Wir reisen durch die Gebiete von Stämmen, die entweder nichts mit dem Krieg zu tun haben wollen oder mit uns verbündet sind, und Arminius ist damit beschäftigt, seine Truppen zusammenzuhalten und neue Pläne für das kommende Jahr zu schmieden.«

»Gaius…« Zögernd wandte sie sich zu ihm um. »Ich kann nicht umhin, Angst um dich zu haben. Du hast mehrfach seine Spielzüge durchkreuzt, und er wird alles dransetzen, dich zu beseitigen.«

Sie sprach leise, um des Kindes willen, das endlich ermattete, stand auf, um ihn wieder ins Bett zu bringen, als Cinna sie zurückhielt.

»Warte! Ich habe so wenig von ihm. Eines Tages wird ein Junge vor mir stehen, den ich nicht kenne, und trotzig mit dem Fuß aufstampfen. Ich möchte das nicht so beantworten, wie mein Vater es tat.«

Sie legte das schläfrige Kind aufs Bett zurück und sah ihn an. »Was tat er?«

Lucius rollte sich auf die Seite und ballte die kleinen Fäuste vor dem Mund, während Cinna behutsam über das feine, rabenschwarze Haar strich. Das Kind lag zwischen ihnen, die Beine eng an den Körper gezogen. Cinna ließ sich auf das Kissen sinken, zog die Decke über sich und den Kleinen und schloss die Augen. »Lass ihn einfach hier«, flüsterte er.

Aufmerksam betrachtete Sunja ihn. »Was tat dein Vater?«

Doch Cinna legte nur den Finger auf die Lippen.

XXI

Bevor die Sonne ihren höchsten Stand erreichte, passierten die Reiter eine kleine Befestigung am Ufer des Moenus und wandten sich gen Nordosten, wo sich die Straße aus festgestampftem Lehm in einen von Wagenspuren zerfurchten Weg verwandelte. In der Ferne zeichnete sich bereits der breite Bergrücken ab, auf den sie zuhielten, und dessen Ausläufer sie bei Sonnenuntergang erreichten.

An einer der zahllosen Windungen des kleinen Flusses fanden sie einen Rastplatz, koppelten die Pferde zusammen und errichteten ihre Zelte zwischen den Silberweiden, die das Ufer säumten. Bald prasselte ein kleines Feuer, das die herbstliche Kälte vertrieb und den mitgeführten Würzwein erhitzte. Während Flavus sich seufzend auf einer Decke ausstreckte, nahm Cinna einen dampfenden Becher aus Ahtalas Hand entgegen.

»Ich frage mich wirklich, warum wir nicht in einem der Dörfer Quartier bezogen haben, anstatt hier draußen in der Kälte zu nächtigen.«

»Wenn du lieber in schmutzigen Wolldecken auf einem verwanzten Strohlager schläfst, darfst du gerne umkehren«, erwiderte Flavus. »Diese Bauern sind so arm, dass wir sie mit unserem Proviant versorgen müssten, um ein Abendessen zu bekommen.«

»Obwohl diese Gegend reich ist an Getreide und Vieh?«

»Mach dir nichts vor. In den beiden vergangenen Jahren sind viele Männer zu den Waffen gerufen worden, deren Hände fehlen, wenn die Äcker bestellt werden. Daher sind die Ernten schlecht. Außerdem drängen sich in dieser Gegend die Flüchtlinge, seitdem Arminius begonnen hat, seine Gegner unter den Adligen zu entmachten und deren Burgen an seine Gefolgsleute zu vergeben.«

Cinna schloss die Hände um den warmen Becher und tauchte das Gesicht in den duftenden Dampf, ehe er einen Schluck nahm. Nach zahllosen Versuchen hatte Sunja eine Mischung gefunden, um die ihn die meisten Offiziere beneideten. Die beiden großen Schläuche, die vom Tragegestell des Packtieres hingen, waren für Ahtamers bestimmt; Flavus hatte darum gebeten, und Sunja war der Bitte bereitwillig nachgekommen. Er kaufte seine Braut nicht um Vieh, sondern um römisches Silber, das sorgsam in zwei Kisten verpackt neben ihm stand, und ein guter Würzwein war eine willkommene Dreingabe.

Die morsche Palisade eines dieser Dörfer hätte wenigstens einen schwachen Schutz geboten, unter freiem Himmel waren sie der Wildnis und ihren Bewohnern ausgeliefert. Eine Gefahr, die den vierschrötigen Cherusker nicht zu beunruhigen schien. Mit dem verbliebenen

Auge blinzelnd stocherte er in der Glut herum, während auf dem Rost darüber Würstchen brutzelten und in abgedeckten Schüsseln Brotfladen gebacken wurden.

»Morgen um diese Zeit habe ich eine Frau, Gaius Cinna – trinken wir darauf!« Er hob den Becher. »Möge sie mir eine ebenso gute Frau sein wie dir deine Sunja.«

Bedächtig tauchte er die Kelle in den Topf und schenkte nach, leerte einen weiteren Becher auf das Wohl von Cinnas Sohn und auf die Freundschaft.

»Familie und Vorfahren haben wir ja nicht mehr«, murmelte er, wobei sich ein Zug von Bitterkeit in seine Mundwinkel grub. Rasch senkte er den Kopf, heftete den Blick auf den Becher, den er in den Händen drehte, dünnwandige braune Ware aus Gallien, während Cinna ihn stumm musterte.

»Mein Bruder wollte Ahtamers' Tochter heiraten, weil ihr geweissagt wurde, dass sie die Mutter eines künftigen Königs sein werde. Aber Ahtamers ließ ihm mitteilen, er würde sein Kind eher töten, als sie ihm zu geben.« Flavus hatte in die Sprache seines Volkes gewechselt. »Tiberius verlangt sie als Faustpfand. Er sagte mir, er wolle sie nicht als Sklavin, sondern als rechtmäßige Gattin für einen Mann, auf dessen Treue er bauen könne. Ihm gefalle der Gedanke an einen zukünftigen König, den Senat und Volk von Rom eines Tages einsetzen sollten – nachdem die Toten bestattet, die Adler zurückgeholt und Verräter und Aufrührer bestraft worden sind.«

»Einen König? Soll die Germania nicht wieder Provinz werden?«

»Ich kenne Tiberius' Absichten nicht«, fuhr Flavus fort und wischte mit dem Handrücken über das vernähte Augenlid. »aber es ist denkbar, dass er die Cherusker, wenn er sie erst besiegt hat, über die Elbe drängen und ihnen einen willfährigen König aufzwingen will.«

Trotzig erhob sich die Burg auf der Anhöhe, die Mauern ragten zum Tal hin senkrecht über den Äckern auf, gekrönt von einer hölzernen Brustwehr und einzelnen Türmen. Gavila, der ihnen schon am Morgen mit einer Schar Bewaffneter entgegengekommen war, ritt voraus auf dem Weg, der sich am Fuße des Berges um einen Hügel wand und zwischen einem Wall und der Mauer allmählich anstieg.

Der Wehrgang war bevölkert von Männern, die sich über die Brustwehr beugten; unter ihnen erblickte Cinna eine Frauengestalt, eingehüllt in einen dunklen Mantel. Schwach erinnerte er sich an das Mädchen, dem er auf Ahtamers Hof begegnet war, an ein schmales, spitzes Gesicht, umrahmt von braunen Zöpfen. Krieger traten ihnen entgegen, grüßten ehrerbietig. Vom Wehrgang über dem Tor regneten winzige Blätter, und der Weg war übersät mit grünen Zweigen, Hochrufe ertönten, Hände streckten sich ihnen entgegen.

Cinna drehte sich um; die dunkel verhüllte Gestalt war verschwunden, doch als er sich wieder dem Weg zuwenden wollte, sah er, wie sie sich hinter ihnen einen Weg durch die Menschen bahnte, die ihr bereitwillig auswichen. Flavus bemerkte von alledem offenbar nichts, er genoss die Begrüßung wie jemand, der von einer langen Reise heimkehrt. Er glitt vom Pferd, als sie den Hof des Burgherrn auf dem höchsten Punkt des Berges erreicht hatten, und erwiderte die Ehrenbezeugungen, während immer mehr Menschen aus dem Haus traten.

Ahtamers war einer der Ersten, die ihn begrüßten, doch er hatte es auffallend eilig, sich Cinna zuzuwenden; er grinste breit, während er dessen Hände umfasste. »Es mag ja so manchen ehrenwerten und tapferen Mann auf eurer Seite geben, aber kein Besuch freut mich mehr als der deinige.«

Als er an Cinnas Schulter vorbeilinste, leuchtete sein Gesicht auf. Die Ankömmlinge folgten seinem Blick. Vom Hoftor her näherte sich ein hochgewachsenes Mädchen, der dunkle Mantel umwehte ein helles Kleid, aus den Zöpfen hingen blaue und rote Bänder. Sie trat neben ihren Vater, legte den Kopf an seine Schulter und musterte Flavus unverhohlen, während Ahtamers ihre schmalen Hände tätschelte.

»Was bietest du, um meine Ahtaswintha für dich zu erwerben?«

Cinna gab Ahtala einen Wink, die beiden Lasttiere heranzuführen.

»Silber«, antwortete Flavus, »italisches Silber und die beiden aufgezäumten Maultiere, die es hierher getragen haben.«

Mühsam schleppte Ahtala eine der Kisten vor den Brautvater, wo Flavus niederkniete und den Riegel löste, um den Deckel hochzuklappen; er wühlte das Stroh und die Decken beiseite, bis es hell im Sonnenlicht blitzte. Die Umstehenden stießen Laute des Erstaunens aus. Eine Stimme ließ Cinna aufhorchen, sein Blick huschte über die Gesichter, er erkannte Wakramers' dünne Nase, zwei andere Krieger, deren Namen ihm entfallen waren, dann blieb er an Inguiotars Gesicht hängen; neben dem bärtigen Fürsten stand sein Sohn Hraban.

Über der Ebene spannte sich das schwarzblaue Tuch des Himmels, bestickt mit funkelnden Sternen und einer weißen Mondsichel im Südwesten. Cinna lehnte sich auf die Brustwehr und starrte über das Land. Er hatte mit Hraban das Festmahl verlassen und auf dem Gang hierher erfahren, dass Inguiotar, Segestes und einige andere Fürsten abgesprochen hatten, sich gegenseitig Schutz und Hilfe zu gewähren, wenn Arminius sie belagern ließe. Die Aufrührer waren über den Sommer damit beschäftigt gewesen, ihr Heer beisammenzuhalten und größere Zusammenstöße mit umherziehenden römischen Truppen zu verhindern; jetzt zerstreuten sich die Verbände allmählich wieder in ihre Dörfer. Die Nachricht, dass die Legionen sich zu den Ufern des Rhenus zurückzögen, überraschte Cinna nicht; dass Tiberius in diesem Teil der Germania feste Winterlager einrichtete, hielt Cinna für ausgeschlossen.

»Es ist beinahe ein Jahr her«, murmelte Hraban, der neben ihm an der Brustwehr lehnte. »Viel ist geschehen, seitdem wir uns zuletzt sahen.«

»Vor allem bist du Onkel geworden«, flachste Cinna

in die Nacht hinaus und fing sich einen Rippenstoß ein.

»Eines der wenigen erfreulichen Ereignisse in dieser Zeit – und dass es Sunja und dem Kleinen gut geht, wird Mutters Seele heilen helfen.«

Cinna wandte sich Hraban zu, bemerkte den Schatten auf dessen Zügen, der nicht von der Dunkelheit herrührte. »Was fehlt ihr?«

»Sie hat damals bis auf eines alle ihre Kinder innerhalb weniger Tage verloren, Liuba und Inguiomers, Sunja und Saldir – nur ich bin ihr geblieben, und ihre Sorge um mich nimmt allmählich absonderliche Züge an. Kaum dass ich mich ohne größere Weihen und Segnungen von der Burg entfernen kann! Fast jeden Tag pilgert sie zu den Heiligtümern am See und an der Quelle, betet und opfert für ihre Kinder – und für dich.«

»Für mich?«

Hraban nickte langsam, er streckte die Hand aus und legte sie zögernd auf Cinnas Arm. »Du ahnst nicht, wie oft sie sagt, sie vermisse dich, als hätte sie dich selbst geboren.«

Rasch befeuchtete Cinna seine Lippen; wenn er das Bild seiner Mutter heraufzubeschwören versuchte, sah er eine elegant gekleidete Frau mit sorgfältig gelegten, von einem goldenen Netz gehaltenen Locken vor sich und ein dünnes Lächeln, das die hochmütige Miene betonte. An seine Amme erinnerte er sich nicht – er hatte kaum Laufen können, als sie gestorben war –, und sein Kindermädchen hatte sich am liebsten mit seinem Vater beschäftigt, wenn der dem Landgut einen Besuch abstattete. Nur der Paedagogus ließ sich festhalten, ein hochgebildeter Milesier, der sich selbst in die Sklaverei verkauft hatte, so beleibt, dass ihm der heranwachsende Junge jedes Mal entwischte, wenn es Schläge setzen sollte, und zu nachsichtig, um jemals auf einer Strafe zu beharren.

Es war Lucilla, die sich bis zum Tag ihrer Hochzeit um ihn gekümmert hatte, die lästige große Schwester – Halbschwester hatte er sie geschimpft, sooft sie an ihm herumerzog. Der Gedanke daran, dass sie es gelegentlich noch immer versuchte, ließ ihn lächeln. Er tätschelte Hrabans Schulter und stieß sich von der Brustwehr ab, um sich auf den Weg zu seinem Nachtlager zu machen, als er die Gestalt sah, die bei der Treppe zum Wehrgang stand; sie hatte sich ihnen zugewandt und schien zu warten. Cinna erkannte den dunklen Mantel, und aus dem Zwielicht schälte sich Ahtaswinthas schmales Gesicht, während sie näher trat.

»Bevor du dich wunderst, was ich von dir will, Gaius Cinna, beantworte mir eine Frage: Hat Flavus es je an Eidtreue missen lassen?«

Erheitert legte Cinna den Kopf ein wenig schräg und musterte das Mädchen, das vor ihm stand und das Kinn reckte. »Ist es nicht ein bisschen zu spät für diese Frage?«

»Das mag sein«, entgegnete sie. »Trotzdem will ich es wissen.«

»Wenn einer erfahren muss, dass der eigene Bruder

eine Meuterei angezettelt und den Tod vieler Kameraden verursacht hat, wäre es ein Leichtes, die eigenen Männer um sich zu scharen und sich den Aufständischen anzuschließen. Stattdessen unterdrückte er jedes Aufbegehren unter den Soldaten und schwor sie auf ihren Eid ein. Und er verlor sein Auge im Dienste des Feldherrn, dem er Treue geschworen hatte. Genügt dir das?«

»Du bist sein Freund, nicht wahr?«

Mit einem Mal bemerkte Cinna, wie jung das Mädchen war, das ihm gegenüberstand und sich bemühte, ihm in die Augen zu blicken, ohne zu blinzeln, jünger als Sunja, als er ihr das erste Mal begegnet war. Er bezwang den Wunsch, ihr wie Saldir über die Wange zu streichen, ließ die Hand wieder sinken und senkte den Kopf, um damit ihre Frage zu beantworten.

»Mein Vater hegt Hochachtung vor dir. Er fühlt sich geehrt, dass du es bist, der Flavus begleitet, nun, da dieser keine Sippe mehr hat.«

»Du solltest wissen, dass auch ich keine Sippe mehr habe«, erwiderte Cinna wachsam.

Sie schlug die Augen nieder, biss sich auf die Lippen, bis diese weiß wurden. Eine dünne, hellbraune Strähne glitt über ihre Stirn.

»Flavus schämt sich, weil er mir mit verstümmeltem Antlitz gegenübertreten musste. Doch es ist keine Schande, im Kampf verwundet worden zu sein. Narben bezeugen die Ehre eines Mannes.«

»Sag ihm das, wenn ihr ein Jahr verheiratet seid.«

Schnelle, schwere Schritte polterten die Treppe hinauf. Der kurze, rotblonde Haarschopf verriet Flavus, der sich suchend umschaute, dann auf sie zuhielt. »Ahta, hier steckst du! Warum stiehlst du dich davon?«

Er fasste sie um die Schultern und drückte sie an sich, mehr wie ein Besitzstück, während ein Lächeln sich über sein Gesicht ausbreitete, das ihm hell aus dem unversehrten Auge leuchtete. Den Kopf gesenkt, die Schultern hochgezogen wie ein gemaßregeltes Kind, so stand das Mädchen neben dem Mann, dem sie vor wenigen Stunden zur Frau gegeben worden war.

»Sie hatte eine Frage an mich, Flavus«, begann Cinna leise.

»Und da du die Tafel verlassen hattest, musste sie dir nachlaufen.« Der Klang seiner Stimme strafte das Grinsen Lügen. »Hatte das nicht Zeit bis morgen?«

Er pflanzte einen hörbaren Kuss auf ihre Schläfe, wollte sich mit ihr umdrehen, als klappernder Hufschlag vom Weg herauftönte. Ein kleiner Trupp Reiter bewegte sich zum unteren Tor, wurde von den Wachen aufgehalten und wechselte ein paar Worte mit ihnen. Ein Posten rannte in die Burg, zum Anwesen des Fürsten, während die Reiter draußen absaßen und warteten. Auch Flavus war an die Brustwehr getreten und beugte sich hinunter. Einer der Reiter, offenbar ihr Anführer, schob die Kapuze vom Kopf und ließ den Blick über die Mauerkrone schweifen, hielt inne und hob grüßend den Arm. Cinna spürte den Luftzug im Nacken wie eine Berührung, kühl und trocken, die Berührung einer Schlange, die sich über seinen Rücken hinabringelte. Nach Luft schnappend fuhr er zurück.

»Was willst du hier?«, donnerte Flavus' Stimme.

Leises Lachen scholl herauf, eine Stimme, die Cinna frösteln ließ, bis sich eine Hand auf seine Schulter legte. Neben ihm stand Hraban und blickte hinunter auf den großen Mann, dessen stämmiges Pferd schnaubend den Kopf hochwarf.

»Was denkst du, was ich an diesem Tag hier will?«, rief der Mann herauf, die Arme leicht ausgebreitet. »Dir und deiner Braut den Segen der Götter wünschen, dir gratulieren, dass du mir das hübsche Ding weggeschnappt hast – was sonst?«

»Du willst nicht sie! Du willst nur –«

»Was will ich? Die Mutter eines zukünftigen Königs?« Wieder lachte der Mann. »Wie einfältig du bist, lieber Bruder! Es gibt zahllose Mädchen, denen mächtige Söhne prophezeit sind – warum sollte ausgerechnet sie die Richtige sein?« Er schüttelte sichtlich belustigt den Kopf. »Vergiss das! Kommt herunter und lass dich gebührend begrüßen!«

»Das werde ich nicht tun. Eher werde ich ein paar Krieger herbefehlen, um dir einen gebührenden Empfang zu bereiten. Verschwinde lieber, ehe sie hier sind.«

»Zu spät, Bruder! Ich habe soeben die sagenhafte Gastlichkeit der Chatten beansprucht.«

Der Posten war zurückgekehrt und sprach ehrerbietig mit dem hohen Ankömmling, ehe er ihn zum Tor wies; ein weiterer Mann nahm die Zügel des Pferdes und führte es hinter den beiden hinein. Zwei Begleiter waren abgesessen und machten sich ebenfalls auf den Weg ins Dorf, als Arminius sich umwandte und den übrigen wortlos zu verstehen gab, dass sie sich entfernen sollten.

Flavus zog seine Braut die Treppe hinunter, gefolgt von Cinna und Hraban, und in grimmigem Schweigen begaben sie sich zu Ahtamers' Anwesen, wo vor der Tür des Hauses der Gast im Fackelschein begrüßt wurde. Als Arminius ihrer ansichtig wurde, lachte er über das ganze Gesicht, ein nur unwesentlich reiferes, allerdings makelloses Spiegelbild des Flavus, und eilte auf ihn zu.

»Der Segen der Götter möge euch stets begleiten«, rief er feierlich. »Eintracht möge in eurem Heim herrschen, die Speicher wohlgefüllt sein, das Vieh fett und fruchtbar, und starke Söhne sollen eure Mauern bewachen!«

Kerzengerade stand Flavus auf dem Hof. Das Licht der munter züngelnden Fackeln zuckte geisterhaft über ihn, der keine Anstalten machte, den dargebotenen Trunk anzunehmen. Arminius wartete, nickte aufmunternd und verlieh seinem Lächeln einen feinen spöttischen Zug. Als Flavus nach dem Horn griff und hastig daraus trank, stemmte Arminius die Fäuste in die Seiten und lachte leise.

»Lass uns für heute den Streit vergessen«, sagte Arminius. »Lass uns diesen Abend feiern – es ist deine Hochzeit!«

Er legte Flavus die Hand auf die Schulter, zog den Widerstrebenden zu sich und ging mit ihm und Ahtaswintha, die den Kopf eingezogen hatte, ins Haus.

Für den späten Gast wurde frisch aufgetischt. Zur Rechten des Bräutigams, Inguiotar gegenüber, der die Stirn in Falten gelegt hatte, nahm Arminius Platz; er schlug die Zähne in eine triefende Spanferkelkeule, schmatzte behaglich und trank jedem zu.

»Du zollst mir große Hochachtung, indem du den Mann mitbringst, der die Verhandlungen zwischen Römern und Chatten führt.«

»Was willst du damit sagen?«, blaffte Flavus.

Die Hände um die Tischkante krampfend wandte Ahtamers sich Arminius zu. »Dieser Mann steht ebenso unter dem Schutz des Gastrechts wie du, Ermanamers.«

Arminius setzte ein beschwichtigendes Lächeln auf, dann lehnte er sich weit zurück, um dem Burgherrn zuzutrinken, ehe er sich Flavus zuwandte. »Es tut gut, dich wiederzusehen. Du hast zwar eines deiner kostbaren Augen verloren, aber dafür bist du versorgt mit einer Frau, die deiner wert ist.« Er bot Flavus erneut das Horn an. »Bevor unser Vater starb, befahl er mir, dich zurückzuholen. Er wollte, dass wir als Brüder verbunden sind und als Brüder leben und herrschen – in Eintracht.«

Flavus warf den Kopf zurück. »Du hast den Bund gebrochen, Ermanamers!«

»Sicherlich nicht den, den Vater meinte.« Über Arminius' Züge flog ein Schatten, sein Lächeln wirkte einen Augenblick lang gezwungen. Langsam erhob er sich und setzte das Horn nochmals an die Lippen, um es mit einem langen Zug zu leeren, bevor er beide Arme nach seinem Bruder ausstreckte. »Ich will mich nicht mit dir streiten. Heute ist ein Tag der Freude, und Frija möge euch segnen.«

Kalt rieselte es Cinna den Nacken hinunter, als er sah, dass Flavus mit einem Lächeln auf dem Gesicht aufstand und sich umarmen ließ, dass sie einander tätschelten, unter Beifallskundgebungen auf die Backen küssten und an den Armen festhielten, bevor sie sich trennten. Flavus grinste sichtlich verlegen, Arminius jedoch zog die Brauen zusammen.

»Ich will nicht, dass wir Feinde sind, wenn wir uns wiedersehen.« Er stieß die Worte hervor, als müsse er sie sich mühsam abringen.

»Es war deine Entscheidung«, erwiderte Flavus mit schräg gelegtem Kopf.

Nickend wandte Arminius sich ab. »Ich werde jetzt gehen und deine Gastlichkeit nicht länger beanspruchen, Ahtamers. Hab Dank für alles, ich werde dir Speise und Trank gebührend vergelten.« Er griff nach Flavus' Händen, drückte sie fest, wünschte ihm mit belegter Stimme Lebewohl und eilte hinaus, ohne auf eine Erwiderung zu warten.

Nur das Knacken der glühenden Scheite und das leise Knurren der Hunde unter dem Tisch waren zu hören, während sie schweigend um den Tisch saßen. Ahtamers zerbröselte einen Brotfladen in den Fingern und schnaufte hörbar. »Thunaras sei Dank, dass er nicht darauf bestanden hat, in der Burg oder gar auf meinem Hof zu nächtigen.«

»Lass dich nicht täuschen!«, knurrte Hraban. »Der

Trupp, der ihn bis zum Tor begleitet hat, ist sicher nur ein kleiner Teil der Männer, die er in der Umgebung postiert hat. Ich habe keinen Zweifel daran, dass er die Tore bewachen lässt und seine Späher um die Burg schleichen.«

Flavus sank auf seinen Platz, barg das Gesicht in den Händen und verharrte eine Weile stumm; dann rieb er sich die Stirn, eher er den Kopf hob. »Das bedeutet, wir sitzen in der Falle. Ermanamers muss nichts tun, sondern kann in aller Ruhe warten, bis wir aufbrechen, und dann irgendwo auf dem Weg nach Mogontiacum zuschlagen. Ungesehen kommen wir nie raus!«

»Nicht durch die Tore«, platzte Ahtaswintha heraus.

»Was meinst du?« Cinna musterte das Mädchen, das neben Flavus saß. »Gibt es einen Weg, das Dorf zu verlassen, ohne dass wir eines der beiden Tore passieren müssen?«

»Den Pfad zur Quelle«, flüsterte sie. »Den Bach hinunter, am Nordhang des Burghügels. Da ist eine Pforte, die Ermanamers' Leute bestimmt nicht kennen.«

»Ist diese Pforte groß genug für ein Pferd?«

»Sie ist sehr eng, aber die Jungen schleichen sich dort oft mit ihren Pferden hinaus.«

»Und dann? Wie kommen wir von dort aus unbemerkt auf den Weg zum Moenus?«

Einen Atemzug lang senkte sie den Blick auf ihre Hände, dann flammten ihre Augen hell auf. »Nicht auf den üblichen Pfaden ...«

»Gibt es einen unüblichen Pfad?«

Sie nickte. »Er führt zu den Feldern ...«

Das Feuer knisterte, die Hunde knabberten an den Knochen, und Ahtamers knetete seine Fäuste auf dem Tisch.

»... und in die Sümpfe«, flüsterte sie. »Niemand würde uns folgen.«

»Einen Versuch ist es wert. Ich habe die Absicht, in vier Tagen meine Frau in die Arme zu schließen, und nichts wird mich davon abhalten.«

Ahtaswintha schluckte sichtlich, aber sie hielt seinem Blick stand. »Ich werde keine Last sein. Ich kann reiten. Und ich kenne den Weg.«

Die Pforte ließ sich nur schwer öffnen, zumal sie ein gutes Stück im Morast steckte, den der sumpfige Quellgrund bergab schob, so dass sie sie erst freischaufeln mussten. Nacheinander zwängten sie sich mit ihren Pferden hinaus, wobei sie bis über die mit Leder umwickelten Knöchel im Schlamm versanken, und nahmen den abschüssigen Pfad hinab, der sie zwischen Bäumen und Dickicht zum Fuß des Burgbergs führte. Als sie die Felder erreichten, hielten sie sich dicht am Waldrand, obwohl der bewölkte Himmel fast alles Licht schluckte. Kundschafter hatten berichtet, dass Arminius seine Männer in zwei Gruppen aufgeteilt hatte und unweit der beiden Tore lagern ließ. Die Wege waren bewacht, und Cinna beobachtete mit zunehmender Sorge, dass sie dem rückwärtigen Tor immer näher kamen.

Ahtaswintha war stehen geblieben und deutete auf eine Reihe knorriger Apfelbäume, die sich in einiger Entfernung vor ihnen in der Dunkelheit abzeichnete und die Äcker gen Süden durchschnitt. Schweigend führten sie ihre Pferde dorthin und erkannten im blassen Licht des Mondes einen Saum aus raschelndem Beerengestrüpp im Schatten der Bäume. Hier blieb das Mädchen stehen und gab Flavus stumm, aber deutlich zu verstehen, er möge ihr aufs Pferd helfen; es war für alle das Zeichen aufzusitzen. Als sie sich dann jedoch an die Spitze des kleinen Trupps setzte, drängte Flavus sie zurück, ließ sich leise den Weg zeigen und lenkte sein Pferd auf den schmalen Grasstreifen zwischen den Sträuchern und einem abgeernteten Bohnenacker.

Solange sie sich vorsichtig bewegten und ihre Pferde keinen Laut gaben, würden Gebüsch und Bäume ausreichenden Schutz bieten, um sich an den Spähern vorbeizuschleichen, die Arminius zweifelsohne ausgesandt hatte. Flavus ritt voran, hinter ihm Ahtaswintha, die langen, dünnen Beine in Hosen, an denen sie unentwegt herumzupfte. Cinna folgte Ahtala auf seinem Braunen, Nonnus und die beiden Leibwächter des Flavus hielten sich dicht bei ihm, stellte Cinna fest, als er einen Blick zurück warf und die Burg auf dem Hügel sah, deren Brustwehr sich gegen den warmen Schein der Wachfeuer abzeichnete.

Der Abschied von Hraban war Cinna schwer gefallen, lange hatten sie bewegungslos voreinander gestanden, hatten zu Boden geschaut und nur ein paar nichts sagende Sätze gewechselt, bevor er Hraban hilflos die Schulter getätschelt hatte, um einen Augenblick später fest umarmt zu werden. Fast gewaltsam hatte er sich von ihm losreißen müssen, um von dessen Vater Abschied zu nehmen, der ihn mit einem Segen den Göttern anempfahl. Diesen Beistand hatten sie bitter nötig. Cinna wusste nicht, welcher Weg vor ihnen lag, aber Ahtamers war bleich geworden, während seine Tochter mit ernster Miene von einem Weg durch das Moor gesprochen hatte, und das ließ nichts Gutes ahnen.

Die Felder gingen in Sumpfwiesen über. Zwischen zwei Reihen dürren Gebüschs, das die Flüchtigen kaum vor neugierigen Blicken decken konnte, erstreckte sich der Pfad durch die Senke, bis auch dieser schwache Schutz schwand. In der Luft lag ein modriger Geruch, der die Nähe eines Sumpfes verriet, Schilf zischte leise im Wind, das vertrocknete Blattwerk raschelte. Der Weg bestand aus losen Holzbohlen, die bei jedem Schritt mit einem schmatzenden Geräusch in den Morast einsanken. Cinna hatte Mühe, seinen Hengst zu beruhigen; unter Fulgors Hufen geriet das Holz ins Rollen, bis er laut schnaubend auf der Stelle tänzelte, dass sein Reiter absitzen musste. Begütigend streichelte Cinna die geweiteten Nüstern und sprach auf den Grauen ein, während die Leibwächter vorbeizogen, bis das Tier endlich still stand und den Kopf senkte. Ahtala wartete auf ihn und blickte dabei wachsam um sich. Fulgor warf den Kopf hoch, seine Ohren zuckten. Zwischen den Binsen glommen fahle Lichter.

»Moorgeister«, zischte Ahtala. »Wir müssen hier weg, sonst ziehen sie uns in den Sumpf!«

Rasch legte Cinna dem Grauen sein Halstuch über den Kopf, dass er kurz scheute, sich dann aber besänftigen ließ und sich gehorsam weitertastete, während Cinna ihn führte und dabei leise vor sich hin summte. Angesichts der fahlen Lichter, die über die schwarzen Tümpel hinzogen und verschwammen, sobald er stehen blieb, um sie genauer ins Auge zu fassen, fühlte Cinna sich unwohl. Die Lichter schienen sie zu verfolgen, ohne ihnen näher zu kommen.

»Was ist das?«, fragte Cinna.

»Moorgeister«, wiederholte Ahtala. »Sie bewachen die Weihegaben, die hier versenkt wurden, und halten die Toten dort unten fest.«

»Welche Toten?«

»Männer, die Verrat begehen. Frauen, die sich unerlaubt mit Männern einlassen – wer seine Ehre zerstört und damit Unheil über die Burg bringt, muss ins Moor.«

Fröstelnd erinnerte Cinna sich daran, dass Sunja auf ihrer gemeinsamen Flucht genau das befürchtet, dass Liuba ihr genau das angedroht hatte. Verräter hinzurichten, das war eine angemessene Strafe, aber die strengen Sitten der Vorfahren, denen zufolge eine Lucretia sich getötet hatte, um von ihrer Familie Schande abzuwenden, galten dort, wo er lebte, längst nicht mehr.

»Schau nicht hin!«, fügte Ahtala hinzu. »Wenn sie hungrig sind, steigen sie auf, um Wanderer in die Irre zu führen und sie in den Sumpf zu ziehen.«

»Ein Gutes hat es«, flüsterte Ahtala, als sie wieder festen Boden unter den Füßen spürten. »Ermanamers wird seine Männer wohl kaum überzeugen können, uns bei Nacht auf diesem Pfad zu folgen.«

»Sofern sie diesen Pfad nehmen müssen, um uns zu folgen.«

»Es ist die einzige Spur, die sie finden werden. Und auch diese Fährte wird das Moor bald tilgen«, sagte er und kratzte mit einer Weidengerte die Schlammbatzen von seinen Sohlen. Vor ihnen erhob sich der düstere Schatten eines kleinen Hügels, dicht bewaldet. Ein zweiter Weg näherte sich im spitzen Winkel, lückenlos mit Bohlen befestigt und flankiert von dünnen Stäben, die in den Boden gerammt waren und von denen Bänder hingen. Dies war offenbar der übliche Weg durch den Sumpf, und Ahtaswintha hatte sie über eine heimliche Abkürzung geführt.

Die anderen erwarteten sie auf federndem, aber festem Boden. Schilf und Laub rauschten leise, vom Wasser her tönte ein leises Plätschern, dann ein dumpfer Ton, ein Schnarren von Eisen, das über hartes Leder gleitet. Der Graue trat schnaubend auf der Stelle. Cinna blickte sich suchend um. Hastig nestelte er den Helm vom Gurt, um ihn aufzusetzen, und ohne zu zögern taten die übrigen Männer es ihm gleich. Unterdrücktes Wiehern hallte herüber, dann lautes Gebrüll. Aus Wald und Busch stürmten Männer mit Spießen und Klingen. Die Pferde stiegen und brachen aus. Cinna riss das Schwert aus der Scheide und warf sich auf den ersten heranstürmenden

Gegner, schlug dessen Knüppel zur Seite, dass die Schneide daran hinabglitt. Er bemerkte den warmen Widerstand von getroffenem Fleisch schon, ehe der Krieger aufstöhnte, setzte mit dem Dolch nach. Ein Schatten sauste auf ihn zu, er tauchte unter dem Spieß weg, fand sich zurückgerissen. Etwas schlug gegen seine Schläfe, die Kante eines Schildes, er taumelte rückwärts, wurde aufgefangen. Säuerlicher Schweißgeruch stieg ihm in die Nase – Ahtala. Er rollte sich zur Seite, erblickte Flavus, der seine Braut zu schützen versuchte. Mit wenigen Sätzen fiel Cinna einem der Angreifer in den Rücken und stieß dem Taumelnden das Schwert in den dick umwickelten Nacken. Ein Schrei, dann ging der Getroffene zu Boden.

Cinna bekam die Zügel des Grauen zu fassen, hob den Schild aus der Halterung und fuhr herum – keinen Augenblick zu spät. Die Wucht, mit der die Schildkante dem brüllenden Barbaren in die Rippen stieß, ließ diesen zurücktaumeln.

Ein heiserer Schrei durchschnitt das Getöse, ein Befehl. Sofort erstarb der Lärm, und die Angreifer wichen zurück. Flavus hielt einen Mann mit bunt gesäumtem Waffenrock beim Schopf und presste die Klinge an dessen Kehle. Die Leibwächter rückten zusammen, um Ahtaswintha zu schützen, die mit weit aufgerissenen Augen zitternd auf ihrem unruhigen Pferd saß. Ahtalas Klinge war dunkel verschmiert, seine Miene wie versteinert.

Sieben Männer umringten sie, ein weiterer wälzte sich

ächzend im Schlamm, der letzte, den Cinna getroffen hatte, lag reglos auf dem Gesicht. Sie wirkten wie gelähmt; Flavus hatte offenkundig ihren Anführer in seine Gewalt gebracht. Schritt für Schritt gingen Cinna und die vier Leibwächter – auf Nonnus' Arm zeichnete sich eine dunkle Linie ab – auf die Angreifer zu, die zögerlich den Rückzug antraten. Das bedeutete nicht viel, die geringste Unaufmerksamkeit konnte sie in einem Wimpernschlag das Leben kosten. Doch Cinna wusste, dass der Tod nicht das Schrecklichste war, was ihm von der Hand dieser Männer drohte. Flavus durfte jetzt keinen Fehler machen. Ruhe bewahren. Langsam atmen.

»Das habt ihr euch so gedacht, nicht wahr? Habt gedacht, mit uns hättet ihr leichtes Spiel, nicht wahr? Habt gedacht, der einäugige Flavus wird mit euch nicht mehr fertig.« Flavus spie hörbar aus.

Die Angreifer ließen die Klingen sinken. Cinna gab dem reglosen Körper einen leichten Tritt, doch der rührte sich nicht. Dennoch blieben sie stehen, um nicht einen heimtückischen Angreifer im Rücken zu haben.

»Du!«, rief Flavus dem jüngsten Gegner zu. »Wirf deine Waffen weg und hol unsere Pferde her – und zwar ganz langsam!«

Zögernd legte der junge Krieger sein Schwert auf den Boden und ging auf Ahtalas Hengst zu, der ihm am nächsten stand, als das Tier scheute, stieg. Dumpfer Hufschlag ließ den Boden erbeben, Schnauben und leises Wiehern, das sich näherte, sich um sie verteilte, fliegende Schatten, wehende Mäntel. Flavus ließ die Arme sinken, entledigte sich seines Gefangenen mit einem Stoß und drehte sich um. Sie waren umstellt, der Rückweg abgeschnitten, zu siebt dieser Übermacht ausgeliefert, deren Reihen ein Krieger durchbrach, die Daumen in den Gürtel gesteckt. Ein Anblick, der Cinna frösteln ließ.

»Ich hatte gehofft, dass wir uns noch einmal sehen würden, mein Bruder.«

Flavus gab ein Geräusch von sich, das seinen Abscheu deutlicher zum Ausdruck brachte als jedes Wort, ehe er sein Pferd zwischen seine junge Frau und Arminius schob; Cinna und Ahtala rückten zu beiden Seiten nach, so dass das Mädchen wenigstens notdürftig geschützt war.

»Dass du dich erdreistest, dich mir in den Weg zu stellen«, presste Flavus zwischen den Zähnen hervor.

»Euer Vorhaben war unschwer zu erraten – ich konnte mir die Gelegenheit einfach nicht entgehen lassen.«

»Und was willst du von mir?« Flavus stieß das Schwert in die Scheide zurück.

Während Arminius seinen Bruder auf eine Antwort warten ließ, lauschte Cinna in die Dunkelheit, das feine Zischen des Schilfs, das Rauschen der Blätter, das leise Gluckern fließenden Wassers.

»Ich sagte doch schon, dass ich gemeinsam mit dir herrschen will. Herrschen über ein neues Reich, das sich einmal von der Visurgis bis über die Belgica erstrecken wird. Deshalb bin ich hier: Um dich zurückzuholen, Segi –«

»Mein Name ist Gaius Iulius Flavus, und ich kämpfe

unter dem Befehl desjenigen Mannes, der meine Eidtreue bis auf den heutigen Tag stets belohnt hat: Tiberius Iulius Caesar.«

Durch die Stille, die sich über die nächtliche Wiese senkte, schwebten die ersten weißen Nebelschwaden aus dem Moor heran. Einige der fremden Krieger äugten nach den Schleiern, die sich über die Wasser legten.

»Du willst also ein Römer sein?«, entgegnete Arminius. »Meine Männer haben Befehl, jeden Römer, dessen sie habhaft werden, zu töten.« Arminius' Augen funkelten. »Aber deinen Tod, mein Bruder, will ich nicht. Reich mir deine Hand!«

Flavus rührte sich nicht von der Stelle, nur seine Schultern hoben und senkten sich unter schweren Atemzügen, während er wie unter Zwang die Fäuste ballte und öffnete. Kälte kroch Cinnas Arme hinauf, sträubte jedes einzelne Härchen, griff in seine Brust mit eisigen Fingern, während das Blut durch seine Adern strömte, lebendig wie kaum je zuvor. Er fuhr zusammen, als Flavus den Atem pfeifend zwischen den Zähnen entweichen ließ.

»Du hast nichts verstanden, Ermanamers – nichts!«

Arminius zögerte mit einer Erwiderung. Er verzog die Lippen zu einem dünnen Lächeln, dem es an der gewohnten Überlegenheit gebrach. Langsam straffte Flavus sich, trat einen Schritt zurück und richtete sein Schwert auf ihn. »Wenn du einen Einzigen von denen, die mit mir sind, forderst – ganz gleich wen –, wirst du mich zuvor töten müssen.«

Cinnas Blick huschte zwischen den gegnerischen Kriegern hin und her, und bei dem Gedanken, dieser verfluchte Verräter könnte tatsächlich verhindern, dass er Sunja jemals wieder in die Armen schlösse, krampfte sich seine Hand um den Schwertgriff.

Arminius hob zögernd die Schultern und winkte ab; seine Männer steckten die Waffen zurück.

»Ich will deinen Tod nicht«, murmelte er und blickte kopfschüttelnd zu Boden, eine Regung, die Cinna überraschte. Dann warf er den Kopf wieder hoch. »Aber glaube nicht, dass du mir noch einmal als Bruder davonkommst.«

XXII

Auf dem Stützpunkt, den sie drei Tage nach ihrem Aufbruch von Ahtamers' Burg erreichten, wurden Cinna dringende Nachrichten ausgehändigt; der Gefreite, der die Tafeln überbrachte, entschuldigte sich damit, man habe nicht gewusst, welchen Weg er genommen habe. Nachdem Cinna den Mann mit einer abwiegelnden Geste entlassen hatte, zerriss er die Schnüre und erbrach das Siegel. In wenigen kargen Sätzen berichtete Firmus von Unzufriedenheit in der Truppe und von Beschwerden und mahnte zu baldiger Rückkehr. Missmutig klappte Cinna das Bündel zusammen.

»Schwierigkeiten?«, ließ sich Flavus vernehmen, der einen Teil des Zeltes mit einer Decke abtrennte, um seiner jungen Frau wenigstens eine notdürftige Möglichkeit zu bieten, sich zurückzuziehen. Der Stützpunkt war überbelegt, und ihre Gegenwart sorgte ohnehin für Unruhe.

»Offenbar macht sich Tiberius' Abreise deutlich bemerkbar«, erwiderte Cinna. »Wir sollten zusehen, dass wir morgen frühzeitig in Mogontiacum sind.«

Flavus stöhnte leise. »Wenn Firmus um Hilfe ruft, kommt Arbeit auf uns zu.« Er ließ sich auf einem Sessel nieder, kreuzte die Beine und wischte sich mit beiden

Händen das Haar aus der Stirn. Sie hatten nur das Nötigste miteinander gesprochen, seitdem Arminius sie unversehrt in einen kalten, nebligen Herbstmorgen hatte ziehen lassen; drei Tage lang hatten sie sich und vor allem das Mädchen nicht geschont, bevor sie den Stützpunkt am Ufer des Moenus, einen Tagesmarsch von Mogontiacum entfernt, erreicht hatten. Arminius und seinen Kriegern waren sie nicht mehr begegnet.

»Ich fürchte, der Zeitpunkt der Reise war schlecht gewählt«, murmelte Cinna.

»Beruhige dich! Wenn jemand diese Truppe in den Griff bekommt, dann Firmus. Immerhin war eigentlich er dazu ausersehen, zum Praefecten deiner Cohorte befördert zu werden.«

Cinna fuhr herum, starrte Flavus an, der einen Streifen von dem ihnen zugeteilten Speckrücken schnitt.

»Wusstest du das nicht? Er sollte bald nach mir befördert werden, aber dann entschied Tiberius anders. Der Alte wollte einen tüchtigen, zuverlässigen und erfahrenen Mann an deiner Seite wissen.«

»Ein Kindermädchen«, knurrte Cinna.

»Wenn du so willst.« Grinsend schob sich Flavus den Speck zwischen die Zähne, ehe er in einen Schrotfladen biss. »Vergiss nicht, du bist ein Milchbart, was die Kriegsführung angeht – vergiss dein Tribunat! Das ist für die Söhne vornehmer Familien gedacht, damit sie sich ein wenig mit Ruhm bekleckern können, ehe sie um die Ehre antreten, ein Amt zu bekleiden. Tiberius Caesar hat dir die Verantwortung über rund fünfhundert Mann übertragen, ohne dass du militärische Erfahrung aufzuweisen hast. Glaub mir, er wollte sicher sein, dass keine Fehler geschehen, die schwerwiegende Folgen hätten.«

»Und außerdem hielt ihn das Kindermädchen immer auf dem Laufenden.«

»Du täuschst dich, was Firmus angeht. Er wirkt sanft und ruhig, aber er kann hart und scharf sein wie die Klinge seines Schwertes. Und er ist ebenso klar und geradlinig. Wenn der Alte eine Petze gebraucht hätte, hätte er einen anderen gefragt.«

»Was meinst du damit?«

Flavus legte Messer und Speck wieder auf das Tischchen, lehnte sich vor und rieb mit beiden Händen sein Gesicht. Erst nach einer Weile, nach einem tiefen Durchatmen, hob er den Kopf. »Mach dir keine Gedanken! Das war nur so dahingesagt. Wir stehen alle unter Beobachtung, und trotzdem habe ich nie erlebt, dass der Alte es ausgenutzt hätte. Wenn wir ständig Mutmaßungen anstellen, wer derjenige sein könnte, der uns beobachten soll, würden wir niemandem mehr vertrauen.«

Leise trat Ahtaswintha zu ihnen, die sich in ein dunkles Kleid gehüllt hatte. Wieder fuhren Flavus' Hände zu seinen Schläfen, er versuchte die dicke rote Narbenwulst zu verbergen, doch die junge Frau blieb hinter ihm stehen und knetete seinen Nacken. Er legte seine Hand um ihre Finger und hielt sie fest.

»Wie konnte er nur annehmen, dass …«, murmelte er.

»Wer?«, fragte Cinna. »Dein Bruder?«

»Den nennst du meinen Bruder?«

Flavus war aufgesprungen und stand dicht vor Cinna, gebückt, als hielte ihn eine unsichtbare Kette. Cinna verkniff sich eine giftige Bemerkung, tätschelte Flavus beschwichtigend und wandte sich ab.

»Nenne ihn nie wieder so! Er ist ein eidbrüchiger Verräter – jeder Hund hat mehr Ehre im Leib! Und er wollte mich in seine Schande hineinziehen! Welcher Bruder würde das tun? Sag 's mir!«

Als Cinna stumm blieb, riss Flavus den stieren Blick nach einer Weile los und setzte zu einer unruhigen Wanderung innerhalb der Zeltwände an, während Ahtaswintha ihn über ihre Hände hinweg beobachtete.

»Als gäbe es nicht genügend Beispiele für das Schicksal derer, die Verräter wurden, weil sie nach Ruhm, Macht oder der Frau eines anderen lechzten!« Er hielt inne, musterte das Mädchen, das ihm anvertraut worden war. »Wer weiß, vielleicht treibt ihn sogar das. Vielleicht kam er, um die Beute zu begutachten. Vielleicht wollte er mich nur ködern, um mich zu beseitigen und sich die Frau zu holen, die den zukünftigen König –«

»Flavus! Dazu hätte er nur seine Männer auf uns hetzen müssen.«

Schweigend erwiderte Flavus den Blick des Mädchens, und Cinna spürte, wie er zitterte. Plötzlich eilte er zu ihr, begrub sie schier in seinen Armen, unbeholfen wie ein dressierter Bär, stammelte Unverständliches in ihr Haar und schluchzte, während sie zögernd ihre Hände auf seinen Rücken legte.

Cinna verließ das Zelt; draußen schlug ihm ein nasskalter Abendwind ins Gesicht, der den Geruch des nahen Flusses herauftrug. Auf dem Wehrgang blakten Fackeln. Er schlug den Weg zu den behelfsmäßigen Stallungen ein. Fulgor lahmte an der Hinterhand; sie würden den Rest des Weges langsamer reiten müssen, vielleicht würde er sogar gezwungen sein, abzusitzen und zu Fuß zu gehen. Der Graue begrüßte ihn mit einem tiefen zitternden Laut und grub die Schnauze in die dargebotene Hand.

*

In ihrer Abwesenheit hatte eine dritte Legion das Hauptlager bezogen, und in Mogontiacum wimmelte es von Soldaten und Trossknechten. Cinnas und Flavus' Einheiten waren in das Lager ausquartiert worden, das in der Nähe des Flussufers südlich von Mogontiacum lag. Obwohl das einen längeren Heimweg bedeutete, empfand Cinna den Weggang vom Hauptlager angesichts der Enge als Erleichterung.

Den Rest des ersten Tages am neuen Standort verbrachte er damit, sich von Firmus und Fronto über alle Vorkommnisse in Kenntnis setzen zu lassen, und ordnete für den folgenden Tag eine Besprechung an. Als er die beiden Offiziere verabschiedete, drehte sich Firmus im Türrahmen nochmals um und sah ihn an.

»Gibt es noch etwas?«, fragte Cinna scharf.

»Ich habe dir eine Nachricht geschickt, der ich noch etwas hinzufügen muss, Praefect.«

»War das in Frontos Beisein nicht möglich?«

»Manche Dinge bespricht man besser unter vier Augen.« Firmus tat einen entschlossenen Schritt in den Raum und zog die Tür hinter sich zu.

»Wenn es um meine Schwester geht, kannst du dir die Mühe sparen. Ich habe meiner Entscheidung nichts hinzuzufügen.«

»Bitte nimm zur Kenntnis, dass deine Familie in Gefahr ist!«

»Was willst du damit sagen?«

»Du weißt, was geschieht, wenn man ein Pferd zu lange im Stall einsperrt, nicht wahr? Diese Cohorte war ein ganzes Jahr lang in Mogontiacum stationiert. Die Männer sind hungrig, sie beneiden ihre Kameraden, die mit Tiberius Caesar über den Rhenus gezogen sind, um gegen die Barbaren zu kämpfen.«

»Und weshalb sollte meiner Familie Gefahr drohen?«

»Viele geben dir die Schuld.« Er fuhr herum, als könnte er Cinnas Blick nicht standhalten. »Ich habe Angst um Lucilla – große Angst! Ich habe das alles schon einmal erlebt!«

»*Was* hast du schon einmal erlebt?«

Firmus zog die Schultern hoch und umspannte mit den Fingern die Oberschenkel. »Ich war auch einmal ein Offizier mit hehren Grundsätzen, der immer richtig handeln wollte, wie sein Vater es ihn gelehrt hatte. Als ich sah, dass ein Kollege seine Männer an sich zog, indem er sie einerseits in straffer Disziplin hielt, andererseits sie zu Grausamkeiten gegenüber Gefangenen und Unterworfenen anstachelte, glaubte ich, das nicht dulden zu dürfen und machte Meldung. Aber dieser Mann verstand sich bestens darauf, die Gunst mächtiger Männer zu gewinnen. Es gab eine Untersuchung, bei der alle Vorwürfe entkräftet wurden. Die Zeugen waren gekauft – und ebenso der Richter. Stattdessen wurde gegen mich Klage erhoben, also beantragte ich meine Versetzung.« Unruhig verschränkte er die Arme vor der Brust, als könne er sich auf diese Weise schützen. »Erinnerst du dich an das Mädchen – vor zwei Jahren?«

»Nur zu gut«, murmelte Cinna stirnrunzelnd. Das Bild eines weggeworfenen Körpers im Laub, die zerrissenen Kleider, die Spuren verzweifelter Gegenwehr auf dem Waldboden – ihm wurde kalt bei der Erinnerung an das Gewicht des schlaffen, leblosen Körpers, den er getragen hatte.

»Ich wurde eines Morgens zum befehlshabenden Legaten gerufen«, fuhr Firmus mit belegter Stimme fort. »In der Nacht waren Männer in mein Haus eingedrungen, hatten meine Frau und meine Töchter geschändet und ermordet.«

Cinna bemerkte, wie dünn und scharf die beiden fast senkrechten Falten Firmus' Gesicht zerschnitten, wie schmal seine Augen waren.

»Man führte mir zwei Kerle vor, Lohnarbeiter, Bataver, halbwüchsige Kerle, eröffnete mir, sie hätten die Untaten gestanden, und ließ mich mit ihnen allein, damit ich meine Ehre wiederherstellen konnte. Ich tötete sie. Und noch am selben Tag suchte mich eben jener Centurio auf, um mir unter vier Augen zu eröffnen, er habe das Verhör geleitet und diese Männer hätten behauptet, dass ich ihnen Geld gegeben hätte.«

Als der Centurio verstummte, breitete sich die Stille im Raum aus wie eine zähe Flüssigkeit, die jede Bewegung schwer machte. Hilflos wies Cinna auf einen Stuhl, und Firmus setzte sich hölzern.

»Was für eine ausgekochte Intrige: Er zettelt den Mord an, sorgt dafür, dass du die Täter beseitigst und damit die einzigen Zeugen seiner Machenschaften«, murmelte Cinna. »Ich hätte diesen heimtückischen Lump auf der Stelle erschlagen.«

»Er ist davongekommen. Ich war wie gelähmt. Aber das Schicksal erledigte die Sache für mich, als er mit der Achtzehnten unter Varus auszog.«

Als Cinna die Brauen hob, um Firmus zu mustern, winkte dieser ab. »Man kann sogar dem Schlimmsten etwas Gutes abgewinnen, wenn du so willst.«

In dem niedergeschlagenen Mann ließ sich kaum noch der kühle, überlegte Offizier erkennen, dem Cinna jederzeit bedenkenlos seine Cohorte anvertraute – *seine* Cohorte! Eigentlich stand sie Firmus zu.

»Hat Tiberius deshalb deine Beförderung aufgeschoben?«

»Vielleicht – vielleicht auch nicht. Er teilte mir mit, dass er mich weiterhin als ranghöchsten Centurio dieser Einheit sehen wolle. Du weißt es doch längst: Ich bin dein Kindermädchen.« Schief grinsend stemmte Firmus sich aus dem Stuhl. »Ich bitte, mich zurückziehen zu dürfen.«

»Gewährt«, erwiderte Cinna schmunzelnd, und als Firmus sich nach knappem Gruß zur Tür bewegte, fügte er hinzu: »Richtiger wäre es, wenn du selbst ein Auge darauf hättest, dass deiner Geliebten nichts zustößt.«

Wie vom Donner gerührt hielt Firmus inne, zögerte, dann drehte er den Kopf und bedachte Cinna mit einem ungläubigen Blick.

»Aber halte dich mit Knoblauch zurück – du weißt, dass sie den nicht mag.«

Als Firmus' Lippen sich merklich kräuselten, wandte Cinna sich flugs ab und vertiefte sich in das Studium weiterer Nachrichten, um dem Centurio Gelegenheit zu geben, sich den feuchten Glanz aus den Augenwinkeln zu wischen, bevor er hinausging.

Die Offiziere fanden sich geschlossen im Bereitschaftsraum ein; in einem kleinen Lager wie diesem lagen die Quartiere ihrer Mannschaften in unmittelbarer Nachbarschaft, so dass sie sich schon auf dem Weg zum Stabsgebäude trafen. Das Nachmittagslicht stand als flacher Strahl hoch oben im Raum und ließ den Staub in der Luft glitzern. Als Ranghöchste nahmen Firmus und Fronto neben Cinna Platz. Vestrius hielt ein Bündel Wachstafeln in den Händen, als er sich setzte, und reichte dem Praefecten die oberste Tafel. Nach der Begrüßung ließ Cinna Vestrius einen knappen Bericht über die kommende Winterruhe und eine Liste der Urlaubstage, die den Soldaten zustanden, verlesen, bevor er um Meldungen bat.

»Wir müssen weitere Getreidelieferungen beantragen«, meldete sich der Ubier Ansmerus. »Außerdem benötigen wir Stroh und Futter für die Pferde.«

Neben Cinna ritzte Vestrius schräge Buchstaben ins Wachs, fügte weitere Besorgungen hinzu, die nach und nach unter zustimmendem Gemurmel genannt wurden. Eggius saß mit verschränkten Armen auf seinem Platz und stierte vor sich hin. Schließlich ergriff Cinna das Wort.

»Wir haben ein schwieriges Jahr hinter uns. Den ganzen Sommer über befand sich Tiberius Caesar mit dem größten Teil des Heeres jenseits des Rhenus, um gegen die Barbaren zu ziehen und Gebiete der Aufständischen zu besetzen. Entscheidende Grenzstreifen wurden zurückerobert, während es unsere Aufgabe war und ist, den Übergang über den Rhenus zu sichern, damit die Stämme der Mattiacer und Chatten nicht verleitet werden, ihre Eide zu brechen und in gallisches Land einzufallen. Diese Aufgabe haben wir sehr gut erfüllt, wie Tiberius bestätigte.«

»Trotzdem ist es für die Soldaten eine Schande, auf ihrem Hintern zu sitzen, während ihre Kameraden gegen den Feind kämpfen, um die Schmach zu rächen und die Aufrührer zu bestrafen, wie es sich ziemt«, schnarrte Eggius.

»Es war und ist nicht unsere Aufgabe. Was unsere Aufgabe ist, bestimmt der Imperator Tiberius Caesar. Er wird seine Gründe haben, uns diesen Wächterdienst aufzutragen.«

»Zumindest hat er Grund, dir zu misstrauen, Praefect Cinna.«

Bleierne Stille dehnte sich im Raum aus, alle Blicke waren auf Eggius geheftet, der mit finstere Miene auf seinem Stuhl saß.

»Das zu beurteilen steht dir nicht zu, Marcus Eggius«, entgegnete Fronto. »Würde Tiberius Caesar Gaius Cinna misstrauen, hätte er reichlich Gelegenheit gehabt, ihn zu belangen.«

»Hatte er sie?« Eggius sprang auf, trat in die Mitte der Runde. »Ist es nicht möglich, dass ihm das Gleiche widerfahren ist wie seinem Freund Quinctilius Varus?«

Langsam erhob Cinna sich. »Ich weiß nicht, was dich zu solchen Verdächtigungen veranlasst, aber –«

»Du weißt es sehr genau, du und dein feiner Freund Flavus, der seinen wirklichen Namen verhehlt!«

»Marcus Eggius, ich erwarte eine sofortige Entschuldigung!«

Cinnas geschulte Stimme war messerscharf, die Wirkung erkannte er an den Mienen der Offiziere; hochaufgerichtet stand er vor dem Centurio, der seinem Blick mit mahlendem Kiefer trotzte.

Eggius' Rechte fuhr nach seinem Gürtel, in seiner Hand blitzte die Klinge auf, deren Spitze einen Kreis beschrieb und kreischend von Ahtalas Schwert abglitt. Er und Nonnus hatten sich Eggius in den Weg gestellt. Alle hatten die Waffen blank gezogen. Schreie gellten. Mit einer schnellen Bewegung schlug Ahtala Eggius das Schwert aus der Hand. Zwei Posten stürmten den Raum, packten den Entwaffneten und warfen ihn zu Boden. Der eine riss ihm den Kopf in den Nacken, als Nonnus und Ahtala beiseite traten. Eggius' nachtschwarze Augen sprühten Funken.

»Führt ihn ab!« Brüsk drehte Cinna sich um, während zwei Wachtposten Eggius hochzerrten, um ihn hinauszuschleifen. »Die Besprechung ist beendet.« Cinna blickte Vestrius an. »Sorge dafür, dass alles seine Richtigkeit hat. Außerdem benötige ich einen Bericht über diesen Vorfall – schnellstmöglich!«

Zögernd verließen die Offiziere den Raum; nur Firmus blieb zurück und stieß geräuschvoll das Schwert zurück in die Scheide. »Du musst ihn unverzüglich töten lassen. Unverzüglich!«

»Dazu bin ich nicht befugt, Centurio Firmus, und das weißt du!«

»Nicht befugt? Spricht da der Rechtskundige aus dir? Willst du etwa der Anwalt dessen sein, der versucht hat, dich zu töten? Wie lange wirst du Eggius in Haft halten? Bis Germanicus hier eintrifft?«

»Ich werde nicht zum Mörder, Firmus!«

»Er hat seine Absicht bereits unter Beweis gestellt – vor aller Augen! Was brauchst du mehr?« Firmus tat einen entschlossenen Schritt auf Cinna zu, blieb dann aber in gebührendem Abstand stehen. »Siehst du nicht, wie gefährlich der Mann ist?«

»Du glaubst also, dass Eggius mir gefährlich werden kann, obwohl ich ihn verhaften ließ?«

»Das glaube ich. Sein Arm reicht sehr weit in dieser

Truppe. Ich verwette meinen Kopf darauf, dass er seine Männer auf sich eingeschworen hat.«

»Eggius soll eine Meuterei geplant haben? Ausgerechnet einer der strengsten und pflichtbewusstesten Offiziere?«

»Ich weiß es nicht, aber die Leiche im Brunnen hat mich argwöhnisch gemacht. Der Tote hatte eine Verletzung am linken Oberarm knapp unterhalb der Schulter, eine Kerbe im Knochen, die nur von einer Schwertklinge stammen kann.« Firmus schluckte. »Als ich die Täter verfolgte, die deine Frau überfallen hatten, verletzte ich einen an der linken Schulter. Und nachdem wir die Leiche gefunden hatten, beschlich mich der Verdacht, dass dieser Kerl an dem Überfall beteiligt gewesen sein und Eggius ihn selbst getötet haben könnte, um einen Mitwisser zu beseitigen.«

Cinna fuhr sich durchs Haar, ließ die Hand im Nacken liegen und starrte den Centurio an. Einer der beiden entlaufenen Sklaven hatte berichtet, der Mann habe ständig seinen Arm festgehalten. »Du hast dichtgehalten, damit Eggius keinen Bericht schreiben musste? Obwohl die Gefahr besteht, dass die beiden anderen Lumpen auch …?«

»Ich war mir nicht sicher!«, entgegnete Firmus. »Und ich kann mir noch immer nicht vorstellen, dass unsere eigenen Männer so dumm sein sollten, die Frau ihres Befehlshabers zu überfallen.«

Wütend blitzte Cinna ihn an. »Bring die Sache in Ordnung, Centurio Firmus, und wenn du dafür jeden Soldaten in dieser Centuria einzeln verhören musst. Ich gebe dir genau vier Tage, dann will ich wissen, was an deinem Verdacht dran ist. Vier Tage!«

Am nächsten dienstfreien Tag stellte sich Flavus frühzeitig zum Gespräch in Cinnas Haus ein und brachte Ahtaswintha mit, um sie Cinnas Familie endlich vorzustellen. Die junge Frau war hübsch herausgeputzt in ihrem hellen Umhang mit den Fransen, ein bunter Kleidersaum bedeckte die schmalen Schuhe zur Hälfte, wie es sich für eine anständige Frau gehörte. Als Reika ihr den Mantel abnahm, zog sie die Schultern ein wenig hoch. Cinna bemerkte, wie behutsam Flavus ihren Arm nahm, um sie ins Haus zu führen.

Sunja erwartete sie im geheizten Wohnraum; sie hatte Lucius auf dem Arm, der sich den Hals nach den Gästen verrenkte. Ahtaswintha strahlte und machte einige schnelle Schritte auf sie zu, streckte die Hand nach dem Kopf des Kindes aus, hielt dann aber inne. Die beiden Frauen tauschten einen Blick, bevor die jüngere leise auf das Kind einzureden begann. Ihre Stimme überschlug sich schier, als der Kleine nach ihr griff, ihr kunstvoll geflochtenes Haar zauste.

»Sie hätte getobt, wenn ich es gewagt hätte, nach der mühseligen Prozedur des Frisierens meine Hände auch nur in die Nähe ihres Kopfes zu bewegen«, murmelte Flavus.

Mit leichtem Kopfschütteln zog Cinna ihn auf den Gang hinaus, wandte sich zum Vorderhaus zurück.

»Aber ein Prachtjunge ist das«, fuhr Flavus fort. »Der wird groß – ohne jeden Zweifel! –, und du wirst in ihm einen würdigen Erben haben.«

»Wir werden sehen, was das Schicksal für uns bereithält«, erwiderte Cinna.

»Bis in den Winter hinein werden wir mit all den Berichten beschäftigt sein, die Germanicus vorgelegt werden müssen.« Grinsend begann Flavus, die Aufgaben an den Fingern abzuzählen. »Außerdem muss die Truppe wieder richtig in Form gebracht werden. Zweifellos sind die Männer schlaff geworden in diesem Jahr …«

Er hielt inne, und auch Cinna horchte auf. Durch den Gang polterten Schritte, ein Soldat stürzte keuchend in den Raum, grußlos. Vestrius. Über seinem rechten Auge prangte eine Platzwunde, und seine Lippen waren blutverschmiert. »Er ist entwischt!«

»Wer?«, riefen Cinna und Flavus wie aus einem Mund.

»Eggius! Er hat die Bewacher überwältigt, sich ein Pferd geschnappt und ist entwischt.«

Klappernd fiel ein Bündel Wachstafeln auf den Boden, und Flavus bückte sich, um es aufzuheben. »Seine Bewacher überwältigt? Machst du Witze? Wie kam er durch das Tor?«

Hilflos ballte und öffnete Vestrius die Fäuste, zuckte die Achseln.

»Das Glück ist ihm hold«, erwiderte Cinna bissig. »Seine Centuria hat Wachdienst. Diese Gelegenheit hat er sich nicht entgehen lassen.« Er reichte Vestrius ein Tuch, damit er sich das Gesicht abwischen konnte.

»Das war nicht nur eine Gelegenheit – da haben ein paar Kameraden nachgeholfen.« Flavus wechselte einen raschen Blick mit Cinna, dem kalt wurde, als er sich an Firmus' Bericht erinnerte, daran, dass Eggius unumwunden zugegeben hatte, den flüchtigen Rufus getötet zu haben, als er dessen Schlupfwinkel ausfindig gemacht und erfahren hatte, was dieser Kerl angestellt hatte; von Mittätern wisse er nichts.

»Was wurde in meiner Abwesenheit angeordnet?«

»Wir haben sämtliche Offiziere und Gefreiten aus Eggius' Centuria verhaftet. Außerdem hat Frontos Turma die Verfolgung aufgenommen, aber er hat einen guten Vorsprung.«

»In welche Richtung ist er geflohen?«

»Flussaufwärts gen Argentorate. Nonnus und Ahtala sind mit mir gekommen, sie warten draußen.«

»Du bleibst mit Nonnus hier«, befahl Cinna. »Und lass deine Wunden versorgen – meine Frau hat Erfahrung in solchen Dingen.« Er wandte sich Flavus zu. »Ich muss ins Lager zurück. Bring Ahta nach Hause und komm dann nach – ich werde deine Hilfe brauchen.«

Im Gang eilten ihnen Sunja und Ahtaswintha entgegen. Sunja drückte den Kleinen an ihre Schulter und war so blass, dass Cinna sie rasch umarmte und auf die Wange küsste. »Mach dir keine Sorgen! Vestrius und Nonnus bleiben hier, und ich bin so bald wie möglich zurück. Bis dahin ... kümmere dich bitte um Vestrius' Verletzung.«

Im Lager herrschte helle Aufregung; eine weitere Turma bereitete sich darauf vor, den Flüchtigen zu verfolgen. Zurückgekehrte Späher meldeten, dass sie die Spur verloren hätten, weil er durch einen seichten Seitenarm des Rhenus geritten war. Cinna grinste unwillkürlich; diese Finte hatte ihm einst das Leben gerettet. Ihm und Sunja.

Er wechselte einen Blick mit Firmus. »Wir brauchen Hunde. Ich werde mit Fronto und Ansmerus die Verfolgung aufnehmen.«

»Du solltest das Lager jetzt nicht verlassen – Eggius' Männer sind unruhiger denn je. Du weißt, dass sie ihn vergöttern. Und jetzt, da sie führungslos sind …«

»Wer befehligt sie derzeit?«

»Ich – vorausgesetzt du billigst das.«

»Ich hätte dir die Truppe ohnehin unterstellt, bis die Angelegenheit geklärt ist. Hast du mit den Befragungen begonnen? Irgendwelche Ergebnisse?«

Firmus schüttelte den Kopf. »Die halten zusammen wie ein Klumpen Scheiße«, knurrte er. »Da wird einer von außen kommen müssen, um alles umzurühren.«

Als Cinna ob der rüden Worte die Brauen hob, rollte Firmus die Augen und winkte barsch ab.

»Nimm dir die Männer nochmals vor und finde heraus, wer Eggius geholfen hat. Ich werde den Suchtrupp begleiten.« Cinna legte Firmus eine Hand auf die Schulter. »Ich vertraue dir, du kannst jede Maßnahme ergreifen, die dir angemessen erscheint.«

Auf dem Hauptplatz hatte sich inzwischen die Truppe

versammelt, dreißig Reiter neben ihren Pferden, abmarschbereit in Reih und Glied, die Luft erfüllt vom Scharren der Hufe, Schnauben und gelegentlichem leisen Wiehern. Cinna lief zu seinem Grauen, der neben Ansmerus' Pferd und dem des Signifer an der Spitze der Einheit stand. Ein Gefreiter half ihm in den Sattel, er nickte dem Decurio zu, der den Befehl zum Aufsitzen gab. Cinna und Ansmerus setzten ihre Tiere in Bewegung, und hinter ihnen ordneten sich die Soldaten paarweise hinter dem Feldzeichenträger. Erst außerhalb des Lagers verfielen sie in einen schnellen Trab.

Matt lag Sonnenlicht auf den trägen Fluten, während vom Hauptlager her ein kühler Wind graue Schlieren heranzog und dürres Laub vor sich hertrieb. Aus den Straßengräben und Feldrainen stieg der Modergeruch von fauligem Gras. Als zwei Späher abbogen und im Auwald verschwanden, rief Ansmerus Cinna zu, dies sei der Weg, den der Flüchtige genommen habe, sie selbst würden auf der Straße bleiben, um schneller voranzukommen.

In der Nähe eines umzäunten Dorfes auf einer flachen Wörth trafen sie einige Reiter aus Frontos Decuria. Die Soldaten waren ausgeschwärmt und durchkämmten das Schilf an beiden Ufern eines Flussarms in Richtung Süden. Pferdehufe und genagelte Sohlen wühlten den Lehm auf, trübten das Wasser, in dem braune Wolken langsam stromabwärts trieben. Befehle und Hundegebell übertönten das Plätschern, vereinzelt stoben empört kreischende Vögel auf.

Cinna beschattete die Augen mit der Hand; die Sonne stand nur wenig über dem Hügelkamm, während sich Wolken heranschoben, um sie zu verhüllen. Ringsum verrieten die Mienen Anstrengung und Ratlosigkeit; der Flüchtige war wie vom Erdboden verschluckt, und die Zeit bis zum Einbruch der Dunkelheit wurde knapp. Wenn es in der Nacht regnete, was zu erwarten war, würden alle seine Spuren getilgt werden.

Cinna trat Schilfhalme nieder, stapfte durch den schmatzenden Morast in tieferes Wasser; die Nässe drang ins Schuhwerk, Kälte kletterte die Waden hoch. Nachdenklich verfolgte er die Wolken mit den Augen. Jenseits des Rhenus grenzten die südlichsten Gaue der Chatten an das Land, das heimatlosen Sueben zugeteilt worden war; beide Stämme hatten sich als gute Verbündete erwiesen. Wenn Eggius sich als durchreisender Bote ausgab, konnte er mit ihrer Unterstützung rechnen – aber wohin war er unterwegs? Wohin konnte ein Mann sich wenden, der desertiert war und zugleich in jedem Barbaren einen Feind sah?

Lehmige Schlieren quollen unter Cinnas Füßen auf, und er fühlte den Schlamm wie Pulver zwischen den Zehen. Nicht auszudenken, was hätte geschehen können, wenn Eggius nicht südwärts geflüchtet war, sondern seinem blinden Hass folgend –

Flussabwärts. Unweit von hier vereinte sich dieser Flussarm mit einem weiteren, strömte am Nebenlager vorbei Richtung Mogontiacum. Wohin wendet sich jemand, der keine Zuflucht hat? Es war nur ein Verdacht, und Cinna musste ihn widerlegen, um sich zu beruhigen. Er hatte Firmus angelogen – selbstverständlich hätte er ebenso gut im Lager bleiben können, um dort nach dem Rechten zu sehen. Fronto und Ansmerus hätten die Verfolgung ebenso gut ohne ihn durchführen können, doch er konnte es nicht ertragen, zur Tatenlosigkeit verurteilt zu sein. Das Herz schlug ihm bis zum Halse bei dem unsinnigen Gedanken, der Flüchtige habe sich zurück nach Mogontiacum begeben, in den Rachen des Löwen.

Wo ihn niemand erwartete.

Mit wenigen schnellen Schritten war Cinna auf dem Trockenen, langte nach den Zügeln des Grauen. Einen eilig herbeigewunkenen Soldaten wies er an, Fronto zu benachrichtigen, er würde ihn nach Sonnenuntergang im Lager erwarten; dann rief er Ahtala zu sich, sprang auf sein Pferd. Der Gedanke an Lucius und Sunja, an Saldir, an Lucilla, ja sogar an Reika und Melantho schnürte ihm die Brust zu, als er Fulgor in weit ausgreifenden Sätzen die Straße nach Mogontiacum entlanghetzte.

XXIII

Behutsam tupfte Sunja den Schmutz von den Rändern der Wunde. Vestrius ließ zwar gelegentlich den Atem hörbar entweichen, doch er zuckte nicht zurück, sondern ertrug die Behandlung standhaft. Sie tunkte das Tuch nochmals in die Schale, die Reika ihr hinhielt. Erst nachdem sie die Wunde sauber verbunden hatte, reichte sie ihm den dampfenden Becher, den er in tiefen Zügen leerte. Seine Hände zitterten leicht – das konnte nicht mehr die Anstrengung eines kurzen, scharfen Ritts vom kleinen Lager hierher sein.

»Du solltest einen Medicus aufsuchen. Vielleicht muss die Wunde genäht werden.«

Ohne einen Laut von sich zu geben, nickte er.

»Fehlt dir etwas, Vestrius?«

Er winkte ab, und wieder erschienen ihr seine Bewegungen überhastet und eckig. Seitdem Reika hinausgegangen war, um das Becken mit dem erhitzten Wein zu reinigen, war es sehr still geworden. Lucilla genoss einen ihrer ausgiebigen Badetage, Saldir war soeben von einem Besuch bei Apicula zurückgekehrt – deren Geplapper war dem Mädchen immer noch lieber als die Gefahr, jemand könne ein Auge auf sie werfen, so bedrückend empfand sie in letzter Zeit ihre Zukunft als Ehefrau. Sie spielte mit Lucius im Garten, und gelegentlich perlte ihr helles Lachen auf.

Der kalte Hauch, der durchs Haus schwebte, trug die Witterung einer sich nähernden Bedrohung. Unbehaglich rieb sie über ihre Arme, warf Vestrius einen schnellen Blick zu. »Es wird kalt. Ich werde noch etwas Kohle bringen.«

Sie verließ den Raum, wandte sich jedoch nicht der Küche, sondern dem Garten zu, zwang sich, langsam zu gehen, Schritt für Schritt. Endlich erreichte sie die Tür, öffnete sie, dass die Schatten des Hauses sie in den vorderen Innenhof entließen, in den matt das Licht eines Spätherbsttages fiel. Saldir, die mit dem Kind zwischen den Sträuchern kauerte, drehte sich nach ihr um und sprang auf, ihr Lächeln wurde überstrahlt von Lucius' Gesicht, als dieser die Händchen nach seiner Mutter ausstreckte. Rasch trat Sunja näher, ohne das zappelnde Kind aus Saldirs Armen zu nehmen.

»Bitte geh mit Lucius weg – irgendwohin!«, flüsterte sie eindringlich.

Saldirs Augen weiteten sich. »Warum?«

»Ich weiß es nicht, Liebes. Vielleicht bilde ich mir das nur ein, aber irgendetwas warnt mich.« Sunja drückte dem Kleinen einen Kuss auf die Stirn und strich ihm über den seidigen Schopf. »Ich möchte nur, dass Lucius nicht hier ist, sondern ... möglichst weit weg. Und jetzt geh – schnell!«

Sie schob das Mädchen mit dem leise quengelnden

Kind, das sich in seinen Armen wand, zum Eingangsflur, wo Corax auf einem Schemel kauerte und seine Schuhe flickte. In wenigen Worten hieß sie den Sklaven die Kinder zum Hauptlager bringen. Dort solle er sie dem Schutz der Soldaten anvertrauen und Cinna eine Nachricht zukommen lassen. Wichtig sei, dass er sich unauffällig verhalte, völlig unauffällig.

Die Straße war frei, zwei Nachbarskinder drehten ein Wäscheseil, während drei weitere darin sprangen, und ein Mädchen trieb einen Reifen vor sich her. Neugierig beäugten sie den massigen Sklaven, der Saldir mit dem quengelnden Kind die Gasse hinunterführte, doch noch ehe die drei um die nächste Ecke verschwunden waren, wandten sie sich wieder ihren eigenen Angelegenheiten zu.

Sunja schloss die Tür und lehnte sich erleichtert gegen das Holz. Im stillen Halbdunkel des Eingangs krampfte sich ihr Magen zusammen, in ihren Ohren dröhnte die Frage, warum sie nicht mit ihnen gegangen sei, warum sie bleibe. Sie stieß sich vom Holz ab und eilte zum hinteren Teil des Hauses. Es war nur eine Vorsichtsmaßnahme, beruhigte sie sich und machte sich auf den Weg zur Küche.

Als Sunja den hinteren Gang betrat, stand Vestrius am anderen Ende im fahlen Licht, das durch das hoch liegende Fenster fiel. Er setzte sich in Bewegung, kam mit sonderbar gehemmten Schritten auf sie zu. »Die Kohlen ...«

»Habe ich vergessen, es tut mir Leid, ich lasse sie gleich bringen.«

Sie wollte an ihm vorbeigehen, doch seine Finger umklammerten schweißnass ihren Oberarm. »Wo ist ...?«

Sunja setzte eine fragende Miene auf, spürte jedoch, dass es misslang, während sie ihn ansah. Sein Gesicht war bleich, perlenartig rann ihm das Wasser die Schläfen herab, und er presste die Lippen zusammen, bis sie weiß waren. »Herrin, du musst von hier weg«, krächzte er. »Ich werde euren Türsteher nach dem Praefecten schicken, um ihn zu warnen.«

»Ich kann doch mein Kind –«

»Du musst weg! Er wird kommen und ...«

»Wer wird kommen?«

Vestrius begrub das Gesicht in der Linken. »Ich kann das nicht ...«, flüsterte er. »Ich kann das nicht tun ...«

»Was kannst du nicht tun?« Sie versuchte, seine Finger von ihrem Arm zu lösen, doch es gelang ihr nicht. »Was?«, schrie sie.

Und dann hörte sie den Lärm, die schnellen, schweren Schritte, krachend flog die Tür auf, schleuderte Vestrius in den Gang.

Marcus Eggius versperrte den Hintereingang. In der Rechten ein blutverschmiertes Schwert. Sein Blick hetzte von Vestrius zu Sunja und wieder zurück. »Bestens.« Er packte Sunjas Arm, riss sie an sich. »Hol den Bastard!«

Stumm starrte Vestrius ihn an, bis Eggius' Miene sich verfinsterte. »Willst du mir weismachen, du hast den Wurm nicht?«

Cinnas Gefreiter kam nicht dazu, sich zu erklären; kaum öffnete er den Mund, als Eggius ihm die Klinge in den Leib rammte, dass er wie ein gebrochener Zweig einknickte. Röchelte. Seine Hände suchten Halt. Eggius befreite das Schwert, indem er den Verletzten mit einem Tritt gegen die Wand stieß, wo dieser stehen blieb, die Handflächen auf den Bauch drückte, auf den zerrissenen Waffenrock, der sich allmählich dunkel tränkte.

Ein Stoß löste die Erstarrung, die Sunja erfasst hatte, wie von einer Bogensehne geschnellt warf sie sich vorwärts, rannte den Gang hinunter, nicht denken, atmen. Die genagelten Stiefel hämmerten dicht hinter ihr den Boden. Noch im Laufen streckte sie die Hände aus nach dem Griff, krampfte die Finger darum, zerrte daran, als eine Faust sie zurückriss. Sie prallte gegen die Mauer, ging zu Boden. Hinter ihrer Stirn barsten glühende Kohlen, der linke Arm war taub. Benommen blinzelte sie, tastete nach Halt, als ein ungeheures Gewicht die Luft aus ihren Lungen presste, eine Hand im Genick drückte sie auf den harten Lehm.

»Kannst es wohl gar nicht mehr abwarten, dreckige, kleine Hure«, knurrte er an ihrem Ohr.

Ein scharfer Schmerz raste durch ihre Flanke. Finger krallten sich in ihr Haar, zerrten sie auf die Knie, auf die Füße, rissen ihr den Kopf in den Nacken.

»Ich verspreche dir, Süße, dass du das Leben noch einmal sehr deutlich spüren wirst, bevor ich dich in die ewige Nacht schicken werde.«

Es war eine Gelegenheit, wie sie sich vielleicht niemals wieder bieten würde. Durch einen blutigen Schleier hindurch spuckte Sunja ihrem Peiniger ins Gesicht, sah ihn stutzen, sich über den Mund wischen. Die dunklen Augen blitzten auf, er holte aus, es schien so langsam, und doch war sie wie gelähmt, konnte die Arme nicht heben, um sich zu schützen, ehe die Hand sie traf.

Sie stolperte mehr hinter ihm als neben ihm durch den Gang, gezwungen von der Faust, die sie an den Haaren weiterzerrte. Sich sträuben, um sich schlagen, doch der Wille fehlte. Da waren Stimmen, das fauchende Geräusch, als eine Klinge aus der Scheide fuhr, ließ sie zusammenzucken, dann ein dumpfer Schlag, etwas Schweres plumpste zu Boden, und er zog sie weiter. Reika lag im Gang, dummes Ding, konntest ja doch nichts ausrichten. Ein Schluchzen würgte Sunja, dann überflutete das Licht des Hofes sie. Noch ein Körper neben den Ställen. Nonnus. Mitten auf dem Weg lag sein Schwert, der Griff voller Blut. Keine Kraft, es aufzuheben. Da stand ein Pferd. Ein Brauner. Sie spürte Hände um ihre Mitte, wurde hochgeworfen, über den Sattel. Sie hörte die Zapfen der Pforte knirschen. So vertraut. Das Pferd knickte leicht ein, als Eggius sich auf die Kruppe schwang, verfiel gehorsam in einen schnellen Trab, als er schnalzte, die Straße hinunter. Die Straße. Die Straße.

Übelkeit machte sie husten, würgen, schien ihren Magen umzustülpen, sie ließ es rinnen über die kreisenden Schultern des Pferdes.

Leichte Schläge auf die Wangen weckten sie. Bittere Galle füllte ihren Mund, und ein durchdringender Schweißgeruch umwehte sie. Sie stand, vielmehr sie hing in den Armen eines Mannes, der sie beinahe freundlich tätschelte. »Komm schon, Süße. Wir haben noch etwas vor.«

Sie zuckte zurück, schüttelte ihn ab, taumelte rückwärts. Durch Laub. Waldboden. Sie trug keine Schuhe. Die pendelten in seiner Hand. Feine, weißlederne Schuhe. Cinna hatte sie ihr geschenkt. Er war vor ihrem Stuhl niedergekniet, hatte sie ihr angezogen, sie geschnürt, dabei hatten seine Hände sanft über ihre Beine gestrichen. Hämisch grinsend schleuderte Eggius die Schuhe von sich. Einen nach dem anderen. Dann trat er auf sie zu.

Sunja war wie gelähmt, versuchte, ruhig zu atmen, den Kopf hoch zu tragen. Nicht demütig sein. Keine Angst zeigen. Die Angst, die kalt und grau in ihrem Inneren hockte mit der lauernden Übelkeit. Tatsächlich war er stehen geblieben, doch nur um die Fäuste in die Seiten zu stemmen und den verächtlichen Zug tiefer in seine Mundwinkel zu graben. Jäh traf seine Hand sie ins Gesicht, warf ihren Kopf zur Seite, sie stolperte ein paar Schritte rückwärts, und mit dem in Wange und Schläfe schießenden Blut kam der dumpfe Schmerz. Hart prallten Rücken und Hinterkopf gegen einen Baum, dass sie strauchelte. Er war ihr gefolgt, und das Grinsen breitete sich auf seinen Zügen aus, ohne die Augen zu erreichen, die kalt blieben und abgrundschwarz.

Er weidete sich an ihrer Angst, als wäre sie seine Nahrung, als wäre sie ihr Blut, das er trinken wolle. Sie musste aufrecht bleiben, durfte nicht in die Knie sinken, die zu versagen drohten. Bald schubste er sie vor sich her, bald schleifte er sie mit sich, und wenn sie nicht folgte, riss er sie an sich und schlug ihr mit dem Handrücken ins Gesicht, dass seine Nägel sie schnitten. Einmal verharrte er, seine Miene sonderbar still. »Schade um das hübsche Ding«, murmelte er, dann stieß er sie von sich. Seine Hand krallte sich um ihren Oberarm, dass sie sich kaum noch auf den Beinen halten konnte und erstickt aufschrie.

»So hat es angefangen, und so wird es enden, Süße«, knurrte er. »Dein Mann hat meine besten Männer töten lassen, nur weil sie sich ein Barbarenweib genommen haben – jetzt werde ich mir das Barbarenweib nehmen, an dem sein meineidiger Geist hängt. Und wenn er kommt, wird er dasselbe erleiden, was meine Soldaten durch den verfluchten Feind erlitten.«

Er zog den Schwertgurt über den Kopf und warf ihn von sich. Ein Stoß schleuderte sie zu Boden. Noch während sie sich benommen hochstemmte, warf er seinen massigen Körper auf sie, presste sie ins Laub, und der schale Gestank wollte sie ersticken. Ein Knie rammte er zwischen ihre Schenkel, und als sie versuchte, sich ihm zu entwinden, schob er nachdrücklich das andere Bein dazwischen, richtete den Oberkörper auf, während er ihre Arme in den Boden drückte, dass sich Steinchen und Zweige in die Haut gruben. Sie wollte schreien, doch ihr Atem stockte und ließ keinen Ton entweichen als ein ersticktes Ächzen.

Mit einem Ruck zerriss er die Tunica, die Binden, die

ihre Brust umwickelten. Ein Arm war frei. Ihre Finger fuhren gegen seine Augen, aber ihr Handgelenk war umklammert, ehe die Nägel das Ziel erreichten. Er verdrehte ihren Arm, dass es heiß in ihren Unterarm rieselte.

»Halt still!«, zischte er, und sie erlahmte, schloss die Augen, kämpfte verzweifelt gegen das Zähneklappern, biss sich in die Unterlippe, um das Wimmern zu unterdrücken, bis sie warm und erzen das Blut schmeckte, während er mit einer Hand den Waffenrock hochzerrte, die schützenden Lederstreifen, die ihm jetzt hinderlich waren. Ebenso wie der Dolch an seinem Gürtel. Er riss an den Tuchbahnen, die ihre Hüften umwickelten, der letzte, schwache Schutz, den sie trug.

Der Dolch an seinem Gürtel.

Als er mit der Rechten ihren Schenkel packte, um ihn anzuwinkeln, um Bahn zu schaffen für die Waffe, die er gegen sie führte, tastete sie nach der anderen an seinem Gürtel. Fand sie. Umklammerte den Griff. Zog den Dolch aus der Scheide, leichter als sie erwartet hatte. Keuchend schob er sich tiefer zwischen ihre Beine, um das harte Glied in den zitternden, verkrampften Körper zu stoßen, der sich ihm zu entwinden suchte. Ihr Geist bündelte sich zu einem einzigen Gedanken, einem einzigen Ziel, einem Stoßgebet, das nur ein Wort war, der Name eines Gottes. »Teiwas!«

Sie stieß zu, und in ihren Schrei mischte sich sein wütendes Brüllen, unter dem sein Körper erstarrte. Nochmals fuhr die Klinge in Eggius' Oberschenkel, tauchte ein in festes Fleisch. Er bäumte sich auf, und sie war frei.

Sunja wirbelte herum, auf die Knie, sprang auf die Füße, den Dolch in der Hand. Sie war außerhalb der Reichweite seiner Arme, die nach ihr langten. Seine Hände voller Blut. Schwerfällig tastete er im Laub nach dem Schwert, das er in seiner Nähe wähnte. Hastig umrundete sie ihn, versetzte der Waffe einen Tritt, dass sie sich überschlug und mehrere Schritte entfernt liegen blieb. Die Linke auf die Wunde pressend rappelte er sich auf, den Blick, sprühend vor Hass, auf sie gerichtet, die die breite Messerklinge schützend vor sich hielt. Er stolperte gebückt näher, griff nach ihr, sie stach nach seinem Arm, entwischte knapp seiner Hand, wich zurück.

Es würde nicht reichen.

Plötzlich verfing sich ihr Fuß in den Lederriemen des Schwertgurts. Ohne die Augen von Eggius' verzerrten Zügen zu wenden, nahm sie den Dolch in die Linke, fasste unter sich und zog das kurze Schwert aus der Scheide. Der schnarrende Ton alarmierte ihn. Im nächsten Augenblick lachte er.

»Was willst du denn damit, du blödes Weib!« Er streckte den Arm nach der schweren Waffe aus, die sie zurückriss und – er hatte die Klinge erwischt – ihm in die Finger schnitt. Er fluchte, tat einen weiteren Schritt auf sie zu, dass Sunja schon glaubte, wieder seinen heißen, giftigen Atem auf ihrer Haut zu spüren. Wieder schrie sie den Namen des Gottes und stieß mit dem Schwert nach ihm.

Wieder erstarrte er. Ein dünner Schnitt überzog seinen rechten Oberarm. Obwohl sie ihn durch das Kettenhemd nicht ernsthaft verletzen konnte, war sie entschlossen, ihn sich vom Leibe zu halten. Sie war nicht ohne Hoffnung. Die Wunden behinderten ihn, er trug weder den Helm noch den schützenden Schal um den Hals, und Blut färbte sein linkes Bein hellrot. Seine Augenlider flatterten.

»Verfluchte Barbarenhure.«

Seine Stimme klang rau, belegt. Er taumelte vorwärts, sie wich zurück, machte einen Satz zur Seite. Er konnte nicht folgen, stolperte über die eigenen Füße und hangelte sich von einem Baumstämmchen zum nächsten.

Ein Bild schob sich vor ihre Augen, eine Erinnerung, ihr Bruder – Liubagastis –, wie er blutend nach ihr gegriffen hatte, wie ihn ein Schwerthieb von hinten traf und fällte, dass er vor ihr in die Knie brach, und obwohl der brennende Hass in seinen Augen von einem dumpfen Nebel verhüllt wurde, streckte er die Hände nach ihr aus, bis ihn das Schwert noch einmal traf. Das Schwert in Cinnas Hand, das Liubas Genick zerschlug.

Sunja war allein mit diesem Mann. Mitten in der Wildnis. Sie musste ihn unschädlich machen, um zu entkommen. An den Wunden, die sie ihm bis jetzt zugefügt hatte, würde er wohl nicht bald genug verbluten, und niemand war in der Nähe, um ihr zu helfen. Vielleicht könnte sie weglaufen, aber er würde wiederkommen. Er würde solange wiederkommen, bis die Sache durch den Tod entschieden wäre.

Sie rammte das Schwert in den weichen Boden und umschloss den Griff des Dolches mit der Rechten. In Eggius' Augen erwachte etwas. Sie empfand keine Scham vor ihm wegen der zerrissenen Kleider, auch keine Angst, nur eine wasserklare Wachsamkeit, als sie den ersten Schritt auf ihn zu tat. Ungläubig starrte er ihr entgegen, beide Hände brauchte er, um das Gleichgewicht zu halten, während sie sich ihm näherte. Ihr Blick haftete an dem feinen Schatten, den der Muskelstrang an seinem Hals bildete. Die Waffe lag ruhig in ihrer Hand.

»Kein verfluchtes Weib kann mich töten!«, brüllte er, stemmte sich hoch, tappte auf sie zu, als sie die Klinge hob und zustieß. Die Waffe traf auf Widerstand, steckte fest in dem Körper, der ihr mit einem Ächzen an die Brust fiel, dass sie zurücktaumelte. Endlich löste sich die Klinge. Seine Finger umklammerten hart ihre Hüften, während er an ihr herabglitt, auf die Knie sank. Sie zögerte nicht, den Dolch in seinen Nacken zu rammen, in den harten Muskel, der sich widersetzte, als er den Kopf zurückwarf und sie seine weit aufgerissenen Augen sah, den Mund, der offen stand zum Schrei, aber nichts als ein dumpfes Stöhnen hervorbrachte. Sie war frei. Mit dem Fuß entledigte sie sich des zusammenbrechenden Körpers und trat zurück.

Er lag auf dem Gesicht. Er atmete flach, und helles Blut quoll unter dem Rand des Kettenhemdes, verbreitete sich über seinen Hals, tränkte die schimmernden Eisenringe und versickerte im faulenden Laub. Langsam wich Sunja zurück; sie zog das Schwert aus dem Boden und verharrte. Der scharfe Schweißgeruch, der an ihren zerrissenen Kleidern haftete, verursachte ihr Übelkeit, erst jetzt bemerkte sie, dass Hände und Knie zitterten und die Zähne klapperten. Der Mann blieb liegen, wo er gestürzt war, das Laub rings um ihn von Kampfspuren zerwühlt, die Erde verwundet von seinem schleifenden Schritt. Die Hände verschränkt und an die Lippen gepresst, schmeckte sie das Blut, während sie den Verwundeten anstarrte, den Sterbenden. Denn er musste sterben. Er musste sterben. Er musste.

Licht blendete Sunja, kitzelte ihre Nase. Die Sonne blinzelte durch das hellgrüne Blattwerk. Ihre Füße schmerzten. Sie wusste nicht, wie lange sie zwischen den Bäumen gestanden und den reglosen Körper angestarrt hatte, anfangs voller Angst, er könne sich wieder erheben und irgendwie die Entfernung überwinden, die sie trennte. Nach ihr greifen. Dann waren Tränen von ihren Wimpern gefallen, war der Kloß in ihrer Kehle vom ersten trockenen Schluchzen gelöst worden, der Brechreiz erstickt. Irgendwann hatte sie die Augen geschlossen und Gebete gemurmelt. Dankgebete an Teiwas und Thunaras, die sie geschützt und ihr Stärke verliehen hatten. An die Idisen, die Geister, die ihre Hand geführt und ihre Augen klar gemacht hatten. Dann war auch dieser Strom versiegt.

Der Mann, den sie gefällt hatte, lag noch immer an derselben Stelle, in derselben Haltung. Sie musste diesen Ort verlassen, den Wald, musste den Weg zur Straße finden, den Weg nach Hause. Langsam erhob sie sich gegen den Widerstand der schmerzenden Gelenke, folgte schwankend den Spuren, die Eggius und sie hinterlassen hatten, und die Angst und das Entsetzen, die sie gelähmt hatten, lauerten hinter einem Schleier. Sie taumelte durch das spröde Laub, ihre Fußsohlen brannten, ihre Füße verfingen sich im Reisig, dass sie stolperte und der Länge nach zur Erde fiel. Den Dolch hatte sie verloren. Sie schmeckte Blut und würgte, hustete, schluchzte. Ihre Glieder versagten den Dienst. Ihr Körper war eine nutzlose Larve, beschmutzt von den Händen eines Fremden, von heißem, stinkendem Atem, der sie vergiftete. Bis ins Mark vergiftete.

*

Wolken dämpften das Nachmittagslicht zu einem fahlen Schein, als Cinna und Ahtala das südliche Lagerdorf erreichten. Der Graue trabte die Hauptstraße hinauf, passierte das Theater, erreichte den Markt. Vor dem Hufschlag stoben die Menschen auseinander, fluchten und schüttelten die Fäuste, Menschen, die keine anderen Sorgen hatten als die Frage, was heute Abend auf den Tisch käme – sah man einmal von den Bettlern ab, derer er sich mit den Zügelriemen erwehren musste. Als Cinna die Gasse erreichte, in der sein Haus stand, zügelte er den Grauen und sprang ab.

»Warte hier!«, rief er Ahtala zu.

Das Haus wirkte friedlich, doch je näher er dem Eingang kam, desto kälter wurde ihm. Die Tür ließ sich leicht aufstoßen. Er trat in den leeren Vorraum, den kein

Türsteher bewachte. Stille legte sich auf ihn, eine alles verschlingende Stille. Keine schwatzenden Frauenstimmen, kein Kindergeplärr, kein Klappern oder Scheppern von Töpfen oder Webrahmen. Als er den Innenhof betrat, hallten seine Schritte von den Wänden, durch die angelehnte Tür in den Gang drang ein dünnes Wimmern. Am Ende des Flures kauerte ein Bündel. Als seine Augen sich an das schwache Licht gewöhnt hatten, erkannte er Reika; in ihren Armen hielt sie eine schlotternde Gestalt, einen Soldaten im Waffenrock, bei dessen Anblick Cinna fröstelte. Der Mann presste die Unterarme gegen den Leib, der Boden des Ganges war von dunklen Flecken besudelt. Blut.

»Vestrius? Was ist geschehen?«, rief Cinna näher tretend. »Wo ist Sunja?«

Anstelle einer Antwort beugte Reika sich schluchzend über den Verletzten.

»Wo ist sie?«

»Es ist meine Schuld«, keuchte Vestrius. »Ich ... konnte es nicht verhindern. Er hat sie mitgenommen.«

Die Kälte kroch Cinna in die Glieder, dass ihn schauderte. »Wohin?«, krächzte er.

Vestrius krampfte sich zusammen, atmete laut und stoßweise, ächzte, würgte, hustete, bis ein dünnes schwarzes Rinnsal von seinem Kinn troff. »Such deine Frau ... so schnell du kannst ... Dieser Mann ... ist eine Bestie ...«

»Er muss vom Hinterhof her gekommen sein«, fügte Reika hinzu, »Er hat den Soldaten im Hof erschlagen. Mit einem Streich. Ich hab es von meinem Zimmer aus gesehn.« Sie stockte. »Ich hatte solche Angst ... Die Herrin ... ich hörte sie schreien. Ich bin runter, aber der Mann hat mich einfach ... und dann ist er weg.« Schniefend wischte sie sich über die Augen.

Jemand rannte durch den Innenhof, die Tür wurde aufgestoßen, dann ein spitzer Schrei. Lucilla drückte das Kind, das sie trug, Melantho, in die Arme ihrer Leibsklavin und flog Cinna um den Hals, bestürmte ihn. »Da draußen versammeln sich die Leute – sie sagen, Sunja sei verschleppt worden. Von einem Reiter. In Richtung der Wälder.«

Das Heiligtum.

Sunja war damals auf dem Heimweg vom Heiligtum der Mütter überfallen worden. Cinna schüttelte Lucilla ab und fiel neben dem Verletzten auf die Knie. »Erinnerst du dich an den Überfall auf meine Frau, Vestrius? Im Frühjahr?«

Als Vestrius die Lider hob, streifte Cinna ein müder Blick, um in eine unbestimmbare Ferne abzuschweifen. »Sie sollten sie schänden und töten. Als die Sache fehlschlug, beseitigte er den Mann ... der verletzt worden war ... Rufus ... Er wäre sonst aufgeflogen ... Es war sein Plan ...«

»Das hat Eggius bereits gestanden«, erwiderte Cinna verwirrt.

Der Verwundete riss die Augen auf. »Du weißt, dass es sein Plan war? Dass er damals den Befehl gab?«

Schwach hörte Cinna Lucillas ersticktem Schrei hinter

sich. »Was sagst du?«, flüsterte er. »Und du wusstest davon?«

Vestrius nickte matt. »Verzeih mir«, keuchte er, ehe sein Kopf vornüberkippte.

Obwohl seine Knie weich waren, erhob Cinna sich, durchflutet von finsterer Entschlossenheit eilte er aus dem Haus, wo sich etliche Anwohner versammelt hatten. Während Ahtala noch auf seinem Fuchs saß, hielt Pontius' Ältester Fulgor am Zügel; wortlos nahm Cinna ihm die Leinen aus der Hand, sprang auf das Pferd, drehte es herum und rammte ihm die Sporen in die Flanken, dass es aufschrie und mit einem Satz davonsprengte. Staub spritzte auf von den Hufen, während Fulgor die Straße hinunterrannte. Cinna presste die Fersen in den weichen Bauch, trieb das Pferd erbarmungslos mit peitschenden Hieben der Zügel voran, aus dem Lagerdorf hinaus. Die Straße führte ihn an den Feldern entlang, dann jagte er den Hengst über die geborstenen Schollen der Äcker, dass die Krumen hinter ihm aufflogen, während sie sich dem Wald näherten und dem breiten Weg, der von der Siedlung zum Hain führte.

Der Braune stand mitten auf dem Weg. Die Zügel hingen zu Boden, Schaumflocken sprenkelten die Brust, und die Flanken zitterten, als er den Ankömmlingen schnaubend und wiehernd entgegentrottete. Im Lager war sein Stallplatz nicht weit von Fulgor, die beiden kannten sich. Cinna glitt vom Rücken seines Pferdes, strich dem Braunen über die Nase und die von Striemen überzogenen, zitternden Flanken, er bemerkte die Wunden am Maul und am Bauch des Tieres, als er die aufgewühlte Spur am Wegrand entdeckte; näher kommend erkannte er Fußtapfen, die in den Wald führten. Frische Fußtapfen, wie die Farbe der aufgeworfenen Erde verriet.

Hastig knüpfte Cinna die Zügel des Braunen an einen Busch und sprang auf sein Pferd, das folgsam in den Wald trabte. Im fahlen Licht führte die Spur zusehends vom Weg ab, durch lichteren Baumbestand, zog sich durch eine flache Senke, an deren Grund ein helles Bündel. Tiefblaues und weißes Tuch, verstreutes weizengelbes Haar. Wie eine Puppe, achtlos in den Dreck geworfen, lag sie auf dem Bauch. Reglos.

Erst als seine Füße auf den Boden prallten, wurde Cinna bewusst, dass er vom Pferd gerutscht war. Zögernd, widerwillig näherte er sich Sunja. Bemüht, keinen Laut zu machen, als fürchtete er, sie zu wecken. Das Reisig stach in seine Knie. Er fuhr sich durchs Haar, zögerte, sie zu berühren, als könnte dies seine Angst wahr machen, und doch kamen seine Hände ihrem Kopf immer näher.

Eine feine Locke, die über ihr Gesicht gefallen war, zitterte leicht. Lag wieder still. Zitterte. Cinna beugte sich tief über sie, lauschte.

Sie atmete.

Sie lebte.

Er legte eine Hand um ihre Schulter und drehte sie vorsichtig auf die Seite, das blaue Überkleid war zerfetzt, in der Tunica darunter klaffte ein Riss, alles war durchtränkt mit Blut und schmutzverkrustet, ihr Arm von

Schrammen übersäht, ihr Gesicht trug deutliche Spuren von Schlägen. Hastig schob er einen Arm unter ihren Nacken und zog sie an sich, er hielt sie wie ein Kind, strich ihr das Haar glatt und flüsterte stoßweise ihren Namen. Bis er bemerkte, dass sie ihn hart umklammerte. Über ihre Lippen floh ein Wimmern, dann entlud sich die Anspannung in einem Schluchzen.

Ein Pferd näherte sich hinter ihm, sich umblickend erkannte er Ahtala, der zu Boden geglitten war und herbeihastete.

»Ist sie …?«

Cinna schüttelte leicht den Kopf und legte einen Finger auf die Lippen. Inzwischen war Sunja still geworden, lehnte schlaff an seiner Schulter, und ihr Atem streifte seine Kehle. Er hatte sie in den Umhang eingehüllt, soweit der Stoff reichte.

»Wenn du sie hier gefunden hast, wo ist dann Eggius?«, fragte Ahtala.

Langsam streckte Sunja den Arm aus, wies mit ausgestrecktem Finger hinter sich. Die Spur, die sie hinterlassen hatte, war unübersehbar. Ahtala näherte sich den wirren Mustern im Laub, schritt sie ab und betrachtete sie prüfend, ehe er sich niederkauerte.

»Ein Mann und eine Frau – in diese Richtung.« Er deutete tiefer in den Wald. »Er ist ziemlich forsch gegangen, sie mal gelaufen, eher getaumelt, immer wieder stehen geblieben. Ich glaube, er hat sie vor sich her gestoßen. Gescheucht, wie man ein verängstigtes Tier scheucht.«

Schniefend hob Sunja den Kopf, während er fortfuhr:

»Aber nur eine Spur führt zurück, eine Frau, und sie taumelt und stolpert. Sie blutet, ist zumindest an den Füßen verletzt.«

»Meine Schuhe ...«, stammelte sie heiser.

Cinna fasste ihre Schultern und hielt sie von sich. »Wo ist Eggius?«

Ihr Gesicht erstarrte, aus riesigen Augen blickte sie ihn an, er konnte sehen, dass ihre Zähne hart aufeinander schlugen. Mit einem Mal riss sie sich los und vergrub das Gesicht in den schmutzigen Händen.

»Er muss irgendwo dort hinten sein«, mischte Ahtala sich ein. »Und wenn er bei Kräften wäre, dann wäre sie nicht hier.«

Cinna legte den Umhang fest um Sunjas Schultern, die ihre Arme verschränkt hatte, als wollte sie sich selbst umarmen. Sie schien teilnahmslos, aber gefasst. Ohne sie aus den Augen zu lassen, richtete er sich auf und prüfte den Sitz des Schwertgurtes. Dann wandte er sich Ahtala zu.

»Ich werde ihn suchen – du bleibst hier!« Ein unmissverständlicher Fingerzeig ließ den Protest auf Ahtalas Zügen erlöschen, ehe er zum Ausbruch kam.

Die Spuren zogen sich zwischen grauen Buchenstämmen, vereinzelten Tannen und nacktem Unterholz tiefer in die Wildnis. Schließlich brach die Linie ab, mündete in einen Flecken aufgewühlter Erde, Klumpen von fauligem Laub und Moos waren ringsum verstreut, die Erde zerfurcht, Zeugnisse eines Kampfes. Der modrige Geruch trug eine dünne Ahnung von Blut. Cinna riss den Blick vom Boden und schaute sich um. Etwa zwanzig Schritt von ihm entfernt, halb verdeckt von Gebüsch, saß ein Mann, den Rücken an einem Baumstamm lehnend, die Beine ausgestreckt. Cinna glitt vom Rücken seines Pferdes. Die Hand wachsam am Griff seines Schwertes setzte er seinen Weg fort.

Eggius schien zu dösen, sein Gesicht war grau, die Lider gesenkt. Als Reisig unter Cinnas Sohlen brach, schrak er hoch, doch sein Kinn fiel sogleich wieder auf die Brust. Er atmete mühsam und flach, als laste ein ungeheures Gewicht auf seiner Brust, in seinem linken Oberschenkel klafften zwei rostfarbene Krater, und unter der Achsel quoll hellrotes Blut an seinem linken Oberarm hinab; vom Kragen bis über die Schulter war der Waffenrock dunkel getränkt. Cinna ließ den Schwertgriff los, bevor er den Verwundeten erreichte und stehen blieb, auf ihn hinunterblickte.

»Bist du gekommen, um mir beim Sterben zuzuschauen?«, stieß Eggius heiser hervor.

Anstelle einer Antwort verschränkte Cinna die Arme vor der Brust.

»Selbst wenn du mich tötest, kannst du es nicht mehr ungeschehen machen. Schade, dass ich die Hure nicht mehr an der Kreuzung aufknüpfen konnte, wie ich es vorhatte.« Die Stimme versagte ihm, er räusperte sich, hustete krampfhaft. Ein dünnes schwarzes Rinnsal troff aus seinem Mundwinkel. »Komm schon! Jag mir die Klinge in den Leib!«

Cinna glaubte Vestrius vor sich zu sehen, wie er im halbdunklen Flur lag, die Arme auf den Bauch drückte, Vestrius, der ihn hintergangen, mit diesem Meuterer gemeinsame Sache gemacht und den verdienten Lohn von der Hand eines tückischen Herrn empfangen hatte.

»Willst du gar nicht wissen, was sie alles mit mir angestellt hat?« Eggius schob sich mühsam ein wenig hoch. »Glaubst du etwa, sie hätte mir auch nur den geringsten Widerstand entgegengesetzt? Kaum klingele ich mit dem Geldbeutel, hebt sie das Hemdchen. Süßes Ding.« Ein hässliches Grinsen verzerrte seine Züge.

Die Erinnerung an Sunjas blutig geschlagenes Gesicht, die gewaltsam zerrissenen Kleider, ihre von Schrammen und Schürfungen übersäten Arme, die ihn umklammerten, legten sich wie ein Band aus glühendem Eisen um Cinnas Brust. Der Drang, diesen bösartigen Daimon, der in Eggius' Augen loderte, auszulöschen, drohte ihn zu überwältigen.

»Leider kann ich nicht mehr tun, was ich eigentlich tun wollte.« Eggius holte tief Luft, und als er sich ächzend nach dem neben ihm liegenden Schwert reckte, rann ein dünner Strahl Blut über seinen Hals. »Die nächsten Verräter töten, die sich im Schutz unserer Truppen vorbereiten, ihre Einheiten zur Meuterei aufstacheln, um uns dann tief im eigenen Land zu treffen. Ich weiß, warum du um meine und Firmus' Versetzung ersucht hast: Eine rein barbarische Hilfstruppe wolltest du schaffen … mit Flavus einen Aufstand vorbereiten …«

»Du glaubst, Flavus und ich …?«

»Er ist ein Barbar! Und du bist vergiftet!«

Das heiße Band barst; Cinna ließ die Arme hängen und wandte sich kopfschüttelnd ab, als ihn ein feiner Laut aufmerken ließ, ein helles Belfern, das in ein Jaulen überging. Fulgor tänzelte schnaubend. Mit der herankriechenden Nacht erwachten Dianas Geschöpfe zum Leben. Hungrige Geschöpfe. Geschöpfe mit einer Witterung, tausendfach feiner als die der Menschen. Eggius' Blick huschte über das Unterholz, dann heftete er sich auf Cinna.

»Mach schon! Bring's zu Ende!«

Einen Schritt zurücktretend verschränkte Cinna erneut die Arme. »Hörst du es? Über dich wollen andere richten, und denen werde ich mich nicht entgegenstellen. Oder glaubst du etwa, ich würde deine Leiche einer ehrenvollen Bestattung zuführen?«

Eggius bäumte sich auf, stemmte sich auf die Unterarme, ehe er mit schmerzverzerrten Zügen in sich zusammensank. Nochmals warf er den Kopf in den Nacken. »Ich verfluche dich, Gaius Cinna, dich und deine ganze Brut! Mögest du –«

»Deine Flüche sind wirkungslos, Eggius. Das solltest du inzwischen wissen. Du hast nichts als die Kraft deiner Hände – und sogar die ist gebrochen worden!«

Das Belfern und Heulen klang lauter, wurde beantwortet. Mehrfach. Näher kommend. Der Hengst zerrte an den Zügeln, trat auf der Stelle, als Cinna ihn beruhigend streichelte, machte einen Satz. Cinna griff in die Mähne, und kaum saß er im Sattel, stieg Fulgor auf der

Hinterhand. Sie waren nahe. Sie hatten längst Witterung aufgenommen. Aber sie würden Ross und Reiter ziehen lassen, sie würden leichtere Beute finden.

»Du bist Menschen und Göttern gleichermaßen ein Gräuel, Marcus Eggius. Du wirst in die Unterwelt fahren, in die finstersten Tiefen, und deine Schreie werden ungehört verhallen!«

Der Mann hatte sich zur Seite geworfen und versuchte zu kriechen, sein Gesicht eine Maske der Angst. Im Unterholz zuckten fahlgrüne Lichter, nachtklare Augen. Fulgor bockte und drohte seinen Reiter abzuwerfen, um den Zug an der scharfen Kandare zu lösen. Als Cinna die Zügel lockerte, schoss er pfeilschnell davon.

XXIV

Sie lag auf dem Bauch, inmitten von aufgewühlter schwarzer Erde, Moosbrocken und moderndem Laub, das ihren Kopf bedeckte, das zerrissene, ehemals weiße Hemd übersät von dunklen Flecken, braun und rot, die Glieder verdreht, eine zertretene, weggeworfene Puppe.

Im Dickicht glommen grüne Lichterpaare. Lautlos traten die Wölfe heraus, graue und braune Bälge mit weißem Bauch, streckten die Nasen witternd vor. Das Herz schlug ihm im Hals, während er nach Luft rang, als drücke ein eiserner Panzer seine Brust zusammen. Er war nicht imstande sich zu bewegen, konnte den Blick nicht abwenden, nicht einmal blinzeln.

Etwas Feuchtes stupste seine Hand, grub sich hinein, fuhr feucht über die Finger. Ein dünnes Jaulen wie von einem gähnenden Hund, das Tier schüttelte sich hörbar. Neben ihm stand ein Wolf, blickte aus hellgrauen, schwarz umrandeten Augen zu ihm auf, den Kopf schräggelegt. Mit tastenden Schritten näherte das Tier sich dem Körper, schlug die Fänge in die Reste des Hemdes und zerrte daran. Vergeblich. Der Wolf legte den Kopf zwischen die Vorderpfoten, winselte, sprang wieder auf, umrundete den Körper, scharrte nach dem Kopf, befreite eine weizengelbe Locke –

Der erstickte Schrei riss Cinna aus dem Traum. Schweratmend fand er sich in seinem eigenen Bett wieder, im Halbdunkel seines Schlafzimmers unter mehreren Decken, klamm von Schweiß. Ein warmer Hauch streifte seinen Hals. Er hob die Hand und berührte eine Schulter unter dünner Wolle, drehte den Kopf, und der vertraute Duft ließ ihn aufatmen. Behutsam strich er die Locken hinter ihr Ohr, legte die Fingerspitzen auf ihre Wange und küsste die halbgeschlossenen Lippen. Ihr Kopf ruhte auf den Händen, die kühl waren wie immer. Endlich schlief sie in Frieden.

Auf dem Heimweg hatte sie wie betäubt vor ihm im Sattel gesessen, fest eingewickelt in seinen dunkelgrünen Umhang, das Werk ihrer Hände. Die Menschenmenge, die sich vor dem Haus versammelt hatte, beachtete sie nicht, als sie aus dem Sattel glitt, ohne auf seine Hilfe zu warten, und hochaufgerichtet hineinging. Lucillas Umarmung wehrte sie erschrocken ab, niemand durfte sie berühren. Kübel um Kübel schleppte Reika heißes Wasser in die finstere Badekammer, bevor sie unbemerkt daraus verschwand.

Er hatte sie im Schlafzimmer gefunden, wo sie mitten im Raum stand und die Wände anstarrte, die Bilder, die sie selbst in Auftrag gegeben hatte. Sie trug ein grobes, helles Kleid, das Haar hing ihr in dunklen, nassen Strähnen schwer über die Schultern, und sie starrte ihn an, die Arme vor der Brust gekreuzt, während in ihrer Miene

Angst und entschlossene Ablehnung stritten. Bis zur Wand war sie vor ihm zurückgewichen, ehe es ihm gelang, eine ihrer kalten Hände – wie konnten sie kalt sein, obwohl sie sich immer wieder mit heißem Wasser gewaschen hatte? – in seine zu nehmen, die Finger zu wärmen, zu küssen, während der Widerstreit auf ihrem wundgeschlagenen Gesicht tobte. Als er einen Arm um ihre Mitte schob, zuckte sie zurück, doch sie floh nicht, im Gegenteil, als er sie an sich zog, ließ sie die Stirn auf seine Schulter sinken.

Es wäre Lucillas Aufgabe gewesen, ihr beizustehen, aber Sunja hatte dieses Ansinnen abgewehrt, ihm die Möglichkeit zur Flucht genommen. Er hatte ihr Rede und Antwort gestanden über seine Begegnung mit dem Sterbenden, nur dessen widerwärtige Schmähungen für sich behalten, denn dass Eggius gelogen hatte, stand für ihn außer Zweifel. Über dem, was danach geschehen war, lag ein dünner Schleier, der es ihm unmöglich machte zu entscheiden, was Traum war und was Wirklichkeit, während er an die Decke starrte, den Geräuschen des längst erwachten Hauses lauschte und sein Gedächtnis erforschte.

Müde setzte er sich auf und rieb sich die Augen, bis sie brannten, strich Sunja nochmals übers Haar und erhob sich, um in eine Tunica zu schlüpfen. Lautlos verließ er das Zimmer, fluchte leise, als er bemerkte, dass er wieder einmal die Schuhe vergessen hatte, entschied jedoch, es dabei zu belassen, um Sunja nicht zu wecken.

Aus dem Wohnraum drangen gedämpfte Stimmen, er

erkannte Lucilla und Firmus und öffnete die Tür. Die beiden saßen dicht nebeneinander auf der Kline, Lucilla rang die Hände unter dem Kinn, während Firmus sie im Arm hielt. Bei Cinnas Eintreten sprang Firmus augenblicklich auf.

»Wir haben Eggius gefunden – vielmehr das, was von ihm übrig blieb.«

Cinna ließ sich auf einem Sessel nieder, stützte die Ellenbogen auf die Oberschenkel und vergrub das Gesicht in den Händen.

»Ich dachte nicht, dass es dich derart mitnimmt«, murmelte Firmus.

Langsam hob Cinna den Kopf. »Dass ihr ihn gefunden habt? Das tut es nicht. Ich bin erschöpft, das ist alles.«

»Wie geht es Sunja?«, fragte Lucilla

»Sie schläft. Wann wird die Befragung stattfinden?«

Einen Atemzug lang zögerte Firmus, dann erwiderte er: »So bald wie möglich. Offenbar wurde Eggius lebend von den Wölfen angefallen, weil es Kampfspuren gibt. Vermutlich war er jedoch verletzt.«

»Wer führt die Untersuchung?«

»Strigo, aber die beiden senatorischen Tribune werden ihn unterstützen.«

In der Tür erschien Reika mit einem runden Tablett, verneigte sich leicht und näherte sich, als Cinna nickte. Sie hinkte ein wenig.

»Sag ihnen, dass ich zu ihrer Verfügung stehe«, sagte Cinna, während die Dienerin einen niedrigen Dreifuß heranrückte, um das Tablett darauf abzustellen, auf dem sich einige gut gefüllte Schälchen und ein dampfender Becher befanden. Er dankte ihr mit einem Lächeln, bevor sie hinausschlüpfte.

»Warum du?«, fragte Firmus stirnrunzelnd.

»Weil ich der Letzte bin, der Eggius lebend sah, Firmus. Es gibt keinen Grund, meine Frau vorzuführen.«

»Es wäre auch nicht nötig«, fuhr der Centurio fort. »Die Verhöre brachten einiges ans Tageslicht. Wir können die Angelegenheit nicht unter uns regeln.«

»Was willst du damit sagen?«

»Die zweite Centuria ist für diese Cohorte völlig verloren. Alle Unteroffiziere und mehrere Gefreite kannten Eggius' Absichten. Sie bildeten eine verschworene Gemeinschaft, voller Verachtung gegen ihre ubischen Kameraden und argwöhnisch gegen mich und meine Männer – doch was weit schlimmer wiegt: Nach deinem Alleingang im vergangenen Herbst gelang es Eggius, ihnen einzureden, du seist ein Verschwörer und Verräter, einer, der sich heimlich mit dem Feind verbündet habe. Deine Freundschaft mit Flavus tat ein Übriges.«

Lustlos musterte Cinna das Frühstück, das Reika ihm gebracht hatte, fischte einen gedörrten Apfelring aus einem der Schälchen und griff nach dem dampfenden Becher. »Ich begreife nicht, wie daraus ein solch schändlicher Plan erwachsen konnte.«

»Blinde Wut, Gaius Cinna. Eggius hat sich dem Zorn hingegeben, das rechte Maß aus den Augen verloren und die anderen mit sich gerissen.«

»Und wir werden nun die Scherben aufkehren, prüfen, was man noch gebrauchen kann und den Rest wegwerfen.« Cinna lachte bitter. »Was wird der nächste Schritt sein?«

»Wir haben zwei Soldaten verhaftet, die im Verdacht stehen, an dem Überfall im Frühjahr beteiligt gewesen zu sein. Wenn deine Frau sie erkennt –«

»Auf keinen Fall! Ich werde nicht zulassen, dass Sunja diese Lumpen jemals wiedersehen muss!«

»Es gibt keinen Grund, mich zu schonen.« Hochaufgerichtet stand Sunja im Türrahmen und blickte Cinna mit einem Ausdruck ungeahnter Entschlossenheit an. »Firmus hat Recht. Und ich will es so. Es muss ein Ende haben.«

In einen warmen Mantel eingehüllt saß Saldir auf der Gartenmauer und hielt die Buchrolle, in der sie las, ins Licht. Die Hände hatte sie mit dünnen Wollbinden umwickelt, die nur die Fingerspitzen freiließen. Neben ihr hing die Wiege von einem Haken frei zwischen den Holzsäulen. Vitalina hatte sie und Lucius am Vortag nach Hause gebracht, sich schier überschlagen vor Besorgnis und lebhaft ihre Unterstützung angeboten, bis Lucilla sie höflich aber bestimmt zur Tür geleitet hatte. Saldir, die nach dem ersten Schrecken in ihre Kammer geflüchtet war, hatte sich seither nicht mehr sehen lassen.

Cinna setzte sich wortlos neben sie und schielte auf den Text, entzifferte griechische Buchstaben, las, es gebe keine Tätigkeit in der Verwaltung des Staates, die eine der Frau sei, weil sie eine Frau ist, oder eine des Mannes, weil er ein Mann ist, sondern weil in gleicher Weise die Naturen in beiden Geschlechtern ausgesät seien, nehme die Frau gemäß ihrer Natur an allen diesen Tätigkeiten teil und ebenso der Mann an allen, wobei in allem die Frau schwächeren Anteil habe als der Mann.

Zögerlich rollte das Mädchen den Text weiter, ließ den Papyros schließlich zusammenschnappen und starrte vor sich hin.

»Wenn ich eine Wächterin wäre, hätte ich es vielleicht verhindern können«, sagte sie schließlich leise.

»Du liest dieses Buch nicht zum ersten Mal?«

Sie schüttelte den Kopf. »Ich möchte so gerne glauben, dass eine Welt möglich ist, in der Frauen nicht nur zum Spinnen und Weben, Kochen und Putzen angehalten werden, sondern wo sie an allem so teilhaben können, wie es ihrem Wesen entspricht.«

»Und was würdest du in dieser Welt tun?«

»Ich weiß es nicht. Vielleicht würde ich Pferde züchten und ausbilden, vielleicht wäre ich auch eine Wächterin.«

»Vielleicht sogar eine Philosophin?«

»Nein, dafür reicht es nicht. Aber ich hätte Sunja verteidigen können – und Sunja hätte sich selbst verteidigen können gegen diesen Verbrecher.«

Cinna nahm eine ihrer Hände in seine, tätschelte sie sacht. »Er hat Nonnus erledigt, und der war ein guter Schwertkämpfer. Wie, glaubst du, hättest du ihn besiegen können?«

»Vielleicht nicht besiegen, aber verletzen und so sehr schwächen, dass es ihm nicht gelungen wäre, sie zu verschleppen.« Sie schniefte leise. »Sunja hat uns zum Lager geschickt, aber niemand hat uns zugehört, bis einer der Posten einen Gefreiten des Pontius holte, der mich erkannte und Pontius Bescheid gab – doch ehe der mit ein paar Soldaten zum Haus kam, warst sogar du schon hier gewesen und hattest die Verfolgung dieses Mörders aufgenommen.« Sie bedeckte das Gesicht mit den Händen, dass nur noch die Nasenspitze hervorlugte.

»Dich trifft keine Schuld, Saldir.«

»Sie glaubten mir nicht«, schluchzte sie. »Sie glaubten mir nicht, weil ich nur ein Kind bin, nur ein Mädchen. Nur deshalb dauerte alles unendlich lang. Viel zu lang. Das hätte nicht geschehen dürfen!«

Behutsam legte Cinna den Arm um sie, die mit den Fäusten die Augen rieb und leise weinte.

»Es wäre besser gewesen, Liuba hätte mich getötet und nicht Inguiomers – er wäre jetzt fünfzehn Jahre alt und schon fast ein richtiger Krieger. Er hätte alles tun dürfen, was mir verboten ist. Und man hätte ihm geglaubt.«

»Sunja schickte dich mit Lucius weg, um euch in Sicherheit zu wissen.«

Saldir schaute ihn an, die Augen rot und verquollen. »Aber warum ist sie dann nicht mit uns gegangen?«

»Weil ich dachte, es sei sicherer, wenn wir nicht zusammen sind«, sagte Sunja hinter ihr. Sie hatte sich auf weichen Sohlen unbemerkt genähert und stand in einem schweren, dunklen Mantel hinter ihnen; ein feiner heller Schleier verbarg ihr Gesicht. »Ich möchte jetzt gehen. Ich möchte es hinter mir haben.«

Der Weg zum Tor erschien ihm weiter als sonst. Während sie den Anstieg zum Haupttor des Lagers nahmen, schritt Sunja stumm neben ihm, hielt den Kopf hoch und sah hinter dem Schleier unverwandt vor sich hin, als bemerkte sie weder die unverhohlenen Blicke, die ihnen galten, noch das Tuscheln, das sich hinter ihnen erhob. Die Posten am Tor stellten keine Fragen und verhielten sich auffallend gleichgültig, die Legionäre, die vor ihren Stuben hockten und ihren alltäglichen Arbeiten nachgingen, schauten ihnen nach, doch es schien keinen Eindruck auf Sunja zu machen. Neben ihm betrat sie das Stabsgebäude, wo sie von einem der senatorischen Tribunen, Publius Sulpicius, bereits erwartet wurden. Die Beklagten waren ins Hauptlager gebracht worden, wo ihr Fall verhandelt wurde. Sulpicius bat sie und Cinna in einen Raum, in dem ein Schreiber bereits Platz genommen hatte.

Cinna starrte in das vom Fenstergitter durchbrochene, kaltblaue Stück Himmel hinauf, während er Sulpicius' behutsamen Fragen und Sunjas kargen, fast tonlosen Antworten lauschte, verschränkte die Hände im Rücken, um nicht wieder in die leidige alte Gewohnheit zu verfallen, an den Nägeln zu nagen wie ein unzufriedenes Kind – oder wie ein hilfloser Gefangener. Sunja berichtete von den Männern, die sie vom Pferd gezerrt hatten, drei vermummten, von denen einer haselnussbraune Augen und Sommersprossen gehabt habe, an die beiden anderen könne sie sich nur undeutlich erinnern. Ihre Stimme war rau, aber fest. Als sei sie nur eine unbeteiligte Zeugin gewesen.

Die beiden Männer, die bald darauf hereingeführt wurden, trugen schmutzige Tunicen, die Hände hatte man ihnen auf den Rücken gefesselt, die zerschlagenen Gesichter hielten sie gesenkt. Die von Angst gekrümmten Körper verströmten den widerwärtigen Brodem des Zellenbaus. Sunja verharrte schweigend auf der Stelle und musterte sie, doch Cinna bemerkte, dass sie die Fäuste an die Oberschenkel presste und mit den Daumen über die zusammengekrampften Finger fuhr, er sah, dass sie schluckte, schwer atmete und sich brüsk abwandte. Dann nickte sie ein einziges Mal und sehr fest.

Auf dem niedrigen Sessel sitzend bürstete Sunja ihr Haar, das ihr inzwischen wieder über die Schulterblätter fiel. Sie wandte ihm den Rücken zu, selbst bei seinem Eintreten hatte sie sich nicht nach ihm umgedreht, nur einen Atemzug lang innegehalten. Seitdem sie zuhause den Schleier wieder abgelegt hatte, war sie darauf bedacht, ihr Gesicht zu verbergen, indem sie den Kopf gesenkt hielt, Strähnen über ihr Gesicht fallen ließ, und gelegentlich mit der linken Hand Wange und Schläfe bedeckte. Eggius mochte tot sein, die Überreste seines zerrissenen Körpers in einem Massengrab verrotten, doch was immer er getan hatte, stand wie eine Mauer zwischen ihr und Cinna.

Zögerlich trat er zu ihr, als er bemerkte, dass sie die Schultern noch ein wenig höher nahm und mit der Linken eine Strähne löste, dass sie einen Teil ihres Gesichts verschleierte – den Teil, von dem sie nicht wollte, dass ihn jemand sah.

Cinna spürte den Zorn wie eine Flamme unter dem Brustbein und sank vor ihr auf die Knie. Der bloße Anblick ihrer geschwollenen Wange, der dünne Schorf über der Braue und an den Lippen schmerzte ihn, nährte den Zorn. Zorn, der einen Toten lebhaft vor seinen Augen wiedererstehen ließ, während ihre zusammengepressten Knie sich in seine Magengrube drückten.

Er hatte schon begonnen, sich damit abzufinden, dass vielleicht doch Schlimmeres geschehen war oder es sie tiefer verwundet hatte, als sie sich zuerst hatte eingestehen wollen, dass sie sich eingesponnen hatte in eine neue spröde Larvenhülle, die er vielleicht nicht mehr durchdringen könnte. Seine Knie schmerzten, jede Faser des Teppichs prägte sich fühlbar ein. Überdeutlich erinnerte er sich an einen Abend im Hause der Demokleiden, an den wirren Schmerz über die Nachricht vom Tod seines Bruders, die Benommenheit, welche der schwere, unverdünnte Wein in ihm bewirkt hatte, den rohen Griff in seinen Nacken, die Hand des Mannes, von dem er eine solche Rohheit am wenigsten erwartet hätte.

Sie beugte sich vor, bis ihre Lippen seinen Mund berührten. Als seine Fingerspitzen an ihrem Hals herabglitten, flatterte ihr Puls unter der Haut, die im Licht der Öllampen golden schimmerte. Sie umschlang ihn mit einem winzigen glucksenden Laut, küsste ihn mit Lippen, die salzig waren von Tränen. Schon spürte er die halbmondförmigen Male, die ihre Fingernägel hinterlassen würden, seine Hände stahlen sich unter die dünne Tunica, um sie hochzuschieben, während sie mit fliegenden Fingern seinen Schurz löste.

Die Sonne gleißte über die Bergrücken jenseits des Rhenus, eine feurige, kreisende Scheibe, deren Anblick in den Augen schmerzte und die trägen Fluten funkeln machte. Einzelne Boote trieben langsam flussabwärts, Fischer, die ihren Fang später am Tag auf dem Markt anpreisen würden. In den kahlen Zweigen lärmten die Vögel, das Brüllen einer Kuh zitterte in der Luft, dann ertönte die Bucina zum Wachwechsel.

Mit den neuen Soldaten, die in kleinen Gruppen die Treppe hinauftrabten, erklomm auch ein Mann im dunkelroten Umhang den Wehrgang, erwiderte knapp jeden Gruß, bevor er sich mit den Unterarmen auf die Brustwehr lehnte, um über den Fluss hinwegzublicken, während der Wind sein rotblondes Haar zauste. Cinna stieß sich von der Palisade ab und näherte sich Flavus schlendernd. Als dieser ihn bemerkte, drehte er sich um und lehnte sich breitbeinig an die Palisade; sein Lächeln wirkte jedoch gezwungen.

»Es treibt dich früh hier rauf, Gaius Cinna«, flachste Flavus. »Konntest du nicht schlafen?«

Cinna grinste schief. »Dasselbe sollte ich dich fragen.«

»Die Ereignisse der letzten Tage haben wohl niemanden unberührt gelassen. Wenn ein Centurio sich dazu versteigt, die Waffe gegen seinen Befehlshaber zu wenden, geschieht das nicht aus heiterem Himmel.«

»Das bedeutet, als Offizier habe ich versagt«, entgegnete Cinna schroff.

»Nicht nur du. Zumindest Firmus hätte es bemerken müssen. Das war Teil der Aufgabe, die Tiberius ihm gab. Doch niemand konnte ahnen, dass Eggius so weit gehen würde, sich gegen dich zu verschwören. Das ist einfach Wahnsinn!«

»Firmus trifft keine Schuld. Er hat mich von Anfang an vor Eggius gewarnt.«

»Vor einem verbitterten Mann, der versuchte, dich mit Beschwerden in Ungnade zu bringen.« Schnaubend schüttelte Flavus den Kopf, dann gab er Cinna einen leichten Rippenstoß. »Du musst Firmus nicht verteidigen, er ist ein hervorragender Centurio, und er wird bei nächster Gelegenheit die wohlverdiente Beförderung erhalten. Aber auch du hast sehr gute Dienste geleistet. Ich an deiner Stelle würde wissen wollen, wie Germanicus über dich und deine Einheit entscheidet, ob die Truppe aufgelöst und neu geordnet oder einfach ein Teil ersetzt wird.«

Sie folgten dem Wehrgang in Richtung des Haupttores und passierten mehrere Posten, Soldaten aus Flavus' Ala, die ihren Befehlshaber stramm grüßten. Über den glitzernden Flussschleifen schwebten dünne Nebelschwaden, in der Ferne überragt vom grauen Band des Taunusgebirges; weit jenseits dieser Höhen lauerte der Feind, scharte Krieger um sich, um schlagkräftige Truppen zu formen, lauerte darauf, sich den Weggang des Tiberius zunutze zu machen. Cinna blieb stehen, blinzelte über das Land hinweg, während ein kalter Wind sein Haar zauste.

»Wie lange wird es dauern, bis unsere Aufgabe da drüben erledigt ist? Und was wird es kosten?«, murmelte er.

Schwer legte Flavus eine Hand auf seine Schulter. »Mit diesen Sorgen stehst du nicht allein.« Er dämpfte die Stimme. »Ob es nun Germanicus gelingen wird, den Verrat zu rächen und die Adler zurückzuholen, oder ob Tiberius zurückkehren muss – unser Schicksal wird sich da drüben entscheiden. Ebenso wie das meines Bruders.«

ANHANG

Personenverzeichnis

(Im Roman auftretende Personen fett, historische Personen in der überlieferten Schreibweise kursiv)

Gaius Cornelius Cinna – Sohn des *Gnaeus Cornelius Cinna Magnus*, aus alter Patrizier- und Senatorenfamilie, Praefect einer teilberittenen Hilfstruppeneinheit

Sunja – seine Frau, Tochter eines cheruskischen Fürsten

Saldir – deren jüngere Schwester

Cornelia Lucilla – Cinnas Schwester

Flavus – germanischstämmiger Offizier, Praefect einer Ala, Bruder des *Arminius*

Gnaeus Domitius Firmus – ranghöchster Centurio (Infanteriezugführer) in Cinnas Einheit

Marcus Eggius – Centurio in Cinnas Einheit, Bruder eines unter Varus gefallenen Lagerpraefecten namens *Lucius Eggius*

Lucius Messius Fronto – ranghöchster Decurio (Reiterzugführer) in Cinnas Einheit

Tiberius Iulius Caesar – Oberbefehlshaber der entlang des Rheins stationierten Truppen, designierter Nachfolger des *Augustus*

Verus, später **Ahtala** (**Actala**), **Nonnus** – Cinnas Leibwächter

Vestrius – Gefreiter in Cinnas Stab

Aulus Corellius – ritterlicher Tribun unter Tiberius

Vitalina – Offiziersgattin, erst Vermieterin, später Nachbarin

Reika (**Rica**) – Dienerin in Cinnas Haus

Ermanamers *(Arminius)* – cheruskischer Fürst, Sohn des Segimers (*Segimerus*), römischer Bürger und Angehöriger des Ritterstandes, als Tribun Befehlshaber über einheimische Hilfstruppen

Inguiotar – Sunjas Vater, cheruskischer Gaufürst

Thauris – seine Frau, Schwester des Wakramers (*Ucromerus*)

Inguhraban – deren Sohn

Catufleda – dessen junge Frau, Tochter des chattischen Fürsten Thiudawili

Thiudawili – chattischer Adliger

Wakramers *(Ucromerus)* – chattischer Adliger, Bruder der Thauris

Segigastis *(Segestes)* – cheruskischer Fürst, mit Segimers Familie rivalisierend

Ahtamers *(Actumerus)* – chattischer Fürst

Gavila – dessen Sohn

Ahtaswintha – dessen Tochter, spätere Ehefrau des Flavus

Übersetzung des Zitats:

Barbarisches Land am äußersten Rand der weiten Welt trägt mich, und der Ort ist umzingelt von wildem Feind. (Ovid, Trist. 5,31 f.)

HISTORISCHE DATEN

16 v. Chr. Das keltische Siedlungsgebiet in der heutigen Steiermark fällt als Provinz Noricum an Rom; Legat Lollius erleidet am Rhein eine schwere Niederlage gegen die germanischen Sugambrer, Usipeter und Tencterer, die nach Gallien einfallen (*clades Lolliana*).

15 v. Chr. Die Stiefsöhne des Augustus, Tiberius und Drusus Nero, erobern das Alpenvorland bis zur Donau; Gründung der Garnisonsstadt Augusta Vindelicorum (Augsburg); Tiberius nimmt das rätische Gebiet (Tirol, Graubünden) ein. Augustus im Herbst bei den Truppen im Norden, schließt Friedensverträge mit den o.g. germanischen Stämmen und gründet weitere Garnisonsstadt Augusta Treverorum (Trier).

13 v. Chr. Drusus Nero gründet Garnisonsstadt Mogontiacum (Mainz) auf keltischer Siedlung.

12–9 v. Chr. Tiberius unterwirft mit brutaler Gewalt und unter Einsatz germanischer Hilfstruppen Pannonien (Jugoslawien/Ungarn); zur selben Zeit zieht Drusus Nero durch das germanische Gebiet zwischen Rhein, Main und Elbe. Marcomannen unter König Maroboduus werden tributpflichtig und unterwerfen sich; viele Verträge mit germanischen Fürsten, u.a. den mächtigen Cheruskern Segestes und Segimerus (Vater des Arminius) etc.

11 v. Chr. Gründung von Aquae Mattiacae (Wiesbaden) als Kurort für Soldaten und Kolonisten.

9 v. Chr. Drusus Nero gründet nach seiner Rückkehr die Hilfstruppengarnison Confluentes (Koblenz) und stirbt nach einem Reitunfall. Indessen fallen die Marcomannen mit römischer Billigung in das keltisch besiedelte Gebiet des heutigen Böhmen (Tschechische Republik) ein.

7 v. Chr. Zensus des Quirinius, an dem Christi Geburt festgemacht wird. Einrichtung der römischen Provinz Germania mit dem Hauptzentrum Ara Ubiorum (die spätere Colonia Claudia Ara Agrippinensis, heute: Köln); Segestes' Sohn Segimundus wird dort germanisch-römischer Priester, M. Vinicius, Vertrauter des Augustus, hervorragender General, Statthalter. Sommerresidenz in Feldlagern im rechtsrheinischen Gebiet.

2 v. Ch.	Augustus erhält den Ehrentitel *pater patriae*; die Erdbevölkerung beträgt etwa 160 Mio. Menschen, ca. 25% davon leben im römischen Weltreich. Große Reformen in der Verwaltung des *imperium Romanum*; Umgestaltung der Prätorianergarde von einer städtischen Polizeitruppe zur kaiserlichen Leibgarde; das römische Heer besteht aus 25 Legionen à ca. 6000 Mann (römische Bürger) und Hilfstruppen, zusammen ca. 300000 Mann.
Zeitenwende	L. Domitius Ahenobarbus (verh. mit Antonia maior, einer Nichte des Augustus; Großvater Neros) *legatus Augusti pro praetore* (Statthalter) in Germanien; gescheiterter Versuch einer Rückführung der von anderen Stämmen vertriebenen Cherusker in ihre angestammten Siedlungsgebiete.
1–4 n. Chr.	M. Vinicius *leg.Aug.pr.pr.* in Germanien; nach der Umsiedlung der Cherusker breiten sich blutige Aufstände unter den Stämmen im heutigen Münsterland aus, dessen er nicht Herr wird.
4 n. Chr.	Augustus adoptiert Tiberius Nero und ernennt ihn zu seinem Nachfolger; Tiberius schlägt die Aufstände im heutigen Münsterland nieder.
5 n. Chr.	Tiberius besiegt die Langobarden an der Mündung der Elbe; Sicherung der Gebiete

zwischen Rhein, Nordsee, Elbe und Donau durch ständige Militärpräsenz, aber keine Kämpfe. Lagerbauten entlang der Lippe, an der Weser, in der Wetterau, verstreute Straßenposten, mindestens eine Koloniegründung (Waldgirmes zwischen Wetzlar und Gießen).

7 n. Chr. Ernennung des P. Quinctilius Varus (verheiratet mit einer Großnichte des Augustus und Günstling desselben) zum Statthalter (*leg.Aug.pr.pr.*) der *tres Galliae*, zu denen Germanien gehört. L. Nonius Asprenas (Freund des Tiberius; Neffe des Varus) wird Kommandant über das Voralpengebiet und die Truppen in Mainz und Augsburg (*legatus exercitus*).

7/8 n. Chr. Aufstände in Pannonien; der Cherusker Arminius, inzwischen wohlhabender römischer Ritter, dient hier als Hilfstruppenpräfekt und Tribun (etwa im Rang eines Obristen).

9 n. Chr. Der Cherusker Segestes fordert Varus wiederholt auf, ihn selbst, Arminius und etliche andere Fürsten sofort zu verhaften, da eine Erhebung bevorstehe; Varus glaubt ihm jedoch nicht, da er Arminius zu seinen Vertrauten zählt. August/September: Eine germanische Verschwörung, die von den offenbar seit Pannonien nicht entlohnten Hilfstruppen ausgeht und Teile mehrerer Stämme (Marser, Brukterer, Cherusker, vermutlich auch Sugambrer und Angrivarier) einschließt, überlistet den Statthalterr; die Meuterer und Rebellen vernichten drei Legionen (ca. 18000 Mann) restlos. Tross und Hilfstruppen gehen verloren. Die historische Überlieferung dieser sich über drei Tage hinziehenden Schlacht lässt kaum eine andere Deutung als die eines Massakers zu. Varus tötet sich selbst, seine Adjutanten versuchen den Toten zu verbrennen, werden jedoch überrascht; Varus' Leiche wird verstümmelt; den Kopf schickt Arminius dem Maroboduus, der ihn zur Bestattung nach Rom überstellt (Maroboduus stellt sich ebenso wie Segestes nicht gegen die Römer). Zwischen Elbe, Donau und Rhein befindet sich kein römischer Soldat mehr.

10 n. Chr. Zusammenziehung großer Truppenkontingente (5 Legionen, 10 Hilfstruppeneinheiten) an Rhein (Mainz, Köln) und Donau (Augsburg). Erste Geplänkel an den Grenzen. Die Taunusgrenze (Wiesbaden) wird gehalten.

Glossar

Geografische Bezeichnungen

Albis – antike Bezeichnung der Elbe.
Ara Ubiorum, Civitas Ubiorum, **Ubierstadt** – linksrheinische Ansiedlung, das heutige Köln, i. e. die spätere *Colonia Claudia Ara Agrippinensis (CCAA)*, 9 n. Chr. eine Siedlung der als loyal geltenden Ubier mit einem Tempel für Iuppiter, Roma und Augustus, daneben ein einfaches Feldlager.
Argentorate – h. Straßbourg, Legionslager und Hauptort des gallischen Stammes der Tribocer.
Augusta Vindelicum – h. Augsburg, großer Militärstützpunkt südlich des germanischen Siedlungsraums.
Bonna – h. Bonn, Militärstützpunkt am Rhein, seit Drusus Legionslager
Illyricum, Dalmatica, Pannonia – römisch besetzte Provinzen im Gebiet zwischen Kärnten und Nordgriechenland.
Lugdunum – h. Lyon, militärisches und administratives Zentrum im römischen Gallien.
Mogontiacum – das heutige Mainz, von Drusus gegründetes Legionslager im Mainzer Rheinknie auf dem Fürstenberg, ursprünglich eine Siedlung der dort ansässigen Vangionen mit Heiligtum ihres Heilgottes Magun/Mo-

gon; einer der beiden militärischen Hauptstützpunkte zur Sicherung der neuen Provinz Germania magna und der gallischen Provinzen.

Novaesium – h. Neuss, Militärstützpunkt am Rhein.

Perusia – h. Perugia, befestigte Kleinstadt, die geografisch zu Umbrien gehört, aber Etrurien zugeschlagen wurde; Geburtsort des Augustus, 40 v. Chr. im Perusinischen Krieg von diesem zerstört, aber als *Augusta Perusiana* wieder aufgebaut.

Rhenus – antiker Name des Rheins.

Tiutoburgs (später Teutoburgium) – vermutlich Gau nördlich des h. Osnabrück, wo heute die Varusschlacht lokalisiert wird (Bramsche-Kalkriese).

Vetera – beim heutigen Xanten gelegenes Legionslager, h. Birten; neben Mogontiacum der zweite Hauptstützpunkt.

Visurgis – antiker Name der Weser.

Militärische Begriffe

Ala (*ala* ~ Flügel) – Hilfstruppeneinheit, meist beritten; in der Schlachtordnung an den Flügeln aufgestellt zum Flankenschutz und um einen unterlegenen, flüchtenden Gegner von hinten aufzurollen.

Beneficarius – Gefreiter (*immunis*, d.h. von Schanzarbeiten u.ä. freigestellt), der einem höheren Offizier zugeteilt wurde, insbesondere im Stabsdienst. Beneficarier verrichteten ihren Dienst als Schreiber (Sekretäre) und Archivare. Häufig ein Austrag für Invalide.

Bucina – posaunenähnliches Blechblasinstrument.

Centurio (*centurio*) – Mannschaftsoffizier, kommandiert eine **Centuria** (~ Hundertschaft), entspricht rangmäßig ungefähr dem heutigen Hauptmann.

Cohorte (*cohors*) – Regiment des römischen Heeres, bestehend aus 10 Centurien; Legionen wurden taktisch in Cohorten untergliedert. Üblicherweise spielt der Begriff vornehmlich bei den Hilfstruppen (*auxilia*) eine Rolle, die aus 6 bzw. 10 Centurien bestanden. Bei den gemischten Cohorten (*cohortes equitatae*) kamen noch jeweils 10 bzw. 6 Züge Reiterei (*turmae*) hinzu. Auxiliarcohorten wurden aus Soldaten gebildet, die in den Provinzen rekrutiert wurden. Meist erhielten die Soldaten das römische Bürgerrecht erst nach ihrer Dienstzeit als Veteranen; Einheiten, die sich durch besondere Leistungen ausgezeichnet hatten, wurde manchmal kollektiv das römische Bürgerrecht verliehen.

Cornicularius – Unteroffizier, der einem Führungsoffizier zu Ordonnanz- und Schreibdiensten zugeteilt wurde.

Decurio – Mannschaftsoffizier bei der Reiterei, kommandiert eine **Turma** (~ Schwadron, Zug) von ca. 30 berittenen Soldaten.

Faber (pl. **Fabri**) – »Pioniere«; speziell ausgebildete Soldaten, die einen ausgekundschafteten Lagerplatz für den eigentlichen Lagerbau präparierten, darunter Landvermesser und andere technische Berufe speziell im Bauwesen.

Imperator – Titel des Feldherrn als militärischer Oberbefehlshaber.

Legat (*legatus* ~ Gesandter, Botschafter) – kommandierender Offizier einer oder mehrerer Legionen (*legatus legionis/exercitus*) oder höchster administrativer Beamter einer Provinz (*legatus pro praetore/consule*).

Legion (*legio*) – Division des römischen Heeres, bestehend aus 60 Centurien, deren jeweils 6 eine Cohorte bildeten.

Optio – höchster Unteroffiziersrang im Mannschaftsstand; der Optio war Anwärter auf Beförderung zum Centurio, wurde einem solchen direkt unterstellt, um sich zu bewähren.

Praefect (*praefectus*) – 1. kommandierender Offizier z.B. einer Hilfstruppe von ca. 500 bzw. 1000 Mann. –

2. Lagerpraefect (*praefectus castrorum*): der für das Lager (*castra*) verantwortliche Offizier, kümmert sich um Bau, Ausstattung und Unterhalt, Verpflegung der Insassen, Quartierung etc., etwa vergleichbar mit einem Quartiermeister.

Praepositus – kommandierender Offizier aus dem Mannschaftsstand, meist der ranghöchste Centurio einer Hilfstruppeneinheit, der in Abwesenheit des Kommandanten die Soldaten befehligt.

Primipilus – der ranghöchste Centurio einer Legion.

Signifer – Feldzeichenträger, »Fähnrich«; da im Getöse des Gefechts Befehle kaum durchdringen, war der Signifer als Koordinator der wichtigste Mann in der Einheit, auf den alle achten mussten. Befehle wurden vom befehlshabenden Offizier direkt an den Signifer gegeben, der sie durch bestimmte Stellungen des Feldzeichens an alle Soldaten weitergab. Von daher waren die *signiferi* stets ein wichtiges Ziel des gegnerischen Angriffs, und man übertrug diese Aufgabe ausschließlich bewährten Soldaten. Der Signifer verwaltete auch die Kasse seiner Einheit.

Tribun (*tribunus militum*) – Stabsoffizier oder kommandierender Offizier im Rang eines Stabsoffiziers; einer Legion waren jeweils fünf ritterliche Tr. (*tr. angusticlavii*) und ein dem Kommandanten direkt unterstellte Tr. aus senatorischer Familie (*tr. laticlavius*) zugeordnet.

Tuba – trompetenähnliches Blechblasinstrument mit sechs Naturtönen

Valetudinarium – Lazarettgebäude, Militärkrankenhaus.

Sonstiges

Akademeia – die 385 v. Chr. von Platon als Kultgemeinschaft im Dienste des Apollon und der Musen gegründete philosophische Hochschule in Athen; sie wurde 86 v. Chr. bei der Einnahme Athens durch L. Cornelius Sulla bis auf die Grundmauern zerstört, aber wieder aufgebaut. 529 n. Chr. ließ Kaiser Justinian die heidnische Akademeia schließen.

As – kleinste römische Münzeinheit (4 Asse = 1 **Sestertius**, 4 Sestertien = 1 **Denarius**); einfache Legionäre verdienten zur Zeit des Augustus 225 Denare im Jahr (ca. 10 Asse pro Tag), mussten davon allerdings auch viele Unkosten bestreiten.

Augur – Vogelschauer, Priester, die sich vornehmlich mit Vorhersagungen aus dem Verhalten von Vögeln beschäftigten.

Floralia – römisches Frühlingsfest.

Kline – Liege, meist eine Art Chaiselongue, die alternativ zu Stuhl oder Sessel beim Ausruhen und Essen, aber auch bei der Arbeit Verwendung fand.

Lupanar – Bordell.

Matronen/Drei Mütter – Muttergottheiten, wohl durch Umsiedlung der Ubier im Rheinland eingeführt.

Princeps – Titel des Augustus als »Erstes Haupt« des Senats und des römischen Volkes.